La flor más oscura

La flor más oscura

El perfume de las sombras

P. M. Freestone

Traducción de María Angulo Fernández

Rocaeditorial

Título original: *Shadowscent*

Primera edición: enero de 2020

Av. Marquès de l'Argentera 17, pral.
08003 Barcelona
actualidad@rocaeditorial.com
www.rocalibros.com

Impreso por LIBERDÚPLEX, S. L. U.
Sant Llorenç d'Hortons (Barcelona)

ISBN: 978-84-17805-25-8
Depósito legal: B. 25269-2019
Código IBIC: YFB

RE05258

A Roscoe, Lauren y Amie:
sin vosotros, el perfume de estas palabras
no sería tan embriagador

1

Rakel

Mi casa siempre ha olido a fogones y a rosas del desierto, que solo emanan ese delicioso aroma después del atardecer.

Mi casa siempre ha olido a agua fresca, lo cual no abunda en un paraje tan árido y desértico como el nuestro.

Asomo la cabeza por la ventana de mi habitación e inspiro hondo para llenar mis pulmones de aire nocturno. Cuando uno teme que puede perder algo de la noche a la mañana, aprovecha cada oportunidad que se le presenta para saborearlo.

Este es el lugar al que padre decidió mudarse después de que mi madre falleciera. Un oasis en mitad de una carretera a ninguna parte, construida en forma de dos manos ahuecadas que protegen una piscina natural de la avaricia de las dunas de arena. Los peces chapotean en el agua. Y también hay tortugas. La orilla está bordeada por un anillo de higueras; esos árboles nos abastecen de muchísima fruta fresca. Cuando es temporada, nos ponemos las botas de higos, pero siempre reservamos varios puñados que secamos y deshidratamos hasta que llega la siguiente cosecha. En casa no se tira absolutamente nada. No hay lujos. Padre dejó la ciudad y el ejército de la provincia de Aphorai cuando yo no era más que una cría porque quería brindarme una infancia despreocupada y tranquila. Quería que disfrutara de esa vida sencilla y pacífica que tanto me gustaba, y tanto anhelaba.

Hasta que llegó la Podredumbre.

Ahora, mi casa huele a la agonía de padre. Es la agonía de un hombre moribundo.

Suelto un suspiro, bajo las persianas, echo los postigos y me escabullo hacia la siguiente habitación.

La espada de bronce todavía está colgada en la pared. Es un símbolo del respeto que padre infundió en otra época. Puedes amarla o despreciarla, pero, si la Podredumbre logra meterse en tu piel, tienes los días contados. Hay varias maneras de alargar el suplicio, desde luego, pero todas requieren varios zigs. Zigs de oro. Muchos más de los que jamás podré ahorrar elaborando perfumes para los vecinos de la aldea o ungüentos para aliviar las picaduras de escorpiones de arena. Más de lo que podré ganar con los mejores aceites de flores que vendo en el mercado negro de la ciudad de Aphorai.

Solo sé hacer una cosa, por lo que únicamente tengo una opción.

O al menos eso me repito a mí misma mientras levanto con sumo cuidado la tapa del arcón que hay a los pies de la cama de padre. Guardo mi premio, el sello con su firma grabada, dentro del bolsillo del delantal.

—¿Rakel?

Me da un vuelco el corazón. «Cálmate. Está fuera, en el jardín.»

Bajo la tapa del baúl y me aseguro de que el candado quede bien cerrado porque no quiero dejar ningún cabo suelto, ni ninguna pista que pueda delatarme. Echo un último vistazo y salgo de casa.

Todos los vecinos de la aldea ya se han ido a dormir. Todos, salvo padre. Está sentado sobre un taburete alto, con la espalda apoyada en la fachada de barro cocido de nuestra casa. La construyó con sus propias manos y utilizó varios métodos militares para asegurarse de que resistiera hasta el terremoto más violento de la historia. Debo reconocerle el mérito porque, gracias a sus experimentos, nuestra casa sigue en pie y otras, en cambio, se han derrumbado.

Tiene la muleta de madera al alcance de la mano, como siempre, y las últimas brasas le iluminan el rostro de un tono anaranjado. El humo del incienso de bergamota se enrosca a su alrededor. El aroma espanta y repele a los insectos que revolotean sobre todo al anochecer, pero a él le fascina. En circunstancias normales, sería un despilfarro en toda regla. Pero me pongo en su lugar y le comprendo. Sé que me volvería loca si tuviera que convivir con el horrible hedor de mi piel pudriéndose, descomponiéndose.

—¿No puedes dormir? —pregunto con tono alegre para disimular el remordimiento, la culpa.

Respiro lo mínimo posible. Papá me envuelve entre sus brazos, pero con mucho cuidado, pues solo me permite que le toque el lado bueno.

—Nos hemos quedado sin corteza de sauce.

—Creía que teníamos para dar y vender.

Se encoge de hombros.

Tiene mala pinta. Muy mala pinta. Pero al menos refuerza un poco más mi decisión y hace que el plan que he ideado sea más fácil de justificar, más fácil de ocultar.

—Me encargaré de ir a por más provisiones a Aphorai.

Al menos eso es, en parte, verdad.

Él sacude la cabeza.

—No pasa nada. No te preocupes tanto.

—En el sexto infierno no pasa nada.

—Vigila esa lengua, jovencita.

Saco la lengua y bizqueo los ojos.

Padre se ríe entre dientes.

—Nada de lo que diga o haga te hará cambiar de opinión, ¿verdad?

—Ya sabes lo testaruda que soy. De todas formas, me comprometí a acompañar a Barden. Se le ha acabado el permiso.

Me cuelgo la bolsita del hombro y me despido de padre con un beso en la mejilla. Está rasposa porque lleva un par de días sin afeitarse.

—Intenta descansar un poco, por favor.

Asiente con la cabeza.

—¿Me lo prometes?

—Te lo prometo.

Oigo unas pisadas en la arena, justo a mis espaldas. Puntual como un reloj.

La falda y el talabarte de Barden son tan nuevos que todavía huelen al tomillo que se utilizó para cubrir, o al menos disimular, la peste a meado de paloma que el cuero absorbió en las cubas del curtidor. También percibo el familiar olor del sudor, oculto tras el aceite de ámbar que todos los guardias de palacio de Aphorai están obligados a llevar para no ofender al refinado olfato de los aristócratas. Apuesto a que a la vista de la nobleza no le perturba el efecto brillante del aceite sobre sus músculos. Hace apenas unos meses que lo aceptaron en el cuerpo, pero los cambios físicos saltan a la vista. Está sometido a un duro y exigente entrenamiento físico, por lo que ahora su pecho se ve mucho más abultado y prominente. Creo que podría partirle el cuello a la mitad de los vecinos de la aldea en que nos criamos; como si fuese un descendiente Ashradinoran.

Y lo sabe muy bien.

—Barden —le saluda padre—. ¿De vuelta al servicio del ilustre gobernador de nuestra provincia? —pregunta, y advierto una nota de amargura en su voz; padre sirvió al eraz de Aphorai antes de que Barden naciese.

Con un tremendo esfuerzo, trata de levantarse. Barden se acerca y le ofrece el brazo.

—Si quiero progresar y salir adelante, no puedo dormirme en los laureles —responde, y luego me mira—. Pero no hay nada mejor que pasar una temporada en casa.

Esquivo su mirada y me entretengo estirando la tira de la bolsa que llevo colgada del hombro, aunque la verdad es que no estaba enrollada, ni mal colocada.

Cuando por fin padre consigue ponerse de pie, se apoya sobre el bastón y lo que queda de su pierna izquierda, un muslo inerte, se balancea como un columpio. La luna apenas brilla esta noche, así que entorno los ojos. ¿Los vendajes están colocados más arriba de lo que estaban ayer?

Se dirige renqueante hacia la puerta.

—Nos vemos mañana por la noche, ¿verdad?

Asiento con la cabeza porque temo que mi voz no sea capaz de disimular la mentira, el engaño.

Espero a que padre se retire y entre en casa, y entonces me vuelvo hacia Barden.

—¿Preparado?

—Preparadísimo.

Barden me sigue hasta la parte trasera de la casa. Una yegua y un caballo castrado nos esperan tras una valla de postes de madera, con la cabeza gacha y con una pata trasera apoyada sobre la punta de un casco.

Lil es una yegua grandiosa, la más grande que padre ha criado. Es incluso más corpulenta que su hermano mayor, que está a su lado. Padre me la regaló cuando cumplí los doce años. Si hacemos cuentas, llevamos juntas cinco años. Elegí el nombre de Lil por la *lilaria* de las historietas del cuentacuentos de la aldea, porque su pelaje es más negro que los demonios de sombra de las leyendas antiguas, porque es el doble de rápida y porque, hasta la fecha, ha demostrado tener el mismo carácter y temperamento. Padre creía que el nombre le traería mala suerte. Sin embargo, en aquel momento, poco me importaba la suerte, o su prima hermana, la fortuna, ya que todo apuntaba a que habían decidido darme la espalda e ignorarme por completo. Lil era un demonio, y nos íbamos a llevar a las mil maravillas.

Y ahora el demonio empieza a despertarse. Lil sacude las orejas y se acerca a nosotros.

Barden aminora el paso y lanza una mirada de desconfianza a mi yegua.

—¿Alguna vez se acostumbrará a mi presencia?

—¿Cuántas veces te he dicho que no es nada personal? No le cae bien nadie.

Y, en ese preciso instante, Lil balancea la cabeza sobre la valla y me acaricia el hombro con el morro.

—De *acueeeeerdo*. —Barden me pasa su petate, que está a reventar de cosas.

—Menudo tufo, Bar. ¿Qué has metido aquí?

Él se encoge de hombros, como queriendo decir que él no huele nada de nada.

—¿Sigues empeñada en hacerlo?

Digo que sí con la cabeza. No me atrevo a abrir el pico y disimulo atando su petate y mi bolsa a la montura de Lil. Barden apoya una mano varonil y descomunal sobre la mía.

—Nunca es tarde para recapacitar. Piénsalo bien: todavía estás a tiempo de montar un puesto de incienso y dirigir tu propio negocio. No sería el fin del mundo, créeme. Y quizás incluso llegues a acostumbrarte a ello.

Otra vez con el mismo cuento. Barden no cree en las casualidades. Está convencido de que todo ocurre por un motivo y que no podemos escapar de nuestro destino, pues está escrito en las estrellas, y de que, por mucho que intentemos luchar contra él y nadar a contracorriente, no está en nuestras manos cambiarlo. Es una de las pocas cosas en las que no hemos logrado ponernos de acuerdo. Aparto mi mano de la suya y acaricio la crin de Lil. Apoyo una mejilla sobre su cuello y me embriago de la calidez que desprende. En cierto modo, es como si estuviera escondiéndome bajo una manta.

—El sueldo de una rata que se dedica a moler incienso no llega ni para cubrir las necesidades básicas de una persona —digo, y miro de reojo mi casa—. De una persona «sana». O perfumista, o acabaremos ahogados por las deudas. Y tiene que ser ahora. Padre no puede esperar otra vuelta.

Esa es la fea y cruda realidad. Al oírla, Barden hace una mueca de dolor y después me agarra por los hombros.

—Hay más opciones, Rakel. Me han ascendido de rango militar y pienso seguir esforzándome para llegar a lo más alto. En estos momentos, le envío la mitad de mi paga a mi hermana, pero muy pronto podré ayudarte y mantenerte. A ti… y a tu padre —murmura; se acerca un poco más y me envuelve en un fuerte abrazo.

Esa seguridad, tan firme y tan sólida, me consuela y me reconforta. Sin embargo, no quiero desentenderme de mis problemas y pedirle que los solucione por mí. Sé que es un tipo ambicioso, que alcanzará sus metas y logrará todo lo que se proponga, pero temo que, para entonces, ya sea demasiado tarde.

—Y así —me susurra al oído— no tendrías que correr tantos riesgos.

Me pongo tensa, rígida. Me encanta nuestra aldea, pero, si alguien se atreve a rebelarse contra el orden establecido o a hacer las cosas de una manera distinta, pierde el apoyo de toda la comunidad. Son tan rigurosos que creerán que ha perdido el norte y pasará a ser la oveja descarriada de la aldea. Los perfumistas del Eraz, en cambio, reciben todo tipo de halagos y alabanzas cada vez que presentan una creación nueva. Y, además de eso, los premian con una cuantiosa suma de dinero. Si consiguiera ser uno de ellos, ya no tendría que preocuparme por el precio de las mejores y más refinadas provisiones para intentar frenar la podredumbre y conceder a padre un poco más de tiempo. Tal vez incluso podría descubrir nuevos tratamientos. Y podría decidir mi propio futuro como una mujer independiente, sin tener que arrastrarme como un gusano y pedirle a Barden una limosna.

Él cuadra los hombros.

—Si no puedes prometerme eso, al menos prométeme otra cosa.

Podría soltar alguna fanfarronada, pero sé que no serviría de nada. No puedo engañarle. Levanto la cabeza, pero se ha colocado a contraluz de la luna y las estrellas, y no puedo advertir su expresión.

—Prométeme que tendrás mucho cuidado —ruega con voz ronca. Baja la barbilla y se inclina ligeramente hacia delante.

Me aparto.

—Se está haciendo tarde, Bar. Deberíamos partir ya —murmuro; un segundo después, cojo las riendas de Lil y apoyo el pie en el estribo.

Tras exhalar un profundo y larguísimo suspiro, Barden se sube al caballo y se coloca detrás de mí.

—Ya está —dice con tono suave y cariñoso—. Puedes reclinarte, si quieres.

A pesar de que la tensión que se respira entre nosotros podría cortarse con un cuchillo, Barden sigue siendo mi mejor amigo. Mi «único» amigo. Y nunca ha revelado los secretos que le he confesado. Sí, es como una tumba. Echo la espalda hacia atrás y me apoyo sobre su pecho. El viaje hasta la ciudad dura todo un día, y toda una noche. Y me conviene echar una cabezadita.

—Lil —murmuro, y cierro los ojos—. No dejes que Barden se caiga del asiento, ¿de acuerdo?

En momentos como este desearía tener el olfato de otra persona.

Aphorai todavía no asoma por el horizonte, pero la brisa que serpentea entre las dunas arrastra el perfume de las calles de la ciudad. Abro los ojos y me doy cuenta de que estamos atravesando un desierto tranquilo, sereno y deshabitado. Estamos solos, Barden, mi yegua y ese olor tan fuerte de los arbustos recubiertos de espinas que ha pisoteado y cuyos restos han quedado entre los cascos. Pestañeo y, cuando vuelvo a abrir los ojos, me abruma un torrente de efluvios de fruta seca y sudor rancio con unas notas pestilentes de putrefacción.

Barden me acaricia el hombro en un intento de tranquilizarme.

Me trago las ganas de vomitar y le doy un golpecito a Lil con el tacón de mi bota. No puedo permitirme el lujo de llegar tarde a la reunión.

El primer edificio que aparece de entre las dunas es el templo.

La pirámide se impone sobre la ciudad de Aphorai como si fuese una bestia agazapada. Es una de las pocas edificaciones que ha sobrevivido a varios siglos de terremotos. Esos temblores azotan y sacuden la provincia cada dos por tres. Hay quien dice que el templo fue construido por los mismísimos dioses. Y, para que esa teoría fuese cierta, los dioses deberían ser mano de obra ligada por contrato y tener los bolsillos llenos de monedas de oro.

De repente, Lil resopla y sacude la cabeza, y es entonces cuando caigo en la cuenta de que todos los músculos desde el hombro hasta el muslo se me han agarrotado y de que he deslizado la mano hacia el relicario de plata que llevo bajo mi túnica de lino. Me inclino y le acaricio el cuello.

—Lo siento, chica.

A pesar de que todavía estamos muy lejos del templo, es imposible no distinguir a las sacerdotisas; suben los peldaños de la escalera principal como minúsculas aves fénix, pues arrastran unas faldas de plumas larguísimas de color carmesí. Y, en la cúspide del templo, una columna de humo azul emerge desde el gran altar y serpentea hacia el cielo. Y, detrás de ella, otra columna de humo, pero blanca y ligera, como una nube de verano. Y junto a ella, una espiral naranja y otra de un tono verde empolvado.

Barden me da un empujoncito en cuanto aparece la última columna de humo. Púrpura imperial.

—¿Qué significa? —pregunto por encima del hombro.

Él suelta un resoplido.

—Ni idea. Solo los oficiales están al corriente de los asuntos del imperio.

—Oh, creía que eras el ojito derecho del sargento de la guarnición.

—Le caigo en gracia, pero no está enamorado de mí.

—Tal vez sea porque no eres su tipo.

Me da un golpecito con el codo en las costillas.

—Espera que me case con una buena chica.

—Pero no eres el mayor de tus hermanos —digo, en tono de mofa. Barden es el hermano pequeño, lo cual es una gran suerte, pues no carga con el peso de la responsabilidad que conlleva seguir con el linaje familiar—. Puedes casarte con quien quieras.

—¿En serio?

Suspiro. ¿Por qué siempre me meto en camisas de once varas?

Trato de pensar una manera de reconducir la conversación y desviar el tema, pero un aroma me distrae. El humo ceremonial me acaricia la nariz y atiza los rescoldos de una rabia contenida.

El templo controla las vidas de los creyentes con una serie de normas y rituales que empiezan con el primer aliento de una persona. Los ingredientes que arden en las velas y el brasero, cuyo valor soy incapaz de calcular, pregonan al cielo el mensaje de las estrellas, para que así los dioses puedan oír tus plegarias hasta el día en que mueras.

Sin embargo, el día en que nací yo, no se quemaron esencias sagradas. Y por eso no recurro al incienso sagrado cuando quiero orar.

Menta, cuero, romero, sudor.

Esos fueron los primeros olores que inhalé.

El jabón de menta, la armadura de cuero de un veterano y el aceite de hojas de romero que todavía crece en las macetas de arcilla, junto a la puerta de casa. Era el inconfundible aroma del uniforme de padre. Y todo mezclado con el duro trabajo que había realizado ese día en los campos de entrenamiento de la guarnición. Esas cuatro esencias se concentraban a mi alrededor siempre que me cargaba sobre sus hombros y me llevaba a los mercados de la ciudad de Aphorai. No era más que una cría, pero ya era capaz de distinguirlos de los olores que percibía por las calles de la metrópolis; podría decirse que esa mezcla era mi propia ciudadela. Y, desde el torreón más alto de ese castillo imaginario, me protegía de las embestidas de los curtidores y de los camellos, de los estofados de pichón de arena y del incienso barato que ardía en un callejón escondido.

Pero eso fue antes de que aquella ampolla diminuta, y a primera vista inofensiva, le saliera en el empeine. Antes de que la costra apareciera y de que se abriera día sí, día también, para revelar una herida aún más grande, más profunda. Antes de que el dolor se volviera tan insoportable que ni siquiera le permitía aguantarse de pie, y mucho menos llevar a su hija en volandas.

Una bandada de golondrinas se arremolina en el cielo, formando dibujos hipnóticos. Sus murmullos me devuelven a la realidad y, casi de inmediato, todos esos recuerdos melancólicos vuelven a enterrarse en mi mente. Se están preparando para construir los nidos a lo largo de las murallas de Aphorai, en los huecos de las aspilleras. «Es la única fortificación de todo el imperio que sobrevivió a las guerras de sombra y logró mantenerse en pie», solía decir papá. Supongo que los temblores contribuyeron a que nuestra provincia se preparara para otro tipo de violencia.

Hoy, las murallas defienden la ciudad del sol que, en este preciso instante, está escondiéndose tras el horizonte. Parece una bola de fuego, y el desierto, un océano de metal fundido. Cuando por fin llegamos a la puerta número quince, Barden baja del lomo de Lil. Un segundo después, un grupito de críos harapientos sale de entre las sombras y nos rodea. Barden se echa a reír, abre un bolsillo de su bolsa y les regala varios higos. Ahora entiendo por qué su bolsa estaba tan atiborrada de cosas.

Me acaricia la rodilla, pero no pasa de ahí.

—Entonces, ¿te veré en las pruebas?

Asiento con la cabeza.

—¡Rakel! —exclama, pues los niños no dejan de gritar de la emoción.

—¿Sí?

—Que las estrellas velen por ti.

Asiento de nuevo. Barden sabe perfectamente que jamás he pronunciado una oración. Y sigo mi camino.

Dejo a Lil junto a una fuente, en una placita. No es lugar para una montura, y lo sé. Estaría mucho más cómoda en uno de los campos que rodean la ciudad, fuera de las murallas, pero eso implica gastar zigs. Así que da lo mismo. Si este vecindario es lo bastante rico como para disfrutar de una fuente inagotable de agua, dudo mucho que alguien que pasee por ahí se tome la molestia de robar un caballo. Y menos teniendo en cuenta que la mayoría de la gente cree que vale más asada en trocitos que viva. Y si por casualidad un insensato se atreviera a ponerle una mano encima, me encargaría personalmente de arrancársela.

Lil resopla. Es su manera de demostrarme que está indignada. Cree que la he atado ahí y que la voy a abandonar.

—¿Qué? —pregunto, y le rasco el costado—. Sé que odias el mercado nocturno.

Se niega a mirarme a los ojos.

Hurgo en mis bolsillos y busco el pañuelo amarillo que llevan los criados de la ciudad para así tapar el polvo y los enredos que tengo en el pelo. Dentro de esos majestuosos muros no hay nadie que vista ropa para atravesar el desierto, así que me arremango los puños de la túnica para no desentonar y no llamar la atención. El relicario me sirve como espejo. Compruebo que no tengo la cara manchada de barro, o de cualquier otra cosa. Después me echo una pizca del contenido del relicario en las sienes, detrás de las orejas y en las muñecas. Cera de abeja empapada con jacinto y azucena y una pizca de clavo. Es un aroma floral un pelín empalagoso, pero servirá para camuflarme y pasar desapercibida, igual que el detalle de las mangas y los colores que he elegido para la ocasión, los colores que solo lucen las mulas de carga.

Me despido de Lil rascándole detrás de la oreja. Le encanta. Después, me echo la bolsa al hombro, pero con muchísimo cuidado porque no quiero que lo que contiene se mueva demasiado. Con la cartera medio vacía, pero bien guardada, empiezo mi periplo.

Al principio, mi ruta me lleva por amplias y majestuosas avenidas flanqueadas por un sinfín de palmeras. Los criados visten túnicas de color azafrán y no me hacen ni caso, pues tienen una infinita lista de recados. Un gatito me observa desde lo alto de un muro y, del jardín que se esconde detrás, flota el perfume de caquis maduros. Camino dando zancadas firmes y resueltas. Tengo los cinco sentidos alerta, pero no quiero parecer una furtiva. He dedicado tantísimas noches a elaborar lo que contienen los cuatro frascos de cristal que llevo en la bolsa que incluso he perdido la cuenta.

El cielo empieza a teñirse de negro y las últimas espirales de humo del templo parecen zarcillos deshilachados.

Por fin.

A medida que me voy acercando a los puestos del mercado, las calles se van estrechando. Las especias se entremezclan como viejos amigos, aunque también distingo el tufillo de las cloacas. Inspiro hondo y serpenteo entre los distintos puestecillos; trato de esquivar a los vendedores de gallinas y me escabullo entre las mesas llenas de montañas de zumaque y constelaciones de anís estrella.

Y cuando logro escapar de ese laberinto de callejuelas angostas, llego a una plaza iluminada por la luz de la luna. Varios puestos rodean la plaza, pero los artículos que allí se venden son más decorativos que útiles. El ambiente que se respira en la plazuela es pesado porque están quemando incienso de sangre de dragón. Inspiro una gran bocanada de la esencia oficial de Aphorai, elaborada únicamente en la perfumería del Eraz. En esta parte de la ciudad, huele un poco más a ambición que a aristocracia.

Pero detrás de todo eso distingo algo terrible y, por desgracia, familiar.

Un tipo está apoyado en uno de los muros de piedra, con un carrito de madera al lado. Entorno los ojos porque la luz cada vez es más tenue. ¿Está arrodillado? No. Sus piernas terminan donde debería tener las rodillas. Unos vendajes mugrientos y empapados de úlceras cuelgan de los muñones. No le queda mucho.

Todos los transeúntes evitan mirarle a los ojos. Los criados caminan con la vista clavada en los adoquines. Los mercaderes se tapan la nariz con retales de seda perfumada y aceleran el ritmo cuando pasan junto a él; cuando consideran estar lo bastante lejos, a unos diez metros más o menos, arrojan el trozo de tela al suelo. Los vigilantes de los puestecillos enseguida se apresuran a recoger los retales con unas tenacillas larguísimas.

Supersticiosos estúpidos. No puedes contagiarte de la podredumbre con tan solo olerla, y yo soy prueba de ello.

Al pobre hombre le cuesta una barbaridad ponerse en pie para intentar subirse al carrito; de pronto, uno de los vigilantes lo empuja con las tenazas, le amenaza con llamar a la guardia de la ciudad y él se tambalea.

Cierro los puños. No lo soporto ni un segundo más. Aparto de un empujón al tipo y me arrodillo junto al hombre.

—Apóyese en mi brazo.

Con un esfuerzo tremendo, logramos que suba al carrito.

Rebusco el frasquito casi vacío de sauce que guardo en mi bolsa. Son todas las existencias que me quedan, pero sé que pronto las repondré.

—Tome. Le aliviará el dolor. Es mejor si lo toma con korma. Pero no se pase —le advierto, y me fijo de nuevo en los vendajes—, o la herida no cicatrizará y acabará desangrándose.

—Gracias —dice con voz áspera.

—¿Se hospeda en algún sitio? ¿Quiere que le ayude a llegar hasta ahí?

—No se preocupe, estaré bien —responde, aunque los dos sabemos que es mentira.

—¿Está seguro?

Echa un vistazo a la plaza. Se está armando un buen revuelo, lo que confirma que el vigilante ha encontrado a una patrulla.

—Debería marcharse.

Y en eso sí lleva toda la razón. Lo último que necesito es discutir con un capitán de la guardia de la ciudad que está de mal humor porque le ha tocado trabajar en turno de noche.

—Que las estrellas velen por usted, hermana —dice.

—Y por usted también.

Al otro lado de la plaza está mi destino, que desprende un brillo cegador gracias a los braseros de cobre. Una fila de jóvenes criados ocupa el umbral; sus rasgos son finos y suaves, y sus cuerpos, ágiles y flexibles, están cubiertos con una túnica de seda un pelín transparente. Cada uno sostiene un abanico con hojas de palmera entretejidas que agitan sin cesar para que el humo dulzón y de color rojo se extienda por toda la calle y así atraer a posibles clientes. La línea de guardias que se extiende tras ellos deja bien claro que no todo el mundo es bienvenido ahí y que debes ser el cliente perfecto para poder entrar.

Y yo no soy de esa clase de clientes.

Por suerte, no tengo ninguna intención de entrar por la puerta principal.

Detrás del edificio hay una escalera de piedra que conduce al sótano.

El guardia de la puerta, ataviado con colores menos chillones que sus compañeros de la puerta principal, asiente con la cabeza al verme, pero no musita palabra. Avanzo por ese angosto pasillo, y casi tropiezo con las piernas de una pareja que está sumida en un sueño profundo. Olfateo el aire y distingo los resquicios de su elegante perfume eclipsado por el tufo de monederos vacíos y cabezas aún más vacías. Humo del sueño.

En la sala principal, una multitud de espectadores se ha apiñado alrededor de la mesa de mármol que ocupa el centro del salón. Cuatro caballeros y una mujer dan un paso al frente y un criado les ofrece unas copas diminutas. Están dispuestas alrededor de una bandeja de plata, imitando los cinco puntos de la rueda de estrellas. A primera vista, cualquiera diría que han volcado el arcoíris en ellas, ya que, a la luz de las velas, tenue y parpadeante, da la sensación de que el líquido irradia el brillo de una piedra preciosa distinta.

Ah, este juego. «Muerte en el paraíso.» Las copas contienen

un cóctel de leche de amapola y un licor fortísimo; el sabor puede variar, pero la mezcla promete que quien tenga el honor de bebérsela disfrutará de toda una noche de amor. Vaya donde vaya, lo recibirán entre elogios y ovaciones, y todo aquel con quien se cruce caerá rendido a sus pies. ¿El riesgo? Una copa puede contener, o no, jazmín de noche: es imperceptible si se combina con ese licor tan meloso y letal. Pone a prueba tu habilidad. Y, si uno no goza de esa habilidad, pone a prueba su valor y osadía.

—¡Salud!

El primer jugador, un muchacho de melena rizada que luce una túnica, de un color que bien podría confundirse con el púrpura imperial, alza su copa y la vacía de un solo trago. Sus compañeros ahogan un grito y lo observan con detenimiento. Pero un minuto después deja la copa sobre la bandeja con ademán ostentoso y esboza una sonrisa.

—Oleré el perfume de los dioses otra noche.

Los espectadores gritan de alegría y le felicitan con varias palmaditas en la espalda. Ni siquiera me molesto en disimular el desdén que me producen esa clase de juegos peligrosos cuando cruzo la sala y me dirijo hacia la barra. Si por casualidad se volvieran hacia mí, ni siquiera me verían. Para ellos, la servidumbre es invisible.

Nunca he conseguido hacer buenas migas con la camarera; sabe muy bien por qué estoy ahí, y ya ni siquiera me trata con cordialidad.

—Deja eso en la tienda. Te espera medio gramo de zigs. La próxima entrega debe ser dentro de un semilunio.

—Esta vez quiero hablar personalmente con Zakkurus.

—Ni lo sueñes.

Señalo la bolsa que llevo colgada del hombro.

—Oh, ¿prefieres que le venda todo esto a Rokad? —pregunto, aunque es un farol.

Rokad paga mejor, pero tiene una reputación que deja mucho que desear. Las malas lenguas aseguran que vende a sus proveedores, que los traiciona para así contentar a los reguladores.

Suelta un suspiro y busca algo detrás de la barra. Medio minuto después, durante el cual he estado oyendo el inconfundible sonido del tintineo del cristal, coloca cinco copas delante de mis narices.

—Elige.

—No te confundas. No soy una de esas engreídas que esnifan lo primero que les sirven en los antros y cuchitriles de esta ciudad porque necesitan vivir emociones fuertes.

—Y Zakkurus no es uno de esos benefactores benévolos y caritativos que están dispuestos a perder su valioso tiempo con ratas como tú.

Me está poniendo entre la espada y la pared. No pensaba tener que regatear con la camarera, pero ¿qué otra opción tengo? Si no lo hago ahora, perderé la oportunidad de presentarme a las pruebas de aprendiz y tendré que esperar a la siguiente vuelta. La «aflicción», término oficial elegido para referirse a la podredumbre por parte de los puristas y especialistas, no tiene miramientos y no espera a ningún hombre. Ni jovencita.

Y como no cuento con el respaldo y el amparo de los dioses y las estrellas, quizá por esa falta de, en fin, «deferencia» que he mostrado hacia ellos a lo largo de mi vida, no tengo otra alternativa. Necesito averiguar qué perfume elegirá *lady* Sireth, la hija del Eraz, en la próxima vuelta de la rueda de las estrellas, la esencia que todo el mundo que es alguien, o que pretende llegar a ser alguien, se morirá de ganas por adquirir para así poder empaparse de ella. Y la elaboración de ese perfume será la prueba final de la competición.

Espero que la mano no me tiemble demasiado y revele mis nervios. Acerco cada una de las copas a la nariz y dejo que el buqué envuelva mis sentidos. La tercera me da que pensar, pues es la única con un toque amargo. Está hecho a propósito, para disuadir al jugador. Además, es la única copa que carece del dulzor que aporta el clavo, y la única que está limpia. Apostaría mi vida por ella. Estoy «a punto» de apostar mi vida por ella.

—¿Cuatro? —pregunto, y enarco una ceja—. Cualquiera diría que estás apostando contra el jugador.

La camarera se encoge de hombros.

Sin apartar la mirada de sus ojos, me llevo la copa a los labios. Casi puedo saborear ese líquido amargo. Echo la cabeza hacia atrás y vacío la copa de un solo trago.

Inspiro. Me encuentro bien. Inspiro de nuevo. No noto ningún cambio.

Y, de repente, el suelo se abalanza sobre mí.

2

Ash

Los guardias de palacio están entrenados para aguantar y superar toda clase de desafíos físicos. Los escudos de la familia imperial, en cambio, deben enfrentarse a pruebas más difíciles y comprometidas, como aprender a leer entrelíneas y descifrar los mensajes afilados que los miembros de la corte lanzan bajo su palabrería ostentosa al mismo tiempo que mantienen la ilusión, o el engaño, de no ser unos tipos especialmente brillantes. Tal vez no sea capaz de ignorar la pestilencia a aflicción que impregna los aposentos imperiales, pero juro por la mismísima lenidad de la divina madre Esiku que mi expresión permanecerá impasible y jamás revelará lo que siento, o lo que pienso.

Los criados han hecho todo lo que estaba en sus manos. Las cortinas de seda están corridas para que la brisa se cuele por las ventanas. Los braseros están ardiendo, y las ascuas que contienen se reflejan en la superficie de las paredes, que, al ser de granito negro, parecen espejos. Se han desparramado varias ramitas de laurel sobre el suelo de mosaico y los zarcillos de un puñado de varitas de incienso emanan un olor fragante. Sin embargo, nada de eso consigue cubrir el hedor que marca la frontera entre el mundo de los mortales y el reino de los dioses.

Cualquiera que entrara en esa habitación se daría cuenta de lo que está ocurriendo en su interior: el emperador de Aramtesh se está muriendo.

Corrección: para ser más exactos, el emperador Kaddash lleva muriéndose muchísimo tiempo, diez vueltas de la rueda de estrellas, o eso creo, porque ya he perdido la cuenta. Recuerdo que, cuando me enteré de la noticia, todavía era un adolescente imberbe. Su reinado pasará a la posteridad por ser el más chapucero de la historia; además, como era de esperar, ni siquiera va a tener la decencia de abandonar este mundo como un hombre honrado.

Kaddash está tumbado sobre una montaña de cojines y almohadas. Está a punto de terminar la quincuagésima vuelta, y aparenta unos setenta años, quizá más. Tiene la piel tan fina y flácida que parece pergamino, y sus ojos se han hundido bajo un ceño que antaño fue petulante y orgulloso. El fetor que desprende es indiscutible.

El príncipe primero Nisai se ha acomodado en el sillón bajo y de madera tallada que está junto al lecho de su padre. Su cuerpo esbelto pero robusto está hecho un ovillo sobre el asiento. Y, como cada hora de cada día desde hace ya bastante tiempo, yo estoy a su lado.

A ver, en términos técnicos, no estoy a su lado, pues, en una ocasión como esta, no sería apropiado. Mantengo una distancia respetuosa, es decir, unos tres pasos más o menos, porque además, desde ese punto, puedo vigilar la ventana y la puerta, y tengo espacio suficiente para, llegado el caso, desenfundar las espadas gemelas que llevo sujetas en la espalda. Palpo la pared y noto el frío de la piedra pulida bajo las palmas.

Observo la expresión de Nisai, que oscila entre la esperanza y el sufrimiento, y siento una punzada que me estremece todo el cuerpo, como el dolor inexplicable de una vieja herida justo antes de la tormenta. La experiencia es un grado y, después de tantos años de práctica, apenas me cuesta enterrar esa emoción en lo más profundo de mi mente.

—Padre —suplica Nisai con expresión de abatimiento y desconsuelo.

Ojalá no lo hiciera. Un príncipe primero jamás debería suplicar.

Le están flaqueando las fuerzas. Inspira hondo y, por fin, mira al emperador a los ojos.

—Por favor, padre. Designa a una guardiana de las esencias. He hallado referencias en textos antiguos, varias referencias, que aseguran que sus crónicas y anotaciones se remontan a épocas muy muy lejanas. Quizá conozcan algún remedio que sirva para aliviar tu enfermedad o, incluso, para que mejores.

Me mira de reojo, como si esperara que apoye su propuesta,

aunque sabe de sobra que estoy obligado a mantener la boca cerrada.

Kaddash frunce el ceño.

—¿Has perdido el juicio? No son más que un puñado de charlatanas. De brujas. Si dependiera de mí, las enviaría a todas a los confines del imperio. No hay más que ver cómo les va en los páramos de Los. ¡O en ese estercolero de Lautus! No habrá otra guardiana de las esencias en Ekasya mientras me quede aliento —dice, y veo que se le acumula una espuma blanquecina en la comisura de los labios—. Antes preferiría cenar con Doskai —añade, pronunciando la última palabra con un gruñido. El nombre del dios perdido retumba en el impresionante silencio que reina en la habitación.

Me paso una mano por la cabeza, que llevo completamente afeitada, y echo un fugaz vistazo al dormitorio del emperador. La imagen es bastante convincente y, desde fuera, cualquiera diría que allí se goza de una privacidad familiar envidiable. Pero ni siquiera yo puedo protegerles de esas paredes, que parecen ver y oír todo lo que sucede ahí dentro. Ya tardaron una eternidad en nombrar a la siguiente guardiana de las esencias de la capital imperial tras la muerte de su predecesora, lo cual provocó mucha controversia. Si, por casualidades del destino, las provincias llegaran a enterarse de la relevancia que tuvo la opinión de Kaddash en el Tratado…, en fin, prefiero no imaginarlo.

Nisai suspira. Se siente impotente.

—Intenta mantener la calma, padre. Alterarse no sirve de nada.

Durante su diatriba, los hombros del emperador se habían levantado, igual que se eriza el pelaje de un felino cuando se siente atacado, pero ahora descansan sobre esos cojines perfumados.

—Calma. Sí. Es lo único sensato que has dicho en todo el día. Un poco de humo del sueño me vendría de maravilla. El gremio recomienda usarlo para fines medicinales. Sí, sí. Convoca al médico.

Acto seguido, aparece un paje muy joven. Se acerca con paso silencioso y escurridizo al lecho del emperador y tira de una cuerdecita escondida tras las cortinas. Repica una campanilla, y el eco resuena en todos los muros de piedra de palacio. Las paredes incluso vibran.

Se abre la puerta y el paje le susurra algo al guardia que custodia la puerta.

Miro a Nisai. Advierto una minúscula pero indudable arruga en la frente. Esa arruga me dice que se muestra escéptico, pero su sentido de la diplomacia le impide verbalizar su opinión. El gremio de médicos está ganando relevancia y protagonismo, y, a pesar de que insisten en métodos y prácticas «probados empíricamente», he oído que han curado a más de un paciente sin perder nada por el camino, como un sentido, una extremidad y, lo más sorprendente de todo, un buen mordisco de sus ahorros. Pero ¿qué pasa cuando se trata de los que sufren los terribles síntomas de la aflicción? El gremio tal vez pueda alargar vidas, pero solo los dioses pueden salvarlas.

El médico llega enseguida.

«Siempre están al acecho.»

El uniforme del gremio, de negro riguroso, parece un reproche directo a los lustrosos trajes de plumas que se pasean por el templo. Esa lana rugosa y oscura no puede resultar muy cómoda en una mañana como la de hoy: la brisa que se cuela por los ventanales y que, por suerte, ventila esa habitación que apesta a enfermedad, es muy cálida; hace varias lunas que la nieve que cubría la montaña de Ekasya se derritió.

El paje se aclara la garganta.

—Zostar Alak, del gremio de médicos.

Toga Negra no se mueve. De hecho, ni se inmuta.

El paje mira a Nasai y después al recién llegado y, al caer en la cuenta de que el médico espera algo más, se ruboriza.

—¡Nombrado personalmente por el emperador Kaddash el cuarto!

Toga Negra asiente, satisfecho. Se mueve afanosamente por la habitación, tal y como suelen hacer los tipos bajitos, como si quisieran dar a entender que merecen más espacio. No soy un perfumista experto, pero incluso un olfato como el mío puede distinguir esa estela de vinagre que deja su rastro.

Me revuelvo. El chaleco de cuero reforzado que llevo bajo la túnica de seda cruje.

El médico me fulmina con la mirada.

Y yo le respondo con una expresión vacía, típica de un mentecato que no es capaz de sumar dos más dos.

Advierto un ápice de sospecha en su mirada, pero continúa

hacia Kaddash. Deja su bolsa en la mesita de noche y se oye el tintineo del cristal. Dispone un cubito de color miel sobre un plato minúsculo y lo enciende con la llama de una tea que, a su vez, ha encendido en uno de los braseros.

Nisai se recuesta en el sillón y empieza a toser mientras hace aspavientos para disipar el humo.

—No se acerque, mi príncipe —ordena el médico.

Desenfundo uno de los cuchillos que guardo en el puño de la túnica y paso la punta por debajo de una uña, como si quisiera quitar una mugre que, por supuesto, no existe. Busco el ángulo apropiado para que el sol se refleje en el filo del cuchillo y arrojar así un rayo de luz cegadora directamente a la cara del médico.

Me lanza una mirada asesina.

Yo hago ver que no me doy cuenta.

Nisai pone los ojos en blanco y me mira queriendo decir: «¿En serio tenías que hacerlo?». Sí. Claro que tenía que hacerlo. A Toga Negra se le han subido demasiado los humos durante estas últimas lunas. He oído algunas de sus ocurrencias sobre la «verdadera medicina». No hay que ser muy listo para deducir de dónde provienen las ideas más irreverentes del emperador.

Tras hurgar en su bolsa durante un buen rato, sin duda para hacerse el interesante, Toga Negra saca un tubito de cristal con un líquido turbio. Echa varias gotas en un cáliz; uno de los criados se apresura a llenarlo con agua hirviendo. El emperador sonríe, se inclina sobre la copa e inspira el vapor con ademán avaricioso.

Kaddash enseguida se calma, se serena. Da unos golpecitos sobre la mano de su hijo.

—Eres un buen chico. ¿Por qué no me dejas un rato a solas? Tu padre necesita descansar.

Su tono ha cambiado: ahora es mucho más cantarín, como el de alguien que cree que puede hacer retroceder la rueda de las estrellas y charlar con el crío al que abandonó y desatendió durante incontables vueltas.

—Príncipe primero, si nos disculpa, por favor. El emperador está listo para la insuflación calmante terapéutica —anuncia Toga Negra, que pronuncia cada palabra con perfecta claridad.

«Insuflación.» Puedes utilizar ese término rimbombante y absurdo que nadie conoce, pero, por mucho que quieras disfrazarlo, es lo que es, y punto. Impulsar el humo de forma que entre por el culo del emperador. Sí, literalmente.

«Calmante.» Oh, no lo dudo. Ni tampoco los mercaderes y aristócratas intelectuales que aseguran que los bajos fondos están ganando fortunas con la venta de humo del sueño.

«Terapéutica.» Se dice de cualquier cosa, la verdad. Se utiliza cuando se pretende cambiar una idea preconcebida. En este caso, para hacer del humo aromático un tratamiento socialmente aceptado.

Me alegro cuando Nisai se despide de su padre y se dirige hacia la puerta. Le sigo sin rechistar, y sin echar un último vistazo al dormitorio del emperador.

Empezamos a caminar hacia los aposentos del príncipe primero en silencio. Atravesamos el Salón de los Emperadores, cuyos retratos están cosidos en unos tapices monumentales, y me asalta una duda. ¿Qué opinarían del actual dirigente de Aramtesh? Sawkos el Grande está demasiado ocupado cazando leones con melenas de plumas desde su cuadriga como para preocuparse por el futuro. Pero juraría que Emoran el Legislador nos observa con el ceño fruncido, un gesto de desaprobación. Y cierto aire de decepción parece emanar del tapiz de Awulsheg II, que está escribiendo con una pluma sobre un pergamino; en el fondo, se distinguen las arcadas de la universidad imperial.

Pasamos por delante del erudito y de sus sucesores, es decir, de los gobernantes que presidieron la Gran Floración durante los siglos cuarto y quinto antes de la firma del Tratado. Nisai acaricia con la punta de los dedos las varas de cedro pulido que hay debajo de cada retrato. Evitan que el tapiz se enrosque, pero parece ser que, para el príncipe, son algo más que eso. Talismanes. Piedras angulares.

Nisai se para justo delante del último tapiz. Kaddash está sentado en uno de los muchísimos palcos de piedra negra pulida que hay repartidos por todo el palacio de Ekasya. Las vistas del río desde ese balcón son hermosas. Sostiene un laúd y sus dedos puntean las cuerdas. Está rodeado de cortesanas jóvenes y bellas, algunas se ríen con las copas todavía llenas, y otras fuman pipas de humo del sueño mientras yacen sobre un montón de cojines. El retrato no contiene un título, pero fácilmente podría haber sido: *Kaddash, una vida de juerga y diversión.*

—¿Qué hace que un emperador sea un buen emperador? —pregunta Nisai.

Respondo sin pensármelo dos veces.

—Eso deberías decidirlo tú.

—¿Eso crees?

Aparta una mota de polvo invisible del retrato de su padre y continúa avanzando por el vestíbulo.

Issinon, el ayuda de cámara de Nisai, espera fuera de los aposentos del príncipe. Se inclina en una pomposa reverencia al vernos llegar. La banda de seda púrpura que le envuelve la mano denota su oficio. Se incorpora y despliega un minúsculo rollo de pergamino.

—Príncipe primero.

Nisai se quita la túnica y, de inmediato, se deshace del peso que implica su responsabilidad. Le dedica una sonrisa genuina a su ayuda de cámara. Espera a que estemos solos para desenrollar el pergamino.

Arqueo una ceja.

Nisai me acerca el pergamino a la nariz.

—¿Hueles lo mismo que yo?

Hace una mueca y, con ademán dramático, utiliza el pulgar para dibujar una línea a lo largo de su garganta.

 Nos han convocado.

El olor del poder preside la cámara del Consejo.

Recuerdo la primera vez que olí esa combinación de néctar y especias. Fue hace mucho tiempo, en las faldas de la montaña Ekasya, entre las murallas de la capital imperial y el río. Se construyeron varios suburbios en la ladera de la montaña, que se aferraban a la pendiente como los mejillones a una roca, como si temieran desprenderse. En esa tierra de nadie, donde solo viven apátridas, nunca habían olido nada tan dulce. Ese día, cuando Nisai me arrastró por un callejón mugriento y apestoso hasta llegar al cielo de tan solo Riker sabe qué, conocí a su madre: una mujer majestuosa y elegante, ataviada con túnicas de color púrpura imperial y con una diadema sobre la frente con amatistas y rubíes incrustados.

Me quedé ahí inmóvil durante lo que me pareció una eternidad, con la garganta seca y con mi corazón, todavía infantil e inocente, martilleándome el pecho. Pensé que podía oír el latir de mi corazón, que me estaba traicionando y revelando mi culpabilidad, mi vergüenza y mi miedo. Y lo estaba haciendo con la misma claridad como los tambores del templo declaran que la rueda de las estrellas ha girado. Pero su perfume me embriagó y su mirada me atrapó; me observaba fijamente, pero con cierta indulgencia, como si su hijo le hubiera traído un gato callejero y le estuviera pidiendo permiso para acogerlo como su mascota.

Después me dedicó esa sonrisa irresistible, una sonrisa de oreja a oreja que mostraba una dentadura blanca y perfecta, se puso en pie y declaró:

—Si el deseo de mi hijo es llevarlo a palacio, que así sea, que vaya a palacio.

Y eso fue lo que ocurrió.

Quizás había descubierto mis secretos, o tal vez se había enterado de lo que había tenido que hacer para salvar a su hijo. Fuera lo que fuese, nunca lo sabré y nunca lo preguntaré, pues eso fue lo que acordé con Nisai desde el principio. Era demasiado peligroso. Lo que sucedió ese día debe quedar entre nosotros dos. Y solo entre nosotros dos.

Ahora, Shari nos observa desde el otro lado de la mesa circular que domina la sala. Está tallada en cristal volcánico, cuyas minas se extienden por debajo de la montaña Ekasya. La superficie está pulida y, sobre ella, hay varias gemas incrustadas que dibujan un mapa elaborado y preciso. El diseño simula la rueda de las estrellas la noche en que se firmó el Tratado. Unas piedras de nácar simbolizan las dos lunas gemelas e idénticas.

Las otras cuatro consejeras, es decir, las otras cuatro esposas de Kaddash, están sentadas frente a las constelaciones de sus correspondientes provincias: la cobra de Los, lista para atacar; el toro salvaje de Trel; el águila dorada que sobrevuela Edurshai; la hilera de estrellas que dibuja el contorno del zorro de nieve de Hagmir, desde la punta de la nariz hasta la punta de la cola. Dudo mucho que el lugar que ocupa Shari, frente al león alado de su provincia, justo enfrente de la puerta, sea fruto de la casualidad. Se supone que el Consejo de las Cinco es igualitario por ley, pero mucho me temo que hoy en día depende de las palabras de la esposa imperial de Aphorai.

Shari no pierde ni un segundo más y se pone manos a la obra con ese ademán tan formal, tan ceremonial. Después de todo, el Consejo ha convocado al heredero del imperio, no solo a su hijo.

—Aphorai ya ha anunciado la fecha de la Luna de las Flores —empieza.

Tan solo está exponiendo lo que todos sabíamos, ya que ayer atestiguamos ese arcoíris de humo que salía desde la cúspide del templo, un eslabón de una cadena que Aphorai iluminó para que pudiera verse en todos los rincones del imperio. A estas alturas, debe de haber cientos de señales ardiendo por todo Aramtesh.

—El eraz de Aphorai ha hecho extensiva su cálida invitación a la capital con motivo de esta ocasión tan propicia y favorable. Y debemos enviar una representación imperial a tal acontecimiento.

Galen, la esposa imperial de Trel, examina su manicura perfecta.

—¿Propicia y favorable?

—Fortuita. Afortunada. De las que ocurren una vez en la vida —dice Shari.

Galen y ella ya hace tiempo que cumplieron con su cometido de dar al emperador hijos varones, por lo que no debería haber ningún tipo de rivalidad entre ellas. Sin embargo, cuando está Nisai delante, Shari siempre parece justificarse por temor a que la acusen de mostrar cierto favoritismo hacia una provincia rival porque, en ese caso, su provincia natal, Aphorai, podría sancionarla. O incluso sustituirla en el Consejo.

—¡Oh! ¡Claro que sí! —exclama Galen.

Asiente con la cabeza y sus trenzas, tan doradas como los campos de trigo de Trel, se revuelven. Ese entusiasmo hace que me apiade de ella. Ojalá Shari no fuera tan dura con Galen en público.

Nisai da una palmada.

—Nuestro tío abuelo es magnánimo. Para mí, es todo un orgullo que el Consejo rinda honores al compromiso imperial con nuestra provincia. Estoy a vuestra disposición para ayudar en las preparaciones de la delegación, pues soy plenamente consciente de las necesidades de mi padre. El viaje no será fácil para él, pero podemos hacer lo que esté en nuestras manos para que sea lo más cómodo posible.

Shari da unos golpecitos con un pergamino sobre la mesa.

—El Consejo solicita tu ayuda, pero en otro sentido, príncipe primero.

—Por supuesto, consejera —murmura Nisai, dirigiéndose a su madre.

Shari echa un vistazo alrededor de la mesa y mira a sus cuatro homólogas a los ojos antes de dirigirse de nuevo a su hijo.

—Seamos honestos y no nos andemos con formalidades. Ha llegado el momento de que te encargues de algunos deberes y obligaciones de tu padre.

—Consejera, el emperador todavía está vivo, muy vivo —protesta Nisai, que se ha puesto tenso de repente.

—Los dos sabemos que Kaddash no volverá a salir de palacio hasta el día en que trasladen su cuerpo a lo más alto del templo.

Nadie se atreve a decirlo en voz alta, pero pondría la mano en el fuego de que todos los presentes están pensando lo mismo: cuánto más tiempo resista el emperador, peor para el imperio. Pero fue el propio Consejo quien lo nombró heredero del trono, pues consideró que lo merecía más que sus hermanos, del mismo modo que nombraron a su padre y al padre de su padre y a todos los emperadores desde el inicio de los tiempos.

El Tratado ha cumplido con su propósito durante siglos y ha garantizado que la posición más importante e influyente del imperio esté ocupada por una provincia distinta en cada cambio de generación. Las dinastías locales no deben extralimitarse y solo pueden hacer respetar su autoridad dentro de su territorio. Las disputas sobre las fronteras siempre se resuelven antes de que salgan a la luz por miedo a que el puesto del emperador, y del ejército imperial que lo acompaña, caiga en manos de una dinastía poco importante en la siguiente vuelta.

Ha servido para mantener una relativa estabilidad en todo el imperio y ha permitido que aquellas personas con el ingenio y los medios necesarios puedan prosperar. Aunque aquellas con medios, pero sin ingenio, o con ingenio, pero sin medios… En fin, eso es otra historia. Una historia que prefiero no recordar.

Shari rompe ese incómodo silencio.

—Aramtesh no espera a ningún hombre. Ni siquiera a tu padre. —Ha meditado bien las palabras, pues entre líneas se lee una verdad y una traición.

—Así es, madre. Pero no se me ocurre qué puede necesitar el Consejo de mí.

—Vamos a levantar la orden de aislamiento.

La decisión de Shari siempre me ha transmitido tranquilidad, seguridad. Hasta ahora. ¿Levantar la orden? ¿En qué está «pensando»?

—Perdóname, madre, pero ¿puede hacerse algo así?

Shari empuja el pergamino que ha estado sujetando todo el tiempo hacia el otro lado de la mesa.

—Por unanimidad, el Consejo de las Cinco tiene el poder y la capacidad de anular un decreto imperial en situaciones en las que «no» hacerlo pone en riesgo los principios básicos del Tratado. Desde tu encierro en palacio, las cosas han cambiado. Y mucho. Ojalá no fuera así, pero tu seguridad ya no es lo más importante que está en juego.

Nisai parece sorprendido.

—¿Habéis desautorizado a mi padre?

Esmez, que está dos asientos a la derecha de Shari, se inclina hacia delante. La esposa imperial de Hagmir es la viva imagen de una matrona, de una madre dedicada y vocacional, lo cual contrasta con el aplomo y elegancia de Shari.

—No tuvimos que rebuscar en tecnicismos, ni en vacíos legales, cielo. —Esmez habla con voz suave y cariñosa, como si estuviese tratando de calmar a un animal asustado—. El emperador firmó el documento de su puño y letra. Su médico le ha prohibido realizar el viaje en sus condiciones. Así que deja de preocuparte. O, al menos, deja de preocuparte por tu padre.

—Además —añade Shari—, tu hermano también ha sido convocado. Debería estar aquí dentro de media luna. Los comandos no necesitarán más de tres días para reorganizarse. Y entonces partiréis. Juntos.

Galen dibuja una amplia sonrisa de orgullo al oír el nombre de su hijo de los labios de Shari. Al ser el único hijo imperial sin derecho al trono, puesto que su madre y el emperador proceden de la misma provincia, el príncipe Iddo se dedicó a labrarse un futuro prometedor. Fue ascendiendo de rango hasta convertirse en el capitán de los comandos imperiales.

Aunque tal vez la sonrisa de Galen se deba a la emoción de ver a su único hijo; desde la orden de aislamiento, todas las demás esposas están obligadas a visitar a sus hijos fuera de la capital.

—Enviar al guardia del palacio de Ekasya sería una demostración de fe muy poco apropiada —explica Shari—. Demasiado partidista. Los comandos, sin embargo, provienen de todos los rincones de Aramtesh. Abandonan sus hogares para servir al imperio. Tendrás tu propia guardia personal. Y a Ashradinoran, por supuesto.

Al oír mi nombre completo, siento un escalofrío, a pesar de que Shari solo lo utiliza por el bien del escriba, que está sentado en una esquina. Este es el procedimiento oficial y, en términos oficiales, soy el escudo del heredero de Aramtesh. Su guardaespaldas. Juré mi cargo ante la antigua ley y, como todos los escudos que me han precedido, el sello de mi familia me ha marcado de por vida. El león alado que tengo tatuado por todo el cuerpo, con el hocico abierto para alardear de sus colmillos, sus brazos recubiertos de plumas y sus zarpas afiladas, me obliga a defender al príncipe a ultranza.

Es mi cometido en la vida, aunque, de forma extraoficial, debo reconocer que si en algún momento me encontrara ante la encrucijada de salvar su vida o la mía, no lo dudaría ni un segundo. Salvaría la suya e iría al cielo, y lo haría de buen grado. A estas alturas, ya le he devuelto el favor, y con creces, pues fue Nisai quien me salvó la vida primero con su silencio; de hecho, su amistad es el salvavidas que me mantiene a flote cada día que pasa.

En estos momentos, Nisai está nervioso y le tiembla una pierna. No le culpo por estar emocionado. Le acaban de conceder el permiso de salir del complejo palaciego de Ekasya por primera vez en varias vueltas; para ser más exactos, desde que Kaddash llamó por primera vez a las puertas de la muerte y el Consejo tomó una decisión inaudita: nombró al sucesor del emperador antes de tiempo y presentó la orden de aislamiento.

Por un segundo, creo que el próximo gobernante de Aramtesh va a levantarse y a rodear la mesa para abrazar a cada uno de los miembros del Consejo. Pero se contiene.

—Quiero dar las gracias al Consejo por la confianza que ha depositado en mí.

Sigo quieto, pues es lo que todos esperan de mí. Pero no dejo de pestañear y de abrir y cerrar la boca, como un bacalao de río que se ha quedado atrapado en una red de pesca. Dentro de doce días, el príncipe primero abandonará el palacio por primera vez en varias vueltas de la rueda de las estrellas.

Lo que significa que tengo once días para tratar de convencerle de que no lo haga.

3

Rakel

Menta, cuero, romero, sudor.

Me aferro a los hombros de padre para no caerme. Serpenteamos por angostas callejuelas y nos adentramos hasta lo más profundo del corazón de la ciudad de Aphorai. Nos cruzamos con varios soldados, que saludan a su capitán asintiendo con la cabeza y llevándose un puño al pecho. El respeto que muestran hacia mi padre es tan imponente que hasta podría estar grabado

en sus rasgos. Parecen ajenos al torrente de aromas y pestilencias que nos rodea. Para ellos, no es más que un riachuelo que murmulla de fondo, pero, para mí, la riada de olores transforma la avenida más amplia de Aphorai en un río imponente y caudaloso que amenaza con ahogarme, una cascada que nace de lo más alto de las montañas en cuanto la nieve empieza a deshacerse.

Si no logro sacar la cabeza a la superficie, si no consigo respirar un poco de aire fresco, quedaré sepultada. La mano invisible del pánico me sostiene por la garganta y mi respiración se vuelve irregular, agitada, nerviosa. ¿Eso es lo que ocurre cuanto te das cuenta de que vas a morir ahogado? No puedo…

«Contrólalo», me digo a mí misma mientras cierro los ojos, apretándolos, y me pellizco la nariz para no inspirar más aire. Y ahora, uno por uno. Distínguelos, sepáralos. ¿Has dado con uno? Sujétalo y no dejes que se te escape. Analízalo. Inhala…, menta. Exhala…, cuero. Eso es. Respira. Solo respira.

Cuando por fin llegamos a los muros que rodean el complejo del templo, ya me he recuperado y muestro un semblante tranquilo, relajado. Padre me baja de sus hombros y, cuando por fin mis piececitos tocan el suelo, me percato de que solo me saca una cabeza. ¿Estamos en una escalera? No, un paso a nivel. Qué raro.

—A partir de aquí tendrás que caminar tú solita, pequeña.

—Pero quiero quedarme contigo —protesto, y noto el escozor de las lágrimas en los ojos—. Por favor.

Su única respuesta es ponerme un collar, una cadena de plata de la que cuelga un medallón. Me asombro al ver el grabado del medallón. Es precioso y delicado. Unas minúsculas estrellitas están repartidas por el metal, como si el artista hubiese intentado plasmar un trocito de cielo estrellado sobre el medallón. Me abalanzo sobre mi padre con los brazos abiertos.

—Gracias.

—Ábrelo.

Obedezco. No me había dado cuenta de que era un relicario. A un lado hay un pequeño espacio para el bálsamo de labios, aunque está vacío. De todas formas, me lo acerco a la nariz. Nada.

—Cuando seas lo bastante mayor, podrás elegir y utilizar el que más te guste —dice, y señala al otro lado. En esa mitad, el artista talló el retrato en miniatura de una mujer—. Tu madre.

No recuerdo su esencia, por lo que es imposible que recuerde su imagen. Pero si realmente se parecía al dibujo del camafeo, debió de ser una mujer hermosa e impresionante. La frente noble, una nariz respingona, pómulos prominentes. Tenía las facciones muy marcadas, en especial la mandíbula. Detrás de esa sonrisa, se advertía una voluntad implacable y dura como el acero.

—Cada día que pasa te pareces más a ella.

Me fijo un poco más en el retrato. Creo que mi padre ve lo que quiere ver. Aunque salta a la vista que algunas de nuestras facciones son idénticas: tenemos los ojos un poco más saltones de lo que me gustaría y el pelo tan liso y lacio que se nos desliza sobre el rostro cada dos por tres, de forma que mantenerlo retirado de la cara se ha convertido en una lucha diaria, por no hablar de lo complicado que resulta intentar recogerlo en una trenza. De hecho, ahora mismo, siento el cosquilleo de un mechón de pelo rozándome la nariz. Lo aparto y pongo mala cara.

Padre suelta una carcajada.

—También has heredado su temperamento.

Al menos eso «sí» suena a verdad.

—¿Qué llevaba? —pregunto, sosteniendo el relicario, con la parte del bálsamo mirando hacia arriba.

De pronto, su rostro, curtido y avejentado por los años y el sufrimiento, cambia de expresión y su semblante denota nostalgia y melancolía.

—Rosa del desierto.

Ya he perdido la cuenta de las veces que lo he probado, pero, aun así, no ceso en el intento y cierro los ojos para tratar de recordar. Rosa del desierto. ¿Con una pizca de cardamomo para añadir un toque de exquisitez y riqueza? ¿O tal vez una nota de pimienta negra para que sea más personal y singular? Sí, podría ser. ¿O no? No lo sé. Y, de serlo, ¿por qué solo puedo distinguir el olor de la lavanda? Lavanda impregnándome la nariz, la garganta. Se supone que la lavanda calma las heridas y sosiega a los recién nacidos. Pero, por los seis infiernos, esta lavanda «quema».

Me despierto de un sobresalto y jadeando, sin aliento. La chica que tengo frente a mis narices también da un respingo. Va vestida de amarillo, pero la tela que resbala por mi brazo es tan suave como una brisa de verano.

«¿Seda? ¿Para una criada?»

Tras darse cuenta de que he recuperado el conocimiento, la muchacha se yergue y destapa un frasquito de cristal.

«Sales de amoniaco.»

Algo se revuelve en un rincón de mi mente confundida; estoy tumbada boca arriba y noto el frío del mármol en la espalda. Contemplo el techo; está entretejido con juncos y es el más hermoso que jamás he visto y de él cuelga un precioso candelabro que emite un resplandor cálido que baña toda la estancia. El único mueble que hay en esa habitación es un banco de piedra bastante bajo sobre el que veo apilados un montón de cojines de distintas tonalidades de azul: índigo, cobalto, celeste.

Después de varias respiraciones, por fin logro zafarme del ataque del amoniaco y puedo empezar a disfrutar de la riqueza del preciado incienso de Aphorai. Están quemando el puro, y no la versión ruda que se huele en las calles.

«Sangre de dragón.»

Ha funcionado. Estoy aquí.

Me incorporo y me masajeo las sienes con la palma de las manos. En mi cabeza retumba un concierto de platillos y tambores. Cuando el estruendo empieza a disminuir, la criada se retira hacia las sombras. Creo que no me habría percatado de la presencia de los imponentes guardias que escoltan la puerta si no fuese por las oleadas mordaces de ajo rancio y de los litros de cerveza que se bebieron anoche y que están sudando ahora.

No sé por qué, pero de golpe y porrazo me echo a reír. Tal vez porque sospecho que su dolor de cabeza debe de ser mucho más insoportable que el mío. O quizá sea por los efectos secundarios del mejunje que he tomado. No es una risa alegre, sino más bien histérica, casi demente. Noto un terrible escozor en la garganta y, con una mueca de dolor, me llevo una mano al cuello.

Y en ese preciso instante siento un hormigueo en la espalda; reconozco la sensación casi de inmediato. Alguien me está observando. Alguien me está vigilando.

Está bien. Quería entrar en el juego y lo he conseguido. Sería absurdo abandonar ahora.

—Mandrágora —digo a quienquiera que esté escuchando tras el resplandor parpadeante de las velas. Pero mi voz suena áspera, ronca. Me aclaro la garganta y lo intento de nuevo—: Utilizaste mandrágora, ¿verdad? Y la enmascaraste con melón amargo.

Nada. Y, de repente, de entre las penumbras de la habitación, se oye un aplauso lento, deliberado.

—Bravo.

Resoplo.

—De verdad. No conozco ningún otro olfato en la ciudad que hubiera sido capaz de deducir la combinación.

Un hombre emerge de la oscuridad. No podía ser otro que Zakkurus. Es un tipo alto y esbelto, y luce una túnica de seda negra sobre la que destacan unos diminutos nenúfares bordados con hilo plateado. Una diadema también plateada le sujeta esa melena azabache tan brillante. Tiene la tez pálida y unos rasgos finos, delicados. No hace falta ser un genio para adivinar que ha llevado una vida cómoda y alejada del desierto. Con una elegancia sinuosa y una media sonrisa, atraviesa la habitación. Es muy sutil, pero juraría que se ha aplicado un poquito de granada en los labios para añadir un toque rosado. A juzgar por las intrincadas espirales que decoran sus ojos, unos ojos de color lapislázuli y más fríos que un témpano de hielo, tampoco me sorprendería.

Pues bien, los rumores son ciertos. El perfumista más prestigioso de la ciudad de Aphorai «es» tan hermoso como solitario. Y también es más joven de lo que esperaba. Nunca pensé que alguien pudiera ascender tan rápido. Sin embargo, cuando se acomoda en el banco lleno de cojines que tengo delante, mi escepticismo se tambalea. Ha debido de vivir un puñado de vueltas más que yo, pero no muchas más.

Zakkurus dobla una pierna sobre la otra y, en silencio, me observa. Me contengo cuando alarga ese brazo tan grácil y pálido, y me pellizca la barbilla. Su piel es suave como el terciopelo, igual que el perfume que desprende. La frescura efímera del agua de violeta me desborda y, de repente, mi imaginación alza el vuelo. Se aleja de esa sala extraña y oscura, y siento que estoy paseando por un jardín, en el frescor de una mañana, con los colores de un nuevo amanecer iluminando las fuentes y un sinfín de flores exóticas decorando los parterres, esperando a abrirse y mostrar su esplendor. Suspiro y el perfume se desvanece, pero mi melancolía y mi envidia no se esfuman con tanta rapidez, sino que se quedan suspendidas en el aire.

Zakkurus me gira la cabeza y me inspecciona como si fuese un animal enjaulado que están a punto de sacar a subasta.

—¿Te han lastimado, pétalo? —pregunta el perfumista, y mira de reojo a los guardias, cuya resaca tampoco ha pasado desapercibida para Zakkurus—. Les pedí que no te hicieran daño, pues no suponías una amenaza. Pero los de mi posición debemos andarnos con mucho cuidado cuando recibimos invitados no autorizados.

—No soy exactamente…

—¿Una flor delicada?

Encojo los hombros.

—No —dice Zakkurus, y se apoltrona de nuevo entre los cojines y almohadas. Echa un vistazo lánguido y fugaz a mis botas, manchadas de barro y polvo, y a los mechones rebeldes que se escapan de la diadema—. Si lo fueses, no habrías llegado hasta aquí.

Y entonces saca una bolsa, la coloca sobre su regazo y empieza a examinar el contenido.

Es «mi» bolsa.

En algún rincón de mi miente retumba la voz de Barden: «Ten cuidado». Sacudo la cabeza para despejar esa neblina que me confunde y no me deja pensar con claridad.

—Bien, mi querida flor «indelicada», ¿te importaría contarme cómo te tropezaste con esta pequeña fortuna de aceite puro de rosa del desierto?

Le miro a los ojos. «No te acobardes ahora, Rakel.»

—Lo he hecho yo.

Y además estoy muy orgullosa de ello. Me pasé toda una temporada escarbando entre las piedras de desfiladeros y barrancos, y recogiendo las flores una a una y a mano. Es el aceite más puro que he elaborado y, sin lugar a dudas, es mucho mejor que los sedimentos turbios que venden en los mercados. El mejor aceite siempre se envía a la capital imperial. ¿El secreto? Utilizar aceite, y no agua. A menos que quieras enviarlo directamente al cielo, es absurdo destilar los pétalos de rosa para intentar conseguir su esencia. Es demasiado agresivo. Y violento, me atrevería a decir. Las cosas funcionan mucho mejor si no las fuerzas, si no las presionas. Debes persuadir a las flores para que «quieran» desprenderse de su perfume y entregártelo a ti, y solo a ti. Colócalas entre varias capas de grasa sólida durante unos días, y no solo un par de horas, y eso es lo que harán.

Aunque no pienso revelarle esa información, por supuesto.

Zakkurus sigue sonriendo, pero sus ojos se han endurecido y ahora brillan como dos zafiros.

—Vamos, no te hagas de rogar. Los que nos dedicamos a los negocios debemos respetarnos. Sobre todo los que gozamos de la… «visión» para evitar las regulaciones imperiales, ¿no te parece?

Respeto. Fácil de exigir, difícil de ofrecer. Asiento a regañadientes.

—Me alegra saber que jugamos en el mismo bando. Y bien, ¿de dónde has sacado esto?

—Lo… he… hecho… yo. Ni siquiera te has tomado la molestia de comprobar la marca del creador. ¿Dónde ha quedado el respeto que me estabas exigiendo hace tan solo unos segundos?

Me fulmina con esa mirada azul.

Espero que no se dé cuenta de que se me ha acelerado el pulso.

Hace un gesto con la mano, como si estuviese espantando un tábano molesto.

—Dejadnos solos.

Varios pares de pies se escabullen entre la penumbra de la habitación.

No puedo contener una sonrisa de satisfacción cuando veo a Zakkurus destapar el frasquito de cristal. Observa y analiza el contenido con tal concentración que parece estar tratando de leer las estrellas en los posos de una taza de kormak. Después mueve el frasquito, formando pequeños círculos, y se lo acerca a la nariz. Frunce el ceño, remueve el contenido una última vez, cierra los ojos e inhala profundamente.

—Por favor, tómate todo el tiempo que consideres necesario.

No hay nada que me impida levantarme del suelo. Salvo que se me han dormido las piernas. Aprieto los dientes y lo intento otra vez. El hormigueo es doloroso, pero lo ignoro y consigo ponerme de pie. Doy un paso al frente, pero no me atrevo a salir del claro de luz.

Zakkurus saca un pequeño junco de debajo de su túnica. Lo introduce en el frasco y después lo sostiene por encima de una de las velas. Me asombra que no le tiemble el pulso. La llama devora la varilla en un santiamén, y los restos carbonizados aterrizan en un plato de cobre. Frota las cenizas con los dedos, que le quedan manchados de gris, y suelta un último bufido.

Para cuando termina su minuciosa inspección, yo ya he recuperado la sensibilidad en las piernas.

—¿Satisfecho? Puedo elaborar más. La pregunta es: ¿estás interesado?

—¿Qué has venido a hacer aquí en realidad, pétalo?

He ensayado esta conversación un millón de veces durante las últimas lunas. Pero nunca había tenido la boca tan reseca y la cabeza tan espesa. Estoy hecha un manojo de nervios, y no sé si seré capaz de disimularlo.

—Las pruebas para los nuevos discípulos empiezan dentro de tres días. Yo…

—Aunque tu talento fuese lo que parece, las pruebas siempre conceden ventaja a los vástagos mimados de las cinco familias.

Albergaba una esperanza: que Zakkurus no hubiera olvidado quién era y cuáles eran sus orígenes. Ante esa muestra de desprecio, me permito el lujo de esbozar una sonrisa.

—Por las barbas de Esiku, de verdad crees que tienes una oportunidad —se burla, y escupe una ruidosa carcajada.

Siento que me arden las mejillas. El único motivo por el que no me doy media vuelta y salgo escopeteada por la puerta es que no sé dónde «está» la puerta.

Intento controlar mi temperamento y no perder la compostura.

—¿Alguna vez me he equivocado en uno de tus pedidos? ¿Te he entregado alguna chapuza? No. Soy rentable y, para qué andarnos con rodeos, te sacas un buen dinero gracias a mí. Escúchame, y te prometo que podrás ganar todavía más. Mucho más.

Enarca una ceja perfectamente perfilada.

—Continúa.

—Dime en qué consistirá la última prueba de elaboración.

—¿Me estás pidiendo que te ayude a hacer trampas en mis propias pruebas de selección? ¿Es que el calor abrasador del desierto te ha secado el cerebro?

—Prefiero llamarlo «competir en igualdad de condiciones». Si gano la competición, puedes estar seguro de que habrás elegido a la mejor de los mejores nuevos discípulos, y no a un malcriado que puede permitirse todo el material disponible en el mercado. Y es un hecho, igual que lo es que la mierda apesta. Imagínate la reputación que podrías labrarte con mi ayuda. Captarías la atención de la capital, y pondrías a la ciudad de Aphorai en el mapa de nuevo.

Abre un poquito los ojos. Creo que voy por buen camino.

—¿Y si pierdes?

Sostengo el frasco con aceite de rosa del desierto.

—No es el único. Ya he probado el método con flor de jengibre blanco. Y también con jazmín —añado, y señalo su túnica con el dedo—. Me apostaría el cuello a que incluso funcionaría con nenúfares.

Me alejo del resplandor que emiten las velas y me deslizo hacia la negrura más absoluta. Tardo unos segundos en adaptarme a la oscuridad. Un tapiz estampado recubre la pared de piedra; lo acaricio con la palma de la mano y noto una suavidad exquisita. Ese maravilloso tapiz vale más que toda una vida de arduo trabajo para la mayoría de la gente de mi aldea. Noto la amargura de una certeza indeseada en la lengua. No hay marcha atrás.

—Si pierdo, trabajaré para ti en exclusiva durante diez vueltas. Tú, y solo tú, tendrás acceso a mis servicios. Y las condiciones se mantendrán como hasta ahora, no habrá contrato y cobraré bajo cuerda. El recaudador de impuestos no se dará cuenta de nada.

Zakkurus da un golpecito con un dedo sobre su muslo. Mi oferta queda suspendida en el aire, como si fuese una nube de humo nocivo.

Aprieto la mandíbula.

Cuatro golpecitos.

Cinco.

Se inclina hacia delante.

—Quiero dedicación a tiempo completo. No aceptaré menos de eso.

Se me revuelven las tripas. «Dedicación a tiempo completo.» Es el término que solo alguien que no sufre calamidades económicas se atrevería a utilizar, en lugar de llamarlo por su propio nombre: esclavitud.

—Sé que soy la mejor —digo, aunque sueno más convencida de lo que estoy.

De repente, esa habitación extraña y desconocida en quién sabe qué parte de la ciudad se ha convertido en el borde de un acantilado.

Sus ojos escudriñan las sombras.

—No eres la primera que ha osado llamar a mi puerta y pronunciar esas palabras.

—Y correr el riesgo mereció la pena. ¿O acaso me equivoco?

Ni siquiera se inmuta ante esa puñalada de verdad.

—Supongamos que decido ayudarte. ¿Cómo sé que no vas a sufrir una trágica pérdida de memoria y te vas a perder en un oasis muy muy lejano?

Me pregunto si padre ya ha descubierto que su sello ha desaparecido. Debo admitir que no me siento en absoluto culpable de habérselo robado. Ojalá no me hubiera visto obligada a hacerlo, pero sé que, si le hubiera explicado lo que tenía planeado hacer, me habría prohibido salir de casa.

—Hay gente que me importa.

Zakkurus suelta un bufido.

—Negocio con esencias, no con sensiblerías.

Rebusco entre las capas de tela hasta encontrar el sello de padre.

—Y por eso pienso dejarlo grabado en arcilla.

Los dos clavamos la mirada en el objeto que tengo en la mano, una piedra con varios pictogramas tallados, una rosa, un casco de batalla, el zigzag de una cordillera. Esos elementos simbolizan el apellido y la cimera de nuestra familia. Por enésima vez me planteo si tengo alternativa.

Pero una ruidosa palmada interrumpe mis pensamientos.

La criada reaparece, asiente al oír las órdenes del perfumista y se escabulle con sigilo.

En un abrir y cerrar de ojos ha arrastrado una mesa y la ha colocado entre nosotros.

No tengo suficientes conocimientos legales para comprender la mayoría de las palabras de ese contrato, pero la expresión «diez vueltas» no deja lugar a dudas. Está más claro que el agua. Estoy jugándome una década de libertad y, aun así, no vacilo al presionar el sello cilíndrico sobre la tableta de arcilla. Todavía está blanda, sin cocer. Hago rodar el sello hasta que la firma de padre queda totalmente grabada al pie del contrato. Y, junto al sello, apoyo el pulgar para que mi huella dactilar quede impresa en el barro. Esas líneas tan sinuosas son mi identidad.

Ya está hecho.

La criada se lleva la tableta y deja una botella de mayólica azul sobre la mesa.

—Adelante —dice Zakkurus—. No muerde.

Retiro la tapa y espero a que el contenido me dé una cálida bienvenida.

Enseguida me invaden las notas más fuertes, más aromáticas. Jazmín de estrella. Vid de arena. Flor de Purrath. Hasta el momento, todo bien.

La base es… ¿sándalo? Interesante. A mí me habría parecido una opción demasiado simplona, casi vulgar. Aunque, pensándolo bien, no se me ocurre ningún ingrediente más delicado que el sándalo que pueda abrumarme tanto. Percibo unas notas medias un poco picantes. ¿Canela? Sí. Y algo terroso también. Si tuviera que aventurarme, diría que son semillas de zanahoria. Bien. Tengo de todo en mi almacén.

Pero entonces distingo algo más.

Es un aroma casi imperceptible. Pero le aporta un carácter distintivo y peculiar. Gracias a ese toque tan sutil, el perfume resulta divino, soberbio. Esa curiosa combinación de frescura ácida y dulzor rítmico despierta un recuerdo que tenía enterrado en lo más profundo de mi memoria.

Por aquel entonces no era más que una niña. Mi padre todavía servía al eraz y lideraba una campaña para tratar de resolver y zanjar de una vez por todas las escaramuzas que se libraban en la frontera, justo en las faldas de la cordillera de Alet. Siempre que padre tenía que marcharse de casa, me quedaba con la familia de Barden. Todas las noches sostenía el relicario entre las manos y suplicaba a lo que fuese, a las estrellas o incluso a los dioses, que volviera sano y salvo. Pero mis ruegos no fueron escuchados. Y juré que jamás volvería a pedirles ayuda.

Y, desde ese momento, empecé a rezarle al recuerdo perdido de mi madre.

Cuando nos mudamos a palacio, había crecido: medía, al menos, medio palmo más. Fue allí donde le concedieron un fajín nuevo. El eraz mandó que su propia hija hiciera los honores; padre se arrodilló para facilitarle el trabajo. *Lady* Sireth rondaba la misma edad que yo, aunque la esencia que llevaba ella constataba que vivíamos en dos mundos totalmente distintos. Al principio, el perfume resultaba fresco y dulce a la vez, como una granada a principios de otoño. Pero había algo más, mucho más. Yo había dejado de creer en las estrellas, pero comprendí por qué otros de mi misma clase social podían llegar a creer que alguien que desprendía ese aroma tenía que ser un ángel caído del cielo.

«Eso es.» La próxima temporada, el eraz y su familia recordarán a todos sus súbditos los orígenes de su poder, más allá de su gobierno imperial en Aphorai. Se ungirán con el perfume de un dios.

—Dahkai —susurro.

Zakkurus me observa, divertido.

—Sí, sí, pétalo, la flor más oscura. Aunque llamarla así puede parecer, ¿cómo decirlo?, irrespetuoso. Es la florecita más hermosa y más encantadora para un momento fugaz, efímero.

Una florecita encantadora que ha suscitado guerras y ha derrotado dinastías desde el principio de los tiempos. Una flor que vale más que toda una vida de trabajos forzados. Y una flor que ahora necesito si quiero ayudar a padre.

Medito bien las palabras que voy a utilizar.

—No puedo conseguir dahkai en los mercados.

Hace un mohín con los labios y dibuja una «o», fingiendo estar horrorizado. Y, de repente, me muestra el vial más diminuto que jamás he visto. Debe de medir como mi dedo pequeño, pero solo de la punta hasta el nudillo, y es del mismo azul que la botella del perfume. Señala los frasquitos de rosa del desierto que, al lado de esa mayólica tan ostentosa y llamativa, ahora parecen modestos, humildes, vulgares.

—Consideraré estos tarritos y el contrato que has firmado como un anticipo.

—Pero esos tarritos bien valen una luna de comida y de... —Me callo, pues me avergüenza pronunciar «medicinas».

Me muerdo la lengua y me trago mis propias palabras. Me habría gustado decirle que creía que habíamos llegado a un acuerdo que nos favorecía a ambos y que nos habíamos ganado un mutuo respeto. Que Zakkurus todavía recordaba qué se sentía al estar desesperado.

—Me arriesgaré por ti, pétalo. Pero no soy un benefactor abnegado y caritativo.

«Benefactor abnegado y caritativo.» Las palabras de la camarera canturrean un dueto con las de Barden: «ten cuidado».

He entregado todo lo que tengo a cambio de un vial que contiene unas gotitas de la sustancia más valiosa y más preciada de todo el imperio. De hecho, está tan cotizada y tan buscada que se regula hasta la última gota. Si intentase venderla, sería más probable que acabara encerrada en las mazmorras que con un buen puñado de zigs en el monedero. Pero ¿qué más podría haber hecho? ¿Qué más «puedo» hacer? Si no acepto la esencia de dahkai, no pasaré la prueba final y perderé la competición. Me acerco a la mesa y recojo mi bolsa, ahora vacía, y el vial.

El perfumista agita esa mano fina y elegante, y la criada aparece de nuevo de entre las sombras, con la cabeza gacha y la mirada clavada en el suelo. Me ofrece una taza. Esta vez solo tengo que olerlo una vez. Nunca olvido una esencia. Mandrágora enmascarada con melón amargo.

Zakkurus esboza una sonrisa, que parece la sonrisa de una serpiente.

—Y ahora pórtate como una buena chica y tómate tu medicina.

4

Ash

—Sigo sin comprender por qué debes ser «tú» el que tiene que ir, y no otro.

Nisai me lanza una mirada penetrante, una mirada con un mensaje claro e inequívoco: «Ya lo hemos hablado, no vuelvas a tocar el maldito tema». Y un segundo después pasa al ataque con su lanza.

Es un movimiento predecible y, por lo tanto, fácil de esquivar. Le rodeo. Dibujo un círculo con mis pies a su alrededor, y mi sombra se extiende a mis espaldas como un gigante. Los primeros rayos de sol empiezan asomarse por los muros del anfiteatro.

—¿No sería más apropiado que Garlag te representara en este asunto?

Aunque la pregunta que en realidad me está rondando por la cabeza es: ¿qué sentido tiene pagar un sueldo desorbitado a un chambelán peripuesto si después no puedes enviarlo a cualquier punto del imperio para que obedezca tus órdenes?

—Ya has oído al Consejo. Ya va siendo hora de que tome las riendas y asuma más responsabilidades —responde Nisai, y hace una finta hacia mi derecha.

Su mirada le traiciona y enseguida adivino sus intenciones. Levanto bastante el brazo izquierdo antes de que intente golpearme. El guantelete absorbe el impacto, aunque debo reconocer que me han vibrado varias articulaciones.

Tal vez se está dejando guiar por su corazón, y eso es lo que verdaderamente anhela y desea.

No se rinde, y sigue con el ataque.

—Podría ser mañana mismo, o dentro de varias vueltas, quién sabe. Ojalá el tiempo pudiera detenerse, pero me temo que eso no está en nuestras manos. Tarde o temprano, llegará el día de la coronación. Y cuando llegue ese día, quiero conocer bien las tierras sobre las que voy a gobernar.

Otra embestida. Logro eludirla, como antes, pero esta vez el chasquido retumba en las gradas y en los balcones de espectadores, ahora vacíos.

Sigo moviendo los pies con cautela y prudencia, pero en mi cabeza se ha formado un tornado imparable. Ha pasado muchísimo tiempo desde la última vez que pusimos un pie fuera del palacio. Y, aun así, tengo la impresión de que esta expedición es demasiado prematura, demasiado precipitada. ¿Está preparado?

¿Estoy preparado?

—¿No piensas que el envío de misivas sería una opción más eficaz? Estarías más al tanto de todo lo que ocurre en el imperio que si te pasaras una luna entera deambulando por carreteras y senderos perdidos, ¿no crees?

—Las misivas relatan la versión de un solo hombre —replica Nisai, que agarra con fuerza la empuñadura de la lanza y arremete contra mí. Por suerte, la punta solo me roza la cadera izquierda.

Le miro con los ojos entrecerrados y con expresión severa.

—Equilibra el peso.

—Ya «estoy» equilibrando el peso.

Ahí está mi oportunidad. Hago una pirueta, me agacho para evitar su guardia y le asesto tal patada en las rodillas que sus pies salen disparados del suelo.

Aterriza sobre su espalda y escupe un *uf* atronador, aunque la arena amortigua bastante la caída. Si fuese un hombre ególatra y presuntuoso, su orgullo le impediría mostrar sus debilidades y jamás admitiría la derrota. Pero ¿Nisai? Él está hecho de otra pasta; se apoya sobre los codos y sonríe.

—¿Aphorai es rústica? Quizá. ¿Anticuada? Puede ser —dice, y se toca la nariz—. Pero venerar las tradiciones significa que mi tío todavía sigue presidiendo la única plantación de dahkai de todo el imperio. La mitad de la corte de mi padre se rebelaría contra él si perdiese el acceso al ingrediente principal de sus perfumes más preciados.

Se pone en pie y se sacude el polvo de su túnica, una túnica austera y de un solo color. Estoy convencido de que es lo único que le gusta del entrenamiento físico, no tener que llevar las sedas púrpuras imperiales que debe vestir el resto del tiempo.

—¿No te pica la curiosidad? ¿Ni siquiera un poquito? Si no me fallan las cuentas, tan solo veremos dos lunas de flores en nuestra vida. Tres, si tenemos la suerte de convertirnos en un par de vejestorios.

Me encojo de hombros. Una flor es igual que otra.

—Imagina poder ver con tus propios ojos el despliegue de los pétalos de una dahkai. Y poder disfrutar de la primera vez que liberan ese perfume.

Su mirada se pierde en el horizonte.

—Será mágico.

—La magia merodea entre nuestras sombras. A nuestras espaldas. —El proverbio se me ha escapado sin querer, casi de forma automática. Después de tantas vueltas, se ha convertido en un reflejo. En una necesidad.

Nisai me fulmina con una mirada amenazante.

—Para el pueblo es importante que su líder y futuro gobernante asista a la luna de las flores. Es un buen augurio. Incluso mi padre apareció en una ocasión. Es un evento único.

Esbozo una mueca. ¿Importante? Sí, y mucho. ¿Peligroso? Demasiado, casi rozando lo imprudente. Mi trabajo consiste en protegerle y, en este momento, no se me ocurre una amenaza más mortífera que esa.

—Emprendamos ese viaje o no, no hay excusa para perderse una sesión —digo, y le entrego a Nisai su lanza—. De pie.

Nisai gruñe.

—¿No podría esfumarme y aparecer en la biblioteca?

Le contesto con una mirada asesina.

—Está bien, está bien.

Pero no está por la labor. Apenas se defiende de los ataques más sencillos y ni siquiera esquiva los embates que practicábamos cuando éramos dos mocosos y nos aporreábamos con varas acolchadas y espadas de madera, antes de que Boldor, un maestro espadachín, me seleccionara y empezara mi entrenamiento militar con los escudos.

—¡Mantén la guardia alta! —espeto—. Si estuviésemos librando una guerra, ya habrías muerto tres veces. ¿Quieres unirte a los dioses antes de haber salido de la ciudad?

—Por supuesto que no. Para eso te tengo a ti —dice. Ahí está: de nuevo, esa sonrisa embaucadora.

—Mira, lo único que te pido es que al menos te esfuerces

por mostrar «un poco» de fuerza. Estás a punto de abandonar la seguridad que te brindan estos muros y de atravesar medio imperio. Tus enemigos no deben tomarte por un objetivo fácil de batir.

—La fuerza no solo se mide con una espada. La fuerza también nace de la esperanza. De la empatía. De la compasión. Del amor. De la bondad —responde mientras cuenta las palabras con los dedos de la manos.

—¿Quieres que vomite el desayuno?

—De la información. Del conocimiento. De la inteligencia. De la astucia. De la sabiduría —prosigue, y deja caer la lanza para seguir contando con la otra mano.

—Ya he tenido suficiente.

Nisai sonríe de oreja a oreja.

—¿Vamos a la biblioteca, entonces?

Contemplo el cielo.

—Oh, Madre Esiku, dame paciencia, o acabaré matando con mis propias manos a esta oveja descarriada.

La biblioteca imperial está dividida en dos partes: arcilla y pergamino.

Las tabletas de arcilla están reservadas para contratos comerciales y para leyes proclamadas por el emperador o por el Consejo. Los textos más largos se escriben a mano y sobre papel de pergamino. En esa sección se encuentran relatos históricos, tácticas militares, acontecimientos celestiales e incluso mitos y leyendas que datan de los inicios de los tiempos, muchos de los cuales fueron destruidos durante las guerras de sombra y las vueltas de caos que siguieron. Por suerte, los emperadores eruditos y académicos que vivían en la capital consiguieron rescatar algunas de las crónicas y, desde entonces, se guardan bajo llave.

Atravesamos el majestuoso pórtico de la biblioteca. Nisai va derecho a la colección de pergaminos. Si por casualidad alguien le pregunta, él siempre dice que quiere estar bien informado para cuando le llegue el momento de gobernar. La historia es el mejor maestro.

Sin embargo, el motivo de sus constantes visitas a la biblioteca es otro. Está tratando de encontrar una respuesta. Y para ello, debe ahondar en el conocimiento prohibido. Quiere averiguar qué ocurrió aquel día en que todavía éramos dos críos. Necesita dar con la información que explique lo que cree que vio. Que explique quién cree que soy. «Qué» soy, más allá de las leyendas y de los cuentos infantiles que los padres leen a sus hijos para asustarlos y para convencerlos de que deben portarse bien.

La sala de manuscritos está forrada de estanterías y tiene varias escaleras apoyadas sobre las repisas. La luz que se cuela por la única ventana que hay alumbra la danza hipnótica de las motas de polvo. El resto de la habitación está iluminado por velas con aroma a limón, que, según cuentan, ayuda a la concentración. Ese perfume tan limpio se entremezcla con el aroma añejo del pergamino y con la canela que los curadores utilizan para repeler el moho, o eso fue lo que me dijeron.

Nisai cierra los ojos e inspira hondo, como si estuviera probando el perfume más exquisito.

—Hola, amigos —murmura a las estanterías—. Os he echado de menos.

—Estuvimos aquí ayer.

—¿Estás insinuando que es imposible echar de menos a alguien que hace un día que no ves? Déjame que mi apiade de tu marchito corazón.

Dibujo una sonrisita. Pero todavía albergo la esperanza de que los pergaminos de Nisai no sean los únicos amigos que vayamos a ver hoy. Y confío en que esos amigos le hagan entrar en razón y consigan lo que yo no he podido lograr: enfriar su entusiasmo por la expedición que le han propuesto.

Y, como siempre, mi intuición no me ha fallado. Una jovencita esbelta y grácil está sentada en lo más alto de una escalera, examinando los cilindros de pergamino. Nisai saluda a Ami, una de las curadoras de la biblioteca, que sonríe distraída al vernos pasar.

Un poco más adelante, una silueta familiar se levanta de un brinco de la mesa preferida de Nisai. Nos acercamos y Esarik Mur nos recibe con una reverencia, la mía un poquito menos pomposa y profunda que la que dedica a Nisai, aunque ha sido un gesto muy cortés y respetuoso por su parte. No debemos olvidar que él es un noble, y yo, un simple guardaespaldas.

—¡Mi príncipe! —exclama, con ese acento de Trel tan característico—. Permíteme decirte que tienes muy buen aspecto.

—Mentiroso —responde Nisai, y abraza a su amigo.

—¿No has tenido suerte con el tema de la guardiana de las esencias?

—Me temo que no.

—Bias es un bruto.

—Me temo que sí —dice Nisai, y ladea la cabeza—. Has venido muy pronto esta mañana.

—¿Qué suele decirse? La primera gota de rocío es la más dulce —responde Esarik con una sonrisa, y se retira unos mechones castaños y dorados de los ojos. Un buen corte de pelo no le vendría nada mal, la verdad.

—Este repentino interés y esta dedicación no tendrán nada que ver con los rumores que corren por la universidad, ¿verdad? Se dice y se comenta que alguien que tú y yo conocemos muy bien es uno de los candidatos a convertirse en el mejor de su promoción. ¿Ando desencaminado? Supongo que enseguida le lloverán las ofertas, aunque tengo la corazonada de que la más jugosa vendrá de la mano del gremio, y pronto se convertirá en un médico con todas las letras. ¿Me equivoco?

Esarik se encoge de hombros.

—¿Rumores? No son más que humo, estoy seguro.

—Hablando de rumores…

—¡Ya me he enterado! ¡Vas a poner rumbo al desierto!

Ahí va. Ver a ese par charlando es como tratar de seguir un partido de pelota bodko sin perderte ni una sola jugada.

Esarik da una palmada de alegría descontrolada.

—Quería preguntarte si te importaría que…

—¡Empieza a hacer las maletas, amigo mío! —contesta Nisai con una amplia sonrisa.

Me trago un gruñido. No, Esarik no. Pensaba que tendría más sentido común que Nisai.

—¡Claro que sí! Pero antes iba a echar un vistazo a…

—¿A *Los viajes de Zolmal*? ¿Volumen ocho? ¿Cuando asiste a la primera luna de las flores después del Tratado?

Esarik se rasca la barbilla.

—Creo que encontrarás más detalles de ese capítulo de su vida en el volumen nueve. No se ganó el apodo del Maestro de las Minucias porque sí.

—Puf. Prefiero *Tek el Losiano*. Una lectura más que recomendable.

—Lo mismo digo. ¿Y si nos repartimos la faena?

Nisai saca una moneda de oro del bolsillo de su túnica.

—¿Nos lo jugamos a suertes? ¿Emperador o templo?

—Cara.

—Pues ha salido pirámide.

Esarik refunfuña algo que no logro comprender y desenrolla un antiguo pergamino.

Nos pasamos el resto de la mañana leyendo. Está bien, el príncipe y el erudito leen, y yo me dedico a obedecer sus órdenes, a localizar otros textos en la inmensa biblioteca mientras ellos siguen escarbando en el pasado. Debo reconocer que no me importa. La biblioteca es un lugar seguro, familiar y con salidas vigiladas en ambos extremos del edificio. En resumidas cuentas, es el escenario perfecto para un guardaespaldas.

Y Esarik es una buena influencia para Nisai. A decir verdad, siempre he envidiado su amistad. Y no porque codicie la atención de Nisai, sino porque me gustaría averiguar qué se siente al estar en igualdad de condiciones y en un ambiente distendido y relajado con alguien a quien aprecias y es importante para ti.

Una de las consecuencias más devastadoras de haber sido nombrado príncipe primero fue la orden de aislamiento, ya que tuvo que despedirse de su sueño de asistir a la Universidad de Ekasya. En un intento de compensarle, el Consejo llevó la universidad a palacio y contrató a varios tutores y a los jóvenes eruditos con más talento de las cinco provincias para que estudiaran junto a Nisai. La mayoría se marchó cuando terminó el semestre oficial. Pero el joven aristócrata de Trel jamás se ha saltado una sesión de estudio con el príncipe.

Supongo que la debilidad que siente Esarik por Ami también ha tenido algo que ver. El noble se encaprichó de la curadora el primer día que llegó a la capital. Intenta mantenerlo en secreto; su padre es un hombre ambicioso y tiene muchas expectativas puestas en su hijo mayor. Espera que contraiga matrimonio con alguien de su misma clase social, y salta a la vista que la familia de Ami no cumpliría con los requisitos pertinentes. Pero cuando la ve serpenteando entre las estanterías, con un montón de pergaminos en un brazo y con una bandeja llena de comida en el otro, el rostro de Esarik se ilumina como el cielo al amanecer.

—¿Cómo han amanecido mis académicos favoritos esta mañana? —pregunta Ami, que deja la bandeja sobre la mesa y, como quien no quiere la cosa, acaricia el hombro de Esarik.

Como dos caballeros que somos, Nisai y yo fingimos no habernos dado cuenta—. Ya casi es mediodía y el calor que hace ahí afuera es abrasador. Y se me ha ocurrido que a lo mejor os apetecía picar algo.

—Oh, qué detalle tan lindo. Seguro que debes de tener una lista interminable de tareas pendientes y, aun así, te tomas la molestia de prepararnos un tentempié —comenta Esarik. Su respuesta es demasiado rígida, demasiado formal.

—El curador general lleva todo el día observándome como si fuese un halcón —murmura, y se inclina para retirar el trapo que tapa la bandeja. Es el aperitivo preferido de Nisai, una bandeja con varias clases de pan, un surtido de queso blanco de Edurshai, uvas traídas de Trel y dos tazas de kormak bien caliente, una bebida estimulante que se elabora en las faldas de las montañas de Hagmir—. Y no había tenido la oportunidad de preguntaros sobre las conferencias de Dasmai. ¿Tenéis pensado ir? Han hallado una traducción hasta ahora desconocida de los textos de Gen. Y calculan que se escribió tres siglos antes del pre-Tratado.

—No me lo perdería por nada del mundo —dice Esarik, a quien le hacen los ojos chiribitas. Está entusiasmado.

—¿Me guardarás un sitio?

—Será todo un placer —responde él, que, de repente, como si acabara de acordarse de dónde está, se ruboriza.

—¡Fantástico! —exclama, y luego se vuelve hacia Nisai e inclina la cabeza—. Príncipe primero, si me disculpas, debo regresar a mis quehaceres. Pero búscame si necesitas que te ayude en algo, por favor —informa, y se marcha a toda prisa.

Esarik la sigue con la mirada hasta que la ve desaparecer tras una estantería llena de libros. Después rota los hombros, se aclara la garganta y se levanta de la silla.

—Echemos un vistazo al volumen nueve —dice, y desaparece por el mismo pasillo que ha tomado Ami.

Disimulo una sonrisa.

Nisai, que está mordisqueando el pan con aire distraído, recupera el pergamino que minutos antes estaba leyendo con tanta atención. Pasa la yema de los dedos por un pasaje en particular y entorna los ojos; está traduciendo del aramteskano antiguo. Abre su diario personal, una libreta con cubiertas de cuero de uro que está llena de anotaciones y garabatos y bocetos de plantas y animales, tanto familiares como fantásticos. En pocas palabras, contiene toda su investigación.

Está convencido de que, un día u otro, esa búsqueda incansable y todo ese esfuerzo y determinación tendrán una recompensa y, por fin, hallará una respuesta.

Pero soy lo que soy, y solo los dioses podrían cambiarlo. Averiguar el porqué o el cómo no va a cambiar las cosas. Ojalá Nisai pudiera aceptarlo de una vez por todas. Así sería libre y podría seguir los caminos que le marca su curiosidad de erudito, y no los que le marca ese sentido de la responsabilidad tan anticuado.

Y justo mientras estoy meditando cómo abordar el tema de la expedición a Aphorai, un paje entra corriendo a toda prisa. Intenta frenar a tiempo, pero el suelo de la biblioteca es de piedra negra pulida, por lo que patina y por poco se cae de bruces.

—Alteza —saluda, pero se le escapa un gallo. Se aclara la garganta y prueba de nuevo—: Alteza, el comandante Iddo ha vuelto.

Y ese anuncio sí consigue llamar la atención del príncipe.

Regresamos a nuestros aposentos. Nisai se sienta frente al escritorio, desenrolla una mapa y coloca un quemador de incienso y un jarrón con lilas, un regalo de Ami, en las esquinas para evitar que se abarquille de nuevo. Al igual que ocurre con todos los mapas imperiales, la capital, la ciudad sagrada de Ekasya, está ubicada en el corazón de Aramtesh, encaramada en la cumbre de la única montaña que se avista en ese océano de llanuras aluviales y con el río dividido en dos para así fluir por ambos lados de la cima.

Iddo entra en la habitación sin tan siquiera llamar a la puerta. Agacha la cabeza para no golpearse con el dintel.

Nisai hace un esfuerzo por mantener la compostura y finge indiferencia. Ni siquiera aparta los ojos del mapa.

—Cuidado con la alfombra. Es una antigüedad.

—¿Para qué quieres una alfombra si ni siquiera puedes pisarla?

El capitán de los comandos imperiales se detiene a un paso de la alfombra. A primera vista, parece uno de los personajes que aparecen en los murales que retratan una batalla mítica e inolvidable. Nisai y su hermanastro se llevan exactamente cinco vueltas, aunque el hijo mayor de Kaidon le saca al menos una cabeza y es el doble de corpulento.

Ninguno de los dos ha querido dejarse barba, lo cual es algo muy poco habitual en príncipes. Sin embargo, esa sombra que le cubre la mitad del rostro le delata; hace al menos tres días que no se afeita. No puedo evitar fijarme en esa piel tan morena y bronceada. Supongo que ha debido de ser por el viaje, pues solía lucir una tez pálida y tersa, digna de un aristócrata.

Nisai se levanta de la silla y olisquea el aire haciendo muecas de asco y aversión.

—¿Tanto te costaba pasar por las termas antes de venir? —pregunta, y clava la mirada en una esquina de la habitación.

Un paje emerge de entre las cortinas y enciende otra varita de incienso.

El capitán se quita la capa de viaje, de lino blanco muy delicado para protegerse del sol. Las manchas amarillo verdoso del viaje son evidentes e inequívocas, del color del azufre. Debía de estar muy al norte, quizás en la provincia de Los, si ha tenido que atravesar los páramos para regresar a la capital. Los comandos viajan muy rápido.

—Tu mensaje decía: «en cuanto regreses». ¿Quién soy yo para desobedecer al príncipe primero? —replica. Y un segundo después, ignora por completo el comentario de su hermano y pisotea la alfombra. Se acerca a Nisai y lo estruja con un fuerte abrazo de oso—. ¿Cómo has estado, hermanito? ¿Sigues bien? —pregunta, y luego se gira hacia mí—. Supongo que no habrás dejado que se meta en ningún lío, ¿verdad, escudo?

Nisai se aparta, da un paso atrás y se sacude la túnica.

—Entre nosotros, preferiría pensar que no necesito una niñera que me vigile día y noche para evitar que me meta en un lío, sobre todo teniendo en cuenta que vivo en el palacio de mi propia familia.

Iddo me guiña el ojo, un gesto de complicidad.

—Oh, pero este palacio es la madriguera más peligrosa de todas. Por aquí pululan las hijas de mindundis y déspotas que se creen el ombligo del imperio. Seguro que todas revolotean como avispas a tu alrededor con la esperanza de hacerse con el tarro de miel. Casarse con un príncipe es muy tentador —dice, y pellizca la mejilla de Nisai.

Nisai le aparta de un manotazo. Siempre hacen lo mismo, desde que eran niños.

El capitán deja la capa tirada sobre el respaldo de una silla, se desploma sobre un diván y se cruza de piernas, sin ni siquiera molestarse en descalzarse las botas.

—Un pajarito me ha contado que estás pensando en emprender un viaje.

Nisai me mira de reojo.

—Ash no está de acuerdo.

—Y no le deben de faltar motivos —contesta Iddo, que en ese instante se despereza; al estirar los brazos para apoyarlos detrás de la cabeza, se oye un crujido en uno de los hombros—. El imperio está inquieto. Algo se está cociendo. Al principio pensé que eran los rumores de siempre, pero en algunos lugares el ambiente está muy caldeado. Sobre todo en las provincias periféricas. Las vueltas de negligencia militar de papá no han sido en vano, y ahora todos huelen una oportunidad. A la provincia de Los, nunca se le ha dado bien eso de jugar de igual a igual. A mí ya me va bien; ya sabes que me gusta estar alerta. Pero ¿tú? Tú vas a tener que tomar las riendas de este asunto cuando el viejo por fin se vaya al cielo.

—Razón de más para empezar ahora —dice Nisai, y señala el mapa.

—¿Y quieres empezar por Aphorai? ¿En serio? ¿Estás seguro de que no prefieres probar con algo más sencillo, más asequible, más cómodo? La Riviera de Trel es un lugar idílico y, en esta época de la vuelta, muy agradable. Días cálidos, noches frescas. Vino delicioso. Comida exquisita. Te sirven en el plato lo que han recolectado esa misma mañana, imagínatelo. Y los berridos de las manadas de uros al anochecer son sorprendentemente relajantes.

Me pondría a jalear a Iddo ahí mismo. Puede que Nisai no quiera escuchar mi opinión sobre este tema en concreto, pero tengo la corazonada de que prestará atención a los consejos de su hermano mayor.

—¿Vosotros dos os habéis confabulado? Mirad, podéis intentarlo cuanto queráis, pero Aphorai es mi provincia. Y se avecina una luna de las flores. Es el momento idóneo para hermanarse, para unirse, y no para dejar que las grietas se conviertan en abismos insalvables.

«Genial, lo que faltaba.»

Iddo suspira.

—Uf, tocado y hundido. Reconozco que no puedo rebatir ese argumento. Además, ¿quiénes somos nosotros para llevar la contraria a nuestras distinguidas e ilustres madres? ¿Qué dices, mascota domesticada? —Es una burla familiar que siempre acompaña con una sonrisa traviesa y divertida, y no petulante y engreída.

Quizás en otra vida habría servido al capitán. Y quizás en esa otra vida no me tomaría por un criado consentido y malacostumbrado. Le juré lealtad a Nisai, y pienso cumplir con mi promesa hasta el fin de mis días. Aun así, recorrer el mundo junto al emperador, siendo sus ojos y sus oídos, es algo que... me fascinaría hacer. Defender el palacio de una invasión, sofocar cualquier intento de insurrección. Acampar bajo las estrellas. Una vida de libertad, sin cortesanas ni tediosos políticos.

Cierro los ojos y me reprendo por haber pensado todo eso, por aspirar a algo más, por soñar despierto. Después de todo, sin Nisai, ni siquiera hubiera podido tener una vida.

—Mi deber es acompañar al príncipe primero vaya donde vaya —digo, tal vez con demasiada formalidad.

No sé si Iddo se ha percatado del impacto de sus palabras.

—En ese caso, la pregunta es: ¿cuándo quieres partir, hermanito?

—Lo antes posible. La luna de las flores siempre coincide con el último día de Hatalia. Antes de la fecha, habrá celebraciones a las que debería atender.

—Bien. La paciencia no es una de las virtudes de mis comandos. Se ponen nerviosos cuando no tienen otra cosa que hacer que llenarse la panza, beber hasta reventar y engrasar el uniforme. Se quejarán y patalearán un poco, eso seguro, pero no me he dejado la piel en formarlos y entrenarlos para que ahora se comporten como unos blandengues o unos cobardes.

Observo su expresión con detenimiento; necesito saber si, entre esas palabras, se esconde una crítica mordaz.

—¿Al alba, entonces? —pregunta el capitán, que se pone de pie.

Nisai asiente con la cabeza.

—Gracias, hermano.

Iddo encoge los hombros.

—Solo cumplo con mi trabajo.

—¿Nos honrarás con tu presencia esta noche? —murmura el príncipe; está ilusionado, emocionado, esperanzado, como si todavía fuese ese muchacho que se pasaba horas enteras en lo más alto de los muros de palacio esperando el regreso de una patrulla de comandos que traería consigo leyendas de intrigas y aventuras.

—Prefiero cenar en los barracones. Mis hombres encajarán mejor la noticia si están rodeados de carne y cerveza.

Nisai parece ofendido.

—En Aphorai los recibirán como es debido y los tratarán como se merecen.

—Cualquier comando que haya estado hace poco en provincias lejanas pensará que es una exageración.

—Supongo que mi tío los sorprenderá.

—Seguro que sí. ¿Hasta el alba?

—Hasta el alba.

Iddo se despide con unas palmadas en la espalda antes de juntar los talones y llevarse el puño al corazón.

—Alteza —dice y, antes de salir de la habitación, me mira y asiente con la cabeza.

—Vaya, vaya —comenta Nisai, que vuelve a tener toda su atención puesta en el mapa—. ¿Estás satisfecho? No solo contaremos con escolta personal, sino con la mejor escolta personal de todo el imperio.

—Estaría satisfecho si entraras en razón y descartaras la idea de ese viaje. Pero admito que estoy aliviado. Un poco —respondo; sacudo la cabeza y me doy la vuelta, resignado. No hay nada más que pueda hacer, tan solo intentar minimizar los daños.

Me sirvo un vaso de agua de la pila de alabastro y extraigo un matraz plateado de la colección personal de frascos y botellas que atesora Nisai.

—Iddo se encargará de la mayor parte de las cosas, pero hay un asunto en particular del que deberás ocuparte antes de la partida.

—¿Oh?

Le miro sin decir nada porque sabe muy bien a qué me refiero. Echo tres gotas de ese líquido casi negro, ni una más, ni una menos. Se sumergen en el agua como relámpagos oscuros.

—Oh. «Eso.» Claro, claro. Estoy seguro de que Esarik sabe dónde y cómo conseguir un poco. Y ya conseguiremos más en Aphorai.

—¿Esarik? Me prometiste que nadie más...

—Cree que sufro migrañas.

—Ah —suspiro.

Agito un poco la taza, para que el líquido mágico se disuelva, y me bebo la mezcla de un solo trago. La amargura de la combinación me provoca arcadas. Todavía no he logrado acostumbrarme a ese sabor.

Nisai me mira con cautela.

—¿No te habías tomado ya la dosis de hoy?

—Sí —respondo. Ha sonado más brusco y cortante de lo que pretendía.

Ambos sabemos lo adictivo que puede llegar a ser el elixir de Linod.

La cautela se transforma en preocupación.

—Está empeorando, ¿verdad?

—Déjalo. Estoy bien.

Como escudo, mi obligación es proteger al príncipe. Ya tiene suficientes preocupaciones: lo último que necesita es añadir otra a la lista.

Es una carga que debo soportar yo.

Y solo yo.

Sabía que este día llegaría, pero nunca imaginé que llegaría tan pronto.

Está amaneciendo, pero sobre el complejo imperial se ciernen unas nubes tan tupidas que no dejan pasar ni un rayo de sol. Bajo ese manto gris se extienden los muelles y los suburbios, envueltos por la neblina que se desprende del río. Ojalá pudiera olvidar lo que es vivir en esa bruma blanquecina; desde ahí abajo, la cumbre de la montaña de Ekasya parece tan alta e inalcanzable que uno llega a confundirla con el reino de los dioses.

Aquí, en el patio central del palacio, las órdenes que se ladran a los soldados y los rebuznos de las bestias de carga retumban en los muros de granito negro.

Y justo aquí, en mitad de este trajín y este ruido ensordecedor, Esarik parece estar en las nubes, sumido en sus propios pensamientos. Con la punta de su bota, señala una de las inmensas baldosas hexagonales del suelo.

—Seis lados —murmura, y se queda pensativo—. Para honrar a seis deidades. Cuánto más lo pienso, más me convenzo de que esta construcción es anterior a las guerras de sombra.

—Si me permites un consejo, no te dediques a pregonar esa teoría a los cuatro vientos. —Según la historia oficial, todo lo que había aquí antes fue arrasado y destruido por los héroes que defendieron al primer emperador y desterraron al Dios Perdido. Sus almas residen en las estrellas.

Esarik da un respingo.

—Pero si no he abierto la boca. ¿En serio me has oído hablar?

—Puesto que «todavía» no soy ningún experto en el arte de leer la mente, me atrevería a decir que… sí.

—No pretendía ofenderte. Lo siento si…

Le doy unas palmadas en el hombro para tratar de tranquilizarlo.

—A veces me pregunto por qué no elegiste estudiar historia. Salta a la vista que te interesa bastante más que la medicina.

—Ah, ojalá —dice. Después dibuja una sonrisa irónica y se frota los dedos índice y pulgar—. Mi padre es quien paga mi estipendio. Y eso le otorga el derecho a escoger el futuro profesional de su hijo. Me guste o no, debo acatar sin protestar.

Tras cargar las últimas provisiones en los enormes sacos que cuelgan del lomo de los burros, Iddo señala la litera imperial, que está decorada con varios cojines y almohadas. Cuatro criados fornidos y corpulentos, escogidos a dedo por el propio Iddo, esperan a que Nisai se acomode dentro de la litera para alzarla y así transportar al príncipe.

—Por si no te habías dado cuenta, tengo dos piernas. Gracias, pero puedo caminar —espeta el príncipe primero; siempre utiliza un tono diplomático y conciliador, pero parece ser que esa dichosa litera le ha indignado—. ¿Ash?

Alzo las manos.

—A mí no me mires. Yo no estoy al mando.

—Piensa antes de hablar, hermanito. ¿Quieres que la primera aparición pública del futuro emperador sea caminando junto a un asno?

—Ah, ¿no me vas a acompañar?

El capitán arquea una ceja.

—Esperaba que fuese algo un poco más ceremonioso.

Nisai suspira y se monta en la litera.

A nuestras espaldas se alza el templo, esa pirámide negra y reluciente, una maravilla de la geometría divina. Ya no hay una guardiana de las esencias en Ekasya, pero eso no significa que el templo esté abandonado o haya suspendido sus actividades. Y hoy parece que las sacerdotisas se han puesto de acuerdo para celebrar su festival particular.

De la cúspide del templo emergen columnas de vapor de todos los colores del arcoíris, una detrás de otra. La última que vemos es de color púrpura, el color de la familia imperial. Las brasas que alimentan esa columna arden más tiempo que el resto; es una forma muy sutil de recordar a los habitantes de Ekasya que viven en la ciudad imperial más importante de todas. O tal vez pretendan ocultar la brecha entre el trono y el conducto hacia los dioses, pues está creciendo a pasos agigantados.

Sea cual sea la intención, la partida de la delegación ya no pasará desapercibida. El humo púrpura acaba de anunciar a bombo y platillo que abandonamos el palacio.

Maldigo entre dientes.

—Ah, el espectáculo —comenta Nisai desde su litera—. En cierto modo, estamos aquí por eso.

El capitán da una orden y, de inmediato, las puertas de palacio empiezan a abrirse. Se mueven con suavidad, casi con un ritmo ceremonioso. Admiro esa fina capa de bronce pulido y lustrado que cubre la madera; esos majestuosos portones se tallaron de troncos enteros de cedros de las montañas de Hagmir. Parece increíble, pero hasta ahora no había reparado en la magnitud del paso que estamos a punto de dar.

Llevamos media vida encerrados en el complejo imperial.

Y ahora estamos a punto de atravesar medio imperio.

Iniciamos el viaje. Descendemos y nos sumergimos en la ciudad periférica, donde el distrito comercial nunca duerme. Siempre que no podía dormir, Nisai se encaramaba al punto más alto de los muros de palacio y observaba fascinado ese bullicio nocturno. Ahora la muchedumbre abarrota ese laberinto de callejuelas. Los hombres de Iddo marchan en formación, con la espada en alto para despejar el camino. El capitán camina con aire tranquilo, erguido, pero con los hombros relajados, igual que sus comandos.

Salvo uno que debe de rondar mi edad.

Es una chica. Y no es que crea que no está a la altura de las circunstancias; se ha trenzado el pelo y se lo ha recogido de tal manera que parece incluso más alta que sus compañeros; a simple vista, parece casi tan fornida y robusta como yo. Además, su tez morena y áspera es la prueba irrefutable de que cuenta con la resistencia y la valentía de un comando. Está igual de alerta que el resto del pelotón y vigila todo lo que ocurre a su alrededor siguiendo un patrón regular, lo que demuestra que es disciplinada. Pero a diferencia de Iddo y los demás, todavía no ha aprendido a disimular, a fingir calma y tranquilidad. Hay que reconocer que es todo un arte.

Iddo enseguida se da cuenta de que estoy observando a la joven comando, que en ese preciso instante está colocándose bien la capa.

—Ah. Kip, es nueva. Típico de los compatriotas de Los: ante la primera amenaza de tormenta, se echa las manos a la cabeza y piensa que se acerca el fin del mundo.

Está hecha un manojo de nervios, y no me extraña. Para mí, este también es territorio desconocido; miro hacia atrás y veo que las cortinas de terciopelo de la litera están descorridas y que las persianas, fabricadas con discos plateados, están subidas. Nisai está totalmente expuesto y tengo la sensación de que el peligro se esconde en todas partes, en la avenida, en los jardines que decoran los balcones de las casonas señoriales, en todas las esquinas de cada calle.

Nisai no hace nada para serenar a la multitud; saluda a sus súbditos como solo hace la realeza, les arroja monedas con el retrato de su padre esculpido en una cara, y con el templo en la otra. Está utilizando su reserva monetaria personal. Hace poco, Kaddash ordenó a la casa de la moneda imperial que cambiase la pirámide por el fénix de Kaidon.

—Relájate —comenta Iddo, que está a mi lado—. Aquí, lo veneran. Lo adoran. Están fascinados porque por fin pueden ver al príncipe escondido con sus propios ojos. Debes ahorrar energía y esfuerzos.

Lo más probable es que tenga razón, pero debo admitir que, cuando vislumbro el río a lo lejos, tan caudaloso, tan profundo y del mismo color que el kormak con leche, siento un gran alivio. La barcaza imperial, un pelín recargada y ostentosa que cuenta con su correspondiente carpa púrpura anclada en la dársena, está rodeada por un sinfín de navíos mucho más austeros y sencillos en los que viajará parte de la tripulación, el personal y las provisiones.

Iddo nos había informado del plan antes de salir de palacio para evitar cualquier contratiempo o sorpresa; subiremos a la barcaza imperial, seguiremos el protocolo y haremos toda la parafernalia habitual, una tradición fastuosa, y después nos escabulliremos hacia la popa para montar en uno de esos veleros anodinos y sencillos. El comando más bajito de Iddo se quedará en la barcaza y se hará pasar por Nisai; actuará como su doble. No habrá arquero insurgente ni asesino a sueldo en todo el imperio capaz de ver la diferencia desde las orillas del río.

Seguimos el plan al pie de la letra y llegamos al muelle sin incidentes. Una vez en el interior de la carpa, Nisai se desnuda y se viste con esa túnica lisa y sin bordados que suele utilizar para el entrenamiento. Su diario personal, que siempre lleva consigo, asoma de uno de los bolsillos interiores. Es un día caluroso, y la capa que me han repartido es de una tela aún más calurosa, pero, aun así, me cubro la cabeza con la capucha. Cualquiera reconocería mis tatuajes, incluso a varios metros de distancia.

Una vez disfrazados, nos escabullimos por una costura descosida que hay en la parte trasera de la carpa. Saltamos de muelle en muelle, como dos saltamontes. Nisai parece estar disfrutando el momento. Yo, en cambio, no tanto.

Ningún percance hasta el momento. Todo va sobre ruedas. Los comandos desatan los cabos y zarpamos; en cuestión de segundos, la corriente nos aleja de la dársena. Y, en menos que canta un gallo, el afluente izquierdo del río se unirá con el derecho y el agua nos empujará hasta nuestro destino.

Nisai se apoya sobre la barandilla y observa la montaña de Ekasya, que se erige como un centinela sobre las llanuras y que, poco a poco, va menguando hasta convertirse en un pico diminuto. Cierra los ojos y, mirando al cielo, inspira hondo.

—¿Hueles eso? —pregunta.

Olisqueo el aire.

—¿El qué?

—La libertad.

5

Rakel

«Odio» las multitudes y los lugares atestados de gente.

Esperaba encontrarme con todo ese gentío, por lo que tampoco ha sido una sorpresa. Aunque las pruebas no son tan famosas ni tan ruidosas como la cosecha de la cebada, ni tan memorables y ansiadas como la víspera de la Nueva Vuelta, lo cierto es que se han ganado un hueco en el calendario de festividades y celebraciones, y se han convertido en una fecha crucial que todo el mundo espera con impaciencia e ilusión.

Sí, imaginaba que acudirían decenas de personas en tropel y que abarrotarían esa plaza hexagonal, pero eso no significa que me resulte fácil lidiar con toda esa muchedumbre que amenaza con aplastarme, con asfixiarme. Se me han pegado como lapas: la mujer cuyos ropajes apestan a eneldo y a caldo de verduras, el muchacho que esta mañana debe de haberle robado unas gotitas de loción para después del afeitado a su padre y cuyo rastro a mejorana y lima amarga le sigue como un perro callejero.

Barden me coge de la mano y se abre paso entre la manada a empujones. No lleva el uniforme, pero es una mole y su corpulencia intimida tanto a los espectadores que al final todos se apartan para dejarlo pasar. Me da la impresión de que mi bolsa pesa mucho más ahora que sé que contiene dahkai, además de mi futuro, aunque soy consciente de que el vial pesa menos que una pluma.

Alrededor de la plaza se agolpan los vendedores callejeros, que no dudan en anunciar a bombo y platillo todas sus ofertas. En uno de los puestecillos están cortando rodajas de melón. Cada vez que el cuchillo atraviesa la pulpa, crea una especie de nube transparente muy dulzona que se desliza por el aire.

Más adelante, alguien está asando un cordero con carbón. Se le ha ido la mano con las especias, desde luego.

Espero ser capaz de aislar y bloquear ese huracán de olores en cuanto empiecen las pruebas. Aún tengo las tripas algo revueltas y, si esta mañana hubiera desayunado, habría acabado echando hasta la bilis. Las dos dosis de mandrágora, cortesía de los siervos de Zakkurus, me sentaron como una patada en el estómago y, por lo visto, el efecto es bastante duradero.

O tal vez este malestar tan incómodo tiene algo que ver con la incertidumbre; me pregunto si padre ya habrá adivinado qué me traía realmente entre manos. Al fin y al cabo, a estas alturas ya debería haber vuelto a casa.

Barden pasa por delante de los prestamistas que, en honor del día de hoy, se transforman en contables; los escribas de poca monta que trabajan para ellos están voceando las probabilidades que tiene cada competidor de ganar… o perder. Y eso que todavía no hemos empezado. Pero saben qué familias van a presentar y, por lo tanto, patrocinar a un candidato. Y saben qué candidatos gozan de más medios y recursos para ganar.

Por supuesto, mi nombre no está entre los posibles vencedores.

Al fin llegamos a la esquina de la plaza más cercana a palacio. Barden se escurre y se coloca detrás de mí. El nudo del estómago se tensa todavía más en cuanto veo el escenario donde se van a realizar las pruebas. Es una especie de tarima que han dispuesto sobre la plaza. Cuento las gradas: cinco.

Barden se inclina para susurrarme algo al oído, para que pueda oír su voz entre el retumbe de tambores.

—Te desearía buena suerte, pero sé que no la vas a necesitar —murmura con una sonrisa, y después me da un empujoncito juguetón.

Bendita inocencia.

Delante del escenario se ha formado una hilera de aspirantes. Agarro mi bolsa y me encamino hacia ellos. Hago una pausa y me vuelvo para mirar por última vez a Barden.

—¡Métete las napias en el bolsillo! —grita. No contento con eso, se introduce sendos dedos en la nariz, un gesto vulgar y de lo más bochornoso.

Intento esbozar una sonrisa.

No soy la única aspirante de la fila que va vestida con un

traje liso y sencillo, sin bordados ni ornamentaciones. Aun así, somos minoría. A los plebeyos como yo se nos reconocería a leguas de distancia, pues todos tenemos la boca cerrada y el semblante serio. Los demás, sin embargo, no dejan de reírse y de gastarse bromas.

Echo un vistazo al escenario. Parece ser que habrá varias rondas. Al menos eso «sí» lo tenía previsto. Solo se nos permitirá subir a la segunda grada si pasamos la prueba inicial, que consiste en separar los granos de cebada de la cascarilla.

Observo el tercer peldaño, donde están las mesas de trabajo, alineadas una al lado de otra. Sobre cada una de ellas han colocado las herramientas que necesitaremos, es decir, la mano y el mortero, y una selección de prensadores y medidores. Y, a un lado, algo que llevo codiciando muchísimo tiempo: un destilador moderno y sofisticado. Esta clase de aparatos es tan inasequible que me atrevería a decir que se podrían contar con los dedos de una mano los que hay repartidos por el imperio.

La cuarta plataforma está reservada para el juez y los observadores, para Zakkurus, el representante personal del eraz en lo que a regulación y comercio de perfumes se refiere y para *lady* Sireth, la hija del eraz, aunque, dado que le interesan más las modas y las tendencias que la técnica y la teoría, apuesto a que llegará tarde, como de costumbre.

La última grada no la ocupa nadie en particular, tan solo los dioses.

Y en ese preciso instante, como si mi mente lo hubiera invocado, aparece Zakkurus por el pórtico, ataviado de azul, como es habitual. Sin embargo, hoy se ha decantado por el cian, por una tonalidad que recuerda al cielo en verano. Echa un vistazo a la masa de gente que ha llenado la plaza y me asalta una duda: si me arrepintiera y decidiera echarme atrás, ¿podría devolver el dahkai? Si trabajara día y noche, si el tiempo no fuese inclemente y si la cosecha resultase abundante, tal vez podría reunir el material y las provisiones suficientes como para seguir vendiéndole a Zakkurus, y además añadir sus competidores a mi lista de clientes. Siempre y cuando ninguno de ellos se enterara de la jugarreta. Ni los recaudadores de impuestos, claro.

Pero entonces recuerdo el pudrimiento que se está comiendo la pierna de padre, y los vendajes que deben atarse cada vez más arriba con cada luna que pasa.

No debería hacerme ilusiones. No puedo echarme atrás ahora, y punto.

Zakkurus, que está al borde de la plataforma, extiende los brazos.

—Nuestra estirpe se remonta a tiempos inmemoriales —empieza el perfumista, que, a pesar de hablar con voz controlada, está emocionado—. Es un linaje ancestral, anterior a las guerras de sombra, a la firma del Tratado. Nosotros, queridos habitantes de Aphorai, somos los encargados de mantener las tradiciones. Tradiciones veneradas y amadas por los dioses. Sí, quizás el emperador nos gobierne, pero en el sentido más elevado, ¡Aphorai gobierna el imperio!

La mayor parte del público estalla en aplausos y ovaciones entusiastas. A nuestro lado, un acérrimo devoto defensor del imperio murmura algo sobre caminar por el filo de la traición.

Zakkurus levanta las manos, rogando silencio y pidiendo orden, aunque con falsa modestia.

—Pero si queremos preservar el legado de Aphorai y seguir siendo la provincia más importante e influyente del imperio, debemos reclutar a los mejores. ¿Quién posee la dedicación y el talento necesarios para mantener nuestra excelente y envidiada reputación?

—Oh, qué pena. No soy más que un humilde perfumista —se lamenta.

La muchedumbre se ríe por lo bajo.

—Es una decisión vital, y no puedo tomarla solo.

Los espectadores, los mismos que Barden ha apartado a empujones minutos antes, se hacen a un lado, de manera que crean una especie de pasillo que atraviesa el largo de la plaza. Una silueta avanza por el pasillo. Va ataviada con una capa oscura, a pesar del calor abrasador, y con la capucha puesta. Cualquiera habría supuesto que es *lady* Sireth, pero hay algo que no encaja. La aristócrata jamás acudiría a un evento de estas características con una túnica tan sencilla, tan modesta. Ni siquiera lo haría por mera diversión, o para suscitar misterio. La he visto varias veces, saludando desde las almenas durante una celebración o paseándose por las calles para regalar zigs de plata en días señalados, y no recuerdo que fuese tan alta.

La recién llegada pasa por delante de los aspirantes a aprendices, dejando tras de sí un rastro de ládano, una esencia dulce y ahumada, y tan oscura como el inframundo. De repente, la semilla de la sospecha empieza a brotar en mi mente.

La figura se desliza por la rampa, arrastrando el bajo de la túnica. De repente, la tela se queda enganchada a un tablón mal cortado, dejando entrever lo que esconde.

Plumas. Plumas negras.

No. Imposible.

Lo que nos ha reunido hoy aquí es el perfume, no la oración. Hemos venido a competir, a exhibir nuestra destreza en este arte ancestral, y no a consagrarnos.

Sin embargo, las piezas del rompecabezas encajan a la perfección. El humo que salía de la cúspide del templo esta mañana, cuando llegué a la ciudad. La forma del escenario, con varias gradas, como si fuese una réplica de la famosa pirámide. El discurso de Zakkurus, con mención a los dioses y a la tradición. Debería haberme dado cuenta antes. Se avecina una Luna de las flores.

Y eso significa que… es ella.

Esa profusión de esencias es inconfundible. Es «ella».

Se reúne con el principal perfumista en el peldaño que le corresponde y se da la vuelta. La plaza queda sumida en un silencio sepulcral. Me da la impresión de que la tensión se podría cortar con un cuchillo. Se retira la capucha y encoge los hombros, de forma que la capa se desliza y cae hacia el suelo. Zakkurus se apresura en coger la capa para evitarlo.

Los pájaros de fuego suelen lucir un plumaje carmesí. Pero el vestido de esta mujer está elaborado a partir de cientos de plumas negras, que, bajo el resplandor del sol, se tornan irisadas y se tiñen de todos los colores del arcoíris. El efecto es el mismo que el del aceite sobre el agua.

Sus movimientos son gráciles e hipnóticos, como el bronce fundido. Pómulos prominentes, cuello elegante y labios carnosos. Rasgos que parecen desafiar el paso del tiempo. Si tuviera algún mechón rebelde grisáceo o incluso blanco, nadie lo sabría, pues lleva la cabeza afeitada.

Ni los ancianos más longevos de Aphorai recuerdan a otra guardiana de las esencias que no sea Sephine. Es el vínculo entre el templo y el palacio. La mediadora entre los dioses y nuestros gobernantes, meros mortales. La mujer que ha sancionado a media docena de erazs de Aphorai. La mujer que podría renunciar a su gracia divina y conseguir que el pueblo se rebelara y se volviera en contra de su amo y señor; destronaría a cualquier soberano con la misma eficacia que un decreto aprobado y firmado por el propio emperador.

Observa la muchedumbre sin musitar palabra, envuelta en ese aura de calma y de seguridad. Pero lo que ve con sus ojos de guardiana de las esencias, que más bien parecen dos ónices brillantes en lugar de dos ojos humanos, no tengo ni la más remota idea.

¿Puede verme?

¿Puede ver el odio que albergo en mi interior?

Se cuentan muchos mitos y leyendas sobre las guardianas de esencias, tantos como plumas contienen sus vestidos. Lo único que sé es que prefieren demostrar lo que ocurre cuando alguien se opone al templo que salvar la vida de una mujer. Incluso a sabiendas de que esa mujer fue, en otros tiempos, una de las suyas. A pesar de que tuviera un marido o una hija recién nacida.

Aprieto los puños y trato de controlar el impulso de acariciar el relicario de mi madre.

Ahí arriba, desde la grada de los jueces, Zakkurus dobla la capa de Sephine con un cuidado exquisito, como si estuviese hecha de cristal.

—Pues bien, ¿empezamos?

El perfumista ha elegido a un puñado de sus ayudantes personales para que levanten un cono fabricado de pergamino, se lo acerquen a los labios y soplen un polvo rosa pálido al aire. Distingo la esencia mucho antes de que esa nube rosada me alcance.

Rosa del desierto.

La muchedumbre deja escapar un suspiro colectivo; los más pobres y necesitados tratan de recoger esas motas de polvo rosa, quizá con la esperanza de poder venderlo o intercambiarlo por algo que poder llevarse a la boca. De repente, siento náuseas; estoy oliendo mi propia mercancía, esa esencia que tantas horas me ha costado conseguir.

El perfumista agita su abanico y, casi de inmediato, aparecen dos criados que cargan un inmenso baúl de bronce. Nos entregan a todos los aspirantes que seguimos en la fila una pizarra pequeña y una especie de pluma con punta de tiza. Tan solo tendremos una oportunidad para adivinar lo que contiene el baúl. Si fallamos un solo ingrediente, o si lo identificamos mal, estaremos descalificados y tendremos que esperar hasta la siguiente competición.

La espera es una agonía. Por turnos, cada aspirante se inclina hacia el baúl, escribe su respuesta en una nota y se la entrega al escriba que está en la entrada de la siguiente plataforma.

Algunos aciertan, y pueden pasar a la siguiente fase. Otros fallan, y deben abandonar la competición. Algunos reaccionan encogiéndose de hombros. Otros montan en cólera, y los guardias los sacan del escenario casi a patadas.

El joven que está delante de mí lleva una túnica teñida de un magenta muy intenso, una tonalidad muy parecida al púrpura que visten los vástagos de menor importancia de las cinco familias. Arrugo la nariz y trato de contener el impulso de darle mis condolencias; es evidente que no tiene acceso a un pozo de agua fresca porque atufa tanto al almizcle de la madera de agar que parece que se haya frotado todo el cuerpo con ella.

Le llega el turno. Se acerca al baúl y lo olisquea una sola vez.

—No tengas prisa, muchacho —le aconseja Zakkurus desde su pedestal—. Incluso desde aquí arriba solo puedo oler una cosa: tú.

Se me escapa una risita.

El joven anota su respuesta. El escriba ni siquiera se molesta en leer lo que ha escrito, pero le da su aprobación y le permite pasar a la siguiente fase.

No puedo creer lo que acaba de suceder. Siempre había creído que cuando un hijo o una hija de las cinco familias ganaba la competición era porque podían permitirse el lujo de una formación y un aprendizaje adecuados, y costearse todo el material. Nunca se me pasó por la cabeza que les sirvieran la victoria en bandeja.

Estoy furiosa. Miro a los guardias, pero la mayoría ni siquiera pestañea. Y entonces una de las mujeres mueve los pies.

Es la señal. Es mi turno.

Aprieto los puños con todas mis fuerzas. Las uñas se me clavan en la palma de la mano, una pequeña estrategia que me ayuda a concentrarme y a pensar solamente en una cosa: ese cofre. Está vacío, pero el aroma del revestimiento de seda todavía conserva el recuerdo de lo que se solía guardar ahí.

Melisa, con ese toque fresco de un cítrico, pero menos agresiva que un limón.

Violetas. Por supuesto, son la debilidad de Zakkurus.

Y, debajo de esos olores, un bálsamo terroso. Vetiver. El mejor amigo de un perfumista, pues ayuda a fijar las esencias más fugaces, más efímeras.

Velas de oración, dedicadas a las deidades gemelas de los ríos navegables, Zir y Tro.

Hasta el momento, todo parece muy sencillo.

Me acerco a la base de la rampa y le entrego al escriba mis anotaciones. Lee mi respuesta y asiente con la cabeza.

—¿Nombre?

—Rakel.

—¿Rakel, quién?

—Ana.

La guardia se inclina y asoma la cabeza por encima del hombro del escriba. Un mechón de pelo se desliza sobre su rostro y no puedo evitar fijarme en la cicatriz dentada que tiene en la frente.

—¿Eres la hija del capitán Ana?

Digo que sí con la cabeza.

Acto seguido, la guardia junta los talones y se lleva el puño derecho al pecho.

—Serví a las órdenes de tu padre. ¿Cómo está tratando la jubilación a nuestro hombre? ¿Sigue intentando amansar y domesticar a esas bestias tan estrambóticas?

Dibujo una sonrisa.

—Me temo que continuará domando a sus caballos hasta el día en que se muera.

—Pues que la rueda de las estrellas de varias vueltas antes de que eso ocurra. Me salvó la vida. En la batalla de Azutrai. Me llamo Lozanak. ¿Le darás recuerdos de mi parte?

Asiento.

—Desde luego.

—Te lo agradezco —dice, y luego, entre susurros, continúa—: Mucha suerte ahí arriba. Aunque, según como tu padre solía hablar de ti, estoy convencida de que les das cien vueltas a esos niñatos arrogantes y engreídos. —Y me da una palmada en la espalda a modo de despedida.

Ahí arriba, Sephine permanece inmóvil, como si fuese una estatua de mármol, o uno de los guardianes que custodian la entrada al escenario. Zakkurus está a su lado. Quiero creer que

Lozanak tiene razón. Pero no puedo dejar de pensar en el mocoso aristócrata que ha pasado la prueba sin tan siquiera tener que demostrar su valía.

Zakkurus ya me lo había advertido. Pero él fue proclamado vencedor hace muchísimas vueltas y no provenía de una familia aristocrática.

En fin, ya está hecho. Y no debo caer en la trampa de pensar que no puedo ganar.

Subo un peldaño de esa grada.

Menos de la mitad de aspirantes han logrado pasar la prueba inicial y subir el primer peldaño del escenario. Diecisiete aspirantes, para ser más exactos.

Esta segunda ronda pondrá a prueba la etiqueta y la política, la historia y la sabiduría popular de las esencias.

Es la ronda más complicada para alguien como yo.

A diferencia de la mayoría de los candidatos, he tenido que recurrir a técnicas muy poco académicas para recopilar esa clase de información. Me he dedicado a escuchar conversaciones ajenas a escondidas y a observar desde la distancia.

Estoy nerviosa, pero intento disimular para que nadie lo note. Zakkurus se aproxima a la fila de aspirantes.

—Un mercader ansía concertar un matrimonio —ronronea—. Le gustaría ver a su hija casada con el tercer hijo de una familia noble, por lo que decide invitar al padre del muchacho a su casa. ¿Qué incienso le aconsejarías quemar para recibir tal visita?

Qué suerte que no me haya tocado esa pregunta. No habría tenido ni la más remota idea.

Zakkurus se planta delante de mí. Si no me fallan las cuentas, ha descartado a seis de mis competidores, pues sus respuestas han sido titubeantes, en lugar de claras y directas, o incorrectas o, simplemente, han ofendido la tan famosa y refinada sensibilidad del perfumista. Me fulmina con una mirada de indiferencia.

—¿Candidata?

Le sigo la corriente.

—Ana.

—Candidata Ana. Vamos allá. Una criada con contrato de perpetuidad ha sucumbido a la aflicción. Y su estado es muy grave. ¿Qué incienso funerario le aconsejarías a su amo y señor?

Es una pregunta trampa. Muchas personas, sobre todo las

que llevan una vida de lujo, derroche y ostentación, y, por lo tanto, son prácticamente ajenas e inmunes a la podredumbre, le tienen tanto miedo, tanto pavor, que se vuelven irracionales y exageran el proceso, pues lo único que quieren es deshacerse de la enfermedad. Esa pobre muchacha no tiene por qué recurrir al incienso funerario. Todavía tiene opciones.

—¿Sus heridas? —pregunto—. ¿Dónde las tiene?

—¿Perdón, candidata?

Aprieto los dientes.

—¿Dónde tiene las heridas? ¿En las piernas? ¿En el torso?

—Esa información no es relevante en el asunto que nos ocupa.

Me habría encantado borrarle esa sonrisita petulante de un puñetazo, pero me contengo.

—Aceite de incienso —respondo.

Es famoso por sus propiedades purificantes. Y, si se quema día y noche, puede ralentizar el avance de la podredumbre. Hay quien asegura que, si se aplica sobre la herida, incluso puede frenar el proceso. Eso si puedes permitirte adquirir una buena cantidad de aceite, por supuesto. No es tan inasequible como el dahkai, pero vale más que el oro.

—¿Le recomendarías a ese patrón que desperdiciara un ingrediente tan rico y tan valioso como ese con una esclava?

«Ninguna vida es más importante que otra. Todo el mundo merece que intenten salvarlo.» Eso es lo que me habría apetecido gritarle a Zakkurus. Pero no lo hago porque necesito salvar una vida en particular, por lo que no me queda otra alternativa que tragarme mi orgullo. Desafiar a esos monstruos vestidos con túnicas que jamás podré costearme habría sido un grave error.

Respiro hondo.

—Sándalo y tomillo —respondo—. El primero endulza el aire, y el segundo invoca a Azered, la diosa que acelerará el viaje del paciente a los cielos y, al mismo tiempo, protegerá a los visitantes de mayor prioridad.

«Al menos eso es lo que tus visitantes crueles y desalmados creerán.»

Echo un fugaz vistazo a la tarima. La Guardiana de las esencias nos observa con detenimiento. De repente, pestañea y desvía la mirada hacia el horizonte.

El perfumista sonríe.

—Puedes dar un paso al frente, candidata.

De entre el gentío se oye una ovación seguida de gritos de apoyo. Los espectadores están demasiado lejos como para apreciar los ojos azules de Zakkurus, que parecen haberse convertido en dos hogueras iracundas.

Subo al tercer escalón de la tarima. Solo queda una mesa de trabajo libre. Y está justo al lado del niño rico al que han dejado pasar sin tan siquiera comprobar sus habilidades. Parece tranquilo, sereno. Me fijo en sus manos, en sus brazos. Luce una tez perfecta e inmaculada, sin rastro de las quemaduras y las cicatrices típicas del oficio. No hay nada en él que sugiera que esos dedos hayan arrancado espinas de un arbusto. Puf. Además de enfrentarme a los demás aspirantes, y a mis propios nervios e inseguridades, voy a tener que hacerlo en una miasma pegajosa y sudorosa de colonia de madera de agar.

Anuncian la siguiente prueba. La tarea consiste en elaborar un perfume innovador con los ingredientes que nos proporcionan. Si utilizamos nuestras propias provisiones, estaremos descalificados de inmediato.

Inspecciono la colección de frascos y viales que tengo delante de mis ojos; enseguida me doy cuenta de que algunas de las etiquetas son erróneas. Los cristales de haba tonka nunca son tan pálidos. Advierto un frasquito con aceite de láudano. Y otro con agua de violeta. Empiezo a trazar un plan. Y me pongo manos a la obra.

Estoy a punto de terminar mi combinación cuando, de repente, percibo un aroma muy especial. Es la segunda vez que me topo con ese olor, y jamás olvidaré la primera vez que lo olí, en casa del herrero. Contiene unas notas espléndidas de ciruela y nuez moscada que enseguida se disipan si no se guarda en un frasco de cristal.

¿A qué diablos está jugando Niño Rico?

Miro a Zakkurus por el rabillo del ojo; se está paseando por la hilera de mesas de trabajo. ¿Se habrá dado cuenta? La fragancia ya debe de haberle alcanzado. Como era de esperar, se planta frente a la mesa de mi vecino.

—¿Por qué has interrumpido tu trabajo, candidato?

—Ya he terminado —responde el joven, y saca pecho. O es un insensato que no le teme a nada, o no tiene ni la más mínima idea de lo que ha hecho.

Zakkurus da una palmada, como si estuviese la mar de contento.

—Entonces no esperemos más. Deléitanos con el perfume que has creado.

Niño Rico le ofrece el frasco.

El perfumista levanta la mano, con la palma hacia arriba, un gesto magnánimo de «tú primero».

El chico se encoge de hombros. Y entonces, al fin, se me enciende la bombilla. Y, de inmediato, saltan todas mis alarmas. Ese incauto ni se imagina lo que ha hecho. Me pongo tensa, rígida. No sé qué hacer, si avisarle o si quedarme en silencio.

Demasiado tarde.

El insensato se echa unas gotitas de su mejunje sobre el pecho, justo en la punta del cuello de la túnica.

—Oh, sé un poco más generoso —le anima Zakkurus—. Después de todo, estamos en una competición y esa colonia es tu mejor arma.

Así que el chico se echa más gotitas de ese líquido sobre la piel.

—Maravilloso. Ahora deberás esperar a que los demás acaben su elaboración —dice el perfumista, que le da una palmada en el brazo y se da la vuelta.

Dejo la razón a un lado, y me guío por el instinto, por ese impulso irreprimible de ayudar al más débil. En un abrir y cerrar de ojos, me planto al lado de mi competidor.

—¡Estúpido! ¡Desabróchate la túnica!

El muy zopenco ni siquiera reacciona.

—¿Disculpa?

Tan solo esos hermosos lazos de seda del torso valdrían más que todo mi armario, botas incluidas. Sin ningún tipo de miramiento, agarro las puntas de los lazos y tiro con todas mis fuerzas, deshaciendo así los nudos.

—¿Cómo te atreves a...? —empieza, pero no logra terminar.

Suelta un alarido de dolor y se mira el pecho. La indignación de hace unos segundos se transforma en inquietud, en alarma. La piel se le ha enrojecido. Y, de repente, empieza a burbujear. Percibo un olor que me recuerda a un cerdo asado. Niño Rico da un paso atrás, tropieza con su mesa de trabajo y cae de bruces al suelo.

Ignoro sus aullidos y quejidos, y empapo la zona afectada

con pomada de sak; la extiendo bien para que la piel la absorba, aunque bajo las yemas de mis dedos no dejan de explotar ampollas supurantes. Intenta apartarme y me empuja en varias ocasiones, pero está tan débil y tan asustado que ni siquiera logra tocarme.

Cuando al fin creo haber neutralizado los efectos y contenido la expansión, reculo varios pasos.

—¿Es que nadie te ha dicho que no debes destilar al vapor la esencia de zesker? Si se calienta a altas temperaturas, se vuelve cáustica.

Aparecen un par de criados bastante fornidos. Se llevan medio a cuestas, medio a rastras, al muchacho, que no deja de farfullar palabras incomprensibles. A dónde, eso nunca lo sabré.

Busco a Sephine. Pero la guardiana de las esencias parece haberse esfumado.

Unas palmadas lentas, y un pelín irónicas, resuenan detrás de mí.

—Una interpretación brillante, pétalo. Estoy seguro de que cualquier otro día te felicitarían y recompensarían por un acto tan heroico. Pero, ¡ay, qué lástima!, hoy no podemos tolerar ninguna clase de interferencia con los materiales de otro candidato.

—¿Qué? —pregunto, boquiabierta.

Zakkurus llama a un par de guardias. Lozanak es una de ellas. Aunque no parece satisfecha, obedece la orden sin rechistar.

—Siempre que una inversión sale bien, el corazón me da brincos de alegría. De veras.

—Tú…, ¡tú «sabías» lo que estaba elaborando! —escupo.

Ríos de rabia e impotencia corren por mis venas. Yo les daré «interferencia».

Zakkurus alarga el brazo y me da una palmadita en el codo, el mismo gesto que ha tenido con ese pobre muchacho justo antes de que su piel empezara a abrasarse. Se me pone la piel de gallina.

Los guardias aparecen sobre la grada. Me obligan a descender todos los peldaños del escenario hasta llegar a la multitud, que sigue atenta a todo lo que ocurre. Uno se encarga de abrir camino entre el público, mientras que el otro me sujeta del brazo con fuerza.

Estoy rodeada de gente, pero nunca me había sentido tan sola. Se me acelera la respiración y, en cuestión de segundos, estoy jadeando. De repente, el hedor de la ciudad se ha vuelto demasiado espeso para mis pulmones. La luz del sol empieza a apagarse, a oscurecerse.

Y entonces aparece Barden.

Me encojo de miedo. Me harán preguntas. Una lista interminable de preguntas. Barden sabía la mercancía que vendía. Y también sabía que había conseguido concertar una reunión con alguien influyente en las pruebas. Sin embargo, todavía no había encontrado el momento de contarle que había firmado un contrato con Zakkurus. Y, a decir verdad, albergaba la esperanza de no tener que explicárselo nunca.

Ahora me parece absurdo no haber tenido el valor de decírselo.

—Bar…

—No forcejees —me susurra al oído—. Solo servirá para empeorar todavía más la situación.

Suena muy seguro de sí mismo.

—Te encontraré. Siempre te encuentro.

Y entonces se pierde entre la muchedumbre.

6

Ash

En la barcaza, los hombres de Iddo juegan a las cartas y echan pulsos con la esperanza de ganarse una moneda o una jarra de cerveza más. Nunca me he atrevido a beber algo que no sea agua. No logro comprender por qué alguien querría perder el control, tanto de su mente como de su cuerpo. En mi caso, sería sumamente peligroso.

Nisai se pasa la mayor parte del tiempo en la cubierta, garabateando en su diario personal, debatiendo los episodios más delicados de la historia de Aphorai con Esarik o pinchando a su amigo para que proponga matrimonio a Ami como es debido y como manda la tradición. Nunca he visto a nadie ponerse tan colorado como ese treliano cada vez que Nisai menciona el nombre de la joven.

El tercer día, el horizonte por fin cambia. La línea recta de las planicies empieza a ondearse hasta transformarse en una cordillera de laderas turquesas. Más tarde, vislumbro los picos de unas montañas lejanas, con la cabeza y los hombros cubiertos de un manto níveo.

Ya he terminado mis rezos matutinos, así que vuelvo a anudar la banda de oración alrededor de mi brazo. Y, de repente, Esarik señala un punto del paisaje.

—La columna de Hagmir.

—La cordillera de Alet —dice Nisai—. ¿Sabías que el nombre completo que aparece en los documentos antiguos es *Asmatuk Alet Tupeshto*? Es aramteshiano imperial antiguo. Si no me equivoco, significa «las montañas que muerden el cielo».

Esarik frunce el ceño.

—¿No crees que «las montañas que devoran el cielo» sería una traducción más acertada?

—Poético. Me gusta.

—Ah, gracias.

Estamos a punto de desembarcar. Allí, varios comandos nos están esperando junto con una recua de camellos. He de reconocer que Iddo sabe muy bien cómo planear y organizar un viaje. La mitad de los animales tienen, entre las dos jorobas, una silla de montar de cuero; supongo que el resto se encargará de transportar el equipaje. Nisai esboza una mueca al ver que no son más que crías de camello, pero no pone objeciones y nos dirigimos hacia las colinas de Alet.

Las llanuras del río desaparecen para dar paso a un terreno lleno de matorrales sobre el que se extiende una red de canales de riego que, en este momento, están secos. Esarik echa un vistazo a su alrededor y mira el mapa con el ceño fruncido.

—Todavía no lo han actualizado.

—¿Actualizar el qué? —pregunto.

—Esta zona solía ser el granero de Aphorai. Pero el gran terremoto del 614 cambió el curso del río. Ya nadie se molesta en plantar una sola semilla de cebada aquí, pues sabe que jamás brotará.

Me encojo de hombros. Al menos esa tierra sigue siendo una llanura.

Sin embargo, el ascenso no tarda en llegar. Empezamos a subir por esa cuesta infinita y, de repente, todo a nuestro alrededor enmudece.

El silencio es casi atronador.

No se oye ni el canto de los pájaros. Ni criaturas diminutas correteando por la vegetación espinosa que crece junto a esas formaciones rocosas. El sendero nos obliga a atravesar una ladera escarpada. El único ruido que rompe ese silencio absoluto es el crujido del cuero y el ronquido de los camellos.

Hasta que, de repente, una piedrecita cae pendiente abajo.

Iddo enseguida empuña su hacha de guerra.

Una flecha pasa volando delante de nuestras narices.

Desenvaino mis dos espadas gemelas y doy una suave patada al camello para colocarme entre Nisai y el origen de la flecha. Otro disparo al aire y la flecha acaba aterrizando en el flanco del camello de Kip. La bestia greñuda se revuelve y tira de las riendas con fuerza mientras la sangre va saliendo a borbotones de la herida.

—Controla esa cosa —le ordena un comando a Kip.

—¡Escudo humano! —brama Iddo—. ¡Doble fila!

Y, casi al unísono, los comandos obedecen y se colocan en formación; se dispersan alrededor del príncipe y de Esarik, y los cercan. Están tan apretados que sus camellos intentan empujar con el trasero para ganar un poco de espacio.

Y dentro del círculo, yo soy el último defensa.

—Abajo —digo—. Ahora.

Los porteadores dejan la litera en el suelo, y Esarik se las ingenia para bajarse del camello.

—¿Bandoleros? —pregunta el treliano en voz baja.

Me fijo en sus manos y veo que tiene los nudillos tensos y blancos por la fuerza con que está sujetando las riendas.

No contesto. Ahí, rodeado de comandos y camellos, me resulta imposible ver lo que está ocurriendo.

Otra flecha pasa zumbando y queda clavada en una bolsa; es entonces cuando me doy cuenta de que la punta está embadurnada con un mejunje extraño.

«Aliento de Azered.» Este súbito ataque está a años luz del entrenamiento en la arena. Se me acelera el corazón y noto el latir del pulso en mis oídos. Me concentro para intentar controlarlo. «Tengo» que controlarlo.

Veo de refilón a Iddo, que está fuera del círculo y con el hacha alzada. Un par de comandos abandonan ese anillo protector, pero los demás enseguida se encargan de cerrar el agujero que han creado, por lo que sigo sin poder ver nada en absoluto.

En esos afloramientos rocosos reverberan gritos y el inconfundible sonido metálico de las espadas al chocar.

Un aullido de dolor desgarra el aire.

Y así, con la misma rapidez con la que todo empezó, termina. La formación comienza a deshacerse y, por fin, consigo ver algo: los dos comandos están regresando, pero no vienen solos, sino con media docena de individuos harapientos.

Sacudo la cabeza. Muchachos imberbes, ancianos. Aparte del arquero, no parecen más que granjeros armados con guadañas y azadas oxidadas. ¿En qué estaban pensando? ¿Qué les ha llevado a atacar a comandos armados hasta los dientes?

—¿Estos eran todos? —exige saber Iddo.

—Sí, señor. Bueno, todos menos uno. Pero ese no va a ir a ninguna parte, créame.

El capitán asiente.

—Explorad el perímetro de la zona. Si encontráis a alguno más, deshaceos de él.

Una vez que ha dado las órdenes, Iddo se dirige hacia los bandoleros montado en su camello. Al primero no le presta la más mínima atención porque está llorando a moco tendido y tiritando de miedo.

El segundo de los prisioneros mira al frente sin pestañear, y con el ceño arrugado. Cuando el camello sobre el que está montado Iddo está lo bastante cerca, el bandolero escupe al capitán.

Iddo levanta el hacha.

Estoy perplejo. Supongo que no va a…

—¡Para! —ordena Nisai, y atraviesa el anillo de comandos, que enseguida se hacen a un lado y bajan las armas—. ¿Puedes hacer el favor de mirarlos bien? No son más que un saco de huesos. Dudo que sepan quiénes somos, más allá de un grupo de jinetes. Creo que no me equivoco al asegurar que debían de estar desesperados por encontrar algo que llevarse a la boca.

La expresión de Iddo sigue siendo implacable.

—La traición es la traición. A la figura del emperador, o a sus rutas y sendas.

—Todavía no soy emperador —recalca Nisai, y extiende las manos—. No me malinterpretes, por favor. Toda acción conlleva una consecuencia, pero no considero que sea necesario que paguen sus errores con la vida. Si los escoltáramos hasta la capital, podrían trabajar en los campos de Ekasaya hasta que hayan saldado la deuda del camello, y de cualquier otra cosa que consideres que hayan perjudicado.

Iddo sacude la cabeza.

—Entre los comandos hay un dicho: libera a un traidor y un centenar más se aliarán para apuñalarte por la espalda. No hay elección.

—«Siempre» hay elección. Y prefiero arriesgarme a que aparezcan esos cientos de traidores que vivir con las manos manchadas de sangre y cargar con una muerte sobre mi conciencia.

—Entonces deja que sea yo quien cargue con ese peso —replica Iddo, que hace señas a los comandos más cercanos, entre los que se encuentra Kip—. Apartad a esta gente de la vista del príncipe.

Juraría que la comando más joven aprieta la mandíbula al oír la orden. Pero después cuadra los hombros y empuja a uno de los granjeros para que empiece a caminar.

Iddo se vuelve hacia Nisai.

—Lamento que tengamos que hacerlo así, pero no olvides que, cuando tomo una decisión, lo hago pensando en tu bien, hermanito. Y siempre lo haré pensando en el bien del imperio. Y, te guste o no, vas a tener que aprender a hacer lo mismo.

Nisai observa a Iddo, que en ese momento está cabalgando detrás de sus comandos. Jamás le había visto mirar a su hermano con esa expresión.

Es una expresión de profunda decepción.

—Siempre hay elección —repite el príncipe primero en voz baja.

—Así que era «eso» de lo que tanto hablaba Zolman en sus *Viajes* —comenta Esarik, maravillado. Hemos alcanzado la última cresta de la montaña. Extiende los brazos y su camello responde con un tremendo resoplido—. ¡Pasen y vean! El Mar de Arena.

Jamás he visto el océano, pero frente a esa inmensidad infinita, comprendo la sensación que debió de tener el erudito. Hemos atravesado terrenos llenos de matorrales y montañas rocosas, y por fin hemos llegado al desierto puro y duro. Es de esa clase de paisajes que solo se describen en las leyendas, que solo aparecen en los relatos de las caravanas de audaces mercantes que cruzan el imperio cargados de las esencias de Aphorai, rosa del desierto, lirio negro y la más extraña y peculiar de todas: la flor de dahkai.

Allí abajo nos espera una caballería colosal montada en camellos y ataviada con el uniforme de gala del desierto. Deben de habernos esperado una eternidad. Gallardetes con el emblema del eraz de Aphorai, un león alado sobre un campo dorado, ondean sobre la cima de todas las tiendas del campamento. Es extraño ver todas esas versiones perfectas de mi tatuaje en un mismo lugar. En cierto modo, es como volver a un hogar en el que nunca he estado.

Estoy detrás de Iddo, por lo que solo alcanzo a ver su espalda. Su capa, antes de un blanco impoluto, está manchada de polvo y cubre hasta las grupas del camello. Es perfecta para camuflar cualquier pista que delate lo que está pensando en ese momento. Pero sus pies siguen firmes en los estribos. Está preparado. A la espera.

Las cortinas de la litera se descorren.

—¿Algún problema?

Desde la escaramuza con los bandoleros no hemos vuelto a cruzarnos con un alma en el camino, y Nisai, con la excusa de que necesitaba descansar y de que el calor era demasiado bochornoso, seguro que se ha dedicado a analizar los acontecimientos de ayer, repasándolos una y otra vez, escarbando en la herida con la intención de que vuelva a sangrar.

—Parece que nos espera una fiesta de bienvenida, eso es todo —respondo—. Están ondeando los colores de tu tío.

Nisai suspira.

—Tenía la esperanza de que pudiéramos evitarlo.

—Ah, política —dice Esarik.

Suelta un suspiro de agotamiento y se seca la frente con un pañuelo.

Llegamos al campamento militar y el líder va directo a saludar a Iddo.

—Capitán —saluda. El tipo no asiente, ni se inclina a modo de reverencia, y eso que, en términos técnicos, está un rango por debajo en la jerarquía militar imperial. Un gesto demasiado atrevido, tal vez insensato—. Espero que no os hayáis encontrado con ningún problema o peligro durante el viaje —comenta, aunque, a juzgar por el tono que utiliza, intuyo que es plenamente consciente de lo que ha ocurrido.

El comentario molesta a Iddo.

—Todo ha ido según lo previsto, capitán de «provincia».

—Gracias a las estrellas —dice, y examina a los comandos de pies a cabeza—. En fin, tus hombres no tendrán que seguir soportando este calor. Nosotros nos encargaremos de este asunto a partir de ahora —añade, y señala con la barbilla la caballería que tiene a sus espaldas. Están montados sobre camellos de un sinfín de tonalidades distintas, desde arenisca hasta basalto. Y parecen tan tranquilos como los comandos.

—Es una misión imperial —anuncia Iddo.

—¿Estás insinuando que mis hombres son menos leales al imperio que los tuyos? —pregunta el capitán de provincia con tono peligroso.

—Estoy insinuando que mis hombres están entrenados para llevar a cabo misiones de Estado.

El oficial de Aphorai examina a los comandos con los ojos entrecerrados y suelta un bufido de mofa, burlón.

—Oh, tu séquito parece profesional. Pero esta es nuestra tierra. Conocemos el desierto como la palma de nuestra mano. Y si no aceptáis nuestra amable oferta y dejáis que os acompañemos, el eraz de Aphorai se inquietará y se ofenderá.

Nisai se asoma por la cortina de la litera y, con maestría más que ensayada, muestra una expresión de ingenuidad casi infantil.

—¿Mi tío? ¿Está aquí, contigo?

El militar enseguida se baja de la montura e hinca una rodilla en la arena.

—Perdóname, príncipe.

—No hay nada que perdonar. Capitán de provincia, muchas gracias por tu franqueza. Me encantaría conocer vuestra provincia un poquito más a fondo.

—Sería todo un honor para mí. Tu tío se ha encargado de organizar una serie de pasatiempos para que estés entretenido durante tu visita, sobre todo teniendo en cuenta que son los días sagrados previos a la luna de las flores. Mañana se celebra el festín de Riker, por lo que saldremos de caza en honor del joven dios. Un león emplumado. La bestia más inmensa que jamás se ha visto.

Por primera vez, Iddo parece interesado en lo que el oficial tiene que decir.

Sin embargo, Nisai pone cara de abatimiento y se queda cabizbajo.

—Ay, qué lástima; las baladas que se compondrán en mi honor me retratarán como a un hombre de letras, y no como a un valiente cazador de criaturas legendarias.

—No te quites mérito. Naciste en Aphorai, y los dioses te recibirán en su reino como uno de los grandes reyes de la Antigüedad.

Nisai endurece un pelín la mirada, pero lo hace de una forma tan sutil que estoy convencido de que he sido el único que se ha dado cuenta.

—Muchas gracias. Dado que está anocheciendo, ¿te importunaríamos mucho si nos alojáramos en el campamento y pasáramos la noche aquí?

—Desde luego que no, príncipe.

—Entonces comamos y descansemos. Y ya partiremos mañana, con el estómago lleno y unas horitas de sueño —resuelve, y asiente con la cabeza, una vez a Iddo y otra al capitán de Aphorai, esquivando así su disputa de rango con una elegancia envidiable—. Gracias, caballeros.

Nos guían hasta una tienda situada en el centro del campamento. Antes de que nos traigan el equipaje, Esarik sale de la tienda y se pone a bombardear a los soldados a preguntas.

Nisai enciende una varita de incienso. Mirra y musgo de roble, una ofrenda a Kaismap, el dios de su punta de la rueda de las estrellas, y el dios de la adivinación.

—¿De dónde has sacado esa varita tan devota? —pregunto.

Me siento en el borde del petate y hurgo en mi bolsa en busca de los aceites esenciales que voy a necesitar para honrar la banda de oración que llevo atada alrededor del brazo; cada una de las varitas, de un aroma distinto, está destinada a una deidad diferente.

Él se encoge de hombros.

—Quemar un poquito de incienso me vendrá bien para relajarme y descansar.

Después de los últimos dos días, no podría estar más de acuerdo. No quiero ni pensar qué otras sorpresas nos tendrá reservadas este viaje, sobre todo sabiendo que los dioses están deseosos de entretenimiento.

—Además —dice—, me gusta el olor. Me ayuda a pensar con claridad.

Se hunde en la montaña de cojines y almohadas que han dispuesto sobre una alfombra, con las piernas cruzadas y los codos apoyados sobre las rodillas y la barbilla sobre las manos. Estamos frente a frente, pero tiene la mirada perdida en el aire que nos separa. Parece ser que algo ha llamado su atención.

—Esos hombres, en las montañas… estaban desesperados. Creía que la capital había enviado ayuda a esta región. ¿No fue el motivo del último viaje de mi padre? ¿Después del temblor? Los informadores nos aseguraron que se había evaluado la situación y habían valorado los daños, y que después se había enviado ayuda para reconstruir la zona. Pero ¿viste tú alguna prueba de esa ayuda? Ahora entiendo por qué el capitán de provincia se mostraba tan distante y quisquilloso.

—¿Todavía tienes remordimientos por lo de ayer?

Nisai se masajea las sienes.

—Debería haber manejado la situación de otra forma.

—¿Y cómo?

—Me dejé llevar por el impulso y me precipité. Actué como lo haría un hombre impetuoso, y lo hice delante de mi hermano, delante de todo el mundo. Y, cuando se me presentó la ocasión, cuando me desafiaron, titubeé y di mi brazo a torcer. Dejé que esos hombres murieran. El imperio ya les había fallado, pero fui yo quien los obligué a pagar un último precio —se lamenta, y entierra la cabeza entre sus manos—. Ash, ¿y si no soy mejor que mi padre?

Siempre he tenido sentimientos encontrados hacia Riker, una especie de afinidad contradictoria. La joven deidad tuvo que luchar y batallar contra su lado más oscuro para ser fiel a la diosa que tanto amaba y veneraba. Sin embargo, después de atravesar las dunas, llegamos a una inmensa extensión de sabana que, según nos comentan, señala la frontera del Estado del eraz. Nos han traído hasta aquí para embarcarnos en una caza en honor del joven dios y, a decir verdad, es lo que menos me apetece en este momento.

De camino a nuestra cuadriga, trato de disuadir a Nisai, de convencerlo de que no entre al trapo de este juego absurdo, pues no hay motivo alguno para que se exponga a tal peligro.

—Mi príncipe…

—Por favor, Ash. Deja de llamarme así.

—Lo siento. Iba a decirte que… no tienes por qué hacerlo.

—En eso te equivocas.

—Me había parecido oírte decir que siempre hay elección.

—Y así es. Pero esta cacería es, en realidad, una prueba, y pretendo pasarla. Y con creces.

Bajo el tono de voz para que solo él pueda oírme.

—Tu padre no está aquí.

Él frena en seco y se planta delante de mí, para cerrarme el paso. También habla en voz baja, pues a él tampoco le interesa que los soldados oigan lo que va a decir.

—Es mucho más que eso, ¿o todavía no te has dado cuenta? Recuerda cómo desafió el capitán de provincia a mi hermano; estamos en un lugar recóndito, muy alejado de la capital, y aquí es mucho más fácil discrepar, disentir. Van a analizar cada una de mis palabras, de mis gestos, de mis movimientos…, porque todavía no han decidido si soy digno para ser proclamado emperador.

—Matar un león no demuestra tu capacidad para gobernar.

—Para ellos, sí. Incluso en Ekasya, los emperadores de la Antigüedad mataban a todas las bestias que pudieran amenazar la supervivencia de rebaños o granjas enteras. En épocas de paz, era la única manera de demostrar su voluntad de proteger y defender a sus súbditos y, de paso, demostrar que se habían ganado el favor de los dioses y que estos les habían dado su beneplácito para gobernar. Quizás en la capital ya no se estile este tipo de cosas. Pero ¿aquí? Es un honor.

—Eres el príncipe primero y, como tal, estás en pleno derecho de decirles que reserven sus actividades deportivas para sus amos y señores. Tu tío acabará entendiéndolo, créeme.

—¿Y qué hay de la capital? ¿Y del Consejo? Haber cazado un león alado puede ser una banalidad vulgar para ellos, pero créeme que no les va a temblar el pulso a la hora de juzgar si soy capaz de mantener unido el peligroso monstruo que representa un imperio. Aramtesh tendrá sus defectos, pero ha conseguido calmar los ánimos de esta gente y, gracias a él, la sangre nunca ha llegado al río. Y, si esa no es una virtud admirable, no sé qué puede serlo.

Subimos a nuestro carro. Un tipo de Aphorai sujeta las riendas; es un tipo descomunal que debe de rondar la misma edad que Nisai y yo. Su vestimenta es bastante… escueta. Tan solo lleva unas sandalias, una falda de cuero y una banda que le cubre parte de ese pecho tan ancho y fornido. Nisai asiente, y el tipo sacude las riendas para que golpeen directamente sobre la parte trasera del camello.

Y el carro sale disparado.

Nunca creí que vería un león con mis propios ojos, y mucho menos que sería de la raza más antigua, con melena de plumas. Se trata de una especie de león que ya no se atreve a merodear por los cultivos que rodean Ekasya. Pero supongo que Nisai tiene razón y que aquí las cosas funcionan de distinta manera. La tierra es muy fértil, por lo que tanto a las bestias salvajes como a los hombres les cuesta muy poco encontrar comida y agua.

El carro pasa junto a un riachuelo alimentado por manantiales y que, por lo visto, atraviesa el Estado del eraz. Bosquecillos de higueras de roca flanquean las orillas del río, que poco a poco se va ensanchando y repartiéndose entre los canales de riego, creando así un tapiz de campos de cultivo donde han plantado puerros, zanahorias y eneldo. El verdor de esa zona contrasta con las dunas que todavía asoman por el horizonte. Una parte de mí todavía se pregunta si los dioses castigaron a esta tierra con varios temblores y terremotos porque nunca quisieron que la gente se instalara y residiera aquí.

Nuestro auriga señala hacia delante. Un atisbo de pelaje color arena desaparece detrás de un arbusto y, tras un buen latigazo, el camello acelera el paso. Nisai dispone una flecha en el arco y sus rasgos cobran una expresión salvaje y seria, una expresión que jamás había visto en él.

Seguimos el rastro de nuestra presa a toda velocidad y bordeamos un desfiladero rocoso. Al otro lado del cañón se erige otro océano de dunas. De repente, el león aparece delante de nosotros e, impulsado por mi instinto, me agarro a la cuadriga con todas mis fuerzas.

Es enorme. Es mucho más grande e imponente que el animal que sale retratado en los tapices que decoran las paredes del palacio de Ekasya.

Alrededor de esos colmillos descomunales y de esa mirada atenta y letal, crece una melena de plumas. El efecto es, cuando menos, maravilloso. Las plumas, de color negro azabache, se tornan iridiscentes en cuanto las ilumina la luz del sol. Y, bajo esa melena, un ser poderoso, con un cuello gigantesco, lomo dorado, patas traseras musculosas y unas pezuñas forradas de pelaje negro.

Hemos logrado acorralar a la bestia; empieza a rodearnos y a azotar el suelo con esa cola recubierta de plumas. Suelta un rugido que retumba en ese paraje, y también en mi pecho. Y, en ese preciso instante, mientras su rugido resuena en mi interior, me asalta una duda: ese león y yo tenemos un parentesco, y mucho me temo que ese saludo sea su forma de decirme que intuye lo que soy porque puede verme sin el disfraz.

Tiene que haber algún modo de detener esa caza sangrienta.

—Nisai —digo, pero mi primer intento de captar su atención queda eclipsado por el ruido de las pezuñas de los camellos y el repiqueteo de las ruedas—. ¡Nisai!

Pero el príncipe ya está apuntando a la bestia, esperando el momento oportuno para disparar la flecha.

El león ataca. Esa ferocidad tan gloriosa resulta casi hipnotizante; sus músculos, tendones y nervios se tensan bajo ese pelaje de terciopelo.

A pesar de todas las horas que hemos invertido en entrenar, he de reconocer que no he conseguido hacer de Nisai un espadachín que maneje el arma como si hubiese nacido empuñándola. Pero es un arquero excelente; su puntería es tan afilada que incluso podría compararse con Etru el Cazador. Sostiene el arco con firmeza, su postura es perfecta, con los pies bien apoyados sobre el suelo irregular de la cuadriga.

Una flecha sorprende a la bestia. Ha quedado clavada en su cuello.

El león ruge. Ruge, pero no se rinde.

Iddo ladra órdenes desde su cuadriga.

—¡Formad un círculo! ¡Acercaos desde los flancos! ¡Dejad un poco de espacio a nuestro príncipe!

El hermano mayor imperial se ha quitado el casco; la brisa agita esa melena color avellana. Es evidente que está disfrutando del espectáculo.

Los hombres montados en la otra cuadriga chillan y silban, pero el león los ignora por completo y sigue clavando su mirada dorada en nosotros. Su pelaje empieza a teñirse de rojo por la sangre que emana de la herida. Y, de repente, noto un sabor metálico en la lengua. Me he mordido el labio sin querer.

Nisai dispara otra flecha. Aunque esté manteniendo la compostura, está pálido y aprieta los dientes.

El león cambia de táctica y se abalanza sobre los camellos que se espantan y salen escopeteados, con el auriga balanceándose sobre el lomo. Nos tambaleamos tras ellos mientras nos dirigimos hacia los derrubios de rocas que se acumulan en el borde del desfiladero. Está a punto de convertirse en una aventura muy peligrosa, pero no puedo hacer nada. Si intento frenar a los camellos, el león nos alcanzará en menos que canta un gallo. Así que no me queda otro remedio que confiar en que Iddo se encargará de resolver el problema.

—¡Agarraos! —grita el auriga.

Nisai se niega a bajar el arco. No me explico cómo lo hace, pero consigue mantener el equilibrio y disparar otra flecha. Acaba clavada en un costado del león y, de inmediato una de las patas traseras deja de responderle. A pesar de la evidente cojera, sigue a nuestro acecho. Estoy seguro de que no se rinde por el dolor y la rabia.

Los camellos acaban galopando por esa cuesta de rocas sueltas. La cuadriga se balancea y se sacude bajo nuestros pies y, de golpe y porrazo, las ruedas chocan con algo. En un abrir y cerrar de ojos, el mundo empieza a dar vueltas.

—¡Nisai!

Salto de la cuadriga y ruedo por el suelo para amortiguar el impacto. Nisai aterriza con cierta torpeza, y con el arco clavándose en su pecho. Suelta un bramido.

Me pongo en pie y, con la lanza en una mano, corro a toda prisa hacia él, para acortar la distancia que nos separa, para interponerme entre el león y Nisai. Pero esa bestia es mucho más rápida que yo y en pocas zancadas ya la tengo pisándome los talones.

El latido de mi corazón me martillea los oídos.

No voy a conseguirlo.

Soy un escudo y, como tal, he recibido infinitas horas de duro entrenamiento. Y por eso sé que solo tengo una opción. No lograré alcanzar a Nisai a tiempo, pero sí al león. Me revuelvo y salgo disparado hacia él. Cuando apenas lo tengo a un par de metros, me arrojo con todo el peso al suelo para bloquearle el camino. Freno en seco y derrapo por la cuesta de piedras y rocas.

El león se encabrita, como si fuese un caballo, y me fulmina con su mirada dorada.

Debería hundir la lanza en su pecho, pero contra todo pronóstico, y a pesar del instinto y entrenamiento militar, titubeo.

Y ese momento es demasiado largo.

Unas zarpas gigantescas caen sobre mis hombros y mis rodillas amenazan con partirse en cualquier momento. Noto un dolor agudo en un costado del pecho (un dolor que me quita el aliento) y la lanza que estaba sujetando.

«Tengo que desenfundar las espadas.»

Intento forcejear para darme la vuelta y es entonces cuando siento sus garras clavándose en mi piel. Cada músculo de mi cuerpo se vuelve rígido y una vocecita que resuena en un lugar profundo y primigenio de mi ser me advierte de que la muerte me está abrazando. Un movimiento en falso y me perforará el pulmón.

El león se desploma hacia un lado y noto su aliento caliente y rancio en el cuello. La visión se me nubla. Aprieto la mandíbula, aterrorizado.

Entonces noto que algo cede y empiezo a rodar ladera abajo, con el peso de esa bestia encima de mí. Los dos gritamos y rugimos de agonía mientras descendemos.

Estoy boca arriba sobre un montón de gravilla y advierto una silueta familiar a lo lejos, y el destello del filo de un hacha. La figura se acerca con el arma en alto. Un segundo después la deja caer sobre el león y, por fin, su cuerpo deja de retorcerse, de sufrir.

Iddo suelta el hacha y con una fuerza hercúlea empuja a la criatura salvaje que todavía tenía encima.

Nisai enseguida se reúne con su hermano. Está manchado de sangre. Entro en pánico, hasta que me doy cuenta de que la sangre es del león. Y mía.

Extiende una mano.

—¿Puedes caminar?

Rechazo su gesto de ayuda.

—Solo ha sido un rasguño.

Su mirada me dice que sabe que es mentira.

7

Rakel

—¿Adónde me lleváis? —exijo saber.

Nadie responde.

Esperaba que me sacaran de allí a rastras para pasar las próximas diez vueltas en la madriguera en la que Zakkurus debía de tener encerrados a todos sus criados ligados por contrato o, lo que es lo mismo, a todos sus esclavos. Pero me equivocaba. Ante nosotros se alza la majestuosa pirámide que alberga el templo. Sigo forcejeando y revolviéndome, a veces guiada por la ira, otras por la confusión y otras por el terror.

Llego allí escoltada por la veterana soldado que he conocido en las pruebas, uno de los guardias personales del eraz y un par de pájaros de fuego que, al llegar a las puertas del templo, nos han tenido ahí esperando un buen rato, bajo el sol abrasador del mediodía, asándonos como pollos. Me ha dado tiempo a meditar, a pensar en diez planes distintos para escapar o, al menos, para ponerme en contacto con mi padre. También me ha dado tiempo a descartarlos todos, pues eran absurdos.

Las callejuelas que rodean esos inmensos muros de piedra son polvorientas. En el interior, sin embargo, unas hileras de florecitas, jaras, y de pasto vetiver serpentean por la diminuta aldea que han construido ahí. Los canales, artificiales y con agua de manantial, mantienen los cultivos verdes, exuberantes, frondosos. Y, en el centro, una avenida pavimentada flanqueada por laureles que conduce directamente a la entrada de la pirámide.

Las sacerdotisas nos acompañan hasta la puerta. Me consuela que la vieja camarada de padre, Lozanak, sea quien marche delante de mí. Mueve los dedos con crispación, ansiosa por agarrar la empuñadura de su espada. A mí me ocurre lo mismo, pero con el relicario de mi madre. Me gustaría saber qué ha asustado tanto a la soldado.

Yo tengo mis razones, y más que justificadas. Al fin y al cabo, mi madre solía andar ese mismo camino.

Y cuando me enteré de las circunstancias de su muerte, juré que jamás haría lo mismo.

Pasamos junto a un bosquecillo de naranjos con varios apiarios repartidos. El zumbido de las abejas rompe el silencio. En cualquier otro momento de mi vida, habría disfrutado de la embriagadora esencia del neroli y de ese runrún melódico de las abejas. Pero hoy las notas florales me resultan tan empalagosas que incluso me revuelven las tripas.

Las hechiceras se detienen cuando llegamos a una terraza cubierta por una alfombra verde. Es lo único que nos separa de las escaleras del templo.

—Eso será todo —le dice el pájaro de fuego a los guardias.

Lozanak me da una palmada en el hombro con expresión de disculpa.

—Que las estrellas velen por ti —dice, se lleva el puño al corazón y luego se da media vuelta.

Observo cómo se aleja. Debía su lealtad a padre, no a mí. Pero ahora que se ha ido, me siento totalmente sola.

Una hechicera suelta un suspiro exasperado y señala mis pies con el dedo. Los dos pájaros de fuego ya se han quitado las sandalias.

Me descalzo y, con actitud desafiante, me tomo mi tiempo para sacudir las botas y retirar un poco el polvo. Después, las guardo en la bolsa, que está a rebosar de cosas (al menos han dejado que la conserve) y atravesamos el césped. Tras dar tres pasos, me doy cuenta de que es tomillo sagrado. Nuestras pisadas hacen que liberen su aroma especiado, preparándonos así para abandonar el reino mortal y adentrarnos en el hogar de los dioses.

Un inmenso pórtico de arenisca se extiende desde la entrada del templo. Lo custodian unos guardianes tallados a ambos lados. Son pájaros de fuego, criaturas mitológicas que se extinguieron hace mucho tiempo. Los detalles de las alas se han ido desgastando y erosionando con el paso de los siglos, pero las expresiones de esos rostros humanos todavía conservan su belleza salvaje. Y las zarpas, en lugar de pies de mujer, todavía son crueles, despiadadas. Pasamos bajo su atenta mirada y, cuando nos adentramos en la sombra, siento un escalofrío por la espalda.

El vestíbulo principal apenas está iluminado y la temperatura es bastante fresca; el único resplandor más allá de la luz que se cuela por la entrada proviene de unos inmensos candelabros bajo las arcadas de piedra. Las dos sacerdotisas siguen caminando con paso firme y con la mirada clavada al frente, pero los portones que flanquean el vestíbulo llaman mi atención, así que no puedo evitar girarme para poder echar un segundo vistazo.

Ahora mismo, necesito recopilar toda la información posible.

Detrás del primer portón advierto varios escribas encorvados sobre tabletas y pergaminos, con la coronilla afeitada, igual que los otros pájaros de fuego. En el siguiente trabajan sin cesar contadores de zigs, que están calculando el peso y, por lo tanto, el valor de sustancias más valiosas que la plata y el oro: resina de incienso, cristales de raíz de lirio y unos viales diminutos que, de tan lejos, soy incapaz de percibir el olor que desprenden.

Los pájaros de fuego nos conducen hacia una escalera infinita; intento contar los peldaños, pero pierdo la cuenta enseguida. Me arden las piernas. ¿Cuántos pies se han arrastrado por esa escalinata para que la piedra esté tan lisa, tan pulida? ¿Sabrían adónde iban? ¿Y por qué?

Y, de repente, llegamos a una terraza descubierta, al aire libre.

La luz del sol es cegadora, pero poco a poco me voy acostumbrando al brillo. Es una especie de jardín. Está situado en el fondo del último piso de la pirámide; por eso jamás había reparado en él. De lejos parece solo una mancha oscura. Advierto varias higueras de roca plantadas en macetas de arcilla más altas que Barden; las hojas murmullan gracias a una brisa que jamás sopla en la parte baja de la ciudad. Aquí arriba, el aire huele a frescura.

Parpadeo e inspiro hondo. Nunca había tenido una perspectiva del desierto como esa. Hacia el oeste vislumbro mi aldea, un pequeño oasis entre las dunas. Ahí está esa línea serpenteante de los cañones que el cauce fluvial ha ido esculpiendo con el paso de las vueltas, lugares que solía explorar con Barden antes de que se alistara. Y, más allá de todo eso, la línea del horizonte se vuelve ondulada por las montañas que solo en días claros y despejados había logrado entrever.

Desde ahí arriba, cualquiera podría contemplar todo mi mundo en un vistazo fugaz. Es desconcertante, mareante. Me siento como una pluma, liviana e insignificante.

Me vuelvo hacia los pájaros de fuego. Pero detrás de mí solo veo la boca oscura de la escalera.

Estoy sola.

No, no estoy sola. Hay una mujer vestida con una túnica de lino blanca que parece estar arreglando las flores de un parterre, justo al lado de un pabellón de pilares y arcos de piedra. Y, de repente, como si se hubiera percatado de que la estaba observando, levanta la cabeza. Está totalmente afeitada.

Me estremezco. A estas alturas no debería sorprenderme, y mucho menos después de las últimas vueltas, después de hoy. Pero ¿quién iba a imaginarse que la mujer más poderosa de Aphorai se dedicara a quehaceres que implicaran mancharse las manos?

Sephine sigue plantando brotes diminutos en el parterre.

—¿Conoces los senderos por los que has viajado hasta aquí?

Dudo mucho que se esté refiriendo a las calles que separan la plaza del templo. Según tengo entendido, las guardianas de las esencias son personajes misteriosos y amantes de las ambigüedades.

—Algo me dice que estás ansiosa por iluminarme.

—El sarcasmo no te servirá de nada aquí —replica.

Deja a un lado los plantones y, con sumo cuidado, los cubre con un trapo húmedo para protegerlos del bochorno de esa tarde.

Con una fluidez y una elegancia propias de un cisne, se pone de pie y se acerca a mí. Sus ojos, totalmente negros, de forma que es imposible distinguir dónde terminan sus pupilas y empiezan sus iris, son inquietantes, perturbadores.

Si el sarcasmo no va a servirme de nada, probaré con el silencio. Quizás eso sí funcione.

Alzo la barbilla y no aparto los ojos de esa mirada impenetrable.

Después de lo que me parece una eternidad, coge una tableta de una especie de atril, se sienta en el borde de una piscina de contemplación y empieza a deslizar los dedos sobre la arcilla. ¿Está «leyendo» con las manos?

Murmura un sonido divertido que podría ser el pariente lejano de una risa.

—Hay muchas formas distintas de ver. Bien. Tu indiscreción ha marcado tu camino, tu destino. Y no solo eso, también ha interferido en una prueba de selección oficial para la perfumería del Eraz.

—¿Interferido? «Salvé» a ese insensato.

—Has traficado con sustancias reguladas.

—Y una mierda de camello. ¿De veras crees que soy tan estúpida?

—Has sobornado a un funcionario imperial. Al perfumista oficial, nada más y nada menos.

—Demuéstralo —contesto.

Levanta una mano.

—No necesito oír tu versión, pues la verdad ya ha sido juzgada. El perfumista oficial ha prestado declaración…

«Ese montón apestoso de…»

—… y los cargos de tráfico de sustancias han sido corroborados por el testimonio confeso de un guardia de palacio cuya sabiduría y honradez superan su edad.

Se me encoge el corazón. Solo hay otra persona que sabe que

he estado vendiendo mis elaboraciones en el mercado negro.

Barden.

De repente, me abruma una ráfaga de preguntas y noto que me cuesta respirar. ¿Con qué le habrán amenazado? ¿Con hacer daño a su familia? Su hermana Mirtan está embarazada, ¿tal vez Sephine le habrá insinuado que el templo no daría la bendición al bebé?

¿O quizás haya sido una advertencia más directa? ¿Habrá supuesto que es cómplice en mis tratos de estraperlo? Se me pasan varias imágenes por la mente: convictos trabajando en brigadas de construcción, con la piel de la nariz roja y arrugada por las constantes quemaduras del sol, tapando agujeros y cauterizándolos con metal fundido. Es una tarea insoportable, y el dolor que conlleva, indescriptible. Frunzo el ceño, horrorizada.

Pero en el centro de ese huracán de dudas y preguntas, hay una que me atormenta más que las demás.

«¿Por qué?»

¿Por qué mi mejor amigo me ha traicionado?

La guardiana de las esencias alcanza otra tableta; todavía contiene el tablón de apoyo, lo que significa que la superficie está seca, pero aún no se ha metido en el horno. Enseguida reconozco el sello con la firma de padre al final del texto inscrito en la tableta, al lado de las huellas dactilares de mi propio pulgar.

—Uno respira el humo del incienso que quema.

No. Esto no puede estar ocurriendo.

—He comprado tu contrato.

Doy un paso atrás y después otro, pero no puedo recular más porque he tropezado con una palmera. Apoyo las manos en la barandilla de arcilla y doy las gracias por haber encontrado algo sólido a lo que aferrarme. Esa mujer decidió que no merecía la pena intentar salvar la vida de mi madre. Y ahora me trata como si fuese un camello de un mercado de animales que puede comprar el mejor postor.

Agarro la barandilla todavía con más fuerza y siento una oleada de calor y de ira por todo el cuerpo.

La mirada de Sephine sigue firme, inquebrantable.

—En otras palabras, ahora eres de mi propiedad.

—¡Eso jamás pasará, ni el sexto infierno!

Ni siquiera pestañea; simplemente, se limita a observarme con esos ojos negros e indescifrables. Y entonces levanta la cabeza, mirando al cielo, como si quisiera hablar con los dioses,
no conmigo.

—He mantenido las distancias durante diecisiete vueltas, Rakel. Pero tu narizota te ha llevado por el mal camino. Eres, sin lugar a dudas, hija de tu madre. De tal palo, tal astilla.

—Ni te «atrevas» a hablar de ella. Mi padre se encargará…

—Tu padre —me interrumpe, y resopla—. Todavía no he logrado descubrir qué vio Yaita en ese hombre. ¿Qué te ha contado de ella? ¿Que has heredado la aptitud y el talento de tu madre? ¿Que «ella» podría haber sido la elegida como la siguiente guardiana de las esencias de Aphorai después de que yo me fuera al cielo? —pregunta. Ahora habla con total tranquilidad, casi en voz baja—. ¿Te ha dicho que ese relicario fue un regalo mío?

—¡Eso es mentira! —grito, y palpo mi posesión más preciada. He acariciado tantas veces ese relicario de plata que sé dónde está grabada cada una de las minúsculas estrellitas—. Mi padre me lo regaló.

—Tal y como ordené. Así siempre recordarías a Yaita. Cuando se enteró de que no le quedaba mucho tiempo a tu lado, le hice una promesa: le juré que cuidaría de ti, que me encargaría de que tuvieras lo que fuese necesario para sobrevivir.

¿Cómo voy a creer en las palabras de esta mujer? Podría haber hecho una excepción a la ley del templo que prohíbe que las sacerdotisas tengan descendencia. Pero no solo la expulsó del templo, sino que, además, tuvo la oportunidad de salvarla de la fiebre del parto y no lo hizo. Si lo que se rumorea sobre las guardianas de las esencias es cierto, podría haber curado a mi madre con sus manos.

Pero decidió no hacerlo.

Y mi madre pagó el precio de traerme al mundo, y con creces.

—Si tanto te preocupabas por mí —farfullo apretando los dientes—, ¿por qué has esperado tanto tiempo para ayudarme?

Echo un vistazo al borde de la plataforma. El templo jamás se ha derrumbado. Se ha mantenido en pie durante siglos, pero eso no significa que sea invulnerable a las inclemencias del paso del tiempo. Ahí están, las cicatrices de un centenar de temblores, grietas y marcas que se extienden por el enladrillado. Quizá no sea tan descabellado tratar de bajar la escalera exterior de la pirámide. Quizá.

Diez vueltas obligada a trabajar para Zakkurus ya me resultaba una idea espantosa.

Pero esto es mucho peor.

—Hice lo que pude sin llamar la atención. ¿De dónde crees que sale la pensión de tu padre?

—Sirvió al eraz durante veinticinco vueltas. Un ciclo «completo».

—El despido por deshonra tiene consecuencias, entre ellas la eliminación de cualquier pensión.

—¡Se retiró como un héroe! —protesto, casi a gritos.

No puede ser verdad lo que está diciendo. Pero, entonces, ¿por qué se me ha formado ese nudo en la garganta?

—La nobleza de un hombre no se mide por su valentía a la hora de enfrentarse a un ejército enemigo, sino por su capacidad de aceptar y afrontar su propia ruina. Tu padre, al esconder su enfermedad durante tanto tiempo, puso a toda su compañía en grave peligro.

Ladro una carcajada de desdén.

—¿Cómo te atreves a darme «tú» lecciones de nobleza? Dejaste que mi madre muriera. Tomaste una «decisión» y elegiste no salvarla. ¿También utilizaste la excusa de que no querías llamar la atención?

—Los momentos complicados exigen sacrificios, aunque entiendo que te resulte difícil de entender.

—Inténtalo.

—A su debido tiempo.

Me cruzo de brazos.

—Hace un día radiante. Sopla una brisa divina. Es el día perfecto para contar una historia.

Sephine me fulmina con esa mirada suya tan desconcertante.

—No existe medicina capaz de curar a un hombre estúpido. O a una chica estúpida, dicho sea de paso. Demuéstrame que eres capaz de pensar por ti misma, y obtendrás tus respuestas. Enséñame que eres capaz de aprender y, cuando la rueda de las estrellas gire, te enseñaré a curar, a sanar.

—Ya puedo hacerlo.

—Entonces ¿por qué todavía no has curado a ese padre que defiendes con uñas y dientes?

—¡Porque no existe una cura para la podredumbre!

—La muerte no se sacia con un mendrugo, eso es cierto. He dedicado toda una vida a descifrar esa infección. Dime, ¿cuántas vueltas has invertido tú?

Me doy la vuelta para contemplar la ciudad. La brisa me alborota mechones de pelo, pero ni siquiera intento evitarlo.

—Ven —dice Sephine, y se desliza hacia la escalera de caracol.

No me muevo.

—¿No me vas a retener aquí dentro?

—Imposible. No perteneces a la orden.

—Entonces ¿adónde piensas llevarme?

—A mis aposentos, en el feudo propiedad del eraz. Una delegación imperial está de camino. Ahora que se acerca la luna de las flores, hay mucho trabajo que hacer.

Me trago la bilis y sigo los pasos de la guardiana de las esencias.

Mi nueva rutina es más que aburrida: resulta mortífera.

En cuanto el sol empieza a asomarse por el horizonte, me levanto del diminuto camastro de mi diminuta celda. Barro las habitaciones de Sephine, sacudo el polvo de las alfombras y tapetes bordados, repongo las flores secas de los jarrones con ramos de flores frescas. Vacío la ceniza de los incensarios y coloco varillas nuevas: clavo picante cuando la primera luna es creciente, aceite de láudano cuando es menguante y un mejunje extraño denominado *onycha* que se reserva para cuando la segunda luna se oscurece.

Las guardianas de las esencias se mueven con total libertad del palacio al templo, pues son veneradas y respetadas allá donde van. Son las mediadoras, las intermediarias. He intentado pronosticar los días en que Sephine aparece en el feudo del eraz, pero cada vez que creo haber descubierto el patrón, hace justo lo contrario. Me he cruzado con algún otro criado en los pasadizos, en los jardines, en las fuentes, y en todas las ocasiones he tratado de entablar conversación para charlar un rato. Reconozco que, algún que otro día, he perseguido a alguien por esa inmensa casona con la esperanza de que aceptara transmitirle un mensaje a padre. Sin embargo, todo el mundo parece evitarme, rehuirme o ignorarme.

Así que me dedico a limpiar.

Todo… el… santo… día.

Lo único que me anima a no perder la esperanza es que, a pesar de que Sephine todavía no ha descubierto la cura para la podredumbre, lo más seguro es que aquí pueda encontrar algo que sirva para prolongar la vida de padre.

Esta mañana, sus aposentos están cerrados a cal y canto por motivos de mantenimiento, por lo que decido inspeccionar otra ala de la casa, allí donde almacena las provisiones más comunes y cotidianas. Las guarda en diversos cuartos y en un sótano inmenso.

Quito el polvo de ramilletes de tomillo y lavanda que están secándose. Compruebo que en las repisas donde conserva las raíces de orris no hayan crecido moho u hongos. Y después paso un paño húmedo por todas las herramientas que Sephine tiene en las estanterías, justo fuera de su laboratorio. La puerta está cerrada con llave, como siempre.

Friego las vasijas de vidrio soplado que debió de utilizar anoche. A juzgar por el aroma, las usó para destilar incienso con vapor. Me pregunto si podré pasar de contrabando un poco de esa sustancia y enviársela a padre. Tal vez si apoyo algo en la pared y me cuelo por la ventana…

Casi me da un infarto cuando una voz, «su» voz, retumba a mis espaldas.

—Mañana subirás y dividirás los crocus de azafrán. Jardines orientales, segunda hilera. Sabes cómo hacerlo, ¿verdad?

Me aparto el pelo de la cara.

—Lo haré. Pero antes necesito que me contestes una pregunta: después de tantas vueltas, ¿crees que estás a punto de hallar la cura para la podredumbre?

Clava su mirada negra e ilegible en un punto por encima de mi cabeza.

—Una guardiana de las esencias puede invocar a la voluntad divina para sanar a un individuo, pero no para curar a hordas que padecen la aflicción.

—¿Podrías hablar claro, ni que fuese por una vez?

—Las palabras nunca son tan sencillas.

Me muerdo el interior de la mejilla con tal fuerza que el sabor a cobre inunda mis papilas gustativas. No sé si disfruta atormentándome o si es indiferencia pura y dura. Aun así, prefiero mostrarme impasible, por si una reacción pudiera satisfacerla.

—Sin embargo —continúa—, creo en Asmudtag, y la voluntad de Asmudtag representa el equilibrio de todas las cosas. Toda sombra proviene de una luz. Y cada enfermo debe tener un remedio.

—¿Asmudtag?

Por primera vez, esa máscara inexpresiva desaparece y advierto irritación y molestia en sus rasgos.

—El primordial. Tenaz y decidido. ¿Qué te ha enseñado tu padre durante todo este tiempo?

Enjuago la botella que he limpiado a conciencia y la dejo, con exagerada sutileza, sobre el banco.

—Oh, ya sabes, cosas absurdas e inútiles, como cuidar y montar a caballo, sobrevivir en el desierto, no cortarme con un puñal.

—Tu primer puñal. ¿Te lo dio durante tu infancia?

—Por supuesto que no —comento—. ¿Quién entregaría un puñal a una cría?

—Eso digo yo.

Y, sin mediar palabra, se marcha arrastrando su falda de plumas negras.

8

Ash

Advierto un espejismo bajo el sol del desierto. Atrapado entre la blancura cegadora del cielo y un dolor punzante e insufrible, rezo en silencio y suplico a Kaismap que me permita ver con más claridad. Iddo está cabalgando detrás de mí, con su mirada de halcón perforándome la espalda. Pero me repondré rápido. La sangre ya ha dejado de empapar el vendaje que el ayuda de cámara de Nisai me ha colocado alrededor del torso. ¿Y si no me curo? Me atrevo a decir que sería un consuelo, pues sé que Iddo sería el primero en declararme no apto para la misión.

A primera hora de la tarde, llegamos a la cima de una duna altísima. Desde ahí arriba contemplamos la capital de la provincia en todo su esplendor. Si bien Ekasya es una ciudad de piedra negra que brilla como el cielo a medianoche, Aphorai es una ciudad de barro y lodo. Los únicos edificios construidos en piedra son las murallas que rodean la ciudad, la casona situada en la cima de la colina, y que asumo que es el hogar del eraz, y el templo contiguo. Este último es tan grande como el de Ekasya. De hecho, es lo único impresionante de este lugar.

—Las estrellas han despertado y empiezan a titilar. Qué paisaje —dice Esarik, y se revuelve en la silla. Ha pasado demasiados días montado sobre su camello—. ¿No os parece imponente, asombroso?

Nisai descorre las cortinas de su litera.

—La belleza de este lugar es única. Es capaz de retener el avance de la arena y ha resistido siglo tras siglo todos los intentos de la tierra para arrasarlo, para derribarlo.

—Técnicamente, la mayoría ha sido «reconstruida» siglo tras siglo —recalca Esarik.

—Aun así —dice Nisai, que parece un poco pensativo, casi meditabundo—, su resiliencia es digna de admiración.

Más que su resiliencia, lo que es digno de admiración es su cabezonería. Esa provincia es más terca que una mula. ¿Y detrás de esas murallas? Tan solo se erige una versión tosca y vulgar de cualquier otra ciudad. La única razón por la que este lugar siga siendo relevante para el imperio es que produce los bienes más preciados y valiosos de Aramtesh: aceites, especias y, el más importante de todos, la flor de dahkai.

Me muerdo la lengua. Nisai parece hechizado. ¿Y quién soy yo para romperle esa ilusión?

A medida que nos acercamos, Esarik se pone rígido sobre su silla.

—Ceniza y azufre —murmura.

Sigo su mirada hasta la base de las murallas. Había oído hablar a los hombres de Iddo sobre el drama que asolaba su ciudad, pero no imaginaba que la situación fuese tan grave. Nunca había visto tantos afligidos desde que escapé de los suburbios donde pasé toda mi niñez. Docenas de ellos se apiñan entre las sombras. Todos llevan un vendaje alrededor de un brazo, o de una pierna, o de ambos. Evitamos pasar cerca de ellos, pero la peste que desprenden se puede oler a leguas de distancia.

Que Azered guíe sus almas.

Entramos en la ciudad a través de la puerta principal, situada al este. Los camellos levantan el polvo de los caminos sin pavimentar y me pongo a toser. Noto un cosquilleo debajo de las vendas y, de inmediato, un hilo de sangre y sudor se desliza por mi torso. Nisai me mira de reojo. Enderezo la espalda, cuadro los hombros y trato de relajar mi expresión.

Los arcos y las bóvedas interiores de las fortificaciones de Aphorai se han limpiado con cal para que parezcan blancas y relucientes, y después se han decorado con murales. El artista en cuestión tenía un gran talento para transformar estas superficies en verdaderas obras de arte, pero el resultado, comparado con los mosaicos de mayólica que enjoyan los monumentos de Ekasya, deja mucho que desear. Es un arte tosco, inexperto, rudimentario.

Al pasar por debajo de las arcadas, distingo el olor a pintura fresca. Han orquestado todo eso por y para nosotros.

Y entonces percibo otro aroma. Una bruma de incienso

carmesí se cierne por las calles. Tan solo Riker sabrá por qué los habitantes de Aphorai insisten en llamarlo «sangre de dragón». ¿A qué huelen los reptiles, más que al suelo por el que se arrastran? O, si eres Kip, que ha disfrutado de lo lindo cazando y asando serpientes de camino aquí, a la última presa que han devorado.

Pero no es eso. Esarik y Nisai arrugan la nariz, por lo que intuyo que ellos también lo han notado.

Más adelante, sobre una isla pavimentada en el centro de una calle polvorienta, se alza una estatua de bronce que, sin lugar a dudas, no concuerda con la realidad, sino que es mucho mayor. Hay una en todas las capitales provinciales de Aramtesh y que cada generación sustituye por otra esculpida a imagen y semejanza del emperador actual. Varias moscas revolotean como una plaga negra alrededor de esta versión. El emperador Kaddash apenas se reconoce en esa escultura, pues está recubierta de excremento desde la corona hasta los pies. Esa masa de heces apesta hasta el cielo.

Hoy, los funcionarios de Aphorai se han esforzado para que la ciudad reluzca, y han hecho todo lo que estaba en su mano para conseguirlo. Pero alguien ha querido dejar bien claro que tienen una opinión definida: el gobernante de Aramtesh apesta. Lo que sigue siendo un misterio para mí es si esa opinión se debe a la constante subida de impuestos, o a las discrepancias cada vez más evidentes que están surgiendo en las provincias más periféricas, y de las que Iddo ya informó, o a la aflicción que está consumiendo a Kaddash.

O tal vez se deba a las tres cosas.

Iddo guía su camello hacia Kip. La joven comando observa la estatua inmunda mientras una patrulla de guardias de la ciudad se apresura en intentar limpiarla.

—Encuentra al responsable de esto —ordena el capitán, apretando la mandíbula.

—No —ordena Nisai.

—Hermanito, un insulto tan directo como este…

—Por favor, sigamos.

Después de ese pequeño incidente, nadie vuelve a abrir la boca, hasta que llegamos a las cinco terrazas de arenisca que marcan el camino hacia la mansión del eraz. Bajamos de los camellos y nos dirigimos hacia los peldaños de la primera terraza, donde nos esperan unos mozos. Hago una pausa para contemplar los techos de paja de las casas, para escuchar el sonido lejano de los mercados y el balido de las cabras desde los corrales.

—No te avergüences por sentirte un forastero —murmura Iddo, que avanza a mi lado.

Le lanzo una mirada inquisitiva. Su expresión es seria y no advierto rastro de mofa y de la burla habitual. Me parece ver una ranura, una grieta en su coraza, y decido aprovechar el momento.

—Supongo que ya estás acostumbrado a estar tan lejos de Ekasya.

—Cuando pasas tanto tiempo viajando como yo, es difícil saber dónde está tu hogar. —Chasquea la lengua y le entrega las riendas de su camello a uno de los mozos.

Nunca lo había visto desde esa perspectiva; de hecho, siempre había envidiado la libertad de Iddo, esa capacidad de deambular por el imperio sin ningún tipo de restricción. Sacudo la cabeza. Ekasya siempre estará ahí para alguien como él.

Iddo se sacude el polvo de las manos y mira a Nisai.

—¿Estás seguro de que quieres entrar así? Hay un establecimiento bastante decente cerca de aquí. Podríamos asearnos y cambiarnos de ropa.

No es mala idea. Todos llevamos el uniforme manchado por el viaje. Y no me vendría mal descansar un poco, o disfrutar de unos momentos de silencio para rezar.

Nisai trata de alisar su túnica.

—No es una visita que exija una demostración de grandeza y majestuosidad. He venido aquí con humildad. Al fin y al cabo, no soy más que un sobrino que viene a visitar a su tío.

Me pregunto si, de no habernos topado con esa estatua repugnante, habría actuado de la misma forma.

Las puertas se abren de par en par y nos recibe un paje. Un solo paje. ¿Un insulto? ¿O es cuestión de ineptitud? Nos adentramos en el ala este y seguimos al muchacho por una serie de pasadizos vacíos. Iddo y los comandos se colocan en formación a nuestro alrededor. Esarik se queda rezagado en la retaguardia.

El paje sube los peldaños de una escalera dando brincos. En lo alto, hay un par de gigantescas puertas de madera.

Nisai acaricia con la mano las diminutas florecitas de seis pétalos talladas sobre los tablones de cedro.

—Este patrón... Estas puertas deben de ser más antiguas que el propio imperio. Imagínate lo que han oído, lo que han visto.

—No son más que puertas —digo, y echo un vistazo por encima del hombro.

Si están selladas, es muy probable que nos hayan tendido una trampa y estemos en un callejón sin salida.

—¿Mi príncipe? —pregunta el paje, con voz temblorosa.

Nisai le dedica una sonrisa.

—Sigamos.

Salimos a un patio interior, donde hay toldos de juncos entretejidos. Varias piscinas cercan el perímetro del patio, aunque el agua palidece al lado del mármol blanco de las paredes; el paso del tiempo las ha envejecido y deteriorado; han reparado esa miríada de grietas con vetas de bronce. Parece ser que los habitantes de Aphorai no se toman muchas molestias en ocultar el número de veces que la tierra se ha sublevado contra ellos.

Aunque las sombras y el agua de las fuentes me ayudan a combatir el calor que me escuece la piel, el aire del desierto es demasiado seco y la herida que tengo en el costado se resiente.

Un grupito de cortesanas de Aphorai nos ha seguido hasta aquí. Cuando Esarik por fin nos alcanza, varias de las mujeres siguen todos y cada uno de sus movimientos como leonas tanteando a su presa. Lo observan con esa mirada hambrienta, oscura y siniestra y tan distinta a los ojos esmeralda del joven. Está nervioso, pues cuando se alisa la túnica, con varios uros de Trel bordados que desentonan con esa figura tan esbelta y elegante, veo que las manos le tiemblan.

Miro de reojo a mi alrededor.

—Diles que estás prometido y te dejarán en paz.

Esarik pone expresión de nostalgia, de melancolía.

—Ah, ojalá fuese cierto —murmura y, tras recuperar la compostura, se gira hacia Nisai—. ¿Has tenido la oportunidad de examinar la...?

—¡Pues claro! ¿Cómo dejar pasar una oportunidad como esa? —responde Nisai, con curiosidad en la mirada—. ¿Primer siglo pre-Tratado?

—¡Qué va! Es más antigua. Mucho más antigua. Tercer siglo, me atrevería a decir.

—Está en un estado de conservación asombroso.

—Tienes toda la razón.

Niego con la cabeza.

—¿De qué estáis hablando?

Y, como si fuesen uno solo, Nisai y Esarik señalan el camino por el que hemos venido.

Ah, de acuerdo: las puertas.

Esarik ladea la cabeza, señalando a las cortesanas.

—No pretendo faltar el respeto a nadie, pero ¿crees que podría…?

—¿Retirarte? —termina Nisai—. Tranquilo, sé que aquí tienes mucho que aprender, así que ve y hazlo por ti… y por mí.

Esarik se inclina en una reverencia y se retira.

Atravesamos el patio y, cada vez que nos cruzamos con alguien, Nisai sonríe y asiente con la cabeza a modo de saludo. En términos oficiales, toda esa parafernalia se resume en hospitalidad respetuosa. Pero es muy probable que alguna de las personas que pululan por aquí compartan la misma opinión que el decorador de la estatua imperial de Aphorai. Tengo todos los sentidos alerta.

Nos acompañan hasta el vestíbulo principal. No debe de ser más grande que el salón de recepciones personal del emperador, en Ekasya. Los miembros de la corte de Aphorai se apartan hacia las paredes para desocupar el centro. Un fugaz vistazo basta para darme cuenta de que no deben de ser más dos veintenas de personas y, aun así, me da la impresión de que la sala está abarrotada. Y el ambiente me resulta sofocante, asfixiante.

Una mujer calva, casi tan alta como Iddo, se ha retirado al fondo del salón. Para una ocasión tan especial, ha elegido una falda de plumas de león negras iridiscentes. Su mirada, en su totalidad, es más negra y más oscura, si cabe. A pesar del calor, siento un escalofrío en todo el cuerpo.

Recibidos por la mismísima guardiana de las esencias de Aphorai.

No veo al tío de Nisai por ninguna parte.

¿Qué mensaje están tratando de enviar estos «provincianos»?

Echo una ojeada hacia arriba; las galerías superiores están tapadas con un entramado de madera. Vislumbro unas siluetas moviéndose entre las sombras y se me ponen los pelos de punta. ¿Criados que se han acercado a presenciar el espectáculo? ¿O se trata de algo más siniestro?

Nos han menospreciado. Nos tienen rodeados. Y nos vigilan.

Una parte de mí ansía desenvainar las espadas y ponerse a cubierto. Pero media vida sirviendo en la corte me ha enseñado algo.

Quizá nos estemos enfrentando a un peligro que el filo de una espada no puede derrotar.

9

Rakel

Una nube carmesí parece haberse instalado en la casona del eraz desde el alba. El incienso tiñe el aire y parece que estemos atrapados en un eterno atardecer. O en una piscina de agua teñida de sangre.

Sin embargo, el azafrán no espera a nadie, ni siquiera a un príncipe. Ya he recogido las habitaciones de Sephine y he limpiado todo el arsenal que utilizó anoche para sus experimentos, así que salgo de sus aposentos y me adentro en esa bruma roja.

El camino me obliga a pasar por el vestíbulo principal del eraz antes de subir hasta las terrazas de jardines, que están junto a la rampa de la pirámide. Los peldaños de esa escalera son un recordatorio de la conexión entre los gobernantes y los dioses. Las plantas que crecen en esos parterres con muros de piedra van aumentando de valor, hasta llegar a la terraza más alta de todas, donde crece la plantación de dahkai de Aphorai. Según dicen, es una plantación milenaria.

Advierto varios criados apiñados alrededor de la entrada a la antecámara del vestíbulo; se empujan entre sí para poder ver con sus propios ojos la primera delegación imperial que pisa Aphorai desde las primeras vueltas del reinado del emperador Kaddash. Por aquel entonces, padre estaba de campaña militar fuera de la provincia, así que la familia de Barden me invitó a viajar con ellos hasta la ciudad para admirar la tan esperada y ansiada llegada del emperador. Recuerdo el desfile como si fuese ayer, todos vestidos con su uniforme púrpura.

El mundo es un pañuelo. Y vaya si lo es.

Sabía que me toparía con Barden de un momento a otro. El

feudo del eraz es extenso, pero no infinito. Así que cuando abandona su puesto y viene corriendo hacia mí, me alegro de tener una excusa de verdad para no detenerme.

—Rakel —llama.

Acelero el paso y finjo no haberle oído. Los últimos días han sido un calvario, y todavía estoy conmocionada. No estoy preparada para afrontar esa conversación con él. Aún no.

—¡Rakel, espera! ¡Tengo que hablar contigo!

¿«Él» tiene que hablar «conmigo»? Pobre gatito, ¿ahora tiene remordimientos por haber delatado a su mejor amiga?

Sigo caminando con paso firme y saco un vial de aceite de cedro de mi bolsa. La brisa sopla a mi favor, pero lo último que me apetece en ese momento es oler el familiar aroma de Barden. No sé si sería capaz de mantener la compostura y no perder los papeles ahí mismo. Es curioso porque, hace apenas unos días, esa esencia me serenaba, me consolaba.

Oigo los pasos apresurados de Barden a mis espaldas, así que me arrimo el frasco a la nariz e inspiro hondo. Me ayuda a controlar la rabia y el dolor. No sé si podré volver a confiar en el único amigo que he tenido.

—¡Rakel! Concédeme tan solo un minuto de tu tiempo. Por favor —ruega, e intenta sujetarme por la manga de la túnica, pero, como ya imaginaba que iba a hacerlo, me he anticipado y lo he esquivado echándome a un lado.

—No puedo pararme a charlar.

—Al menos deja que te explique cómo van las cosas por casa. ¿No quieres saber cómo está tu padre?

Sacudo la cabeza. ¿Utilizar a mi padre para llamar mi atención? No creía que pudiera caer más bajo, pero es evidente que me equivocaba.

—Sé dónde está encerrada Lil. ¿Quieres que...?

¿Cómo se atreve?

—No tengo tiempo —respondo—. Tengo órdenes directas de la guardiana de las esencias. Es una muy buena amiga tuya, ¿verdad?

—Sé que estás enfadada. Pero te estabas comportando de una forma muy hermética, muy reservada.

—¿Cuándo?

—¿Cuándo qué?

—¿Cuándo se puso en contacto contigo?

—¿Acaso eso importa? —pregunta con voz cansada.

Le fulmino con la mirada.

—Está bien. Estaba preocupado por ti porque no sabía en qué lío andabas metida. Y esa noche tenía un mal presentimiento. Quizá fuese instinto, pero intuía que algo malo iba a pasar. Así que te seguí y vi que entrabas en ese lugar. Esperé y esperé, pero, al ver que no salías, decidí entrar a buscarte. Te habías esfumado. No podía denunciar tu desaparición al sargento de la guarnición, porque, aunque no sabía qué asunto te traías entre manos, imaginaba que era ilegal y que, por lo tanto, te arrestarían. Recordé que tu madre conocía a Sephine porque había sido su... En fin, no sabía a quién más recurrir. Pero entonces, justo cuando acababa el turno, apareciste de la nada. Te comportabas como si nada hubiera ocurrido. Por favor, no intentes engañarme. Tú y yo sabemos que las cosas no fueron como la seda. Dime la verdad: ¿alguna vez pensaste que los dos acabaríamos trabajando aquí, en la mansión del eraz?

—¿Y por qué no me «contaste» nada?

Se pone a frotar los pies sobre el suelo. Le conozco demasiado bien y sé que hace eso cuando se siente incómodo.

—Ella me dijo que no lo hiciera.

—Pues deberías habérmelo explicado —replico con voz inexpresiva.

Esquivo su mirada de perro apaleado y sigo caminando, continuo inspirando ese aceite de cedro, sigo pensando en lugares lejanos.

Una parte de mí todavía anhela lanzarse a los brazos de Barden, hundir la cara en su pecho, contarle con pelos y señales todo lo que Sephine dijo de mi padre, de mi madre, de mi vida...

Sin embargo, otra parte de mí, una parte mucho más grande, no quiere volver a verlo jamás. Y cuanto antes acabe con esto, mejor. Y esa parte decide desviarse, zambullirse entre esa horda de criados, abrirse camino entre empujones y subir las escaleras que llevan a la galería. Y lo hago pasando totalmente desapercibida. Todos están tan absortos en tratar de ver lo que está ocurriendo en el vestíbulo principal que nadie me presta la más mínima atención.

Entro en la galería a hurtadillas. La única luz que ilumina la estancia es la que se cuela por los agujeritos del entramado de madera. Esos biombos son lo único que separa a los mirones y chismosos de los nobles y aristócratas que se han reunido hoy allí. El incienso perfuma el aire con el dulzor a caramelo que desprende el opoponax. Una elección interesante. Respetuoso, pero sin resultar demasiado melifluo.

Me sorprende el silencio que reina allí, sobre todo teniendo en cuenta que el salón está colmado de personas. Me pica la curiosidad, así que me meto entre ese enjambre de fisgones e ignoro los gruñidos y protestas de los demás sirvientes.

Los imperiales ya están aquí, liderados por el tipo más alto que hay en el vestíbulo. Debe de ser el hermano del príncipe. También distingo a los comandos, amados y odiados a partes iguales. El infame capitán es un hombre corpulento, imponente. La persona que está a su lado encaja más con la descripción que he oído del príncipe. Altura media. Complexión media. Y una tez bronceada que contrasta con el púrpura imperial de su túnica. Ese color le favorece, desde luego. Es más joven de lo que imaginaba. Debe de ser una vuelta o dos mayor que yo.

Y, al otro lado de la sala, sobre el estrado, mis dos personas favoritas.

Sephine, cómo no.

Y Zakkurus, la serpiente.

La guardiana de las esencias enciende dos braseros de plata, uno a cada lado del trono del eraz. Pego la nariz sobre el enrejado de madera e inspiro hondo.

Siento que se me para el corazón.

Se suponía que las existencias se habían agotado. Pero ahí está. Es inconfundible.

Cierro los puños con tal fuerza que las uñas se me clavan en la palma de la mano. Sephine no tiene un pelo de tonta y seguro que se ha encargado de guardar a buen recaudo un alijo de la flor. Y no ha dudado en exhibir su poder delante del príncipe, demostrando así que su vida vale diez vueltas más que la mía.

Dahkai.

En cuanto la esencia ha impregnado el vestíbulo, el eraz entra con arrogancia y con el cabello y la barba empapados de aceite. Hasta ahora, solo lo había visto un par de veces y siempre de refilón; pero hasta un vagabundo sabría que le fascina vestirse y mostrarse como los grandes líderes de la antigüedad, como un hombre fuerte y justo, a menos que invoques su rabia. En ese caso, se reencarna en el sello de Aphorai. He visto muchos leones a lo largo de mi vida, pues, cuando la estación seca se prolonga, abandonan el desierto y merodean cerca de nuestra aldea. El tripón del eraz desmerece la semejanza, pero esos hombros descomunales y esa espalda tan recta no engañan. Bajo esa capa de grasa se esconde un gran guerrero.

Se acomoda en el trono y una jovencita, que debe de rondar mi edad y va vestida con apenas unas sedas, se coloca a su lado. Es *lady* Sireth.

El mozo se aclara la garganta.

—El eraz de Aphorai, Malmud de la línea Baidok, da la bienvenida a su alteza imperial, el príncipe Nisai, nombrado heredero del imperio de Aramtesh, custodio de los Territorios Seson y de las Islas Palmera…

Las cortesanas que se apiñan justo debajo de mis pies empiezan a cuchichear y a murmurarse cosas al oído.

—¿Crees que intenta marcar un nuevo estilo?

—¿Y si es imberbe?

—¿No le crece la barba? ¿No es capaz de matar un león? Pues no puede liderar un imperio.

Por fin, y por suerte para todos los presentes, el mozo termina de nombrar esa lista infinita de títulos y respira.

El príncipe se arrodilla ante el trono, con una sonrisa un pelín torcida, una sonrisa dulce y, al mismo tiempo, afilada.

—¿Me recibirás, querido y estimado eraz?

El eraz esboza una sonrisa.

—Levántate, sobrino. Eres más que bienvenido —responde, y se pone en pie para estrechar al príncipe primero entre sus brazos.

—Hemos venido para asistir a la luna de las flores, tío. Espero que nuestra presencia no sea una molestia.

—¡Bah! Querido, los pájaros de fuego llevan quemando ese mejunje púrpura varias semanas. Sería ridículo que, a estas alturas, las visitas fuesen una molestia para nosotros. Aunque nos habíamos preparado para una delegación completa. Y tu comitiva es bastante… —estudia concienzudamente a los comandos, al propio capitán y, por último, repasa de los pies a la cabeza la figura que no se despega del príncipe, un guardia con una túnica de seda negra ribeteada con hilo de color púrpura imperial que solo le cubre el torso y las piernas…— pequeña. Vivimos momentos agitados y turbulentos, sobre todo en las fronteras.

Y, al oír ese comentario, el guardia da un paso al frente. Quizá el eraz siga considerándose una bestia salvaje, un león de pura raza, pero el hombre que protege al príncipe primero sigue moviéndose. Es una mole de músculo que se mueve con el sigilo y la elegancia de un depredador. Mandíbula marcada. Cabeza afeitada, igual que los hermanos imperiales. Pómulos afilados. Y nariz prominente.

Advierto unos zarcillos de tinta negra recorriendo la piel dorada de sus brazos. Los muestra desnudos, aunque advierto una banda de oración de cuero trenzado; cada tira de cuero libera una esencia distinta, una para cada dios. Así pues, es un creyente fiel y devoto.

Me revuelvo para intentar encontrar un mejor ángulo entre los agujerillos del entramado; siento curiosidad por ver el tatuaje al completo. Desde ahí arriba tan solo vislumbro las líneas de los colmillos, que le recorren toda la cabeza, y unas zarpas perfectas en el dorso de las manos.

Me muerdo el labio. Los hijos de Kaidon siempre han suscitado toda clase de rumores y chismes, pero el guerrero tatuado siempre ha protagonizado historias y mitos que se cuentan alrededor de una hoguera. Jamás pensé que vería uno con mis propios ojos, pero ahí está, de carne y hueso, con el ceño fruncido y una mirada implacable. Un guardaespaldas imperial que ha jurado proteger con su vida al príncipe. Un escudo.

Y, de repente, como si me hubiera leído el pensamiento, el escudo alza la mirada para inspeccionar la galería superior. Aunque su ademán es tranquilo, las gotas de sudor que se deslizan por su cabeza tatuada le traicionan. De no ser porque le tiemblan un poco las manos, le habría tomado por otro tipo de la capital que, acostumbrado a vivir entre lujos, no soporta el calor abrasador de Aphorai.

Fiebre.

El capitán avanza y saluda al eraz.

—Entre nosotros, esperaba que vinieran a recibirnos más miembros de tu guardia personal, Malmud. Para el administrador de la mercancía más valiosa y más preciada del imperio, deben de ser semanas de nerviosismo y emoción.

Nisai se señala la nariz.

—Ah, pero hasta la luna de las flores no hay motivo para ponerse nervioso. El dahkai, después de florecer, apenas tiene valor. Las hojas de la planta no tienen nada de especial y la savia es un irritante cutáneo muy severo. Incluso si alguien se atreviera a robar un espécimen, se marchitaría al trasplantarlo. Desde las guerras de sombra no se ha logrado cultivar en ningún otro lugar, salvo aquí.

Vaya. Admito que no esperaba que el futuro emperador reconociera la planta por el perfume.

El príncipe primero alza la voz.

—Por favor, corrígeme si me equivoco, guardiana de las esencias.

Sephine asiente con la cabeza.

—Caminas por el sendero de la sabiduría.

Zakkurus se inclina en una elegante y pomposa reverencia.

—Descansa tranquilo, triplicamos la guardia porque la ocasión lo merece. La luna de las flores es un acontecimiento único. La cosecha debe completarse en una sola noche. Naturalmente, nuestra querida y estimada guardiana de las esencias se encargará de distribuir la flor y, como dicta la tradición, guardará una porción para el templo. Por supuesto, reservaremos una cantidad suficiente para satisfacer los deseos del emperador. Y el resto de la cosecha se destinará a la elaboración de perfume. En cuanto mi gente haya formulado la fragancia, la caballería de Aphorai acompañará y protegerá el envío a la capital.

—¿Es cierto que dejáis entrar al populacho? ¿Que cualquiera puede pasearse por las calles de Aphorai para asistir a la luna de las flores?

Desde la tarima, Sephine clava su mirada negra y opaca en el capitán.

—Es una noche sagrada. Nuestro papel no consiste en decidir quién merece presenciar tan esperado acontecimiento y quién no.

—¿Acaso eso implica, entonces, que no le negaríais la entrada a los traidores que se han dedicado a profanar la escultura de mi padre? Porque de ser así, estaríais insultándonos.

Así que han visto esa escultura cubierta de excrementos. Se ha convertido en un rito de iniciación en Aphorai. Todo aquel que pasa por ahí arroja un puñado de estiércol al emperador, cuya popularidad cada vez es menor, y después huye despavorido para que los guardias de la ciudad no lo pillen y no lo castiguen por lo que ha hecho.

—Un emperador dio la espalda a las guardianas de las esencias. Para este templo y esta provincia, «eso» fue un insulto grave, imperdonable.

El silencio se instala en la sala.

Los criados que se apiñan a mi alrededor se revuelven, nerviosos, y me tapan el agujerito por el que veía la tarima.

Y, de repente, en ese inmenso vestíbulo, retumba el tintineo de unos anillos de acero. Alguien grita. Más de una cortesana sale escopeteada hacia la puerta más cercana.

Me pongo de puntillas y estiro el cuello. Estoy desesperada por averiguar qué ha ocurrido.

El eraz saca casi a rastras a su hija del salón. Sephine los sigue muy de cerca. Supongo que *lady* Sireth ha sufrido otro de sus desvanecimientos.

Pero entonces me doy cuenta de que hay un cuerpo tendido en el suelo.

Es el escudo del príncipe. La seda que le cubre el costado del torso está húmeda; el olor metálico que impregna el aire y alcanza mi nariz revela que es sangre.

Los demás criados se dispersan por el vestíbulo.

Mis pies empiezan a moverse por propia voluntad.

10

Ash

Cuando recupero la lucidez, me doy cuenta de que estoy tumbado sobre un camastro. Nisai está sentado en el borde de la cama, con expresión de inquietud, pero no parece haber sufrido ningún daño físico.

Gracias a Esiku. Ahora puedo respirar tranquilo.

—¡Apartaos!

Es una voz femenina. Giro la cabeza sobre la almohada y veo que Issinon, el ayuda de cámara de Nisai, le barra el paso. La intrusa en cuestión es una chica bastante bajita que viste una túnica lisa y sin bordados ostentosos. La túnica le cubre incluso las muñecas y los tobillos. La tela es blanca, un color que le favorece, pues resalta su tez bronceada. Por el bajo de la falda asoman un par de botas, en lugar de las sandalias que suelen llevar los criados de palacio. Advierto la tira de una bolsa de cuero que le atraviesa el pecho y un puñal en su cadera. Todos esos elementos son partes de una ecuación que mi mente febril no es capaz de resolver.

Issinon está hecho una furia.

—¿Cómo te «atreves» a darme órdenes? Estás delante del…

—Me importa un pimiento quién seas. Esa herida necesita que alguien la trate.

—¿Herida? ¿Cómo has sabido…?

—El escudo solo puede mover un brazo. Y hasta un ciego se daría cuenta de que tiene fiebre. Podríais esperar a la guardiana de las esencias, pero ahora mismo está atendiendo a la hija del eraz. Quién sabe cuánto tardará en aliviar el mal que soporta esa joven. Las vueltas de *lady* Sireth son…

Se me escapa un gruñido.

—Dejadla entrar —ordena Nisai.

—Creo que preferiría que Esarik se encargara de esto —murmuro.

—Ha partido en una expedición para recolectar especímenes. No regresará hasta mañana.

Traducción: se ha dado a la fuga porque quiere huir de los halagos de la mitad de las doncellas de Aphorai.

Issinon se hace a un lado y la muchacha se inclina sobre mí. Olfatea los vendajes que tengo alrededor del pecho y arruga la nariz, como un ciervo cuando husmea el viento en busca de peligro. Pero esta joven no es un animal que rastree su presa. Es algo más. El modo en que me mira, con esos ojos ámbar, me recuerda... a un lobo. Sin embargo, hay algo en ella que me resulta familiar, aunque no logro determinar el qué.

—Quitadle los vendajes.

Issinon interviene.

—Pero entonces seguro que la hemorragia...

—Tranquilo. Más peligroso sería dejar que una herida mugrienta se infectara.

—La herida no estaba sucia. Lo comprobé yo mismo.

La ferocidad que arde en sus ojos me intimida.

—¿Y también limpiasteis y pulisteis las garras del león antes de que le desgarraran el torso y lo abrieran en canal, como a un cerdo? Si no me equivoco, habéis estado charlando esta mañana en los baños públicos, ¿verdad? ¿O eres tan cínico como para negar que os habéis dedicado a chismorrear mientras a vuestro amiguito de melena de plumas le arrancaban las cutículas? —pregunta.

Sigue parloteando, entreteniendo al ayuda de cámara y aprovechando el momento para desenvainar el puñal y deslizar el filo por debajo de las vendas para cortarlas.

Hago una mueca de dolor en cuanto empieza a retirar las gasas de la herida.

La muchacha respira hondo.

—Necesitaré agua hirviendo, ropa de cama limpia y aguja e hilo. Ahora.

Issinon da su brazo a torcer. Por lo visto, cree que lo mejor es obedecer a la joven.

Y no le culpo por ello.

En un periquete, traen todo lo que ha pedido. La joven echa

un puñado de lo que, a primera vista, parecen sales de baño rosa en el cubo de agua. Después sumerge un paño de lino en el agua caliente. Me sorprende que sea capaz de escurrir el paño y no quemarse en el intento, pues el agua está hirviendo. Después vierte el contenido de un vial y un hilo de gotas naranja tiñen la tela blanca del trapo.

La muchacha me ofrece la empuñadura de su cuchillo.

—Está limpio.

No hace falta que diga nada más. Lo que viene ahora va a doler. Y mucho. Abro la boca y, con una amabilidad y dulzura sorprendentes, la joven coloca la empuñadura entre mis dientes.

El paño caliente sella los profundos arañazos del león, justo sobre las costillas. El líquido con que ha empapado el trapo escuece más que el alcohol puro. Muerdo la empuñadura. Con todas mis fuerzas.

Tarda una eternidad en limpiar la herida, o al menos esa es mi sensación. Pero todavía tarda más en coser los puntos. No perder el conocimiento se convierte en una lucha frenética. Creo que nunca había librado una batalla tan dura. Sé lo que está en juego y la información que podría desvelarse si me desmayo sobre ese camastro, así que me obligo a centrarme en el aquí y el ahora. No puedo distraerme y trato de pensar solo en el dolor.

La muchacha sigue trabajando, pero su aliento me acaricia la piel, y eso me distrae.

Me fijo en la suave esencia de su perfume... ¿Rosas?

Un relicario de plata asoma por el cuello de su túnica, pero, en cuanto se escapa, ella vuelve a guardarlo, como en un acto reflejo.

Después, se aclara las manos.

—Necesita dormir.

—No —replico. Mi voz suena débil, incluso yo me doy cuenta.

Nisai da un paso al frente.

—En este estado, no puedes protegerme. Así pues, cuánto antes te recuperes, antes podrás volver a la acción.

La joven acerca una taza a mis labios.

—Tómate tu medicina —dice, y me parece percibir cierta ironía en su tono de voz.

¿Cómo ha podido saber que necesitaba una dosis? Me incorporo un poco y echo un vistazo a mi alrededor, nervioso e inquieto. ¿Quién más ha oído lo que acaba de decirme? Y en ese momento saboreo ese líquido dulzón y no tengo más remedio que tragármelo.

¿Dulce? Es leche de amapola, y no el elixir de Linod, el brebaje del que dependo cada día más. Siento una oleada de alivio, de paz, de serenidad.

La joven los echa a todos de la sala, salvo a Nisai y a dos comandos que, teniendo en cuenta mi estado, se encargarán de protegerle las espaldas. Ella es la última en irse; al hacerlo, cierra la puerta. Nisai se acomoda en un taburete, junto a la cama. Y eso me recuerda a las visitas matutinas que solía hacerle a su padre en Ekasya.

No aparta la mirada de mí. Y me observa con detenimiento.

—Te ha ocurrido algo ahí fuera, ¿verdad? Ash, si las garras del león hubieran… Rakel asegura que si los arañazos hubieran sido más profundos…

—¿Rakel?

—La persona a quien no le ha temblado el pulso mientras te salvaba la vida.

—No va a contarle nada a nadie, ¿verdad? ¿Es de confianza?

Nisai se muerde el labio inferior, y luego asiente con la cabeza.

—Creo que sí.

Y antes de que pueda preguntarle por qué, me sumo en un profundo sueño.

11

Rakel

Paso una noche horrible, despertándome cada dos por tres.

Cada vez que cierro los ojos, me invaden pesadillas terribles. Unos ojos oscuros y brillantes me transmiten un dolor infinito y una tristeza muy lejana, casi oculta. Una piel tatuada que huele a sándalo y almizcle. Un brazo musculoso con una banda de oración. El aroma de las esencias sagradas, que es tan intenso que incluso me despierta.

La manta está hecha un ovillo en el suelo y tengo las piernas enredadas entre las sábanas.

Y es en ese preciso instante cuando percibo otra esencia. Una esencia que no debería divagar por el aire.

Humo. No es incienso, ni tampoco el carbón de las cocinas, sino algo totalmente distinto.

Aparto las sábanas de un manotazo y me pongo una túnica encima del camisón. No hay tiempo que perder. Mis sandalias están a los pies de la cama, pero, sea lo que sea que está ocurriendo ahí fuera, prefiero enfrentarme a ello con las botas puestas.

Los pasillos están desiertos a estas horas de la noche. El silencio es sepulcral. Echo a correr, directa a los aposentos privados de la guardiana de las esencias. Serpenteo por ese laberinto de pasadizos que conozco como la palma de mi mano, pero no me cruzo con ningún otro sirviente. Aporreo la puerta de la habitación de Sephine, pero ahí no hay nadie. Intento girar el pomo. Nada, está cerrado con llave.

¿Dónde está? Debería haber terminado de atender a *lady* Sireth hace horas. Tal vez haya regresado al templo sin avisarme. No sería la primera vez que desaparece de la faz de la Tierra sin mediar palabra.

¿O quizás haya olido el humo antes que yo? Y, de ser así, ¿adónde ha podido llevarla?

Inspiro hondo. Intenso, acre. Algo verde se está quemando.

Los jardines.

Salgo como una flecha del edificio y subo los peldaños de la escalera exterior de dos en dos. Llego a un sendero de arenisca, pero tropiezo con el bajo del camisón y a punto estoy de partirme la crisma. Por suerte, recupero el equilibrio y sigo corriendo. Si algún día consigo escapar de esta maldita y aromática ciudad, juro que jamás volveré a ponerme uno de estos ridículos camisones.

Aunque todavía me quedan decenas de peldaños por subir, no hace falta ser un genio para imaginar qué terraza se está quemando. La cúspide de la pirámide está inmersa en una nube de humo espeso y gris. Parpadeo una vez. Dos veces. Me froto los ojos. Pero no me desvelan nada que mi olfato no me haya revelado ya. Me quedo paralizada y boquiabierta.

La luna de las flores se celebrará mañana por la noche, y las plantas que deben florecer por primera vez en una generación están todas ahí arriba.

Los guardias corren por los jardines, desesperados. Sus gritos y alaridos los delatan; están confusos y, lo más asombroso de todo, están aterrorizados. O bien alguien ha logrado burlar la defensa y seguridad de palacio esta noche, o bien alguien de dentro ha incendiado la quinta terraza, y lo ha hecho a conciencia porque está ardiendo por los cuatro costados.

¿Quién desearía destruir el recurso más preciado y valioso de Aphorai?

Y, si alguien estuviera tratando de arrasar esa plantación, ¿quién sería la primera persona en intentar salvarla?

Sephine. Está ahí arriba. Lo sé. Esa mujer tiene la llave de muchos secretos enterrados, sobre mí misma, sobre mi familia. Me prometió que, llegado el momento, me desvelaría toda la verdad. Y «necesito» que ese dichoso momento llegue algún día. Si la guardiana de las esencias muere, toda su sabiduría desaparecerá con ella.

Un guardia que no reconozco me coge de la manga.

—¡Sal de aquí! ¡Es demasiado peligroso!

Me revuelvo y, tras conseguir zafarme de él, me sumerjo en el humo.

12

Ash

Me despierto en los aposentos reservados para invitados. Las velas siguen encendidas; de hecho, solo se ha consumido la mitad de la cera. Asumo que todavía es de noche.

Tardo un par de segundos en darme cuenta de que algo no anda bien. Los zarcillos de humo que se enroscan en el aire no son de la sangre de dragón, ese incienso de Aphorai que parece encandilar a todo el mundo. De hecho, no se parece en absoluto a ningún incienso que haya olido antes.

Ese humo proviene de un incendio.

Trato de levantarme del camastro y, de inmediato, siento una punzada de dolor en el costado, tan fuerte que me deja sin respiración. Esa agonía física desentierra una serie de recuerdos; por mi mente pasan varias escenas de la caza del león, imágenes claras y vívidas, como bengalas en mitad de la noche.

Con una mano, presiono uno de los vendajes que tengo a la altura de las costillas y, con la otra, me apoyo sobre los cojines y me incorporo.

—¿Nisai?

Debe de estar absorto leyendo uno de sus libros.

—¿Nisai? —llamo de nuevo, esta vez un poco más alto.

No obtengo respuesta. ¿Quizás esté reunido con su tío? ¿O puede que Esarik ya haya regresado de su expedición?

Aprieto los dientes, deslizo las mantas y arrastro las piernas hasta el borde de la cama, de forma que los pies me quedan colgando. Mientras dormía, alguien me ha cambiado las vendas, pues los paños de lino están impecables, sin rastro de las manchas típicas de una herida reciente. Aparte del vendaje, estoy totalmente desnudo. Me sonrojo sin querer. ¿Quién me habrá visto mientras dormía? ¿Habrá sido «ella»?

El sillón en el que se había acomodado Nisai, al lado de mi camastro, está vacío. Mi uniforme está tendido sobre los pies de la cama. Alguien se ha tomado la molestia de engrasar el cuero con aceite, dejando unas notas de cedro suspendidas en el aire. Un detalle, la verdad. Me gusta.

Me cuesta una barbaridad enfundarme los pantalones. Entre las heridas y los vendajes, vestirme se está convirtiendo en un suplicio insoportable, por lo que decido no ponerme el chaleco. Arrastro los pies hasta la antecámara. Dos guardias de palacio de Aphorai custodian la puerta. El más joven se queda embobado mirándome el torso. Tal vez sea la primera vez que ve a un hombre con el pecho tatuado.

—¿Dónde está el príncipe?

El otro guardia se encoge de hombros y señala un lado del pasillo.

—Se ha marchado hace un rato.

—¿Y quién está con él? —exijo saber—. ¿Los comandos?

—Nos dijo que debía atender un asunto diplomático urgente. Y dejamos que se fuese.

El más joven asiente con la cabeza.

—Nunca cuestionaríamos al príncipe primero, señor. Somos leales al imperio, señor.

Vaya par de bobos.

—Apartaos.

—Ah, escudo, señor… El príncipe primero nos dijo que necesitabas descansar…

—Apartaos… de… mi… camino.

13

Rakel

El humo cada vez es más espeso, más denso. Aunque a trompicones, sigo avanzando por los jardines. Siento que me ha obstruido la nariz y la garganta, y los ojos me arden de tal manera que no dejan de llorar. Pero incluso cuando me seco las lágrimas e intento mantenerlos abiertos, me cuesta distinguir un arbusto de un muro, una fuente de una estatua.

Me he tapado la nariz y la boca con la manga de la túnica, y trato de respirar de forma superficial para evitar llenar los pulmones con ese aire tan acre.

Ahora que he conseguido acercarme un poco más, me doy cuenta de que no es un fuego normal y corriente, pues contiene una firma única que, por supuesto, no me pasa desapercibida: aceite de krilmair. Se utiliza cuando se necesita quemar algo que las llamas no consumirán. En otras palabras, se recurre a él cuando se agotan todas las otras opciones inflamables. La única pega es que, detrás, además de restos carbonizados, deja una estela aromática muy reconocible.

Ese incendio no ha sido un accidente.

Entonces advierto una figura borrosa que parece tambalearse. No lo reconozco hasta que lo tengo casi delante de las narices. Es el escudo. O bien es un memo, o bien es un cabezota empedernido. Reposo absoluto: eso fue lo que ordené. Y, sin embargo, ahí está.

Y, para colmo, no se ha puesto el chaleco del uniforme y luce el torso desnudo. En otras circunstancias, me habría parecido divertido.

—Por el sexto infierno, ¿qué crees que estás haciendo?

—Qué casualidad. Iba a preguntarte lo mismo —responde con esa voz profunda y atronadora.

—No lo sé. Sephine, ella...

—¿Y el príncipe? —pregunta, y veo que se dobla de dolor y gruñe. No debería estar aquí, sino en sus aposentos, descansando.

—¿No está contigo?

—De ser así, no te lo preguntaría.

Entorno los ojos para tratar de avistar la terraza superior, envuelta en llamas y humo. Ahí arriba crecen unas plantas ancestrales, unas plantas que mañana por la noche, cuando las dos lunas se oscurezcan y el cielo quede sumido en una oscuridad casi absoluta, habrán abierto sus capullos y habrán florecido. Esa última y esperada floración se ha convertido en una columna de humo que se despliega hacia el cielo.

Varios guardias rodean el jardín, con cubos de agua en las manos. Sus gritos cada vez suenan más desesperados. Si Sephine no está tratando de salvar el dahkai junto con los guardias, ¿dónde está? ¿Qué podría ser más importante para ella? ¿Quién

podría ser más importante?

El escudo me observa con detenimiento, como si estuviera midiéndome, como si pudiera leerme la mente.

Y, de repente, se lanza hacia las llamas.

El olor es hediondo, repugnante, rancio. Tiene suerte de poder mantenerse en pie, y más considerando la cantidad de leche de amapola que le suministré en la última dosis. Lo más probable es que se derrumbe en cualquier momento.

Y, en ese caso, su muerte recaería en mi conciencia.

No, no quiero tener las manos manchadas de sangre.

Así que no voy a permitir que eso ocurra.

Sin pensármelo dos veces, sigo sus pasos y me adentro en el corazón del incendio.

Rasgo el bajo del camisón para hacerme con un retal. Me tapo la nariz con la manga de la túnica de nuevo, agarro al escudo por el brazo y le hago señas para que él haga lo mismo. Me vuelvo y contemplo el desastre. La mina de oro de Aphorai se está carbonizando. Ya es demasiado tarde para salvar la plantación de dahkai.

Y ni rastro de la guardiana de las esencias.

«Piensa, Ana, piensa.»

Aunque llevo un tiempo trabajando para Sephine, la verdad es que apenas conozco nada de la persona que se oculta tras la máscara de la guardiana de las esencias de Aphorai. Eso asumiendo que realmente haya una, claro. Pero sí me he fijado en que suele deambular por los mareantes y confusos senderos que conforman el laberinto del sector de al lado. Empezaré por ahí.

Aunque sé que es arriesgado, me aparto la manga un segundo para coger aire. Sin embargo, no huelo nada especial, salvo a humo y chamusquina.

Tengo que acercarme un poco más.

Los arbustos coníferos se han convertido en bolas de fuego. «Su salvia es un explosivo natural», me digo para mis adentros. Y, en ese preciso instante, un tronco cercano cruje y la corteza estalla en mil pedazos. Me agacho para esquivar las astillas y las ascuas que salen volando por los aires.

Noto un picotazo en la mejilla. Me palpo y las yemas de los dedos se me quedan húmedas.

Mediante gestos, le indico al escudo que se mantenga agachado y, casi a rastras, nos dirigimos hacia el siguiente jardín. Está sumergido en humo, pero los setos que marcan los sinuosos caminos del laberinto, y que están cuidadosamente podados, siguen en pie, ilesos respecto del fuego. O, al menos, por ahora. Pero ahí se mueve algo, una silueta borrosa y confusa. Sigo avanzando con cautela, evitando las brasas ardientes que hay entre la ceniza.

Ahí está. La silueta de un brazo sobre el césped. Durante un breve y fugaz instante, advierto un montón de plumas negras y brillantes. Salgo disparada y me arrodillo junto al cuerpo tendido de la guardiana de las esencias.

—¡Sephine!

Un gruñido como respuesta. La sujeto por los hombros y trato de darle la vuelta.

—¿Qué ha ocurrido?

Intenta hablar, pero no deja de toser.

—Era demasiado fuerte —dice con voz ronca, y con la respiración entrecortada—. Demasiado rápido. Demasiado…

Y entonces aparece el escudo.

—¿Qué ha provocado el incendio? —pregunta. Está presionándose los vendajes que le tapan los tremendos arañazos de esa caza de leones absurda y ridícula—. ¿Una bestia?

Niego con la cabeza. Incluso en la noche más oscura, incluso en la niebla más espesa, si hubiera sangre, la vería. Y, de quedarme ciega y no poder verla, la olería.

—Debes salvar al… —empieza, pero sus palabras se pierden entre los gritos y alaridos que provienen del otro jardín.

—¿El dahkai? Los guardias se encargarán de eso —miento. De nada serviría decirle que es una causa perdida.

Vuelve a toser, pero esta vez escupe sangre. Es sangre oscura. Hemorragia interna, no me cabe la menor duda. Y entonces distingo un vago tufillo a… ¿podredumbre? ¿O a algo que se está descomponiendo? Sea como sea, necesita que alguien la atienda, y rápido.

Puede que lo más justo fuese dejarla ahí tendida, abandonada a su suerte, condenada a morir completamente sola, igual que ella hizo con mi madre en su día.

Pero no soy como Sephine.

—Tenemos que sacarte de aquí —resuelvo. Me agacho un poco más y le sujeto de un brazo para colocármelo detrás del hombro e intentar levantarla.

—No. Las estrellas ya han decidido mi destino —murmura. Levanta una mano temblorosa, aunque no tengo la más remota idea de si lo hace para señalar las estrellas, o para aferrarse a mi camisón, o para otra cosa totalmente distinta—. Salva al príncipe.

El escudo se inclina sobre ella, con una mueca de dolor.

—¿Dónde está?

Un hilo de sangre granate se escurre por la comisura de sus labios. Sin pensarlo, guiada por el instinto, lo limpio con la manga de mi túnica. Ella aparta la cabeza y clava la mirada en un punto en concreto. Me giro y observo esa parte del jardín con detenimiento; y es entonces cuando advierto un cuerpo tendido en el suelo, envuelto en una espesa nube de humo y ataviado con una túnica púrpura que, en mitad de la oscuridad nocturna, es el camuflaje perfecto.

El escudo reniega por lo bajo y, casi a trompicones, se acerca a esa silueta.

Sephine se da la vuelta, apoyándose así sobre la espalda, alarga un brazo y me sujeta el relicario con una fuerza asombrosa. Tira de él y mi cara queda a apenas unos centímetros de la suya.

—Solo podía aminorar el proceso. Presta atención a la rueda de las estrellas. Cuando el león lleve la corona perdida, no vivirá para ver el siguiente amanecer. Sigue el camino de las estrellas. Encuentra la orden… Asmudtag… en… —Y, de repente, la mano que sostenía mi relicario pierde su fuerza, su vitalidad, y se desploma sobre el suelo—. La oscuridad florecerá de nuevo —murmura, y cierra los ojos.

El vaivén de su pecho se detiene tras un último suspiro y sus dedos quedan extendidos. Un diminuto vial sale rodando de la palma de su mano hasta ese césped tan cuidado en que una brizna no es más alta que otra. Está hecho de una especie de cristal, aunque parece estar tallado como una piedra preciosa.

Intento tomarle el pulso a Sephine.

Nada.

Compruebo su respiración.

Nada.

No. Esto no puede estar pasando. Las guardianas de las esencias no mueren.

Pero Sephine ha fallecido.

Y se ha llevado todos sus secretos a la tumba.

14

Ash

Nisai está tendido sobre el césped. La imagen me impresiona, me aterroriza. Me arrodillo junto a él.

«En nombre de todos los dioses, por favor, que esté bien, que no le haya pasado nada grave.»

—¿Nisai? —llamo, y le doy una palmadita en el hombro.

No hay respuesta.

—¡Nisai! —insisto.

Echo un fugaz vistazo al cuerpo inerte del príncipe, pero no advierto ninguna herida abierta y sangrante. De hecho, parece estar sumido en un profundo sueño. Tranquilo y reparador, incluso. ¿Quizás haya inhalado demasiado humo? ¿La guardiana de las esencias no ha comentado que algo había sido demasiado rápido?

—¿Qué hacías aquí a estas horas, tú solo? —le reprendo, aunque intuyo que no puede oírme.

Aunque, pensándolo bien, tal vez no estaba solo. Intento ver a través de la nube de humo y advierto a esa muchacha en cuclillas, balanceándose. No sé si está murmurando algo a sí misma o a la guardiana de las esencias.

—La oscuridad florecerá de nuevo —susurra—. La oscuridad florecerá.

En el nombre de Kaismap —la deidad que posee el don de la visión de futuro—, ¿qué significa lo que está diciendo? Demasiadas preguntas. Y las respuestas van a tener que esperar.

En estos instantes, lo único que me importa es Nisai.

Me agacho de nuevo y lo alzo en volandas. El príncipe es un hombre menudo y delgado, pero el esfuerzo de levantarlo del suelo reabre, casi de forma inevitable, varias de mis heridas y, de inmediato, noto un ardor bajo las vendas.

Algo cae al suelo y a punto estoy de tropezar y caerme de bruces, y con Nisai a cuestas. Es el diario personal del príncipe. Esa libreta lo es todo para él. Sé que, si la perdiera, quedaría destruido. Si quiero salvarla del incendio, tendré que dejarlo de nuevo en el suelo, y no sé si voy a ser capaz de volver a levantarlo y echarlo sobre mis hombros.

Y es en ese preciso instante, mientras observo el diario, cuando me doy cuenta de algo. Estaba entusiasmado por salir de los muros de palacio y visitar Aphorai, pero no porque quisiera asistir a la luna de las flores. Ni tampoco porque hubiera decidido contradecir las supersticiones de sus futuros súbditos. Ni siquiera porque deseara hacerse con una pizca del bien más preciado de todo el imperio.

Ansiaba venir a esta provincia por mí. Su libro: creía que estaba muy cerca de encontrar un tratamiento nuevo, que estaba a punto de descubrir una cura para mi enfermedad; así dejaría de tomar mi dosis diaria de elixir de Linod que ya ni siquiera sirve para mantenerla controlada.

Quería hablar con una guardiana de las esencias, pero no con cualquiera, sino con la más reputada y prestigiosa de todo Aramtesh. Una mujer con un olfato privilegiado y un conocimiento del mundo y el arte de los olores que, sin lugar a dudas, trasciende la perfumería secular; una mujer capaz de utilizar vapores para curar heridas, capaz de sonsacar la verdad a una boca reticente a hablar, capaz de comunicarse con lo divino.

Nisai acudió a Sephine en busca de ayuda.

Y mira cómo ha acabado.

—Lo siento —murmuro—. Lo siento, de veras. Pero eres más importante que un libro.

El camino de vuelta al palacio parece mucho más largo que el de ida.

«Un paso, y después otro», me repito para mis adentros mientras trato de ignorar el dolor agudo que me adormece las costillas y buena parte del torso. «Un paso, y después otro.»

Kip es la primera comando que reconozco entre la muchedumbre de criados y cortesanas que se ha apiñado en la primera terraza del palacio. Es lógico, pues allí están a salvo. Todavía lleva puestas las botas y la capa del viaje, como si quisiera estar lista para ponerse en marcha en cualquier momento. Esarik está a su lado, retorciendo las manos y observando ese espectáculo de humo y caos con una expresión de horror y preocupación.

Kip, que jamás baja la guardia y está atenta a todo lo que ocurre a su alrededor, advierte mi presencia y enseguida se aparta del grupo y escala a toda prisa por las distintas terrazas. En un fugaz vistazo, la comando de Los se da cuenta de que estoy tambaleándome bajo el peso de Nisai, así que enseguida viene a socorrerme. Con una agilidad pasmosa, coge a Nisai y lo sostiene entre sus brazos como si fuese un bebé dormido.

Se vuelve hacia el palacio, sin alterar lo más mínimo su impasible expresión.

—Estás sangrando. Ponte a salvo. Si te desmayas, no podré cargar con los dos.

Atravesamos el patio en el que nos recibieron las cortesanas la noche que llegamos a este lugar dejado de la mano de los dioses, cuando cruzamos las mismas puertas que tanto habían encandilado a Nisai.

Esarik no duda en seguirnos.

—¡Ash! Por todas las estrellas, pareces un fantasma. ¿Qué ha ocurrido?

Sé que me harán esa pregunta una y otra vez durante las próximas horas y días, por lo que necesito pensar una respuesta ya. La manera en que describa lo que ha pasado desde que he abandonado mis aposentos puede tener consecuencias irreparables y provocar un desastre político. Si la capital cree que Aphorai ha intentado atentar contra la vida del príncipe primero, las fisuras que separan a las provincias y a Ekasya se convertirán en abismos más profundos que las grietas terrenales de un terremoto. Si el emperador señala a las guardianas de las esencias como principales culpables, los robustos cimientos sobre los que se sostiene el imperio peligrarán.

Que todo el mundo suponga que estoy en estado de *shock* no es tan mala idea. Pensándolo bien, es toda una suerte porque, ahora mismo, la política pende de un hilo.

Esarik da un respingo.

—¿En qué estoy pensando? Ven, déjame que te ayude —se ofrece, e inclina ese cuerpecito menudo para tratar de sujetarme—. Al grano. Detalles. Necesito detalles. ¿Viste quién atacó al príncipe?

—No. Ya estaba tendido cuando lo encontré.

—¿Alguna herida sangrante?

—A simple vista, ninguna. Aunque estaba bastante oscuro. Y el humo…

—Inhalación de humo. Sí. Bastante probable.

—Si solo es humo, podrás solucionarlo, ¿verdad?

Él traga saliva.

—¿Esarik?

15

Rakel

Recojo el vial que ha salido rodando de la mano de Sephine y me lo acerco a la nariz. Inhalo con cautela y precaución. Ojalá no lo hubiera hecho. Ese aire infectado me pica y me escuece la nariz incluso más que el humo de las llamas que me rodea.

Me balanceo sobre mis talones. ¿Qué es eso?

Espero que no sea… ¿veneno?

Si es un inhalante, lo más seguro es que ya sea demasiado

tarde. Aun así, me vuelvo y, tapándome una de las aletas de la nariz, expulso todo el aire posible por si todavía estoy a tiempo de eliminar ese efluvio de mi cuerpo.

Pero ¿por qué la guardiana de las esencias querría envenenar al príncipe? Es más, ¿por qué iba a querer envenenarse a sí misma? He oído que mucha gente opta por suicidarse después de haber cometido un crimen terrible e imperdonable, pero ¿Sephine? La historia ha demostrado que es mucho más cerebral e insensible que eso.

Sin embargo, ahora no tengo tiempo para ponerme a divagar. El capitán ha ladrado varias órdenes a los guardias de palacio, así que no tardarán en plantarse en el jardín.

Por un instante, me planteo guardar el vial en mi bolsita. Pero algo me dice que eso no va a terminar bien, y menos teniendo en cuenta que el escudo, que ni siquiera podía dar dos pasos sin tropezar y bambolearse, se ha llevado al príncipe inconsciente sobre sus hombros, así que no pienso permitir que me encuentren en el jardín con ese vial en la mano. Utilizo el trozo de tela que he arrancado del camisón y que he estado usando para protegerme del humo, para anudar el vial y atármelo alrededor del muslo. Después me coloco bien la túnica para que no se vea.

Justo a tiempo. Hace un segundo estaba sola en el jardín, arrodillada junto al cuerpo sin vida de la guardiana de las esencias y, de repente, me veo rodeada por una cuadrilla de guardias.

—En pie, muchacha —dice el oficial con cara de pocos amigos. El tono es tan autoritario que no deja lugar a la réplica.

Y la poca sensatez que me queda me advierte de que no es un buen momento para ponerlo a prueba. Me levanto del suelo y alargo el brazo para recoger mi bolsa.

—Eso me lo quedaré yo.

Oh, ahora «sí» que ha ido demasiado lejos.

—Ni en el sexto infierno te daré esto. ¿En qué te basas para creerte con ese derecho?

—Pruebas —responde. Recoge la bolsa del suelo y, a medida que se va irguiendo, me examina de los pies a la cabeza, como si fuese una chica cualquiera, pero tal vez peligrosa. Titubea. No sabe qué creer: si soy un animalillo inocente y domesticado, o bien una bestia abandonada y rabiosa—. Y ahora, camina.

Obedezco sin rechistar.

Los guardias que me escoltan me guían hacia la escalera que conduce al palacio. Advierto el resplandor de varios fuegos en los arbustos y la plantación de dahkai, pero parecen estar bajo control. Se ha formado una hilera de criados y soldados que se pasan cubos llenos de agua para extinguir las llamas de una forma más eficiente y rápida, y no con el caos anterior.

La mitad de la corte de Aphorai parece haberse reunido fuera del palacio. Los comandos que llegaron con la delegación imperial también están ahí, igual que el capitán y el quisquilloso ayuda de cámara del príncipe.

Todo el mundo está conmocionado. El alboroto es tan ruidoso que me resulta imposible escuchar una única conversación. Sin embargo, hay palabras que esa multitud de gente no deja de repetir una vez tras otra, y que me provoca escalofríos.

Príncipe.

Asesino.

Traición.

Distingo una cara familiar entre el montón de guardias. Barden está apretando la mandíbula y su habitual sonrisa se ha transformado en una mueca seria.

—Veo que estás cogiéndole el tranquillo a esto de que te arresten. Al final lo vas a convertir en una costumbre.

—¿En serio crees que «yo» he tenido algo que ver con esto? —replico.

¿Eso que veo es una faja de oficial? ¿Cuántos culos ha tenido que lamer para conseguir ese ascenso tan rápido?

Él sacude la cabeza.

—¿Qué voy a saber yo?

Siempre he pensado que escupir es un vicio asqueroso, por lo que incluso yo me quedo asombrada, casi petrificada, cuando veo ese pegote de saliva salpicando la cara de Barden.

La única luz proviene de la llama de las antorchas. Se acerca un poco, lo suficiente para ver su mejilla empapada de babas, lo suficiente para distinguir rabia y decepción en su mirada, lo suficiente para percibir el ámbar, el dulce aceite de naranja y el tomillo del curtidor que todavía impregna el cuero de su uniforme. Me acaricia el puño del camisón. Por el hedor de los hedores, ¿qué va a hacer?

Me coge de la muñeca, me levanta el brazo y utiliza la manga de mi túnica para limpiarse la mejilla. Me revuelvo y forcejeo en un intento de soltarme. Cierro los puños. Lo único que me apetece en ese momento es darle un puñetazo en esa maldita mejilla.

Y entonces aparece el capitán, una mole inmensa y muy muy intimidante. Su mirada transmite una furia irrefrenable.

—Apártala de mi vista —ordena a uno de sus comandos—. La interrogaré más tarde.

Uno de sus hombres asiente con la cabeza y obedece.

—A partir de aquí, nos encargamos nosotros.

Barden da un paso atrás, como el chico dócil, sumiso y cumplidor que es. El comando me sujeta con fuerza y sin miramiento alguno. Me junta las manos tras la espalda, como si fuese un pollo con las patas atadas, listo para meterlo en el horno.

Echo un último vistazo por encima del hombro y después empezamos el descenso a las catacumbas que se extienden bajo la casona del eraz.

Barden está charlando con algunos comandos imperiales. Ni siquiera se digna a mirarme por última vez.

Esa ha sido su elección: ante el primer soplo de sospecha, ha preferido distanciarse.

Una gran muestra de lealtad.

16

Ash

Todos recorremos los vestíbulos a toda prisa, liderados por Kip. A ver, para no faltar la verdad, todos lo hacen salvo yo, que me limito a intentar seguirles el paso medio cojeando, medio arrastrando los pies.

Los guardias de palacio de Aphorai siguen custodiando la puerta de nuestros aposentos como dos pasmarotes. Al ver que traemos al príncipe inconsciente, empiezan a temblequear de miedo. ¿Cómo pueden ser tan cobardes?

—Abrid esos portones ya —ordena Kip, y utiliza un acento de Los mucho más marcado de lo habitual. Los guardias se apresuran en acatar la orden.

Una vez dentro, Esarik enrolla la alfombra más cercana y la coloca en el agujero que queda entre las baldosas del suelo y la puerta, que ahora está cerrada. Arrastra uno de los divanes por el suelo de mármol hasta el centro de la habitación, provocando un chirrido agudo pero soportable.

—Ponedlo de lado. Necesitamos desobstruir los pulmones lo antes posible.

Sin musitar palabra, Kip obedece.

—Y que alguien tape esa ventana, por favor.

Una criada se apresura en correr las cortinas, de una tela ruda y pesada. Hay algo en esa joven que despierta un recuerdo en mi memoria, pero ahora no es momento para la nostalgia. Quiero quedarme ahí de pie, atento a todo lo que ocurre, pero se me están agotando las fuerzas, así que, cuando Kip arrastra una silla y me invita a sentarme, no puedo hacer otra cosa que agradecérselo. Ha encontrado el lugar perfecto: cerca de Nisai, pero sin molestar a Esarik.

El futuro médico no pierde ni un segundo y enseguida se pone a trabajar; abre la boca de Nisai, le huele el aliento, le toma el pulso. Después, lo coloca boca arriba y le palpa el abdomen con los dedos. Cierro y abro los puños en un intento de controlarme y no avasallarle a preguntas.

Esarik se aparta el cabello de los ojos. Está arrugando la frente, mala señal.

—No estoy del todo convencido de que se trate de una simple inhalación de humo. No tiene ni una sola quemadura. Y tampoco hay rastro de ceniza u hollín en las vías respiratorias. Ojalá hubiera estado contigo, ojalá te hubiera acompañado. De haber visto con mis propios ojos lo que ha ocurrido, podría... —explica Esarik, cabizbajo, pero se muestra incapaz de terminar la frase.

—¿Qué ha pasado? ¿No ha sido el fuego? —pregunto, preocupado, y me paso la mano por la cabeza recién afeitada.

—Quizás el incendio haya afectado a sus pulmones, pero no puedo asegurarlo. Si se tratase de algo grave, habría otros síntomas.

—La guardiana de las esencias dijo que no había mucho tiempo. Y dijo que algo había sido «demasiado» o «demasiado fuerte». ¿Qué crees que puede significar?

—Por los cielos encapotados, Ash: ¿de veras crees que la guardiana de las esencias ha tenido algo que ver con esto?

—Ya no sé qué pensar. Pero ¿podría ser veneno?

Esarik se cruza de brazos y se acaricia la barbilla con el pulgar.

—Podría. Aunque la mayoría de los venenos que lo habrían dejado en este estado ya lo habrían matado. Un ejemplo: los hechiceros de Hagmir obtienen sus famosas fórmulas a partir de semillas de frutas, que uno puede encontrar fácilmente en los frutales de las montañas de cualquier provincia. Si inhalas una buena dosis en polvo, te sumirás en un profundo coma, pero el corazón no tardará en dejar de latir, por lo que antes de morir sufres convulsiones. Lo llaman «el deleite del cantero» porque da mucho trabajo a los lapidarios y escultores de mausoleos.

—Pero supongo que los hechiceros de Hagmir no son los únicos del imperio que elaboran pócimas venenosas, ¿me equivoco?

Esarik empieza a caminar de un lado a otro de la habitación.

—No son los únicos, claro que no. Los brujos de Trel suelen utilizar derivados minerales que extraen de las minas de metales preciosos de la zona. Sin embargo, la dosis que debe administrarse para asesinar a alguien siempre incluye sudores, ictericia y vómitos.

Tamborilea el dedo índice sobre la sien mientras se estruja el cerebro en busca de una respuesta.

—Por otro lado, si Los fuera el lugar de procedencia de ese brebaje tóxico, supondría que se ha utilizado el potente y letal veneno de una serpiente. Tengo el nombre en la punta de la lengua, pero soy incapaz de dar con él. Oh, ¡todo esto es tan complicado sin mis libros!

Kip, que ha estado observando a Esarik sin decir nada desde el otro lado de la habitación, frunce el ceño y gruñe:

—Lamento de Ralshig —resuelve—. Te hace llorar lágrimas de sangre.

—¡Exacto! Has dado en el clavo, muchas gracias.

Kip se encoge de hombros.

—También te hace mear sangre.

—¡Toda la razón! El veneno diluye la sangre, así que, si ingieres una cantidad importante, enseguida empieza a rezumar por todos los poros de la piel, y por todos...

—Ya me hago a la idea —interrumpo. La explicación me estaba revolviendo las tripas.

—Mil perdones. A veces olvido que esta clase de cosas pueden inquietar o incluso trastornar a quienes no están acostumbrados a lidiar con la labor de la medicina —se disculpa el erudito, que no deja de dar vueltas alrededor de la cama, murmurando palabras incomprensibles, contando posibles explicaciones con los dedos de las manos—. ¡Oh! —exclama, y para en seco.

Esarik levanta la cabeza: se ha quedado pálido. Jamás creí que una tez tan blanquecina como la suya pudiera palidecer tanto.

—¿Qué? ¿Qué pasa?

Se ha quedado meditabundo y con la mirada perdida. Y, sin mediar palabra, se da media vuelta, arrastra una silla hasta el centro de la habitación, se encarama hasta ponerse de pie y alcanza una de las velas del candelero que cuelga del techo. En cuanto se hace con ella, baja de la silla y se acerca a Nisai. Con sumo cuidado, le retira los párpados y acerca la llama.

—¡Esarik!

Si no estuviera ahí presente, atestiguando todo lo que sucede, jamás habría creído que Esarik pudiera emblanquecer todavía más.

—Por todas las estrellas, Ash. Ojalá no tuviera que hacer este diagnóstico —se lamenta y, a tientas, se sienta sobre el diván que tiene justo detrás.

Con un esfuerzo tremendo, consigo ponerme en pie y me deslizo hacia el camastro de Nisai. Retiro los párpados del príncipe y las manos me traicionan, pues no dejan de temblarme. Bajo el resplandor de la vela, parece que los capilares del blanco de los ojos, normalmente rojos, se hayan transformado en una fina telaraña de color negro.

Entorno los ojos y me acerco un poquito más. No sé cómo ha ocurrido, pero han aparecido varias líneas oscuras en la zona de la ojera y el tabique de la nariz. Cierro los ojos a conciencia y, en silencio, le ruego a Kaismap que me otorgue el don de una visión clara y definida. Sin embargo, cuando abro los ojos de nuevo, esos zarcillos tenebrosos siguen ahí, propagándose como diminutos riachuelos que serpentean por un mapa.

No hace falta ser un erudito para darse cuenta de que esto no pinta nada bien. Empieza a invadirme un profundo miedo.

—Tenía razón —comenta Esarik, maravillado.

—¿Quién? ¿La guardiana de las esencias?

De repente, levanta la cabeza y me mira con expresión de confusión, de desconcierto.

—¿La guardiana de las esencias? Benditas estrellas, claro que no. Me refería a Ami. Algunos de los textos que lograron sobrevivir a la época anterior al Tratado mencionan un veneno que solo utilizaban los reyes de entonces. Por lo visto, el precio de la poción letal era astronómico porque era casi imposible de detectar. Ami y yo siempre debatíamos sobre si era una leyenda, o una realidad. Ella es una fiel defensora de que todos los mitos contienen una parte de verdad. Pero ya me conoces, soy más terco que una mula, así que nunca acepté que su teoría pudiera ser cierta.

Me hundo de nuevo en la silla.

—Entonces, ¿estás insinuando que lo han envenenado con una pócima inasequible para la mayor parte de los mortales, ancestral y, con toda posibilidad, mítica?

Esarik se pellizca la nariz con el índice y el pulgar.

—Las pruebas indican que se trata de una posibilidad que no debemos descartar.

—Entonces debemos encontrar el antídoto, que debe de ser igual de caro y ancestral.

—Me temo que eso va a ser imposible.

—¿Por qué?

Respira hondo antes de continuar.

—Porque nunca se inventó el antídoto, o al menos eso es lo que he leído en los textos. Pero podemos revisar los fragmentos, claro está.

Miro a Esarik, después a Kip, que sigue impertérrita y apoyada en la pared. Por último, observo el cuerpo inmóvil de Nisai.

La tensión se puede cortar con un cuchillo. De pronto, el silencio se rompe por el estruendo que se oye por el pasillo. Reconozco la voz de Iddo por encima de las demás. Entra hecho un basilisco en los aposentos del príncipe, con Issinon pisándole los talones. Cruza el cuarto dando grandes zancadas hasta llegar a la cama, donde yace su hermano pequeño. Lo mira con incredulidad.

—Despejad la habitación —farfulla entre dientes.

La criada desaparece en un abrir y cerrar de ojos.

Iddo cierra los puños con fuerza y se le hinchan todas las venas del antebrazo.

—Me ausento una hora, «una» maldita hora, para intentar calmar los ánimos y limar asperezas con el capitán de Aphorai, y la situación se vuelve caótica.

Y, cuando recupera el control, me fulmina con su mirada de halcón.

—¿Cómo ha ocurrido?

Iddo siente una profunda adoración por su hermano pequeño, y así lo ha demostrado siempre. Es un amor fraternal, incondicional y sincero. Dejando los sentimientos a un lado, Iddo no ganaría nada con la muerte de Nisai. Su herencia treliana le condiciona, pues es el único hijo imperial que jamás podrá sentarse en el trono. Sin embargo, sí perdería algo, pues ¿qué clase de capitán de los comandos imperiales permitiría que el heredero de la corona sufriese algún daño bajo su guardia?

¿Qué clase de «escudo» permitiría que el futuro emperador muriese bajo su guardia?

Sacudo la cabeza.

—Estamos tratando de encajar las piezas. Esarik tiene una teoría.

—Desembucha.

El erudito se pone de pie de un brinco.

—Estamos considerando la posibilidad de un envenenamiento. Pero tan solo es una posibilidad. Me temo que este asunto se me escapa de las manos, capitán. Al fin y al cabo, no soy más que un alumno, no un médico de pleno derecho —dice, y se retuerce las manos—. Después de que vuestro padre se negara a nombrar a una nueva guardiana de las esencias en la capital, el eraz de Aphorai ha decidido rechazar cualquier nombramiento local del gremio de médicos. Con todos mis respetos, dudo que se trate de una coincidencia. Debemos llevar al príncipe de vuelta a Ekasya, y hemos de hacerlo lo antes posible. Allí, las mentes médicas más prodigiosas del imperio se encargarán de proporcionarle todos los cuidados necesarios.

—Todavía no.

Esarik da un paso atrás.

—Perdona el atrevimiento, capitán, pero cuando un paciente está inconsciente, el tiempo es…

—Ya lo he entendido. Pero todavía no. Permíteme que te recuerde la primera norma de supervivencia en territorio enemigo: asegurar el entorno antes de ocuparse de los heridos.

¿Territorio enemigo? La última vez que miré el mapa imperial, Aphorai seguía siendo una provincia. Pero está más que demostrado que las cosas pueden cambiar de un momento a otro; la última vez que vi a Nisai estaba en perfecto estado de salud, ahora, en cambio, su vida pende de un hilo. Además, en esta habitación solo hay una persona que pueda presumir de ser el capitán más joven de los comandos imperiales de toda la historia.

«Mascota domesticada —pienso para mis adentros, con una punzada de rencor—. No soy más que una mascota domesticada.»

—Esarik —ordena Iddo—, haz una lista de los mejores curanderos, religiosos o seglares que puede ofrecernos Aphorai y decide quién es el más apropiado para lidiar con este asunto. Confío en tu buen criterio.

—Tal vez haya una opción más fácil, casi al alcance de la mano —sugiero—. La chica que me cosió los arañazos sabía muy bien qué hacía. Fue una de las primeras en llegar a los jardines. Quizás ella viera algo que a mí se me pasó por alto.

—¿Estaba contigo?

—Llegamos más o menos al mismo tiempo.

—Muy oportuno —comenta Iddo con esa mirada impasible; no sé si se refiere a la joven, o a mí, o a los dos. Después se vuelve a Issinon—. Vuelve a convocar la reunión. Si queremos encontrar al culpable, debemos cerrar el palacio a cal y canto, y hemos de hacerlo de inmediato. A los habitantes de Aphorai no les hará ninguna gracia, pues es un abuso de autoridad en toda regla. Pero no he venido hasta aquí para ser correcto y respetuoso. —Acaricia el hombro de Nisai, y añade—: He venido a proteger a mi hermano.

17

Rakel

Dicen que las mazmorras del eraz, talladas en la piedra que sostiene el palacio y a varias decenas de metros de profundidad, son más oscuras que los Días de Doskai.

Y no les falta razón.

La negrura es tan opaca que ni siquiera me veo la mano, y eso que la sostengo delante de mis narices. Aunque, pensándolo bien, creo que prefiero no ver absolutamente nada, pues mi olfato solo detecta ratas, cuerpos sucios y sudorosos y cubos a rebosar de excrementos humanos.

A juzgar por el ruido del correteo de las ratas, imagino que deben de ser enormes. Sí, prefiero seguir ciega que ver a esas bestias inmundas. La planta en la que me han encerrado está vigilada por un único guardia de seguridad. ¿O tal vez sea un león? ¿Y si tiene familia? Sus ronquidos bien podrían derribar una casa.

Trato de aislar todos esos pensamientos para centrarme de nuevo en las últimas palabras de Sephine.

«Cuando el león lleve la corona perdida, no vivirá para ver el siguiente amanecer.»

Las raíces de Nisai han marcado su camino; será el primer emperador en varias generaciones que ondee el estandarte con la imagen del león alado frente al fénix imperial. ¿La guardiana de las esencias estaba insinuando que solo viviría para gobernar Aramtesh un solo día? Supongo que no coronarán a un príncipe inconsciente, ¿o acaso me equivoco?

Y por lo demás…

«La oscuridad florecerá de nuevo.»

Me arrastraron a los calabozos mucho antes de que lograran controlar las llamas, pero me apostaría la nariz a que toda la cosecha de dahkai quedó carbonizada, reducida a cenizas. Es imposible que esas plantas florezcan cuando las lunas se oscurezcan, ni tampoco en la próxima luna de las flores. La plantación se ha quemado, y punto.

«Sigue el camino de las estrellas.»

¿Es la filosofía de la guardiana de las esencias? ¿Métodos de navegación? ¿Supersticiones de la rueda de las estrellas? Doy una patada con el talón a la pared de la celda y empiezo a caminar de un lado a otro.

Asmudtag.

No nos engañemos; soy una recién llegada al templo y, hasta el momento, mis quehaceres se han limitado a tareas tan básicas y rudimentarias como limpiar, barrer y fregar, así que la mención de una deidad casi olvidada me resulta demasiado mística y difícil de interpretar.

Las palabras de Sephine son todo lo que tengo. Eso y una estampida de pensamientos que no me llevan a ninguna lado, sino al mismo callejón sin salida una y otra vez. Sin embargo, esos gorilas imperiales que se han estado turnando para interrogarme están convencidos de que oculto algo. Me pregunto por qué no ha venido ningún guardia de Aphorai a tomarme declaración. Si padre todavía fuese un oficial del eraz y se enterase de que la capital está abusando de su poder, se pondría hecho una furia.

Padre.

¿Se habrá enterado de mi destino? ¿Barden se habrá escabullido hasta nuestra aldea y se lo habrá contado? ¿Le habrá frotado las heridas de la podredumbre con sal? ¿Y qué habrá hecho padre? ¿Habrá pedido más de un favor a viejos camaradas del ejército? ¿Cuántos amigos le quedan ahí? ¿Y qué podrán hacer frente a la autoridad imperial?

Un soplo de aire me devuelve a la realidad. Arrastra una nota de frescor dulce, pero la visita es fugaz, efímera, cruel. Alguien ha abierto la puerta al mundo exterior y se ha apresurado a cerrarla.

Y, como era de esperar, unos pasos retumban en el pasillo. Noto el latido de mi corazón en mis oídos. Mi instinto me empuja a dirigirme hacia la parte trasera de la celda y a pegar la espalda en la pared. Pero ¿de qué me va a servir? No tengo escapatoria. Si los guardias imperiales deciden utilizar métodos de interrogatorio más directos, no voy a tener más remedio que aceptarlo.

Las pisadas se acercan. Afino el oído; las zancadas no tienen nada de especial. Lo más probable es que sea un criado. En esa oscuridad tan absoluta he perdido la noción del tiempo. No sé cada cuánto tiempo traen esas gachas de cebada a las que se atreven a llamar comida, ni tampoco sé cuándo fue la última vez que me llenaron el cubo de agua. Cada vez que me obligo a tomar un sorbo, debo aguantar la respiración ya que el hedor es insoportable.

Los pasos van ralentizándose hasta detenerse. Igual que los ronquidos del guarda de seguridad. Oigo la voz de un hombre; es el guarda. Un segundo más tarde, un resoplido y un golpe seco. Y después, nada.

Me esfuerzo por tratar de oír algo, lo que sea. Incluso inclino la cabeza para que las ondas del próximo ruido lleguen antes a mi oído. Pero la negrura solo me responde con un silencio categórico y sepulcral.

Y, de repente, el parpadeo de la llama de una vela. Y una silueta.

Reculo. ¿Cómo es posible que alguien pueda moverse sin producir ningún sonido?

La silueta se aproxima. Es una muchacha, con túnica de color azafrán y zapatillas de criada. Luce una media melena negro azabache que le llega hasta la barbilla y que enmarca un rostro de tez pálida. Intuyo que debe de rondar la misma edad que yo. Y unos ojos enormes que, bajo la luz del sol, podrían ser de cualquier color, pero que aquí, en esta tenebrosidad, me resulta imposible de saber.

Sin embargo, no necesito más luz para saber que es una joven hermosa.

Desliza una bandeja por la ranura que hay justo debajo de las barras. Retiro el paño con sumo cuidado y enseguida me abruma ese aroma tan hogareño del pan de cebada recién sacado del horno acompañado de un muslito bien regordete de pichón de arena asado. Pero eso no es todo. Albaricoques de Hagmir glaseados con miel. Y una copa de lo que solo puede ser vino tinto de Trel, que todavía se transporta a lomos de camellos y en barricas desde las tierras bañadas por los ríos.

Un banquete destinado a un paladar exquisito, como el del eraz. Y servido a una muchacha encerrada en una mazmorra.

Si creen que me voy a poner a rogar de rodillas, pueden esperar sentados.

—Muy bien —murmuro, arrastrando las letras y con la esperanza de que no me tiemble la voz. No quiero que sepan que estoy muerta de miedo—. Por lo que veo, habéis decidido saltaros el juicio final y pasar directamente a la última cena. ¿Te importaría decirme con qué sustancia habéis espolvoreado este delicioso manjar? —pregunto, y me llevo la copa de vino a la nariz. Inhalo hondo, pero lo único que percibo es un ramillete de frutos del bosque bien maduros y un toque de anís.

La joven enarca una ceja.

—¿Satisfecha?

Habla con una calma y una seguridad poco habituales en una criada. Aunque supongo que cualquiera podría permitirse ese derroche de confianza al otro lado de estos barrotes.

—¿Qué le ha pasado al guardia?

—Está durmiendo.

—Ronca cuando duerme.

Dibuja una sonrisa de superioridad.

—Está durmiendo a pierna suelta.

—¿Le has…?

—Se despertará en un par de horas, fresco como una lechuga. Ni siquiera tendrá jaqueca. Tampoco se acordará de que una criada le ofreció una jarra de cerveza mientras vigilaba el pasillo.

—Entonces has venido aquí para… —empiezo, pero mi voz me delata. La idea de morir ahí, en la oscuridad de una mazmorra, me aterroriza.

—Si esa fuese mi intención, ya te habría matado y no te habrías dado ni cuenta —termina ella, y señala la comida con el dedo—. ¿Siempre tratas con ese desdén a todo aquel que te tiende la mano y se muestra amable contigo?

Intento abordar la conversación desde otra perspectiva.

—¿Quién te envía?

—Alguien que opina que merece la pena salvarte.

¿Barden? ¿Los remordimientos le habrán hecho entrar en razón?

—No ha sido tu apuesto guardia, si eso es lo que estás pensando.

Así que lleva pululando por palacio el tiempo suficiente como para darse cuenta de sus idas y venidas. O eso, o goza de una red de contactos que le mantienen al día de todo lo que ocurre entre esas cuatro paredes.

Y entonces hace un gesto con la mano, como quitándole hierro al asunto.

—Todo eso es irrelevante, así que vayamos al grano. No querría que descubrieran a nuestro amigo echándose una cabezadita antes de terminar la conversación que tenemos pendiente. Tú te dedicas a comer, y yo a hablar. Quién sabe de dónde saldrá tu próxima comida.

Le lanzo una mirada asesina.

Pero no se inmuta. De hecho, ni siquiera parpadea.

Me ruge el estómago. «Traidor», pienso para mis adentros. El hambre acaba venciendo a la sospecha y desconfianza y, al final, cedo a la tentación de esa comida tan deliciosa.

—Buena elección —dice, y se acerca a los barrotes de mi celda—. No voy a andarme por las ramas. Te declararán culpable sí o sí. Necesitan una cabeza de turco. Has sido la última en llegar a palacio y, por lo tanto, eres la más sospechosa. El eraz negará que el personal a su cargo estuviese involucrado en el asunto y defenderá con uñas y dientes a sus criados y sirvientes, por lo que dará a entender que lo tramaste todo tú solita, sin ayuda de nadie. Sephine podría haber roto una lanza a favor tuyo, pero ya está en el cielo.

Y entonces la muchacha se da la vuelta. ¿Qué le ha ensombrecido la expresión? ¿Pena? ¿Dolor?

Pero enseguida vuelve al tema.

—Te guste o no, al final conseguirán sacarte una confesión. Todavía no han empezado las torturas físicas. Pero créeme: no tardarán en llegar. ¿Te acuerdas de los prisioneros engrillados que trabajan en los canales de riego?

Han perdido el sentido del olfato.

Me trago el bocado de albaricoque que estaba masticando. La miel es tan pegajosa que hace que me cueste digerirlo. Todavía no he conseguido averiguar con qué pretensiones ha venido esa misteriosa muchacha, pero sé que me está diciendo la verdad. Si algo he aprendido de los últimos acontecimientos, es que aquellos con dinero o con poder son, en realidad, los que toman decisiones. Y siempre en beneficio propio, claro está. Que haya metido la pata o haya cometido un error da lo mismo, pues ellos decidirán mi destino. Igual que está haciendo la persona que ha contratado los servicios de esa inesperada visita.

Qué ganarán ellos con salvarme, eso no acabo de entenderlo.

La joven deja la vela en el suelo y saca dos agujas metálicas del bolsillo de su túnica. Introduce una en la cerradura de la puerta de la celda y, con la otra, va haciendo palanca. Chasquea la lengua, nerviosa.

—Deberían engrasar las cerraduras de vez en cuando. ¿Dónde estábamos? Ah, sí. Alguien de las altas esferas quiere que el príncipe se recupere antes de que rebeldes e insurgentes empiecen a organizarse y nos lleven a una guerra civil. Ese «alguien» también admite que la supervivencia es un incentivo extraordinario y muy eficaz, y por eso ha tomado la decisión de sacarte de aquí. Te has ganado una reputación en ciertos ámbitos y muchos te conocen por tu, ¿cómo decirlo?, creatividad poco ortodoxa. Y por tu tenacidad. Necesitarás las dos cosas si pretendes salvar a nuestro próximo gobernante.

Se oye un chasquido en la cerradura. La joven me guiña un ojo y la puerta de mi celda se abre.

—Aún conservo ese don —dice.

¿Quién es esta chica?

—En fin. La parte positiva de que la gente adinerada no quiera oler su propia pestilencia es que los sistemas de drenaje no terminan en las murallas, sino mucho más lejos. Esa es tu salida. Ya me he encargado de apartar la rejilla para que puedas escurrirte por ahí.

Siento un escalofrío. Los calabozos ya apestan. ¿Cómo serán las cloacas?

—No es la huida más glamurosa, lo sé, pero no podemos hacer más. Por cierto, me he tomado la libertad de trasladar tu caballo. Espero que te lo tomes como una señal de buena fe. Tu yegua está encerrada en el corral exterior del campamento de comerciantes, al norte de las murallas. Dos zigs de plata servirán para que el mozo que vigila las cuadras no informe a los guardias de ningún ruido fuera de lo habitual.

Se me escapan unas lágrimas de alivio, de tranquilidad. Puestos a que jueguen conmigo, prefiero que sea alguien que, como mínimo, tenga la decencia de preocuparse por mi caballo.

La muchacha experta en abrir cerraduras apoya un hombro sobre el marco de la puerta y se cruza de brazos.

—Rodea la ciudad y después dirígete al sur, al desfiladero de Belgith. ¿Conoces ese lugar?

Asiento con la cabeza.

—Perfecto. Ahora bien, ni se te ocurra desviarte y acercarte a tu aldea. Ah, y toma, necesitarás esto.

Ya me había dado cuenta de que llevaba una bolsa, pero como la tapaba con la túnica no había podido verla bien. Me la entrega y la reconozco de inmediato. La forma no deja lugar a dudas; incluso la correa parece haber tomado la forma de mi hombro después de tantas vueltas llevándola a todas partes.

El peso sugiere que está llena, así que deslizo la solapa para comprobar qué hay en su interior. Varios viales y petacas, llenos de mis propias elaboraciones. Me sorprende que se hayan tomado la molestia de rellenar algunos de los frascos: bálsamo de yeb para encender fuegos, torpi líquido para inducir un sueño tan profundo que ni siquiera se siente el más mínimo dolor,

e incluso un poco de elixir de Linod. No lo necesito desde que era pequeña, pero me tranquiliza saber que tengo unas gotas para casos de emergencia. Deslizo la mano en el bolsillo interior oculto y palpo con la yema de los dedos el diminuto vial con esencia de dahkai.

La muchacha arquea una ceja.

—Imagino que todo está en orden y que no falta nada, ¿verdad? Toma, esto también te será útil —dice, y me ofrece una bolsita. El tintineo metálico es inconfundible: zigs de plata—. Oh, y casi se me olvida…

Y entonces se saca un librito de debajo de la túnica. No ocupa mucho más que mi mano extendida, pero, a juzgar por el grosor, contiene muchísimas páginas y está encuadernado con lo que parece cuero de uro.

Nunca había visto un libro tan de cerca. No acostumbro a pararme delante del puestecillo de pergaminos del mercado de Aphorai. Se abre por una página al azar y, bajo ese tenue y cálido resplandor, entorno los ojos. Bocetos hechos con carboncillo. Notas garabateadas de las que solo puedo leer y entender una de cada cuatro palabras. Textos escritos en lenguas que jamás había visto antes.

—Era del príncipe —explica—. Tal vez te resulte útil o te resuelva ciertas dudas cuando empieces a indagar en la Biblioteca Perdida. Si en algún lugar se encuentra la respuesta y la cura a la calamidad que sufre el príncipe, es ahí.

¿Una biblioteca legendaria oculta en las profundidades del desierto de Aphorai? Por un momento había empezado a tomarme a esa chica en serio, a albergar la esperanza de que quizá podría salir de esa mazmorra.

—¿Y cómo se supone que voy a encontrarla?

—Con el mapa que tienes alrededor del cuello.

Aturdida y asombrada, me palpo el relicario de mi madre y acaricio las constelaciones talladas. «Sigue el camino de las estrellas», había dicho Sephine.

La joven se acerca hasta que nuestras caras se quedan a un palmo de distancia.

—Las esencias están condenadas. No te comentó nada sobre la orden, ¿verdad?

—¿Quién? ¿Y de qué orden me hablas?

—Sephine. La Orden de Asmudtag.

Asmudtag. Ya van dos de tres. ¿Qué está pasando aquí?

Pone los ojos en blanco y se queda mirando al cielo, aunque le separan varias toneladas de piedra y roca del dios que está invocando.

—¿Qué te dijo «exactamente»? Y, por favor, ni te molestes en negar que hablasteis, porque sé de buena tinta que cruzó más de una palabra contigo antes de fallecer.

—¿Y cómo estás tan segura de que…?

—Eso es irrelevante —espeta, y ese carácter juguetón desaparece de un plumazo—. Cuéntame lo que te dijo. Palabra por palabra.

Me planteo la posibilidad de no soltar prenda, pero hasta el momento no tengo nada que reprocharle, pues me ha dado comida y la promesa de escapar de ahí.

—Fueron balbuceos. Y usó sus habituales acertijos. Algo sobre que la oscuridad florecería de nuevo. Y algo sobre la coronación del príncipe: «Cuando el león lleve la corona perdida, no vivirá para ver el siguiente amanecer».

La muchacha sisea una sarta de palabrotas y maldiciones que sonrojarían hasta a un soldado.

—No se refería a la coronación del príncipe, sino a la de

Tozran. Estaba pensando en el calendario antiguo. El nuestro utiliza la luna de Kaismap, pero los calendarios anteriores al Tratado siguen los ciclos de quince días de Shokan, la luna del Dios Perdido. Días de banquetes y festines, fechas favorables y propicias o fechas nefastas y funestas. Todo se decidía según su movimiento sobre las estrellas. Cuando Shokan se muestra plena y alcanza el octavo segmento, la luna «corona» a Tozran, la constelación del león.

Hace una pausa antes de continuar.

—Sephine debía de tener motivos para creer que el príncipe sucumbiría esa noche. No me paso el día encorvada sobre las gráficas de la rueda de las estrellas, pero, si no me equivoco... —murmura, y cierra los ojos, como si estuviera concentrándose, y empieza a contar con los dedos...—, eso ocurrirá en Adriun.

Adriun. Faltan tres lunas. Cincuenta días, más o menos.

¿Tiempo suficiente para curar a un príncipe, limpiar mi nombre e intentar convencer a mi provincia de que la capital no está tratando de atarle la soga al cuello?

Si no lo es, tendrá que serlo.

La muchacha mira por encima del hombro, aunque yo solo veo esa siniestra oscuridad.

—No pretendo seguir aquí cuando ese guardia se despierte, así que no voy a andarme con rodeos. Tú quieres dos cosas: ungüentos y tinturas para tu padre, y averiguar de una vez por todas quién era tu madre. Pues bien, la orden puede proporcionarte ambas cosas.

—Mi padre necesita tratamiento diario, por lo que no puede ser el último de una lista infinita de pacientes que debe atender el médico que esté de guardia.

—Todo eso ya está arreglado, así que no tienes de qué preocuparte. A tu padre no le faltará ningún medicamento y estará bien atendido por un profesional. Estamos en el mismo barco, créeme. Dirígete hacia el túnel de la alcantarilla. Encuentra tu caballo. Cabalga hasta la biblioteca y halla una cura para el príncipe antes de que el león sea coronado.

Se oyen unos pasos sobre nosotros.

Mi visita recupera la vela que había dejado en el suelo.

—Ha llegado el momento. Tenemos que movernos.

¿Qué alternativa tengo?

¿Quedarme aquí y condenarme a una vida de castigos por un crimen que no he cometido?

¿Escapar y después huir a casa, donde pasaré un par de días, o puede que tan solo unas horas, antes de que me arresten, y sentenciar a padre por haber dado asilo a una fugitiva? En su estado, no sobreviviría ni siquiera una semana en estas mazmorras.

¿O confiar en las palabras de una desconocida que se ha jugado la vida para brindarme la oportunidad de librarme de todo eso?

Cojo el último pedazo de pan. No tengo otra opción, así que sigo a esa muchacha y me adentro en los túneles.

—A partir de aquí, irás tú sola —anuncia, de repente.

He perdido la cuenta de los giros y tumbos que hemos dado. El suelo ya no es plano, sino que hace pendiente.

—¿Al menos me dirás cómo te llamas antes de irte?

Enarca esa ceja una vez más.

—No conoces a muchos espías, ¿verdad?

Le respondo con una mirada asesina.

Dibuja una sonrisa y, a pesar del resplandor anaranjado de la vela, advierto que es blanca como la nieve.

—Estás con el agua al cuello, así que no finjas lo contrario —dice, y apoya una mano sobre mi brazo. Ese gesto me pone la piel de gallina—. Pero puedes llamarme Luz.

Y luego da un paso hacia atrás.

—Que las estrellas velen por ti, Ana. Confía en mí. Eres lo bastante imprudente y temeraria para salir de esta. Eso si no te matan antes, claro.

Y desaparece entre la apestosa oscuridad de la mazmorra dejando tras de sí un rastro con aroma a violeta. Es muy delicado, pero algo en mi memoria se revuelve. Jamás olvido una esencia.

Zakkurus.

¿Es una de los suyos? Pero ¿qué tiene que ver él con todo esto?

Y, aún más importante, ¿qué pretende conseguir con todo esto?

18

Ash

La primera orden de Iddo después de declarar el estado de sitio fue posicionar a varios de sus comandos dentro y fuera de los aposentos de Nisai con una advertencia clara que no dejaba lugar a dudas: en esa habitación no podía entrar nadie que el capitán, es decir, el propio Iddo, no hubiera autorizado antes, sobre todo si se trataba de una visita de Aphorai. La seguridad del príncipe primero, dijo, era su principal preocupación, una preocupación

por la que «por descontado, debía asumir una responsabilidad» si quería que se hiciera como es debido.

La segunda orden fue nombrar un escudo temporal para Nisai, puesto que yo todavía me encontraba convaleciente. Como era de esperar, eligió a uno de sus comandos.

Escogió a Kip, para ser más concretos.

Una buena elección, desde mi punto de vista.

Kip no se opuso a la decisión de su superior y acató la orden de inmediato, pero su mirada indicaba una profunda decepción. ¿Ser una de las últimas en alistarse a los comandos y tener que vigilar y proteger a un príncipe en estado de coma? Sospecho que la decisión del capitán no es arbitraria, sino que se ha basado en la lealtad de la joven y en su extraordinario dominio del arte mortal de lo-daiyish, el estilo de combate sin armas típico de la provincia en que nació. Sin embargo, cuando comprobé cómo los demás comandos empezaron a mirar a la joven de Los, como si «fuera del campo de batalla» significase «parte del mobiliario», sentí el mordisco de la culpabilidad, pero también lástima por ella.

La tercera orden de Iddo fue mandarme aquí.

Insistieron en que debía centrarme en mi recuperación, así

que me enviaron a una habitación que parece una copia exacta de la celda de un criado: cuatro paredes de piedra sin decoración alguna, un techo desnudo, una cama estrella y una modesta y austera vela que, cuando la enciendo, es la única luz que brilla ahí dentro.

Las horas se me hacen eternas y me da la sensación de que se ha detenido el tiempo. Issinon se encarga de traerme velas y comida, y también de recordarme que tengo que descansar, pues mi prioridad es recuperarme lo antes posible. Esarik asoma la cabeza por la puerta siempre que puede y me pone al día de las últimas novedades del estado de Nisai, aunque apenas hay novedades.

El corazón del príncipe late.

El vaivén de su pecho no ha cesado, lo que significa que sigue respirando.

Todavía no ha abierto los ojos.

La oscuridad se ha instalado y no parece dispuesta a marcharse.

El erudito hace muecas de desagrado cuando me explica la tensión que se respira en el ambiente; el capitán sigue a la caza del culpable del incendio, y de las circunstancias actuales de Nisai. Yo también quiero respuestas, pero empiezo a cuestionarme si no se están invirtiendo más esfuerzos y recursos en identificar y castigar al posible asesino que en descubrir el malestar que está afligiendo a Nisai y, más importante todavía, en la cura. Porque quién sabe cuánto tiempo permanecerá en ese estado, cuánto tiempo le queda para recuperarse o sucumbir.

Unos alaridos que retumban en el pasillo me despiertan en mitad de la noche.

Por suerte, las heridas ya han empezado a cicatrizarse, por lo que puedo ponerme mi armadura sin problemas. Salgo de mi celda y echo a correr por el pasillo, siguiendo esos alaridos que me llevan hasta los aposentos de Nisai.

Los comandos que custodian la puerta exterior asienten al unísono en cuanto me ven. Los camaradas que vigilan la puerta interior me saludan del mismo modo.

Entro en la habitación del príncipe. Kip está al otro lado de la sala. Advierto compasión en su mirada, pero un segundo después recupera ese ademán estoico, valiente y alerta.

Nisai sigue tumbado boca arriba. Alguien se ha ocupado de

cambiarle de ropa y ponerle la túnica de seda que suele llevar siempre, de color púrpura imperial y con aves fénix bordadas con hilo de oro. La escena me incomoda un poco porque sé que no es, ni por asomo, lo que Nisai habría querido. Aunque nadie lo diría, pues la expresión del príncipe es serena y tranquila, tiene los ojos cerrados y las manos entrelazadas sobre el estómago.

Iddo, en cambio, parece cualquier cosa menos sereno. Lleva la camisa desabrochada, algo muy poco típico de él, y salta a la vista que hace varios días que no se afeita. Está charlando con quien, a simple vista y a juzgar por la insignia y su melena con destellos plateados, parece un oficial de alto rango. Está nervioso porque no deja de andar de un lado a otro. Junto al oficial imperial, hay un guardia de Aphorai. Es el mismo gorila que manejaba la cuadriga el día de la caza del león. ¿Qué está haciendo aquí?

—Un inocente jamás huye de la justicia —comenta Iddo, furioso—. Encontradla.

¿Un inocente? ¿A la fuga?

El comando asiente, con las manos entrelazadas tras la espalda.

—Sí, señor. Pero andamos escasos de recursos, físicos y personales. Jamás pensamos que tendríamos que sellar y proteger un palacio entero, y la ciudad empieza a inquietarse. ¿Y si dejásemos que los guardias de Aphorai se encarguen de patrullar las murallas? Los escogeríamos a dedo, por supuesto. Seleccionaríamos solo a los que consideremos que son fieles y leales al imperio. Este compatriota, por ejemplo, así lo demostró el día del incendio.

El guardia de Aphorai alza la barbilla e hincha el pecho. Cabrón engreído.

—Muy bien, capitán del escuadrón —dice Iddo—. Pero quiero que nuestros hombres, «insisto», nuestros hombres, se ocupen del asunto de la fugitiva.

—Podemos recurrir al equipo que está ayudando al erudito a investigar a los curanderos de la ciudad. Aunque solo son tres.

—Más que suficiente para seguir el rastro de una chica. Issinon puede echarle una mano a Esarik en sus indagaciones sobre las credenciales de esa panda de sanadores. Tal y como está mi hermano en estos momentos, no necesita un ayuda de cámara.

¿Desviar los recursos destinados a encontrar el especialista que Nisai necesita? Quiero protestar; todos necesitamos respuestas y las necesitamos lo antes posible, pero al final decido morderme la lengua porque sé que desafiar al capitán delante de sus subordinados no servirá de nada. La impotencia está haciendo mella en él; cada minuto que pasa. lo veo más desesperado y nervioso; en estos momentos, es como la cuerda de un arco que, si se tensa demasiado, puede romperse.

No puedo ni imaginarme la presión que debe suponer encargarse de una situación como esta. Y no quiero ni imaginarme el exhaustivo interrogatorio que le espera. Cada día llegan palomas mensajeras desde Ekasya, todas con el sello del Consejo de las Cinco.

Pero estoy convencido de que tiene que haber otro modo.

Me aclaro la garganta.

—¿Habéis encontrado un sospechoso?

El capitán del escuadrón gruñe, y me lo tomo como un sí.

—La muchacha que estaba contigo cuando encontraste al príncipe. La criada de la guardiana de las esencias.

—¿Creéis que ella ha tramado todo esto?

—Es un hueso duro de roer, pero pronto le sacaremos la confesión —dice, y me da una palmada en el hombro—. No te preocupes, removeremos cielo y tierra hasta encontrarla. Y entonces desembuchará. Me encargaré personalmente de que lo haga.

—¿Y si es inocente?

Iddo aprieta la mandíbula.

—Eso es lo de menos. Lo importante es que los habitantes de Aphorai aprendan de una vez por todas que, si la seguridad de mi hermano está amenazada, la capital no mostrará indulgencia y no le temblará el pulso para castigar al culpable.

Ese último comentario me pone los pelos de punta. Le había dicho a Iddo que esa chica podría ayudarnos a esclarecer la dolencia que sufre Nisai, pero sus palabras no denotan reconocimiento. Suenan a venganza. ¿Y por qué motivo? ¿Por haber estado en el lugar equivocado en el momento equivocado? ¿Por saber más de lo que está dispuesta a admitir?

Quizás esa joven está implicada de algún modo en el asunto, pero me cuesta verla como una asesina que ha utilizado veneno ancestral para acabar con la vida del futuro emperador. Y Nisai confiaba en ella, o eso dijo, después de ver cómo me curaba las heridas y los arañazos del león. Si él estuviese al mando, querría averiguar qué secretos atesora, pero sé que no querría verla encerrada tras los barrotes de una celda, tratada como un animal salvaje y después torturada para sacarle la confesión de un delito que tal vez no haya cometido.

Me tranquiliza saber que Kip es quien vigila y custodia a Nisai. Está en buenas manos.

Esarik está haciendo una criba entre los curanderos más reputados de la provincia.

Iddo necesita reunir a todos los hombres que pueda.

—Iré yo —me atrevo a decir.

Iddo arquea una ceja.

—¿Ir adónde?

—A buscar a la chica.

El capitán del escuadrón se echa a reír a carcajadas.

—Nunca he visto que un soldado logre derrotarte en el campo de entrenamiento. Pareces invencible, muchacho. El viejo maestro de la espada, Boldor, que Azered guíe su alma, sabía muy bien cómo potenciar el talento. Pero, si no recuerdo mal, chillabas como una niña cuando llegaste al palacio. ¿Qué sabrás tú sobre seguir el rastro de una chica por un mundo tan grande, tan extenso y tan desconocido?

—Yo, ah…

Se cruza de brazos.

—A eso me refería.

Miro a Iddo, casi implorándole.

—El capitán del escuadrón tiene razón, mascota domesticada. Céntrate en tu recuperación. Si mi hermano se despierta, te querrá a su lado.

El comando se ríe por lo bajo, casi de forma obscena.

Estoy a punto de perder los nervios. «Madre Esiku, dame paciencia.»

—Pero yo…

Iddo me fulmina con la mirada.

—Es una orden, escudo.

—Entendido, capitán —farfullo apretando los dientes.

Regreso a mi celda abatido, como un perro con el rabo entre las piernas. Me dejo caer hacia la pared y suelto un bufido de dolor; me he golpeado justo en la herida del costado.

Nunca he desobedecido una orden. Y nunca pensé que tendría que hacerlo.

Mi única responsabilidad es servir a Nisai, por encima de

todo lo demás. No descansaré hasta encontrar una cura para él. Y haré todo lo que esté en mi mano por conseguirlo, aunque sea lo último que haga. Si la muchacha de Aphorai sabe de algún remedio que pueda ayudarlo, debo encontrarla. Y si no actúo ahora y rápido, me arriesgo a que corra la voz entre los comandos de que el capitán ha ordenado expresamente que me quede en mi celda.

Así que no le doy más vueltas y empiezo a meter todas mis pertenencias en el petate de viaje.

Alguien llama a la puerta y, casi de inmediato, cada músculo de mi cuerpo se tensa. Escondo la mochila detrás del camastro y abro la puerta.

Es el guardia de Aphorai. El que se ha ganado una medalla por su lealtad. Parece nervioso, pues no deja de mover los pies y de comprobar el pasillo una y otra vez.

—Disculpas, ah, escudo, señor. Pero no he podido evitar oír la conversación.

—Escúpelo de una vez.

—¿Crees que esa chica organizó todo esto?

—¿Perdón?

—La muchacha que ha escapado. ¿Crees que haría daño al príncipe? —pregunta. Me da la sensación de que habla desde el corazón y que ha venido en son de paz.

—Estoy convencido de que sabe más de lo que está dispuesta a admitir —respondo, cauteloso—. Pero dudo que sea una asesina.

Respira hondo, como si mi respuesta le hubiese aliviado.

Se oyen unos pasos, así que le sujeto por el fajín y lo arrastro hasta mi habitación.

—¿Qué secreto no nos estás contando?

Él alza las manos a modo de rendición.

—No es nada relacionado con el príncipe. Lo prometo. Lo juro por mi hermana. Pero sí conozco a Rakel, y muy bien.

Durante las vueltas que he pasado en el palacio de Ekasya, he visto cortesanas y mercaderes, embajadores y bardos. Y algo me dice que este guardia no es un maestro de las estratagemas y artimañas propias de un farsante. Y, por ese motivo, decido soltarlo.

Echa un vistazo a mi mochila.

—No te juzgo. En tu lugar, tal vez haría lo mismo.

Las consecuencias son claras: un escudo nace y muere protegiendo a la persona que tiene a su cargo. No es dueño de su destino, pues ya está escrito. Y si fracasa en su cometido, renuncia a su vida.

—No te equivoques, muchacho. No hago esto por mí —gruño—. Y ahora, la chica.

El guardia me estudia y ladea la cabeza, como si pudiera ver algo distinto desde otro ángulo.

—No puedo creer que vuelva a estar aquí —murmura.

—¿Aquí?

—¿Me juras que no le harás daño?

Le lanzo una de mis miradas fulminantes que suelen intimidar hasta al más intrépido de los guerreros. Sin embargo, cuando se trata de esta chica, su valor se vuelve tan insólito e inmenso como el tamaño de sus músculos.

—Si no pretende hacer ningún daño al príncipe, puedes dormir tranquilo, no le haré nada —digo.

Y, al parecer, eso basta para convencer a esa masa de músculo y valentía, porque, de repente, se inclina y baja el tono de voz:

—Te ayudaré a salir de aquí. Ya has oído la conversación. Tus amigos han dado su brazo a torcer y varias de nuestras patrullas vigilarán las murallas de la ciudad. Te sacaremos a escondidas, sin que nadie se dé cuenta, en el próximo cambio de guardia. Y a partir de ahí, busca un caballo.

—¿Perdón?

—Tendrás que seguir la pista de un caballo, no de un camello. Ha cuidado de esa yegua desde que era una niña, y me jugaría el cuello a que no abandonará la ciudad sin ella. Encuentra el caballo, y encontrarás a la chica.

—¿Y sabes todo esto porque…?

De pronto, su expresión se suaviza y se vuelve nostálgica.

—Porque crecí con ella.

19

Rakel

Me da la sensación de que hace una eternidad que me colé por el diminuto agujero de la alcantarilla. Avanzo agachada, ya que el pasadizo es muy estrecho, y con una mano apoyada en la pared y con la nariz pegada al hombro. He perdido la noción del tiempo y estoy al borde de la extenuación. De repente, advierto un punto de luz al final del túnel. Acelero el paso y voy directa hacia el resplandor, jadeando y casi sin aliento. Debe de ser la rejilla de la que me habló Luz. Llego y, con suma cautela, empujo la tapa, que se abre sin problemas y sin tan siquiera emitir un chirrido, lo cual me sorprende.

Aparezco fuera de las murallas de la ciudad y es de noche, aunque, comparado con la negrura casi antinatural de las mazmorras, bien podría parecer de día. Respiro hondo. Saboreo el dulzor de la libertad…, mezclado con unas gotitas de cloaca. He recorrido esos túneles apestosos y hediondos durante varias horas, o eso creo, así que ahora que por fin puedo disfrutar del aire libre, no voy a quejarme.

De no ser por ese olor a chamusquina que se arrastra desde las terrazas de palacio, diría que la ciudad está como siempre, sumida en esa tranquilidad nocturna tan apetecible. Pero esa tufarada, junto con las siluetas de los comandos que ahora patrullan las murallas, borra de un plumazo la imagen idílica de la ciudad. Y hay algo inquietante en la luna mayor, Shokan, pues está eclipsando a la pequeña y está mostrando un color que no esperaba.

¿Luna de las flores?

Más bien parece una luna de sangre.

Intento andar con aire distraído y relajado mientras me dirijo al campamento de comerciantes y vendedores ubicado al norte de la ciudad. Siento un hormigueo en la nuca cada vez que doy un paso; si Luz estaba diciendo la verdad, el guarda de las mazmorras debe de estar a punto de despertarse en un charco de cerveza.

Está claro que en una cosa no me estaba mintiendo: han metido a Lil en el redil del ganado, junto con las ovejas y las cabras que se convertirán en asado y caldo para los viajeros. En cuanto me acerco, mi yegua empieza a resoplar.

—*Shhhh* —murmuro.

Pero ya es demasiado tarde. Una cabeza se asoma por la diminuta tienda que hay frente a los corrales.

Me quedo paralizada, sin saber qué hacer. Al parecer, Luz no tenía todos los cabos atados.

El pastor que me ha pillado *in fraganti* se acerca con un fardo entre los brazos.

—¿Cómo te llamas? —susurra con voz ronca.

—¿Qué?

—Necesito un nombre. Si no le doy el nombre correcto, me quedaré sin mi segundo zig de plata.

—Oh —exclamo. Tiene sentido—. Rakel.

Extiende los brazos. Es la silla de montar y los arreos de Lil.

—Gracias.

Está adormilado, pero asiente con la cabeza y vuelve a la tienda.

Ensillo a Lil tan rápido como puedo y me deslizo hacia la puerta del establo. Cuando pasamos por las antorchas que bordean el perímetro, me arrastro hacia las sombras para pasar desapercibidas. Por fin hemos salido de ese campamento de remolques y casas rodantes, así que ahora debemos escalar esa ladera de derrubios y sedimentos antes de adentrarnos en el desierto.

Sostengo el relicario frente a mis ojos y le doy varias vueltas mientras lo examino por enésima vez con los ojos entornados y bajo la luz de la luna. Siempre me ha maravillado ese diseño tan delicado, tan hermoso, tan perfecto. Imagino que el artesano que grabó la plata tenía un gran talento, pues el patrón es tan exacto y preciso que se pueden distinguir varias de las constelaciones de la rueda de las estrellas. Ya de bien pequeña era capaz de reconocer más de una.

Sin embargo, siempre hubo una estrella en particular, ubicada en el borde inferior del relicario, que era distinta a las demás. Destacaba por su tamaño, pues era más grande que cualquier otra estrella que hubiera visto en el horizonte sur de Aphorai. Hasta ahora pensaba que se trataba de un error del orfebre, que se le había ido un poco la mano y que, en un intento de disimularlo, había acabado grabando una estrella muy brillante.

Si de veras es un mapa, no tengo ni la más remota idea de cómo interpretarlo. Paso a paso, me digo a mí misma. Antes tengo que pisar unos cuantos kilómetros de arena. «Sur», había dicho Luz. No tengo más remedio que confiar en su palabra, así que iré hacia el sur.

Antes de montar sobre Lil, echo un último vistazo por encima del hombro a las murallas de la ciudad de Aphorai.

—Hasta nunca, cloaca apestosa —maldigo entre dientes.

—No… te… despidas… tan… rápido. —La voz que resuena es tan profunda como la sombra de la medianoche.

Me doy la vuelta, pero tras de mí solo hay oscuridad.

Y entonces mi olfato distingue unas notas de sándalo y cedro en el aire.

Salgo como un rayo hacia el lado contrario.

Advierto una silueta inmensa que destaca sobre ese cielo estrellado y esa luna carmesí. Ahora que está tan cerca, el aroma a cedro es abrumador. El escudo. Me reprendo por haberme tomado la molestia de engrasar esa armadura. Esa tarea no estaba incluida en mi larga lista de quehaceres diarios. Pero es que necesitaba hacer algo, lo que fuese, con las manos, para entretenerme, sobre todo la primera noche que me quedé en vela haciéndole compañía.

Pero eso ocurrió antes del incendio.

Ahora ya me espero cualquier cosa.

Si voy a morir aquí, al menos quiero morir con las botas puestas. Desenvaino mi puñal, aunque, comparado con las dos espadas que él lleva atadas en la espalda, parece más bien un palillo.

Sin embargo, él no hace ademán de desenfundar ese par de espadas; en lugar de eso, ladea la cabeza. Es el gesto típico de un muchacho ingenuo, algo que me pilla totalmente por sorpresa.

Por el sexto infierno, ¿a qué está jugando?

—¿No deberías estar con el príncipe? —le pregunto, y rezo por la vida de mi padre para que el heredero del imperio todavía siga en el mundo de los mortales.

Se señala el costado.

—Las heridas van cicatrizando, pero es un proceso muy lento, así que no puedo servir al príncipe en mi…, bueno…, papel tradicional. Aun así, eso no significa que no vaya a hacer todo lo que esté en mi mano para ayudarle en lo que considere necesario. Y tú, por lo que he oído, tal vez puedas ayudarme. No tengo intención de hacerte ningún daño, créeme. Si sabes algo de lo que sucedió, ahora es el momento de decirlo.

¿Otro interrogatorio? No, gracias.

—No era más que una criada. No estaba al tanto de…

—Los comandos vienen a por ti. Ha sido una suerte, o la misericordia de Azered, que te haya encontrado antes que ellos. Así que puedes ser sincera conmigo y contarme la verdad, o tendrás que vértelas con ellos. Tú eliges.

Lo estudio mientras trato de asimilar toda esa información. Está demasiado oscuro para leer sus rasgos, pero distingo una bolsa de viaje: es bastante abultada. Pretende irse una buena temporada. Quizá no pretenda llevarme a rastras hasta Aphorai en cuanto consiga lo que quiere.

Pero ¿qué se supone que debo saber? Lo único que sé es adónde tengo que ir. ¿Y por qué un guardaespaldas imperial iba a creer a una criada insignificante como yo? Y entonces las palabras de Luz resuenan en mi mente: «Era del príncipe».

Hurgo en mi bolsita y enseguida palpo el libro. Sé que no tengo conocimientos suficientes para descifrar todas las ideas que hay ahí garabateadas, así que no tiene ningún sentido que trate de ocultárselo. Lo saco y se lo muestro.

—¿Reconoces esto?

El escudo acepta el volumen que, entre esas gigantescas manos, parece mucho más pequeño, casi una miniatura.

—¿De dónde lo has sacado? —pregunta, receloso.

—Me lo dio una chica que se coló en las mazmorras disfrazada de criada. Sabía muchas cosas, quizá demasiadas. Me dijo que ese cuaderno pertenecía al príncipe. Me ayudó a escapar de la celda en la que estaba encerrada y me envió a buscar algo que, según ella, le ayudaría a mejorar.

—Pensaba que el incendio lo habría calcinado —dice; después suelta un suspiro y guarda el libro en su bolsa. Y entonces cuadra los hombros, como si acabara de tomar una decisión importante—. No deberías poner un pie en tu aldea. Es el primer sitio en el que te buscarán.

Lo miro con los ojos entornados. El comentario me indigna.

—Que sea una chica vulgar que se haya criado en un entorno rural no significa que sea estúpida.

—Yo no he dicho eso —responde, y alza las manos a modo de rendición.

—Dime una cosa, ¿cómo me has encontrado?

—Fue uno de los guardias de palacio. Me dijo que crecisteis juntos.

Aprieto los dientes. Barden.

—¿Pelea de pareja?

Me doy media vuelta y subo a la silla de Lil, aunque una parte de mí espera que ese tipo me agarre del pescuezo y me tire al suelo.

Pero el escudo no intenta detenerme.

—Mira —digo mientras jugueteo con el crin de Lil y enrosco los dedos en su melena—, lo único que sé a ciencia cierta es que me están utilizando, que están jugando conmigo como si fuese una marioneta. No es nada nuevo, para qué engañarnos. Pero creo haber encontrado una pista y, si la sigo, quizá pueda hallar la cura que necesita tu príncipe. No puedo prometerte que daré con el remedio que haga desaparecer el mal que padece, pero voy a seguir esa pista. Es poco sólida, pero puede ser un punto de partida.

El único resplandor que ilumina su rostro proviene del titileo de las estrellas y de la luz carmesí que desprende la luna de las flores. Aun así, hay algo intimidante en su mirada.

—Voy a encontrar la Biblioteca Perdida.

Suelta un bufido.

—Es un mito.

—Ya te he dicho que era poco sólida. Quizá tan volátil y efímera como el humo del templo. Pero la persona que me entregó ese libro también me aseguró que el único lugar en el que encontraría las respuestas del mal que aqueja a tu príncipe sería en esa biblioteca. Estoy desesperada, así que he decidido correr el riesgo. ¿Y tú?

Patea la arena con su bota y se queda mirándola un buen rato.

—Hay algo más. Algo que Sephine dijo antes de morir. Por lo visto, tu príncipe no tardará mucho en ser nombrado emperador.

Levanta la cabeza y me mira asombrado.

—¿Qué dijo exactamente?

—«Cuando el león lleve la corona perdida, no vivirá para ver el siguiente amanecer.»

Murmura algo en voz baja y empieza a caminar de un lado a otro, más bien como un depredador al acecho que como un guardia de seguridad nervioso.

—¿Por qué no tienes un camello, como todo el mundo? —gruñe.

—¿Qué clase de pregunta es esa?

—¿Es que no os enseñan historia en las aldeas aisladas y recónditas? ¿Nunca has oído hablar de la muerte del emperador Mulreth?

¿La saga Mulreth? Por favor. Es una de las historias favoritas de padre. Aunque me apostaría un zig de plata a que la versión que le han contado al escudo dista mucho de la que suele narrarme mi padre.

—Sí, sí, conozco la historia. Los corceles olfatearon el almizcle de un camello y toda la caballería fue derrotada. Y es lógico. Los camellos apestan —digo, y arrugo la nariz. Ahora mismo, creo que huelo incluso peor que ellos.

—Me da igual a qué huela. Lo importante es el rastro que deja a su paso. Un caballo entre cientos de camellos…

—Con esta brisa, el desierto enseguida se tragará su rastro. Lil y yo no nos hemos separado nunca. Sé muy bien cuáles son sus debilidades, y también sus fortalezas. Confío en ella. Es mucho más de lo que puedo decir de ti.

Hace una mueca. Me da lo mismo, se lo merecía. No soy la única que tiene que ganarse el respeto.

—Si piensas acompañarme en este viaje, puedes elegir. Puedes montar a lomos de un caballo, o ir a pie con los rasguños de tu amigo el león recién cosidos… o robar un camello. Buena suerte si al final te decantas por la última opción, porque te aseguro que, cuando vuelvas, Lil y yo ya estaremos muy muy lejos de aquí.

Comprueba la mochila y tira fuerte de las correas para ajustarla bien en su espalda. Sin articular una sola palabra más, empieza a trotar hacia el sur, es decir, hacia donde me dirigía justo antes de que se acercara con sigilo para avasallarme a preguntas.

Es un loco y un testarudo. Le doy dos kilómetros, tres a lo sumo, antes de que la herida se le abra, empiece a desangrarse y a quedarse sin fuerzas.

Le doy una palmadita a Lil en el cuello.

—Es su decisión, chica. Vamos.

No vuelvo a articular palabra. Partimos de Aphorai y galopamos con toda nuestra atención puesta en la ciudad que, poco a poco, va desapareciendo a nuestras espaldas. Seguimos ojo avizor porque, si nos pillan huyendo en mitad de la noche, nos enfrentaremos a una condena segura. Y no lograremos tranquilizarnos hasta saber que no ha sonado ninguna alarma. El escudo trota a la misma velocidad que Lil, y sus pasos producen un tamborileo sordo sobre la arena. No me explico cómo puede correr tan rápido con esa herida en el costado. Roza casi lo sobrenatural. La idea me estremece.

Cuando por fin alcanzamos las dunas más altas, decidimos bajar un poco el ritmo para descansar. Echo un último vistazo a la ciudad, pero ahora no es más que una mancha naranja y dorada que se pierde en el horizonte, justo donde el cielo nocturno se funde con las olas del desierto. Solo que… entrecierro los ojos. ¿Esas lucecitas se están moviendo?

Señalo esos puntitos brillantes con el dedo.

—¿Qué está pasando ahí?

—Por la corona de Azered —murmura el escudo, que enseguida se vuelve para escudriñar el horizonte del lado contrario—. ¿Dónde terminan estas dunas? ¿Cuántos kilómetros más debemos recorrer hasta que el paisaje empiece a cambiar?

—Días. O semanas, dependiendo de la dirección que tomemos. Pero hay una garganta hacia el sur. De ahí nacen varios riachuelos, como las hojas de una palmera.

—¿A qué distancia está?

—Depende de lo rápido que vayamos. ¿Varias horas?

—No resistiré tanto —gruñe.

Y, de golpe y porrazo, sin avisar, pega un brinco y aterriza justo detrás de mí.

—Vamos —me susurra al oído—. Guía a tu caballo hasta la garganta y, si quieres seguir viva, no pares. No pares por nada del mundo.

Y partimos a galope.

Lil galopa rauda y veloz. Noto cómo sus músculos se encogen y se tensan sin cesar bajo nuestro peso. Cabalga las altísimas dunas sin bajar el ritmo, como si su vida también dependiera de ello. El escudo no deja de brincar detrás de mí. Me da miedo que, sin la ayuda de los estribos, acabe por perder el equilibrio o, peor todavía, haga que pierda el mío.

—Abrázate a mí —le digo por encima del hombro.

—No me parece una…

—¡Hazlo y punto! ¡Nos estás obligando ir más lentos!

Y, de inmediato, me rodea la cintura con los brazos. Hace tan solo unos minutos pensaba que esas mismas manos iban a estrangularme o a arrancarme la vida a puñaladas. Y quizá todavía planee hacerlo, quién sabe.

—Y ahora, aprieta los muslos, no la pierna entera. Y aparta los pies de sus costillas.

Siento que se revuelve tras de mí y aprieta el pecho contra mi espalda. Ahora que el peso está mejor repartido, Lil puede acelerar el paso y, de repente, empieza a trotar a una velocidad estratosférica. Me agacho en cuanto veo asomarse la siguiente duna y me inclino hacia atrás cuando alcanza la cúspide y empieza el descenso.

El escudo imita mis movimientos.

Aprende rápido. Algo es algo.

El aire fresco de la noche me acaricia las mejillas y, puesto que el viento sopla en contra, es imposible saber si nuestros perseguidores nos están pisando los talones o si los estamos dejando atrás. Lil enseguida empieza a irradiar ese calor típico de la extenuación y el hedor grasiento de sudor de caballo no tarda en colarse por las aletas de mi nariz. Lo único que logro oír es su respiración agitada, los cascos batiendo la arena y el latido de mi corazón martilleándome los tímpanos.

Decido arriesgarme y echar una ojeada atrás. Las luces de Aphorai parecen las gemas de un collar. Todavía no nos han alcanzado; los camellos no son tan rápidos como los caballos. Sin embargo, sí pueden ser más vigorosos, tenaces y resistentes que Lil, sobre todo teniendo en cuenta que lleva a dos personas encima.

—¿Cuánto tiempo más aguantará corriendo a esta velocidad? —pregunta el escudo, como si me hubiera leído los pensamientos.

—No mucho más. Vamos a tener que parar pronto para que pueda descansar.

—Pero antes tenemos que llegar a esa garganta.

—Vamos, chica —murmuro, confiando en sus fuerzas—. Puedes hacerlo. Ya estamos cerca.

Pero la garganta no aparece por ningún lado; Lil empieza a bajar la cabeza y siento que le tiemblan las piernas.

Vuelvo a mirar atrás, pero estamos en el valle de una duna gigantesca y lo único que veo es una inmensa ola de arena negra y un pedacito de cielo.

—Un caballo puede morir galopando, ¿lo sabías? —le comento al escudo.

—¿No va a parar?

—Ni por asomo. Está bien entrenada, créeme. Seguirá trotando hasta que sea demasiado tarde. «Tenemos» que dejarla descansar.

—Si no llegamos a esa dichosa garganta, será demasiado tarde para «nosotros».

Y justo cuando estoy a punto de tirar de las riendas y parar, el terreno empieza a allanarse. Los cascos de Lil golpean algo duro.

Arenisca.

La garganta.

Nos separan demasiadas dunas de los soldados que han salido en nuestra búsqueda y captura. Ese muro de arena nos impide ver las antorchas de nuestros perseguidores. A no ser, por supuesto, que hayan decidido apagarlas para no darnos ninguna pista de dónde están. Lo que faltaba. Encima nuestros rastreadores son listos e ingeniosos.

—¿Alguna señal del ejército que nos sigue? —pregunto.

Él escudriña el horizonte.

—No. Pero, si son comandos imperiales, tampoco es significativo ni relevante. Bordea la roca. En un momento u otro, cuando la arena se haya tragado nuestras huellas y, por tanto, nuestro rastro, tratarán de averiguar hacia dónde hemos ido. Así que date prisa y no te entretengas.

Avanzamos por el borde del desfiladero y asomo la cabeza para echar una ojeada al abismo. A pesar de la oscuridad del barranco, advierto unas siluetas más oscuras, siniestras y tenebrosas. Son las sombras de los acantilados.

—Si queremos bajar ahí, tenemos que apearnos del caballo.

El escudo se desliza por el lomo de Lil y, con sumo cuidado, estira los brazos y las piernas. Suelta un bufido de dolor y, de inmediato, se lleva la mano a una de las vendas que le cubren el pecho. Le guste o no, voy a tener que mirarle esa herida. Y pronto. Lo último que necesitamos ahora es que esa lesión se reabra e infecte.

Saco el pie de los estribos y bajo del caballo. Nos deslizamos por la orilla de la garganta y nos guarecemos bajo un saliente. Lil resopla y nos salpica con un montón de espuma que se le había acumulado alrededor del hocico. Le paso mi bota de agua a Ash y después ahueco las manos.

—Lil necesita beber agua.

El escudo hace lo que le pido.

No es una gran cantidad, pero, de momento, bastará. Retiro las riendas y las ato bien fuerte para que no se enganchen con nada y puedan desequilibrarla.

—¿No piensas guiarla?

—Prefiere andar libre. Tranquilo, sabrá encontrar el camino.

Nos alejamos de la cornisa bajo la que nos habíamos resguardado. El escudo observa esa roca erosionada hasta encontrar una parte que parece un poco menos empinada y escarpada, y empieza el descenso.

No es la primera vez que exploro este desfiladero, pero debo admitir que jamás me había atrevido a descender por la garganta, y mucho menos en mitad de la noche. Cuando Barden y yo fuimos lo bastante mayores y, por lo tanto, responsables y prudentes, solíamos escaparnos de la aldea como dos fugitivos y acercarnos hasta aquí. Bueno, en honor a la verdad, cuando padre consideró que Barden ya era lo bastante mayor y, por lo tanto, responsable y prudente, le dejó que me acompañara durante mis excursiones hasta el cañón por si me metía en algún problema. Es curioso que nuestras excursiones nocturnas no sorprendieran o inquietaran a nadie. En cierto modo, era como si todos tuvieran asumido que nuestro futuro sería compartido.

Miro hacia atrás. No veo ninguna antorcha, y Lil ya ha empezado a descender por esa cuesta tan empinada. Es una silueta tan oscura como una noche sin estrellas. Buena chica.

Apoyo el pie en una piedra suelta, que baja rodando al notar mi peso, y me tuerzo el tobillo. Intento mantener el equilibrio con el otro pie, pero el suelo es resbaladizo, por lo que patino y me caigo por el pedregal. La garganta se confunde con una sonrisa desdentada que espera con gran emoción y deleite poder tragárseme enterita. Me tambaleo justo en el borde del precipicio mientras muevo los brazos.

Una mano fuerte y segura me coge por el hombro.

—¿Qué estás haciendo? ¿A qué estás jugando? —pregunta el escudo, que está que echa humo por las orejas.

—¿Qué estás haciendo «tú»? ¿Te estás aficionando a esto de acercarte sigilosamente a la gente en mitad de la noche?

—Si necesitas ayuda, pídemela. No esperes que sepa por ciencia infusa lo que eres capaz de hacer y lo que no.

—Eso le podría haber pasado a cualquiera —replico—. Además, estoy bien. No me ha pasado nada.

Él gruñe.

—Primero, la misión. Segundo, el orgullo.

Se da la vuelta y levanto la mano, como si fuese a darle una bofetada, pero, obviamente, no hago nada. «Perdón si haber estado a punto de precipitarme a una muerte segura te ha molestado, señorito.»

En lo más profundo de la garganta reina un silencio sepulcral. Lil agacha la cabeza para beber de una charca y no para hasta que tiro de las riendas.

—Tranquila, poco a poco. Volveremos a parar muy pronto —le prometo mientras le acaricio el cuello, todavía húmedo del sudor.

Resopla, pero no opone resistencia cuando intento alejarla del agua. Avanzamos con la lentitud de un caracol, pues no queremos dar un paso en falso y tropezarnos con un guijarro resbaladizo. A veces, bordeamos unas piedras inmensas; otras, no tenemos más remedio que encaramarnos para poder seguir adelante. Cuando eso ocurre, siento que se me encoge el corazón, pues me preocupan las patas de Lil.

Una parte de mí quiere dejar el riachuelo atrás y volver a galopar a toda prisa, sin parar. Pero sé que es mucho más lógico y eficaz seguir por ese camino, sin dejar ningún rastro que desvele nuestra ubicación, que intentar galopar a toda prisa sobre una yegua agotada.

Solo así saldremos vivos de esto, por lo que más vale aprovechar la oportunidad.

20

Ash

La chica anda cautelosa por entre las rocas y, poco a poco, se va adentrando en lo más profundo de la garganta. Debo reconocer que es ágil y se mueve con destreza.

La sigo muy de cerca, con los cinco sentidos alerta y muy atento a cualquier indicio de nuestros perseguidores. Sé que todavía siguen al acecho, por muy fatigados que estén. Creo que los hemos despistado y, a decir verdad, me siento satisfecho.

Cuando por fin me convenzo de que hemos conseguido eludir a los hombres de Iddo, advierto los primeros rayos de sol alumbrando el pedacito de cielo que podemos ver desde ahí abajo. Estamos a salvo, al menos por ahora. Pero no podemos confiarnos; no van a rendirse tan fácilmente.

«Un comando nunca se rinde, nunca abandona la caza.»

Sigo arrastrándome y, con cuidado, saco pecho y estiro los músculos. Me duele el costado, pero al menos el ardor que notaba en las heridas parece haberse enfriado.

—¿Hacia dónde vamos?

Ella inclina la cabeza, contempla el cielo y después observa su relicario con los ojos entornados. Está grabado con lo que, a simple vista, parecen constelaciones. Supongo que está tratando de establecer un punto de referencia entre el grabado y el cielo. Pero amanece y las estrellas están dejando de titilar.

Suelta un suspiro de impotencia.

—El mapa ha decidido tomarse un descanso. Así que ponte cómodo, escudo —dice, y me mira a los ojos—. ¿Así es como debería llamarte? ¿«Escudo»?

Se me escapa una risa burlona.

—No quiero adelantarme a los acontecimientos, pero mucho

me temo que mis días como escudo están contados. De hecho, llamarme así ya debe de considerarse una mentira, una estafa.

La joven me mira fijamente mientras da unos golpecitos con el pie en el suelo.

Suspiro.

—Ash. Puedes llamarme Ash.

—¿Ash? ¿Qué clase de nombre es ese?

—Eh, ¿el mío?

—¿Es tu verdadero nombre?

—Acabo de decírtelo. ¿Es que no me has oído?

—*Ash*. —Lo pronuncia con un marcado acento de Aphorai, arrastrando cada letra y articulando mi nombre como si estuviera tratando de hacer callar a un niño.

—¿Y tú, aprendiz de guardiana de las esencias?

—No era su aprendiz.

—Bien, porque es un título larguísimo, casi un trabalenguas. Nisai dijo que te llamabas… ¿Karel? ¿Rikal?

—Rakel.

Arquea una ceja.

—¿Qué clase de nombre es ese?

Ni se molesta en contestarme.

La chica se pone en cuclillas, con su bolsa en la mano, de la que no se ha separado ni un solo segundo, y señala un pedrusco que las aguas del río han ido puliendo con el tiempo.

—Siéntate.

—¿Perdona?

—No vamos a movernos de aquí hasta que anochezca. Y quiero revisar esos arañazos. Estoy convencida de que esta noche se te han abierto varios puntos.

—Estoy bien, no te preocupes.

—Que te sientes.

No merece la pena discutir con esta chica tan testaruda, así que al final decido sentarme sobre la roca. Se arrodilla a mi lado y desenvaina el mismo puñal que utilizó cuando me cosió las heridas.

—Pero ¿qué crees que estás…?

Demasiado tarde. No le tiembla el pulso y corta el retal de seda que en palacio utilizaba como chaleco, desde el hombro hasta el dobladillo, y siento que la tela se desliza por mi pecho. Después se dedica a deshacer los amarres de mi armadura y a desanudar los lazos del costado. Y lo hace con una pericia y una maña asombrosas. Retira la armadura y tengo que reprimir un escalofrío; aunque está amaneciendo, todavía es de noche y estamos en mitad del desierto, así que el ambiente aún es fresco.

La joven refunfuña entre dientes.

—¿Tiene mala pinta? —pregunto.

—Todo lo contrario —dice, aunque en su expresión detecto una mezcla de sorpresa y sospecha—. Está... empezando a curarse.

Necesito desviar su curiosidad, pero no sé cómo hacerlo. Intento dibujar una sonrisa.

—Todo gracias a ti, que me remendaste de maravilla.

Frunce el ceño. No parece muy convencida.

Señalo la armadura que acaba de quitarme.

—Eh, veo que te manejas muy bien con las armaduras.

Se ruboriza y, de repente, parece cohibida, aunque intenta disimularlo concentrándose en mis arañazos.

—Familia militar.

A juzgar por esas respuestas tan secas, bruscas y cortantes,

mucho me temo que no voy a conseguir muchos más detalles. Limpia la herida, la tapa cuidadosamente con vendajes nuevos y, en silencio, le dedico una oración a Azered por su misericordia y clemencia.

Necesito estirar un poco las piernas, así que doy un pequeño paseo por ese cañón. En cualquier otra circunstancia, ese lugar me habría dejado boquiabierto. Las vistas son increíbles. Unas cascadas de agua tan azul y cristalina como un aguamarina pulida. Higos de roca que sobresalen de los muros del desfiladero, con sus raíces ancestrales y retorcidas, y con sus copas creando un dosel hermoso sobre el riachuelo.

Una lástima que esté tan tenso y nervioso y no pueda apreciar tal belleza.

Me da la sensación de que el tiempo se ha detenido, de que no pasan las horas. Siento que todo mi cuerpo está agarrotado, como un par de botas recién estrenadas. De vez en cuando trepo por el muro y, desde un saliente, compruebo el horizonte, en busca de partidas de busca y captura formadas por comandos imperiales.

Si los comandos nos alcanzasen, tan solo Kaismap sabe qué le harían a esa chica. ¿Qué pasaría conmigo? Eso habría que verlo, pues sería algo inaudito, sin precedentes, un terreno sin explorar. Aunque mi intuición me dice que se les ocurriría algo más creativo que encarcelarme en un calabozo, algo que haría parecer a los cinco infiernos un auténtico paraíso.

Pero ¿qué otra opción tenía? Mi cometido es servir a Nisai por encima de todo, incluso del propio imperio. Su vida tiene prioridad a cualquier otro asunto, aunque sea político, y si por un capricho del destino Nisai fallece, mi vida estará sentenciada. Conclusión: hiciese lo que hiciese, estaba condenado.

El sol se va acercando a su cenit con lentitud pasmosa, iluminando el desfiladero con una luz cegadora, como si los dioses se hubieran posicionado del bando de los comandos. Me retiro hacia la sombra de una roca que sobresale un poco. Allí esta Rakel, echa un ovillo sobre ese suelo polvoriento. Está dibujando unas líneas en la arena, pero el diseño no debe de convencerla, porque enseguida lo borra con la mano y empieza de nuevo. Me fijo en el relicario, que ha dejado justo a su lado.

—Sigue el camino de las estrellas —murmura entre una serie de maldiciones y palabrotas que solo se podrían oír en los barracones de los soldados.

—¿Qué estás haciendo?

—En teoría, los grabados de mi relicario son un mapa, o eso me han dicho —dice, y señala la estrella más grande y más brillante tallada en la plata, y después su equivalente sobre el polvo—. Imaginaba que esta era la estrella que marcaba el camino que debíamos seguir.

—Supongo que no estabas intentando seguir una única estrella. Por si no te habías dado cuenta, atraviesan el cielo…

—Por si no te habías dado cuenta, no soy ninguna cabeza de chorlito. Sé que se mueven. Pero esta estrella no simboliza una estrella de verdad. No he logrado encontrarla en el cielo nocturno, entre las constelaciones del zorro de nieve y del león alado.

Frunzo el ceño. Tiene razón. No recuerdo que hubiera un punto titilante entre Kal y Tozran.

—Y me parece que estas tampoco encajan —murmura, y saca la punta de la lengua por la comisura de sus labios mientras marca otros cinco puntos en la arena—, pero tendré que comprobarlo por la noche.

—No me digas que me has arrastrado hasta el desierto en busca de un lugar que quizá ni siquiera exista, con un mapa que ni siquiera es un mapa y que, para colmo, no tienes ni la más remota idea de leer o interpretar.

—No te he «arrastrado». Y si te mordieras esa lengua afilada de vez en cuando y utilizaras tu mente prodigiosa para ayudarme a…

Alzo una mano.

—Para… Necesito un momento.

La chica enmudece.

En una de mis aburridas excursiones al borde del cañón he recolectado algunos melones, aunque no son más grandes que mi puño. Se me ha quitado el apetito después de la última revelación, pero necesito tranquilizarme y, para ello, lo mejor es distraerse, o pensar en otra cosa. Me dirijo hacia ese montoncito de melones, saco el cuchillo y lo clavo en esa piel dura y de color verde grisáceo.

—Yo, en tu lugar, no me comería eso —dice Rakel, con una voz cantarina que denota más bien diversión, que una seria advertencia.

Se ha sentado sobre un pedrusco y está echando un vistazo al contenido de mi mochila. La hice tan rápido que ni siquiera recuerdo qué metí.

Me quedo quieto, pero no saco el cuchillo de la fruta.

—Es un melón. No va a morderme.

—Claro. Los melones de Akrol son melones. Pero te equivocas en una cosa. Sí va a morderte. En el culo.

Resoplo.

—¿Es venenoso?

—No.

—Entonces pienso comérmelo.

—Tú mismo. Pero si consigues aguantar la amargura de ese melón, no vengas a quejarte cuando tus tripas se conviertan en agua.

Miro de reojo a la yegua negra.

—¿Los caballos se los comen?

—No. Tienen sentido común.

Sigue hurgando en mi mochila y, de repente, saca el diario personal de Nisai.

—Nunca me contaste qué era esto.

—Preferiría que no lo tocases —digo, y arrojo un melón por el precipicio, furioso.

—¿Qué es?

—Es personal —espeto.

Alza las dos manos, como para rendirse.

—No te confundas. No soy una fisgona.

—Me cuesta creerlo, sobre todo viéndote ahí sentada husmeando en pertenencias ajenas.

—Tan solo quería saber si podría ayudarnos en algo.

—Creo que, llegados a este punto, nada podría ayudarnos.

Sacude la cabeza y guarda el cuaderno de Nisai en la mochila.

—¿Me permites un consejo? Cambia esa actitud derrotista, y ya. ¿Por qué das la partida por perdida sin tan siquiera haber empezado a jugar?

—¿Perdón?

—Estás actuando como si pensaras que es imposible.

—¿Y acaso no lo es?

—Quizá. Pero, si no lo intentamos, nunca lo sabremos. Así que, si no te importa, prefiero que nos centremos en lo que sí podemos hacer, y no en lo que no vamos a lograr.

—Es evidente que no comprendes qué nos estamos jugando y qué está en riesgo. Vine a buscarte porque creía que sabías algo y porque albergaba la esperanza de que pudieras ayudar a Nisai. Y ahora resulta que todo no era más que un cuento de niños. Esta aventura estaba destinada al fracaso incluso antes de que empezara. Me arrepiento de haberte seguido hasta aquí.

De repente, la muchacha se pone en pie, cierra los puños y los coloca sobre las caderas.

—Nunca has cometido un error, ¿verdad?

—¿Disculpa?

—Nunca has metido la pata. Siempre has hecho las cosas bien, incluso rozando la perfección. Siempre has tenido la sartén por el mango. Y siempre te has salido con la tuya. Has vivido dentro de un palacio toda tu vida. Así que todo ha sido… de color de rosa para ti.

Si ella supiera…

—Apostaría todo lo que tengo a que ni siquiera tuviste que esforzarte durante tu entrenamiento militar y armamentístico. Te plantaste en la arena y aniquilaste a todos los oponentes que se atrevieron a enfrentarse a ti. ¿Me equivoco?

Me deja atónito y respondo con sinceridad.

—El combate cuerpo a cuerpo es lo único que me sale de forma innata.

Suelta una carcajada de desdén, pero no sé si ese escarnio público es por mí, por ella, o por otra cosa totalmente distinta.

—En resumen, nunca te has equivocado. Nunca has fracasado. Es la primera vez que le ves las orejas al lobo, y estás aterrorizado. La mayoría de nosotros no crecimos en la capital imperial, ni hemos vivido entre algodones perfumados. Algunos de nosotros hemos tenido que aprender a convivir con «el miedo» —dice.

—¿El miedo? —pregunto.

—El miedo a que no haya nada más. A nacer siendo un don nadie y morir siendo un don nadie. A que, a pesar de nuestro esfuerzo, nuestra perseverancia, nuestra dedicación, jamás logremos cambiar nuestra suerte, ni ser dueños de nuestro destino. Pero ¿crees que eso me impide que tenga esperanzas, sueños e ilusiones? ¿Crees que por eso voy a dejar de luchar contra viento y marea para conseguir mis metas? Pues no.

Y entonces coge su mochila.

—¿Quieres saber una cosa, escudo?

—¿El qué? —pregunto con voz apagada.

—Todo sería mucho más fácil si, en lugar de quedarte ahí sentado olisqueando tu propia pestilencia, intentaras hacer algo.

Y después de ese último comentario, se da media vuelta y se marcha.

—¿Adónde crees que vas?

—A asearme, si le parece bien al señorito, claro. No puedo pensar así, embadurnada de polvo y sudor, y apestando a rata de cloaca —dice, y deja caer los hombros—. Mi pelo todavía huele a humo. Y esto también —dice, refiriéndose al camisón que lleva, y que no se ha quitado desde que huyó de su celda.

—Lo entiendo, pero…

—No me alejaré mucho. Me encontrarás tras la primera curva, te lo prometo.

Niego con la cabeza.

—No. No quiero perderte de vista ni un segundo.

—Pues no tengo ningún interés en dar un espectáculo aquí, a plena luz del día.

—Créeme, yo tampoco tengo ningún interés en asistir a ese espectáculo.

Se queda mirándome fijamente y advierto la llama de un

fuego en sus iris. Está que echa humo por las orejas. Se da la vuelta y se encamina hacia la curva del muro del desfiladero dando unos pisotones que resuenan en toda la garganta. Veo cómo se aleja, perplejo y desconcertado por su convicción.

En un punto entre nuestro improvisado campamento y su destino, se detiene, justo a orillas de esa piscina natural con aguas cristalinas. Casi desaparece de mi vista. Solo casi. Todavía la veo.

Se sienta sobre un peñasco y me dispongo a girarme para no presenciar cómo se desanuda la pañoleta de la cabeza, cubierta de polvo y arena, y cómo se desenreda esa melena. Y, por supuesto, no presto atención cuando se quita la capa y deja al descubierto unos brazos tan bronceados que se confunden con la arenisca de los muros del desfiladero. Soy un caballero, así que no pienso ver cómo se deshace de ese camisón harapiento y manchado de ceniza...

De repente, oigo un bufido y unas pisadas a mis espaldas. Me doy la vuelta y me topo con un hocico negro. Está a apenas unos milímetros de mi cara y me está mostrando los dientes.

—¿Qué? —pregunto, y alzo las manos.

El caballo de Rakel me da la espalda. Y lo hace lenta y deliberadamente.

Mato las horas con un molejón y aceite, afilando las muescas y el filo de todas las espadas, dagas y puñales que tengo. Cuando termino esa aburrida y fatigosa tarea, examino la armadura, pero el criado que se dedicó a engrasarla mientras estaba drogado en la cama después de la cacería lo hizo tan bien que no necesita ningún retoque.

Y, de vez en cuando, levanto la cabeza para inspeccionar el terreno. Es la tercera vez que compruebo el borde del cañón. ¿Cuánto tiempo puede tardar una persona en bañarse y acicalarse? Y, en ese preciso instante, Rakel regresa, por fin, con el cabello recogido en una trenza, un blusón húmedo y unos pantalones de cuero.

—¿Mejor? —pregunto.

—Mucho mejor —responde, con una sonrisa.

Sí, una sonrisa auténtica, una sonrisa genuina, una sonrisa que deja entrever dos hileras de dientes blancos y perfectos, una sonrisa encantadora. Me quedo un pelín desconcertado.

Le devuelvo la sonrisa.

—Tan solo Kaismap sabe cómo has podido meter tantas cosas en esa bolsa tan pequeña.

—¿A qué te refieres?

—A tu nuevo atuendo.

—¿Te refieres a este trapo viejo? Es el camisón, pero lo he lavado y remendado —explica, y su sonrisa se vuelve traviesa, pícara—. He utilizado parte de los restos del cinturón porque no había manera de que no se me cayeran los pantalones.

Me fijo un poco más en los pantalones.

—Espera. ¿Son mis…?

—Un gesto muy generoso por tu parte habérmelos prestado. Gracias. Y ahora, si me disculpas, voy a ver qué tal está mi caballo.

Nos turnamos para descansar durante la tarde, aunque no consigo conciliar el sueño. Y cuando por fin empieza a anochecer, compartimos la cena; higos secos, el último mendrugo de pan de cebada y una rodaja de queso de Aphorai, conocido por su exceso de sal. Esta noche las estrellas han decidido llegar tarde a nuestra cita, pues aparecen más tarde de lo habitual. Contemplar el crepúsculo cuando tu próximo movimiento depende de ello es como esperar que un quemador de aceite empiece a echar chispas.

En un momento dado, Rakel señala el cielo.

—¡Ahí! ¿Lo ves? Entre el zorro y el león. Nada.

Las dos constelaciones parecen haberse movido; soy un apasionado del cielo estrellado y no están donde deberían estar en este punto de la vuelta de la rueda de las estrellas. Pero siempre es fácil divisar a Kal, ese parche lechoso que pertenece al dios y donde, según cuentan los eruditos, parpadean más estrellas de las que el ojo humano alcanza a ver. La constelación está formada por siete puntos más brillantes que el resto y, si los unes, claramente puedes ver la silueta de un zorro de nieve, desde su nariz curiosa hasta la punta de su cola.

Me coloco detrás de Rakel para seguir la línea de su dedo y ver dónde está apuntando exactamente. Distingo el constante titileo de las estrellas que conforman las puntas de las plumas del león alado de Tozran. Y, entre ambas constelaciones, tan solo hay un pedazo de cielo oscuro.

Observa su relicario entornando los ojos.

—Un mapa. ¿Qué se supone que representan todas estas estrellas? ¿Una constelación que aparece en un momento determinado de la noche? ¿O durante el día? ¿O nada de eso? ¿Indica la dirección que debo tomar? ¿O es un mensaje? ¿Y dónde córcholis está esa Biblioteca Perdida?

Rememoro el esbozo que había trazado sobre la arena y la línea que había dibujado en forma de «w» para conectar ambas constelaciones. Intento atar cabos. Tiene que significar algo.

«Sigue el camino de las estrellas.»

—¡Es el cañón!

—¿Qué?

Extiendo la mano y señalo su relicario con la barbilla.

—¿Me lo prestas?

Vacila unos segundos, pero enseguida acepta y me lo da.

—Esta mañana, en una de mis excursiones por lo alto del desfiladero, me he dado un buen paseo para reconocer el terreno y uno de los ramales del cañón dibuja la misma curva que tú trazaste entre esas cinco estrellas superfluas.

—¿Estás seguro? ¿En qué dirección?

—Hacia el sur. Deberíamos retroceder hasta que los ramales se bifurquen y entonces seguir el otro arroyo, hasta llegar a este punto. Si no me equivoco, tardaremos dos días, a lo sumo. Me cuesta creer que la biblioteca pueda estar tan cerca.

Rakel se encoge de hombros.

—No se me ocurre un lugar mejor. No hay un camino claro y llano para las caravanas y casas rodantes y, al ser un páramo, no se puede cultivar nada. Solo los que se aventuran hacia la frontera de la provincia darían con este lugar y deambular por estos lares sin el deseo de morir es como sentarse en un nido de abejas de arena y pretender que no te pique ninguna. ¿Por qué alguien se arriesgaría a atravesar el desierto en dirección a la nada?

«Por curiosidad.» La voz de Nisai resuena en mi mente.

—Más bien por «desesperación» —farfullo.

—¿Perdón?

—Para explorar. Eso es lo que empujaría a alguien a venir hasta aquí. Para aprender algo.

Ella asiente, con expresión pensativa.

—Supongo que podría entenderlo.

Recogemos nuestras cosas y partimos.

Paramos de vez en cuando para descansar, pero andamos toda

la noche. Al día siguiente, cuando la luz del sol baña la garganta, nos retiramos bajo un afloramiento. La tensión se palpa en el ambiente y no cruzamos una sola palabra. En ciertos momentos, el suelo del cañón es arenoso y el pasadizo bastante amplio, de manera que Rakel puede ir montada a caballo y yo camino a su lado, sin perder el ritmo. Cuando el cañón se estrecha y solo se advierte una diminuta ranura de cielo, tomo la delantera y avanzamos en fila india. Poco antes de que vuelva a amanecer, cuando el cielo empieza a iluminarse de un azul pálido, freno en seco.

Rakel, que está a mi lado tira de las riendas y se baja de su caballo de un brinco.

—Momento de una cabezadita —le dice a la yegua, que, de inmediato, agacha la cabeza, cierra los ojos, dobla una de las patas delanteras y la apoya sobre la punta de un casco. Poder echarse a dormir cuando te lo ordenen, una habilidad muy útil, desde luego.

Rakel se echa su bolsita al hombro y alarga el cuello. Sigo su mirada. Tras la siguiente curva, los acantilados están en sombra. Es un callejón sin salida.

Sin embargo, advierto un detalle muy concreto en una línea de la roca, algo que parece más bien intencional que el resultado de una erosión natural. O quizá son solo imaginaciones mías.

—Quédate donde estás —le digo a Rakel en voz baja—. Voy a inspeccionar el terreno.

Pego la espalda a la pared del cañón y me acerco poco a poco. Si al final resulta que sí hay algo aquí oculto, necesito saber si está protegido. Desenvaino un puñal e inclino el filo para que haga las veces de espejo y ver qué se esconde tras esa curva.

Vacío. Silencio.

Bien. Me arrastro unos metros más.

Mi intuición no me ha fallado. Cuando llego al final de ese callejón sin salida y me topo de cara con el muro del acantilado, advierto un sendero muy angosto que da un giro brusco hacia la derecha, de forma que es imposible verlo desde cualquier otro punto del cañón. Vacilo. Esa grieta en la piedra enseguida se convierte en un túnel. Los restos de varios desprendimientos de rocas están apilados a lo largo del pasadizo. Quién sabe si el resto será igual de estable. Pero no debe de ser un caminito muy largo, pues advierto un punto de luz en medio de esa oscuridad.

Respiro hondo, aprieto los dientes y sigo adelante.

Treinta, cuarenta y hasta cincuenta pasos doy con la barbilla pegada al pecho. Por fin salgo de ese túnel angosto. Parpadeo varias veces, hasta acostumbrarme de nuevo a la luz del sol, y veo que he salido a una especie de barranco circular. El suelo está repleto de rocas y vegetación podrida, que el viento y el paso de las estaciones han ido acumulando aquí abajo.

Otro callejón sin salida.

—Vaya, sumérgeme en la cuba de un curtidor y llámame Pong —murmura Rakel, que está a mi lado.

Me doy la vuelta.

—¿No te he dicho que te quedaras donde estabas?

—Sí. ¿Y?

Arrugo la frente.

—Mira —dice, y señala un punto en el terreno—. Fíjate ahí, debajo de esa rama. ¿Es una baldosa?

—¿Quién pavimentaría un barranco que no lleva a ningún sitio?

Con las manos sobre las caderas, Rakel echa un vistazo a la fachada.

—No tengo ni la más remota idea. Pero me interesa, y mucho, saber quién vive ahí abajo.

—¿Y si lo averiguamos?

No sé por qué me he molestado en preguntar porque, en cuanto las palabras salen de mis labios, ella ya está dando brincos por el acantilado. Sacudo la cabeza y la sigo.

Y es entonces cuando las veo. Al principio, creí que eran rocas que, con el paso de las vueltas, se habían desprendido del acantilado. Pero las rocas no son tan blancas como esas. Y, por supuesto, no tienen dos agujeros negros en lugar de ojos.

—¡Rakel! —ladro—. ¡Para!

Ella se gira, claramente molesta y enfadada, pero no se detiene.

—¡Vamos! Veo una brecha desde aquí. ¡Tiene que ser la entrada!

—Hablo en serio, Rakel. No te muevas.

Se queda inmóvil, rígida. Pero pierde el equilibrio. Se tambalea durante unos segundos y después tropieza y aterriza sobre la baldosa.

El adoquín se hunde bajo su peso y se oye un crujido seco, casi mecánico.

21

Rakel

—Quédate quieta y mira a tu alrededor —ordena Ash, en voz baja y sin perder los nervios. Ese tono de voz me recuerda al que solía utilizar con Lil durante nuestras primeras clases de adiestramiento.

Obedezco sin rechistar. Desde luego es más efectivo que una orden altiva y arrogante.

Echo un vistazo a mi alrededor. Ahí. Las inconfundibles

costillas de una caja torácica. ¿Y eso? ¿Es la curva de una calavera? ¿De una calavera «humana»? ¿Y por qué no están por todos lados? ¿Por qué ese montón de huesos está justo delante de ese agujero en la roca, a tan solo unos pasos de dónde ahora...?

Oh.

Oh, oh, oh.

Si pudiera, me abofetearía. Dos veces.

¿Qué esperaba? Si es verdad que aquí se encuentra la Biblioteca Perdida, por supuesto va a tener defensas. Un lugar que ha persistido durante tantos siglos, que ha sobrevivido a baños de sangre entre los pequeños reinos de la Antigüedad, que ha resistido a las guerras de sombra, no lo ha hecho permitiendo que cualquiera que merodee por aquí pueda entrar sin más. Sobre todo porque, según cuentan las leyendas, este lugar atesora toda obra escrita desde que empezaron a escribirse obras. Se dice que incluso contiene los textos que el imperio ha prohibido e ilegalizado.

—¿Ash? —llamo, con voz temblorosa.

—Aguanta un poco más —responde él, aunque su voz suena lejana—. Tengo un plan.

Y, de golpe, aparece delante de mí, haciendo rodar un pedrusco por el mismo camino que yo he tomado.

—Quiero comprobar si ese mecanismo está conectado con un dispositivo de bienvenida. Y no quiero que seas el conejillo de Indias de mi experimento, así que voy a sustituirte por esto —explica mientras observa esa roca con ademán crítico—. Creo que puede funcionar.

—¿Crees? ¿Eso es todo lo seguro que estás?

—Llevo media vida midiendo las fuerzas de mis oponentes en el campo de batalla, así que vas a tener que confiar en mi criterio. Vamos, no hay tiempo que perder. Si se trata del sistema que imagino, tendremos que calcular los tiempos con la máxima exactitud. Justo cuando yo diga, y no antes, saltarás sobre la baldosa en la que estoy ahora mismo. No te adelantes. Tampoco es momento para titubear.

—Entendido.

—¿A la de tres?

Asiento, dejo caer las manos a los lados y trato de equilibrarme sobre los dos pies.

—Uno...

Analizo la situación; a ver, si he llegado ahí de un solo salto, puedo volver a hacerlo. Pero el miedo hace que las baldosas parezcan más grandes que antes.

—Dos...

Ojalá pudiera arrastrarme hasta el borde de la losa que se ha hundido, pero no me atrevo.

—¡Tres! —grita y, tras un gruñido, Ash empuja el pedrusco hacia la baldosa en cuestión.

Salto.

Y mis dos botas aterrizan sobre la siguiente baldosa.

No ocurre nada.

Ash me ofrece la mano y la acepto sin pensármelo dos veces.

—Gracias.

—No me des las gracias a mí, sino a la vida «cómoda» y «lujosa» que he llevado en palacio. De no haberme instalado allí, jamás habría aprendido a detectar esta clase de defensas arquitectónicas.

Habría puesto los ojos en blanco, pero me contengo.

Después del susto, avanzamos hacia esa hendidura en la cara del acantilado, solo que esta vez con más cautela, e incluso con una pizca de miedo. No nos atrevemos a apoyar el pie en una baldosa sin antes examinarla y comprobarla. De pronto, advierto una línea de lanzas clavadas en una serie de agujeros en la roca. Da la sensación de que van a salir disparadas en cualquier momento. Las puntas están hechas de una especie de cristal azul negruzco y están rodeadas de un alambre de púas, un toque bastante cruel.

Miro hacia atrás, hacia el camino que hemos recorrido y, como era de esperar, el pedrusco que ha arrastrado Ash está justo delante de las lanzas. Trago saliva. Un alfiletero humano. Me alegro de no haberlo probado en mis propias carnes.

Ash, en cambio, solo tiene ojos para esa hilera de lanzas.

—¿Qué ocurre? —pregunto.

—Esta piedra tan brillante —murmura—. Solo la he visto en otro lugar. En la cámara del Consejo, en el palacio de Ekasya.

—¿Crees que significa algo?

—No lo sé.

Me asomo a la abertura en la roca. Está oscuro. Muy oscuro.

Con cuidado de no poner un pie en ese camino maldito, recojo un hueso blanco del suelo, un fémur, para ser más concretos.

—Lo siento —le digo al esqueleto, y tiro del hueso, rompiendo varios tendones y arrojando otros huesos al suelo, lo que produce un ruido exasperante.

Recupero los restos de mi viejo camisón, que había guardado en la bolsa para no dejar ninguna pista en el camino, los ato alrededor de una punta del hueso y los embadurno con un poco de bálsamo de yeb. No es tan inflamable como el krilmair, pero servirá. Pensándolo bien, aunque tuviese una pizca de krilmair, no me atrevería a meter un pegote explosivo en un túnel escalofriante lleno de…, lleno de quién sabe qué. Además, el aroma del bálsamo de yeb es más dulzón.

Ash, que no se despega de mi lado, se agacha y recoge un puñado de guijarros. Arroja uno hacia la entrada del túnel. Rebota una, dos y hasta tres veces en el suelo. Y después, nada.

Le entrego esa antorcha improvisada y echo un vistazo atrás. Lil sigue donde la dejamos, dormitando. No me gusta tener que dejarla ahí, sola, pero prefiero eso a correr el riesgo de que sufra algún daño, o algo peor, aquí dentro.

Entramos. Las paredes del túnel son bloques gigantescos de

piedra. No advierto ningún tipo de adorno ni floritura. Se retuerce y serpentea, formando curvas sinuosas que me recuerdan al laberinto de arbustos por el que Sephine solía pasear. Si estuviese aquí, tendría que agacharse para no golpearse la cabeza. Ash, de hecho, camina encorvado.

Pasa la palma por la pared y no puedo evitar fijarme en las garras que tiene tatuadas en el dorso de la mano, iluminadas por la luz parpadeante de la antorcha.

—Tan solo Kaismap sabe en qué estaría pensando el arquitecto de este lugar cuando lo diseñó.

El sendero desciende en espiral y, aunque la bajada no es en picado, es constante. Pierdo la cuenta de las veces que tiramos y recuperamos los guijarros.

Salimos de ese túnel angosto y accedemos a una cueva gigantesca. Debe de ser tan grande como un ala entera del palacio de Aphorai, sin exagerar. Unos pilares emergen desde el suelo, se cruzan entre sí y después se funden con las altas bóvedas de piedra. Distingo unos apliques sujetos a esas majestuosas columnas; están encendidos con una especie de fuego alquímico que ilumina ese espacio tan inmenso con un resplandor verdoso que desprende un aroma totalmente desconocido para mí. Es desconcertante.

Al otro lado de esa sala abovedada se alza la estatua más espectacular que jamás he visto, una escultura maciza y grandiosa que representa una figura sentada en un trono sencillo y austero, esculpido en la roca de la pared de detrás. Es tan gigantesca que tengo que echar la cabeza atrás para verla entera. Tiene una mano apoyada sobre una pierna, cara arriba, y la otra, cara abajo. No hay ningún detalle que indique el género de la estatua. El pecho es descomunal, pero también esbelto y plano. No hay señales de barba o de un bigote, y la cabeza está tallada de tal forma que parece que esté recién afeitada. Ni rastro de una corona o de cualquier tipo de joya. Ni tampoco de la parafernalia típica de los dioses.

Subo la mirada y, de repente, me quedo sin aire en los pulmones. El techo es más alto que cualquier otro que haya visto. Está fabricado con la misma sustancia vidriosa y de color azul oscuro que las lanzas de la entrada. Solo que esta pieza, magnífica y probablemente única en el mundo, está salpicada con puntitos plateados que no parecen seguir un patrón regular. Y, de repente, me parece reconocer las puntas de los cuernos en la constelación de uros.

Es la rueda de las estrellas plasmada en el cielo nocturno.

La voz triunfante de una mujer retumba en aquella sala inmensa.

—Ya han llegado. ¡Lo sabía! ¡He ganado la apuesta, págame!

—¡*Sssh*! —sisea otra persona.

Ash me adelanta y desenvaina sus espadas. Los filos brillan con una luz extraña, desconocida.

Aparecen dos figuras. Se acercan a nosotros en silencio absoluto. Las puntas de unas pantuflas de cuero asoman por el bajo de sus túnicas, de lino y totalmente lisas. Las dos llevan su melena plateada recogida en una única trenza que les llega a la cintura. Ahora que han acortado la distancia que nos separaba, veo sus rostros arrugados por la edad y la esencia de naranja y canela que desprende la bola que cuelga de sus cuellos es embriagadora. Ese collar es el único adorno que llevan.

—Pura suerte —susurra el compañero de la mujer, y me señala con el dedo—. No hay una pizca de autocontrol en esa. Ni siquiera merece la pena apostar.

La mujer se inclina hacia un lado para mirarme, ignorando por completo al escudo armado hasta los dientes que se interpone entre nosotras.

—No hagáis caso a Akred. Vivimos una época en la que su especie está acabada, y por eso está tan cascarrabias.

El tipo frunce el ceño.

—No sé si las normas que dicta el protocolo se te han pasado por alto, pero, por si acaso, te recuerdo que todos los visitantes deben ser acompañados hasta la archivista en cuanto llegan, es decir, «de inmediato».

La mujer suspira.

—Qué tiquismiquis eres —murmura, y extiende el brazo para señalar la dirección por la que han venido—. Si sois tan amables, por favor, seguidnos. Y ya puedes guardar eso, jovencito.

Miro por el rabillo del ojo a Ash. Está desconcertado. Parece ser que incluso alguien que vive en el palacio imperial también puede quedarse fascinado.

—¿Estás seguro de que estamos en el lugar correcto? —murmuro.

Él asiente con la cabeza.

—He pasado muchísimas horas en bibliotecas, así que sé cuando estoy en una. Nisai y Esarik se volverán locos cuando se enteren de lo que se han perdido.

Supongo que la biblioteca legendaria «sí» es impresionante.

Las paredes de la cámara están llenas de puertas. Debe de haber decenas de ellas. O puede que centenares. Unas figuras con idéntica vestimenta, la mayoría de ellas mujeres, entran y salen de esas puertas a toda prisa, pero sin producir ningún sonido. Algunas cargan con montones de tabletas y pergaminos. Otras llevan racimos de velas de un amarillo muy pálido; las mechas son bastante largas y las han trenzado para poder sujetarlas mejor. Y otras hacen equilibrios con bandejas llenas de frascos chiquititos y de agujas de junco. Todos parecen haber vivido más vueltas que Maz el Viejo, por lo que intuyo que deben de recordar la época en la que mi aldea no era más que un oasis con un par de cabañas.

En algún lugar, a lo lejos, oigo el eco amortiguado de unos golpes secos. El sonido es rítmico, como si alguien estuviera dando martillazos en la pared, y los impactos hacen vibrar la piedra que estoy pisando. Casi me desnuco para poder contemplar ese techo tan alto e impresionante, e intento no pensar en el peso de los acantilados que hay encima.

Nuestra escolta más amable y pizpireta sonríe.

—Salvaguardar la palabra escrita, ya sea legal o literaria, requiere espacio. No os inquietéis, llevamos ampliando la biblioteca durante siglos. Los excavadores son nuestros miembros más jóvenes, pero son expertos en su oficio.

Su compañero resopla.

—Ojalá aprendieran a hacerlo en silencio. Es una imposición muy molesta para quien estudia concienzudamente.

Cuando por fin llegamos al otro extremo de ese vestíbulo abovedado, nos reunimos con un pequeño grupo que se ha apiñado frente a una plataforma a los pies de esa estatua enorme. Allí hay una anciana, sentada frente a un escritorio de cristal azul oscuro, que está a rebosar de pergaminos. Lleva la misma túnica que todo el mundo que deambula por ahí, y su tez también es igual de pálida. Me da la impresión de que no ha visto la luz del sol desde hace… una eternidad.

—Archivista, tenemos visita —anuncia nuestro guía gruñón.

La mujer no levanta la vista del escritorio. Sigue moviendo

el junco que sostiene en la mano; garabatea más rápido que los escribas de un subastador de Aphorai.

—Gracias, eso será todo.

Nuestros acompañantes asienten.

—Ella es todo —dice la mujer simpática.

—Él es todo —dice el hombre malhumorado.

Curioso.

Ash da un paso al frente.

—Archivista, ¿verdad? Estamos muy agradecidos porque nos hayas recibido. Sirvo como escudo al príncipe primero Nis…

La mujer levanta la cabeza del pergamino y lo mira. Tiene una nariz larguísima.

—Soy vieja, chico. No ignorante. La tinta de tu cuerpo ya te ha presentado.

Su voz es aguda y habla como a trompicones, como si fuese un loro parlante.

—Sin embargo, me temo que no somos una biblioteca «pública» desde hace casi un milenio. Tercer siglo antes del Tratado. Aunque supongo que no cerramos nuestras puertas hasta finales de la Gran Floración. Después de todas esas cumbres de debates arrogantes y consultas presuntuosas, todo el mundo quería hacer las cosas rápido, buscando atajos. Nadie parecía dispuesto a trabajar y a dedicar horas a aprender los entresijos de un oficio. Recuerdo a un muchacho que cruzó nuestras puertas poco después de que me ascendieran a mi puesto actual, antes de que instaláramos las medidas de seguridad que habéis visto al entrar, y fue directo a los catálogos. Se «atrevió» a poner sus «manazas» sin guantes sobre…

El cronista que nos ha recibido se aclara la garganta.

—¿Qué ocurre, Akred? ¿Tienes algo que añadir? Estoy haciendo un tremendo esfuerzo por deducir cómo la arquitectura de Los del siglo v podría ayudar a nuestros huéspedes a comprender la situación. Por favor, si has estado desarrollando una teoría que pudiera ser relevante en la conversación que estamos manteniendo, ilumínanos con tu saber.

Él clava la mirada en sus pantuflas.

—¡Tal y como me imaginaba! Ah, la juventud de hoy en día —refunfuña—. Se creen que por haber visto ochenta o noventa vueltas ya lo saben todo. En fin, ¿por dónde íbamos? Oh, sí. Si tu joven príncipe echa de menos algo en su colección imperial, te ha enviado al lugar equivocado. Nuestro oficio consiste en la preservación de documentos, no en su préstamo.

Y, tras ese comentario, vuelve a centrar toda su atención en el pergamino.

La decena de cronistas que se han apelotonado a nuestro alrededor se ponen a murmurar, y un par de ellos se escabullen hacia una de las puertas.

Me acerco a la tarima y me quito el collar que llevo alrededor del cuello. Si hay algo que pueda captar el interés de esa anciana, tiene que ser un mapa de su preciada y querida Biblioteca Perdida. Estoy convencida de que el relicario despertará su curiosidad. Me pongo de puntillas y dejo caer el collar sobre el escritorio.

Para de garabatear con ese junco. Lo deja a un lado, recoge el relicario y lo observa en silencio.

—¿Cómo has conocido a Sephine? ¿Está aquí?

Me embarga una sensación de alivio. Así que es verdad. Mi relicario era un regalo de la guardiana de las esencias de Aphorai. ¿Habría presionado a mi padre para que me obligara a llevarlo? ¿Y por qué nunca me dijo nada?

Me aclaro la garganta.

—Era su... Trabajaba para Sephine como... —empiezo, pero no soy capaz de articular la palabra «criada».

—¿Era? —pregunta, de repente interesada en el tema.

Supongo que no tiene ningún sentido coger una varita de incienso si no pretendes encenderlo.

—Sephine ha muerto.

La archivista da un respingo, como si acabara de atizarle una bofetada.

—¿Y cuándo falleció exactamente?

Perdí la noción del tiempo mientras estaba encerrada en esa celda, pero no es una información que crea conveniente compartir en este momento. Esa mujer parece un hueso duro de roer, y no quiero que la palabra «acusada de asesinato» pase por su cabeza.

—En la víspera de la luna de las flores.

Su expresión se torna impasible.

—Entonces no hay nada que hacer. Uno de mis cronistas os acompañará hasta la salida. Podéis partir tranquilos, pues os proporcionaremos sultis para el camino de vuelta a casa.

¿Masticar hojas de sultis? Por el sexto infierno, no pienso meterme eso en la boca. Prefiero conservar mi memoria, gracias.

—¿No le interesa averiguar cómo consiguieron envenenar a la guardiana de las esencias?

—Tengo asuntos más urgentes que atender.

Ash se pone rígido.

—¿Más urgentes que evitar que estalle una guerra civil en el imperio?

—Pongo en duda la veracidad de esa hipótesis. El Tratado ha permanecido intacto durante siglos, lo cual ya es mucho más que cualquier otro acuerdo que se haya firmado a lo largo de la historia. Aunque nos remontáramos a la época de los reyes menores, en los que se vivieron largos periodos de paz, no hay nada que haya sobrevivido tanto tiempo. El emperador actual ya ha demostrado en incontables ocasiones que las guardianas de las esencias le importan bien poco. Además, su influencia no es más que un grano de arena en el desierto; es necesario, pero intrascendente si lo miramos desde un punto de vista más general. Los dilemas diplomáticos que pueda conllevar la muerte de Sephine no tardarán en caer en el olvido, créeme; no serán más que notas al margen de un pergamino cualquiera.

—Quizá —dice Ash—. Pero hubo otra víctima. El príncipe primero Nisai.

La archivista levanta tanto sus cejas blancas que incluso se confunden con su melena plateada.

—¿El príncipe ha muerto?

—Está inconsciente, pero vivo —respondo, y hago una mueca—. O al menos lo estaba cuando nos marchamos.

Ash me lanza una mirada inquisitiva.

—Tenemos motivos para creer que aquí, en esta biblioteca, puede haber información respecto al mal que le aflige, y al remedio que podría curarlo.

—Así lo creía Sephine —añado—. Fueron sus últimas palabras. Y me envió aquí.

Debo reconocer que me cuesta entender qué he venido a hacer aquí, ni el papel que se supone que juego en el maquiavélico plan que la guardiana de las esencias había elaborado. Solo puedo pensar en las últimas voluntades de Sephine y en esos labios teñidos de sangre negra.

La archivista entrelaza las manos con delicadeza; tiene la tez tan pálida que parece transparente, pues se pueden entrever las venas azules.

—Servimos a Asmudtag…

Y ese comentario parece sacar de quicio a Ash, que, inesperadamente, se pone hecho un basilisco.

—¿Dais la espalda a los verdaderos dioses para honrar a un ídolo ancestral?

—Preferimos llamarlo «deidad primordial». Asmudtag es un ser de equilibrio. Asmudtag representa el todo. El género, o cualquier otro rasgo que nos es asignado, forma parte de nuestra fragilidad humana —replica la archivista con aires de superioridad.

Ahora hay, al menos, veinte cronistas reunidos a nuestro alrededor, escuchando atentamente todas y cada una de las palabras de la anciana. Cada vez que uno franquea una puerta y entra en el vestíbulo, se acerca a la plataforma de la archivista, dejando un rastro de canela y naranja a su paso que se mezcla con el olor a polvo y tinta. Parecen inofensivos, pero, aun así, sujeto la correa de mi bolsa con más fuerza.

Estamos rodeados.

La archivista extiende los brazos.

—Es cierto que veneramos la misma deidad. Sin embargo, las guardianas de las esencias siempre se inmiscuyen en los asuntos políticos del imperio, mientras que los cronistas decidieron, hace ya varios siglos, mantener la Biblioteca Perdida alejada de esa clase de cuestiones insignificantes y ruines. Desconozco los juegos que el templo y el palacio se traen entre manos en Aphorai, y tampoco es de nuestra incumbencia. Tal vez ha llegado el momento de que la capital permita la sedición de ese territorio del imperio. ¿Quién debe decidirlo?

Ash da un paso al frente.

—El emperador. Y el capitán de los comandos imperiales. El príncipe Iddo está tratando de encontrar al autor del crimen; los comandos buscarán hasta debajo de las piedras hasta hallar al culpable. Así que tu querida Biblioteca Perdida no seguirá «perdida» mucho más tiempo.

—¡Tonterías! —grita un cronista—. La entrada es secreta.

—Para un mercader que viaja en caravana de una aldea a otra, tal vez sí. Pero ¿y para los mejores rastreadores del imperio? —pregunta Ash, con una sonrisa.

Y en ese momento caigo en la cuenta de que estoy al lado de un asesino profesional, de un soldado entrenado para matar.

La archivista nos observa entre murmullos y el siseo de pies arrastrándose por el suelo.

—Contadme vuestra versión de la historia.

Le explico todo lo ocurrido la noche antes de la luna de las flores, desde que empecé a oler el humo del incendio hasta el momento en que me encerraron en las mazmorras. Intento no pasar por alto ningún detalle, y Ash se encarga de llenar las lagunas de mi historia. En un momento dado, la archivista se desliza la trenza por encima de un hombro y empieza a acariciarla como si fuese una extraña mascota.

Y, cuando terminamos el relato, se pone a juguetear con el junco.

—Mientras yo y mis predecesores hemos dedicado nuestra vida a preservar y proteger el conocimiento, las guardianas de las esencias han optado por desarrollar tradiciones alquímicas y han utilizado su acervo sobre los olores y aromas para desentrañar y desvelar sus propias habilidades innatas. Sephine era la más experimentada y talentosa de todo el imperio, por lo que si ella no pudo salvar a ese muchacho, nadie podrá. Valoro la lealtad y la fidelidad que mostráis por vuestro príncipe. De veras que sí. Según lo que hemos leído sobre él, atesora un gran potencial, al menos como gobernante. Pero no puedo ayudaros.

Después de pronunciar las últimas palabras, se guarda la pluma de junco entre la trenza. ¿Por qué esta mujer no deja de juguetear con su pelo?

—Se «niega» a ayudarnos, querrá decir —gruñe Ash.

—Si te consuela pensarlo así, no seré yo quien te contradiga. Y ahora, si me disculpáis, tengo…

Akred aparece como por arte de magia y se saca varios pergaminos de la amplia manga de su túnica.

—Archivista, todo esto es muy entretenido, pero todavía sigo esperando que apruebe el acta de la última reunión del comité que gestiona el problema de los hongos que están comiéndose los pergaminos preimperiales. También estamos a la espera de que firme la última resolución del consejo de arbitraje para que se devuelvan los juncos «prestados» en perfecto estado.

—Mucho trabajo que hacer. —La archivista suspira—. Mi ayudante os acompañará hasta la salida.

22

Ash

Nuestra acompañante, la cronista que nos recibió, señala con la barbilla el otro extremo de la cueva abovedada.

—Seguidme.

Atravesamos esa inmensa sala en silencio, hasta que los lejanos martillazos de los excavadores vuelven a resonar. Hay algo que no encaja. Si la archivista está tan ansiosa por mantener sus operaciones en secreto, ¿por qué iba a permitir que una anciana desarmada acompañara a dos intrusos a la salida de ese santuario?

Nos dirige hacia una de esa miríada de puertas que rodean el vestíbulo principal; Rakel es la única que no tiene que agacharse para evitar golpearse la frente contra el dintel.

De pronto, la cronista se detiene y escudriña los alrededores, asegurándose de que estamos solos, de que no hay nadie que pueda vernos u oír nuestra conversación. Y justo después cambia el semblante, y esa actitud afable se transforma en susurros a media voz.

—Ha llovido mucho desde entonces, pero los venenos eran mi segunda especialidad. Ah, sí. Ha pasado medio siglo por lo menos. Soy un vejestorio, pero conservo una memoria privilegiada. Creo que sabré orientarme entre esas colecciones. Debemos darnos prisa; Akred es capaz de aturdir a la archivista con su cháchara hasta que se ponga azul, pero incluso un parlanchín como él se queda sin palabras.

—¿Y qué sentido tiene? —espeta Rakel—. Nos olvidaremos de todo en cuanto nos obliguéis a tomar una dosis de sultis antes de salir.

—No pienso hacer eso.

—Oh —exclama Rakel, que se las ingenia para aparentar remordimiento. Pero esa actitud apenada tan solo le dura un segundo—. Pero tu jefa ha dejado bien clarito que no está dispuesta a ayudarnos.

La cronista se cruza de brazos y esconde las manos en las bocamangas de su túnica.

—Su boca así lo ha dicho, tienes toda la razón. Pero sus señales indicaban todo lo contrario, y mi labor consiste «precisamente» en eso.

—Vaya —dice Rakel, y esta vez sí parece impresionada—. Ahora entiendo a qué venía todo ese jueguecito con la trenza.

La anciana resopla.

—La archivista siempre hace lo que sea necesario para mantener a su gente unida. Algunos, como Akred, creen que deberíamos romper todo contacto con el mundo exterior. Y su miedo no es tan irracional y disparatado como pueda parecer; en el último ciclo, ha habido más de un emperador que habría mandado destruir varios documentos por considerarlos poco convenientes. Y lo habría hecho de buena gana, os lo aseguro —dice, y luego extiende las manos—. Pero ¿qué valor puede tener el conocimiento si no se comparte?

Se me enciende una luz de esperanza. Si he aprendido algo en la corte, es que los actos de los grandes líderes no siempre coinciden con sus palabras. A veces deben decir una cosa para referirse a otra, y así no perder el control y mantener el orden.

—Si vuestro príncipe es verdaderamente el futuro gobernante del que hablan los informes iniciales, tal vez no tengamos que seguir ocultándonos aquí abajo, viviendo en secreto. Él podría proteger y defender la Biblioteca Perdida, y nosotros, disfrutar del mundo actual —explica, y suelta un suspiro—. O quizá todo sea un sueño del que la archivista y yo deberíamos habernos despertado hace ya mucho tiempo.

Junto las palmas de las manos en señal de respeto.

—Te agradeceríamos cualquier ayuda, de verdad. Igual que el príncipe Nisai. No me cabe la menor duda.

—¿Podéis enseñarme una muestra del veneno? Así la búsqueda me resultaría más rápida y eficaz.

Rakel hurga en su bolsa y extrae un vial con un líquido verde oscuro.

Nunca había visto un veneno con mis propios ojos, pero

guarda cierto parecido con lo que había imaginado; un líquido espeso y viscoso en un frasquito de cristal y con un símbolo extraño tallado en el tapón.

Se me contraen todos los músculos del cuerpo.

¿Lo ha tenido desde el principio? ¿Y no me ha dicho nada? ¿Por qué lo ha mantenido en secreto hasta ahora?

Empiezan a surgirme dudas y noto el aliento del miedo en la nuca. Tomé la decisión equivocada, ¿verdad? Cada vez que me extralimito en mis funciones, «eso» es lo que ocurre. Debería haberme ceñido a mi obligación. Debería haberla arrestado y haber regresado a Aphorai cuando tuve la oportunidad.

No debería quedarme ahí como un pasmarote, sino actuar de una vez por todas y, si todavía es posible, salvar la situación.

Y justo cuando estoy a punto de sujetar a Rakel por el brazo, ella le entrega el vial a la cronista.

—Sephine lo tenía guardado en el puño cuando murió.

La anciana sostiene ese tubito de vidrio a varios palmos de distancia y lo observa con atención.

—Está sellado. Me aseguré de cerrarlo bien.

—Hay quienes dirían que es veneno, en cierta manera —dice la cronista—. Es el elixir de las guardianas de las esencias, es decir, la llave a su habilidad de canalizar la voluntad de Asmudtag. Sanan a todos aquellos cuyos males no tienen ningún remedio terrenal conocido y asumen las dolencias. Es algo que se puede percibir en sus ojos, pues cuantos más enfermos haya curado, más luz propia habrá sacrificado.

—¿Y pueden utilizar ese don para que alguien caiga enfermo? —pregunta Rakel que, de repente, se cruza de brazos y utiliza un tono escéptico.

Doblo ligeramente las rodillas y apoyo todo mi peso sobre los talones, listo para salir disparado en cualquier momento. A menos que sea mejor actriz que los bufones de palacio, todo apunta a que Rakel no sabía nada de ese vial, hasta que falleció Sephine.

—No he visto ningún caso documentado. Las únicas crónicas que se conservan sobre muertes relacionadas describen una aprendiz que no logró sobrevivir a la primera absorción. Por desgracia, la mayoría fallece. Y las que consiguen engañar a la muerte, tienden a perder la cabeza. Su mente se vuelve… confusa. No soy la primera, ni seré la última, en imaginarme qué habría sido del imperio si… —La anciana suena nostálgica, casi caprichosa, y su mirada se vuelve soñadora—. Esto no fue lo que utilizaron para envenenar a vuestro príncipe, sino lo que Sephine empleó para frenar los efectos del veneno, pero no calculó bien la dosis y tomó unas gotas más de las que era capaz de absorber —explica, y le devuelve el vial a Rakel—. Pero, sin una muestra de la toxina, es prácticamente imposible deducir qué clase de veneno ingirió, y mucho menos acertar con la fórmula exacta. Proceder sin tener toda la información sería…, ¿cómo suele decirse en jerga contemporánea? Sería como jugar a los dados con el Dios Perdido.

Esa blasfemia me ofende sobremanera, pero opto por disimular mis sentimientos.

—¿Por qué?

—El antídoto de un veneno es el acelerador de otro. Así que, en este caso, la ignorancia podría resultar mortal.

Me paso la mano por la cabeza y suelto un bufido exasperado. Después de haber arriesgado tanto, tras haber renunciado a tanto, volvemos al mismo punto desde el que empezamos. ¿Qué tenemos? Una teoría sobre el posible problema que aqueja al príncipe, pero ninguna idea convincente de cómo solucionarlo.

Trato de controlar mi tono de voz.

—Un amigo tenía la teoría de que el origen del veneno podría ser ancestral. Hubo un síntoma en particular que me asombró, unas líneas de…, cómo decirlo…, oscuridad que se extendían como una telaraña por los ojos del príncipe. Como…

—¿Sephine?

—No, no se parecían a esa red de líneas que se extiende por los ojos de las guardianas de las esencias, sino más bien como…

La cronista arruga la frente.

—¿Tenía fiebre?

—No que me diera cuenta.

—Qué raro —murmura, y se le ilumina la mirada—. Podría no ser nada, pero… —empieza, y se dirige con paso firme hacia una de las paredes de piedra tallada.

Rakel frunce el ceño, y le hago gestos para indicarle que sigamos a la cronista. La vaguedad cerebral de esa anciana me recuerda a Esarik. Me pregunto qué pensará de mi desaparición. Espero que me entienda. Y, sobre todo, espero que Nisai me entienda.

Estamos en lo más profundo de esta cueva esculpida en la roca, y, de repente, la cronista da un tumbo y se cuela por un pasillo que conduce a otro vestíbulo. Comparado con la cámara principal, es mucho más pequeño, y su diseño es más sencillo, más austero y más vulgar. Se va encogiendo hasta que desaparece entre sombras. Pasamos junto a un sinfín de estanterías talladas en la piedra; las primeras están a rebosar de cilindros de pergaminos nuevos incrustados en fénix de nácar muy familiares y en obsidiana de Ekasya.

—Me da la impresión de que no le quitáis ojo a la política actual, algo que vuestra archivista ha dejado bien claro que ignoraba o, al menos, desdeñaba.

—Recopilamos información sobre todas las eras históricas —replica la cronista con voz amable.

Nos encontramos con un pequeño escritorio sobre el que está encorvada la primera cronista joven que he visto hasta el momento. Está revisando un manuscrito raído y troceado, y juntando los pedazos rotos con unas pinzas diminutas y delicadas.

—Estás haciendo grandes progresos —le dice nuestra guía, y asiente con la cabeza a la joven.

Seguimos avanzando y nos topamos con un estante de tabletas. La cronista las cuenta en silencio, mientras mueve los labios y los dedos.

—Ah, sí —dice, satisfecha—. Aquí está. Segundo siglo antes del Tratado.

Rakel la mira con incredulidad.

—¿En esa época la gente ya escribía?

Reprimo una sonrisa. Para ser una chica que se ha criado en la calle, su ingenuidad me sorprende.

—La palabra escrita es más antigua de lo que la doctrina imperial quiere haceros creer —explica la cronista, y saca una tableta del estante.

Se desliza con suavidad hasta llegar a una especie de pasillo abierto en el suelo. Debo acordarme de compartir esa idea con Ami; eso, si vuelvo a ver la biblioteca de Ekasya algún día, claro.

—Veamos —empieza nuestra guía—. *Código legal de Emoran. La epopeya de Aryad. El descenso de Enib al Inframundo.* Sí, aquí está.

Sopla y retira el polvo de un cilindro, revelando un documento de color amarillento.

Raquel sacude la cabeza, incrédula.

Está hecho de oro macizo. Está esculpido de arriba abajo y la caligrafía es tan pulcra y elaborada que solo puede pertenecer a la época de la Antigüedad Imperial. *La danza de los muertos.*

Casi con reverencia, la cronista extrae el pergamino del cilindro y lo despliega muy lentamente.

—Recuerdo la primera vez que lo vi, como si hubiera sido ayer. Por aquel entonces, era tan solo una discípula y me pasaba las horas catalogando. Tu amigo tenía razón; el veneno se remonta a la época anterior al Imperio, es decir, a la era de los reyes menores. *Vena Negra,* lo llamaban. Estoy segura de que no tengo que explicar la etimología. Esta crónica en concreto sufre de la paranoia de aquellos tiempos, y también de la predilección de una guardiana de las esencias por lo arcaico y lo aforístico, pero lo que contiene, para que nos entendamos, es la fórmula.

Frunzo el ceño.

—Una receta —murmura Rakel.

—Obviamente. Pero ¿qué sentido tiene conocer los ingredientes del veneno cuando ya lo hemos identificado y sabemos que es el que han utilizado para amenazar a Nisai?

—Ah —exclama la cronista, y se da unos golpecitos en la sien—. En este caso, el veneno y el antídoto contienen los mismos ingredientes —dice.

Después se aclara la garganta y empieza a leer:

> Cuando el corazón de Riker tuvo que enfrentarse al mal eterno,
> el cielo fue devorado, y las vidas de los Gemelos, sembradas.
> Cuando los huesos de Azered bailaron en el aliento de la desgracia,
> los primeros hijos de Esiku nacieron para morir ahogados.
> Cuando la oscuridad floreció en mitad de la noche de Kaismap…

La joven cronista junto a la que hemos pasado antes se apresura entre las estanterías y, cuando nos alcanza, está agotada, sin aliento.

—Estáis aquí, a Asmudtag gracias. Cronista, te necesitamos. Por favor, ha surgido un problema.

La anciana asiente con la cabeza.

—Esperadme aquí.

En cuanto desaparece tras una estantería, Rakel enrolla de nuevo el pergamino, pero lo hace de una forma muy poco cuidadosa.

—Es un documento histórico muy importante —digo con la cara casi desencajada, pero ella me ignora por completo, arruga ese pergamino de valor incalculable y lo mete de cualquier manera en su bolsa.

—Y nosotros nos convertiremos en una mancha de tinta en un documento histórico muy importante si no curamos a tu príncipe.

—¡Eres una ladrona!

—Prefiero el término «prestataria exigente». Ya lo devolveremos... algún día —dice. Luego estira el cuello por el borde de la estantería y me hace señas de que la siga.

Tiene razón, necesitamos ese dichoso pergamino, pero no quiero ni imaginar la cara de consternación que pondría Nisai si se enterara de que hemos profanado la Biblioteca Perdida en su nombre.

—Se quedará horrorizado —murmuro.

—¿Quién? ¿Tu príncipe? ¿Le gustan los lugares que apestan a moho y a polvo rancio?

Bajo el tono de voz, pues no quiero que nadie me oiga. Sin embargo, no nos cruzamos con la cronista ni con ninguna discípula mientras nos escapamos por ese laberinto de estanterías.

—Si Nisai pudiera tomar decisiones pensando solo en sí mismo y pudiera llevar la vida con la que siempre ha soñado, viviría metido en una biblioteca.

—Estoy segura de que el príncipe primero puede hacer lo que le venga en gana, a mí no me engañas.

—El imperio es quien maneja su vida, y no él. Si pudieran, le tendrían noche y día revisando peticiones y asistiendo a toda clase de recepciones.

—Corrígeme si me equivoco, pero sabes cómo moverte en una biblioteca, ¿verdad?

—Más o menos.

—No se hable más. Encuentra una salida.

Me siento entre la espada y la pared. Tras unos segundos de titubeo, me dirijo hacia un pasadizo secundario. Me detengo cuando llego a un cruce desde el que se vislumbra el vestíbulo principal. Los cronistas se han dispersado y se escabullen por los pasillos como hacen las hormigas cuando un depredador alborota el nido.

—¿Qué está pasando? —pregunta Rakel.

—Tan solo Kaismap lo sabe. Pero intuyo que algo les ha asustado.

Tal vez la mejor manera de salir de la biblioteca es seguir el camino que nos ha llevado hasta ahí, así que empiezo a retroceder con la intención de llegar a la cámara principal. Nos topamos con nuestra guía mientras desandamos el camino; tiene las mejillas arrugadas sonrojadas y se ha arremangado la túnica para no tropezar con el bajo y caerse de bruces.

—Nuestros centinelas nos acaban de informar de que un grupo de soldados está entrando por el otro ramal del cañón.

Me pongo tenso, rígido. Comandos. Nos han seguido el rastro hasta aquí.

—Rápido, tenéis que marcharos.

No hace falta que me lo diga dos veces.

Echamos a correr hacia la salida; olvidamos los buenos modales y cualquier clase de formalidad y nuestras pisadas resultan estruendosas comparadas con los roces de las pantuflas de los cronistas. Nos desplazamos por un pasillo serpenteante, sin bajar el ritmo. Mi respiración cada vez es más agitada, más nerviosa, más cansada. Y las heridas del costado empiezan a protestar. Y justo cuando aparecemos en la entrada, tengo que alzar un brazo porque la luz del sol me ciega.

Rakel me alcanza enseguida y, sin detenerse más que un par de segundos, sortea las baldosas, siguiendo la ruta más segura hacia la entrada secreta desde esa parte de la garganta. Por fin llegamos al ramal principal del cañón. Se mete dos dedos en la boca y emite un silbido agudo y estridente. El sonido resuena por todos los acantilados.

Gruño entre dientes. Se debe de haber oído a varios cientos de metros a la redonda.

Y entonces se oyen los cascos de un caballo: la yegua negra hace su entrada triunfal al galope. Los tres caminamos en fila india por la base del despeñadero hasta encontrar un sendero lo bastante ancho para que el pobre animal pueda subir hasta la cumbre. Cabe decir que admiro el valor y el coraje de esa yegua. El suelo del sendero es de grava y piedrecitas, por lo que los cascos resbalan por los derrubios de la ladera. Tras un ascenso arduo y muy empinado, llegamos a la parte superior del cañón. Levanto los brazos e intento recuperar el aliento.

Rakel se sube a la silla de montar y olisquea el aire.

—¿Qué ocurre? —pregunto.

—Tormenta de arena.

Sigo su mirada. El instinto no le ha fallado, desde luego. La línea del horizonte se ha convertido en una mancha borrosa de color ocre. A pesar del sol abrasador del mediodía, siento un escalofrío por la espalda. Nunca he visto una tormenta de arena con mis propios ojos, pero he oído infinidad de historias sobre vientos arenados, arenilla tan violenta que es capaz de dejar ciego a un viajero, e incluso de despellejarlo vivo, montones de caravanas enterradas en dunas de arena que, con suerte, algún cazador de tesoros descubrirá una generación después.

Echo un vistazo a mi alrededor y es entonces cuando caigo en la cuenta de que estoy totalmente perdido y desorientado en ese desierto.

—¿Qué dirección es?

Rakel hace una mueca, pensativa.

—Sur.

Oh, qué casualidad; es para partirse de la risa. Aunque mi sentido de la orientación se haya atrofiado de repente, he visto tantos mapas a lo largo de mi vida que sé, sin el menor tipo de
duda, que esquivar la tormenta nos llevaría de nuevo a la ciudad de Aphorai. Es decir, hacia las decenas de partidas de búsqueda y captura de Iddo. Y justo cuando creíamos haber encontrado una pista que nos podía llevar hacia una solución para Nisai.

Trago saliva y me vuelvo hacia Rakel.

—Tú conoces estos lares mejor que yo. ¿Propones alguna idea?

Señala hacia un torbellino de arena que avanza inexorablemente hacia nosotros.

—Por ahí.

—¿Has perdido el juicio?

—Quizá. Pero si queremos que esos comandos no puedan seguirnos el rastro, es la mejor opción. Es una apuesta segura.

Sacudo la cabeza.

—No pienso acercarme a ese huracán.

—Haz lo que quieras —dice, y espolea a su yegua—. Que tus dioses te protejan, escudo.

Y se marcha sin tan siquiera mirar atrás antes de sumergirse en la tormenta.

23

Rakel

No sabe que me he dado cuenta.

Pero me he dado cuenta.

Cuando estábamos en la Biblioteca Perdida. Vi la expresión que puso cuando le mostré el vial de Sephine a la cronista. Vi la sombra de la sospecha en su mirada. Vi que la desconfianza avanzaba por su cuerpo y que apretaba los dientes, como si estuviera conteniendo el deseo de agarrarme y de llevarme de nuevo a la ciudad de Aphorai o, peor aún, a la capital.

Vi que estaba ansioso por echarme la culpa de lo ocurrido. Vi que estaba impaciente por señalarme con el dedo y sentenciarme. Vi que estaba predispuesto a malpensar de mis intenciones.

Me recordó tanto a Barden.

Por mí, que se quede con esa visión perfecta y mojigata del mundo y que vuelva a los brazos de sus sofisticados y arrogantes amiguitos imperiales y que trate de explicarles qué diablos hacía en mitad del desierto conmigo. Me importa un comino lo que le pase.

—Me las apañaré bien sola —murmuro.

Lil sacude la cabeza.

—Lo siento, chica. Quería decir que «nos» las apañaremos bien solas.

No es mi primera tormenta de arena. Aunque eso no significa que no esté nerviosa, sobre todo ahora que estoy a punto de meterme en la boca del huracán. El ruido cada vez es más ensordecedor y sé que, a partir de ahora, las cosas solo van a ir a peor. Además de eso, el viento sopla con fuerza; cualquiera lo confundiría con un centenar de fantasmas de mujeres que gritan presas de la frustración y la ira.

La tormenta es la personificación de mi estado de ánimo.

De pronto advierto un saliente rocoso justo delante y, detrás de él, unas dunas inmensas. No se me habría ocurrido un mejor punto de visión. Guío a Lil hacia la roca. Se me alborota el pelo de la trenza y siento que me azota como un millón de látigos. Miro al cielo y veo que el sol se está oscureciendo, que unos nubarrones de polvo y escombros están eclipsándolo.

—¡So! —ordeno tras encaramarnos a esa roca. Los cascos de Lil patinan por ese suelo arenoso, pero paran en seco. Me apeo y desato las correas de la silla con toda la rapidez que me permiten los dedos. No puedo dejar que la tormenta se nos trague en su primer mordisco—. Baja, chica —digo, tratando de fingir seguridad.

Dobla las patas y se queda tumbada sobre la roca. Despliego la manta y la extiendo sobre su lomo. En cierto modo, es como si pudiera leerme la mente, porque, sin decirle nada, se revuelve para ayudarme a colocarla con más facilidad. Tampoco es la primera tormenta de arena de Lil.

Y justo cuando me estoy preparando para arrastrarme cual serpiente junto a ella, lo veo: el escudo. Está corriendo como un jabalí por las dunas y va directo hacia la tormenta.

Por todas las pestilencias putrefactas y apestosas del imperio, ¿en qué está pensando ese hombre?

Pues no está pensando en nada. Cabeza de chorlito. Creció en la ciudad imperial, rodeado de campos verdes y perfumados, y apuesto a que las veces que se ha aventurado al desierto podrían contarse con los dedos de una mano. Así me lo demostró cuando se empeñó en comerse ese melón de akrol.

No nos ha visto. Una parte de mí querría dejar que siguiera corriendo sin ton ni son, la misma parte que intenta convencerme de que no es más que un engranaje de la máquina imperial.

Pero lo que opine de él, en realidad, no importa. Le necesito. En cuanto arrugué ese dichoso pergamino y lo guardé en mi bolsa, supe que no sería capaz de leerlo y comprenderlo. Y, aunque fuese capaz de descifrarlo y dar con el antídoto, no sabría cómo hacérselo llegar al príncipe sin ir a parar de nuevo a las mazmorras.

Y no puedo permitirme el lujo de que me encierren otra vez en el calabozo oscuro de un palacio, porque, si no consigo regresar a casa sana y salva, ¿qué le pasará a mi padre? ¿Luz cumplirá con su parte del trato para siempre? Me imagino a padre, consumido por la podredumbre que, día a día, va gangrenando una parte más de su cuerpo. ¿Nuestros vecinos estarán dispuestos a preparar su cadáver para enviarlo al cielo tal y como él siempre ha deseado? ¿O les aterrorizará acercarse a un difunto al que la podredumbre ha devorado?

La arena azota con tanta violencia que me despista y me devuelve a la realidad. Sin embargo, sé que el viento puede soplar con más fuerza, lo suficiente para notar que un millón de alfileres se me clavan en la piel.

Pero ese momento llegará.

Tengo que llamar la atención del escudo.

Por mucho que grite, la tormenta que amenaza con aplastarnos se va a tragar mi voz. Lo único que conseguiría sería llenarme la boca de arena.

Extraigo los últimos pedazos del viejo camisón que llevo en la bolsa. Los empapo con el agua que queda en la bota y después ato un retal alrededor de mi frente, por si necesito deslizarla y cubrirme los ojos, y anudo el otro a la altura de la nariz y la boca. Recupero el bálsamo de yeb que he utilizado en la Biblioteca Perdida para encender una antorcha e introduzco otro trozo de tela en el tarro que contiene esa pasta inflamable.

Esto podría salir mal. Pero que muy mal.

Agazapada y cobijada debajo del afloramiento, utilizo mi piedra de fusil para arrojar unas chispas a la tela. En cuanto prende, salgo de mi escondite, lo lanzo hacia el cielo y vuelvo a resguardarme bajo la roca.

Espero un, dos, tres segundos.

Nada.

Maldición. ¿El viento habrá apagado la llama?

¡Bum!

La explosión es tan atronadora que hace que la tormenta de arena parezca un zumbido de fondo. Lil se encabrita. Me abalanzo para atrapar las bridas. Resopla y pisotea el suelo mientras nos cae una lluvia de piedrecitas. Percibo el olor de un humo ácido, pero el viento enseguida lo disipa.

Si el escudo no se ha percatado de eso, entonces no hay nada que hacer.

Asomo la cabeza por el borde del saliente. Oh, se ha dado

cuenta. Sale escopeteado hacia la promesa de un refugio seguro y sostiene un brazo para tratar de protegerse los ojos.

Y entonces los dos gateamos por el suelo para guarecernos.

El interior de esta tienda improvisada está totalmente a oscuras. Lil apoya la cabeza sobre mi regazo. Con una mano sujeto la brida, y con la otra, le acaricio el cuello.

Noto el cuerpo de Ash pegado al mío y enseguida distingo esa esencia inconfundible, una mezcla de sándalo y cedro que usé para engrasar su armadura, en Aphorai. Pero bajo ese aroma se intuye un delicioso y seductor rastro de algo parecido al gálbamo, terroso, verde y almizclado en igual medida. Por suerte, los aceites esenciales que empapaban su banda de oración se han ido esfumando con el paso de las horas y apenas se notan. Nunca he logrado entender que alguien pueda soportar llevar la esencia de todos y cada uno de los dioses, ya que los olores no combinan entre sí y hacen que se me revuelva el estómago.

En esa negrura tan absoluta no puedo verle la cara, pero está tenso. Y eso es todo lo que quiero saber. Lo último que necesito en este momento es que su ansiedad ponga más nerviosa a Lil.

—Estaremos bien —digo, tanto a mi yegua como a Ash—. Pasará.

Y la tormenta acaba pasando. Solo que tarda medio día en hacerlo.

Cuando por fin empieza a amainar, el viento deja de azotar el cañón con fuerza. Lil se pone de pie; estaba ansiosa por salir de esa tienda tan asfixiante y estirar un poco el cuello. Su repentino movimiento hace que la manta se deslice sobre Ash y sobre mí. Zarandeamos los brazos como cucarachas y pateamos la tela en un intento de quitárnosla de encima.

Reúno la poca dignidad que me queda, sacudo la manta y luego la arrojo sobre el lomo de Lil.

—¿Qué te parece si ponemos un poco de distancia entre ellos y nosotros?

Ash asiente con ademán triste.

—Me parece bien.

Continuamos hacia el sur para así alejarnos de Aphorai y de las principales rutas de las caravanas y casas rodantes de los mercaderes. A última hora de la tarde, me parece distinguir el aroma del agua en el aire. Mi olfato no me ha engañado. Varias dunas después, diviso la mancha verde de unas higueras de roca a lo lejos.

Decidimos acampar junto al oasis. La alberca natural que ocupa el centro es más pequeña que la de mi aldea, y no veo ninguna cabaña o morada cerca. Aun así, es lo más parecido a mi hogar que he visto en casi una luna, lo cual me produce nostalgia y consuelo al mismo tiempo. Le doy a Lil un puñado de higos secos.

Bajo el sol cálido y anaranjado de la tarde, y mientras mastico y saboreo una de esas frutas tan dulces, observo a Ash. Apenas ha musitado palabra desde el mediodía.

Suspiro. Lo más sensato es cortar el problema de raíz porque, de lo contrario, terminará enconándose.

—No lo hice —digo.

—¿Disculpa?

—Cuando estábamos en la Biblioteca Perdida. Ante el más mínimo efluvio de duda sobre el vial del elixir de la guardiana de las esencias, has empezado a desconfiar de mí y ya estabas dispuesto a condenarme.

—No he dicho…

—Por favor, no te molestes en negar que lo has pensado. Lo sé, y mi instinto nunca me falla, así que no perdamos ni un minuto en discutirlo. Debes tomar una decisión. Elige: o crees en mí, o no. No tuve nada que ver con lo que sucedió esa noche. Admito que no sentía un gran aprecio por… esa mujer, pero en ningún caso quería que muriera. De hecho, no quiero que «nadie» muera. Y tampoco quiero que nadie salga herido. No soy así.

Ash apoya la espalda sobre el tronco de una palmera. La puesta de sol baña el paisaje, y tiñe su tez de color bronce.

—Cuando estábamos en el cañón, me acusaste de llevar una vida palaciega, de vivir entre algodones, de no tener ni la más remota idea de lo que es el miedo.

—¿Y?

Dobla las rodillas y se abraza las piernas; es una pose bastante infantil, lo cual le hace parecer aún más joven.

—No nací entre los muros de un palacio. A pesar de que ha llovido mucho desde entonces, hubo una época en la que no sabía cuándo iba a volver a comer, ni siquiera si iba a poder sobrevivir para averiguarlo. Nisai fue quien me salvó de esa vida.

Ajá. Así que se trata de una relación de lealtad… y de obligación. Padre siempre me decía que debía recordar la diferencia entre ambas cosas; una se gana, y la otra, se exige.

—El imperio le necesita. Su padre se está muriendo poco a poco. Si también enterramos a Nisai, ¿te imaginas la agitación, el malestar y los disturbios que se crearían? Las provincias están nerviosas y los rebeldes amenazan el equilibrio y la paz que reina en el imperio. Tú misma lo has visto; Aphorai se ha desencantado y no profesa ningún amor por la capital. Pero el tema importante que nadie debe olvidar es el siguiente: nadie gana en una guerra. Hay gente que sobrevive a ella, pero eso es todo. Y por eso tengo miedo. Tengo miedo de esto —dice, y señala nuestro campamento—, de lo que estamos haciendo. Mi miedo es que todo esto sea en vano y no sirva para nada. Que no encontremos lo que estamos buscando. Que, si lo logramos, ya sea demasiado tarde. Que Nisai, en este preciso instante, ya haya pasado a mejor vida.

Estira los labios y los retuerce, como si estuviera burlándose de sí mismo, aunque más que una sonrisa parece una mueca. Una mueca de dolor. De dolor crudo, sin tapujos. De dolor a flor de piel.

—Quizá tú no quieras hacer daño a nadie, pero a mí me «entrenaron» para matar. Antes de nuestra entrada triunfal en Aphorai, fuimos de caza. Podría haber matado a ese león. De hecho, debería haberlo matado. Si hubiera cumplido mi cometido, si hubiera actuado como un buen escudo, esa bestia no me habría arañado el costado y habría podido estar junto a Nisai la noche del incendio. Quienquiera que le envenenara no habría podido acercarse a él tan fácilmente. Ninguno de nosotros, y me refiero a Nisai, a ti y a mí, se habría metido en este tremendo lío. Reconozco que, cuando sacaste ese vial de tu bolsa, sospeché de ti —continúa, y entonces fija la mirada en mí—. Me equivoqué. Sé que la disculpa llega tarde, pero de corazón te digo que lo lamento.

Siento que se me encoge el corazón; llevaba mucho tiempo, puede que incluso demasiado, reprimiendo esa pena, ese dolor.

—Yo…, yo sé lo que es sentirse responsable de que alguien muy cercano a ti… sufra algún daño.

¿Sufra algún daño? Esa no sería la expresión que utilizaría, la verdad. Mi madre murió por traerme a este mundo. No me siento capaz de hacerlo. No aquí, no ahora.

Me aclaro la garganta.

—Te contaré todo lo que sé.

Ash arquea las cejas y me mira sin pestañear, esperando una respuesta.

—Solo se me ocurre una manera de salir de este lío.

—¿Y cuál es?

—Enfrentándonos a él, en lugar de huir de él. Directo y sin mirar atrás.

Asiente con la cabeza; está de acuerdo conmigo.

—Enfrentándonos. Directo y sin mirar atrás.

Le entrego el pergamino que he sustraído de la Biblioteca Perdida y que he guardado hecho una bola en mi bolsa.

—¿Te importaría ayudarme a leer esta fórmula? Está escrita con una caligrafía tan florida y ornamentada que no distingo la palabra «colorido» de «dolorido».

24

Ash

—No me extraña que no comprendas una sola palabra —le digo a Rakel—. Está redactado en imperial antiguo.

Intento estirar el pergamino y lo sostengo bajo ese tenue resplandor. Salta a la vista que el texto no lo escribió un único escriba. Enseguida distingo unas diferencias sutiles en la caligrafía, como si hubieran encargado cada línea a un copista distinto. Puedo descifrar la mayoría de los párrafos, pero no soy tan diestro ni experto como Nisai o Esarik.

Me aclaro la garganta para leer en voz alta:

—«Cuando el corazón de Riker tuvo que enfrentarse al mal eterno…»

Rakel se echa a reír a carcajadas.

—¿Qué pasa?

—Deja de hacer eso, por favor.

Arqueo una ceja; no entiendo de qué está hablando.

—¿Por qué de repente hablas con acento de Hagmir?

—Eso no es verdad.

—¡Sí que lo es! Estás engullendo las vocales, como si acabaras de salir de tu cueva en las montañas.

—Así es como se pronuncia el imperial antiguo —justifico.

Al menos tiene la decencia de parecer avergonzada.

—Oh.

—¿Me permite continuar, arbitradora suprema de toda pronunciación?

—Sí, te lo permito —dice, y resopla.

Sigo leyendo:

Cuando el corazón de Riker tuvo que enfrentarse al mal eterno,

el cielo fue devorado, y las vidas de los Gemelos, sembradas.
Cuando los huesos de Azered bailaron en el aliento de la desgracia,
los primeros hijos de Esiku nacieron para morir ahogados.
Cuando la oscuridad floreció en mitad de la noche de Kaismap…

Hay otra línea garabateada entre las dos estrofas. La caligrafía no es tan fina y delicada, y, en algunas partes, las palabras no parecen más que manchurrones, como si el escribano estuviese en un apuro o fuese muy poco cuidadoso. Pero el texto que ha sobrevivido es único; jamás había visto algo parecido. Eso si puede considerarse un texto como tal, claro está.

Observo los caracteres con los ojos entornados y el ceño fruncido. En lugar de letras, parecen dibujos; es curioso, porque me resultan ajenos y familiares al mismo tiempo. ¿Quizá sea mera decoración? ¿Alguna técnica de iluminación que he advertido alguna vez mirando por encima del hombro de Nisai? Sea lo que sea, es más que evidente que no forman parte del verso principal.

Escudriño y examino esos diseños durante varios segundos, pero, a medida que pasa el tiempo, parecen retorcerse, moldear-

se, deformarse. En un momento dado, me da la impresión de estar mirando zarcillos de humo.

Parpadeo una, dos veces.

El humo se convierte en tinta vieja que mancha un trozo de pergamino que amenaza con desbaratarse.

Por el aliento de Azered, debo de estar agotado.

Y es en ese momento cuando caigo en la cuenta de que llevo más de un día sin tomar una dosis. ¿Cómo he podido olvidarme? Saco la botella de mi mochila y vierto tres gotas, ni una más ni una menos, en la lengua. El sabor ya es asqueroso diluido en agua, así que a palo seco todavía es peor. Casi vomito.

Por suerte, Rakel no está prestándome atención. Está sentada con las piernas cruzadas, contemplando las higueras de roca, farfullando el último verso una y otra vez.

—Cuando la oscuridad floreció en mitad de la noche de Kaismap. Cuando la oscuridad floreció —repite, y entonces se pone de pie de un brinco.

—¿Qué ocurre?

—Las últimas palabras de Sephine fueron «la oscuridad florecerá de nuevo». En ese momento, creí que se refería a la plantación de dahkai. A que todavía podíamos salvarla.

—¿La flor de dahkai?

—La flor más oscura. Así es como la denominamos en Aphorai.

—¿Porque su floración coincide con la luna de las flores, es decir, cuando las dos lunas se oscurecen al mismo tiempo?

—¿Eh, básicamente porque la flor es negra?

Pateo la arena y sale disparada una nube de polvo.

—¿Es que todo está relacionado con tu ciudad, esa ciudad dejada de la mano de los dioses en la que vives?

—No es «mi» ciudad. Y no tiene ningún sentido que volvamos ahí. Puede que sí hayan sobrevivido uno o dos bulbos, pero la próxima luna de las flores será dentro de una generación.

—Estoy convencido de que crece en otros lugares —respondo. Sé que no es verdad, pero me niego a creerlo, porque eso significaría que la suerte de Nisai ya estaba echada incluso antes de que decidiéramos meternos en este embrollo. Y no quiero aceptar que se nos han agotado las posibilidades de salvarlo—. ¿Y si son ingredientes? ¿Cómo va a cambiar eso el hecho de que hemos fracasado incluso antes de haber empezado?

—Déjate de pamplinas y vuelve a leer en voz alta.

Hago lo que me pide y repito el fragmento de texto por enésima vez.

—Floreció —comenta Rakel—. Se está refiriendo a algo que «ya» ha ocurrido. Así que, si se trata de una lista de ingredientes, no está hablando de la flor de dahkai, pues se cosecha y se procesa de inmediato. Esas flores son tan delicadas que empiezan a marchitarse en cuanto se han abierto.

Reviso el pergamino.

—Tiempo pasado. Tienes toda la razón.

—Perfecto. ¡Pasemos a la siguiente línea!

—Quizá lo has pasado por alto, pero el texto sugiere que necesitamos todas y cada una de estas cosas —digo, con cierto retintín.

Rakel hurga en su bolsa hasta encontrar una diminuta botella azul.

—Suerte que soy una chica espabilada que tuvo la genial idea de traer esto consigo, ¿verdad? —contesta, y empieza a mover la mano delante de mis narices. Está claro que se siente orgullosa de sí misma.

La miro boquiabierto y con admiración.

—¿Eso es…?

—Sí. Esencia de dahkai.

—¿De dónde la has sacado?

Ella sacude la cabeza y dibuja una sonrisa irónica.

—Es una historia «muy» larga.

—Nos espera un viaje también «muy» largo.

—En ese caso, a lo mejor te la cuento. Pero, antes, ¿hay algo más en ese pergamino?

—Sí, hay una segunda estrofa.

A continuación, la lee:

Todo debe ser fruto de la pureza y soplado en secuencia,
pues debe servir tanto a la oscuridad como a la luz.
Tan solo las nubes terminarán lo que las nubes empezaron,
y así se cumplirá la voluntad de Asmudtag.

—En cierto modo, tiene bastante sentido —comenta—. No es la primera vez que leo la fórmula de un perfume. Primero aparecen los ingredientes, y después, el método. La pureza

siempre representa un desafío, pero, si tienes cuidado, una destilación repetida suele surtir efecto. Es un truco bastante viejo, no voy a engañarte. Y vengo a entender que las «nubes» hacen referencia a que debe evaporarse, pero no estoy del todo segura. Tengo que darle un par de vueltas. Debemos ir paso a paso, y lo primero es averiguar y completar la lista de ingredientes, así que centrémonos en la siguiente pista.

—«El cielo fue devorado, y las vidas de los Gemelos, sembradas».

Ahora, al releer el verso en voz alta, me viene un recuerdo a la mente. En él aparecen Nisai y Esarik en una barcaza; están navegando y, al mismo tiempo, debatiendo algunos momentos de la historia. Pensar en sus incesantes discusiones intelectuales me entristece. Pero no es momento para lamentarse.

—En imperial antiguo, el nombre que recibían las montañas de Hagmir se puede traducir como «las cumbres que devoran el cielo».

Rakel arquea las cejas, sorprendida ante tal revelación.

—¿En serio?

—Eso me contaron. Y créeme que la fuente es fiable.

Ella esboza una gran sonrisa de satisfacción.

—Entonces es una muy buena pista.

Me protejo los ojos; el sol ya ha empezado su descenso hacia el horizonte, por lo que la luz es cegadora. La cordillera de Hagmir. Cualquier pista que nos aleje de los comandos será más que bienvenida, al menos por ahora.

—De acuerdo. Nos dirigiremos hacia las montañas y buscaremos ese primer ingrediente. Al otro lado de la cordillera, encontraremos varias aldeas y pueblos. Allí podremos indagar un poco más para tratar de resolver algunas incógnitas. También podremos comprar suministros. Y un mapa.

—Eso ya se acerca bastante a un pla... —empieza, pero entonces se gira y me mira como si acabara de oír una barbaridad—. Un momento. ¿Te marchaste de Aphorai sin un «mapa»? ¿Y por voluntad propia?

—Me marché deprisa y corriendo. Salí en tu busca y, entre nosotros, no tenía la intención de alejarme tanto de la ciudad de Aphorai, y mucho menos pretendía abandonar la provincia.

Debo reconocer que a mí ni siquiera se me pasó por la cabeza; he visto muchísimos mapas a lo largo de mi vida, pero nunca he necesitado uno para orientarme. Casi puedo oír las risitas maliciosas del capitán del escuadrón de Iddo. Me doy la vuelta y noto un ardor por el cuello; es el calor del bochorno, y un aviso bastante claro y evidente de que necesitaré rellenar mi botella con elixir de Linod. Lo añado a la lista mental de cosas que debo encontrar en cuanto atraviese esas cimas.

Rakel se encoge de hombros.

—Eh, los mapas están sobrevalorados, sobre todo teniendo en cuenta que hay una bola de fuego que se mueve por el cielo. Si no nos distraemos y no nos desviamos del camino, llegaremos a nuestro destino. Solo tenemos que dirigirnos hacia el sur —resuelve; después empieza a recoger sus cosas y monta de nuevo sobre su caballo—. Pero tu príncipe no va a recuperar la salud si nos quedamos holgazaneando por aquí.

El comentario me devuelve a la realidad; todavía nos queda un largo y arduo camino por recorrer. Sin embargo, no puedo reprimir una sonrisa. No sé cómo se las ha ingeniado esta chica para devolverme una de las cosas más preciadas que había perdido en el incendio de Aphorai.

La esperanza.

25

Rakel

El cielo fue devorado, y las vidas de los Gemelos, sembradas

Con razón, las montañas Hagmir fueron bautizadas con un sobrenombre que significaba «las cumbres que devoran el cielo». Y hace más de tres días que dejamos el desierto atrás para empezar a subir sus laderas. Sin embargo, desde entonces, no hemos hecho otra cosa que trepar por escarpadas pendientes, atravesar valles inmensos y escalar más y más crestas.

Lo peor de todo es que, cuando por fin alcanzamos una cima, nunca es la última.

Cada vez que me apeo de Lil para darle un respiro, me arden las piernas, desde la pantorrilla hasta el muslo. Las dunas y los desfiladeros del desierto te ponen en forma, pero estas pendientes son harina de otro costal. Me encantaría parar un rato para descansar, pero creo que prefiero soportar los calambres de las piernas que el calvario que me espera si los comandos nos alcanzan. A pesar de la tormenta de arena, Ash jura y perjura que ya habrán encontrado nuestro rastro. Quizá los tengamos más cerca de lo que pensamos.

Ash, en cambio, parece estar acostumbrado a caminar por esos paisajes escarpados y abruptos; mantiene un paso constante, su respiración no se ha acelerado y su expresión sigue tan calmada e impasible como siempre. Cuando le cambio los vendajes, no puedo evitar maravillarme; las heridas están curándose a una velocidad increíble. A este ritmo, los arañazos se habrán cicatrizado en cuestión de días. ¿Tendrá algo que ver con ese brebaje que toma de vez en cuando? ¿Es una medicación al alcance de unos pocos y que solo elaboran en la capital?

Acelero el paso para alcanzarlo.

—¿Qué clase de droga tomas? ¿Una especie de protector?

—¿Disculpa? —pregunta en voz baja.

—Tu recuperación es… asombrosa. Nunca he visto nada parecido. Estás tomando algo bastante fuerte, ¿verdad?

—Una mala costumbre.

Encojo los hombros. No soy quién para juzgar a nadie.

—La gente hace lo que…

—Una mala costumbre eso de meter las narices en asuntos ajenos —puntualiza, y empieza a dar zancadas más largas a propósito, para dejarme atrás. Y, un segundo después, me lanza una miradita desdeñosa por encima del hombro—. Y menos cuando nadie te lo ha pedido.

Y justo cuando estoy a punto de replicarle, oigo la voz de padre retumbando en mi mente: «Uno consigue más cosas con el dulzor de la madreselva que con la amargura del yolketh, Rakel».

Ah, si me hubiesen dado un zig por cada vez que he oído esa frase, creo que nadaría en monedas de plata y oro. Pero, al rememorar las palabras de padre, pienso en que el tiempo sigue corriendo en mi contra, lo que a su vez me recuerda lo que realmente es importante.

Por mí, Ash puede seguir siendo ese tipo huraño y gruñón hasta que demos con la cura. La verdad es que me importa un pimiento porque sé que, tarde o temprano, averiguaré qué está tomando. La curiosidad siempre me ha ayudado en mis investigaciones olfativas y perfumistas. Además, quiero estar preparada para cualquier efecto secundario, o el síndrome de abstinencia que provoca. El viento, de momento, no está soplando a nuestro favor, así que lo último que necesito es huir de una cuadrilla de matones con un escudo enloquecido.

El ascenso a esta cresta se me está haciendo eterno. El aire es mucho más fresco y húmedo; es tan espeso y sofocante que incluso da la impresión de que puedes atraparlo en un puño. La vegetación también empieza a cambiar. El olor a resina de las coníferas se mezcla con el polen meloso de un bosque de kigtai. Las copas de los árboles son tan vigorosas que apenas se filtra un rayo de sol y el suelo está recubierto por una mullida moqueta de musgo.

El silencio cada vez es más apabullante.

Se cierne sobre nosotros, ahogando los valles, las laderas y las faldas de las montañas. A medida que vamos ganando altura, el mundo parece ir enmudeciendo. Ninguno de los dos había visto o imaginado algo parecido. Esa quietud tan atronadora incluso se traga las esencias. La humedad de la tierra y las hojas en descomposición nos obstruyen la respiración.

Al final, llegamos a una cresta de roca. En cuanto alcanzamos la cima, nos quedamos maravillados ante las vistas. Es el paisaje más impresionante y sobrecogedor que jamás he visto. Una alfombra de flores de kigtai, de un rosa oscuro, se extiende por todo el paisaje y, a varios kilómetros de distancia, las llanuras se confunden con parches rosas que asoman entre la neblina.

Desde ahí arriba, las cumbres nevadas parecen amenazar el cielo azul con morderlo y desgarrarlo con sus colmillos serrados y afilados. El templo dice que las deidades gemelas, Zir y Tro, provenían de esas cordilleras tan altas, lo que significa que esa cordillera tiene que estar, de un modo u otro, relacionada con su nacimiento. O con algo que sembraron. ¿Un árbol?
 ¿Una flor? No lo sé. Pero lo descubriré.

Una bocanada de aire sibilante me acaricia el rostro y siento un escalofrío por todo el cuerpo. Por el sexto infierno, ¿qué ha sido eso?

El zumbido es incesante, así que me vuelvo. Una mariposa gigantesca, más grande que un buitre del desierto, está batiendo sus alas sobre mi cabeza cuando, de repente, desciende en picado, como si fuese a abalanzarse sobre mí. Se me acelera tanto el corazón que por un momento pienso que me va a salir por la boca, pero al final la criatura se posa sobre unas flores. Las ramas se doblan bajo el peso de ese grandioso animal. Me fijo en los círculos idénticos de color carmesí que decoran el segmento inferior de sus alas; parecen un par de ojos rojos que te observan desde ese fondo de terciopelo negro.

Ash por fin relaja la expresión; lleva de morros desde que le pregunté por esa misteriosa medicina que toma. Se queda pasmado ante tan magnífica criatura y muestra ese muchacho inocente e ingenuo que todavía sigue siendo. Debe de ser una o dos vueltas mayor que yo, pero no más.

—En el palacio imperial hay un tapiz que representa uno de estos especímenes. Nunca pensé que existieran de verdad

—dice, y extiende los brazos—. Las alas de esa criatura deben de medir el doble que mi brazo.

La mariposa agita esas descomunales alas y se desplaza hacia una arboleda. No estoy segura de si se posa en una de las ramas o si se cierne en el aire, pero lo que está claro es que está sorbiendo el néctar de las flores gracias a una trompa larga y muy fina.

Me estremezco. Aunque sea un ejemplar hermoso, hay algo repulsivo en el modo en que se alimenta.

—Por cierto —le digo a Ash, como si tal cosa—, hay un puestecillo en el mercado de Aphorai que vende remedios exóticos traídos de los lugares más recónditos del imperio. Cuánto más raros y excepcionales son, más caros. Recuerdo haber visto unas diminutas crisálidas de mariposa de color plateado; me llamaron la atención porque las habían disecado con la criatura dentro, de manera que había quedado momificada en el interior del capullo. El vendedor me aseguró que, cuando las orugas se encierran ahí dentro, se disuelven en una especie de masa antes de convertirse en mariposas. Las únicas partes que no se disuelven durante ese proceso son de las que nacen las mariposas. Una sustancia regeneradora muy potente, decía él. Si elaboras una tintura del capullo e inhalas el vapor, conseguirás mantener un «aspecto joven». Siempre le consideré un charlatán, pero, en cuanto recibía un cargamento, los tipos más adinerados de la ciudad se lo quitaban de las manos. Ya sabes cómo son, se beberían la sangre de un bebé si les prometiesen que eso les alisaría las arrugas.

Ash resopla.

—Lo mismo haría la mitad de los nobles de la corte imperial, créeme.

—Me pregunto si estamos en el lugar correcto. «El cielo fue devorado, y las vidas de los Gemelos, sembradas». ¿Y si es un juego de palabras? ¿Las «vidas» de los Gemelos? ¿Una oruga y una mariposa? Las dos contienen las mismas partes y nacen de una misma «semilla», ¿verdad?

La expresión de Ash se vuelve pensativa.

—Es posible. ¿Crees que el vendedor del mercado tal vez decía la verdad?

—Si sus minúsculos especímenes tenían los poderes vigorizantes que su clientela juraba y perjuraba que tenían, entonces… —digo, y señalo la inmensa mariposa, que en ese instante está alzando el vuelo para dirigirse hacia las cumbres más altas y escarpadas.

—Solo hay una forma de averiguarlo —responde, y extiende el brazo, como si fuese un puente capaz de resolver nuestras diferencias.

Acepto el ofrecimiento y me apoyo en ese brazo musculoso para no perder el equilibrio y bajar por esas rocas afiladas hasta el suelo del bosque.

Cuando empieza a anochecer, decidimos montar el campamento debajo de los árboles. Ash enciende una pequeña hoguera. Las copas de los árboles disiparán el humo, y el follaje es tan espeso que ocultará las llamas. Puesto que no hemos detectado ninguna señal que indique que los comandos nos están siguiendo el rastro y que mi capa es tan fina y ligera que no podemos abrigarnos del frío que reina en las montañas, los dos hemos estado de acuerdo en que es un riesgo que merece la pena correr.

Nos sentamos uno frente al otro, separados por el fuego. Los dos estamos inmersos en nuestros pensamientos. Jugueteo con

el relicario y lo giro una y otra vez sin quitarlo de la cadena. Sigo preguntándome qué motivó a Sephine para mandarlo hacer especialmente para mí hace tantas vueltas y por qué mi padre nunca quiso revelarme de dónde lo había sacado. Si quiero averiguar esa historia, voy a tener que tirar del hilo, y eso implica regresar a Aphorai y curar al príncipe. Tener una conversación seria y sincera con padre. Puede que también remover cielo y tierra, y localizar a Luz. Alguno de mis clientes o sus socios seguro que podrán darme alguna pista acerca de su paradero. Y, aunque me pese, implicará rebajarme y recurrir a la ayuda de Zakkurus por última vez. Y todo para conocer la verdad.

Sin embargo, antes de todo eso, necesito resolver otro rompecabezas, con recursos limitados, la mitad de los comandos del imperio pisándome los talones y sin la más remota idea de si el príncipe resistirá y logrará no abandonarse a los brazos de la muerte antes de lo previsto.

Me abrigo con mi capa.

Paso a paso. Primero, una esencia; después, otra, me digo para mis adentros. Primero, una esencia; después, otra.

ϒ

Ash me despierta al alba. Ha vuelto a encender el fuego y, en cuanto abro los ojos, el sabroso aroma de la carne asada me da los buenos días. Me incorporo y miro a mi alrededor. Advierto un pequeño montón de pieles rojizas.

Esbozo una mueca.

—¿Ardillas?

—Casi —contesta Ash—. Petauros. Una especie de zarigüeyas voladoras.

—¿Es que aquí todo vuela? —pregunto, y miro las copas de los árboles con el ceño fruncido.

Ash se encoge de hombros y me ofrece una brocheta que todavía chisporrotea.

—Qué lástima, mis alas son de tinta.

—Eso ha estado peligrosamente cerca de ser un chiste.

—Qué va. Un escudo siempre está atento a los peligros más letales y mortíferos.

Se me escapa una risita.

Ash echa un poco de arena sobre las ascuas y dibuja una sonrisa maliciosa.

Intento no pensar de dónde ha salido esa carne mientras la retiro del palito con el que Ash la ha atravesado para poder asarla. Apartar los huesos es una tarea meticulosa, pues hay muchísimos, pero cabe reconocer que la carne está deliciosa.

Mientras termino el desayuno, Ash se encarga de recoger todas nuestras pertenencias y guardarlas en las alforjas de Lil. Me sorprende que le deje acercarse tanto, y mucho más que no pierda la paciencia mientras revolotea a su alrededor. Ni siquiera intenta morderle.

Partimos. Y tras una hora de constante escalada, Ash me llama por mi nombre. Está a unos diez pasos por delante de mí.

—Quédate aquí, chica —le murmuro a Lil, y me deslizo por su lomo para aterrizar en el suelo.

Alcanzo a Ash; el ambiente es tan gélido que parece que esté fumando en pipa, pues cada vez que exhalo el aire se crea una diminuta nube de vaho.

Me muestra algo que tiene justo enfrente.

¿Eso es una… crisálida?

Es «enorme».

A primera vista, habría dado por sentado que se trataba de un árbol con un tronco bastante grueso y, desde luego, me habría equivocado. En realidad, es una crisálida tan monstruosa que se confunde con un árbol. Está suspendida de la rama más robusta de ese árbol. Mide la mitad de Ash, y eso que el escudo es una torre, y roza casi el suelo. El capullo es de color teja, muy parecido al bermejo de la corteza. Ahora entiendo por qué las zarigüeyas voladoras también eran de esa tonalidad rojiza. Todo lo que habita en ese bosque está camuflado.

—Eso es… un buen espécimen —digo.

—¿Verdad que sí?

Señalo esa crisálida tan descomunal.

—¿Crees que el dueño de ese puestecillo mercantil en Aphorai era consciente de lo que vendía a sus clientes? ¿Crees que dentro de esta cosa puede haber una clase de «semilla de vida»?

—No lo sabremos nunca. A menos que abramos una.

—¿Y si la dañamos? —pregunto.

No quiero destruir a una criatura inocente por capricho. Aunque la verdad es que no se me ocurre otra manera de hacerlo.

Ash me lanza una mirada compasiva.

—¿Prefieres que me encargue de esto?

Asiento con la cabeza.

Da un par de zancadas, se planta frente al árbol y asesta un tremendo empujón al capullo que protege la futura mariposa. Algo en su interior se agita y se retuerce; de inmediato, la piel de la crisálida empieza a deformarse, a abollarse.

Ash da un respingo y recula.

—Quizás «esta» no, escojamos otra.

No puedo contenerme y me echo a reír a carcajadas.

Él me fulmina con su ya clásica mirada asesina, pero, en lugar de acobardarme, consigue el efecto contrario: sigo desternillándome de risa mientras suelto aullidos de júbilo y alegría.

—¡Vigila con esa cría de mariposa, oh, guerrero intrépido y heroico!

—¿Piensas echarme una mano, o vas a pasarte todo el día riéndote?

Ajusto la correa de mi bolsa, me doy la vuelta y me dirijo hacia Lil. Está la mar de contenta arrancando las pocas briznas de hierba que han conseguido abrirse camino entre el musgo espeso que cubre el suelo del bosque. Ash ya ha tomado la delantera, así que lo seguimos.

Atravesamos la siguiente cresta y descendemos hacia un valle esculpido por un río muy caudaloso en busca de más crisálidas. Ahí abajo, el bosque es tan denso y tan compacto que ni siquiera los rayos del sol consiguen atravesarlo, por lo que es casi imposible ver qué se esconde más allá del tercer o cuarto árbol. La oscuridad es casi absoluta. Aun así, muchos de los troncos que se ven en la distancia parecen demasiado gruesos, por lo que intuyo que, en realidad, son crisálidas. Y la intuición no me ha fallado, pues, cuando nos acercamos, compruebo que de casi cada árbol cuelga una colosal larva.

Debe de haber decenas de ellas. O puede que cientos.

Ash frena en seco.

Y yo hago lo mismo.

—Están por todas partes, ¿verdad?

Él dice que sí con la cabeza.

—¿Por dónde empezamos?

Me fijo en el árbol más cercano.

—Si pretendemos hallar los trocitos que actúan como «semillas», lo más lógico sería elegir el momento apropiado de desarrollo, es decir, la etapa entre oruga y mariposa, ¿no te parece?

—Sí, sería lo más razonable.

—Me imagino que esa criatura pasa por una etapa durmiente en la que no debería moverse.

—De acuerdo —dice Ash, y menea la cabeza de una forma un tanto demasiado entusiasta.

—Propongo que nos dediquemos a darles un empujoncito para comprobar si se mueven, como nos ocurrió con la primera que encontramos. Cuando demos con una que no se mueva, cortas el capullo y lo abres. Suena bien, ¿no crees? —pregunto, pero espero que sí porque no se me ocurre una idea mejor.

—¿Y por qué tengo que ser yo quien corte el capullo y lo abra?

—Las dos espadas que llevas sujetas a la espalda me han convencido.

—Está bien.

Respiro profundamente para tratar de tranquilizarme.

—Esto puede tardar un buen rato. Tú ocúpate de esa zona —digo, y señalo la ladera izquierda del valle—, que yo me ocuparé de esta otra.

—De acuerdo. Pero, por favor, no…

—No te alejes demasiado —termino por él—. No te preocupes. Lo último que me apetece es quedarme merodeando por aquí un minuto más de lo necesario.

De pronto, me mira de manera inquisitiva.

—Tú eras la que se estaba burlando de mí porque me había asustado una mariposa; ¿qué ha cambiado, si puede saberse?

—Eh… —empiezo, pero la verdad es que no lo sé.

Tal vez sea porque no esté acostumbrada a la negrura asfixiante de este bosque, un paisaje tan distinto a las dunas, a los desfiladeros, al cielo abierto del desierto. O quizá sea por la imagen de esa primera mariposa sorbiendo el néctar de las flores y sacudiendo las antenas. Era un ejemplar hermoso, pero, al mismo tiempo, perturbador.

—Grita si encuentras algo —resuelve Ash—. Y… ¿ves ese tramo del río en que la orilla es de arena? Si nos separamos, ese será nuestro punto de encuentro.

A continuación, sale escopeteado, dejándome totalmente sola en esta selva tenebrosa y oscura.

Supongo que lo mejor será que me ponga a trabajar lo antes posible.

Me acerco al primer capullo. Justo cuando estoy a punto de darle un empujón, me lo pienso mejor. ¿Por qué tocarlo con la mano si puedo buscar un palo? Echo un vistazo a mi alrededor y veo una rama en forma de tenedor. Le arranco las ramitas que no necesito y espoleo la crisálida, que se ondula en cuanto la criatura que alberga en su interior se retuerce.

Esta no.

Con sumo cuidado, sigo deambulando entre los árboles. De todos y cada uno de ellos cuelga la mortaja de un insecto; de estar vacía, bien cabría ahí dentro. A decir verdad, hace tanto frío que no me importaría meterme en una de ellas, hacerme un ovillo y echar una cabezadita. A lo mejor estar colgada de un árbol y cobijada en un capullo la mar de calentito y acogedor me vendría de maravilla, pues me ayudaría a olvidar todo este lío en el que me he metido.

Cuántas más crisálidas muevo, más inofensivas me parecen; quizá me haya vuelto más valiente, pues, de repente, me apetece saber más de esas criaturas tan extrañas, y por eso decido dejar el palo a un lado y probar con la mano.

El revestimiento del capullo es suave y cálido al tacto, como el cuero más blandito y elástico. Su ocupante se contonea bajo la palma de mi mano y me asalta la duda de si, después de todo, son criaturas tan espeluznantes y asquerosas. Si cierro los ojos, me da la impresión de que estoy acariciando a una mascota.

Lil no es una yegua miedica, así que se ha encaramado conmigo hasta ahí arriba. Ha encontrado un claro en el bosque con mucha hierba. Aunque parezca mentira, está un poquito iluminado. Resopla y rasca el suelo con uno de sus cascos.

—Tranquila —murmuro—. No pienso sustituirte por un par de alas.

Continúo con la siguiente crisálida.

La toco, pero no ocurre nada.

Vuelvo a probarlo. Nada.

¿Habré encontrado una que esté justo en la etapa que necesitamos? Me pica la curiosidad, así que desenvaino el puñal. Antes de atravesar el capullo, echo un vistazo a mi alrededor. Lil no me quita ojo de encima; tiene las orejas echadas hacia atrás y está mostrando los dientes. ¿Qué habrá visto o percibido que yo haya pasado por alto?

Guardo el puñal en su funda.

Lo más prudente será esperar a Ash.

Clavo el tacón en este suelo de hojas podridas y fango. Dibujo un semicírculo alrededor del árbol para así encontrarlo enseguida cuando vuelva. Después deshago el camino y voy dejando marcas cada diez pasos, más o menos.

Cuando llego al río, ahueco las manos y grito:

—¡Creo que he encontrado una!

Mi voz retumba en la quietud húmeda del bosque.

Unos segundos después, aparece corriendo de entre el espesor del bosque. Brinca de piedra en piedra con una agilidad pasmosa, sin el más mínimo indicio de pérdida del equilibrio. En menos que canta un gallo, ya ha atravesado el río.

—Pues vayamos a echar un vistazo.

Sigo las marquitas que he ido dejando en el camino hasta llegar al árbol.

Ash se cruza de brazos y examina la crisálida.

—¿Por qué estás tan segura?

—Compruébalo tú mismo.

Le da un empujón. Se balancea un poco, pero eso es todo. Luego se vuelve hacia mí con expresión de entusiasmo y desenfunda uno de los puñales que lleva alrededor de la cintura.

—Tú la has encontrado, ¿no quieres hacer los honores? —se ofrece, y me tiende la daga.

—Qué considerado. No esperaba menos de ti. —No tiene pinta de ser muy agradable.

El puñal pesa más de lo que esperaba. Lo sujeto con fuerza por la empuñadura y me acerco un poco más al capullo. Decido empezar desde arriba porque, si lo que necesitamos es líquido, quiero estar preparada para recoger hasta la última gota.

«Lo siento —digo en silencio—. No haría esto si tuviese elección.»

Y, con mucho cuidado, perforo la crisálida y hago una incisión hacia abajo.

Un icor de color verde tan oscuro que parece negro rezuma del corte. Pensaba que apestaría, pero me equivoqué. Desprende un olor metálico, eso seguro, pero contiene unas notas de algo muy peculiar y dulce, parecido al anís. Interesante.

Hago una pausa y miro a Ash, que asiente con la cabeza. Por ahora, todo va bien.

El revestimiento opone un poco de resistencia, pero sigo arrastrando el filo por el capullo, centímetro a centímetro, hasta que tengo la parte inferior del corte delante de mis narices. La herida deja de supurar. Qué alivio, porque imaginaba que saldrían chorros y más chorros sin parar.

Y justo cuando me dispongo a seguir cortando, el capullo se estremece.

Empieza a deformarse; los bultos que se crean en la superficie son más profundos y exagerados que los que hemos probado hasta el momento.

Saco el puñal y doy un paso atrás.

De pronto, oigo un ruido de desgarro estremecedor. Al principio, creo que es el corte, que ha acabado rompiendo el resto del capullo, pero enseguida caigo en la cuenta de que el sonido proviene de detrás.

Y es entonces cuando veo que hay otro capullo con un corte. Emergen dos antenas de esa hendidura, más cortas y regordetas que las de una mariposa, y recubiertas por un sinfín de pinchos afilados. Les sigue una cabeza enorme, húmeda y oscura. No advierto ningún otro rasgo distintivo, salvo una boca de la que salen dos tenazas.

La criatura me mira boquiabierta, mostrándome así varias filas de dientes. Y entonces produce un ruido que hace que me tiemblen todos los huesos, un ruido a caballo entre un chillido y un rugido gutural. Aunque a primera vista no parece tener ojos, me da la impresión de que tiene toda su atención puesta en mí. ¿Puede oírme? ¿Olerme?

—¡Se están despertando los unos a los otros! —advierte Ash—. Apártate. ¡No sabemos qué pueden hacernos!

Doy otro paso atrás y, sin querer, choco con otro árbol del que cuelga otra crisálida gigante.

Empieza a retorcerse.

Un segundo después, su ocupante emerge del que ha sido su hogar durante varias semanas. Acerca su mandíbula a mi cara y sé que no se ha desorientado; sabe muy bien qué quiere comer. Levanto el puñal de Ash y, sin pensármelo dos veces, lo clavo en la cabeza del insecto.

Un dolor estremecedor me recorre el brazo.

Retrocedo y se me escapa un grito de sorpresa; esa cosa no es tan blanda y viscosa como esperaba, sino que está protegida por una coraza dura como una piedra. Es como si llevara la armadura de un guerrero.

No sé cómo ha ocurrido, pero he soltado el puñal y se me ha caído al suelo. Caca de vaca apestosa.

Estoy indefensa y esa bestia parece saberlo, pues se cierne sobre mí como un halcón. Pego la espalda al tronco del árbol; la corteza es tan áspera y tan rugosa que se me clava en la espalda.

La criatura suelta un bufido y me salpica la cara con su icor. Cierro los ojos y aparto la cabeza.

Noto el aliento fétido en mi mejilla.

Solo rezo para que sea una muerte rápida.

26

Ash

Esa monstruosidad le enseña los dientes a Rakel. Está a pocos centímetros de su cara.

Cojo la correa de su bolsa y tiro con todas mis fuerzas. Se me acelera el pulso y dejo caer mi espada sobre la criatura con todas mis fuerzas. Noto un temblor en las manos y en las piernas.

El animal suelta un alarido ensordecedor.

Es un chillido distinto al anterior. El primero transmitía rabia. Pero lo que acabo de oír es un inconfundible grito de dolor. Acto seguido, la criatura se encoge y se hace una bola.

Apoyo un pie sobre su caparazón y arranco la espada, que se había quedado clavada. El filo sale manchado de un líquido espeso de color verde oscuro. No tengo ni idea de qué son esas cosas, pero la piel es dura. Y resistente. La criatura, herida, no se acobarda y se abalanza sobre nosotros de nuevo en un movimiento tan rápido que lo esquivo por los pelos. Su mandíbula iba directa a mi yugular.

—¡Vamos! —digo, y cojo a Rakel por la mano—. Todos los especímenes están formados. Debemos de haber llegado tarde a la temporada de cría.

Las larvas siguen despertándose a nuestro alrededor, agitándose en sus capullos; da igual en qué estado de desarrollo estén porque parece que su primer instinto sea eliminar cualquier invasión. Es decir, nuestra invasión.

Rakel se revuelve e intenta soltarse.

—Hay una que no se mueve. «Tenemos» que volver e intentarlo.

—¡Lo que tenemos que hacer es largarnos de aquí!

—replico, y tiro de ella para alejarla de otra monstruosidad sibilante.

Sin embargo, sé que esta batalla la tengo perdida, pues me mira con esa expresión testaruda e intransigente que ya empieza a resultarme familiar. Desenfunda el puñal que lleva en el cinturón. Sé que sus intenciones son buenas, pero esa cosa es para cortar florecitas. Si no fue capaz de atravesar el caparazón de esa criatura con mi daga, es imposible que lo logre con ese cortaúñas para niños.

Su ademán es desafiante.

—¡Si no conseguimos lo que hemos venido a buscar, no solo estaremos poniendo en riesgo nuestras vidas, sino también la de Nisai!

Sé que la vida de Nisai pende de un hilo, y lo tengo presente día y noche. Nunca lo olvido, de la misma forma que no olvido que Rakel me salvó la vida en la tormenta de arena. Podría haberme dejado ahí, abandonado a mi suerte.

Me siento entre la espada y la pared; si nos quedamos aquí, en este bosque tenebroso y siniestro, no estoy seguro de poder protegernos a los dos. Pero necesitamos esa cura. Y Rakel me ha demostrado en más de una ocasión que toma sus propias decisiones sin tener en cuenta la opinión de los demás y, mucho menos, la mía.

Limpio el icor del filo de la espada y cuadro los hombros.

Me coloco delante de ella y me preparo para la batalla.

La sensación es la de estar en una pesadilla; cada vez veo más larvas que han desgarrado su capullo y que asoman su horripilante cabeza por el agujero. Algunas incluso se arrastran por el suelo del bosque, hacia nosotros, bufando y escupiendo y haciendo rechinar esas asquerosas tenazas. De vez en cuando, alguna suelta uno de esos chillidos tan agudos que parece que te vayan a estallar los tímpanos. Y entonces las otras se encabritan y empiezan a golpear la frente contra el suelo, produciendo un tamborileo rítmico, como si pudieran comunicarse con ese patrón de cabezazos.

La imagen es tan espantosa que siento un escalofrío por todo el cuerpo; pero no voy a dejar que eso me amilane o desanime. Alzo la espada y la dejo caer sobre el vientre de la bestia que tengo más cerca. Atraviesa la rígida coraza de esa cosa y se hunde justo entre dos láminas.

—Si alguna se te acerca, ¡ataca, pero apunta a las junturas! —grito—. ¡Son su punto débil!

Por el rabillo del ojo, veo que la yegua de Rakel se apoya sobre sus dos patas traseras, como para coger impulso, y después se desploma sobre una de esas monstruosidades. Rakel sale de su escondite y da una palmada en la grupa negra del caballo.

—¡Vete! —grita.

El caballo se da media vuelta y se marcha trotando hacia el río.

Lil es muy lista, desde luego.

Me vuelvo y, aunque consigo evitar las garras de otra criatura, no soy lo bastante rápido como para escapar del arañazo de unos cuernos recubiertos de púas en el antebrazo. Es un rasguño superficial, pero me escuece como si me hubiera rozado con una espada recién sacada del fuego. En silencio, rezo una oración a Riker y rezo para que esas bestias no sean venenosas.

Me las ingenio para abrirme camino entre las dos larvas gigantes que me cierran el camino.

Pero da lo mismo, porque enseguida aparece otra.

Y otra.

Se están multiplicando por momentos. Tengo las palmas de las manos sudorosas y resbaladizas, por lo que no me queda más opción que agarrar el puño de la espada con más fuerza. Me balanceo para clavar el filo en el caparazón de uno de los monstruos. Y justo cuando arranco la espada de esa larva, pierdo el equilibrio. El suelo es un manto de hojas húmedas y de moho, así que patino y, por un segundo, me despisto. Otra de las criaturas sisea y me salpica con su icor. Recupero el equilibrio, respiro hondo y, con suma cautela, voy acercándome poco a poco al único capullo que permanece inmóvil.

Rakel me sigue de cerca. Echo un vistazo al suelo y me doy cuenta de que está manchado de sangre, pero no es sangre humana, pues es de una tonalidad verde oscuro. Avanzo tratando de esquivar trozos desparramados de insecto. Me cuesta respirar por el tremendo esfuerzo de la batalla; cada vez que inspiro, mis pulmones se llenan de un aire que apesta a muerte, a bilis y a algo metálico que me abruma.

Cuando por fin llego al dichoso árbol, me aproximo a ese capullo mudo y lo corto de cuajo, desde arriba. Cae al suelo y, del impacto, se rompe en mil pedazos. El contenido explota como si fuese una fruta demasiado madura y sale volando por los aires. Además de un líquido viscoso y pegajoso, también hay partes a medio formar de la que iba a ser la supuesta mariposa.

Me paso una mano por la cara para retirar las tripas de larva que se me han quedado pegadas a los ojos.

—Tendrás que hacer los honores —digo, y parpadeo varias veces—. No tengo ni idea de lo que estamos buscando.

—Oh, pero qué amable eres —responde Rakel con tono desdeñoso; luego se arrodilla y sumerge las manos en ese menjunje repugnante.

—Y tendrás que hacerlo rápido, por cierto.

Y no exagero. Echo un vistazo a la ladera y veo que todavía hay criaturas que se desperezan y asoman la cabeza de su capullo; otra oleada de larvas viscosas y chirriantes se arrastra por el bosque para atacarnos. La distancia que nos separa es considerable, por lo que todavía no estamos tan apurados, aunque no debemos confiarnos: a pesar de su aspecto voluminoso y pesado, se mueven rápido.

Rakel se gira hacia esa horda de monstruosidades negras y veo la alarma en sus ojos.

La larva que encabezaba esa comitiva no tarda en alcanzarnos; sin embargo, va directa hacia Rakel, y no hacia mí, como si hubieran adivinado que es el objetivo más vulnerable y, por lo tanto, más fácil de batir. No pienso dejar que la toque, así que me coloco a su izquierda y rajo a la criatura desde la mandíbula hasta la panza. El impacto es tan fuerte que me tiembla todo el brazo y noto un calambre en todos los músculos.

Soy un experto en combates cuerpo a cuerpo, pero el entrenamiento no me preparó para situaciones como esta.

¿Cómo puede estar alguien preparado para algo así?

—¡Date prisa! ¡No sé cuánto tiempo podré contenerlas!

Echo un fugaz vistazo y, de reojo, veo que Rakel tiene los brazos metidos en ese derrame de sangre hasta los codos. El hedor metálico del icor es tan fuerte y tan desagradable que me entran arcadas, pero me obligo a contenérmelas. Y por eso no me sorprende ver a Rakel doblada y vomitando.

Por fin, parece encontrar un trozo entre ese desastre asqueroso; lo limpia con la manga de su túnica y lo sostiene para poder inspeccionarlo. Son unos discos unidos por una especie de cartílago o quitina. Son del tamaño de la palma de mi mano y su forma es, en términos geométricos, perfecta, pues dibujan unos círculos concéntricos que me recuerdan a los de un tronco de árbol.

Entorno los ojos en la oscuridad.

—¿Qué es eso? Por favor, dime que es lo que hemos venido a buscar.

Rakel me muestra los discos y dibuja una sonrisa salvaje, casi espeluznante.

—¡Son dos semillas gemelas, o eso me parece a mí!

—Ven, no te separes de mí. Solo hay un modo de salir de aquí.

Sostiene el premio en una mano y blande su cuchillo en la otra.

—¿Directo y sin mirar atrás?

Asiento.

—Directo y sin mirar atrás.

Salimos escopeteados de allí.

Corremos a toda prisa hacia el valle y, aunque las suelas de

las botas resbalan por el suelo de la ladera, cada vez que uno de los dos pierde el equilibrio, el otro se encarga de sujetarlo para que no se caiga.

En una especie de acuerdo tácito, nos dirigimos hacia la orilla del río. Es una playa despejada en la que no anidan mariposas y el bosque que se extiende más allá del río debe de ser distinto, pues tampoco recuerdo haber visto ningún capullo. Supongo que esas bestias odian la luz, o el agua, o ambas cosas, porque ni siquiera intentan seguirnos en cuanto cruzamos el lindero del bosque.

La yegua de Rakel parecía intuir lo que íbamos a hacer porque nos está esperando sobre esa playa de guijarros, suaves y lisos por la corriente del río.

—Oh, apesto. Parezco una mofeta humana. Tengo que lavarme, urgentemente.

La expresión de triunfo de Rakel enseguida se desvanece cuando saca el ingrediente que ha logrado sustraer de esa masa viscosa y que llevaba guardado en la túnica.

—¿Hablas en serio? ¿Eso es lo que se te ocurre hacer en un momento tan delicado como este? ¿Acicalarte? —pregunto.

Escudriño los alrededores, observo con detenimiento la

ladera por la que hemos descendido huyendo de las larvas y después miro la otra falda del valle, donde nos esperan otros cientos de capullos más.

Rakel coge las riendas de su caballo.

—Están por todas partes, ¿verdad?

Asiento.

—Parece ser que el único sitio donde no anidan es aquí, en el río —digo—. Si no nos alejamos de las orillas, deberíamos poder escapar de su territorio sin problemas.

—Está bien —dice, y se rasca una costra de icor que tiene en el brazo—. Pero quiero que paremos en cuanto estemos a salvo. Esto no solo apesta, también pica.

Seguimos el cauce del río en silencio, sin cruzar una sola palabra, y mantenemos un buen ritmo, a pesar de que el sendero es abrupto y algo accidentado. No puedo evitar mirar de reojo el bosque que se extiende más allá de la orilla, pero lo cierto es que no detecto ningún movimiento extraño. Rakel dirige a su yegua, que en ningún momento se resiste, y camina con la mirada clavada al frente, salvo cuando las piedras del suelo se vuelven demasiado irregulares. Entonces sí agacha la mirada para ver dónde pone el pie.

Cuando creemos haber alcanzado una distancia más que prudente de ese circo de los horrores, empiezo a desabrocharme la armadura, que está empapada de icor. Veo que Rakel abre tanto los ojos que, por un momento, temo que vayan a salírsele de las órbitas. Al darse cuenta de que la estoy mirando, enseguida se gira y me da la espalda. Pero en esa milésima de segundo me ha dado tiempo a darme cuenta de su sonrojo.

Recuerdo su pudor en el desfiladero del desierto. No es una soldado y, por lo tanto, no me ve como a un camarada que sigue a rajatabla una rutina más que necesaria, sino como a un chico que, de golpe y porrazo, se quita la ropa.

Rakel se aclara la garganta.

—Ah, ¿qué te parece si acampamos aquí? Puedo encender un fuego, si quieres.

No hace falta ser médico para darse cuenta de que lo necesita más que yo. Tiene la nariz arrugada y no deja de rascarse la piel. En mi caso, en cuanto el icor se secó, dejó de molestarme.

—Deja que yo me encargue del fuego, y tómate un rato libre para ti —digo, y señalo una pequeña cascada que acabamos de pasar—. Estoy convencido de que es lo más parecido a unas termas.

Rakel asiente, agradecida, y se encamina hacia las rocas.

Lo único bueno que tiene este maldito bosque es que las copas de los árboles son tan espesas y densas que es muy fácil encontrar ramas casi secas esparcidas por el suelo. Enciendo una buena hoguera y camino río abajo para no molestar a Rakel.

Dejo la ropa y la mochila junto a la orilla y me sumerjo en el río. No es muy profundo y el agua está fresca, pero no es la más fría en la que me he bañado. No quiero entretenerme demasiado, así que me froto bien con las manos. Pero no es suficiente porque la sustancia es pringosa y muy grasienta, por lo que se queda ahí pegada y no hay manera de retirarla. Estoy a punto de perder la paciencia.

—Toma, necesitarás esto.

Me sobresalto al oír su voz. Rakel está de pie sobre un afloramiento pedregoso y su melena cuelga como una cascada de rizos húmedos alrededor de su cara. Se ha vestido con una túnica inmaculada e impoluta que me recuerda a la que llevaban

los cronistas en la biblioteca. ¿En qué momento les pidió una muda limpia? Aunque, ahora que empiezo a conocerla, quizá no se lo «pidió».

—Cógelo —dice, y me lanza una pastilla de jabón. Es dura y translúcida, aunque advierto una cierta tonalidad verdosa. A simple vista, parece una piedra preciosa sin pulir.

—Gracias.

—Y… dejo esto aquí, por si lo quieres —dice, y sostiene una túnica idéntica a la suya.

Después la extiende sobre una roca seca. Le lanzo una sonrisa a modo de agradecimiento; confieso que es una chica de contrastes, lo cual me divierte. En un abrir y cerrar de ojos, puede pasar de ser una muchacha mordaz y sarcástica a una señorita amable y considerada.

Ella asiente y se dirige hacia la hoguera.

El jabón resulta un poco áspero al tacto porque contiene granitos de arena pero huele a menta, un aroma refrescante y delicioso a partes iguales. Me froto la cabeza y me doy cuenta de que el pelo me ha crecido un poco. Dadas las circunstancias, no voy a poner el grito en el cielo porque no pueda mostrar algunos de los tatuajes más importantes y significativos para mí.

Pruebo de limpiar las vísceras de insecto que se han quedado pegadas en mi armadura. Detesto mojar la armadura porque está hecha de cuero, pero no tengo más remedio que hacerlo. Por suerte, la mayoría de las tripas se desprenden al pasarles el jabón.

Retirar todas esas manchas va a ser una tarea bastante laboriosa, así que decido sentarme y tomármelo con filosofía. Rememoro todo lo ocurrido; esas monstruosidades han estado a punto de comernos vivos. Quizás Iddo tenga razón. Quizá no sea más que una mascota domesticada a quien la vida palaciega ha acabado convirtiendo en un soldado blando y consentido. A pesar de todos los días que pasé en el campo de entrenamiento y de las vueltas que dediqué a recorrer las escarpadas montañas de Ekasya, hasta el punto de temer que los pulmones fuesen a explotar, no me siento capacitado para sobrevivir en un lugar extraño para mí, donde no sé qué se esconde tras la siguiente curva del camino, o qué clase de bestia puede estar agazapada detrás de cualquier piedra.

Esa cadena de pensamientos me acelera el corazón. Noto una especie de cosquilleo en la piel, no en todo el cuerpo, pero sí en varias partes al mismo tiempo; en cierto modo, es como si cientos de hormigas estuvieran correteando por mi piel, pellizcándome y mordiéndome, colándose en esas pequeñas heridas para meterse en mis músculos…

Un momento.

Cuento los latidos de mi corazón.

Un, dos. Tres, cuatro. Cinco, seis.

El picor remite un poco y por fin puedo pensar con claridad. Necesito conseguir una dosis, y pronto.

No sé qué nos deparará el destino, o qué presencias nos encontraremos por el camino, pero hay una cosa que sí sé seguro: no puedo perder el control, y menos ahora.

Regreso al campamento improvisado que hemos establecido junto al fuego. Rakel no ha perdido el tiempo y, con varias ramitas, ha montado un tendedero para secar la ropa. Asiento y cuelgo la armadura, que está empapada.

—Mira qué he encontrado —dice. Se ha acomodado en la grupa de su caballo y, desde ahí, me lanza un albaricoque—. Son silvestres. Deben de ser típicos de por aquí.

Lo separo en dos mitades y mastico la fruta, disfrutando de cada instante. Después parto el hueso; lo apoyo sobre una roca y le doy un golpe con la empuñadura de uno de mis cuchillos para así conseguir la nuez que esconde en su interior.

—Dame el tuyo —digo, y le hago un gesto para que me pase el hueso de su albaricoque. Lo rompo y le ofrezco el premio que alberga.

—Nunca me los he comido recién cogidos del árbol —dice, y sostiene esa semilla tan peculiar para examinarla de cerca—. Tan solo los había visto deshidratados y con una pizca de sal. Si engulles una cantidad importante, pueden ser venenosos.

—Eso había oído —murmuro, y afloran los desagradables recuerdos de la noche del incendio, de Esarik tratando de eliminar la toxina que había dejado a Nisai inconsciente.

Todavía es demasiado pronto para hablar de venenos. Hoy Rakel ha demostrado que no se amilana a las primeras de cambio, que sabe controlar los nervios en una situación en la que cualquiera los perdería. Ahora veo que estaba tan preocupado y ensimismado en encontrar los ingredientes de esa pócima que había cometido el error de subestimarla.

Y eso despierta mi curiosidad.

—¿Cómo has acabado metida en todo esto, por cierto?

Me lanza una mirada afilada.

—Tú también estabas ahí. Lo viste con tus propios ojos.

—Me refiero a cómo acabaste en palacio. No llevabas mucho tiempo viviendo allí, ¿verdad?

—No, pero es una larga historia.

—¿Igual de larga que la historia de cómo llegaste a conseguir un vial de esencia de dahkai? —pregunto, y señalo la ropa que hemos tendido, que sigue calada—. Tengo tiempo de sobra.

—¿La versión corta? Intenté ser alguien que no soy. Y hubo gente con… ideas distintas.

—Continúa, por favor.

Ella suspira.

—Quería aprender el arte de la perfumería y anhelaba obtener una plaza como aprendiz. Podría haberme conformado con algo más realista y alcanzable para alguien de mi… herencia. Pero no, me empeñé en llegar a lo más alto porque sabía que esa plaza era el trampolín para convertirme en una perfumista profesional.

Sonrío, pero no es una sonrisa burlona ni sarcástica.

—No pareces la típica chica que lo arriesgaría todo por cambiar de posición social.

—¡Ja! —exclama, y la risa suena auténtica—. El orgullo sí que ha desempeñado un papel importante en todo este asunto. Pero no ha sido solo eso. Quería hacer algo por mí misma. Ansiaba ser una mujer independiente, encontrar un lugar en este mundo en el que pudiera tomar mis propias decisiones —explica; su sonrisa se desvanece y lanza una rama a las llamas—. Mi padre estaba..., está enfermo. Quería poder comprarle la mejor de las medicinas y tener una estabilidad económica que me permitiera dormir por las noches. Estoy harta de trabajar de sol a sol para, al final, reunir un puñado de monedas.

—Lo siento.

—No es culpa tuya.

—Pero, aun así, lo siento mucho. ¿Qué dolencia tiene?

—Da lo mismo. Se está muriendo —sentencia. Golpea las brasas y saltan chispas por los aires.

Y entonces encajo las piezas.

—¿La aflicción?

—Utilizar el término correcto no cambia nada. Pero sí. Sufre la podredumbre. Y sí, soy consciente de que no hay nada que pueda hacer para salvarlo. Pero podría haberle regalado tiempo de vida. De poder permitirnos todos los mejunjes y ungüentos que reducen el progreso de las úlceras, ganaría vueltas de vida. Muchas vueltas, a decir verdad. Así que merecía la pena correr el riesgo.

—¿El riesgo?

—Hice una apuesta con la persona equivocada. Y perdí. Y así fue como acabé en el palacio, sirviendo a Sephine.

—¿Te convertiste en la aprendiz de la guardiana de las esencias porque perdiste una apuesta? Lo siento, pero hay algo aquí que no cuadra.

—No trabajaba como su aprendiz —replico, un tanto molesta—. No era más que su bufona, una criada incapaz de oler el perfume de las notas. Estaba tan obcecada en resolver un problema que, sin comerlo ni beberlo, acabé metida en problemas mucho más serios.

—Oh.

Inspira hondo y añade otra rama al fuego.

—Siempre he pensado que la vida ha sido muy injusta con mi padre. Fue un héroe, por si no lo sabías. Un héroe militar. Sirvió al eraz en el frente durante una eternidad y creía que le recompensarían por los servicios prestados de una forma honorable, es decir, con una buena pensión. Pero en cuanto cayó enfermo, la pensión que recibía no llegaba ni para cubrir los gastos básicos, como vendas, bálsamos, incienso que cubriera la peste de las úlceras. ¿Cómo íbamos a comer? Así que no tuve más remedio que empezar a ganarme la vida para conseguir algo de dinero. Aprendí cuatro conceptos y normas de las mujeres de mi aldea. Cuando fui lo bastante mayor, me aventuraba en la ciudad para observar a los comerciantes en los mercados nocturnos. Tengo un olfato privilegiado, así que no me costó averiguar qué funcionaba y qué no. Qué se vendía y qué no.

En su voz detecto una pizca de orgullo.

—Y en cuanto ahorré suficiente para comprar ingredientes, empecé a experimentar. Y la verdad es que tengo que reconocer que funcionó, al menos durante un tiempo. Pudimos levantar cabeza, pero sabía que no duraría para siempre y vivía con el miedo en el cuerpo. El día menos pensado, los reguladores del eraz se enterarían y vendrían a por mí. Y temía el momento en que el recaudador de impuestos imperial y sus matones llamaran a mi puerta. Y tampoco podía fiarme de mis clientes porque a lo mejor un día decidían que sabía demasiado sobre sus operaciones privadas, y entonces… —Termina la frase imitando el movimiento de cortar algo con la mano—. Pero después del tiempo que pasé con Sephine, ya no sé qué pensar —murmura. Recoge un palito del suelo y empieza a empujar guijarros del río—. ¿El despido de mi padre fue deshonroso? ¿Lo expulsaron del ejército del eraz cuando descubrieron que se había contagiado de la podredumbre? ¿Fue él quien tomó las riendas del asunto y lo explicó abiertamente, o intentó ocultarlo durante un tiempo? ¿Es posible que alguien sea tan valiente en el campo de batalla, pero tenga tanto miedo a las consecuencias de su enfermedad que incluso llegue hasta el extremo de poner en riesgo a sus soldados? Los campamentos militares son espacios muy reducidos. Sé que jamás habría sido su intención, pero ¿y si contagió a alguien más?

—Pero has dicho que tenía ingresos. ¿Ese dinero os alcanzaba para pagar los medicamentos?

—Era una pensión. Creía que era una compensación por los servicios prestados al ejército, pero ahora dudo de que sea una pensión de cuidador.

—¿Cuidador de qué?

—De mí.

Arqueo una ceja.

Y ella encoge los hombros.

—Sephine me aseguró que mi padre mentía, que era «ella» quien pagaba para que no me faltase nada, que sufragaba los gastos a cambio de que mi padre me cuidara y protegiera hasta que fuese lo bastante mayor como para no necesitar un guardián. ¿Por qué inventarse algo así? ¿Qué significaba yo para esa mujer? ¿Y por qué ese interés tan desmesurado en una chica como yo?

Revuelve el fuego y unas chispas brincan de las brasas.

—Me cuesta creer que mi padre hiciese algo así.

—¿Aceptar el dinero?

—No, esa parte la entiendo. Lo que no entiendo es por qué ocultó su enfermedad, si es que es cierto. De haber admitido que padecía los síntomas inequívocos de la podredumbre, las cosas habrían sido muy distintas; estoy convencida de que lo habrían despedido con honores y con una pensión vitalicia en el bolsillo. Y aunque hubiera metido la pata y la hubiera pifiado, ¿por qué no decírmelo? Eso es lo que realmente me duele. Las mentiras. La decepción.

El dolor que percibo en su expresión me conmueve. Hacía vueltas que no sentía tanta lástima y compasión por una persona. Quiero abrazarla, consolarla. Pero nos separa una hoguera, y probablemente algo más.

—Me temo que nunca podré conocer toda la verdad. Quién sabe todos los secretos que Sephine se llevó a la tumba o, más bien, a su pira… —dice. Sacude la cabeza y se pone de pie—. Voy a rellenar los odres de agua.

Esta es la oportunidad de contárselo, de reconocer que estoy enfermo. Es el momento idóneo para hacerlo, y lo sé.

—Lo más seguro es que pensara que te estaba protegiendo —farfullo.

—¿Perdón?

—Tu padre. Me jugaría el cuello a que intentaba protegerte de la verdad. La gente mete la pata. Tal vez creyó que, con el tiempo, podría resolver ciertos asuntos y enmendar errores del pasado antes de que tú los descubrieras.

Su expresión se torna más severa, más insensible.

—Cuando la confianza se rompe en mil pedazos, es muy difícil recuperarla. Es la herida más difícil de curar. Y siempre queda una cicatriz. Siempre.

Coge todos los odres de agua que tenemos y atraviesa el pedregal hasta llegar a la orilla del río.

Debería seguirla y explicarle qué se siente cuando decides ocultar un secreto a las personas que más quieres y más te importan; lo haces porque, a veces, la verdad puede ser muy dolorosa, y tu único anhelo es protegerlos.

Pero he visto esa mirada mientras hablaba. Esa mirada de dolor. De desprecio. Y de una frialdad que, con el paso del tiempo, se convertirá en indiferencia.

La confianza que estamos construyendo todavía es quebradiza, frágil y delicada. No quiero poner en riesgo la misión que hemos emprendido al confesarle algo que quizás haga que me vea del mismo modo que a su padre.

27

Rakel

Los primeros hijos de Esiku nacieron para morir ahogados

¿Adónde vamos ahora?

Ambos estamos de acuerdo en partir de la cordillera de Alet tan rápido como la leche se corta bajo el sol. El viaje por la ladera nos alejará todavía más de Aphorai y de la Biblioteca Perdida, donde vimos por última vez a los comandos imperiales. Una parte de mí se alegra por haber hallado los primeros dos ingredientes de la cura del príncipe, pero otra parte de mí se siente frustrada, incluso un poco enfadada. ¿Quién sabe si esa es la cura apropiada? ¿O si el diagnóstico es acertado? Hay demasiadas incógnitas y lo único que me apetece es chillar y patalear.

¿Adónde vamos ahora?

Por suerte, bajar esa montaña es mucho más rápido que escalarla. Dicho eso, el suelo es irregular y las raíces de los árboles asoman por todas partes, por lo que no puedo montar a Lil. Las rodillas y las espinillas no tardan en empezar a protestar y cada paso se vuelve una tortura para mis piernas. Debo reconocer que el dolor no me impide seguir avanzando; de hecho, hasta estoy disfrutando del momento. Sin contar las mazmorras, creo que nunca me había entusiasmado tanto por dejar un lugar atrás.

Montamos el campamento y, aunque estoy agotada, me invaden un sinfín de pesadillas; sueño con mandíbulas negras que escupen ese icor apestoso. Me despierto sobresaltada, con el corazón a mil por hora y con la piel húmeda y pegajosa, a pesar del frescor nocturno. Entonces advierto la silueta de Ash bajo la pálida luz de la luna; está paseándose entre los árboles, totalmente en silencio.

Prefiero hacer el primer turno de guardia porque sé que, si cojo el segundo, no va a despertarme.

Insiste en que le han entrenado para dormir menos horas.

Y mentiría si dijera que no estoy al borde de la extenuación.

La inquietud está haciendo mella en mí. ¿Qué otras bestias merodean por este extraño lugar? ¿Los comandos habrán tirado la toalla, o seguirán a nuestro acecho? ¿Cómo estará mi padre? ¿Luz decía la verdad cuando me aseguró que la orden se encargaría de proporcionarle todo lo necesario? Porque de no ser así...

Pero la pregunta que más me preocupa es: ¿adónde vamos ahora?

Estoy tiritando, así que me tapo con la manta de Lil hasta la barbilla. El fuego ya ha consumido todas las ramas que hemos recogido, pero el suave resplandor me permite ver a Ash, que no descansa ni un minuto y sigue vigilando el perímetro del campamento.

Me quedo adormilada, pero no es un sueño profundo y reparador.

Ash no dice ni palabra mientras descendemos hacia el valle. Está como apagado, pensativo. Ya he notado que por las mañanas suele estar más callado; lo primero que hace al despertarse es sentarse con las piernas cruzadas para recibir un nuevo amanecer mientras unos zarcillos de incienso de oración se enroscan a su alrededor. Pero hoy es distinto. Al principio, creo que es porque está alerta al ataque de más larvas; no nos engañemos, no le fui de gran ayuda en esa lucha. Pero cuando dejamos el bosque atrás y nos adentramos en terrenos de cultivos, unas planicies tranquilas y pacíficas con terrazas de plantaciones de kormak, empiezo a sospechar de que se trata de algo más.

Cuando estábamos en la cumbre de las montañas, hablé por los codos y quizá me expuse más de lo que me hubiera gustado. ¿Habrá cambiado su opinión sobre mí ahora que sabe que soy la hija de un héroe militar provinciano y deshonrado?

Intento buscar alguna distracción que me ayude a desterrar tales ideas melancólicas y perturbadoras de mi cabeza, así que me concentro en las pistas que nos quedan por resolver y repito los versos del manuscrito una y otra vez en la cabeza para tratar de encontrarles el sentido.

Cuando el corazón de Riker tuvo que enfrentarse al mal eterno...
El cielo fue devorado, y las vidas de los Gemelos, sembradas...
Cuando los huesos de Azered bailaron en el aliento de la desgracia...

Malditos antiguos. ¿Por qué tenían que ser tan crípticos?

O mejor dicho, malditas guardianas de las esencias, las de la Antigüedad y las actuales. Porque, según hablaba Sephine, este fragmento no habría supuesto ningún misterio para ella.

El sol brilla con toda su fuerza cuando Ash se detiene en mitad del camino y señala un punto en el horizonte. Sopla una suave brisa, pero lo único que consigo olisquear es una tierra cubierta de humus y el sol bañando el kormak; al igual que ocurre con la bebida, es como si la pimienta y el azahar hubieran concebido un hijo. Me protejo los ojos del sol con una mano. Sí, las veo. Edificaciones.

—Descansemos un poco —propone Ash, que deja la mochila sobre el tronco de un árbol caído y se quita la capa. Se despereza y realiza una serie de estiramientos y, oh, por todas las esencias del imperio, no consigo apartar la mirada de esos músculos que se retuercen bajo los tatuajes que le cubren la piel de los brazos. El cuero de su chaleco cruje—. Por las piedras de Tro, no veo el momento de poder embadurnar la armadura con un buen aceite.

Arrugo la nariz. Fue un acierto haber traído el jabón de manos, pero no puedes hacer mucho con el agua helada de las montañas. No se imagina lo que daría por poder asearme y recuperar mi aroma natural.

Contemplo el valle con los ojos entornados.

—¿Crees que esa aldea es lo suficientemente grande como para tener unas termas o un baño público?

—Yo, en tu lugar, no sería tan optimista. Es verdad que no hemos avistado a ningún comando desde la tormenta de arena, pero no podemos confiarnos ni relajarnos.

—Necesitamos provisiones —respondo con voz inexpresiva, y apoyo las manos en las caderas.

—Si los dioses están de nuestro lado, tú podrás darte un baño y, si me lo permites, yo buscaré un sitio donde comer algo decente. Pero ante cualquier señal de peligro, prefiero que nos quedemos así de sucios y hambrientos que caer en la trampa de los comandos.

No sé si sus amigos imaginarios celestiales existen de verdad o no, pero tiene razón.

Empezamos el descenso por esa colina; el aire es cada vez más seco, igual que el terreno. A medida que nos acercamos al pueblo, las parcelas se van haciendo más y más pequeñas. Un pastor y su rebaño de cabras blancas y negras nos cierran el paso, así que no tenemos más remedio que parar. Unos chivos recién nacidos trotan para no perder de vista a sus madres; su esencia cálida e inocente es como un bálsamo reparador, sobre todo después de atravesar un bosque húmedo y tenebroso que albergaba horrores. Estamos muy cerca de las murallas del pueblo. Pasamos junto a un vergel de granadas. Ash arranca dos de esos frutos carmesí de un árbol.

Arqueo las cejas.

—Pero ¿qué ven mis ojos? ¿Por fin te has decidido a hacer las cosas a mi manera?

—Qué va. Es una de las normas que impuso el emperador. Toda persona está autorizada a coger la fruta que crece en los márgenes de caminos, senderos y carreteras. Puedes recolectar toda la que te quepa en las manos.

—Pues que no te pillen haciendo eso en Aphorai.

—Aphorai no es el pináculo de la civilización, ¿verdad?

Pongo los ojos en blanco.

—Qué respuesta tan civilizada —dice, y me ofrece una granada—. ¿Tienes hambre?

Pero no me da tiempo a reaccionar, pues, en ese mismo instante, Lil ladea la cabeza y le arrebata la fruta de la mano. Se oyen crujidos mientras la mastica.

—¡Anda! —exclamo, y le acaricio la crin.

La yegua contesta con un resoplido de orgullo y satisfacción.

Ash echa atrás la cabeza y suelta una carcajada. Es lo más desinhibido que le he visto hacer hasta el momento; se me escapa una sonrisa, no puedo evitarlo.

—Norma del emperador —balbucea entre carcajadas.

Me acerco a un granado y arranco uno de sus frutos. Quizá, después de todo, el imperio sí tenga un par de cosas buenas. ¿Quién lo iba a decir?

El pueblo amurallado es mucho más pequeño que la ciudad de Aphorai. Guío a Lili hasta los portones de la entrada principal y me parece oír la voz de padre hablando sobre las defensas de la ciudad. Son bastante rudimentarias, pues consisten en cuatro torres de madera y unas zanjas llenas de estacas afiladas. El aire que se respira ahí dentro es muy aromático; los plebeyos de Hagmir queman en sus chimeneas troncos de madera que tan solo los ricos y pudientes de Aphorai pueden permitirse. No es que los envidie, pues lo último que querría en mi casa, hecha de vigas y tablones de madera, sería una fogata.

De todas las puertas de las casas cuelgan unos hilos con abalorios de cristal que reflejan la luz vespertina y crean verdaderos espectáculos de luz y color sobre las fachadas de los edificios.

Señalo la puerta de la casa más cercana con la barbilla.

—¿Por qué toda esa bisutería en las puertas?

Ash se encoje de hombros.

—Amuletos. Los embajadores de Hagmir siempre le regalan uno a Nisai cada vez que vienen de visita a la corte.

—¿Amuletos? ¿Para protegerse de qué?

—De los ejércitos del Dios Perdido. Los Hijos de Doskai —explica; un punto de luz baila en su rostro y, de repente, veo que se ruboriza, como si se avergonzara de lo que acaba de decir. Un creyente que acaba de blasfemar.

—¿Guerreros de sombra? Qué cándido.

Ash enarca las cejas.

—¿Eso crees?

—No puedes estar hablando en serio.

Sigue caminando, sin detenerse.

—Oh, «estás» hablando en serio. Pero si ya nadie cree en esas leyendas que se han transmitido de generación en generación, con ese lenguaje rimbombante, anécdotas increíbles y «érase una vez»... —digo, e intento poner voz de narrador de cuentos para pronunciar esa frase, que es con la que empiezan todas las historias antiguas.

¿Guerreros con la fuerza de diez hombres? ¿Invulnerables al filo de una espada?

«Todo el mundo sangra», o eso es lo que padre suele decir. Solo necesitas saber dónde clavarle la espada.

Ash se coloca la mochila sobre el hombro.

—Hay quien todavía cree en ellas. ¿Alguna vez has oído hablar de la Hermandad del Sol Ardiente? Sus miembros son radicales, fanáticos dispuestos a caminar sobre una alfombra de brasas si creyeran que así pueden resucitar al Dios Perdido.

Silbo entre dientes. Aunque no seas una persona religiosa y creyente, reconocer la existencia de Doskai ya es, de por sí, una insensatez. Pero ¿venerarlo y adorarlo? Eso está prohibido. Es un tabú. Y, a pesar de que todo el mundo puede tener sus supersticiones, me cuesta comprender que todavía haya gente que desee invocarlo, o que tenga fe en alguno de sus hermanos o hermanas.

—También hay quienes —continúa Ash— utilizan formas más aceptadas para no olvidar el pasado. Las tradiciones los ayudan a sentirse menos perdidos en el presente. ¿Por qué crees que tengo todo el cuerpo tatuado?

—¿Porque quieres parecer un tipo fortachón y salvaje? —digo; levanto las manos y doblo los dedos con tal de que parezcan garras, y suelto un gruñido que suena entre el maullido de un gato y el rugido de un león.

Pero él me ignora por completo.

—En parte, sí. Pero mis tatuajes también son una especie de recordatorio. Un símbolo de lo que tuvo que conquistarse para que naciese el imperio.

Me detengo en seco en mitad de la carretera.

—¿De veras crees en todo ese…? —empiezo, y muevo los dedos para imitar el movimiento del humo—. ¿En las guerras de sombra?

Ash clava la mirada en la puerta más cercana; la brisa balancea los hilos de abalorios, que producen destellos hipnóticos.

—Creo en los dioses verdaderos. La «magia» se esconde en nuestras sombras, detrás de nosotros.

Y justo cuando estoy a punto de decirle que se meta sus proverbios por donde le quepan, advierto una silueta en el interior de una casa. Se trata de un hombre que debe de rondar la edad de mi padre; está apoyado en el marco de la puerta, con los brazos cruzados. Nos mira con evidente recelo y desconfianza, lo que me recuerda que aquí somos un par de forasteros. Desconocidos que preferirían seguir viviendo en el anonimato, que preferirían que nadie recordara sus rostros. Mantengo a Lil bien cerca, porque así puedo ocultarme tras ella y sigo caminando.

No tardamos en encontrar el mercado del pueblo, una plaza modesta llena de vendedores de fruta y verdura que exhiben su deliciosa mercancía sobre unas tablas de madera sin pulir que han apoyado sobre caballetes. A su alrededor se apiñan los artesanos. Hay un herrero, un boticario que más bien parece un comerciante de incienso, un ceramista con un horno pequeño y un armero, justo lo que necesitamos.

Ash se ajusta la capa y después se recoloca la banda de lino que le regalé y que lleva atada alrededor de la cabeza para cubrir los tatuajes. Y entonces entra en la tienda.

El armero, un tipo fornido y un poco rechoncho, nos recibe con una amplia sonrisa. Va ataviado con sus propias creaciones; hoy ha elegido un conjunto de cuero decorado con tachuelas de cobre que le cubre de la cabeza hasta los pies. Se limpia las manos en el delantal y saluda a su nuevo cliente. En cuestión de segundos, Ash y él ya se han enzarzado en un debate sobre las distintas calidades del cuero, y de los cuidados que requieren.

—Es el mejor aceite de ámbar que encontrarás en toda Ekasya —presume el tendero, y le ofrece un trozo de cuero de becerro empapado en ese aceite—. Es puro y procede de Midlosh.

Nunca he trabajado con ámbar, porque no he encontrado la ocasión para hacerlo. Barden siempre engrasaba su armadura y, a decir verdad, prefiero utilizar aceite de cedro para mi bolsa, los odres y los arreos de Lil.

Cojo la tira de cuero del mostrador y la olisqueo.

—¿De Midlosh?

—Del mar de Midlosh. Lejos de Los. Es la mayor fuente de ámbar de Aramtesh. Y su calidad es extraordinaria.

Ash asiente y el armero se mete en la trastienda para prepararnos una dosis.

—¿El ámbar viene del mar? —le murmuro a Ash.

—Del «fondo» del mar —contesta el armero.

Tiene un oído muy fino, desde luego.

Regresa al mostrador y me mira de arriba abajo, como si fuese una analfabeta.

—No de cualquier mar, tan solo de aquellos donde antaño crecían bosques.

¿Bosques? ¿Bajo el mar?

«Los primeros hijos de Esiku nacieron para morir ahogados.»

Miro a Ash por el rabillo del ojo. Él también lo hace. Ha pensado lo mismo que yo.

El armero mete los pulgares en las sisas del chaleco.

—Pero los habitantes de Los conservan y protegen sus recursos y sus métodos con la misma rigurosidad y suspicacia que los de Aphorai conservan y protegen el dahkai. Vosotros, los norteños, sois un pueblo desconfiado que adora los secretos.

Y me mira directamente a mí. Me pongo tensa. Debería de haber imaginado que mi acento me delataría. No tendría que haber abierto la boca.

Ash no se altera, o al menos no lo parece.

—¿Cuánto cuesta?

—Para un tipo decente como tú, cien justos.

—¿De plata? —pregunto, y suelto un bufido—. ¿Es que has inhalado humo del sueño ahí detrás?

El armero no aparta la mirada de Ash.

—Gracias a la bocazas que tienes como amiga, el precio ha subido. Ciento veinte.

Ash aprieta la mandíbula y veo que los tendones del cuello se le tensan. Me aparta hacia una esquina de la tienda.

—Estoy tieso.

Lo miro de pies a cabeza.

—Ni que lo digas.

—Me refiero a que no puedo pagarlo. Tu desfachatez me va a costar todo lo que tengo.

Frunzo el ceño.

—¿No estarás hablando en serio? ¿Piensas regalarle todos esos zigs a un estafador que se dedica a desplumar a sus clientes?

—¿Qué precio le pones a nuestra libertad?

Frunzo el ceño todavía más y, a regañadientes, le doy la bolsita que Luz me entregó.

Ash paga al armero lo acordado y se despide con elegancia y educación. Le sigo hasta la puerta y hago un gesto con la mano para decirle adiós, el gesto más ordinario y grosero que conozco.

—Pero ¿qué mosca te ha picado? —pregunta Ash cuando salimos de la tienda.

—Tú. Has permitido que nos timen como a dos almas cándidas.

—Necesitábamos ese ingrediente.

—¿Y no necesitamos comer?

—Con las monedas que tan a buen recaudo guardas en tu bolsita, podremos abastecernos para los próximos días.

Le estrangularía hasta que se quedara sin esa voz impasible.

Y entonces ladea la cabeza con ese aire tan infantil, con el que siempre logra desarmarme.

—No es solo por el dinero, ¿verdad?

La pregunta apacigua mi ira incontrolable.

—Cuando las cosas salen bien a la primera y todo parece encajar a la perfección..., mala espina, o al menos para mí, porque la experiencia me ha demostrado que, cuando todo va sobre ruedas, es que está pasando algo más, algo que te acecha desde las sombras.

—¿Qué quieres decir?

—¿De veras el siguiente ingrediente es el ámbar? ¿Algo tan cotidiano, tan común? ¿Y si nos hemos equivocado?

—¿Y si no nos hemos equivocado? Fuiste tú quien dijo que no podemos mortificarnos con todo esto. Sé que has tenido que pasar penurias y luchar contra viento y marea para poder sobrevivir, y que los últimos años de tu vida han sido muy duros. Pero eso no implica que las cosas fáciles sean menos válidas, o menos acertadas. El mundo no siempre conspira a tus espaldas, ni te tiene preparada una trampa mortal en cada esquina.

—¿En serio crees lo que dices?

Me mira por el rabillo del ojo y advierto una sonrisita que se empeña en disimular.

—Para empezar, no eres tan importante.

Le asesto un buen puñetazo en el bíceps.

Él hace un poco de teatro y reacciona como si le hubiera dado un golpe mortal; finge doblegarse de dolor, suelta un aullido exagerado y pone cara de sufrimiento.

Sacudo la cabeza, pero no puedo contener la risa.

Cuando recupera la compostura, su mirada se torna muy seria.

—No subestimes tus habilidades.

Ignoro el comentario.

Seguimos paseando entre los puestecillos; Ash se detiene un momento para echar un vistazo a unos mapas de segunda mano que están hechos un desastre y entabla una conversación con el vendedor sobre cultivos locales y política. Le dejo charlando como un loro y me escapo a reponer mis pertrechos, aunque sé que debo guardar unos cuantos zigs para comprar comida. De repente, pierdo de vista a Ash. Un segundo después, lo veo saliendo de la botica.

Se acerca y se pega a mí como una lapa.

—No estoy del todo seguro, y no quiero ponerte nerviosa, pero me da la impresión de que estamos despertando demasiado interés.

Hurgo en mi bolsa para disimular y echo un fugaz vistazo a la plaza. No va desencaminado. Hemos captado la atención de algunos vendedores y varios de ellos están cuchicheando con sus compañeros.

Suspiro.

—¿Eso significa que me he quedado sin baño?

—¿Merece la pena correr el riesgo? ¿Y si tenemos un comando pisándonos los talones?

Me muero de ganas por gritarle que desde luego merece la pena correr el apestoso riesgo. No me quito de encima el hedor de baba de oruga asesina; me persigue día y noche, y estoy hasta la coronilla. Sin embargo, aunque «quiero» deshacerme de mis pesadillas, «necesito» conservar la nariz pegada en mi cara. Y mi cabeza pegada al cuello.

—Vamos —gruño.

Esa noche, acampamos en una cuenca muy poco profunda y bastante alejada de la carretera principal. Está escondida tras un bosquecillo de mirtos que desprenden un olor muy fuerte y astringente, pero es el aroma más limpio que he olido desde hace días.

Ash extiende sobre el suelo el mapa que ha adquirido en el mercado.

—Dahkai de Aphorai. Ámbar de Los. Mariposas de Hagmir. Cada ingrediente proviene de una provincia distinta. Si el patrón se cumple, solo nos quedan Trel y Edurshai —dice, y señala un punto del mapa con el dedo—. Ese pueblo era Koltos. Estamos muy cerca de la frontera que separa Hagmir y Trel.

—Entonces, ¿Trel o Edurshai?

—A menos que hayas descifrado esos versos y hayas descubierto el resto de los ingredientes, siento decirte que vamos a necesitar ayuda. No podemos recurrir a Nisai, pero tenemos otras opciones. En el mercado corría el rumor de que *lord* Mur ha convocado a su hijo; ha llegado el momento de regresar a casa y cumplir con sus obligaciones como heredero. Y eso significa que se va a celebrar una boda.

Le miro boquiabierta.

—No sé si lo que más me apetece ahora es una fiesta, Ash.

—No iremos a la boda, pero sí haremos una pequeña visita al futuro novio. Es un buen amigo —dice. Escudriña el valle y enrolla el mapa—. Solo espero que el martirio que hemos pasado haya servido para algo y siga siendo un amigo.

Las terrazas de kormak se transforman en colinas ondulantes cubiertas de toda clase de cultivos. En ellas crecen las vides con las que se produce el famoso vino de Trel. Hileras y más hileras de esa fragante lavanda de color azul con destellos plateados. Huertos de naranjas, bañados por un sol que acentúa el dulzor de la fruta. Cada tierra de cultivo y labranza está bordeada por una línea de pinos muy finos que parecen rozar las nubes.

Durante esos días de travesía, me doy cuenta de que, sin querer, hemos establecido una pauta que seguimos a rajatabla. Hay horas en las que yo voy montada a lomos de mi yegua y él corre a mi lado, dando grandes zancadas y manteniendo el ritmo del trote de Lil. Cuando el cansancio le vence, se encarama a la silla, se pega a mí y cabalgamos juntos. Al final termino acostumbrándome y ya no siento que tengo un desconocido detrás de mí. Y, en algunas ocasiones, bajamos de la silla de Lil y caminamos. En esos momentos, como ahora, parecemos dos amigos de la infancia que han salido a dar un paseo por el campo y a respirar un poco de aire fresco.

Sin embargo, entonces huelo u oigo o veo algo que me recuerda a padre, que me recuerda que su tiempo en este mundo tiene los días contados, igual que el príncipe. No debo olvidar que cualquier cosa agradable que surja de esta dichosa expedición no es más que un espejismo.

Sin embargo, cada vez que alcanzamos la cumbre de una colina y nos adentramos en el siguiente valle, mi asombro no deja de crecer. Si estuviese en otras circunstancias, no me importaría explorar esos valles con calma. Y, a juzgar por cómo Lil levanta la cabeza y abre las aletas de la nariz para saborear ese torbellino de esencias nuevas y desconocidas, sé que ella me acompañaría.

Subimos a una cima desde la que admiramos unas vistas increíblemente hermosas. Ash extiende los brazos, como si quisiera abrazar el paisaje que tenemos ante nosotros.

—Los jardines de Aramtesh. Son espléndidos, ¿no crees?

—No están mal, nada mal. ¿Por qué no vive más gente aquí? —pregunto; apenas nos hemos cruzado con nadie desde que partimos de Koltos.

Deja caer los brazos.

—El precio de la tierra. En Trel hay un dicho muy famoso: «Tierra rica, bolsillo lleno». La mayoría de la cosecha se exporta a otras provincias, por lo que tampoco pueden permitirse el lujo de alimentar a una gran población.

Resoplo.

—Se envía directamente a la capital, querrás decir.

Él asiente, y no me lleva la contraria.

Casi me arrepiento de haberme comportado como una aguafiestas. Casi.

El sol ya ha empezado su descenso hacia el oeste y, por fin, después de varios kilómetros siguiendo la muralla de piedra, llegamos a una puerta.

—¿Te importa que, por una vez, sea yo quien tome las riendas?

—Todo tuyo.

El portón es muy viejo y está recubierto por una buena costra de verdín. Ash se pone a charlar con el guardia que custodia la puerta y que va ataviado con una armadura de cuero, con el toro de Trel y un racimo de uvas grabados en relieve. Un par de minutos después, el guardia empuja la puerta, que se abre sin emitir crujido alguno.

Dos guardias más nos escoltan a través de una carretera bastante ancha. Le doy un codazo a Ash.

—Por lo que a ellos respecta —dice con esa voz ronca que pretende ser un susurro—, somos amigos del heredero de Mur que han querido aprovechar los últimos días de las vacaciones de Kilda para venir de visita, antes de empezar de nuevo la universidad.

—No tengo mucha pinta de estudiante.

Ash arquea una ceja.

—¿Y qué pinta tiene un estudiante, si puede saberse?

Me estrujo el cerebro tratando de buscar una respuesta, pero la verdad es que no se me ocurre ninguna. Llegamos a un puente que atraviesa un riachuelo tranquilo y silencioso. El arroyo rodea un inmenso edificio de piedra, algo achaparrado, con torreones en cada una de las esquinas y con un tejado de arcilla roja. Arrugo la nariz. Me vienen a la cabeza muchas formas de defensa, y todas ellas mejores que un regato de agua estancada. Al otro lado del puente, se extiende un patio de guijarros blancos donde hay varias urnas con relieves y esculturas repartidas por aquí y por allá; todas retratan a una mujer muy elegante con una capa muy vaporosa y una capucha: es la diosa Azered.

Hay un joven sentado en un banco, con las piernas cruzadas y leyendo. El respaldo del banco está apoyado en la fachada de la casona. La luz dorada del ocaso le ilumina el pelo. Hay algo en él que me resulta familiar.

—Mi señor —dice uno de los guardias, y realiza una reverencia—, ¿son amigos suyos?

El muchacho deja el libro a un lado, se pone de pie de un brinco y se cubre los ojos porque el sol le está cegando.

—¿Ash? Por todas las estrellas, ¿eres tú?

Ash se acerca y se funden en un abrazo.

Y, de repente, el treliano se fija en mí.

—¡Rakel! —exclama. Se aclara la garganta y se inclina en una reverencia más pomposa que la del guardia—. Por favor, perdóname. A veces me tomo demasiadas confianzas. Soy Esarik Mur. Formaba parte de la delegación imperial que viajó hasta Aphorai.

—Lo siento. No te he reconocido. Ha pasado... bastante tiempo —contesto, pero en mis palabras se percibe el tufo de la mentira.

Apenas ha pasado una luna desde que vi a Esarik por primera vez en Aphorai, pero reconozco que lo veo distinto: su tez se ha vuelto amarillenta, casi cetrina, las ojeras púrpuras le llegan hasta la mandíbula. Verlo tan desmejorado, casi cadavérico, me encoge el corazón. Espero que su prodigiosa mente no esté tan agotada como él, pues Ash está convencido de que puede tener la clave para descifrar el resto de la fórmula.

Ash observa al erudito de pies a cabeza.

—Has perdido peso. No habrás... ¿Te ha llegado alguna noticia de Nisai?

Esarik adopta un gesto más serio, solemne.

—Está vivo. Iddo mandó que lo enviaran de nuevo a la capital —dice, y mueve la cabeza—. No quería separarme de su lado y les pedí que me dejaran acompañarle, para así ayudar en lo posible a los médicos que iban a atenderlo. Pero padre me ordenó regresar a casa de inmediato. Todos tenemos prioridades, y la suya es seguir manteniéndose alejado de la controversia. Le importa más el qué dirán que la recuperación de Nisai. No se me ocurre peor momento para anunciar mi compromiso.

—Y bien, ¿quién es la afortunada? —pregunta Ash con un tono de voz algo pícaro.

—La hija de un noble. Proviene de una familia aristócrata, igual que la casa Mur. Aunque su linaje no es tan antiguo como el nuestro, es el doble de rica que yo. Una revelación asombrosa, ¿verdad? —pregunta, pero las últimas palabras están cargadas de amargura. Supongo que los futuros marido y mujer no se profesan un gran afecto, al menos por ahora.

—Lo siento, Es. De veras.

—Yo también —murmura, y aparta la vista para contemplar las colinas cubiertas de vides centenarias—. Y yo también —repite, y cuadra los hombros—. ¿Qué necesitas, Ash? ¿Dinero? ¿Provisiones? Si los cálculos no me fallan, padre no tardará en volver de la corte... Y si te encuentra aquí cuando regrese, en fin..., él...

Ash alza una mano.

—Por el amor de Azered, partiremos mañana, antes de que despunte el alba. Eso, si nos ponemos manos a la obra ahora mismo.

—¿Ponernos manos a la obra?

Ash saca el manuscrito que contiene la fórmula.

—¿Qué opinas de esto?

Esarik sostiene el pergamino con sumo cuidado, casi con reverencia. Lo examina con la mirada llena de curiosidad.

—Esto es..., esto es...

Me encojo de hombros.

—¿Antiguo?

—Preimperial —dice Esarik—. Para empezar, no contiene diacríticos vocales. Por no mencionar que los trazos del escriba son demasiado anchos, casi toscos. Y esta vitela de tulda, similar al bambú, es un material resistente y muy duradero —explica, y sus pupilas empiezan a deslizarse de izquierda a derecha.

¿Cómo es posible que alguien pueda leer tan rápido?—. Pondría la mano en el fuego a que es una fórmula. Pero... fíjate aquí..., qué curioso. Está escrita por distintas manos. Cada provincia elabora y utiliza su propio veneno. Quizá se unieron diversas manos para... Oh, qué ironía tan terrible.

—¿Qué ocurre, Es? —pregunta, Ash, impaciente.

—¿Recuerdas aquella noche espantosa en la que te hablé de ese veneno ancestral del que Ami y yo siempre hablábamos? En teoría, lo utilizaban los reyes menores en sus complots y conspiraciones. De las pocas pruebas que han logrado sobrevivir desde entonces, podemos intuir que declaraban la guerra por cualquier cosa, por fronteras, por negocios, por religión. Y, a pesar de todo eso, ahora os presentáis con un pergamino que sugiere que había una cosa por la que sí estaban dispuestos a cooperar: en la elaboración de un veneno —dice; levanta la mirada del pergamino y nos observa con los ojos entornados—. ¿Dónde lo habéis encontrado?

—No nos vas a creer —empiezo.

Él se pasa una mano por su melena dorada.

—Cuando te dedicas a estudiar el pasado, te das cuenta de que todo es posible y empiezas a creer en muchas cosas. De lo contrario, perderías la chaveta.

—En la Biblioteca Perdida.

—¿Existe? ¿Habláis en serio? —pregunta nuestro anfitrión, con la sorpresa en sus ojos esmeralda—. Por favor, entrad.

Ash le cuenta a Esarik los últimos acontecimientos con todo lujo de detalles; ambos hablan entre murmullos mientras nos adentramos en la mansión de los Mur. Yo me quedo rezagada cada dos por tres, extasiada por todas las riquezas y maravillas expuestas en las paredes de la casa. Cortinas infusionadas con flor de purrath, para que la esencia enriquezca el aire solo cuando le toque el sol. Un nicho de contemplación con varios joyeros llenos de perfume sólido; alguien un tanto descuidado no ha cerrado la tapa del bote de malva, como si fuese sal, o cualquier otra sustancia igual de vulgar.

La sala en la que estudia el erudito no es una excepción. Unas alfombras de color vino cubren las baldosas de mármol, de un verde tan oscuro y tan brillante como las hojas de una vid. Del techo cuelgan unos candelabros enormes y han empapado la cera con el aceite de cítricos más dulce que jamás he olido. Y, allá donde mire, en las estanterías que recubren las paredes, sobre los diversos escritorios y mesas de trabajo, e incluso entre el batiburrillo de cosas que se amontonan en una esquina, hay pergaminos y libros.

Me muero de ganas por tumbarme en ese banco de bronce atestado de cojines de seda. Pero tengo la túnica sucia del viaje, por lo que no me queda más remedio que reprimirme y conformarme con sentarme en uno de los fríos escalones de mármol. Ash apoya la espalda en una de las paredes de piedra que han decorado con varias hileras de espadas gemelas, más ornamentadas que las suyas.

Esarik, por su lado, se acomoda en el borde de otro banco. El portavelas que tiene justo al lado es la prueba irrefutable de las noches en vela que ha pasado ahí, estudiando. Jamás había visto tanta cera seca junta.

—A ver, ¿habéis descubierto alguna pista que pueda indicarnos cuánto tiempo le queda al príncipe?

—Hasta Adirun, o eso creemos —contesta Ash—. Rakel es la que goza de una memoria infalible.

—«Cuando el león lleve la corona perdida, no vivirá para ver el siguiente amanecer» —recito—. Eso fue lo que dijo la guardiana de las esencias. Algo sobre el Dios Perdido y el viejo calendario. Y sobre la coronación de Tozran.

Esarik frunce el ceño. Después, sin vacilar un solo segundo, se dirige hacia una estantería llena de pergaminos. Acaricia con la yema de los dedos los bordes de todos ellos y, cuando ya está encorvado y a punto de llegar al suelo, extrae uno. Ni siquiera se molesta en volver a la mesa y lo desenrolla sobre el suelo. Me fijo en la miríada de líneas que entrecruzan el papel, uniendo varias estrellas y distintas fases lunares.

Un mapa de la rueda de las estrellas.

—Si no me equivoco con la interpretación, y asumiendo que las palabras de la guardiana de las esencias fuesen ciertas, entiendo que Nisai aguantará hasta el próximo mes de Adirun.

Vaya. Parece que Luz conoce, y muy bien, la rueda de las estrellas.

—Para ser más exactos, en la noche del sexto día.

Ash y yo intercambiamos una mirada cómplice. El seis de Adirun.

Qué preciso.

Qué casualidad.

Esarik vuelve a enrollar el mapa. En el silencio sepulcral que reina en esa sala, el crujido del pergamino resulta demasiado ruidoso, incluso molesto. Después lo guarda en la estantería que le corresponde y se inclina sobre una mesa cubierta de mapas y cartas.

—Volviendo a la esencia del problema, el tiempo no juega a favor nuestro. Me atrevería a decir que vuestras conjeturas iniciales no andaban mal encaminadas. La flor más oscura se refiere, sin ningún atisbo de duda, al dahkai —dice, y me dedica una sonrisa—. Y las semillas de vida solían utilizarse muy a menudo a principios de la creación del imperio, desde la Era Monumental hasta la Gran Floración; de hecho, se conservan manuscritos que sugieren que contaban con muchos más defensores que hoy en día, pues se consideraba que tenían múltiples beneficios para la salud.

Ash señala el pergamino que contiene la fórmula del veneno.

—¿Y el resto de los ingredientes?

El erudito recorre las fronteras de las distintas provincias del imperio con el dedo.

—«Los primeros hijos de Esiku nacieron para morir ahogados» —murmura, y empieza a caminar de un lado a otro de la sala—. En la provincia de Los había un lago. Bueno, para ser más precisos, Los fue sepultada por el mar de Midlosh, y tiempo después resurgió, como el ave fénix. Toda esta historia está registrada en *El cataclismo,* de Akair II, un recopilación de fábulas de cuando los dioses más jóvenes se pelearon con los reyes menores. Los Gemelos querían separarse de su hermana mayor, Esiku, pero ella se negaba a dejarlos marchar. Así pues, Zir y Tro se confabularon para que los ríos y el océano arrasaran y se tragaran el bosque más preciado y valioso para su hermana, un bosque de cedros enormes que se extendería desde los acantilados de Lostras hasta el norte de Trel. Siglos después, cuando las aguas retrocedieron, solo quedaban los restos de la resina de los árboles, sólida como una piedra. O sólida como el ámbar, para ser más exactos. Tu fórmula parece referirse al ámbar del bosque de Esiku.

—¿Y cómo sabemos que ese bosque realmente se inundó?

—¿El cataclismo? No lo podemos saber. Pero estamos seguros de que la tierra se mueve y se desplaza con el tiempo;

tú mismo lo has visto en tu provincia, y en el desierto de Los, donde se han hallado espinas de peces incrustadas en la roca. No hay lugar a debate: hace mucho tiempo, ahí hubo un mar interior.

Ash me mira y enarca una ceja.

—Supongo que ahora sí reconocerás que ese zig de plata fue una buena inversión.

—Tan solo los chalados pagan esa cantidad ingente de dinero por unas gotas de aceite de ámbar —replico.

—¿Aceite de ámbar? —pregunta Esarik—. No estoy seguro de que sirva para este propósito.

Ash se acerca a la mesa sobre la que está desplegado el pergamino.

—Acabas de decir que era ámbar de Los.

—Sí, eso es. Pero la segunda parte del pasaje es fundamental. ¿Ves?

Esarik señala el pergamino y Ash lee en voz alta:

Todo debe ser fruto de la pureza y soplado en secuencia,
pues debe servir tanto a la oscuridad como a la luz,
tan solo las nubes terminarán lo que las nubes empezaron…

Esarik sostiene una mano en alto.

—Un error de traducción comprensible. Es una de las peculiaridades del imperial antiguo. La segunda línea dice: *masaat asytaa amidak snalu masaat kiregtaa traalapaame.* Todavía conservamos el término «marsat» para «nube», pero las demás palabras no tienen un equivalente moderno. Si fuésemos literales, *masaat asytaa* y *masaat kiregtaa* se podrían traducir como «nube húmeda» y «nube seca», más o menos. Pero ¿para alguien que vivió el primer ciclo del imperio?

—¿Vapor? —propongo—. Y…

Esarik se apoya en el borde de la mesa y agacha la cabeza.

—Humo. Humo de la plantación de dahkai mientras ardía. El último ingrediente de la fórmula. De haberlo sabido, habría…

—¿Qué podrías haber hecho, Es? —pregunta Ash, con tono amable—. Piénsalo bien. ¿Qué podrías haber hecho contra la inhalación de un humo ancestral? ¿Esperar? ¿Rezar?

El erudito parece afectado, afligido. Conozco esa sensación de impotencia y frustración; se apodera de ti cuando te das cuenta de algo, pero ya es demasiado tarde. Cuando crees que ya no puedes confiar en tu instinto, en tu sexto sentido, en tu intuición. Pero preocuparnos por eso ahora no va a servir para que Nisai mejore.

—«Tan solo el vapor terminará lo que el humo empezó» —corrijo—. Así que... ¡un destilado de vapor curaría el veneno del humo!

Pero la alegría no dura más que un segundo; ese arrebato de entusiasmo enseguida se desvanece. Esarik tenía razón con el ámbar.

—Pero ¿destilar el ámbar original de su aceite? Sería como intentar deshacer una tortilla para tratar de recuperar el huevo original. Tal vez con las herramientas adecuadas, no con los artilugios de un aficionado, sino con un equipo profesional, como con el que trabajan los expertos perfumistas... Y aunque pudiésemos tener acceso a esa clase de sistemas avanzados..., en fin, quién sabe cuántas veces tendría que procesarlo y cuántas veces tendría que intentarlo hasta dar con la forma correcta. Y mientras nos entretuviésemos con los ensayos y aprendiésemos de los errores, su esencia se iría volviendo más débil, menos aromática, menos intensa. Tal vez no conseguiríamos nada.

—¿Y cuánto crees que tardarías en averiguarlo? —pregunta Ash.

—¿Días? ¿Semanas? No tengo ni idea. Y, para colmo, el ámbar no es... mi especialidad. —Era el aroma favorito de Barden. Aunque no quiero pensar en eso ahora—. Sería una apuesta mucho más segura si encontrásemos ámbar en su forma más pura. Y también sería más seguro para Nisai.

Y para nosotros, para qué engañarnos. El instrumental del que habla no es nada corriente y solo podríamos encontrarlo en ciertos lugares, y en ninguno de ellos podríamos pasar desapercibidos.

Esarik frunce el ceño, pensativo.

—Los habitantes de Los recogen hasta el fragmento más diminuto de la forma sólida del ámbar. Podéis encontrar alguno de esos pedazos en Ekasya, a cambio de una pequeña fortuna, por supuesto. No regateéis y sed exigentes; al fin y al cabo, es una antigüedad, así que el mercado está lleno de falsificaciones. Oh, y vais a necesitar documentación. Los reguladores imperiales insisten en que el sistema sirve para proteger a los compradores de cualquier timo o fraude, aunque muchos tenemos la impresión de que más bien es para asegurarse de que se pagan los impuestos pertinentes.

Ash se da la vuelta, se aleja de la mesa y sacude los brazos con impotencia.

—Lo que nos faltaba, llamar a la puerta de la guardia de la ciudad.

—O podéis cabalgar hasta Lostras —propone Esarik, con la misma amargura afilada de antes.

Ya decía yo. Los es la ciudad más importante y más poblada de la costa norte. El lindero del imperio. Tardaremos semanas en llegar hasta allí.

Aprieto los puños, rabiosa y desesperada.

Sephine utilizó hasta la última gota de su poder para mantener a Nisai con vida hasta la Coronación de Tozran. Ya ha pasado una luna. Y los tres sabemos que no podemos permitirnos el viaje hasta Lostras, pues nos llevaría demasiado tiempo.

28

Ash

Cuando los huesos de Azered
bailaron en el aliento de la desgracia

La expresión de Rakel refleja mis pensamientos, como si fuese un espejo. Desazón, preocupación. Por muy rápido que cabalgáramos, nunca conseguiríamos llegar a Lostras a tiempo. Y tampoco sabemos si podremos encontrar algún pedazo de ese legendario ámbar de Esikun sin que nos arresten de inmediato. Me vuelvo hacia la ventana y contemplo esos viñedos bañados por el manto plateado de la luna.

De repente, se oye un estruendo a mis espaldas. Ha caído algo muy pesado y sólido.

Me doy la vuelta y veo a Esarik inclinado sobre una de las espadas que, hasta hace apenas unos segundos, estaba colgada en la pared, junto con el resto de la colección de armas. Después, levanta un banquillo de bronce macizo y apoya una de las patas sobre la empuñadura de la espada.

Rakel observa toda la escena con una mezcla de confusión y curiosidad.

La piedra que adorna el mango, de un color marrón dorado y translúcida, se hace añicos con el contrapeso. Esarik hurga entre las esquirlas, elige una y la sostiene cerca de la luz.

—Se rompe como el cristal. Inclusiones anacrónicas —dice, y olisquea el fragmento—. Y carece de ese aroma conífero. Es una falsificación —murmura con cierto desdén, y descuelga otra espada, en esta ocasión una de las que conforman el escudo de armas del apellido Mur.

Me acerco a él.

—¿Qué estás haciendo?

—Estaba tratando de ahorraros un viaje arduo, largo y pesado. Pero, por desgracia, la historia está llena de pícaros y granujas que se dedican a distorsionarla y a añadir florituras que, en realidad, nunca ocurrieron. Así que, sintiéndolo mucho, no puedo proporcionaros un trozo de ámbar. Sin embargo, sí puedo daros un premio de consolación —dice y, con un gruñido, vuelve a levantar la banqueta mientras sujeta la espada con su bota para que quede justo debajo de la pata.

—¿Esarik?

Crac.

Se agacha y examina ese pedazo abollado de metal.

—Una vez más…

Es una faceta que nunca le había visto. ¿Un corazón roto está alterando el comportamiento ejemplar del erudito? ¿Se está dejando llevar por los sentimientos en lugar de por la razón? El afecto que existía entre el sabio y Ami siempre me resultó agridulce, pues en el fondo sabía que alguien como *lord* Mur jamás dejaría que su hijo se casara con una simple conservadora de la

biblioteca imperial. ¿O puede que el envenenamiento de Nisai le haya afectado tanto como a mí?

Alza de nuevo la banqueta.

Crac.

—¡Esarik! —ladro—. ¿Qué estás haciendo?

Se retira el mechón de pelo que le cubre los ojos.

—El linaje de la familia Mur se remonta a tiempos inmemoriales. Algunos de mis ancestros sobrevivieron a las guerras de sombra e intercambiaron obsequios con camaradas de las nuevas provincias que se formaron con el Tratado de la Creación, símbolos que representaban la unidad después de varios siglos de conflicto. Varias espadas de la colección de la familia Mur se regalaron, como muestra de buena fe y de paz. Incluidas nuestras propias armas.

Rakel se pone de pie de un brinco y, boquiabierta, observa la espada rota.

—¿Acabas de destruir la espada de tu familia? ¿La espada de tu «padre»? Pero él…

—Sabrá lo que es perder algo que amaba. Una aproximación muy diluida de cómo me siento ahora mismo.

—¿Y qué hay del legado? —dice Rakel—. Mi padre se hundiría en la miseria si se enterara de que alguien ha hecho algo así con su espada.

—Las estrellas saben que el legado de mis ancestros se ha mancillado. Una espada colgada en la pared no puede cambiar eso.

Somos muy distintos en algunas cosas, pero debo reconocer que nuestras vidas tienen algo en común, y es que han estado dirigidas por los caprichos y las decisiones de otros. Esarik no fue quien decidió venir a palacio, ni tampoco decidió establecerse aquí. Tampoco fue él quien eligió estudiar fisiología. Pero accedió porque tiene un carácter afable y complaciente. Y ahora que por fin se había acostumbrado a la vida que llevaba, se la arrebatan sin tan siquiera pedirle opinión. En el momento en que su padre empezó a sospechar que sacaría más provecho casándolo con una joven adinerada de su pueblo natal que manteniéndolo en los círculos más cercanos de Nisai, lo hizo regresar a casa.

Cuando las gotas de lluvia se van filtrando en la piedra vuelta tras vuelta, se pueden abrir fracturas que, como a simple vista no pueden percibirse, cuando se rompe en mil pedazos el resultado es sorprendente e inesperado. Quizá los cimientos que sujetaban la estabilidad de Esarik llevaban más tiempo tambaleándose de lo que imaginaba.

Con aire triunfal, recoge la piedra que decoraba la empuñadura y nos la muestra. Bajo el suave resplandor de las velas, emite un brillo cegador, como si fuese un brillante. En su interior guarda una flor que se ha conservado a la perfección; la flor fue sellada justo cuando empezaba a desplegar sus pétalos de terciopelo negro.

—Creo que podéis utilizar esto para salvar a nuestro amigo.

Rakel abre los ojos.

—¿Eso es…?

—Sí. Después del incendio de Aphorai, puede que sea una de las pocas flores de dahkai que quedan en todo el imperio. Preservada en cristal en el momento justo de floración. Aunque la esencia que poseéis parece idónea para la cura, intuyo que necesitaréis algo sólido para recrear el veneno; tu esencia no desprenderá mucho humo, ni siquiera con el aceite. Esto no serviría para elaborar el perfume, pues no es más que una cáscara, por decirlo de algún modo. Pero estoy casi convencido de que prenderá.

—¿Recrear el veneno? —pregunto, y miro de reojo a Rakel. Está tan perpleja y desconcertada como yo.

La expresión de Esarik se vuelve seria.

—En cuanto tengamos la cura, debemos ponerla a prueba. No podemos correr ningún riesgo, así que no vamos a darle algo a nuestro príncipe cuya eficacia no hayamos ccomprobado antes. Y eso implica que antes deberemos fabricar el veneno. En cuanto hayamos encontrado los demás ingredientes, tendremos que buscar un lugar aislado. Allí tendréis que extraer la flor de la cubierta de ámbar, quemarla para así poder envenenarme y, por último, probar la cura.

—¿Envenenarte? —pregunta Rakel mientras sacude la cabeza—. No pienso envenenar a «nadie».

—Espera un segundo —digo.

¿Esarik? ¿Acompañarnos? Es un buen amigo mío, pero sufrió lo que no está escrito durante el viaje hasta Aphorai, y eso que contaba con las comodidades propias de una delegación imperial. Y la impulsividad de Rakel es exagerada…, lo último que necesito es un erudito errático que pierda los papeles cada dos por tres.

—Es, sé que tus intenciones son buenas. Pero, si quieres ayudarnos, lo mejor que podrías hacer es volver a la capital lo antes posible. Nisai te necesita. Además, suponiendo que Rakel y yo consigamos encontrar todos estos ingredientes, vamos a necesitar a un amigo en la corte.

Abre la boca para protestar, después la cierra y vuelve a abrirla.

—Pero…, pero yo…

—Sabes que tengo razón —digo.

Con aire cabizbajo y alicaído, le entrega a Rakel el cristal que contiene la flor. Ella lo guarda en su bolsa.

Esarik se dirige hacia la mesa de trabajo, donde ha quedado el pergamino con la fórmula.

—Tenéis que descansar. Yo me dedicaré a intentar descifrar los últimos ingredientes.

Me cruzo de brazos; no pienso aceptar tal propuesta. Si Sephine no se equivocó con sus predicciones, tan solo nos quedan dos lunas para conseguir el antídoto que necesita Nisai, y no estoy dispuesto a perder ni un solo segundo. Pero entonces miro a Rakel; está despeinada, tiene unas ojeras tremendas y un aspecto deplorable. Y entonces me lo pienso dos veces.

Un criado nos acompaña a nuestros aposentos; las habitaciones están en el ala de invitados, justo una delante de la otra. Rakel abre la puerta de su cuarto; está iluminado por la luz de decenas de velas y tiene una enorme bañera justo en el centro, de la que emana un vapor aromático.

—Me he tomado la libertad de preguntarle a Esarik si podía prepararla de antemano, espero que no te importe. Imaginaba que te apetecería un buen baño y...

—¿Importarme? Es magnífico —susurra Rakel.

Al verla tan contenta y emocionada, me invade una sensación de calor que se va extendiendo por todo el pecho. No es una sensación incómoda, pero me resulta muy extraña.

—Buenas noches, Rakel —le digo, pues no sé qué más decir.

Ella me lanza una sonrisa de agradecimiento.

—Buenas noches, Ash.

Está a punto de amanecer cuando alguien llama a la puerta y me despierta. Esarik entra en la habitación sin esperar respuesta. Me incorporo en la cama y deslizo la mano debajo de la almohada, donde había escondido un puñal antes de irme a dormir, por si acaso.

—¿Ash? —suspira, pero el apremio en su voz es evidente—. Ash, levántate. Una de las cocineras acaba de venir del mercado. Por lo visto, hay varios forasteros en el pueblo y están interrogando a todos los vecinos.

—Por las piedras de Tro —maldigo, saco las piernas de la cama y cojo los pantalones—. Nos han debido de seguir desde Koltos. Fue una estupidez quedarnos deambulando por allí tanto tiempo.

—Es un juego muy arriesgado, y nuestras vidas corren un gran peligro —se lamenta Esarik. Me entrega una bolsa que pesa un quintal y un pergamino doblado—. He hecho todo lo que he podido para descifrar el resto de la fórmula. Verás que he marcado un punto en el mapa; son las cuevas que encontraréis a un par de días de viaje de aquí. Hace siglos, los locales lo conocían como la «Sepultura de Azered». Si quisiera encontrar los «huesos de Azered», allí es donde iría a buscarlos.

Coge aire y continúa con la explicación.

—Estoy convencido de que el corazón de Riker es una referencia a las tradiciones de los pueblos de Edurshai, que todavía veneran, admiran y narran las sagas y romances de la Gran Floración. Pero no he sido capaz de deducir los detalles y tampoco he dedicado mucho tiempo al estudio de sus técnicas de elaboración de veneno. Tendréis que hacer vuestras propias pesquisas cuando lleguéis allí. Supongo que el mayor desafío será encontrar un lugar donde acampar, pues la cuenca de Edurshai está en constante movimiento.

—¿En constante movimiento?

—La temporada de lluvias en las montañas de Hagmir inunda por completo Edurshai. Esas caudalosas riadas se suceden cada vuelta. La tierra, las tierras para ser técnicamente correctos, se convierten en islotes de turba. Se deslizan, flotando por el agua y, cuando el temporal ya ha pasado, la disposición es totalmente distinta. Así que no podéis fiaros del mapa.

—Entendido. ¿Y el otro verso? ¿El que estaba escrito con otra caligrafía? —pregunto.

Esarik hace una mueca.

—Diga lo que diga, todo parece indicar que no forma parte de la fórmula original. Es una añadidura, una acotación. Y la mancha sugiere, o bien prisas, o bien muy poco respeto por el documento. Puede que incluso se trate de una alteración.

—¿Una pintada?

—Los escribas son humanos, como tú y como yo, por lo que a veces también se aburren. He visto errores parecidos en otros textos anteriores a la creación del imperio, aunque pueden contarse con los dedos de una mano. Lo siento, Ash, ojalá pudiera hacer algo más por vosotros. No os imagináis cuánto lamento no poder ayudaros con nada más. Pero, por favor os lo pido, por el cariño que le tenemos a nuestro príncipe, debéis iros. Y ahora.

Recojo mis cosas y me reúno con Rakel en el vestíbulo; está vestida, pero me mira con temor.

Esarik nos guía hasta la puerta por la que entran los criados.

—Regresaré a la capital tan pronto como pueda, pero, conociendo las predilecciones de mi padre, se avecina una boda llena de lujos, extravagancias y derroches, lo que significa que durará, al menos, una luna. Espero poder escaparme de esa pesadilla y llegar antes que vosotros. Me encargaré de indagar y conseguir un poco de ámbar. Seré discreto, no os preocupéis.

Le doy un abrazo.

—Hasta entonces, que las estrellas velen por ti, amigo mío.

—Y por ti.

La gran puerta de roble macizo se cierra a nuestras espaldas, y siento un vacío en el pecho. Intento convencerme de que alejarnos de Esarik es lo más sensato y adecuado dadas las circunstancias; aunque me encantaría contar con la compañía de un amigo, en el fondo sé que hemos hecho lo correcto.

No podemos perder un segundo, así que atravesamos esos cuidados jardines y trepamos el primer muro de piedra que separa la mansión de los campos de cultivo. Bajo ese cielo azul y despejado, los pinzones y los mirlos siguen canturreando, ajenos a nuestra presencia; cualquiera diría que todo está en orden. Y, justo cuando estamos a punto de dejar atrás los viñedos de la familia Mur, los veo. Tres mozos de labranza que doblan una curva a apenas unos metros de distancia. Solo que los mozos de labranza no llevan espadas.

—Agáchate —siseo—. Y Lil también.

Rakel le susurra una orden a su yegua y la bestia enseguida dobla las patas y apoya la panza en el suelo. Me pongo en cuclillas, a su lado, y rezo en silencio a Esiku porque la sombra de las vides sea lo bastante oscura como para camuflarnos.

—¿Son…? —murmura Rakel.

Asiento. No reconozco a ninguno de ellos, pero, incluso a esa distancia, su aspecto es inconfundible.

Los tres comandos se acercan, aunque desde nuestra posición, entre las hojas y los racimos de uvas, solo consigo ver las botas y la parte inferior de las piernas. Los conozco muy bien y sé que, en este preciso instante, están escudriñando las hileras de vides en busca del más mínimo movimiento. Cualquier ruido que no encaje en ese contexto los alertará.

Rakel tiene una mano apoyada sobre la mejilla de su caballo, y la otra, sobre la empuñadura de su puñal. La está cogiendo con tal fuerza que incluso los nudillos han perdido todo rastro de color. Esa escena me recuerda la última vez que estuvimos así, agachados. Fue durante la tormenta de arena y, en esa ocasión, Rakel fue la presencia tranquila y serena que necesitaba. Fue ella quien me persuadió y quien evitó que me lanzara hacia un peligro mortal. Alargo el brazo y, con sumo cuidado, le aparto la mano del mango de la daga y la entrelazo con la mía. No quiero que se asuste.

Los comandos ya han llegado a nuestra hilera de viñedos, pues oigo sus murmullos apenas a unos metros.

Pero pasan de largo y desaparecen tras la siguiente colina.

Permanecemos inmóviles, agazapados entre las enormes hojas de las vides. Ninguno de los dos se atreve a asomar la cabeza. Al final, Rakel se suelta de mi mano.

—¿Se han marchado?

Asiento.

«Por ahora», estoy a punto de añadir, pero prefiero guardármelo para mí.

Ya han pasado dos días desde que salimos de la hacienda de los Mur. Estamos sentados, examinando las anotaciones que Esarik garabateó en los márgenes del pergamino. El aire que sopla al atardecer es templado y, gracias al queso y a los embutidos que nos prepararon en las cocinas de la familia Mur y que complementamos con racimos de uvas carnosas y rojas de las vides que bordeaban el camino, no hace falta encender un fuego.

Señalo el mapa.

—Si las cuevas están debajo de esta cresta, deberíamos llegar a la entrada occidental mañana. Eso si no sucede ningún imprevisto, claro.

La luz dorada del amanecer de Trelia nos despierta de un sueño largo. Cruzamos el río de Ekasya por un vado natural. Aunque el caballo de Rakel nunca ha visto nada parecido, tan solo pequeños oasis en mitad del desierto, no se acobarda y se sumerge en esas aguas violentas y embravecidas, y alcanza la otra orilla sin problemas, a pesar de que la corriente le llega hasta las rodillas. Ha sido, desde luego, un acto valiente.

A medida que nos aproximamos al punto del mapa que marca la ubicación de las cuevas, el terreno se vuelve rocoso y los viñedos dan paso a olivares. Rakel se baja del caballo y deja que Lil se alimente de las briznas de hierba que crecen entre las piedras. Nos separamos para buscar una entrada a las cuevas.

—Aquí —llama Rakel minutos después.

La encuentro en la boca de la cueva; la entrada está oculta detrás de un saliente rocoso.

Señala el suelo.

—Al último inquilino no le gustaban los quehaceres domésticos que digamos —farfulla.

Un rastro de huesos marca el camino hasta la cueva. Bajo la luz cegadora del sol son tan blancos que se mimetizan con el polvo calcáreo del suelo. Su tamaño indica que pertenecen a uros, una variedad de toro gigantesco que solía arar los campos de cultivo de Trel en tiempos inmemoriales.

—¿Una manada de lobos podría haber hecho algo así? —pregunta Rakel.

—Lo dudo. Lo más probable es que fuese un oso —digo, y me asomo a la cueva—. Está totalmente a oscuras, no veo nada de nada.

—Por favor, no me digas que te da miedo la oscuridad.

—Tan solo estoy siendo prudente —espeto—. No creo que a una bestia carnívora capaz de zamparse un uro le gusten las visitas.

—Fuese lo que fuese, ya no vive aquí. De lo contrario, lo olería. En esta cueva no habita ningún depredador. Está bastante —y olisquea el aire— limpia. Minerales, humedad…, es lo único que percibo.

Mete la mano en su bolsa y se oye un tintineo. Después saca un pequeño frasco de cristal.

—Qué suerte la mía. Los criados de Esarik no escatimaron en gastos y me consiguieron todos los suministros que les pedí.

Recojo un hueso del suelo, uno lo bastante largo como para servir de antorcha, y se lo ofrezco a Rakel.

—Anda, pero ¿qué ven mis ojos? ¿El joven de ciudad ya ha aprendido un par de cosas? —se burla, y empapa un extremo del hueso con el contenido del frasco.

Luego hace saltar una chispa y sopla el hueso para que la llama prenda.

De pronto, caigo en la cuenta de que tengo la mirada clavada en sus labios y miro hacia otro lado.

—Cuando entremos ahí —digo, y me aclaro la garganta—, dame unos segundos para que me acostumbre a la oscuridad. No tengo tu olfato, y prefiero estar seguro de que nada va a abalanzarse sobre nosotros. No quiero volver a vivir el episodio de las montañas.

A decir verdad, la oscuridad me pone muy nervioso. El palacio y la ciudad de Ekasya que se extiende tras los muros de la fortaleza nunca están totalmente a oscuras. Hay antorchas a lo largo de la avenida principal y farolillos en los márgenes del río.

Rakel se encoge de hombros.

—Cuanto antes entremos, antes te acostumbrarás a la penumbra, y antes averiguaremos si hemos venido al lugar apropiado —dice, y desaparece en la negrura de la cueva.

Por las piedras de Tro. ¿Cómo se las ingenia esa chica para conseguir que la siga a todas partes?

Es como adentrarse en la boca de una bestia enorme de piedra caliza. Unas rocas afiladas, que bien podrían confundirse con los colmillos de un monstruo sobrenatural, emergen del suelo. Las puntas casi rozan las estalactitas que cuelgan del techo y por las que se deslizan gotas de agua. Observo una gota en particular y sigo su trayectoria: se arrastra por la piedra y, por increíble que parezca, se queda detenida varios segundos en la punta. Y cuando por fin se desprende de la piedra, aterriza sobre la estalagnita que crece en el suelo. La poca luz que logra colarse por la entrada de la cueva ilumina el interior con varias tonalidades de gris.

Ahí dentro el silencio es absoluto; lo único que se oye es el goteo del agua.

Mis ojos se acostumbran a la penumbra enseguida. Y, aunque veo todo lo que hay a mi alrededor, tengo las palmas de las manos húmedas y sudorosas.

—Por ahí —dice Rakel; la llama de la antorcha titila frente a su rostro. Señala una zona más profunda de la cueva y, aunque sé que no tiene sentido, no parece estar tan oscuro, a pesar de que está mucho más lejos de la entrada—. Ese tiene que ser el camino. Vamos.

Tiene que haber una fuente de luz en algún lugar de esta caverna. Quizás algún rayo de sol se cuele desde la superficie exterior y por eso el interior está iluminado. Rakel está en lo cierto.

Las paredes de la cueva se van haciendo más estrechas a medida que nos adentramos. Unos minutos después, la caverna se empequeñece hasta convertirse en un mero túnel de piedra. Entonces, no tenemos más remedio que avanzar en fila india. Unos minutos después, nos vemos obligados a hacer auténticos malabarismos para poder introducirnos por ese angosto agujero.

Y, en ese preciso instante, confinado en un pasadizo más que estrecho, con la piedra arañándome la piel, mi memoria se revuelve para mostrarme un recuerdo.

Es un recuerdo de infancia y en él no soy más que un crío. En esa época, todavía no había conocido a Nisai. En lo alto de la escalera se cierra una trampilla, de forma que me quedo ahí encerrado, a oscuras. No sé cuándo volverá a abrirse. Ahí abajo el ambiente es muy húmedo. Está cerca del río y el agua siempre encuentra la manera de penetrar en la roca. Noto una caricia en la mejilla y siento un escalofrío.

Oigo unos gritos en el piso de arriba. Un hombre blasfema. Luego se oye un golpe seco. Y después el chillido de una mujer. Es mi madre.

Silencio.

¿Está herida? Quiero llamarla, pero me advirtió que no lo hiciera.

—¿Harás algo por mí, mi pequeño héroe?

Apoyo las manos en la pared de piedra, pues tengo la sensación de que me va a explotar el corazón.

—¿Me prometes que no abrirás la boca? ¿Que te quedarás mudo, como los ratones que corretean por el muelle? ¿Que no gritarás, pase lo que pase, oigas lo que oigas?

Este túnel está muy oscuro, casi tan oscuro como el sótano...

Un momento, no está tan oscuro. La penumbra no es absoluta.

Veo una luz.

Sí, estaba siguiendo esa luz.

Y Rakel, que está justo delante de mí, sostiene esa luz. Estamos juntos. No estoy solo.

Intento dar otro paso, seguir escurriéndome por esa grieta en la roca, y noto la presión de mis espadas en el pectoral de mi armadura. Y, gracias a eso, vuelvo a la realidad, al aquí y ahora. Acero y cuero, protección. Para mí y para los que me rodean.

Entierro de nuevo esos recuerdos en el agujero más profundo y más oscuro de mi mente y cierro de un portazo la trampilla.

—¡Ash! —La voz de Rakel retumba en el pasadizo.

Avanzar por ahí no es fácil, pero no ceso en el intento y trato de llegar a ella lo antes posible.

Lo más probable es que estuviera a unos metros de distancia, pero ese último tramo se me ha hecho eterno. Emerjo de esa minúscula ranura en la roca y aparezco en una especie de vestíbulo. De inmediato, me invade una sensación de alivio. Parpadeo varias veces para asegurarme de que no estoy soñando, de que lo que tengo delante es real.

Nunca he visto nada parecido.

El suelo de la cueva se transforma en un oasis, en una piscina con una superficie inmaculada, más brillante y asombrosa que cualquier piedra preciosa. Pero lo más asombroso y místico de esas aguas es el resplandor azul que emana desde el fondo.

Rakel se acerca a la orilla del oasis. Su rostro se ilumina, como si estuviese frente a una hoguera de llamas azules. Ese color me recuerda a las luciérnagas que bailan alrededor de los arbustos en esas plácidas y serenas tardes de verano en Ekasya. Sin embargo, ese precioso fulgor azul no puede compararse con la luz que emite un fuego. Despide una claridad constante e inalterable, como la luz de la luna, y no como el parpadeo de las llamas.

Unos segundos después, cuando mis ojos ya se han ajustado a esa luminosidad, me doy cuenta de que la luz proviene de

la vegetación que crece en el fondo de esa piscina natural. Lo que vemos tiene la misma forma que un árbol pequeño, pero carece de hojas y, en lugar de ramas, hay una especie de muñones regordetes.

—¿Qué son? —pregunto. En ese silencio, mi voz resuena como un trueno.

—Con suerte, huesos —responde Rakel—. Huesos con vida propia. Había oído que crecen a lo largo de las costas y que se reconocen a simple vista, pues parecen reflejar los colores del arcoíris. Hay quien se dedica a venderlos, pero reducidos a un polvillo blanco. Se supone que ayuda a curar roturas y fracturas de hueso —explica. Se detiene al otro lado de esa piscina natural y saca un vial de su bolsa—. Pero presiento que esto «no» es lo que ofrecen en el mercado. Quizá la teoría de Esarik sea cierta. Un lugar que se ha bautizado como la Sepultura de Azered debe de tener una historia detrás.

—Supongo que tienes razón —murmuro. Y lo digo de corazón. Rakel es una chica lista y muy astuta. Sin ella, no habría llegado hasta aquí.

Se arrodilla frente al agua y estira el brazo para alcanzar la planta más cercana.

—Vamos a comprobar si la historia es cierta.

Se forman unas pequeñas ondas en la superficie, que hasta ahora parecía una balsa de aceite. Agarra el extremo de una de las ramas y tira con fuerza.

—Es más resistente de lo que parecía —farfulla, pero no se da por vencida; arruga la frente y se pone en cuclillas para mantener mejor el equilibrio—. Me atrevería a decir que es tan fuerte como un hueso humano. ¿Y si son de piedra? ¡Au! —aúlla, y saca el brazo del agua.

Remueve el agua sin parar, como si se le hubiera quedado algo pegado entre los dedos. Suelta el vial, que cae al agua y se sumerge en el lecho de plantas luminiscentes.

—Por el olor más apestoso y podrido del imperio, esa cosa «pica» como el aguijón de una abeja.

Y justo cuando estoy a punto de acercarme a ella, algo llama mi atención. Las olas que ha provocado el vial están deformando la luz.

Sí, el resplandor azul está cambiando.

—Eh, ¿Rakel?

Pero está demasiado abstraída examinándose la mano, por lo que me ignora por completo.

No son imaginaciones mías. El cambio cada vez es más evidente. La luz que desprenden esas plantas no solo está distorsionándose, también está centelleando, titilando.

Incluso diría que está... bailando.

Y, una a una, todas esas plantas, o lo que sea que sean, se están tiñendo de negro.

Una nube oscura amenaza con tragarse ese oasis. Las plantas se están apagando, se están «marchitando». Y esa mancha negra se va extendiendo por el agua como la sangre, como la tintura que tomo cada noche antes de acostarme y que estoy agotando poco a poco. Apenas me quedan unas gotas. Me avergonzaba pedirle a Esarik el favor ahora que no tenía la tapadera de las «migrañas» de Nisai.

Rakel maldice entre dientes.

—¡Vas a tener que embotellarla! —grita, mientras hurga en su bolsa—. No toques el agua y, por el bien de tu príncipe, no dejes que entre nada de aire.

—¿De qué estás hablando?

—«El aliento de la desgracia.» ¡Se refiere al aire! Cuando

metí la mano en el agua, dejé que se colara el aire. Y ahora esa plantación está marchitándose. Tendrás que coger una muestra de esa orilla. Voy a lanzarte un vial. ¡Cógelo!

Mis cinco sentidos se agudizan y mi afilado instinto entra en acción. Hasta oigo el silbido del recipiente de vidrio cortando el aire, y todos mis músculos se tensan. No sé cómo, pero atrapo el vial con una mano. Aunque, si me hubiera quedado como un pasmarote, lo más seguro es que se hubiera estrellado contra mi pecho. Es una buena lanzadora, desde luego.

Me cuesta un poco destapar el frasco. La descomposición avanza como una epidemia implacable, imparable. La imagen me recuerda la de las piezas de un dominó, que van cayendo sucesivamente hasta que no queda ni una sola en pie.

Cuando por fin consigo retirar la tapa del vial, me agacho para sumergirlo en la superficie del oasis.

—¡Asegúrate de meterlo de canto! —grita Rakel desde la otra orilla—. ¡O se colarán burbujas!

Un buen consejo. Y justo a tiempo. Una burbuja sube a la superficie y se forma un diminuto remolino que ennegrece la planta de debajo. Inclino ese frasquito de vidrio, que enseguida se llena de agua. Cuando está lleno, lo hundo totalmente.

—Ya lo tengo debajo del agua —le digo—. ¿Y ahora qué?

—Acerca el vial hacia una de las ramas. Y ve con cuidado. Esas plantas muerden.

—Rama. No tocarla. Entendido.

Intento colocar el vial encima de la rama más cercana. Pero esa piscina ya no es una balsa de aceite, sino que está revuelta, por lo que la luz que emana y que ilumina las paredes de la cueva ya no es firme, sino vacilante y temblorosa. Y por eso es tan difícil distinguir lo que es real de lo que es un espejismo provocado por ese baile de luz.

Tengo los nervios a flor de piel y temo que las manos empiecen a temblarme, así que intento imaginarme que estoy en un campo de batalla, enfrentándome a un adversario armado hasta los dientes. Un movimiento en falso y me abrirá en canal con su espada.

Por suerte, el truco funciona.

La boca del vial roza una rama resplandeciente y delicada.

—Genial —dice Rakel—. Lo estás haciendo genial. Y ahora, rompe el tallo.

Sumerjo la otra mano en el agua. Lo hago casi a cámara lenta, conteniendo la respiración. No puedo fastidiarla. Es la última oportunidad.

La marea negra sigue extendiéndose, comiéndose todo lo que encuentra en el camino, pero no es momento de desfallecer ni de rendirse. Todavía hay tiempo.

Pellizco el tallo con el pulgar y el índice. Siento un ardor que me quema la piel de los dedos y, por mucho que apriete, el tallo no se rompe. En un abrir y cerrar de ojos, el tallo se marchita. Un segundo después, la planta ennegrece y muere. Me quedo perplejo y sin saber qué hacer; tengo la mano entumecida por el dolor, y el vial que sostenía con la otra está lleno de una especie de fango negro.

Maldigo entre dientes.

—¿No ha ido bien?

—Todo iba sobre ruedas, hasta que he intentado arrancar la rama.

—Espérame ahí, no te muevas —dice. Oigo que hurga en su bolsa antes de volver a hablar—. Voy a lanzarte unas pinzas. Utilízalas para cortar el tallo; debe ser un corte limpio. Pero cuidado con la punta de las ramas. Es afilada como una cuchilla de afeitar.

—Si he logrado llegar hasta aquí sin un solo rasguño de mis espadas, creo que sabré apañármelas con unas pinzas.

—Ja, ja. ¿Preparado?

—Lo más preparado que se puede estar.

Analizo la situación durante un instante: tengo las dos manos sumergidas en un agua que bajo ningún concepto debo alterar o perturbar, así que no voy a poder atrapar las pinzas en al aire, como he hecho antes con el vial. Espero y trato de mantener la paciencia. Noto un siseo por encima del hombro y un ruido metálico sobre la roca. Suena una, dos y hasta tres veces. La herramienta ha aterrizado en algún punto, a mi izquierda.

La planta que está justo debajo del vial está marchita y ha empezado a descomponerse; la rama que pretendía cortar, y que hace tan solo unos segundos era etérea y reluciente, se ha convertido en un puñado de fango que cubre el lecho de roca del fondo. Me muevo al mismo paso que un caracol y, poco a poco, voy sacando las manos del agua. En esa orilla, parece ser que la única planta que ha muerto es la que he tocado, pero esa mancha oscura sigue extendiéndose por las aguas cristalinas, tiñendo de negro todo lo que encuentra a su paso, y cada vez está más cerca.

Me arrastro por el saliente rocoso y palpo el suelo hasta encontrar algo frío, metálico y afilado. Al cogerlas, suelto un bufido y, al meterme el dedo en la boca, enseguida distingo el inconfundible sabor del cobre.

—¿Ash? ¿Por qué estás tardando tanto?

—Tranquilízate, ¿quieres?

Respiro hondo y vuelvo a probarlo. La oscuridad continúa arrastrándose por ese fondo marino y amenaza con engullir hasta el último halo de luz. Sé que hay mucho en juego y sé que, quizá, no tenga otra oportunidad. Se me hace un nudo en el estómago.

Aprieto la mandíbula. Con sumo cuidado y con un dolor indescriptible, sumerjo las manos en el agua de nuevo. Con una sujeto el vial; con la otra, las tenacillas de Rakel, que más bien parecen dos navajas afiladas unidas.

La nube de putrefacción está a punto de alcanzarme. Las pocas plantas que quedan vivas van a marchitarse en menos que canta un gallo y, con ellas, la única esperanza de salvar a Nisai. Cojo aire y lo retengo en los pulmones para mantener la compostura.

No sé cómo, pero consigo meter una de las últimas ramas azules dentro del vial. Entonces amputo el tallo de la planta con las pinzas. Ha ocurrido en un santiamén. Saco las manos del agua y sello el vial con el tapón que tenía entre los dientes. Está a salvo.

Espero. Un segundo. Dos segundos. Tres segundos. El corazón me martillea el pecho.

La cueva queda sumida en una negrura opaca.

Sin embargo, en el interior del vial que sujeto con ambas manos, la rama sigue emitiendo ese brillo magnífico.

—¡Lo tengo!

«Lo tengo.»

Los gritos de victoria de Rakel alegran el ambiente oscuro y tenebroso de la cueva. Oigo salpicaduras y aplausos y hurras mientras se acerca a mí. Lo primero que advierto es su sonrisa. Me agarra del brazo para no perder el equilibrio. Agradezco la calidez de su piel, sobre todo porque el ambiente de la cueva es frío y húmedo.

Se acerca para poder contemplar y admirar el precioso y preciado vial que sostengo entre las manos; veo que su sonrisa se suaviza y advierto una expresión de veneración ante los últimos huesos de Azered, que siguen brillando, ajenos a la putrefacción que amenazaba con tragárselos. El resplandor azul ilumina sus rasgos de tal forma que me parece estar frente a un ser celestial, tan seductor y hermoso y lejano como la propia Azered.

—Por un momento, creí que estaba todo perdido —dice—, que todas esas plantas se habían podrido.

—Nos ha ido de muy poco —admito.

Me acaricia el brazo en un gesto de camaradería, da un paso atrás e inspira hondo.

—Ah, el dulce aroma de la victoria. Bueno, a decir verdad aquí dentro apesta a cerrado y a moho, pero no quería estropear este momento tan triunfal.

Sus palabras evocan una sensación que he estado tratando de evitar desde el momento en que entramos en esta cueva. Ese olor a humedad, a cuevas de piedra subterráneas. Ese olor de estar encerrado, de ser un prisionero.

Ahora que el subidón de adrenalina empieza a decaer, la oscuridad comienza a hacer mella en mí. Y mis manos empiezan a temblar.

Balbuceo y me muevo con torpeza.

Se me cae el vial de las manos.

29

Rakel

Cuando los huesos de Azered
bailaron en el aliento de la desgracia

El tiempo se ralentiza.

Ash está ahí, sosteniendo ese vial reluciente, con una expresión de asombro y victoria y fascinación en el rostro. Reconozco que me desconcierta verlo así, pues siempre se muestra

serio y prudente. Pero ocurre algo, porque un instante después se transforma y adopta un semblante preocupado, inseguro y casi atemorizado. Enseguida me doy cuenta de que le cuesta respirar. El vial y el valioso ingrediente que contiene le resbala de las manos.

Me lanzo al suelo y me retuerzo, de forma que el hombro acaba golpeando la piedra del suelo. Se me escapa un alarido de dolor. Pero consigo atrapar el frasquito de vidrio con ambas manos.

Está a salvo. El vial está a salvo.

—Pero ¿qué mosca te ha picado? —pregunto, mientras trato de ponerme en pie—. ¿Ash? Ash, contéstame.

Pero Ash no puede hablar. Tan solo jadea.

Conozco muy bien ese sonido. Lo recuerdo de cuando era una niña y me golpeaba los tímpanos. En aquella época, todavía no había aprendido a lidiar con la avalancha de esencias de la ciudad, una mezcla dulce, deliciosa, fétida y repugnante al mismo tiempo que siempre me abrumaba. Me angustiaba tanto que perdía el control y la razón y me daba la impresión de que acabaría asfixiándome al aire libre.

Y entonces encajo las piezas. Ahora que la emoción y el apremio de lo que Ash ha bautizado como «la misión» han amainado, lo único que nos rodea es la oscuridad de la caverna. Antes de adentrarnos por ese pasadizo secreto, Ash parecía un poco reacio a hacerlo, y no era porque temiera que ahí viviera un oso, sino por esto. Porque tiene miedo a la oscuridad.

—¿Ash?

No obtengo respuesta.

—¡Ash!

Sostengo el vial delante de mis narices. No emana el mismo resplandor que una antorcha, pero servirá. Ash está sentado en el suelo, abrazándose las rodillas. Está murmurando algo, pero no consigo entenderlo. Me agacho.

—No dejes que te vea, no dejes que te vean, no dejes que nadie te vea.

—Ash, aquí no hay nadie. Estamos solos.

Pero no reacciona. Es como si ni siquiera se percatara de mi presencia. Me siento a su lado y apoyo una mano sobre su hombro mientras mantengo el vial a la altura de los ojos.

—Mírame. Estoy aquí, ¿lo ves? No sé dónde estás, pero no estás solo. Estoy aquí, contigo —digo, y le acaricio el hombro.

Él me mira y parpadea.

Buena señal.

—Vamos a salir de este agujero. Intenta concentrarte en la respiración. A mí siempre me ayuda cuando estoy angustiada o abrumada. Inspira hondo…, cuenta hasta cinco…, y después expulsa todo el aire —digo, y marco el ritmo.

Inspiro lento y profundo. Respiro de forma exagerada para que no se pierda, para que me siga.

Me las ingenio para deslizar uno de los brazos de Ash por encima de mis hombros. Pesa como un muerto. Con un esfuerzo tremendo, conseguimos levantarnos del suelo y, gracias a la luz tenue del vial, desandamos el camino. Es mucho más corpulento que yo y, aunque intenta ayudarme y caminar por sí solo, aguanto parte de su peso, que no es poco. A pesar de que el interior de la cueva es fresco, no tardo en empezar a sudar.

Lo peor llega cuando el pasadizo empieza a estrecharse. No cabemos los dos juntos, por lo que no tengo más remedio que avanzar de lado y tomar la delantera. El brazo con el que estoy sujetando a Ash roza la pared y enseguida noto el arañazo de la piedra. Me trago una palabrota. Está quedándose sin aliento. Recuerdo muy bien esa sensación. Se está ahogando. Tengo que moverme rápido, o terminará desmayándose ahí mismo.

A medida que nos acercamos a la entrada, el aire nos trae promesas de luz y calidez y campos de frutas y hierbas aromáticas. Ash por fin empieza a recuperarse y, aunque su respiración se nota entrecortada, poco a poco se va volviendo más regular.

Cuando por fin emergemos de la boca de la cueva, ladeo la cabeza hacia el sol y me embarga una sensación de alivio y tranquilidad.

—Reconozco que, durante un segundo, perdí toda esperanza. Creí que las plantas se marchitarían antes de que pudiéramos rescatar un pedazo de ellas. Pero lo conseguimos.

Ash se apoya sobre un pedrusco para mantener el equilibrio y aparto su inmenso brazo de mis hombros. Tiene los ojos clavados en el suelo, como si quisiera esquivar mi mirada.

—Casi se marchitan todas. Un traspié estúpido y…

—Para —digo, y le acaricio el brazo—, eso no es lo importante.

Me mira de reojo e intuyo que quiere comprobar que estoy hablando en serio. Y lo estoy. No le juzgo por lo que ha ocurrido ahí dentro.

Abro la bolsa y, con sumo cuidado, guardo el vial en un bote lleno de hierbas, para infusiones, para que esté bien protegido y no reciba la luz directa del sol. Toda precaución es poca.

Miro a Ash. Sigue asustado. De niña, cuando me abrumaban las esencias y perdía el control, lo único que me ayudaba a tranquilizarme era alejarme lo máximo posible de aquello que me había provocado ese estado de nervios y pánico.

—¿Quieres que nos marchemos de aquí?

Él asiente con la cabeza.

Nos ponemos en marcha. Al principio, nos lo tomamos con calma. El sol de la tarde cubre el paisaje con un manto dorado. Nos dirigimos hacia el suroeste, hacia la provincia de Edurshai. Por ahora, prefiero ir caminando en lugar de montar a Lil, sobre todo después de lo sucedido. Quiero hacerle unas preguntas a Ash, y me parece más sensato y respetuoso hacerlo mientras camino a su lado.

—¿Quieres hablar de lo que ha pasado en la cueva?

—Preferiría no tocar el tema, la verdad.

No quiero presionarle, pues apenas lo conozco. Pruebo con otra pregunta.

—¿No eres de Ekasya?

—¿Acaso importa? A menos que la suerte esté de nuestro lado y consigamos el antídoto, no podré volver. Nunca —puntualiza, y me mira por el rabillo del ojo—. ¿Qué te hace pensar que no lo soy?

—He oído cómo blasfemabas ahí dentro. Y he oído palabras que, hasta ahora, solo había oído en los mercados nocturnos de Aphorai.

Suspira.

—No nací en la ciudad imperial. Cuando Nisai me encontró, no pertenecía a ninguna provincia. Pasé mi infancia entre las sombras de las montañas de Ekasya.

Nunca habría imaginado que un tipo como Ash se hubiera criado en un entorno más adverso y desfavorable que el mío. Todos hemos oído hablar de los suburbios que rodean la capital, incluso en Aphorai.

—¿Y cómo acabaste viviendo en el palacio?

Medita la respuesta unos instantes y tomamos un sendero que atraviesa un campo de lavanda. Ash rompe un tallo de uno de los arbustos que bordean el camino y empieza a arrancar las hojas, una a una. Ese aroma siempre me ha resultado relajante y tranquilizador, pero la última vez que lo olí fue en Aphorai, cuando Zakkurus puso mi vida patas arriba.

—Era un crío, debía de tener siete u ocho vueltas —empieza Ash—. Un séquito real zarpó de la capital y atracó la embarcación en la dársena del río. Nisai todavía no había sido nombrado heredero imperial, pero ya apuntaba maneras y, cegado por su curiosidad, se desvió del camino y terminó en mi... «vecindario», por llamarlo de alguna manera. Yo estaba jugando con unos muchachos mayores que yo, muchachos que intentaban encontrar un lugar apartado para encender humo del sueño.

Frunzo el ceño. Cuando era una niña, padre siempre me contaba historias aterradoras sobre esa droga y acerca de cómo la gente que inhalaba ese humo terminaba convirtiéndose en un verdadero monstruo. Y, a medida que me hice mayor, descubrí que no eran leyendas inventadas, sino el retrato de una realidad.

—Terminamos en un almacén abandonado. Y fue entonces cuando se dieron cuenta de que Nisai nos estaba siguiendo. Le vaciaron los bolsillos, pero tan solo encontraron calderilla, y la cosa se puso fea. Le obligaron a darles los zapatos, pues sabían que sacarían una buena tajada si los vendían en el mercado negro. Me levanté y me opuse a ello. Nisai era un niño rico, saltaba a la vista, pero no podía darles lo que querían. Los demás se acobardaron. Y se marcharon pitando. Pero no fui yo quien los asustó, sino los ardientes.

—¿Los ardientes?

—Miembros de la Hermandad del Sol Ardiente. ¿Es que nunca has oído los rumores que corren sobre ellos? Hay quien asegura que los fieles al Dios Perdido roban y secuestran a los niños que juegan en las calles, incluso a plena luz del día.

Por supuesto que he oído esas historias. En algunas, los niños desaparecen para siempre. En otras, aparecen lunas más tarde, después de que sus familias hayan cedido al chantaje económico. Debieron de creer que era su día de suerte al toparse con un príncipe.

Ash parece leerme la mente, pues continúa sin esperar una respuesta.

—Pues bien, los rumores no son falsos. Y las teorías sobre qué hacen con los pobres desgraciados son varias. Lo único que sabía entonces era que todos los niños que los ardientes raptaban de ese tugurio en el que vivía jamás regresaban.

—¿Os librasteis?

Mira hacia atrás, hacia la entrada de la cueva.

—Cuando uno se cría en las sombras de las montañas de Ekasya, aprende un par de cosas. Nisai estaba tan agradecido de que le hubiera salvado de esa caza que rogó a su madre, la consejera Shari, que me sacara de allí. Y así fue como llegué a palacio. Una vez instalado tuve que empezar a entrenar para labrarme un futuro y ganarme un sueldo. De una forma u otra, desde entonces siempre he estado al lado del príncipe.

—¿Y tus padres?

—¿Mis padres? —repite, y se encoge de hombros—. Una boca menos que alimentar.

Ahí hay dolor y sufrimiento, pero está enterrado en lo más profundo de su corazón. Si insistiera un poco más, ya sería cruel, despiadado. En lugar de seguir haciéndole preguntas incómodas, rebusco en mi bolsa y saco una botella de cristal que llevo cargando desde que Luz me devolvió todas mis cosas en las mazmorras de Aphorai. Sus usos son múltiples…, alivia la migraña, ayuda a dormir, calma los nervios y, lo más importante, creo que a Ash le servirá para ahuyentar el pánico que le ha invadido en la cueva.

—Elixir de Linod —anuncio, y sacudo la botella.

Ash observa la botella con recelo.

Muchos «observarían» la botella con recelo. Es una sustancia peligrosa, pero a mí me funcionó. De pequeña tomaba una minúscula dosis, siempre diluida, y debo reconocer que gracias a ella aprendí a controlar mi sensibilidad. Es altamente adictiva y, por si fuera poco, los pacientes que la consumen de forma habitual tienden a desarrollar cierta resistencia, por lo que necesitan dosis cada vez más elevadas, hasta que el tratamiento se vuelve más peligroso que el problema en sí.

Pero si hay algo que Ash me ha demostrado hasta el momento es que es un hombre disciplinado. Sé que no caerá en la trampa de la adicción.

—Rakel, no sé qué… —empieza, y vuelve a apartar la mirada.

—No tenemos que hablar de esto —digo, y le ofrezco la botella—. Esto es lo que tomas cada noche, ¿verdad? Y, a juzgar por lo que ha ocurrido en esa cueva, te has quedado sin reservas.

Alarga la mano para coger la botella y, sin querer, sus dedos rozan los míos. Aunque desprenden calor, siento un escalofrío por la espalda.

—Esto…, esto significa mucho para mí —murmura, y por fin levanta la vista del suelo.

Nuestras miradas se cruzan y siento que el tiempo se detiene. Nos quedamos ahí como dos pasmarotes, tocándonos las manos y mirándonos fijamente, sin tan siquiera pestañear. Me ruborizo, pero no soy capaz de moverme.

No «quiero» moverme.

Ash da un paso hacia delante y coge la botella de tal manera que envuelve mi mano con la suya. Noto la piel dura y áspera de sus palmas sobre la piel.

—Hay algo que necesito decirte —susurra—. No he sido del todo sincero contigo.

Aparto la mano de forma brusca. No sé lo que va a decirme, pero tengo la corazonada de que no me va a gustar. Y mi intuición no suele fallarme. Se me empiezan a revolver las tripas.

Cierra los ojos e inspira con fuerza, como si estuviera armándose de valor.

—Quiero decirte algo que ya he intentado decirte antes, en las montañas. No quería que pensaras que era… En fin, no quería que pensaras que te mentiría. Pero no estaba del todo seguro.

—¿Y qué ha hecho que ahora sí estés seguro?

—Por favor, Rakel, lo que estoy a punto de decir me compromete. Voy a poner mi vida en tus manos.

—Permíteme que lo dude. No creo que tu vida esté en mis…

—Hasta que Nisai se recupere, estamos condenados a entendernos. Y no podemos separarnos —dice; abre su mochila de viaje y saca el diario personal del príncipe—. Toma, este cuaderno es una muestra de buena fe. No quiero que dudes de mis intenciones. Si algún día quisieras denunciarme o acusarme de algún delito, entre estas páginas encontrarás todos los crímenes que he cometido. Solo tendrás que buscar a la persona adecuada para meterme entre rejas.

No le hago ni caso al dichoso libro. ¿A quién pretendo engañar? No sé cómo interpretar lo que hay escrito ahí. Doy

media vuelta, cojo las riendas de Lil y me dispongo a seguir andando.

—Escúpelo de una vez, anda.

—Ese día, en los suburbios, cuando conocí a Nisai…

—Continúa.

—No conseguimos escapar de las garras de los ardientes.

El mundo enmudece a mi alrededor y el zumbido de las abejas que revolotean entre la lavanda se vuelve ensordecedor.

—Los maté.

—¡*Pff!* Pero si no eras más que un crío, ¿cómo pudiste matar a una banda de pendencieros?

—No lo sé.

Me agacho y asomo la cabeza por debajo del cuello de Lil.

—¿Perdón? ¿Cómo que no lo sabes?

—No estaba… en plenas facultades.

—Espera. ¿Me estás diciendo que un mocoso se desmayó y cuando recuperó el conocimiento había asesinado a dos tipos?

—No sé muy bien cómo ocurrió. Solo sé que, cuando volví a ser yo, los ardientes estaban muertos y que tenía las manos manchadas de sangre. Y…

—¿Y? ¿Todavía hay más?

—Según Nisai, aparecieron sombras —balbucea. Suelta la frase tan rápido que tardo unos segundos en asimilar lo que ha dicho—. «Sucedió» algo inexplicable. Las sombras frenaron a los ardientes. Uno de ellos empezó a «ahogarse en oscuridad». Así fue como lo describió Nisai. Sí. Sé que suena muy raro. Pero, como ya te he dicho, no estaba… «físicamente ahí». Eso fue lo que me contó Nisai, aunque no tengo manera de comprobarlo. Ya de niño le fascinaban los mitos y las historias de dioses, por lo que asumió que se trataba de una acción mágica. Y, desde entonces, me considera un ser mágico.

—Ash, sé que eres un creyente fiel, pero…

—Un creyente. No un blasfemo. Jamás me había atrevido a contárselo a nadie. Aunque sospecho que Esarik debe de intuir algo, porque Nisai ha dedicado media vida a investigar y a tratar de recopilar toda la información que sobrevivió a las guerras de sombra. Pero Esarik es un muchacho prudente y nunca ha hecho preguntas incómodas —dice. Se agarra a la brida de Lil, como si temiera perder el conocimiento—. No estoy mintiendo.

Lil se queda quieta y ni siquiera resopla. Mi caballo es una bestia testaruda y, hasta ahora, nunca había dejado que nadie la tocara. Cada vez que alguien lo probaba, acababa con un buen mordisco.

—Creo que mis padres también se olían algo —prosigue—. No tengo ningún recuerdo de mi padre mirándome a los ojos. Siempre mascullaba que estaba maldito, que no me quería viviendo bajo su mismo techo.

—¿Maldito?

—Era un hombre muy devoto. Nunca faltaba a las ofrendas. Cada vez que se avecinaba una fecha ominosa en el calendario, me obligaba a recitar con él toda clase de oraciones. Mi infancia se podría resumir en un cántico de rezos constante. Si metía la pata o cometía un error, por muy insignificante que fuese, me encerraba en el sótano, sin comida y sin una gota de agua. Decía que estaba mancillado por la sombra —explica. Y en ese instante tuerce el gesto, como si acabara de comerse algo asqueroso—. Mi madre le suplicaba que me dejara salir de ese agujero, y cuando mi padre no daba su brazo a torcer, se enzarzaban en una discusión tremenda. Ella le reprochaba que había perdido la cabeza y que estaba actuando como un loco insensato. Pero él hacía caso omiso a sus palabras. Los dos eran herreros, por lo

Cierra los ojos e inspira con fuerza, como si estuviera armándose de valor.

—Quiero decirte algo que ya he intentado decirte antes, en las montañas. No quería que pensaras que era... En fin, no quería que pensaras que te mentiría. Pero no estaba del todo seguro.

—¿Y qué ha hecho que ahora sí estés seguro?

—Por favor, Rakel, lo que estoy a punto de decir me compromete. Voy a poner mi vida en tus manos.

—Permíteme que lo dude. No creo que tu vida esté en mis...

—Hasta que Nisai se recupere, estamos condenados a entendernos. Y no podemos separarnos —dice; abre su mochila de viaje y saca el diario personal del príncipe—. Toma, este cuaderno es una muestra de buena fe. No quiero que dudes de mis intenciones. Si algún día quisieras denunciarme o acusarme de algún delito, entre estas páginas encontrarás todos los crímenes que he cometido. Solo tendrás que buscar a la persona adecuada para meterme entre rejas.

No le hago ni caso al dichoso libro. ¿A quién pretendo engañar? No sé cómo interpretar lo que hay escrito ahí. Doy media vuelta, cojo las riendas de Lil y me dispongo a seguir andando.

—Escúpelo de una vez, anda.

—Ese día, en los suburbios, cuando conocí a Nisai...

—Continúa.

—No conseguimos escapar de las garras de los ardientes.

El mundo enmudece a mi alrededor y el zumbido de las abejas que revolotean entre la lavanda se vuelve ensordecedor.

—Los maté.

—¡*Pff!* Pero si no eras más que un crío, ¿cómo pudiste matar a una banda de pendencieros?

—No lo sé.

Me agacho y asomo la cabeza por debajo del cuello de Lil.

—¿Perdón? ¿Cómo que no lo sabes?

—No estaba... en plenas facultades.

—Espera. ¿Me estás diciendo que un mocoso se desmayó y cuando recuperó el conocimiento había asesinado a dos tipos?

—No sé muy bien cómo ocurrió. Solo sé que, cuando volví a ser yo, los ardientes estaban muertos y que tenía las manos manchadas de sangre. Y...

—¿Y? ¿Todavía hay más?

recuperar el favor de los Gemelos. Pero he visto suficientes primaveras como para saber que el agua fluye por donde debe fluir. Un terremoto movió y desplazó el río, y no una pareja de dioses que reñían día sí, día también. No fue una maldición.

La brisa me alborota el pelo, y pienso otra vez en Aphorai. Rememoro el día en que estaba en la terraza más alta del templo, junto a Sephine.

—El templo hace tremendos esfuerzos para que todos seamos ciudadanos creyentes. Cada creyente paga una cuota al templo para que haga las ofrendas necesarias en su nombre. A cambio, el templo se supone que se compromete a que los dioses escuchen sus plegarias, y actúen en consecuencia. Pero cuando mi madre necesitó un milagro, ¿crees que los dioses escucharon sus plegarias? No. Así que, o bien las sacerdotisas son unas embusteras y unas charlatanas y los dioses no existen, o bien son crueles. Elige tú.

Ash no abre la boca.

—Sephine podría haber curado a mi madre, podría haberla salvado de la guadaña de la muerte, ¿y lo hizo? No. Prefirió mandar un mensaje claro e inequívoco al resto del imperio, de que ninguna sacerdotisa sería madre, antes que salvar una vida.

Miro a Ash.

—¿Y qué me dices de los ardientes? Tú te defendiste, y protegiste a Nisai. Cuando la gente se ve entre la espada y la pared, hace lo que sea, cualquier cosa. Mi padre sirve, o sirvió, en el ejército de Aphorai; no me he criado con cuentos de hadas y princesas remilgadas, sino con historias legendarias de caballeros valientes, de espadachines invencibles y de batallas inolvidables. Las proezas que narraba eran tan asombrosas que incluso parecían mágicas.

Ash esboza una sonrisa triste.

—No estoy seguro de que sea lo mismo.

—¿Has hecho algo parecido desde entonces? ¿Te ha vuelto a ocurrir, quedarte inconsciente y hacer daño a alguien?

—Sin contar la lucha cuerpo a cuerpo en el campo de entrenamiento, la verdad es que no, gracias a Riker. Por extraño que pueda parecer, el elixir de Linod me… ayuda a mantener cierta estabilidad. Aun así, Nisai dedica gran parte de su tiempo libre a buscar información que explique lo que pasó ese día. Supongo que quiere averiguar si hay otra forma de… controlarme.

Estaba entusiasmado por embarcarse en el viaje a Aphorai, y ahora comprendo los motivos de tal emoción; allí podía continuar su investigación.

—Creo que estás en deuda con Nisai. Si quieres devolverle el favor, debes dedicar todas tus fuerzas y energías a ayudarlo. Lo que decidas hacer aquí y ahora puede marcar su destino.

Recapacito y pienso en lo que he hecho durante los últimos días. Masacrar crisálidas de mariposa, aunque cabe decir que eran unas criaturas salvajes y despiadadas. Arrasar una plantación maravillosa y única en el imperio que sobrevivía en el frescor húmedo de una cueva. Estoy dejando un rastro de destrucción a mi paso, y todo por salvar una vida.

¿Qué estoy haciendo? Intento frenar esa avalancha de pensamientos, porque, de lo contrario, sé que no habrá vuelta atrás. Y entonces todo el esfuerzo y el sacrificio no habrá servido para nada, y el príncipe no será el único que sufra las consecuencias.

Me subo a lomos de Lil.

—Pongámonos manos a la obra, ¿no te parece?

Ash sujeta la correa de su mochila y empieza a descender la ladera de la colina.

Me da la sensación de que, después de nuestra pequeña charla, se ha quitado un enorme peso de encima, pues camina más ligero.

30

Ash

Cuando el corazón de Riker
tuvo que enfrentarse al mal eterno

Después del incidente en las cuevas, he tenido que aumentar mi dosis de elixir de Linod; me entristece y me enfurece a partes iguales que necesite esa dichosa sustancia para mantener el control, aunque agradezco que el efecto sea tan rápido. Al menos ahora no tengo la sensación de que puedo ser presa del pánico en cualquier momento, y el miedo ya no me domina. Por fin vuelvo a ser yo. Y estoy donde debo estar.

Para mi cuerpo, unas gotas de esa poción suponen un alivio. Igual que confesarle la verdad a Rakel supuso un alivio para mi mente. Nunca pensé que podría contárselo a alguien sin que me juzgara, o se volviera contra mí. Aparte de Nisai, no he conocido a nadie que me haya inspirado suficiente confianza como para rebelarle mi oscuro pasado. Tal vez sea porque no he conocido a nadie que vea el mundo como lo ve Rakel.

Tardamos varios días en cruzar las tierras fértiles y exuberantes de Trel y que anuncian que ya estamos cerca de Edurshai. La cuenca abarca más de un tercio de la superficie del imperio, pero gran parte de esas extensiones siguen siendo un misterio. Las gentes de Edurshai no suelen alejarse de su aldea natal y ningún forastero se aventuraría a adentrarse en la cuenca a sabiendas de que es un paisaje que está en constante movimiento y que, por lo tanto, es muy poco fiable.

Cada noche, cuando acampamos, Rakel me acribilla a preguntas sobre la provincia, pero, por desgracia, no puedo contestarlas.

—Así pues, a los habitantes de Edurshai les gustan las fábulas antiguas de héroes y doncellas, y cosas por el estilo. ¿Algo más que sepamos y que pueda sernos de ayuda? ¿Tienen un eraz? —pregunta desde el otro lado de la hoguera—. Ah, ¿y qué comen?

—Son pastores; tienen leche y carne para dar y tomar.

Ella sacude la cabeza.

—Una persona necesita algo más que eso para sobrevivir. Si la cuenca es tan vasta como dices, ¿no cultivan la tierra?

—No soy un experto en las costumbres agrícolas de cada rincón del imperio.

—Pues hablabas como un libro abierto de las costumbres de Trel. Y también de Hagmir. ¿Por qué no te has molestado en aprender la historia y tradiciones de Edurshai? —pregunta, y me lanza una mirada fulminante—. Es porque esta provincia no abastece a la capital con vino, con kormak, o con el embriagador aroma del dahkai, ¿verdad?

Ha dado en el clavo. Está con los nervios a flor de piel y el cansancio empieza a afectarle y a nublarle el buen juicio. Por suerte, no hemos vuelto a toparnos con ningún comando desde el episodio en los viñedos de Esarik, pero esos soldados no son nuestros únicos enemigos ahora. El tiempo juega en nuestra contra y se ha convertido en una manada de perros callejeros y hambrientos que nos acecha noche y día, que nos sigue allá donde vamos con la esperanza de que, en algún momento, nos desviemos del camino y nos desorientemos. Y, mientras tanto, la vida de Nisai se va evaporando poco a poco.

—Nunca lo había pensado —admito.

—Qué típico —resopla Rakel.

Observo las estrellas en silencio. Creo que esa repentina curiosidad por la geografía imperial es su estrategia para evitar que la conversación derive hacia temas más personales.

Por fin alcanzamos la cima de la última montaña de Trel. Desde ahí arriba se puede contemplar la inmensidad de la cuenca de Edurshai. Los brezos que crecen en las cumbres son altísimos y cada una de las ramas está cubierta por varios cientos de hojas tan diminutas y afiladas que parecen las púas de un erizo. La brisa que mece esos campos crea unas ondas que desaparecen en el horizonte, de manera que, por un segundo, me parece estar contemplando el mar.

Ese hermoso paisaje es como un arma de doble filo; nos estamos acercando al próximo ingrediente, pero para conseguirlo vamos a tener que sumergirnos en un verdadero océano de espinas.

Decidimos seguir la miríada de arroyos que serpentean entre esos montículos de brezos; en las orillas de esos riachuelos, crecen flores silvestres azules y arbustos de tojos que no alcanzan el medio metro de altura. A simple vista, es el camino más fácil. Pero, aun así, termino con los brazos llenos de arañazos. Cada vez que uno de esos aguijones me rasga la mejilla y brota una gota de sangre, me trago una maldición.

Es extraño caminar sobre un terreno que se encoge bajo nuestros pies, que se estira y se deforma. Cada dos por tres, a uno de los dos se nos hunde el pie hasta el tobillo, o incluso hasta la rodilla. Eso nos recuerda que nos hemos alejado de tierra firme. Al atardecer, justo antes de que el sol se esconda tras el horizonte, aprovechamos la poca luz que queda para retirar algo de maleza y establecer nuestro campamento. Eso, y el no poder ver más allá de mis narices porque los brezos me tapan el paisaje, me exaspera.

Me duele que quiera evitar ciertos temas, lo cual, a su vez, me sorprende.

En cambio, Rakel parece tranquila, serena. Supongo que ese paisaje no es tan distinto del desierto; un cielo azul y despejado, pero un terreno con pocas perspectivas ventajosas.

A mí me da la impresión de que nos han tendido una emboscada y, a medida que pasan los días, empiezo a encerrarme en mí mismo; dedico toda mi energía a evitar socavones en el suelo, a tratar de detectar cualquier otra presencia humana, ya sea de una patrulla de comandos o de lo que hemos venido a buscar: la ayuda de los habitantes de Edurshain.

Se oye un ruido a lo lejos, como el crujido de unas ramas al pisarlas, y mis cinco sentidos se activan de inmediato. Rakel también ha notado algo, pues frena a su yegua de forma brusca.

—¿Qué ocurre? —pregunto, y me dispongo a desenfundar mis espadas.

Desde la silla de montar, señala un punto en esa llanura inmensa.

—¿Qué son?

Tengo que ponerme de puntillas para tratar de ver más allá de ese mar de brezos.

Justo delante de nosotros, advierto un claro entre los matojos. En él pasta un rebaño de animales. Tienen cuatro patas, como los camellos o los burros, pero es el único rasgo que comparten con cualquier otra bestia que habita en Aramtesh. Su tamaño es descomunal, incluso de lejos. Diría que son el doble que el caballo de Rakel. Se apoyan sobre unas patas largas y esbeltas, y lucen un pelaje corto y pálido que, en ese brillo del ocaso, resplandece como plata líquida. Las criaturas más grandes poseen unos cuernos retorcidos que les crecen junto a las orejas.

Rakel deja caer el brazo con el que estaba señalando esas bestias.

—¿Son… tuldas? ¿Qué tamaño pueden alcanzar?

—Un tamaño considerable —murmuro.

Es la primera vez que veo un tulda vivo con mis propios ojos, pero he visto esas cabezas con cuernos en forma de espiral decorando las paredes de las mejores mansiones de Ekasya. Son simples trofeos que a la aristocracia y a la nobleza de la capital le gusta exhibir en su casa. Aunque, al igual que la caza del león en Aphorai, no veo qué hay de noble en masacrar criaturas como las que tenemos ahí delante.

—Son hermosos —dice Rakel con un suspiro.

Me echo a reír.

Ella cierra los puños.

—¿Y qué te parece tan divertido?

—Ojalá pudieras verte la cara que has puesto. Un par de días merodeando por la cuenca y ya te has enamorado de ella. Cualquiera diría que has nacido aquí, en Edurshai.

—No es verdad —farfulla ella.

Nos acercamos a ese claro del bosque y nos encontramos con una chica que debe de rondar las trece o catorce vueltas. Está dando un paseo entre los tuldas y campa entre esas patas monstruosas como si nada. A juzgar por sus andares despreocupados, no teme morir aplastada bajo una pezuña gigantesca. Parece estar hecha de luz de luna, pues su piel es pálida, su melena dorada y lleva un vestido de manga larga blanco y muy vaporoso que le llega hasta los tobillos. Me cuesta creer que sea el atuendo más apropiado para cuidar del ganado.

La muchacha está sujetando un bastón de pastor con la punta decorada con serpentinas de color azul; la otra mano la tiene libre, para poder dar una palmada a un flanco plateado, la única parte que, dado su estatura, puede alcanzar. De vez en cuando, uno de los animales se inclina para arrimar el morro al hombro de la pastora. Esa imagen me enternece, y me recuerda a uno de los gestos cómplices de Rakel y su caballo.

Cuando nos ve, sonríe y empieza a hacer aspavientos con los brazos.

—¿Soy yo —murmuro— o nos está saludando como si fuésemos amigos de infancia que acaban de regresar de un largo viaje?

Rakel encoge los hombros.

—Una de esas cosas es casi verdad. Y supongo que estamos a punto de descubrir si la otra también.

—¡Hola! —exclama la chica, con una sonrisa de oreja a oreja—. ¿Os importaría ayudarme?

—Hay quien no pierde el tiempo —farfullo.

Recuesta esa vara de madera sobre el hombro.

—Por favor, es la primera vez que me atrevo a sacar el rebaño a pastar yo sola —dice, y suelta un suspiro que roza el melodrama—. ¡Pero, ay de mí! ¡No escuchan mis canciones!

—¿No escuchan tus canciones? —pregunta Rakel.

—Pensé que lo harían. ¡En serio! Llevo lunas enteras ensayando en el campamento. Mi madre no estaba del todo convencida, pero insistí e insistí. Y ahora dos de las crías más jóvenes han desaparecido. Si se hace de noche y no estoy en casa... —dice con gesto desolado y triste—. No volverán a confiar en mí y no dejarán que guíe el rebaño nunca más. Me pasaré el resto de mi vida encerrada en el campamento, cocinando. O peor todavía, limpiando —murmura, y se estremece.

Extiendo los brazos.

—Lo siento, pero...

—Por supuesto que vamos a ayudarte. Es más, nos encantará echarte una mano —termina Rakel.

Le lanzo una mirada inquisitiva, casi amenazadora.

Me hace señas para que me acerque.

—Esarik nos prometió que encontraríamos el quinto ingrediente aquí, entre las gentes de Edurshai. No conoces la cultura y tradición de esta provincia, pero sabes de sobra que sus habitantes son bastante reservados y, probablemente, desconfiados. ¿Me equivoco?

Agacho la cabeza.

—Pues bien, se nos acaba de presentar una oportunidad de oro, y no pienso desaprovecharla.

—La cuenca tiene una extensión vastísima; es la provincia más grande de todo el imperio. Podríamos pasarnos días buscando los tuldas de esta pobre muchacha. ¿Y si no llegamos a tiempo de completar la misión? ¿Qué haremos entonces? Propongo que nos dirijamos al campamento y, una vez allí, enviemos a uno de los vecinos a ayudarla.

Rakel observa a la muchacha; ha tenido la delicadeza de alejarse unos pasos, de forma que el murmullo de los brezos hace que no pueda oír nuestra conversación, y está de espaldas. Al menos es una joven educada.

—¿Misión? Una chica trabajadora y humilde nos está pidiendo que la ayudemos, y eso es lo que vamos a hacer.

La observo con detenimiento.

—Creo que Nisai y tú os llevaríais de maravilla.

El comentario parece sorprenderla.

—¿Lo dices en serio?

—Oh, claro que sí. Cuento los días que faltan para que os conozcáis en persona.

—¿Estoy soñando o tu actitud se ha vuelto… —empieza, y se inclina desde la silla de su caballo y me mira con los ojos entornados— … positiva y optimista?

—¿Y me queda bien? —pregunto, y me pongo de lado, con las manos apoyadas sobre las caderas y la nariz apuntando al cielo.

Ella se ríe entre dientes.

—Es demasiado pronto para saberlo. Veremos si no eres el cenizo de siempre cuando encontremos a los tuldas descarriados de esta pobre muchacha —bromea. Después chasquea la lengua y Lil empieza a avanzar—. Soy Rakel, y este es Ash. Tranquila, te ayudaremos.

La joven nos regala una gran sonrisa.

—Me llamo Mish. La última vez que los vi, estaban justo ahí —dice, y desaparece en ese océano de brezos, pero las serpentinas azules que ondean en la parte superior del bastón asoman entre los arbustos, marcándonos el camino.

La yegua de Rakel demuestra ser una rastreadora imbatible. Se mueve con una agilidad pasmosa entre los matorrales y, al parecer, las púas afiladas de esa plantación no le arañan la piel; es como si fuese inmune a ellas. Se adentra en la espesura y avanza deprisa, abriendo así un camino nuevo desde el que Rakel puede tener unas vistas fabulosas del paisaje, unas vistas mucho más ventajosas que las que tenemos Mish y yo.

—¡Ahí! —grita Rakel—. En el riachuelo que hay un poco más arriba. Están chapoteando en el agua y, desde aquí, parece que están… ¿jugando?

Mish se echa a reír por lo bajo.

—Son ellos, no hay duda.

La joven pastora, que conoce estas tierras como la palma de su mano, toma la delantera y nos guía hacia un caminito de aulagas aplastadas y pisoteadas. Es más que evidente que por ahí han pasado ese par de tuldas traviesos. Y entonces se pone a cantar. Es una melodía sin letra, en escala menor. Su voz suena preciosa, pura. La respuesta no tarda en llegar. En algún lugar, entre los mugidos de los uros y los balidos de las cabras, están las dos crías de tulda. Son todo piernas y trotan por el sendero con cierta torpeza, patizambos.

Rakel no puede contener una sonrisa.

—Creo que te has equivocado, Mish.

—¿Oh?

—Sí te escuchan.

—Qué amable de tu parte. Por cierto… —empieza, pero antes de continuar endereza la espalda, cuadra los hombros y sujeta el bastón de pastora bien recto, como si fuese un soldado el día del desfile militar—, debéis aceptar la hospitalidad de mi familia esta noche.

Aunque son pocos los viajeros que regresan de Edurshai, todos hablan maravillas de las fiestas y banquetes, y, a juzgar por cómo describen tales celebraciones, parecen relatos heroicos. Algunos dicen que incluso duran varios días.

—No querríamos importunar….

—No aceptar la invitación sería como un insulto para nosotros —comenta y, aunque nos mira con la inocencia de una niña pequeña, advierto un tono pícaro en su voz.

Rakel suelta una carcajada.

No me queda otra opción que resignarme; no pienso enzarzarme en una discusión que sé de antemano que no va a servir de nada. Sé cuándo tengo las de perder.

Seguimos a Mish hacia el resplandor dorado del ocaso. De vez en cuando, para y, con el bastón, comprueba el estado del suelo. Le agradezco la consideración porque, de lo contrario, habríamos acabado embarrados hasta las rodillas. Parece ajena a los peligros y las amenazas del terreno, pues no deja de parlotear como un loro y de acribillarnos a preguntas. Es más lista de lo que parece, porque, cuando titubeamos o nuestras respuestas son poco convincentes o creíbles, asiente y, de una forma muy sutil, desvía el tema de conversación. Encajaría muy bien en la corte imperial.

Y justo cuando el sol está a punto de desaparecer tras la línea del horizonte, avistamos el campamento. El sendero termina en un claro bordeado de brezos, pero estos arbustos son mucho más pequeños y están cargados de bayas rojas y carnosas. El arroyo serpentea de tal manera que parece dibujar una espiral completa. Un rebaño de tuldas, el doble de grandes que las crías que estaban al cuidado de Mish, está bebiendo esa

agua transparente y cristalina, aunque algunos de los animales están retozando en la orilla, empapando su pelaje plateado de agua fresca.

No muy lejos de la orilla del río se alzan varias cabañas redondas; la construcción es bastante peculiar, con los tejados inclinados, pero bastante altos. Creo que incluso Iddo cabría ahí dentro. Las paredes de las moradas son de color verde, como si los arquitectos hubieran querido camuflarlas para que los forasteros las confundieran con otro montículo del paisaje.

Mish propone a Rakel que deje su yegua pastando, junto a algunos tuldas. Le jura y perjura que ahí la tierra es segura. Lil parece contenta correteando entre las crías, así que Rakel accede y nos dirigimos hacia el campamento.

El campamento es un trajín de actividad. Hombres y mujeres, todos ataviados con trajes holgados y vaporosos que parecen sacados de una epopeya histórica, nos saludan y nos sonríen al vernos. Hay quien está limpiando ollas y tarros, quien está moliendo especias y quien está asando el muslo de un animal sobre un lecho de brasas ardientes; es tan grande que solo puede pertenecer a un tulda.

Me rugen las tripas de tal forma que parece que me haya

tragado una rana. Nuestra guía se lleva una mano a la boca y se echa a reír. Nos estamos encaminando hacia la cabaña más grande de todas.

Rakel, con esa impulsividad que la caracteriza, suelta un silbido en cuanto entramos en la cabaña. El interior está decorado con tapices tan preciosos e intrincados como los del palacio de Ekasya. Escenas de fuerza y belleza, de violencia y romance engalanan las paredes. Cuando echo la cabeza atrás, me doy cuenta de que el techo abovedado es una réplica de las constelaciones de la rueda de las estrellas.

Lo último que esperaba encontrar en el corazón de la cuenca de Edurshai eran esas magníficas obras de arte. Rakel tenía razón al decir que era un ignorante respecto de la cultura de esta provincia.

Mish señala un par de cojines en el suelo, así que tomamos asiento. Otros miembros del campamento entran en la cabaña y se sientan en círculo, por lo que me es imposible identificar a los líderes.

—Elelsmish, ¿es que no vas a presentarnos a tus huéspedes? —pregunta una de las mujeres.

Utiliza un acento rítmico y un tono formal y educado, algo que me deja bastante perplejo. La cadencia de su voz me recuerda a los actores de teatro que suelen visitar el palacio de Ekasya. Las arrugas de su piel sugieren que es lo bastante mayor como para ser la madre de Mish, pero las pecas de la nariz le otorgan un aire juvenil al rostro.

La joven se avergüenza al oír su nombre completo. A mí también me ha pasado más de una vez.

—Os presento a Rakel y a Ash —dice, y alza la barbilla—. Tienen una misión muy importante entre manos.

La mujer asiente.

—Estoy deseando oír todos los detalles de ese cometido tan trascendental —comenta, y en su mirada distingo el brillo de la alegría genuina—, pero me temo que ese asunto tendrá que esperar. Antes debemos derrotar a nuestro enemigo más feroz, el hambre.

Los últimos miembros del campamento entran en la tienda. Y no vienen solos, sino cargados de bandejas y fuentes a rebosar de comida. Carne asada, quesos que imitan la forma de las cabañas abovedadas de Edurshai y un caldo hecho a partir de verduras que jamás había probado. Un toque fresco y aromático para acompañar el plato principal.

A Rakel se le hace la boca agua al ver ese festín.

—Es la cena más deliciosa que he comido desde hace más de una luna —balbucea con la boca llena.

—¿Estás criticando mi forma de cocinar? Ni el mejor de los chefs podría elaborar una receta exquisita con una hoguera en mitad de la nada.

Me da un codazo, sonríe y se zampa otro trozo de queso.

Una vez que hemos acabado de comer, la mujer que le había preguntado a Mish por nosotros se levanta del círculo.

—Soy Ziltish, la tutora y protectora de Elelsmish. ¿Os apetecería conocer un poco más nuestro querido y dulce hogar?

Rakel y yo asentimos con la cabeza, y nuestra anfitriona señala la salida de la cabaña.

Una vez fuera, vemos que hay un grupo de personas afinando instrumentos de cuerda; los tañidos se entremezclan entre los coros de insectos. La mujer esboza una sonrisa.

—Esta noche tocaremos canciones. Pero esperaremos a que

los grillos se vayan a dormir. Por ventura, ¿no querríais uniros?

Qué pueblo tan acogedor, pienso para mis adentros.

—Muy bien.

Rakel se pone pálida y su expresión se torna lánguida.

—¿No eres aficionada a la música? —murmuro.

—Digamos que preferiría bañarme en un charco de azufre que apeste a huevo podrido que tener que cantar en público.

—Anotado queda.

Seguimos a Ziltish por el campamento sin mediar palabra. El ambiente de noche es fresco, limpio.

Cuando llegamos a la última cabaña, nuestra guía se vuelve.

—Vuestra misión —empieza, sin preámbulos—, no tendrá algo que ver con la triste noticia que nos ha llegado acerca del delicado estado de salud del príncipe primero, ¿verdad?

Aminoro el paso y, sin querer, mi instinto de soldado se despierta. Me pregunto si las personas con quienes hemos compartido la cena en la cabaña son los únicos habitantes de esta zona. Si la situación se pusiera fea, creo que tendría posibilidades de vencerlos. Después de todo, no he visto que llevaran armas. Aunque tampoco descarto la idea de que las tengan escondidas entre esos ropajes tan holgados.

—Por favor, no os inquietéis. Como supongo que sabréis, los rumores corren muy rápido, sobre todo cuando son de tal magnitud. Y debo admitir que la recompensa que se ofrece es una suma más que apetitosa.

Rakel se queda de piedra.

—¿Recompensa?

—Por capturaros y entregaros a los comandos imperiales.

Inspiro profundamente.

—No os preocupéis —insiste Ziltish—, lo hemos debatido y hemos llegado a un acuerdo. Sabemos que habéis prestado vuestra ayuda a nuestra hija y, con eso, os habéis ganado nuestro respeto.

Expulso el aire que estaba reteniendo en los pulmones, aliviado.

—¿Hemos debatido? —pregunta Rakel.

La mujer señala el campamento. Todo el poblado de Edurshai se ha reunido alrededor de la hoguera y los músicos.

Rakel arruga la frente.

—Pero si no habéis cruzado palabra.

—Cuando convives largas temporadas con alguien, acabas conociéndote tan bien que, con una fugaz mirada, ya eres capaz de leer e interpretar sus pensamientos —explica Ziltish, que retira el enrejado que hace las veces de puerta de la cabaña—. Por favor, después de vosotros.

El interior es muy acogedor y hace un calor terrible; me recuerda la biblioteca de Ekasya después de una ola de calor veraniega. Advierto varios braseros llenos de ceniza y unas cestas de hierbas secas entretejidas que me llegan a la altura de la cintura.

Ziltish abre una de las cestas y mete el brazo hasta el codo.

—Si a vuestro príncipe lo envenenaron en Aphorai, habéis venido al lugar correcto —dice.

Y, al sacar la mano de la cesta, veo una pitón larguísima enroscada alrededor de su muñeca.

Rakel da un paso hacia atrás y levanta las manos a modo de rendición.

—No temáis —comenta nuestra anfitriona, a quien se le escapa una risita—. A nuestra querida Kab le arrancamos los colmillos hace varias vueltas. Pero es un elemento clave para los adivinos inexpertos.

—¿Adivinos?

—Miembros del rebaño que han heredado la gracia divina de Dallor. Cuando un tulda sobrevive al veneno de serpiente, su sangre se convierte en el antídoto para salvar a quien sufre la mordedura de una pitón, por ejemplo.

Rakel baja las manos.

—No pretendo ofenderte, pero, a pesar de que no soy una devota muy fiel y apenas asisto a las celebraciones del templo, nunca había oído hablar de una diosa llamada Dallor.

—Eso es porque esa diosa no existe —digo, tratando de no alzar demasiado la voz. ¿Y si nos hemos colado en un campamento de herejes?

La serpiente alarga la lengua y acaricia el hombro de Ziltish.

—Dallor no siempre ha sido una divinidad. En tiempos inmemoriales, durante su hermosa juventud, el dios Riker vagaba por el mundo sin preocupaciones. Viajó hasta la cuenca y pudo oír a una joven muchacha cantando a orillas de un riachuelo. Sabía que una voz tan delicada y aterciopelada como esa solo podía venir de un corazón puro. Se disfrazó de mercader y empezó a cortejarla, comenzó a enamorar a Dallor.

Rakel pone los ojos en blanco.

La miro con el ceño fruncido.

Ziltish no parece haberse percatado de ese detalle y sigue paseándose por la sala, narrando la historia.

—Sin embargo, Dallor ya estaba enamorada de una mujer de Edurshai, Trishaw. Riker prometió que se arrepentiría de haberlo rechazado y le aseguró que, cuando aprendiera la lección, le dedicaría canciones día y noche hasta que regresara. Vueltas más tarde, a Trishaw le mordió una serpiente de río y, desesperada por salvar a su amor, Dallor cantó y cantó para invocar al dios. Este respondió a sus súplicas y apareció con su máscara de joven mortal, fanfarroneando porque creía haberse ganado ese premio que tanto le obsesionaba. Pero, en lugar de caer rendida a sus brazos, Dallor le rogó a Riker que salvara a Trishaw. Riker, que sabía que Dallor iba a rechazarlo de nuevo, le propuso convertir a Trishaw en un tulda, ya que su sangre era inmune al veneno de una serpiente, y así podría salvar la vida de su amada. Dallor aceptó el trato porque estaba dispuesta a hacer cualquier cosa por salvarla, incluso sacrificar su vida humana.

Kab se arrastra por el brazo de Ziltish y se estira la cabeza para acariciarle la mejilla.

—Y así fue como Dallor se convirtió en la primera adivina. Es el antídoto más eficaz que elaboramos, y lo bautizamos en honor de su nombre: el Sacrificio de Dallor. ¿El final de la historia? Riker fue condenado al destino más cruel que uno pueda imaginar: el amor no correspondido.

Rakel parece contrariada; es una expresión que, por desgracia, conozco demasiado bien. Intento llamar su atención para intentar persuadirla de que mantenga silencio, pero es absurdo. Ahí vamos.

—Pero ¿cómo es posible que un tulda supiera curar a un ser humano? ¿Y cómo lo hizo? Nunca había oído nada parecido.

Ziltish, que parece distraída, acaricia la serpiente como si fuese una mascota.

—Lo imaginaba. Es un hecho insólito, como la clase de amor que Dallor sentía por Trishaw. Tan insólito y tan especial que el eraz de Los lleva comprando toda nuestra producción desde el Tratado.

—¿Y por qué el eraz de Los? —pregunta Rakel.

—¿Es un interrogatorio? —bromea Ziltish—. Parece que hayas nacido aquí, en Edurshai. ¿Por qué vendemos nuestro preciado antídoto a nuestros camaradas del norte? La explicación es muy sencilla: porque Los es una provincia infestada de áspides, víboras y cobras. Hay más serpientes ahí que en todo el imperio.

Rakel resopla.

—Creo que en Aphorai también vive alguna que otra serpiente.

Me acerco a ella y le doy un golpecito con el codo en las costillas.

Me mira de reojo. Está pensando lo mismo que yo.

Sí, tiene que ser eso. El Sacrificio de Dallor. «Cuando el corazón de Riker tuvo que enfrentarse al mal eterno.»

—Tenemos motivos para creer que ese antídoto podría ser fundamental para la recuperación del príncipe primero —digo, cauteloso—. Si pudiéramos adquirir una pequeña cantidad por un precio justo, estaríamos eternamente agradecidos.

Ziltish niega con la cabeza.

—Los términos del contrato con la provincia de Los están claros: son dueños de toda nuestra producción. Repasan el cargamento con una escrupulosidad religiosa y cuentan hasta la última gota del antídoto. Me temo que, sin una orden con la firma de puño y letra del emperador, no estoy en disposición de ayudaros. Y, aunque os presentarais aquí con ese documento..., las cosas se complicarían. ¿Estáis seguros de que es el Sacrificio de Dallor lo que necesitáis? Os puedo ofrecer una amplia serie de «antivenenos».

Rakel asiente con vehemencia.

—Estamos seguros.

Ziltish adopta una semblante triste y melancólico, con si fuese la actriz protagonista de una obra teatral.

—Agradezco la franqueza. Ojalá pudiera ayudaros, de verdad. Acordamos no entregaros a los comandos porque nos parecía lo más justo, sensato y lógico. Pero ¿poner en peligro el sustento del que vive toda mi familia y sufrir las represalias vengativas del eraz de Los? Eso es harina de otro costal o, como decimos por estos lares, una canasta llena de víboras. Y no podemos permitirnos destapar esa canasta.

31

Rakel

Estoy que echo humo por las orejas.

Se ha negado en redondo a vendernos unas gotitas de su tan célebre y deseado antídoto y, para colmo, no ha mostrado ni un ápice de lástima y compasión. Creo que tiene la misma sensibilidad que la serpiente que se ha enroscado alrededor de su brazo. Después de ese pequeño encontronazo, nos invita a disfrutar de una velada musical en el campamento. ¿En serio cree que en este momento nos apetece pasar una noche escuchando alegres melodías? ¿Pretende que olvidemos lo ocurrido así, sin más? Esta gente es más descarada que un vendedor de incienso falso.

Intento serenarme. Relajo los puños y sigo a Ash.

Salgo de esa espeluznante cabaña de serpientes y noto la caricia del aire fresco en la piel; una sensación que agradezco después de haber estado en esa sala tan pequeña y sofocante. Ziltish camina delante de nosotros, con paso ligero y tranquilo, como si no tuviera ni idea del peso de las consecuencias que va a acarrear la decisión que acaba de tomar.

Echo un vistazo a la cabaña y siento un escalofrío por todo el cuerpo.

—¿No te gustan las serpientes? —pregunta Ash de camino al centro del campamento, y se pega a mí para que nadie pueda escuchar nuestra conversación.

—No les tengo mucho cariño, la verdad. ¿Y esa peste? Puf. Esa mezcla de polvo, almizcle y rata muerta es asquerosa —digo y, al tragar saliva, noto ese sabor húmedo y mohoso en la lengua.

—Suerte que no invitamos a Kip a esta aventura. La situación se nos habría ido de las manos ahí dentro.

—¿Kip?

—Una comando de Los que viajó en la delegación a Aphorai. Cada vez que veía una serpiente, salía disparada tras ella, le clavaba un tridente y, no contenta con eso, la degollaba con su puñal. Pero espera a oír el resto: después, por la noche, las asaba y se las comía —explica.

—Ahora mismo, si se plantara aquí y quisiera prender fuego a esa cabaña llena de culebras, aunque fuese solo para calentarse las manos, no me interpondría en su camino, te lo aseguro.

—Ningún otro comando movería un dedo para impedírselo, créeme. Que se alimentara a base de carne de serpiente... levantaba ciertas sospechas. Ninguno de sus compañeros derramó una sola lágrima cuando se enteraron de que la habían reasignado.

—¿Reasignado? —pregunto con un hilo de voz.

—Iddo, el capitán de los comandos, la nombró escudo temporal de Nisai dada mi incapacidad.

—Intuyo que no era la peor de las opciones.

Justo cuando llegamos a la hoguera, un arpista empieza a tocar. Todo el mundo se ha acomodado alrededor del fuego, pero han tenido la gentileza de dejar dos sitios vacíos, para nosotros.

Sin embargo, no nos han colocado uno al lado del otro, sino en lugares opuestos. Por lo visto, quieren que nos relacionemos con ellos, que nos integremos.

—¿Estás preparado para pasártelo en grande?

—No —responde Ash, y suelta un suspiro—, pero tenemos que disimular y hacerles creer que somos huéspedes agradecidos y educados. Finjamos estar disfrutando de la velada hasta que encontremos la manera de conseguir unas gotas del Sacrificio de Dallor.

—Podría... «recolectar» una pequeña cantidad en cuanto todos se hayan ido a dormir —propongo, y levanto las cejas. Ese gesto resulta divertir a Ash, que no puede contener la sonrisa.

—Buena idea —murmura. Después cuadra los hombros y se dirige hacia el círculo que rodea el fuego.

En cuanto ocupamos los dos únicos sitios libres, nos ofrecen unas preciosas copas de plata maciza, con grabados hechos a mano. Contienen lo que, a simple vista, parece una bebida lechosa. Olisqueo ese líquido y lo analizo. Es una bebida muy sabrosa, con fermentos dulces y con notas que me recuerdan a praderas soleadas. Tomo un sorbo. Está muy rica.

Las gentes de Edurshai son artistas por naturaleza. Escuchamos una serie de baladas antiguas, *Los cinco juicios de Tamin* y *La derrota de Emarpal,* entre ellas. El arpista sigue con un solo de *La traición de Kesnai,* una melodía tan evocadora y etérea como la flor de purrath.

La persona sentada a mi derecha me rellena la copa y le dedico una sonrisa a modo de agradecimiento. A pesar de ese aroma dulzón, la bebida es fuerte. Siento un ardor quemante en las mejillas, y eso que la temperatura nocturna es fría, casi gélida. La impotencia que siento es indescriptible; estamos tan cerca y a la vez tan lejos del último ingrediente...

Ash me observa desde el otro lado de la hoguera, pero no soy capaz de descifrar su expresión. Se lleva la copa a los labios. Me ruborizo todavía más, pero no aparto la mirada.

Tomo otro sorbo.

Y, de golpe, Ash vacía su copa. De un solo trago. Después se pone en pie y se quita la capa. El pelo, que desde que partimos de Aphorai le ha crecido un par de centímetros, le cubre los tatuajes de la cabeza. Sin embargo, bajo el resplandor anaranjado de las llamas, la tinta que se desliza por su cuello y sus brazos enfatiza todavía más cada músculo y tendón de su cuerpo. No nos hemos despegado desde hace muchísimos días, pero nunca he pasado una mano por las colinas de su pecho. Noto un cosquilleo en la yema de los dedos al imaginarme...

Miro la copa que estoy sujetando. ¿De qué está hecha esta bebida?

Ash se acerca al arpista y le comenta algo, pero no puedo oírlo porque la animada y escandalosa conversación de la pareja de al lado me lo impide.

¿A qué está jugando?

El arpista asiente con la cabeza, de una forma muy entusiasta. Ash yergue la espalda y estira el cuello para ver más allá de la banda musical, para verme a mí. Después ladea la cabeza hacia el cielo, como si estuviera tratando de orientarse.

Y, de repente, empieza a cantar.

Casi me atraganto.

Su voz suena igual de grave y profunda que cuando habla, una voz cálida como el aroma a sándalo de su armadura y oscura como el humo. Pero percibo algo distinto, un matiz salvaje y puro que me atrapa, que me hipnotiza.

Me doy cuenta de que me he quedado totalmente quieta, petrificada.

Echo un vistazo a mi alrededor para confirmar que su voz no solo me ha hechizado a mí; todas y cada una de las personas del público han enmudecido al oír a Ash y parecen cautivados. Hasta el tulda que estaba pastando tranquilamente junto al arroyo ha levantado la cabeza ante tal extraordinaria voz. Advierto la silueta de sus cuernos retorcidos sobre el cielo estrellado.

La letra de la canción está en un dialecto que no comprendo del todo. Algunas palabras me resultan familiares, y otras, desconocidas. Pero después de unos compases, la melodía empieza a despertar ciertos recuerdos.

La había oído en las calles de Aphorai, pero jamás con esa angustia, con ese pesar. En la ciudad, los cánticos eran una señal de que se acercaba el ocaso y una forma bonita de despedir el día. Y era el momento en que los criados de las familias menos acaudaladas se acercaban a la plaza para recoger agua de las fuentes.

Es una canción de anhelo y nostalgia porque sabes que jamás podrás estar con la persona que amas. Casi de inmediato me viene la imagen de Barden a la cabeza. Intentaba ganarse mi amor por todos los medios y siempre se mostraba dispuesto a lo que fuese por mí, a pesar de que nunca le demostré ni el más mínimo afecto. Su imagen se desdibuja. Es una canción sobre el amor no correspondido, sobre enamorarse de alguien inalcanzable, sobre luchar contra el deber y lo establecido y renunciar a tu corazón.

Las notas de Ash son cada vez más amargas y, bajo la luz del fuego, sus rasgos se vuelven tristes, apenados. Enseguida adivino a quién le está dedicando la canción, en quién está pensando cuando su voz alza el vuelo.

Deber.

Amor.

Nisai.

Ash está enamorado de Nisai.

Me mira. Y en sus ojos veo vulnerabilidad.

Doy un respingo. «Sabe que lo sé».

Con prisas y con algo de torpeza, recojo mi bolsa y trato de ponerme en pie. Siento que me tambaleo, que las piernas no pueden soportar mi peso.

El público está absorto escuchando a Ash. Menos mal. Doy un paso hacia atrás, y después otro. Ash no aparta la mirada, pero no desafina ni una sola nota. Siento su mirada abrasándome la piel.

Me escapo de ese inesperado concierto y me lanzo a los brazos de la oscuridad que me brinda la noche.

Corro sin pensar, sin rumbo, sin dirección. Bordeo el riachuelo y dejo atrás el rebaño de tuldas, el campamento. Y, cuando los arbustos de brezos silvestres me llegan a la altura del hombro, me doy cuenta de que apenas logro oír las últimas notas de la canción. Me desplomo sobre la orilla y ni siquiera me importa que se me hayan mojado las botas.

¿Por qué no me lo ha contado? Después de todas las aventuras y desventuras que hemos vivido juntos, ¿todavía no me he ganado su confianza? ¿Por qué guardar un secreto así?

Y, de repente, me pongo furiosa, pero no con él, sino conmigo. ¿Cómo no he podido verlo? Estoy segura de que no es el primer escudo que se enamora de la persona a quien debe proteger. O, al menos, eso es lo que cuentan las historias épicas.

Respiro hondo y trato de concentrarme en las esencias que bailan y brincan en el ambiente. La hoguera, el rebaño de tuldas, los brezos pisoteados por los cascos de Lil, las bayas, el suave aroma de las florecitas azules. Me recuesto sobre esa tierra fría y húmeda. Observo las estrellas. Son las mismas de siempre, aunque están dispuestas de una forma distinta que en el cielo de Aphorai. Me pregunto si mi padre las estará contemplando ahora mismo, sentado en el porche de nuestra casa, con zarcillos de incienso de bergamota a su alrededor.

Siento un vacío inmenso en el pecho. Desde que nos embarcamos en esta búsqueda demente, nunca había añorado tanto mi hogar como ahora. Cierro los ojos y me imagino que vuelvo a ser una niña, que mi padre es el hombre más fuerte del mundo. Tan fuerte que es capaz de lanzarme hacia lo más alto y de cogerme antes de que llegue al suelo. Tan fuerte que es capaz de llevarme a hombros por la calle. Tan fuerte que es capaz de decirme la verdad.

Una lágrima rueda por mi mejilla.

La seco.

Mi padre me mintió. Y para quien sea que esté detrás de Luz y de Zakkurus y de esta dichosa Orden de Asmudtag yo no soy más que una pieza minúscula e insignificante de un juego que escapa a mi entendimiento.

Aun así, Ash no me ha mentido. Me desveló quién era, a pesar de que hacerlo era muy arriesgado. Y ahora está tratando de decirme de quién está enamorado.

La rabia y la ira que se habían apoderado de mí se transforman en vergüenza. ¿Por qué Ash no puede amar a Nisai? Si fuera capaz de ver más allá de mis narices, me habría dado cuenta enseguida.

Poco a poco, el rubor de las mejillas empieza a palidecer. Creo que he bebido suficiente por hoy. No sé de qué está hecho ese brebaje, pero es muy fuerte.

Mi ausencia no pasará desapercibida entre ese corrillo de curiosos. Empezarán a hacer preguntas, a preocuparse, así que me pongo en pie y regreso al campamento. Maldigo el momento en que metí las botas en el agua. Ahora están empapadas y gélidas.

Me encuentro con Ash a mitad del camino.

Quiero aparentar calma y normalidad, así que camino des-

preocupada y con el pulgar metido bajo la correa de mi bolsa.

—Así que cantas, ¿eh? Nunca lo habías mencionado.

Coge una ramita de brezo y empieza a arrancar las espinas una a una.

—Todavía hay cosas que no sabes sobre mí.

—¿Ash es tu verdadero nombre?

—Es el nombre con el que me bautizaron —dice, aunque no se atreve a mirarme a los ojos—. Bueno, parte de él.

—Entonces es la abreviatura de…

—Ashradinoran.

No puedo contenerme y exploto de risa. Las carcajadas son tan ruidosas y fuertes que no logro mantenerme en pie y tengo que doblarme.

—Lo siento —farfullo—. No he debido de oírte bien. Me ha parecido entender que decías «Ashradinoran». El guerrero legendario de la Antigüedad. Un gigante con una fuerza mítica y una destreza inigualable. Y que pretende y corteja a doncellas y a diosas por igual.

—El mismo —dice, y coge otro tallo de brezo—. Y, si me permites el consejo, en lugar de burlarte de este héroe mítico, deberías darme las gracias.

—¿Darte las gracias? ¿Por qué?

—Extiende la mano.

Titubeo.

—Nada de serpientes, te lo prometo.

Hago lo que me pide. Deja un minúsculo vial sobre la palma de mi mano.

—¿Es…?

Él asiente con la cabeza.

—Sacrificio de Dallor.

Observo boquiabierta el frasquito y pestañeo. Si la memoria no me falla, el único ingrediente que nos falta encontrar es el ámbar de Los. Parecía una cruzada imposible, pero lo que tengo sobre la palma de la mano es un buen augurio. ¿Y si la victoria no es una quimera?

Me lanzo a sus brazos.

—¡Lo has logrado!

Él me envuelve en un fuerte abrazo.

—Lo «hemos» logrado —susurra.

Sus labios me rozan el cuello y siento un escalofrío por todo el cuerpo. Siento sus manos sobre mi espalda, unas manos fuertes, pero a la vez tiernas y cariñosas. No me abrazaban… desde la última vez que lo hizo Barden. Entonces me sentía presa de su deseo y, aunque sabía que su amor y pasión jamás serían correspondidos, entre sus brazos siempre encontré el consuelo que creía necesitar.

Sin embargo, este abrazo significa algo más.

Y tengo la corazonada, o más bien la certeza, de que Ash está pensando en otra persona. Está pensando en el príncipe.

Me aparto y doy un paso atrás. La esencia de sándalo y gálbano se desvanece enseguida, pero el aroma a cedro parece haberse quedado pegado a mi piel. Ojalá no le hubiera animado a utilizar uno de mis aceites favoritos para engrasar su armadura.

Sostengo el vial entre los dedos. ¿Qué ha hecho para que Ziltish y su panda cambien de opinión?

—¿Cómo lo has conseguido?

Dibuja una amplia sonrisa.

—Lo único que sabía de las gentes de Edurshai es que son unos románticos empedernidos. Y parece ser que mi, ah, actuación los ha convencido de que nuestro menester bien merecía el riesgo.

Nuestro menester. Salvar a Nisai. Es lo único que tenemos en común, lo único que nos une.

Tengo que hacer de tripas corazón para controlar mi tono de voz.

—Supongo que partiremos mañana mismo.

Asiente con la cabeza.

No se me ocurre qué más decir, así que guardo el antídoto en mi bolsa y regresamos en silencio al campamento. Nos reciben con los brazos abiertos y nos acompañan hacia las habitaciones que han dispuesto para nosotros. Nos han preparado «una» cabaña para los dos. Han desenrollado dos petates y han dejado dos mantas con preciosos bordados hechos a mano. La cortina que hace de separador está hecha de un fieltro bastante grueso que han rociado con bálsamo de vetiver para ayudar a, ejem, a la relajación.

Llevamos tantos días de viaje, durmiendo a la intemperie, que esa repentina privacidad me resulta extraña, y toda una novedad. Después de las revelaciones de esta noche, me alegro de poder disfrutar de un espacio íntimo solo para mí.

Dejo mi bolsa en el suelo y alargo el brazo para descorrer la cortina.

—Buenas noches, Ash.

—Rakel, yo… —balbucea. Está nervioso y no sabe dónde mirar. Primero me mira a mí, después al suelo, después de nuevo a mí.

—¿Sí?

—¿Tú…?

—¿Si yo qué?

Sacude la cabeza.

—Nada. Buenas noches. Despiértame si necesitas cualquier cosa.

Después de echar la cortina, me desnudo y me hago un ovillo bajo las mantas.

Aprovecho el silencio que reina dentro de la cabaña para escuchar con atención la rutina nocturna de Ash. Oigo sus pasos alrededor de la cabaña y sé que está comprobando el perímetro. Después distingo el inconfundible tintineo del metal; está limpiando y afilando cada una de sus espadas y dagas. Siempre esconde un puñal bajo la almohada. La brisa arrastra hasta mi olfato el olor del elixir de Linod. Nunca falla, antes de irse a dormir se toma una dosis. Y, por fin, esa exhalación larga y reconfortante que deja escapar cuando por fin se tumba… y descansa.

El campamento ha quedado aparentemente desierto, pues todos se han ido a dormir. Una quietud muda parece haberse instalado en la cuenca; el único sonido que rompe ese silencio es el murmullo de los brezos cuando sopla la brisa. Al otro lado de la cortina, Ash tarda una eternidad en sucumbir al sueño. Lo sé porque oigo su respiración entrecortada.

Esa noche a mí también me cuesta conciliar el sueño.

Partimos del campamento de Edurshai en cuanto el sol despunta en el horizonte.

En cuanto nos alejemos de la cuenca, galoparemos hacia la Gran Confluencia de los Ríos, donde desembocan los principales ríos de Aramtesh. Una vez que lleguemos allí, tendremos que tomar una decisión. Por un lado, Ekasya, donde nos arriesgamos a un arresto casi inmediato, pero donde Esarik podrá proporcionarnos el último y más preciado ingrediente, el ámbar. La otra opción será Lostras, donde podemos encontrar ámbar sin provocar incidentes, pero donde estaremos tan lejos de la capital que quizá no lleguemos a tiempo, pues el viaje abarca más de una luna. Será la última luna para Nisai si fracasamos.

Sopeso las distintas opciones mientras cabalgamos hacia la confluencia. He oído historias de Ekasya. Si son ciertas, creo que me perdería en una ciudad tan grande y laberíntica. No sabría ni por dónde empezar a buscar el equipo y las herramientas que necesito para elaborar la fórmula y ponerla a prueba; otra opción sería ponernos a indagar y a hacer preguntas, pero con eso solo conseguiríamos llamar la atención. ¿Y si Esarik todavía no ha regresado a la ciudad natal del príncipe?

¿Y Lostras? El trayecto hasta allí bien podría durar una luna entera.

Ash está más arisco y malhumorado de lo habitual. No ha parado a descansar en ningún momento y apenas ha dicho una palabra en toda la mañana. Cuando se gira, supongo que para comprobar que le estoy siguiendo de cerca, su expresión es agria como el vinagre. Ha madrugado para afeitarse la cabeza. Tal vez sea su forma de despejar la mente. A decir verdad, la mía está un poco nublada y confusa tras la hospitalidad que nos brindó el pueblo de Edurshai anoche. Aun así, ahora que estamos más cerca de la fórmula que puede curar a Nisai, pensaba que estaría más contento.

Esa idea despierta mi curiosidad, así que hurgo en mi mochila en busca del vial que contiene el antídoto. Es de color sangre, por lo que imaginaba que olería a cobre, o algún otro aroma metálico. Pero en lugar de eso huele a… ¿bayas?

Me viene a la mente la imagen del campamento. Los brezos que crecían alrededor de las cabañas estaban cargados de un fruto rojo maduro. Las gentes de esta provincia han demostrado, y con creces, que les apasionan las sagas heroicas, pero carecen del sentido del honor. ¿Habrán tenido la desfachatez de entregarnos un vial de zumo de baya?

Ash frena en seco y ladea ligeramente la cabeza.

—¿Qué mosca te ha picado?

—La mosca «equivocada».

Y justo cuando voy a explicarle mis sospechas, alza una mano. Lo hace de una forma tan brusca y súbita que todos los tendones de su muñeca se tensan. Me quedo callada de inmediato. Se señala el oído, y después, un punto entre los arbustos.

Lil parece haber entendido el mensaje de que algo no anda bien, pues empieza a mover las orejas. Desmonto y aterrizo sobre las puntas de los pies para no hacer ruido.

—¿Qué? —articulo.

—Comandos —responde él, y me hace señas para que le siga.

Nos introducimos entre los brezos y avanzamos en fila india, con Lil en la retaguardia y con la cabeza agachada. Ash avanza en zigzag, siguiendo los caminos que han marcado los animales antes, moviéndose con rapidez y agilidad, pero también con sigilo y en completo silencio.

De pronto, oímos un silbido agudo y, un segundo después, un grito.

Tengo que controlarme para no subirme de un brinco a lomos de Lil y huir despavorida en dirección contraria. Pero sé que, aunque lograra escapar de los comandos, Lil acabaría tropezando, metiendo una pata en algún hoyo de esa inmensa ciénaga.

Seguimos avanzando por ese laberinto de senderos y, en un momento dado, pierdo la noción del tiempo. Las tripas me rugen y protestan, pues no hemos almorzado. Y el intenso sol del mediodía me ha provocado un insufrible martilleo en la cabeza. Seguimos por veredas cada vez más angostas que nos obligan a apartar las ramas para poder pasar. Las espinas de los arbustos me rasgan las mangas y me arañan las pantorrillas y las muñecas. Tengo la piel llena de rasguños rojos. Por suerte, el pelaje de Lil no sufre la misma suerte.

Llega el crepúsculo. Me duelen hasta las pestañas y siento un escozor terrible en la piel, pero Ash se niega a parar, así que seguimos avanzando hasta que se hace de noche y el zumbido de los insectos ahoga nuestros susurros.

—Han encendido una hoguera —balbuceo al percibir el olor del humo en el ambiente.

—No los subestimes ni los tomes por una panda de almas cándidas. Los comandos no cometen errores. Quieren que sepamos dónde están. O quieren hacernos creer que lo sabemos.

—¿Cómo nos han encontrado?

Pero no es Ash quien responde.

—Aunque me avergüenza decirlo, ha sido gracias a los ancianos del campamento.

Ash desenvaina las espadas al instante, dispuesto a atacar a quienquiera que esté escondido entre los brezos.

Aparece sin su bastón y con una mochila más grande que ella. Pero incluso bajo el pálido resplandor de la luna distingo esa melena rubia. Le indico a Ash que baje las espadas.

—¡Mish!

—No deberías estar aquí —murmura Ash.

—Por favor, no os preocupéis. Llegar hasta aquí no ha sido ningún esfuerzo para mí. Conozco muy bien estas tierras y, no os ofendáis, pero habéis dejado un rastro bastante evidente.

Ash enfunda sus espadas y farfulla algo, no sé si una maldición o una plegaria, sobre que nos haya seguido una chica de solo trece vueltas de edad.

La miro con cierto recelo, con cierta desconfianza.

—¿Por qué?

Encoge los hombros, aunque, bajo esa descomunal mochila, resulta difícil de decir.

—Después de que os marcharais, me colé en una cabaña y escuché la conversación que estaban manteniendo los ancianos de la aldea. Me puse furiosa al descubrir que os habían entregado una poción de desamor, en lugar de lo que necesitabais. De estar viva, a Dallor le habría dolido en el alma.

—Los amantes de las historias de amor nos han vendido —murmuro—. Nos han tomado el pelo.

Ash se pasa la mano por la cabeza.

—Y que lo digas.

Mish desliza la mano por el interior de la manga de su vestido, una manga holgada donde podría caber de todo.

—Fui yo quien os invité al campamento. Lo hice porque me prestasteis vuestra ayuda sin conocerme, y sin pedir nada a cambio. No quería cargar con ese peso sobre mi conciencia, así que decidí poner solución al problema. Tomad. Sacrificio de Dallor, pero el de verdad.

Acepto el vial.

—¿Y has venido hasta aquí por nosotros? Mish, eres una heroína.

—Bueno..., en esa misma reunión los ancianos decidieron revocar mis privilegios como pastora del rebaño. Y no voy a tolerar que nadie me mande fregar las cazuelas del campamento ni una sola vuelta más. Así que he decidido que ha llegado el momento de buscar fortuna.

—¿Fortuna? Vuelve a casa —le aconseja Ash—. Aquí fuera hay grandes peligros. Sobre todo para una joven... —empieza, pero entonces deja escapar un gruñido de sorpresa.

Baja la cabeza y se mira el brazo. Tiene un dardo clavado en el bíceps, justo debajo de su banda de oración.

—No te preocupes, «ese» no está impregnado de veneno mortal.

Resoplo. Mish no es ninguna mosquita muerta y todo apunta a que puede defenderse solita.

—Deberíais iros. Los despistaré y los marearé durante un buen rato; sin embargo, cuando se den cuenta de que no tengo caballo, mi táctica se irá a pique. ¡Adiós!

Y, de repente, desaparece entre los brezos.

Ash marca el ritmo. Un ritmo demasiado riguroso y extenuante.

Según él, no tenemos elección; aunque Mish se las ingeniara para entretenerlos un buen rato, y así darnos algo más de tiempo, no podemos cubrir el rastro que dejamos mientras sigamos en la cuenca. Nos abrimos camino entre los brezos, lo que significa que estamos dejando una marca que hasta un ciego vería. Invierto hasta la última gota de energía en no desfallecer y en mantenerme en pie. Y, por increíble que parezca, ni siquiera me doy cuenta de cuándo amanece, ni de cuándo anochece, ni de cuándo vuelve a amanecer.

Es de noche y me siento tan débil que creo que voy a perder el conocimiento en cualquier momento. Pero justo entonces vislumbro un río a lo lejos, una cinta de seda negra de casi dos kilómetros que refleja el cielo estrellado, como un espejo. Nací demasiado tarde y nunca vi un río fluyendo por la provincia de Aphorai, así que, a pesar del cansancio y el desaliento, no puedo evitar maravillarme al ver tanta agua serpenteando libremente entre el paisaje.

La Gran Confluencia de los Ríos es, en realidad, un pueblo. Está iluminado por un sinfín de antorchas y braseros. Nos internamos por las afueras y nos dirigimos hacia el río. Al principio, las callejuelas están flanqueadas por casitas silenciosas y de almacenes cerrados a cal y a canto, pero, a medida que nos vamos acercando a las dársenas, se vuelven más pobladas, con tabernas y casas de juegos y tugurios para fumar humo del sueño. Y, más allá, advierto las luces de las barcazas, que se mecen al ritmo de las aguas.

Hemos logrado pasar desapercibidos y estamos a punto de llegar al muelle. Nos escondemos entre las sombras de uno de los almacenes; la estructura del suelo se apoya sobre unos pilares de piedra de mi altura. Supongo que esa zona tiende a inundarse de vez en cuando.

—Allí —dice Ash, y señala una dársena donde ondea una bandera con el ave fénix imperial en el centro; el hilo de oro parece brillar con luz propia bajo el resplandor de la antorcha—. Esas barcazas van rumbo a Ekasya.

Hago una mueca. Son las barcazas más vigiladas de todas.

Ash frunce el ceño y murmura una blasfemia.

—¿Los guardias de los barcos?

—No. Comandos.

Levanta la barbilla.

—Fíjate bien. ¿Ves el tipo que está apoyado sobre esos sacos de cereales? ¿Y la mujer de ahí? Está disimulando. ¿Desde cuándo los recaudadores de impuestos llevan armas? Siempre mandan hacer a otros el trabajo sucio.

Me muerdo el interior de la mejilla mientras él va localizando a varios comandos más. Si tiene razón, han rodeado toda la dársena de esta orilla del río para impedir que viajemos a la ciudad de forma rápida. Huir de allí no es una opción, y no tengo ni la más remota idea de hacia dónde zarparán esos barcos. Otra alternativa que se me ocurre es zambullirnos en el río, pero nunca he nadado hasta tan lejos, ni tampoco en una corriente tan poco previsible.

—Viene alguien. Rápido —dice, y se cubre la cabeza con la capucha de la capa.

Yo me deshago la trenza y mi melena cae en cascada alrededor de mi rostro.

Ash asiente.

—Por aquí.

Se mueve ágilmente, con elegancia y en completo silencio. A su lado, me siento torpe y patosa; guío a Lil, que avanza con la cabeza gacha porque nos movemos de almacén en almacén, por ese enredo de pilares de piedra y suelos de madera.

Y entonces doy un traspié.

En un intento desesperado, sostengo contra el pecho mi bolsa, pero, aun así, el tintineo del cristal retumba en el silencio de la noche. Aterrizo de costado y enseguida noto un dolor intenso en la cadera y en el hombro, pero lo que más me preocupa ahora mismo es que se haya roto algo. Sobre todo ese pedazo de hueso que logramos sacar de las cuevas de Azered. Contengo la respiración y compruebo cada recoveco y compartimento de la bolsa.

Ahí está. Y sigue emitiendo ese resplandor azul cielo.

Bajo la cabeza, aliviada.

Oigo un gruñido aterrador. Es Ash. Y es entonces cuando caigo en la cuenta de que no he dado un traspié. Alguien me ha hecho una zancadilla. Y ese alguien ha atacado a Ash.

—Ya decía yo que olía a rancio —dice el comando, arrastrando las palabras mientras se preparan para una batalla cuerpo a cuerpo.

—Déjanos pasar —le ordena Ash, y veo que está empuñando las dagas que suele guardar en las muñecas. El espacio es demasiado reducido para desenvainar las espadas.

—Yo solo obedezco órdenes. Puedes entregarte y ponerme las cosas fáciles, o puedo enviarte directo al sexto infierno. Dime, ¿qué prefieres?

Ash ni siquiera se molesta en responder. Tiene la mirada clavada en el comando. Sé que su mente de estratega ya está cavilando el ataque. Se mueve y, en un abrir y cerrar de ojos, los dos se convierten en una nube borrosa en mitad de la oscuridad.

Oigo un gruñido.

Un golpe seco.

Un silbido húmedo, lento.

Ash deja caer a su oponente al suelo y limpia el filo de sus puñales en la capa del comando. Lo hace con la misma naturalidad que un panadero se sacude la harina de las manos. Enfunda sus puñales y se vuelve hacia mí.

—¿Estás herida?

Niego con la cabeza. Me he quedado paralizada, sobrecogida. Padre también fue soldado, pero nunca había presenciado algo así. Es la primera vez que veo con mis propios ojos que un hombre mata a otro.

—Bien —dice. Se agacha junto al cadáver, le coge la cartera y después hace rodar su cuerpo debajo del almacén—. No tardarán en descubrir que algo no anda bien. Utilizan un sistema de comunicación rotativo. Tenemos que movernos, y rápido.

Nos internamos entre los callejones hasta llegar a orillas del río. Siento que mi cuerpo está rígido, tenso. Intento dejar de pensar en qué se siente cuando alguien dispara una flecha y acaba clavada en tu hombro. O cuando te atraviesan las costillas con el filo de una espada. Lil, que no se separa de mí, no deja de mover las orejas. Por lo visto, no soy la única que se siente amenazada.

—Trata de relajarte —murmura Ash, que apoya una mano sobre la parte baja de mi espalda.

El gesto me conforta y me consuela, lo cual me sorprende, teniendo en cuenta que, con esa misma mano, acaba de asesinar a un hombre.

A medida que nos alejamos de la dársena imperial, las embarcaciones van cambiando. Cada vez son más pequeñas y están peor atendidas y cuidadas. Las antorchas se convierten en velas de sebo; el humo de esas velas hace que me lloren los ojos y el hedor de la grasa rancia es insoportable.

Pasamos junto a un grupo de hombres, todos apiñados alrededor de lo que parece el juego de las cinco copas. Unos pasos más allá, otro puñado de hombres retienen a una joven de mi edad. Le han vendado los ojos y la tienen sentada sobre su regazo mientras mueven una pipa de humo del sueño bajo su nariz. Ella inhala. Vendedores de pieles. Si son de la misma calaña que los que frecuentan Aphorai, deben de tener a la pobre muchacha tan drogada que no sabe ni en qué día vive.

Ash me sujeta la manga de la túnica, me arrastra hacia él y me rodea los hombros con el brazo. En un acto reflejo, me revuelvo para apartarle la mano, pero entonces me doy cuenta de que esa pandilla de hombres me están mirando de forma lasciva, casi impúdica. Ni siquiera tienen la decencia de disimular; repasan cada centímetro de mi cuerpo desde los pies hasta la cabeza. Incluso imagino sentir sus manos trepando por mis piernas. Noto un escalofrío.

—No te apartes, por favor —me murmura Ash al oído—. Sé que es una osadía por mi parte, pero solo será un momento.

Tiene toda la razón. Y, a decir verdad, me siento mucho más segura cobijada bajo sus brazos.

Ash se encamina hacia la penúltima embarcación. El camarote, que consiste en una tienda de lona, es el más raído y andrajoso que hemos visto en esas dársenas, pero el casco brilla bajo la luz de la luna, lo que significa que lo han reparado hace poco.

Hay un tipo en el muelle, justo delante de los dos tablones de madera que hacen las veces de pasarela hasta la barcaza. Es un hombre bastante flaco y tiene una cicatriz en el labio que hace que parezca que está sonriendo constantemente. De la pipa que sujeta entre los dedos brotan espirales de humo, pero es una mezcla de tabaco y clavo, no humo del sueño. Además, las manos no le tiemblan.

—¿Eres el capitán? —pregunta Ash con voz ronca y con un acento muy marcado, como el día que nos adentramos en las cuevas.

El desconocido asiente.

—¿Tienes sitio para dos?

—Por un buen precio, seguro que sí.

Ash sacude la bolsita de zigs que le ha robado al comando.

—Y el caballo también viene.

El capitán asiente con la cabeza.

—¿Y cuánto costaría que zarpásemos ahora mismo? —pregunta, y le lanza la bolsita.

Al tipo se le hacen los ojos chiribitas al ver tanta plata junta.

—Esto servirá.

—Debemos irnos sin llamar la atención.

—Seremos como las ratas de las dársenas, que corretean entre los muelles sin hacer el menor ruido.

El capitán hace señas a la tripulación; todos van vestidos con ropas harapientas, pero se mueven con la eficiencia de años de experiencia. No pienso hacer ninguna pregunta sobre qué transportan esos hombres.

Embarcamos y oso a mirar atrás. Ningún comando a la vista.

Uno de los miembros de la tripulación suelta las amarras.

Y, al fin, zarpamos. Dejo escapar un suspiro de alivio. Ash, sin embargo, no parece tranquilo. Tiene la mirada clavada en los muelles y su postura es defensiva; está de brazos cruzados, con las manos apoyadas en los puñales que esconde en las bocamangas. Intento no pensar en lo que ha hecho con esas dagas hace apenas unos minutos.

La confluencia desaparece tras una curva del río. En un arrebato de rabia e impotencia, golpeo la barandilla de la barcaza. Aunque logremos encontrar lo que necesitamos fuera de Ekasya, vamos en la dirección equivocada. No soy ninguna experta en navegación, pero no hace falta ser una lumbreras para saber que, si navegamos río abajo, nos estamos alejando de la capital… y de Lostras.

Y de Nisai.

Miro a Ash. Está consultándole algo al capitán, pero no consigo oír lo que dicen. Después vuelve y despliega ese mapa hecho jirones sobre la cubierta.

—Esarik tenía razón. Aunque logremos encontrar el ámbar a tiempo, la única forma de asegurarnos de que la cura funciona es probarla. ¿Me equivoco?

—Una vez que hayamos recopilado todos los ingredientes, el veneno parece bastante sencillo de preparar. La víctima solo debe inhalar el humo durante un tiempo prolongado. Pero ¿elaborar el vapor de la cura? Como mínimo necesitaré un mortero de perfumista, alcohol, probablemente un poco de ácido y un sistema de destilación.

—Una barcaza con destino a la costa este no es la peor idea del mundo, aunque jamás habría ido allí por voluntad propia.

¿La costa? Arqueo una ceja.

—¿Ves ese par de esferas brillantes del cielo? Se llaman lunas y, por si no te habías dado cuenta, una de ellas está pasando muy cerca de una constelación que, si te fijas bien, tiene forma de león. No es el mejor momento para tomar esa ruta tan pintoresca y espectacular.

—No se trata de la ruta, sino del destino. Vamos a un lugar donde podamos encontrar lo necesario para saber si regresar a Ekasya sigue siendo una opción factible.

—¿Dónde?

—A Lapis Lautus.

32

Ash

Lapis Lautus.

Nisai me explicó una vez que el nombre significa «gran joya» en el idioma del otro lado del océano Normek, un mar inmenso que muy pocos logran cruzar para contarlo. Pocos sobreviven.

Gran joya. Resulta irónico, puesto que Lapis Lautus es una ciudad construida con la basura y los desperdicios que dejaron las civilizaciones anteriores, metafórica y literalmente hablando. Saqueadores y piratas erigieron la ciudad en mitad del océano hace ya varios siglos para limpiar su nombre y hacerse llamar «mercantes»; para eso y para evitar la sanción imperial. Se dice y se rumorea que, por un precio justo, en Lautus puedes comprar todo lo que se te antoje.

No solo se dedican a vender todo lo que a uno se le puede antojar, sino también personas.

Navegamos a favor de la corriente, por lo que avanzamos a gran velocidad. El capitán nos obliga a desembarcar antes de adentrarnos en el delta de Trel. Corremos campo a través y decidimos montar el campamento en el bosque espeso y frondoso que bordea el río. Después de pasar varias noches con una patrulla de comandos pisándonos los talones y de no haber pegado ojo durante la travesía en la barcaza porque quería cerciorarme de que nadie nos seguía, hago algo que jamás pensé que haría: aceptar la proposición de Rakel de encargarme de la segunda guardia. Así que, durante un puñado de horas, duermo como un tronco.

La mañana siguiente resulta ser, por suerte, muy tranquila, casi amena y placentera; caminamos entre los árboles y los primeros rayos de sol se cuelan entre el follaje produciendo un efecto hipnotizante. Los pajaritos trinan como si no tuvieran ninguna preocupación en el mundo. Cómo los envidio.

Antes de que el sol haya alcanzado su cénit, Rakel para en seco y olisquea el aire como si fuese un ciervo. Debo reconocer que ya me he acostumbrado a que lo haga.

—¿Qué es? —pregunto.

—Algo que no he olido nunca. Me recuerda al olor del pescado fresco, pero no es eso. ¿Barro? ¿Plantas pudriéndose al sol? Es como…

—¿Sal?

Rakel asiente con vehemencia.

—El mar. Creo que estamos cerca del mar.

Subimos hasta lo más alto de una colina para confirmar sus sospechas. Al ver la costa, y la asombrosa inmensidad del mar, Rakel deja escapar un silbido.

—Menudas vistas.

—Y que lo digas.

Y, en mitad de esa infinidad azul turquesa, un islote. No se parece en absoluto a las historias que se oyen en Ekasya; los rumores aseguran que en esa ciudad reina la anarquía y la ilegalidad, la inmundicia y la mugre, que es incluso más sucia y más caótica que las chabolas y tugurios que bordean la capital. Lautus se erige en el extremo de un arrecife artificial, a casi unos dos kilómetros de la costa. Tal vez, en otros tiempos, había una isla natural justo debajo, un corazón latente sobre la que se sostenía una extensión de tierra, pero es más que evidente que ha quedado enterrado bajo todas las capas que se construyeron después.

Decir que esa ciudad alberga bandoleros, forajidos y mercados negros, vertidos, estercoleros y bajos fondos, sería negar su belleza, menospreciar su magnificencia. Es una verdadera joya, y quien diga lo contrario miente. Su localización la convierte en una ciudad casi imposible de atacar y asediar; las columnas son esbeltas y elegantes, en lugar de achaparradas, y las murallas rozan la perfección, supongo que porque nunca han sufrido ningún asalto. Cada muro está hecho de una clase de piedra distinta, o de madera o de metal, lo que crea un efecto… caótico pero hermoso al mismo tiempo.

Las dársenas guardan cierto parecido a los radios de la rueda de las estrellas y, en el centro de esa rueda se erige la ciudad, que oscila entre la riqueza y la pobreza. A un lado de la calzada hay varios muelles de piedra que sobresalen del agua con orgullo; están recubiertos de una costra bastante gruesa de bálanos y percebes. Al otro lado, unas balsas de madera unidas entre sí forman una especie de malecón en el que se ha instalado un mercado flotante. Los vendedores ofrecen su mercancía desde esquifes que guían con un solo remo. El resto queda escondido detrás de la ciudad.

—¿Quién la construyó? —pregunta Rakel, que sigue maravillada.

—Contrabandistas. Piratas. Comerciantes y mercaderes del otro lado del océano. Todo lo que esté fuera de las fronteras de las tierras del emperador no paga impuestos imperiales ni se rige por la ley imperial.

—¿Hablas en serio? ¿Hubo alguien que, de forma voluntaria, dedicó su vida a construir una ciudad en mitad del mar para escapar del alcance del imperio y establecer su propio orden?

Me encojo de hombros.

Y ella explota de risa.

—Creo que esta ciudad va a gustarme.

Tomamos una de las sendas que serpentean entre las granjas que se alinean en la costa; infiero que en esas granjas cultivan los productos frescos que necesita la ciudad. Señalo el caballo de Rakel con la barbilla.

—Deberíamos buscar un establo para Lil. Un pajarito me contó una vez que en esta ciudad hay ladrones capaces de robarte la ropa interior sin que te enteres.

—¿Hablas por experiencia propia?

—Ya te lo he dicho, fue un pajarito.

Se mordisquea el labio inferior y, de repente, su expresión se torna pensativa. Hemos compartido muchas aventuras, y hay gestos que reconozco enseguida. Esa mirada perdida en el horizonte significa que su mente, ágil y resuelta, ya está elaborando un plan.

—Puede que el imperial sea la lengua oficial que todos hablemos, incluso en lugares tan remotos como este, pero en este mundo solo existe un idioma universal.

—¿El idioma de las esencias?

—Casi, pero no —dice, y resopla—. Zigs. Tu cartera. Dámela.

—¿Perdón?

—¿Pretendes que deje a Lil con un desconocido? Dame tu cartera. Estoy sin blanca.

Está acariciando el cuello de su yegua y no parece dispuesta a ceder. Opto por no enzarzarme en una discusión. Un soldado sabio debe hacer todo lo que esté en su mano para evitar guerras que, de antemano, sabe perdidas. Así que, en lugar de eso, escribo una nota mental para acordarme que debo darle las gracias a Esaik por llenarme la cartera de monedas.

Rakel nos guía hacia una de las propiedades más pequeñas y austeras de la zona. Los campos y las vallas que los separan están dispuestos en forma de cuadrícula perfecta. Encontramos a la propietaria, una granjera regordeta con la tez arrugada posiblemente de tanto reír y con mechones plateados en las sienes. Rakel le entrega varias monedas para que le guarde y alimente al caballo, y yo le prometo que, si cuando regresemos está en buenas condiciones, le daré el doble.

La sonrisa de Rakel es una mezcla de gratitud y de otro sentimiento que no soy capaz de distinguir. Luego centra toda su atención en Lil.

—Pórtate bien.

La yegua resopla con sorna.

—Hablo en serio, Lil. Nada de morder, nada de dar coces, nada de aplastar a esta amable mujer contra la pared del establo.

La bestia baja las orejas.

—Me alegro de que nos hayamos entendido —murmura Rakel, y le rodea el cuello con sus brazos—. Te voy a echar mucho de menos.

Partimos. Estamos muy cerca de la costa y, por precaución, me pongo la mochila contra el pecho.

Rakel me lanza una mirada inquisitiva.

—¿Qué pasa? No es la primera vez que visito un barrio sórdido y de dudosa reputación.

—Oh, no lo dudaba.

A pesar del comentario, ella ajusta la correa de su bolsa para que apenas le cuelgue.

Unos guardias custodian la calzada, la única entrada a la ciudad y que está suspendida sobre el agua. Me pongo tenso porque temo que puedan reconocernos y arrestarnos. Pero entonces me fijo en que los dos llevan la misma insignia que los mercaderes y una expresión de profundo aburrimiento. Lo único que les interesa es cobrar la tarifa por atravesar la calzada.

—Veinte zigs —anuncia el más grandullón de los dos.

Tardo un par de segundos en comprender y procesar el precio. En los suburbios de Ekasya, la gente tiende a olvidarse de pronunciar la última consonante, pero los guardias de Lautus se comen sílabas enteras.

Me resisto a pagar ese importe.

—¿Veinte? Pero acabáis de dejar pasar a ese molinero y su carretilla por una cuarta parte de eso.

—El molinero tenía un pase. Y no venía con recompensa imperial por su cabeza bajo el brazo.

Rakel, que está a mi lado, se queda petrificada. Echo una ojeada a mi alrededor. Dos guardias en este extremo de la calzada, dos en el extremo opuesto y me jugaría el cuello a que debe de haber seis más custodiando la puerta principal. Y ninguno debe de estar tan adormilado y distraído como querían hacernos creer ese par.

—Me temo que ha habido algún error…

—No ha habido ningún error —corrige el guardia, y se encoge de hombros—. Si queréis sobrevivir en Lautus, debéis ser más inteligentes, perspicaces y astutos. ¿Me permitís un consejo? Utilizad todos los sentidos. Bien. Si estuviese en vuestra situación, querría entrar en la ciudad sin que nadie se diera cuenta, como dos ratoncitos sigilosos. Y también desearía contar con la protección de los grandes mercaderes. Lo último que querría es que los comandos imperiales se enteraran de mi paradero.

—Ahí van los veinte —refunfuño, y le entrego el dinero.

Agradezco en silencio la generosidad de Esarik.

Rakel observa a los guardias con cierto recelo, y, al fin, cruzamos la entrada de la calzada. Después de dar un par de pasos, sus ojos se fijan en ver el agua turquesa que ondea a ambos lados de ese puente colgante.

—Nunca has visto el océano.

—Oh, sí —dice ella con altivez—. Solía ir de excursión a la playa un par de veces al mes.

—Para mí también es algo nuevo —murmuro, y alzo las manos a modo de rendición—. Debo confesarte que, a veces, me desconciertas. No te entiendo, Rakel. Un día te pones como una fiera y sacas las uñas porque te toman por una vulgar provinciana, y al día siguiente te ofendes porque cometo el tremendo error de dar por sentado que has vivido ciertas experiencias o visto ciertas cosas.

Resopla para apartarse un mechón de pelo de los ojos, claramente indignada.

—¡Pues entonces deja de dar cosas por sentado! Pregunta. Es fácil.

Un movimiento en las aguas hace que ese arrebato de ira se evapore enseguida. Se asoma al borde de la calzada y señala el mar.

—¿Qué son?

—Delfines —contesto.

Lo sé porque los vi dibujados en el diario personal de Nisai. Es la primera vez que los veo en su elemento. El grupo de delfines retoza y juguetea en esas aguas cristalinas. Su piel parece más suave que el terciopelo. Brincan, saltan y hacen piruetas en el aire. Todo forma parte de un juego que solo ellos entienden. Me sorprende que los mercantes logren mantener las aguas que bordean la ciudad tan limpias e inmaculadas. Supongo que el truco es concienciar a los habitantes y visitantes de Lautus porque, al fin y al cabo, en esas mismas aguas se bañan y se asean, por lo que ensuciarlas sería poco inteligente.

Ekasya debería aprender un par de cosas de este lugar.

—¡Y esos peces! —exclama Rakel, que se pone de puntillas sobre la plataforma y se inclina hacia delante. Tengo que contenerme para no sujetarle de la túnica, para que no pierda el equilibrio y se caiga directa al mar.

Un anciano que sostiene una caña de pescar nos mira de arriba abajo.

—Ni se os ocurra pescar aquí. Os tildarían de pescadores furtivos. Si robáis a los mercaderes, tened por seguro que pagaréis por ello, y con intereses.

Echo un vistazo a la mano que sujeta la caña de pescar. Le faltan dos dedos.

—Gracias por la advertencia. Nos preguntábamos si podrías ayudarnos con otra cosa —digo, y le lanzo una moneda de cobre.

La atrapa en el aire, a pesar de los dedos menos.

—¿Cuál es la mejor ruta para ir al mercado?

—¿Cuál?

—No lo sé, por eso te lo estoy preguntando.

—Me refiero a qué mercado queréis ir. ¿Fruta y verdura? ¿Especias? ¿Alfombras y telas? ¿Ganado y aves? ¿Instrumentos celestiales? ¿Frutos de mar? ¿Joyas y antigüedades?

—Joyas y antigüedades —respondo. Es el único lugar que se me ocurre donde pueden vender ámbar de estraperlo.

—Es una zona lujosa y sofisticada, más de lo que uno puede imaginar. Distrito central. En el corazón de la ciudad. Lo encontraréis enseguida, tranquilos.

Rakel se ajusta la correa de su bolsa.

—Hemos venido a buscar... algunos remedios.

—Ah —contesta, y nos mira con expresión cómplice y astuta, como si nos hubiera leído la mente, lo cual me perturba—. Callejón de los boticarios. Quinto sector, bastante alejado de la avenida principal. Os recomiendo que acudáis a Atrolos. Es un especialista, en su botica encontraréis de lo bueno, lo mejor.

Rakel sonríe de oreja a oreja.

—Decidido, este sitio me va a encantar.

Le arrojo otra moneda.

—Por tu discreción.

El viejo se ríe entre dientes.

—No te preocupes, muchacho. Después de que me hayan cortado dos dedos, ya he aprendido la lección. No voy a arriesgarme a que me arranquen la lengua.

33

Rakel

Nos adentramos en el quinto sector sin mayor problema. Está ubicado en un vecindario de casas adosadas de unas tres y cuatro plantas. Para las fachadas se ha utilizado una piedra rosa tan brillante que parece estar recubierta de purpurina. En los braseros de las calles están quemando un incienso que jamás había olido antes, pero su aroma me hace pensar en riqueza y opulencia. El humo del incienso se arrastra por calles secretas, murmurando

palabras peligrosas y malditas.

El callejón de los boticarios empieza bajo un arco muy estrecho y, poco a poco, se va alejando de la calle principal para adentrarse en las sombras que proyectan los edificios.

—Me cuesta creer que el negocio les vaya tan bien por aquí —digo, sorprendida.

Ash se encoge de hombros.

—La clientela que frecuenta este vecindario prefiere que nadie los vea entrando y saliendo de las boticas, porque saben que eso alimentaría toda clase de chismorreos.

—¿Porque están enfermos? ¿O porque están indagando cómo hacer para que alguien caiga enfermo?

—No lo sé, aunque me temo que es más bien por lo primero que por lo segundo. Todo depende de la enfermedad que sufran; si se trata de un mal habitual, de algo normal y corriente, acudirán al mercado o al templo en busca del tónico o el elixir apropiado. Pero si vienen aquí es porque buscan algo más. Algo que te ayude a dejar de mear cuchillas afiladas, o algo que haga desaparecer las verrugas que parecen haberse instalado en…

—¿En dónde?

Él se aclara la garganta.

—¡Oh! —exclamo, y arrugo la nariz.

—Le puede pasar a cualquiera.

Intento borrar de mi mente la imagen de una erupción de verrugas en mis partes bajas. Y eso me lleva a sospechar que a lo mejor…

—Y no, nunca he tenido que visitar a un boticario por esos motivos, gracias por preguntar.

—Pero si no he dicho ni mu —replico, y pongo cara de inocente y remilgada.

—No ha hecho falta. Sé que lo estabas pensando.

Me ruborizo y, para poner punto final a esa conversación tan incómoda, sigo avanzando por esa callejuela de adoquines irregulares. Unos instantes después, advertimos un cartel con un matraz, sujetado por un par de pinzas metálicas, que cuelga discretamente de los aleros del tejado. Para entonces ya he recuperado la compostura.

—Propietario: Kreb Atrolos —lee Ash. Desliza la mano tras la espalda y se inclina en la más elegante de las reverencias—. Las damas primero.

A veces olvido que vive en el palacio imperial. Vivía, mejor dicho.

Tiro de las mangas de mi túnica, como si al estirarlas pudiera borrar las huellas del viaje, y empujo la puerta.

No sé qué esperaba encontrarme, pero desde luego no era eso.

La tienda es bastante grande, pero está tan abarrotada de estanterías, repisas y expositores que cualquiera la confundiría con una madriguera en mitad de una jungla de remedios y reliquias. Las paredes están forradas de tarros y frascos llenos de hierbas y polvos. No puedo evitar fijarme en las estatuillas que hay sobre una de las mesillas: figuras con cuerpos humanos y cabezas de bestias salvajes, como serpientes, leones y águilas. Una caja con el interior de seda roja, que más bien parece un sarcófago, contiene una colección de instrumentos raros e insólitos. Unas calaveras de animales cuelgan del techo y sobre el mostrador advierto una humana; las cuencas vacías que antaño contenían un par de ojos parecen seguir a todo aquel que atraviesa el umbral de la puerta.

La única luz proviene de unas velas de cera dispuestas de

forma anárquica por toda la tienda. Provocan sombras perturbadoras y están aromatizadaas de algo más decadente y dulce que la cera.

—¿En qué puedo ayudarles? —Un hombre aparece de la trastienda. Es flaco como un junco, pálido como un cadáver, y luce una barba perfectamente recortada con varios mechones blancos. Lleva una túnica corta con botones hasta el cuello a conjunto con unos pantalones negros y se ha perforado una oreja para después adornarla con una hilera de piedras preciosas.

—¿Qué es ese aroma? —murmuro.

—Las velas. Si son de su agrado, las tenemos de distintos tamaños.

—Ya sé que son las dichosas velas. Pero ¿de qué están hechas? ¿Cera de abeja, un toque de canela y…?

—Por lo que veo, la señorita tiene un olfato muy fino y delicado, aunque no puede decirse lo mismo de sus modales. ¿Me equivoco o tiene un ligero acento de Aphorai?

Ash, que se ha quedado detrás de mí, contiene el aliento.

Pero no estamos en una ciudad imperial, así que ese boticario no va a avisar a los comandos. El tipo me mira con cierta curiosidad.

—No, no se equivoca.

—Ah, hace mucho tiempo viajé hasta allí. Fue todo un periplo. ¿Todavía juegan a la muerte en el paraíso? Me pareció un divertimento magnífico.

«Si hubiera dependido de mí, jamás habría jugado», pienso al recordar mi última visita al reputado establecimiento que regenta Zakkurus.

—He jugado un par de rondas.

—¿Y se le dio bien?

—Aquí estoy, vivita y coleando.

Tamborilea con los dedos sobre el mostrador; quizá sean imaginaciones mías, pero me da la impresión de que me ha sometido a una especie de prueba que, por suerte o por desgracia, he superado.

—Lo que detecta en el ambiente es vainilla. Procedente de los bosques de Lluvia, en Gairak. Me gusta que mis clientes se sientan bienvenidos.

—¿Gairak?

—Oh, por supuesto. Supongo que el nombre no les suena de

nada. Es una isla diminuta de un archipiélago cerca de la costa de Los. Solo colibríes y una especie de abeja natural de la isla polinizan las flores. Su precio es muy elevado, por lo que está fuera del alcance de la mayoría de los mortales. Pero merece la pena, ¿no está de acuerdo?

—Entiendo que muchos opinen como usted —farfullo, aunque, en el fondo, reconozco que el aroma de la vainilla me resulta delicioso—. Pero, para mi gusto, es ligeramente empalagosa.

—Entonces permítame que le recomiende una alternativa. ¿Algo especial y único para el caballero de aspecto feroz? —pregunta el boticario refiriéndose a Ash, obviamente y, con disimulo, abre las aletas de la nariz—. Ah, un amante de la madera. ¿Cedro, quizá? Aunque, si me permite el atrevimiento, debería añadirle alguna especia. Sería una forma de…, en fin, no desprender un único aroma.

Ash ni siquiera se molesta en contestar. Tan solo deja el monedero sobre el mostrador. Menos mal ya que, hasta el momento, se ha comportado como un tacaño mezquino.

El boticario abre los ojos interesado.

Me aclaro la garganta. Vamos allá.

—Somos unos recién llegados a esta ciudad, como quien dice. Me defiendo bastante bien en el arte, tradición y oficio de los aromas, y, en fin, me gustaría probar algo nuevo.

Su mirada se vuelve plana, inexpresiva.

—No tengo intención de contratar a nadie.

—Oh, no, no pretendo dedicarme a eso profesionalmente. Es solo un pasatiempo —respondo, y me encojo de hombros para mostrar indiferencia—. Es para uso estrictamente personal y necesito comprar algunas cosas.

Recito la lista de artículos y sustancias que necesito, y empiezan las negociaciones o, mejor dicho, el regateo. Ash se queda como un pasmarote en mitad de la tienda y ni siquiera se atreve a inspeccionar esas baldas llenas de curiosidades y remedios; en cierto modo, es como si le aterrara que, al tocar una de esas reliquias, pudiera convertirse a una religión esotérica, o algo parecido.

En cuestión de minutos, el cofre que ha dejado el boticario sobre el mostrador está lleno de frascos y viales, morteros y piedras para triturar y moler, y de botellas que ha envuelto con sumo cuidado porque contienen soluciones delicadas. Atrolos es un hueso duro de roer, pero debo reconocer que conoce muy bien el oficio y que tiene de todo.

Intenta mover el cofre, pero, a pesar de los gruñidos y del esfuerzo, no lo consigue.

—Quizá pese demasiado, incluso para su criado.

¿Criado? Contengo la risa.

Ash se pone como un tomate. Lo conozco lo suficiente como para saber que está que echa humo por las orejas, aunque no sé qué le ha podido ofender más, que cuestionen su fuerza o su condición.

—Estoy segura de que se las arreglará —digo—, pero antes voy a necesitar que tenga las manos libres para otros recados. ¿Le importaría guardarnos el cofre hasta que volvamos a recogerlo?

Atrolos inclina la cabeza y, por el rabillo del ojo, vuelve a mirar la bolsita que ha quedado encima del mostrador.

—¿Hay algo más en lo que pueda ayudarla?

Me doy la vuelta y paso un dedo por una de las baldas.

—Pues ahora que lo menciona, estoy buscando algo…, aunque me temo que solo podré encontrarlo en el mercado de antigüedades. Se trata de algo muy poco común. Excepcional, incluso. Algo que el imperio controla con una rigurosidad escrupulosa. No es de la clase de artículos que uno vendría a buscar a una botica —explico, y miro con picardía por encima del hombro, para comprobar si mi estrategia ha surtido efecto.

Él me lanza una mirada algo desdeñosa.

—Mi trastienda puede ser una caja de sorpresas. No me subestime, señorita.

—Si no es mucho preguntar, ¿mantiene algún registro o inventario de sus productos más singulares? ¿Informa de todas sus ventas a… alguna autoridad?

—Está usted en Lautus, querida. Nadie se entromete en los negocios de los demás.

Arqueo las cejas, impresionada.

—Necesito ámbar de Los. Y lo necesito sólido, no una dilución líquida.

El boticario se pone nervioso y enseguida mira la puerta de entrada. Tras cerciorarse de que no hay nadie merodeando por ahí, echa un fugaz vistazo a la única ventana, que da a un callejón vacío y cuyo cristal está recubierto de hollín.

—Asumiendo que dispusiera de algo tan valioso y preciado, siento decirle que solo un príncipe podría permitírselo. Me temo que la bolsa de su criado jamás podría pagarlo.

Saco el vial de dahkai y lo dejo sobre el mostrador.

—¿Y eso es…?

—Huélalo y descúbralo usted mismo.

Destapa el vial con mucho cuidado, lo suficiente para dejar escapar un atisbo de vapor, y lo cierra de inmediato. Ni se molesta en disimular su satisfacción.

—Mi oído no me ha fallado, entonces. Su acento de Aphorai es «auténtico».

—¿Acaso importa?

—Querida, con la mitad de esto —dice, y señala el vial—, lo único que me importa es qué otros ingredientes contiene su lista y…

—¿Y qué más?

—Y si es tan buena jugando a muerte en el paraíso como dice. Ha llovido mucho desde la última vez que me enfrenté a un oponente digno.

No puede estar hablando en serio.

Pero todo apunta a que sí, porque enseguida se retira a la trastienda y vuelve con varias copas metálicas.

Suspiro.

—A jugar se ha dicho.

34

Ash

Salimos de la botica y Rakel da unas suaves palmaditas a su bolsa, en la que ha guardado el quinto y último ingrediente, una gema amarillenta con destellos dorados del tamaño de la uña de su pulgar. Todavía estoy asimilando lo que acabo de presenciar: Rakel ha tenido que jugar hasta tres rondas de muerte en el paraíso para poder hacerse con el premio y, por suerte, todo ha ido bien. Pero las cosas podrían haberse torcido, y mucho.

—La próxima vez que vayas a jugar una partida, ¿te importaría avisarme antes? No quiero que vuelva a pillarme por sorpresa.

—No habrá una próxima vez, si puedo evitarlo —dice, y me lanza una sonrisa que me recuerda al gesto de un gato callejero—. Siempre que voy de compras me ocurre lo mismo. ¿Adivinas qué siento después de despilfarrar todos esos zigs?

—¿Ilusión por tu nueva adquisición? ¿Triunfo por haber ganado la batalla de una dura negociación?

—Hambre. Me muero de ganas de ir al mercado a comer algo.

—¿Comer? ¿Ahora?

—Digamos que sería una idea terrible probar un veneno con el estómago vacío.

Me paro en seco. Creo que no lo he oído bien.

—¿Cómo, si no, pensabas que íbamos a probar la cura? —responde ella, como si me hubiera leído la mente. Brinca como una niña pequeña por la calle y luego se vuelve y extiende los brazos, señalando la ciudad que nos rodea—. Imagina que una pitonisa te revela que vas a morir esta noche, ¿qué pedirías para tu última cena?

—No lo sé.

—Oh, vamos. Todo el mundo tiene un plato favorito —replica; entrecierra los ojos y empieza a andar hacia atrás—. No me digas que es caballo. A ver, eso explicaría algunas cosas, pero... Por favor, no me digas que es caballo.

—No es caballo.

—¿Cuál es el problema entonces? Está bien, empezaré yo. Me encanta el pollo a la brasa, con unas gotitas de limón y con un poco de requesón de cabra por encima. Y para acompañar elegiría una ensalada de cebada con un toque picante. ¿Ves? No es tan difícil.

—De acuerdo. Pastel de rosas. Solo con pensar en un trozo de pastel de rosas se me hace la boca agua. Con pistachos. Y cardamomo. Empapado en sirope.

Me mira con las cejas enarcadas.

—¿Decorado con un pétalo sobre cada porción? ¿Como lo sirven en las pastelerías más refinadas de la ciudad?

—Has dado en el clavo —admito. Espero que se burle de mí o, como mínimo, que se eche a reír. El guerrero arisco y huraño adora los pastelitos dulces y delicados y de color rosa. Sin embargo, se da la vuelta y sigue avanzando.

—Perfecto. Yo me encargo del plato principal, y tú eliges el postre.

Nos dirigimos hacia el mercado de abastos y aceleramos el paso en cuanto percibimos el familiar aroma de la levadura y la harina flotando en el aire. Estamos cerca.

—Si no supiera que estamos en la otra punta del imperio, juraría que es el inconfundible olor del pan de Ekasya, recién salido del horno.

—Según nos dijeron, en esta isla se puede conseguir de todo. ¿Por qué iba a ser el pan de la capital una excepción?

Olisqueo el aire.

—Porque es un pan muy especial.

Al fin llegamos al recinto del mercado, y es entonces cuando me doy cuenta de que me había equivocado. Y vaya si me había equivocado. No solo elaboran pan de Ekasya en esta isla, sino que hay al menos media docena de panaderos amasando y horneando barras de pan sin descanso. Compro un par de rebanadas por un precio ridículo y seguimos deambulando por los puestecillos hasta llegar a un grupo de vendedores que ofrecen pasteles y hojaldres que huelen de maravilla.

—Estos son mis favoritos —le digo a Rakel después de haber comprado varios de esos bollos de alob.

Están rellenos de queso fresco y hierbas aromáticas. Primero se cuecen al vapor y después se fríen en una sartén llena de aceite. Crujientes, esponjosos y fundentes, todo al mismo tiempo—. Toma, prueba uno. Mójalo en esta salsa picante. Te va a encantar, ya verás.

Da un mordisco al bollo. Y su mirada se ilumina de inmediato.

—¿Está rico?

—*¡Mmmmmhmmmf!* ¿Y estos? —pregunta, señalando una bandeja de triángulos recubiertos de una masa que el horno ha dorado, espolvoreada con semillas de sésamo.

—Están rellenos de varias cosas. Cordero. Camello. Algunos deben de ser de carne de caballo.

Rakel se estremece.

—Pero a mí me gustan los rellenos de espinacas, cebolla, ajo y calabacín. Hola, póngame un par —le digo al vendedor, y le entrego un par de monedas de cobre—. Venga, prueba uno.

Da un bocado y, mientras lo mastica, veo que arruga la nariz.

—¿No te gusta?

—El triángulo está delicioso. Pero… ¿qué es ese tufo?

La brisa marina se cuela entre las callejuelas de la ciudad y enseguida adivino a qué se refiere. Dibujo una sonrisa irónica. A veces olvido que es una chica que se ha criado en el desierto y que desconoce los aromas propios de un muelle de pesca, de una lonja, de un río o de un océano.

—¿Mi opinión? Mercado de pescado.

—Es muy… —empieza, y luego se cubre la nariz con el cuello de la túnica.

—¿Acre?

—Es una forma de decirlo.

Bordeamos la lonja y pasamos por una serie de mostradores colmados de peces con los ojos brillantes y las escamas plateadas, anguilas que parecen serpientes y peces mariposa gigantes. Los especímenes de menor tamaño, como zigs de arena y ventosas que se pegan a los cascos de las embarcaciones, están apilados en barriles de madera. Distingo algún que otro animal que no había visto jamás, criaturas extrañas con más patas de las que puedo contar y con unos ojos saltones en el extremo de las antenas.

—¿Qué son? —pregunta Rakel, y señala unas bandejas a rebosar de conchas nacaradas con expresión de asco.

—Ostras.

—Puf. Parece que alguien las haya abierto y haya escupido dentro. ¿Cómo es posible que algo tan repugnante y con aspecto de moco pueda ser tan famoso y reputado?

—Dicen que son un afrodisiaco.

—¿Y lo son? —pregunta, y me mira de soslayo.

—¿Estás intentando ponerme colorado?

Me guiña un ojo.

—No lo estoy «intentando»: ya estás rojo como un tomate.

Sacudo la cabeza, pero no consigo ocultar mi sonrisa.

Decidimos disfrutar de ese banquete improvisado en el puerto, a barlovento de los vendedores de pescado, que ya han empezado a recoger sus puestecillos.

Rakel se afloja las hebillas de las botas y se sienta en el borde del embarcadero, con las piernas colgando sobre el agua. Contempla el horizonte y después suelta un suspiro melancólico.

—¿Alguna vez has pensado qué puede haber al otro lado del mar?

—¿La verdad? —pregunto, y me acomodo a su lado—. No. Cuando uno vive en la capital, es fácil olvidar que, más allá de las murallas, se extiende todo un mundo. Nisai siempre quiso viajar, explorar otras provincias. Pero la delegación a Aphorai fue la primera expedición que sus madres le permitieron emprender desde que fue nombrado heredero. Mi trabajo consiste en seguirle allá donde vaya, en ser su sombra, exceptuando las circunstancias actuales, claro está.

Se queda pensando varios segundos lo que acabo de decir, y después pregunta:

—¿Madres? ¿En plural?

Su voz ahora suena más seria, más tensa. Claro. Viejas heridas sin cicatrizar.

—El Consejo de las Cinco.

—Considerar que todas son madres de Nisai es un poco exagerado, ¿no te parece?

Me recuesto sobre el muelle y apoyo todo mi peso sobre los codos.

—No todas lo llevaron en su vientre. Pero todas muestran un interés personal hacia él. Después de todo, le nombraron heredero.

Rakel tira un trocito de pastel relleno a una gaviota que sobrevuela el muelle.

—Dejando la política a un lado, ¿no te gustaría descubrir qué hay ahí fuera?

—No necesito más misterios en mi vida —digo, y repaso con los dedos la sombra de Rakel sobre el muelle; el tacto de la piedra es suave y liso, por el viento, el agua y el paso de incontables transeúntes—. Todavía me quedan muchos por resolver.

Ella resopla. Pero un segundo más tarde se vuelve para mirarme a los ojos. La brisa del océano le ha alborotado el pelo y alargo el brazo para retirarle un mechón detrás de la oreja. Abre los ojos, sorprendida ante ese gesto cariñoso, y después baja la barbilla y aparta la mirada.

«Tonto, tonto, tonto», me reprendo en silencio.

—Bueno —dice, con un tono de voz demasiado alto, demasiado alegre, demasiado fingido, a fin de cuentas—. Ya he llenado el buche, así que ha llegado el momento del digestivo, aunque me temo que no me va a sentar tan bien como el festín que acabamos de zamparnos.

Doy un respingo.

—¿De qué estás hablando?

—Cuanto antes encontremos un lugar donde pueda elaborar el veneno y la cura, antes podremos ponerlos a prueba.

—Conozco el plan de cabo a rabo —digo, tratando de ganar, al menos, unos segundos—, pero debo de haber olvidado ciertos detalles, como, por ejemplo, que ibas a ser «tú» quien probara el veneno, y el antídoto.

Que Rakel haya terminado metida en este embrollo es la broma más cruel que le podían haber gastado los dioses. Lo último que quiero es que ponga su vida en peligro de una forma tan deliberada, pero sé que es testaruda y que para convencerla voy a necesitar algo más que eso.

Alza la barbilla.

—¿Y por qué no debería serlo?

Se me encoge el pecho al ver esa emoción en sus ojos. Advierto su desafío habitual, la terquedad y obstinación que, en un principio, confundí con orgullo y que, con el paso de los días, me he dado cuenta de que, en realidad, es una fuerza que ha forjado librando una clase de batallas que hace muchísimas vueltas que no vivo en mi propia piel. Sin embargo, su tenacidad no es lo que ha hecho que se me atraganten las palabras. En cierto modo, es como si la pregunta que se ha quedado suspendida en el aire no tuviera nada que ver con venenos.

—No podemos correr ese riesgo —respondo, un poco atemorizado—. Si funciona, necesitarás saber cómo y por qué. Y, si no funciona, necesitarás verlo con tus propios ojos para poder analizarlo. Quizás halles pistas que te ayuden a mejorar la versión. Y si nos ponemos en el peor de los casos…, en fin, eres mucho más importante y valiosa que yo. Y además tienes más posibilidades de poder seguir estudiando y experimentando hasta dar con el antídoto.

—¿Y si no funciona? —pregunta en un susurro de horror.

—Desde el día en que la aguja atravesó mi piel para teñirla de tinta supe que, a partir de ese momento, habría otra vida que tendría prioridad antes que la mía. Otra vida. Una. Un escudo no puede permitirse ciertos lujos, como prometer lealtad a otras personas, pues así lo juré cuando acepté el cargo militar, y jamás, bajo ninguna circunstancia, puedo retractarme.

—Pero sin ti, ¿cómo voy a conseguir llegar a la capital… o al príncipe?

—Confío en ti, y sé que encontrarás la manera —digo. Mi voz suena más tranquila y sosegada de lo que estoy.

—¡Pero si ni siquiera conozco el camino a Ekasya! —replica.

Está agotando todas las excusas.

—Utiliza el mapa. Tal y como he hecho yo hasta ahora.

Apoya las palmas de las manos sobre las sienes y presiona.

—¡No quiero perderte!

Esa voz tan desgarradora, tan cargada de dolor, me deja anonadado. Y también herido. Es como si me hubiera atravesado el corazón con una espada. ¿Hace cuánto que siente eso por mí?

No. No puedo pensar en eso ahora. Necesito relajar los músculos y tratar de controlar ese tornado que amenaza con trastocarme la mente. Escucho con atención las olas que rompen en las piedras de los inmensos torreones, el graznido de los pájaros que sobrevuelan los restos del mercado del día.

—Por favor, Rakel. Permite que lo haga.

Deja caer los hombros, abatida.

—Deberíamos buscar una casa de huéspedes para pasar la noche.

—¿Te importa que nos quedemos un poco más? Me gustaría ver el atardecer.

Tal vez sea el último que vea.

Su expresión por fin se suaviza.

—Nos quedaremos el tiempo que haga falta.

Nos sentamos el uno al lado del otro y contemplamos el espectáculo del ocaso en silencio. El cielo va cambiando de tonalidad, de forma que el añil se torna dorado y después se va tiñendo de colores más anaranjados, pasando por el carmesí y el dorado hasta terminar cobrando un tono púrpura e índigo. Cada vez que uno se revuelve o se despereza, el espacio que nos separa se va estrechando, de forma que, cuando cae la noche y las estrellas empiezan a titilar, nos encuentra pegados.

—¿Ash? —pregunta Rakel, con la mirada clavada en las estrellas.

—¿Sí?

—¿Quieres a Nisai?

—Desde luego que sí.

—No, me refiero a si lo quieres de verdad, a si lo «amas».

Ah. Estamos entrando en terreno pantanoso.

—Tal vez, en otra vida, Nisai y yo habríamos tenido una relación distinta. Pero en la vida que nos ha tocado vivir nuestro papel está muy claro. Nisai tiene que estar al servicio del imperio. Y yo, al suyo, para cuidarlo y protegerlo. Nada puede interponerse en nuestro camino, ni siquiera nosotros mismos. Reconozco que, además de haberle jurado lealtad, también lo aprecio y lo quiero, y siempre será así. Pero hace muchas vueltas que dejé a un lado cualquier sentimiento que fuera más allá de la fraternidad.

Ella se queda en silencio durante unos instantes, pensativa.

—¿Alguna vez has querido a alguien, sin contarlo a él? Y me refiero a... querer de verdad.

De repente, se me acelera el corazón y siento que me martillea los oídos. Hay tantas cosas que debería decir, que estoy obligado a decir. Pero hay algo más, algo que hace días, tal vez incluso una luna, descubrí sin querer, pero preferí mantenerlo confinado dentro de la fortificación que antaño construí para alejar el deseo, la pasión, el anhelo.

Si no lo digo ahora, en este preciso momento, quizá nunca vuelva a tener otra oportunidad.

—¿La verdad? No. Hasta ahora.

Mi mano busca la suya, y la encuentra. Y Rakel entrelaza sus dedos con los míos.

35

Rakel

Ninguno de los dos dice nada mientras deambulamos por las calles de la ciudad en busca de una casa de huéspedes. Pero con la palma cálida, áspera y callosa de Ash envolviéndome la mano, me da la impresión de que estoy gritando al mundo todo lo que siento por él, un torbellino de emociones que soy incapaz de expresar con palabras.

Sin embargo, el gentío que pulula por ese laberinto de callejuelas no nos presta la más mínima atención, como si fuésemos otro par de amantes que han salido a pasear para disfrutar de la brisa fresca del atardecer. Es muy fácil camuflarse y pasar desapercibido, pues estamos en una ciudad donde se oyen acentos de todos los rincones del imperio, se lucen atuendos de una miríada de estilos distintos y las muestras de afecto están a la orden del día. Y cuando por fin encontramos un hostal y entramos, a nadie parece extrañarle nuestra presencia allí. Está a tiro de piedra del callejón de los boticarios; le digo a Ash que es perfecto porque así no tendrá que cargar con el cofre hasta la otra punta de la ciudad, aunque en realidad me va de maravilla por si necesito cualquier otra sustancia o herramienta de urgencia.

Lautus apuesta por la libertad, igual que por el libre comercio.

Apenas nos queda un puñado de monedas de plata después de las compras de hoy, así que pedimos la habitación más austera y modesta, situada en la parte trasera del edificio. Cuanto más alejada y menos transitada, mejor.

Cerramos la puerta, echamos el pestillo, corremos las cortinas y me pongo a trabajar de inmediato. Pongo a hervir agua en varias ollas y cazuelas sobre los fogones, monto los aparatos de destilación más básicos y sencillos con los que jamás he trabajado, compruebo y vuelvo a comprobar las soluciones que hemos conseguido de la botica de Atrolos.

Ash deja la capa en el colgador de detrás de la puerta, se quita las botas y se sienta con las piernas cruzadas sobre la cama mientras mira cómo trabajo.

Aunque me muero de ganas por ver qué expresión pone, me contengo. Lo último que necesito es ponerme nerviosa y que empiecen a temblarme las manos.

—¿Estás seguro de que quieres hacerlo? —pregunto.

Ash se levanta de la cama con esa agilidad y elegancia que le caracterizan y se acerca a mí. Apoya las manos sobre mis hombros y se inclina levemente para poder mirarme a los ojos.

—Sí. No hay otra opción.

—Quizá sí la haya. Deberíamos pensarlo bien. No sería muy agradable, pero podríamos probarlo en un animal antes. O en dos, si hace falta. O incluso podríamos pagar a alguien para que…

Él sacude la cabeza.

—Sabes tan bien como yo que no podríamos vivir con ese peso sobre nuestra conciencia. Los remordimientos nos perseguirían hasta el fin de los días. Y aunque lográramos encontrar a alguien dispuesto a ser nuestro conejillo de Indias, nos expondríamos, lo cual también supondría un riesgo. Y perderíamos demasiado tiempo, que es justo lo que más necesitamos.

Noto el peso de sus palabras sobre mis hombros. Tiene razón. No nos han llegado rumores ni chismorreos de la capital desde que estuvimos en Edurshai. Y a esta ciudad le importa un pimiento la familia imperial, por lo que yo también cuestionaría la fiabilidad de las promesas que se hacen en estas calles.

Lo único que me queda es tratar de hacer las cosas bien para no pifiarla.

—Entonces te aconsejo que salgas de la habitación —digo—. Es mejor que no inhales ninguno de estos ingredientes hasta que la mezcla esté lista.

Se cruza de brazos.

—¿Y dejarte aquí sola, sin nadie que pueda echarte una mano si algo se tuerce? Ni en sueños.

—Pues abre la ventana y quédate ahí. Si empiezas a notar algo extraño, aunque te parezca un leve cosquilleo, tienes que decírmelo. No es momento de demostrar que eres un hombretón fuerte y valeroso. ¿De acuerdo?

Arrastra un banco hasta la ventana y se sienta.

—De acuerdo.

Me cubro la nariz con el pañuelo de perfumista que he comprado en la botica y me pongo manos a la obra, confiando ciegamente en las vueltas de experiencia y experimentos que llevo, pero, sobre todo, en mi instinto.

Elaborar vapor es un proceso mucho más laborioso y complicado que hacer humo. Lo primero que debo hacer es transformar la mitad de los ingredientes sólidos, es decir, el ámbar, los trozos de mariposa y los huesos relucientes. Los trituro y los muelo para después disolverlos por separado en una solución de procesamiento. Pasados unos segundos, destilo la mezcla y consigo un líquido muy concentrado. Es una tarea meticulosa y concienzuda, pues uno debe ser paciente y esperar a que cada ingrediente se condense, compensando el agua caliente y el agua fría para mantener la temperatura apropiada de los distintos tubos, viales y frascos.

Ash observa las distintas fases en silencio, sin inmutarse, como si se tratase de un trabajo normal y corriente, mecánico.

Pero lo que estoy haciendo no tiene nada que ver con la química, sino más bien con la alquimia. A pesar de las instrucciones, que a simple vista parecen bastante sencillas, me siento tan capaz de formular esa receta ancestral como de convertir mis botas en oro.

Al admitirlo, siento que me han tirado un jarro de agua fría encima. Ash podría morir. Y sería culpa mía. Pero tengo que intentarlo porque hay mucho en juego. Nuestras vidas. La de mi padre. La de Nisai. Me paso el dorso de la mano por la frente para secarme las gotas de sudor e intento concentrarme en la tarea que tengo ahora mismo entre manos.

El último ingrediente que debo destilar es la planta con forma de hueso que encontramos en la cueva; sigue viva gracias al agua que Ash logró recoger de la piscina donde crecía de forma natural. Unas motas brillantes que centellean en el vial, como estrellitas. De repente, se apagan y absorben todo el color del líquido.

La receta requiere una secuencia para el veneno y para la cura, pero me pica la curiosidad y no puedo evitar mezclar una pequeña porción del destilado del antídoto. La solución forma pequeños remolinos, como si hubiera cobrado vida. El olor de la combinación me resulta familiar y desconocido al mismo tiempo. Cada ingrediente acentúa el aroma del anterior.

Un poco indecisa y titubeante, retiro la bufanda y olisqueo el resultado. El aire que me acaricia las aletas de la nariz me deja tan pasmada y estupefacta que incluso me tambaleo.

—¿Rakel? ¿Qué ocurre?

Miro el vial con detenimiento, sin tan siquiera pestañear.

—Nada.

—Pero es «evidente» que algo te ha llamado la atención.

Sostengo el frasco que contiene la fórmula.

—Nada. No se parece a nada. No «huele» a nada. Es como si hubiera recogido unas gotas de lluvia, aunque si ese fuese el caso, olería a cielo y…

—¿Crees que es una señal de que hemos dado con la fórmula correcta?

—Eso espero —digo, y trago saliva—. Está bien. Supongo que ha llegado el momento.

Apago el fuego de la chimenea. El vapor puro y el humo de la madera parece una introducción muy inocente para lo que se avecina. Tiro del colchón hasta conseguir ponerlo en el suelo. El interior está relleno con mucha paja y pocas plumas. Lo arrastro hasta la chimenea y de él se escapan varios penachos dorados.

Ash me mira un tanto confundido.

—La chimenea absorberá parte del humo, de forma que la habitación no quedará cubierta de una nube espesa. Pero no sé cómo vas a reaccionar al veneno… ni al antídoto. Es muy probable que te marees, o que sientas que te vas a caer redondo al suelo. Si eso ocurre, quiero estar tranquila y saber que no vas a romperte la crisma o golpearte la cabeza con la mesa —explico, y dejo un cubo al lado del colchón—. Tampoco quiero que te ahogues en tu propio vómito. El resto está en manos de la mente maquiavélica que inventó esta maldita fórmula.

Se acomoda en el colchón y cruza las piernas.

—No va a ser agradable, ¿verdad?

—Me temo que no, pero quién sabe, tal vez me equivoque.

Pongo un pequeño brasero en la chimenea y dispongo varios cuencos de medición. Unas gotitas de antídoto de Edurshai. Un trocito de mariposa de Hagmir. Un tallo diminuto de la planta refulgente, que todavía está sumergida en agua para que no se marchite. Polvo de ámbar de Los, que he molido y triturado. Y la famosa flor de dahkai que me entregó Esarik y que, una vez fuera de su frasco de cristal, empieza a secarse y a descomponerse.

Cinco provincias.

Cinco ingredientes.

Cinco veces. Hasta cinco veces voy a traicionarme a mí misma y a mi propia fe; estoy a punto de hacer algo que va en contra de todo en lo que creo. Estoy a punto de ayudar a alguien a hacerse daño. Pero sé que ese daño es la única forma de ayudar a otros. Como a Nisai. O como a mi padre.

Y es la única forma de que Ash y yo alcancemos la libertad.

—Siéntate delante del brasero y échate la capa por encima de la cabeza. «Soplado en secuencia.» Eso es lo que estipula la fórmula. Enciende cada ingrediente con la llama de la vela e inhala el humo. Puede que te quemes las cavidades nasales. Supongo que te mareará un poco y tal vez quedes un poco aturdido. Si crees que vas a desmayarte, dímelo —digo, y señalo la ventana—. Estaré ahí.

Ash asiente, pero advierto que se le ha acelerado la respiración. Debe de estar realizando un tremendo esfuerzo para mantener esa calma aparente.

—¿Estás preparado?

Alarga el brazo, me coge la mano y la envuelve con las suyas.

—Pase lo que pase, recuerda por qué estamos haciendo esto. Y por qué te he pedido que lo hagas —dice, y me acaricia la mano con el pulgar.

No puedo mirarle a los ojos.

—¿Rakel? —llama, y me da un suave pellizco en la barbilla para que levante la cabeza—. Hablo en serio. Si algo va mal…, no será culpa tuya. He sido yo quien te ha pedido que lo hagas.

—Si no he interpretado bien la fórmula, entonces…

—¿Qué te dice tu instinto? ¿Crees que te has equivocado?

—No —respondo; sin embargo, cada fibra de mi ser me empuja a dedicar más tiempo al estudio de los componentes para así entenderlos mejor.

—Reconozco que desconfié de ti cuando visitamos la Biblioteca Perdida —susurra Ash— y vi que tenías el elixir de la guardiana de las esencias. Ese día me prometí a mí mismo que jamás volvería a dudar de ti.

Y me da un empujoncito hacia la ventana.

Ha llegado el momento. Ya no hay marcha atrás. Se cubre la

cabeza y los hombros con la capa, echa unas gotitas del antídoto en el brasero y acerca la vela. Es tan corpulento que no puedo ver lo que está ocurriendo, pero oigo el inconfundible siseo y burbujeo de la solución. En cuestión de segundos, el líquido se habrá evaporado y solo quedarán rescoldos y humo.

Me cubro bien la boca y la nariz con el pañuelo para no inhalar ni una sola bocanada de ese aire. Estamos fiándonos de una leyenda, de escribas de antaño y de una traducción que no sabemos si es fiel al relato original. De repente, todo me parece una locura. No, más que eso, me parece una tremenda estupidez.

Pero ya es demasiado tarde para recapacitar y volver atrás; en ese preciso instante, percibo en el aire una nota de sangre chamuscada, pero la nota se evapora de inmediato.

Ash ya ha inhalado la posibilidad de morir.

Veo que estira la espalda y salgo disparada hacia el colchón. Lo examino tratando de hallar cualquier síntoma de envenenamiento. Tiene las pupilas un tanto dilatadas, pero también puede ser por el suave y cálido resplandor que ilumina la sala.

—¿Cómo estás?

—Ojalá pudiera taponar las aletas de la nariz. El hedor es insoportable. Pero, por lo demás, estoy bien. ¿Continuamos?

Hago una mueca.

No hace falta decir nada más; los dos sabemos que no podemos parar ahora. Vuelvo a la ventana y enciende el siguiente ingrediente. Y después, el siguiente.

Tose y se retira la capa.

—¿Notas algo? ¿Algún cambio?

—Tengo un poco de sed.

Le ofrezco un vaso de agua. Se lo bebe de un trago.

—Tranquilo, no hay ninguna prisa. No querrás que…

Agarra el cubo y vomita el agua que acaba de ingerir.

Después de un espectáculo de arcadas y escupitajos, vuelve a sentarse con las piernas cruzadas, aunque esta vez le tiembla un poco el cuerpo.

—¿Quieres que hagamos una pausa?

Pero los dos sabemos que el tiempo apremia y que no podemos perder ni un segundo. Acerca el polvo de ámbar al brasero.

Inspira hondo y, cuando se retira la capa, veo que está tiritando y que tiene la frente empapada de sudor.

—Ash…, necesito que me digas qué sientes. ¿Algún que otro síntoma? ¿Frío?

—No…, calor. Mucho calor.

Se afloja los cordones del chaleco de cuero y se lo quita por encima de la cabeza. Está pálido y unos goterones de sudor se deslizan por las curvas de su pecho como riachuelos entre las montañas. La tinta de sus tatuajes brilla como la obsidiana.

El corazón me da un vuelco. Era consciente de que podía pasar, pero una cosa es saberlo y otra muy distinta es verlo con tus propios ojos. Echo un vistazo a los ingredientes del antídoto. Lo único que quiero es administrárselos para poder despertar de esta horrible pesadilla.

—Sigue hablando, por favor —le ruego, tratando de disimular mi profunda preocupación—. Intenta describir cómo te sientes.

—Los síntomas me recuerdan a… la fiebre fluvial, sí, eso es. Si no te importa, voy a tumbarme un poco.

—No puedo dejar que te duermas. Es demasiado peligroso. Puedes perder el conocimiento en cualquier momento; además, no podremos averiguar los efectos que tiene en tu cuerpo. Anda, levántate, caminemos un poco.

Le tiemblan las rodillas y me da miedo que pueda tropezar y abrirse la cabeza, así que coloco su brazo alrededor de mis hombros para que pueda mantener el equilibrio.

—Apóyate en mí. Deja el orgullo a un lado, aunque sea por una vez en tu vida.

A pesar de que está débil, consigue dibujar una sonrisa.

—¿Dejar el orgullo a un lado? Recuerdo haberte dicho exactamente lo mismo una vez —dice, pero, aun así, da su consentimiento y siento parte de su peso sobre el hombro.

—Primero un pie y después el otro. Vamos, sé que puedes. No te distraigas, mantén la concentración. A ver, piensa dónde te gustaría estar ahora mismo.

—¿Un lugar?

Asiento.

—Cuéntame cómo es la vida en la capital, en el palacio.

—No sabría por dónde empezar.

—¿Olores? ¿Tienen jardines como en la finca del eraz de Aphorai?

A paso de caracol, vamos dando vueltas por la habitación.

Ash insiste en que su olfato está atrofiado, pero después empieza a hablar de las flores que crecen en los jardines de palacio, y en cómo los ramos que decoran las distintos aposentos cambian cada luna. Describe los exquisitos perfumes que impregnan el salón privado donde se reúne el Consejo de las Cinco y el toque tostado de la cebada y de la fruta madura que despide la cervecería de Ekasya cuando sopla el viento. Menciona la esencia de la biblioteca de palacio, con un toque de canela para alejar a los insectos que devoran el pergamino, y me explica que, en primavera, Ami, una de las conservadoras, dispone varios ramilletes de lilas en las distintas mesas de la sección de historia imperial para que huela a nuevos comienzos.

—El olor a lilas enseguida se convirtió en el favorito de Esarik —dice Ash, entre risas, pero enseguida cambia el semblante—. Supongo que las cosas habrán cambiado y que esas flores solo le inspirarán tristeza. Igual que a Ami.

—¿Y tu olor favorito? —pregunto.

—Pan de Ekasya. Desde que me trasladé a palacio, cada mañana, antes del alba, antes de que empezáramos las clases, antes de tener obligaciones y responsabilidades, Nisai y yo nos escabullíamos a las cocinas. A esas horas solo había masa reposando, delantales manchados de harina y el calor de los hornos. Los cocineros armaban un escándalo cuando nos veían deambular por ahí, pero al final siempre salíamos con una rebanada de la primera hogaza que había salido del horno untada con mermelada de higo o queso fresco. Antes de vivir allí, jamás imaginé que existiera un lugar donde pudiera estar seguro. Pero allí, en aquellas cocinas, tenía la sensación de que no podía ocurrirme nada malo.

—Es un bonito recuerdo.

Ash suspira.

—Quizá quede en eso, en un bonito recuerdo.

Nos movemos arrastrando los pies mientras seguimos charlando y conversando durante lo que parecen horas. En un momento dado, se dirige de nuevo hacia la chimenea.

—Solo queda uno. ¿Vamos a por él?

—Deberíamos esperar un poquito más para asegurar que te quedan fuerzas para asimilar el quinto y último ingrediente. Y de que lo tengo todo listo y preparado para administrarte la cura.

—Pero no tenemos tiempo para…

—Si no dedicamos suficiente tiempo a hacerlo bien —digo,

y recojo el cubo que he dejado junto al colchón, contengo la respiración porque el hedor ácido de la bilis me resulta nauseabundo—, podríamos condenar a Nisai a una muerte dolorosa. Después de todo lo que hemos pasado, no podemos cometer el error de ser impacientes. Debemos mantener la calma. Como habrás visto, soy inquieta por naturaleza, pero si con algo soy paciente, es con un experimento.

Al ver el contenido del cubo hace una mueca de asco.

—Lo siento.

—No es la primera vez que veo vómito y regurgitaciones, tranquilo. No te preocupes.

—Igualmente, lo siento —repite, y se seca la frente con un trapo.

Necesito salir de la habitación y respirar un poco de aire fresco. Ash me dedica una sonrisa antes de que cierre la puerta.

Aunque no he inhalado ni una sola bocanada de esa fórmula letal, me siento un poco indispuesta. Es por el miedo, que parece haberse instalado en mi estómago. Lo siento duro y pesado, como si me hubiera tragado una piedra. En cuanto Ash respire el humo de los pétalos de la flor de dahkai, ya no habrá vuelta atrás. Y, aunque la cura funcione, la recuperación no va a ser un camino de rosas. Va a sufrir, y mucho.

Cuando regreso a la habitación, Ash está sentado sobre el colchón. Parece tranquilo y sosegado. Pero cuando deja los pétalos secos de la flor sobre el brasero, advierto que le tiemblan un poco las manos.

—¿Preparada?

Con paso firme, camino hacia la ventana y me tapo la nariz.

Repite el procedimiento por quinta vez y sigue los pasos al pie de la letra. Ya está hecho.

Nos miramos sin decir nada, a la espera. En el pasillo se oyen las risitas de una pareja que regresa a su habitación. La casa de huéspedes está en un barrio muy poco transitado y bastante tranquilo, al menos por la noche.

Un par de minutos después, los párpados de Ash empiezan a cerrarse.

—Nada de dormir —le recuerdo. Y justo cuando estoy a punto de meterme bajo su brazo para que pueda sostenerse y mantener el equilibrio, se desploma—. ¿Ash? —llamo. Lo agarro por los hombros y lo sacudo.

No reacciona.

Empiezo a asustarme. Hago rodar su cuerpo en el colchón para ponerlo de lado. Aún respira. Compruebo el pulso. El corazón sigue latiendo, aunque a un ritmo más lento de lo normal.

No puedo perder los nervios. Si pruebo el antídoto demasiado pronto, antes de que aparezcan todos los síntomas, nunca sabremos si se trata del mismo veneno que inhaló Nisai en el templo. Y volveríamos al punto de inicio. Y eso es lo último que querría Ash, sobre todo teniendo en cuenta todo lo que ha sufrido.

El tiempo parece haberse ralentizado. Cada minuto que pasa se me hace eterno. No despego los dedos de su muñeca. Veo que empiezan a temblarme, y su pulso, a debilitarse. Y, para colmo, todavía no hay señales del síntoma principal, esa oscuridad que se va extendiendo por la piel del paciente.

Le levanto los párpados para examinar sus ojos. Nada.

Cojo el primer líquido de la cura. Tendremos que encontrar otra forma de probar el antídoto.

El tembleque de mis manos cada vez es más exagerado. Intento quitar la tapa de la destilación. No quiero esperar un segundo más. Necesito que empiece a inhalar la secuencia del antídoto. Y ya.

Pero la tapa está tan bien encajada en el frasco que no consigo retirarla. ¿Por qué diablos no pensé en destaparlo antes?

Tengo las palmas de las manos resbaladizas por el sudor. Las seco en la túnica y vuelvo a probarlo.

Pero no sirve de nada.

Miro a Ash por el rabillo del ojo. El vaivén de su pecho cada vez es más suave, menos perceptible.

Desenfundo el puñal e introduzco el filo en la ranura minúscula que hay entre el cristal y la tapa. Aprieto los dientes y hago palanca con sumo cuidado, sin ejercer demasiada presión. El puñal se me escurre de la mano y me roza la punta del pulgar con el que sostenía el frasco. El corte no es profundo, pero lo suficiente para que broten unas gotas de sangre. Se me escapa un grito de dolor, pero no pienso soltar el vial porque sé que, si se cae al suelo, terminará hecho añicos. Me meto el dedo en la boca y se me humedecen los ojos. Son lágrimas de impotencia.

Y entonces lo veo.

En el centro del pecho de Ash. Oscuridad. Se extiende y se retuerce como los primeros retoños de una vid.

Ha llegado el momento. Ahora o nunca. Vierto el primer líquido en el quemador de aceite. Al calentarse, la esencia que desprende es horrible; apesta a sangre caliente y a algo peor. Me cubro la boca y la nariz con el pañuelo de perfumista y le doy dos vueltas, por si acaso. Me cuesta una barbaridad levantar a Ash, pero al final consigo que se mantenga sentado y, por último, le cubro la cabeza con la capa, igual que ha hecho él antes, para que el vapor le envuelva.

Sigo la secuencia y voy añadiendo los ingredientes, uno después de otro. El hedor cada vez es más insoportable, más nauseabundo. Se me revuelve el estómago y la cabeza me da vueltas. Me da miedo desmayarme, así que voy corriendo hacia la ventana para respirar algo de aire fresco. Y, al fin, añado el último líquido. Una gota de esencia de flor dahkai pura.

La mezcla de todas las esencias es inodora.

Me asomo por debajo de la capa y veo que Ash tiene el rostro empapado. Ha inhalado suficiente vapor. Retiro la capa y lo tumbo de nuevo sobre el colchón. Y después lo observo. Y espero.

Esa especie de venas oscuras se han extendido por el esternón como una telaraña negra.

Estoy muerta de miedo. No, no, no. No puede estar pasando. Se suponía que iba a funcionar.

El veneno está ganando la batalla.

No puedo perderle. Ahora no. Pero ¿qué puedo hacer?

Podría volver a la botica de Atrolos. Sí, podría salir en este preciso instante e ir corriendo hasta allí. Pero no tendría ni la más remota idea de qué pedirle. Y nos hemos gastado casi todo el dinero. Solo nos quedan un puñado de zigs. Y no sé si Ash sobreviviría hasta entonces.

Abro mi bolsa y empiezo a sacar viales, paquetes y frascos. Estoy desesperada. Necesito encontrar algo que, al menos, funcione como inhibidor temporal, algo que nos de un poco más de tiempo.

De repente, encuentro el diminuto vial que Sephine guardaba en su puño la noche en que murió. El líquido que contiene es casi negro, aunque, cuando lo acerco a la luz de la vela, me doy cuenta de que es azul oscuro.

Ya de niña despreciaba el templo y odiaba a Sephine por haberle dado la espalda a mi madre. Ahora me asalta la duda de si tenía poca visión de futuro. La rabia y el rencor que siempre había sentido hacia la sacerdotisa eran tan profundos que decidí ignorar por completo sus poderes, su sabiduría. El resentimiento llenaba el vacío que habían dejado cosas que había perdido, cosas que nunca había tenido.

Si Sephine pudo concederle tiempo a Nisai, ¿podría hacer lo mismo por Ash?

¿Qué había dicho la cronista de la Biblioteca Perdida? «Si sobrevives a la "primera absorción", puedes utilizarlo para "canalizar la voluntad de Asmudtag". Puedes utilizarlo para sanar, para curar.»

Las preguntas y las dudas se arremolinan en mi cabeza. ¿Me matará? ¿Y cómo funciona exactamente? Después de tomar esa pócima, ¿qué se supone que debo hacer?

Unas sombras parecen deslizarse bajo la piel de Ash; es como si se hubieran despegado de sus tatuajes y estuviesen buscando un nuevo hogar en su cuerpo. ¿Es real? ¿O me estoy dejando llevar por el pánico?

Sea lo que sea, da lo mismo. Su vida se está apagando delante de mis narices. No puedo quedarme de brazos cruzados, tengo que hacer algo. Jamás habría conseguido llegar hasta aquí sin su ayuda y sé que no lograré entrar en el palacio de Ekasya sin él. Pero no es solo por eso. «Quiero» que se recupere. «Quiero» que el antídoto funcione y elimine todo rastro del veneno.

Porque, con Ash, las cosas son distintas. Siempre he vivido rodeada de gente; al fin y al cabo, me crie en una aldea donde es imposible disfrutar de momentos de completa soledad e intimidad. Pero la verdad es que nunca llegué a congeniar con nadie y, en cuanto se presentaba la ocasión, me escabullía para estar sola. Una esencia volátil, una nota discordante que no encaja con nada más. Con Ash, en cambio, todo ha fluido con la naturalidad de un río. Me he encariñado sin querer, sin forzarlo, sin presiones.

Así que el riesgo merece la mena.

Destapo el vial de la guardiana de las esencias. Antes de acercármelo a la nariz, siento la tentación de rezar por última vez en mi vida…

Oigo un ruido a mis espaldas, como si Ash se estuviera moviendo.

Me doy la vuelta. ¿Son ilusiones mías o esa telaraña negra ha dejado de extenderse?

No. Me doy un pellizco para comprobarlo. No estoy soñando, la oscuridad está esfumándose.

Le tomo el pulso. Cada latido es más fuerte que el anterior.

¡Está funcionando!

Su respiración cada vez es más regular, más firme, más profunda.

Poco a poco, aparto el vial y lo tapo.

Poco a poco, Ash se va despertando de esa especie de coma profundo. Y, todavía medio adormilado, farfulla palabras y frases que no logro comprender. Algo sobre unas sombras y sobre no ser capaz de hallar una respuesta. Busco el cuaderno de Nisai en la mochila de Ash y echo una ojeada a las páginas. Observo los bocetos dibujados, pero no consigo descifrar la mayor parte del texto. ¿Qué respuestas buscaba Nisai en Aphorai? ¿Por qué tenía esa fe tan ciega? ¿Y qué sabía Sephine al respecto, si es que sabía algo?

—¿Rakel? —dice Ash. Pestañea y, por fin, abre los ojos.

Abochornada, escondo el diario personal del príncipe en el primer lugar que encuentro, mi bolsa.

Por fin empieza a enfocar la mirada.

—¿Qué ha pasado? Hace frío. ¿Por qué hace tanto frío?

Está tiritando y no puede dejar de castañetear los dientes. Me tumbo sobre el colchón, nos tapo con una manta y me acurruco a su lado, como un gato. Apoyo una mano sobre su pecho con la esperanza de que el contacto con mi cuerpo le ayude a entrar en calor.

Me rodea la cintura con el brazo.

Suspiro, aliviada, y busco su mano debajo de la manta. Los ojos se me llenan de lágrimas, y una logra escaparse y rueda por mi mejilla. Sigue aquí. Sigue conmigo.

Esta pesadilla podría acabar muy pronto. Tenemos lo que necesitamos para curar a Nisai.

Solo queda un largo camino a Ekasya. Si logramos llegar sanos y salvos, tendremos que ingeniárnoslas para convencer a la familia imperial de que permita la entrada a los dos fugitivos que, según fuentes oficiales, estuvieron implicados en el intento de asesinato del príncipe. Y todo en menos de una luna.

Sí, va a ser pan comido.

36

Ash

Pasamos dos noches más en la posada. Si hubiera dependido de mí, ya nos habríamos ido, pero, cada vez que lo mencionaba, Rakel se ponía de morros, se cruzaba de brazos y, con algo de desdén, me decía que, si tanta prisa tenía por marchar, podía ir tirando yo solito, pero que tuviera en cuenta que podía darme un patatús en cualquier momento y que, si eso ocurría, todos nuestros esfuerzos no habrían servido para nada. Estaba empeñada en que teníamos que asegurarnos que la amenaza del veneno hubiera pasado antes de poner rumbo a Ekasya.

Cada noche me sentaba junto a la ventana de nuestra habitación para contemplar el cielo estrellado. Rezaba mientras acariciaba mi banda de oración, una tira de cuero trenzada que siempre llevo conmigo y rogaba por recuperar mi fuerza lo antes posible. La luna del Dios Perdido estaba atravesando la constelación de Tozran y casi había alcanzado su plenitud. Sentí un escalofrío por todo el cuerpo.

La próxima vez que pase por ahí, ya será luna llena.

El león será coronado.

Y Nisai morirá.

Cuando por fin partimos de Lapis Lautus tengo la impresión de que el viaje hasta Ekasya va a ser el tramo más largo de la aventura que iniciamos en Aphorai. Me doy la vuelta y contemplo la silueta de la ciudad de los contrabandistas por última vez. Debo reconocer que me ha maravillado; la realidad no tiene nada que ver con las historias de anarquía y asesinos a sueldo que había oído.

Recogemos la yegua de Rakel de la granja y decidimos correr el riesgo y tomar una barcaza que nos lleve río arriba. Navegamos por el río dos días, acompañados del ritmo hipnótico de los remeros y, durante las noches, observamos la luna. El elixir de Linod cada vez es menos efectivo, y eso hace que mi humor se haya vuelto inestable y cambiante. Oscila y se balancea como el incensario de una sacerdotisa. Paso de la derrota a la esperanza y de la tranquilidad a la inquietud en un abrir y cerrar de ojos.

Avistamos tierra firme antes de llegar a la Confluencia de los Ríos y nos adentramos por senderos menos concurridos, la mayoría no son más que una estrecha vereda abierta por una cabra descarriada. Me fastidia que tengamos que dar ese rodeo porque, al fin y al cabo, el tiempo es oro ahora mismo. La carretera imperial es, sin duda, la ruta más directa y rápida. Otra opción habría sido seguir remontando el río un día más, pero ya vimos qué ocurrió la última vez y, por los ojos de Kaismap, no pienso permitir que nos arresten antes de llegar a la capital. Me temo que solo hay una persona en Ekasya a quien podremos recurrir para pedir ayuda. Es la única persona de la capital que confío en que nos recibirá y escuchará nuestra versión de los hechos sin juzgarnos de antemano.

La madre de Nisai.

Shari.

El paisaje se va tornando más llano y más seco, lo que significa que estamos cruzando las llanuras centrales. Un rato después, advierto unos canales de regadío que serpentean por la tierra como si dibujaran una telaraña. Estamos acercándonos a la capital.

Pasamos junto a un grupo de personas que avanzan a la velocidad de una tortuga, casi arrastrando los pies. A juzgar por sus túnicas, sencillas y austeras, sin adornos ni bordados, y por las sandalias raídas, infiero que son peregrinos. Su paso va dejando una estela que apesta a carne podrida, lo que revela que algunos son afligidos. Estoy convencido de que están dibujando una ruta que incluye la visita a todos los templos anteriores al imperio, o lo que queda de ellos. Se trata de una travesía ancestral que dura más de una vuelta.

Una niña apoyada en la cadera de su madre me mira fijamente, sin pestañear. De repente, empieza a temblarle la barbilla y se echa a llorar a moco tendido. No tengo ni la más remota idea de qué hacer o de dónde mirar, así que me vuelvo hacia

Rakel. Se inclina sobre la silla de montar, saca la lengua y cruza los ojos. De inmediato, el llanto de la cría se transforma en un estallido de carcajadas.

Más adelante, me fijo en un anciano que está descansando bajo la sombra de un árbol desprovisto de hojas y con las ramas escuálidas. Sostiene un bastón tan retorcido y deformado como su cuerpo. Me observa con descaro y sin pestañear, igual que ha hecho la niña, pero en su mirada no hay inocencia o curiosidad, sino algo mucho más inquietante y perturbador.

De pronto, me señala con un dedo tembloroso.

—Tú perteneces al reino de las sombras, muchacho.

El sol del mediodía es abrasador y, puesto que no hemos detectado ninguna señal que indique que los comandos andan por ahí cerca, llevo un buen rato caminando sin la capa. Los colmillos que llevo tatuados en la cabeza apenas se ven, y mucho menos a esa distancia, porque hace varios días que no me afeito y el pelo los cubre casi por completo. Sin embargo, las garras del león de Aphorai, el animal insignia de los antepasados de Nisai, que decoran mis hombros y mis brazos se ven a la legua. Y esa tinta me señala como escudo.

El anciano solo ha comentado lo evidente.

—No, no, no. No me refiero a «esas» sombras —dice, y esboza una sonrisa, como si acabara de contar el final de un chiste desternillante.

Me pongo tenso. Había oído hablar de los videntes y adivinos que pululan por los callejones de Ekasya y que aseguran poder leer la mente de hombres y mujeres, así como ver más allá del mundo de los mortales. Los soldados suelen hacerles una visita antes de emprender cualquier batalla, pues necesitan que alguien les asegure que no va a ser la última. Pero yo no voy a caer en esa tentación. Suponer que conocen la voluntad de los dioses sería un sacrilegio. Reconozco que esperaba algo más de un peregrino.

—Explícate —exijo saber.

Pero su única respuesta es una carcajada aguda y ensordecedora. A pesar del bochorno, siento un escalofrío por la espalda.

Sigo andando, pero acelero un poco el paso.

Adelantamos al grupo de peregrinos y Rakel baja del caballo.

—¿Qué ha pasado ahí?

—El viejo…, en fin, ha dicho que veía sombras a mi alrededor. ¿Cómo puede saberlo?

—Lo más probable es que se refiriera a los tatuajes.

—No. Son creyentes. Les intriga todo lo que pueda estar relacionado con épocas anteriores al imperio, de tiempos inmemoriales. Igual que los cuarzos que colgaban en los portales en Koltos. Estoy seguro de que lo decía por algo.

Rakel olisquea el aire.

—A lo mejor tu imponente colonia les ha abrumado.

—No me he puesto colonia.

—Entonces supongo que es tu aroma natural —dice; arruga la nariz y un segundo después sus labios forman una sonrisa irónica.

Esa noche decidimos establecer nuestro campamento lejos del camino principal, en una pequeña arboleda que marca la linde entre un campo de cultivo y el siguiente.

—Solo serán un par de horas —dice Rakel—. Necesitamos descansar.

Está anocheciendo y la temperatura es agradable. Cierro los ojos y confundo la brisa con una caricia cálida y cariñosa. Las dos lunas están en fase creciente, por lo que emiten un resplandor plateado precioso. No hace falta encender una hoguera, así que extendemos los dos petates, uno al lado del otro, y nos tumbamos para contemplar el cielo estrellado. La visión es hermosa, pero no puedo evitar pensar que la vida de Nisai se está apagando poco a poco.

—Mira —digo, tratando de buscar una distracción—. Hemos pillado al chacal persiguiendo a Esmolkrai.

—¿Que hemos hecho qué?

Alargo un brazo y señalo un punto del cielo.

—¿Ves esa estrella tan brillante? Es el ojo de Esmolkrai, la culebra. Cada noche asciende hasta ese punto. Luego, al amanecer, desciende como una serpiente cuando llega el momento de la hibernación. Existen varias teorías distintas. La universidad y el templo siempre debaten sobre si realmente es una estrella.

—¿Y qué otra cosa puede ser? —pregunta Rakel, que se revuelve en el petate y se acerca un poco más a mí.

Su melena me hace cosquillas en el hombro. Inspiro hondo. La esencia de la rosa del desierto tiene un efecto extraño en mí: por un lado, me tranquiliza; por el otro, hace que me hierva la sangre. ¿Cómo puede ser?

—Otra luna —respondo—. O un sol. O incluso un planeta distinto. Sea lo que sea, los sabios de la aldea que me vio nacer y crecer siempre decían que era un buen augurio. Que anunciaba una época favorable, propicia. Los pobres desgraciados que viven en los suburbios necesitan toda la suerte del mundo. Igual que nosotros. Es como ver el vial medio lleno, o medio vacío.

Rakel deja escapar una ruidosa carcajada.

—Alguien ha cambiado el aroma del naranjo amargo por el de la flor de purrath.

—Alguien ha sido una buena influencia —murmuro, y palpo el petate con la mano hasta rozar sus dedos y entrelazarlos con los míos. Tiene la palma fría, demasiado fría.

Y es entonces cuando caigo en la cuenta de que estoy sudando. De que estoy sudando profusamente.

Rakel me suelta la mano y se incorpora.

—¿Cómo estás? ¿Crees que se trata de algún efecto secundario? Describe los síntomas.

—Puedo arreglármelas, tranquila.

Debería contárselo. Debería explicarle que el malestar no es por el veneno, pues los efectos se desvanecieron la primera noche en Lapis Lautus, después de haber dormido como un lirón. Siempre he sido el paciente perfecto que se recupera en un periquete. Lo que me acosa en este momento es algo muy distinto. Fluye por mis venas. Y me resulta tan familiar como las líneas entrecruzadas que decoran el dorso de mis manos.

Si bien es cierto que no he vuelto a sufrir un episodio como el que le relaté y del que apenas recuerdo nada, sé que he estado muy cerca. Cada día tomo dosis más altas del elixir de Linod; sin embargo, no están sirviendo para apaciguar esa sensación. Estoy perdiendo el control.

Partes de mí que llevaban muchísimo tiempo dormidas empiezan a desperezarse.

—No es cuestión de que puedas «arreglártelas». Te necesito en plenas facultades, tanto físicas como mentales. Todavía existe la posibilidad de que no haya acertado con la fórmula exacta de la cura, así que, si notas algo, un efecto secundario, cualquier síntoma extraño…, debes decírmelo, porque, de lo contrario, pondríamos a Nisai en un grave peligro.

Lo último que quiero en esta vida es interponerme entre Nisai y su cura. Y mucho menos ahora que el tiempo empieza a apremiarnos. Pero después de lo que ocurra en Ekasya, es muy probable que no vuelva a verla. ¿Tan terrible sería disfrutar de esta última noche y saborear las mieles de la felicidad?

Pero entonces sus palabras resuenan en mi memoria; las pronunció cuando estábamos en las montañas, mientras esperábamos a que nuestras túnicas y ropajes se secaran después de lograr huir de aquellas crisálidas repugnantes y viscosas: «Cuando la confianza se rompe en mil pedazos, es muy difícil recuperarla. Es la herida más difícil de curar. Y siempre queda una cicatriz. Siempre».

Bajo ese cielo estrellado, miro a Rakel y me doy cuenta de que no puedo perderla, de que no «quiero» perderla. En su confianza, en su fe en mí, he hallado algo que tuve que sacrificar y que creí que jamás volvería a merecer. Algo de lo que nunca podré disfrutar ni siquiera con Nisai.

Porque no soy el escudo de Rakel. No tengo que protegerla contra todas las amenazas que existen en este mundo.

Y tampoco tengo que protegerla de mí mismo.

Ella es mi libertad.

—No es un efecto secundario —respondo al fin; mi voz suena tan ronca y tan profunda que ni siquiera me reconozco—. Sigo tomando mi dosis de Linod, pero apenas noto sus efectos. Es como si tratara de alcanzar un equilibrio y una estabilidad que ya no existen.

Todos los músculos de mi cuerpo se tensan, pero sé que no me queda otra alternativa que admitir la verdad, por muy preocupante que sea.

—Necesito más.

Mi confesión queda suspendida en la oscuridad durante lo que parece una eternidad. Es como si me hubieran atravesado el corazón con una espada y, cada segundo que pasa, el dolor es más y más insoportable.

Suelta una exhalación larga y sonora.

—¿Rakel?

—Has entrado en la espiral del descontrol —explica; su tono es de profunda preocupación, pero sé que no me está juzgando por ello. No advierto ni una pizca de reprimenda ni desdén—. Le pasa a todo el mundo que utiliza elixir de Linod durante largos periodos de tiempo. Debes aflojar un poco. Disminuir las dosis. Te guste o no, es la única opción. Tienes que hacerlo de una forma metódica y, sobre todo, poco a poco. Te advierto de que no va a ser un camino fácil, pero tienes que empezar. Pronto.

—Todavía no. No se me ocurre peor momento para hacer algo así. Quiero ser yo mismo cuando llegue a palacio.

—Ash, si aumentas la dosis, o incluso si mantienes la dosis actual, el Linod podría matarte.

—¿Cuánto tiempo?

Se recuesta, pero esta vez se acurruca a mi lado, con la cabeza apoyada sobre mi pecho.

—No estoy del todo segura. ¿Una luna quizá? ¿Más? ¿Menos?

No digo nada más. ¿Qué suele decirse en situaciones como esta? Lo único que puedo hacer es abrazarla hasta que se duerma.

Contemplo las estrellas que todavía titilan en el cielo y ruego a todos y a cada uno de los dioses para no perder los estribos, para mantenerme firme y estable hasta cumplir con mi cometido, hasta encontrar esa libertad que todos tanto ansiamos.

Me reservo una última plegaria de gratitud a Azered el compasivo; ahora que sé que no voy a tener que enfrentarme al día de mañana yo solo, el nudo de mi estómago parece haberse aflojado un poco.

En algún momento de la noche, he debido de quedarme dormido, pues, cuando abro los ojos, veo que el cielo se ha teñido del inconfundible gris del amanecer. Advierto una diminuta hoguera cerca; Rakel se ha tomado la molestia de cavar un hoyo para encenderla y que así nadie pueda verla, lo que me lleva a pensar que ha madrugado bastante.

—Me alegro de que hayas podido dormir un poco —dice, y me ofrece una taza—. Inhala el vapor y después bébetelo. De un solo trago. El sabor es asqueroso, te lo advierto. Es como lamer la cuba de un curtidor, pero te va a sentar de maravilla, créeme.

Obedezco sin rechistar. Tiene razón. Esa tintura es repugnante.

—¿De qué está hecho?

Me dedica una sonrisa burlona.

—No quieras saberlo.

—Entonces no lo habría preguntado.

—En serio, no quieras saberlo —repite, y sonríe de oreja a oreja.

Nunca pensé que me alegraría tanto de que alguien se burlara de mí.

—Lo estás disfrutando, ¿verdad?

Mantiene todavía la sonrisa.

—Tenía entendido que te dedicabas a curar a la gente, no a deleitarte con su sufrimiento.

—Eh, cada uno se emociona con lo que puede —replica, y se da la vuelta para preparar a Lil para el tramo que queda hasta la capital.

Lo curioso del asunto es que, cuando termino de enrollar el petate y de recoger mis cosas, me siento un poquito mejor. Me echo un poco de agua en la cara y decido no aumentar la dosis de Linod, al menos por hoy. Me echo la mochila al hombro.

—¿Lista?

Ella asiente.

La montaña de Ekasya es el único punto de referencia en esa vasta e inmensa llanura que se extiende entre la cordillera de Alet, la costa norte de Trel, el páramo de Los y la cuenca de Edurshai. Desde la frontera de cada provincia se divisa la capital, que se alza majestuosa en mitad de la planicie. Por esas lindes merodean los dioses cuando visitan el mundo de los mortales. Si no dispones de un tiempo o un espacio determinado para que tus oraciones y plegarias se pierdan en el viento, debes quemarlas en la majestuosa pirámide de Ekasya.

Desde ahí, seguro que alcanzarán el cielo.

El amanecer ilumina la planicie y, en cuestión de horas, la neblina que flota sobre el río se esfumará. De momento, sigue cubriendo la falda de la montaña, de forma que la ciudad parece estar suspendida en mitad del aire, más cerca del cielo que del suelo, que del imperio.

Rakel, que se había quedado un poquito rezagada, me alcanza. Al ver ese perfil de granito negro, se queda boquiabierta.

—Es…

—Lo sé. Me crie entre las sombras de esa ciudad, y todavía sigue dejándome atónito y sin palabras.

Cuando era un niño, esa montaña me intimidaba. Y, ahora que soy un fugitivo a punto de llegar a la puerta para entregarme a los guardias que la custodian, me pone la piel de gallina.

Han pasado tantas cosas desde la última vez que vi ese lugar. Han cambiado tantas cosas. Se han perdido tantas cosas. Se han puesto en riesgo tantas cosas. Y todavía no se ha terminado.

Rakel apoya la cabeza sobre mi hombro.

Y quizás también haya ganado alguna cosa.

—Solo hay un modo de salir de esta —dice, y me coge de la mano.

Le acaricio los dedos.

—Directo y sin mirar atrás.

37

Rakel

Esperaba que, en cuanto pusiéramos un pie en la capital imperial, todas las miradas se fijaran en nosotros.

Pues bien, no me equivocaba.

Los guardias nos arrestaron en cuanto cruzamos esos portones inmensos. Nos confiscaron todo lo que llevábamos, salvo las túnicas que vestíamos y el relicario que siempre escondo bajo la ropa. Uno de los guardias se llevó a Lil. Mi yegua forcejeó y tiró de las riendas para deshacerse de su captor y poderme mirar.

—Tranquila, chica. No pasa nada —le aseguré, pero no tenía la menor idea de qué estaba pasando ni de qué iba a pasar. Se me llenaron los ojos de lágrimas al despedirme de ella.

Al menos, la presencia de Ash sirvió para convencer a los guardias de que nos permitieran la entrada al complejo imperial.

Aunque, por desgracia, no llegamos muy lejos, tan solo a un calabozo situado en los barracones.

El comportamiento de Ash cambia de forma radical. A pesar de los grilletes de cuero con que nos han esposado y de que le hayan requisado las espadas gemelas que siempre lleva atadas a la espalda, mantiene ese aire de soldado valiente, con los hombros cuadrados y la barbilla bien alzada.

—Exijo una audiencia con el Consejo. Y de inmediato. Es mi derecho como escudo —grita.

Uno de los guardias que vigila la puerta se ríe por lo bajo.

El otro juguetea con una de las espadas de Ash, como si estuviera comprobando su peso.

—Según las últimas informaciones que llegaron a mis oídos, ya no eres escudo. Y no vas a ir a ningún lado, a menos que así lo ordene el rey regente.

—¿Rey regente? —murmuro.

Ash no responde, tan solo camina de un lado a otro de la celda, con las manos pegadas a la espalda.

Me dejo caer sobre el suelo. Estoy al borde de la desesperación. No podemos perder ni un segundo más en ese calabozo. El príncipe necesita nuestra ayuda, pero el tiempo corre en nuestra contra, y cada vez estamos más cerca del momento en que, según vaticinó la propia Sephine, el hilo del que pendía su vida se rompa.

El día avanza lentamente y no nos queda más remedio que esperar. Nos traen un par de bandejas repletas de comida. Jamás había probado manjares tan exquisitos y deliciosos. Nos conceden unos minutos sin grilletes para poder comer sin problemas.

No tengo apetito, sobre todo con tantos guardias vigilando cada uno de nuestros movimientos. Pero da lo mismo, abro la boca y engullo toda la comida. Lo hago porque necesito que Ash también coma. Tiene la mirada perdida y, cada vez que le quitan los grilletes, le tiemblan las manos.

A la mañana siguiente, cuatro guardias se presentan en el calabozo. Sin darnos ningún tipo de explicación, nos dirigen casi a empujones hacia el complejo imperial. Empezamos a subir los peldaños de la inmensa escalinata que conduce al palacio. De repente, se levanta un viento huracanado que me alborota el pelo y me impide ver con claridad.

Tropiezo y me caigo de bruces, pero, por milagro divino, consigo darme la vuelta y evitar golpearme la cara contra el suelo. Tan solo unos milímetros separan los ladrillos de arcilla cocida de mis ojos. Cada ladrillo tiene grabadas varias iniciales, el sello personal de algún antiguo emperador que quería que todo el mundo supiese que él había ordenado construir ese lugar.

Ash se arrodilla a mi lado y me mira con preocupación, pero no puede hacer nada, pues tiene las manos atadas, igual que yo. Uno de los guardias coge la cadena que me sujeta las muñecas y tira para levantarme. Por suerte, logro apoyar los pies antes de que me disloque los hombros.

En lo alto de la escalinata nos espera un grupo de guardias. Están colocados en formación. Su jefe da un paso al frente al vernos.

Y lo que veo me deja sin respiración, como si me hubieran asestado un puñetazo en la boca del estómago.

Sus rasgos parecen haberse endurecido desde la última vez que lo vi; la sensación es, cuando menos, extraña. Es como estar delante de una estatua de bronce macizo de la que solo había visto el molde de cera. El paso de las lunas lo ha cambiado, pero emana una esencia que reconocería en cualquier rincón del mundo. Ámbar, aceite de naranja, tomillo. Y ese sudor tan familiar.

Barden.

Ahora luce un fajín de color púrpura imperial y el ave fénix que lleva grabado en el cuero de las faldas tampoco me pasa desapercibido. Es el fénix de Kaidon. Mientras yo recorría el imperio en busca de un antídoto, él ha conseguido ascender tres rangos y que le destinen a la capital. Me pregunto a quién ha debido de delatar para hacerse con un cargo tan codiciado. ¿Quién habrá sido esta vez la víctima de su ambición?

Se acerca un poco más y me fulmina con la mirada. ¿Qué es eso que percibo en su negra mirada? ¿Culpa? ¿Arrepentimiento?

Sea lo que sea, me da lo mismo, que le aproveche. Y que se atragante y se asfixie.

—La has encontrado.

—Así es —responde Ash.

No puedo creer lo que está pasando.

—¿Qué en el sexto infierno…?

Uno de los guardias del calabozo se aclara la garganta.

—Señor, aseguran haber encontrado una cura para el príncipe. El rey regente dice que, si es cierto, les dejemos pasar.

—¿Dónde está, Rakel? —pregunta Barden. Su voz también ha cambiado; se ha vuelto fría y distante. Su indiferencia me deja atónita. Jamás me había hablado así.

Respiro hondo y trato de poner mi cara más amable y dulce. Lo último que quiero es que me confisquen la cura. Es el único as que me queda en la manga, la única arma que me librará, de momento, de la espada del verdugo.

Barden suspira. Está perdiendo la paciencia.

—O me dices dónde está, o haré que te registren.

Aunque me fastidia admitirlo, sé que habla en serio.

—Mi relicario —respondo con los dientes apretados—. Está en mi relicario.

La idea de que deslice la mano por debajo de mi túnica para arrancarme el relicario me produce escalofríos. Sin embargo, no se mueve.

—Soltadla —ordena a los guardias que me están sujetando.

—¿Señor?

—¡He dicho que la soltéis! Y desatadla. Ahora. Y al escudo también.

Esquivo su mirada, pero veo que hace señas a sus hombres por el rabillo del ojo.

—Formad una retaguardia.

El vestíbulo principal del palacio es más grande que un ala entera de la mansión del eraz de Aphorai y dos veces más ruidosa que un mercado en hora punta. Veo grupitos de cortesanos por todas partes; lucen túnicas de colores estridentes y se perfuman con las esencias más decadentes. Se me revuelve el estómago. Cuando esos tipos adinerados empiezan a percatarse de nuestra presencia, todo en el salón parece enmudecer de repente. Y, unos segundos después, se abre un pasillo que divide el espacio en dos partes iguales.

El príncipe está sobre una plataforma, justo delante del trono, como si sus aposentos se hubieran transformado en un espectáculo público. Una guardia originaria de Los vigila su cuerpo; es la viva imagen de un soldado leal y en constante estado de alerta. Supongo que es Kip.

A su lado, repantingado en una silla de madera muy sencilla y austera que no encaja en absoluto con el resto de las riquezas expuestas en el vestíbulo, está el hermano de Nisai.

Tengo que luchar contra mis propios instintos para seguir avanzando, para acercarme al hombre que hemos intentado esquivar durante las últimas tres lunas.

El capitán Iddo ha aprendido a mantener la compostura y a no revelar ningún tipo de emoción o sentimiento a través de sus gestos, de la expresión de su rostro, igual que Ash. Me cuesta entender que sean capaces de disimular de esa manera, de fingir y de actuar. Me vuelvo y miro a Ash; su cara ya no es una máscara indescifrable y no se avergüenza de mostrar su esperanza, su ilusión. Verlo así, tan vulnerable y tan expuesto, me deja de piedra.

La tensión que se respira en el ambiente podría cortarse con un cuchillo. La muchedumbre que se ha apiñado en el salón contiene el aliento. Es como una tropilla de caballos salvajes, que se asustan ante el primer movimiento o ruido desconocidos.

—Capitán —saluda Ash, y se inclina en una rígida reverencia.

—Ashradinoran. Te creía un hombre más sensato y prudente. ¿Cómo te atreves a presentarte en la capital?

—Capitán, yo... —empieza, y me mira de reojo. Después se aclara la garganta y se dirige a todo el público que se ha reunido en el salón—. Nosotros creemos haber encontrado una cura para el mal que sufre el príncipe primero.

—¿Y por qué iba a creer en tus palabras? Fuiste el primero en aparecer en la escena de un crimen. Desafiaste una orden directa de tu superior y desertaste con una sospechosa. Te resististe cuando te iban a arrestar. Asesinaste a un comando. ¿Cómo sé que puedo fiarme de ti? ¿Cómo sé que no has regresado a la capital para terminar un trabajo que dejaste a medias?

La sospecha enfurece a Ash, pero consigue controlarse.

—Porque sabes tan bien como yo que no tuve nada que ver con lo que ocurrió ese trágico día. Y porque, si el príncipe primero muere, me ejecutarán con mi propia espada —responde, y se da la vuelta para examinar el vestíbulo.

Se han reunido toda clase de personalidades. Las entradas están custodiadas por varios guardias de palacio, Barden entre ellos. Me fijo en un puñado de hombres que llevan la misma túnica negra.

Y, de repente, reconozco una cara familiar: Esarik. Ha conseguido llegar a la capital a tiempo. Qué alivio. La situación es muy compleja: un amigo en la corte es justo lo que necesitamos.

—Y —continúa Ash— tienes muchísimos testigos que asegurarán que cumplí con mi deber.

Iddo nos observa detenidamente durante un buen rato, con el ceño fruncido. Es curioso, pero, a pesar de ser alto como un torreón, me impone más ahora que está sentado.

—Muy bien —dice al fin.

—¡Capitán, no! —exclama una voz que proviene de ese grupo de hombres que visten la túnica negra.

Ash está a punto de perder los estribos. Está furioso.

—Perdóname, capitán —insiste el hombrecillo, pero esta vez con tono adulador y servil—. ¿No deberíamos estudiar esta supuesta cura antes de administrársela al príncipe? El gremio siempre aconseja el empirismo por encima de...

Iddo arquea una ceja a modo de advertencia.

El tipo, de la misma altura que un pigmeo, para en seco.

Pero esa primera discrepancia ha abierto un debate y ha suscitado todo tipo de opiniones.

—Pruebas —apunta otro de los hombres con túnica negra—. Necesitamos hacer pruebas. Qué menos que comprobar la viabilidad y eficacia de esa cura.

Cada vez se oyen más voces que protestan y critican nuestra buena fe. El capitán tamborilea los dedos sobre el reposabrazos de la silla. ¿Le están convenciendo? No me veo capaz de enfrentarme a otro envenenamiento.

—¿Un guardaespaldas y una pueblerina elaboran una cura antes que el gremio de médicos? ¡Es ridículo!

—¿Cómo se puede permitir que los presuntos asesinos se acerquen a nuestro príncipe?

—¡Juicio! ¡Llevémoslos a juicio!

—¡Basta! —ruge Iddo.

El salón del trono se calla *ipso facto*.

—Os habéis dedicado a estudiar y a observar al príncipe primero y su enfermedad varias lunas. ¿Y qué habéis conseguido? Nada. Ya he tenido suficiente de vuestro empirismo. Ashradinoran sabe muy bien lo que está en juego —dice, y nos hace señas para que nos acerquemos—. Si podéis curar a mi hermano, hacedlo.

Me acerco a la plataforma sobre la que yace el cuerpo inmóvil de Nisai. Me tiemblan las manos, así que las escondo bajo las mangas de la túnica. Ha palidecido aún más y la telaraña de hilos negros se ha extendido por toda su piel, de forma que parece estar hecha de cáscara de huevo rota. No me atrevo a retirar la túnica, pero es más que evidente que la oscuridad ha ido ganando terreno. Se desliza por su cuello, por su pecho. Advierto una especie de venas diminutas que se deslizan por los dedos de sus manos hasta por debajo de las uñas. La oscuridad se ha apoderado de él.

Pero no pienso dejar que me vean tan indecisa, tan titubeante.

—¡Necesito un quemador de aceite y un paño!

Mi voz retumba en cada rincón del salón del trono. Suena más confiada y segura de lo que realmente estoy.

Esarik debe de haberse preparado para la ocasión, pues enseguida se adelanta entre la multitud y me acerca todas las cosas que necesito. También me trae mi bolsa de cuero, de la que no me he separado ni un solo momento en todo este tiempo. Tengo que contenerme para no abrazar al erudito ahí mismo. No tengo palabras para agradecerle que la haya recuperado del calabozo.

Centro toda mi atención en Nisai.

—¿Me ayudas a incorporarlo?

Ash enseguida lo sienta; sostiene al príncipe con sumo cuidado y ternura, como si fuese un recién nacido. Eso me recuerda todo lo que se aprecian y todo lo que se preocupan el uno por el otro. Son la prueba de que, a veces, la relación de un simple siervo y un gobernante puede ir más allá de la lealtad impuesta. Por el bien de ese amor, y por sea lo que sea que siento por Ash, espero que todo salga bien.

«Tiene» que salir bien. O, de lo contrario, no solo el príncipe sufrirá las consecuencias.

Con meticulosidad y esmero, acerco el primer vial al quemador de aceite. Intento calmar los nervios mientras el líquido se calienta. En cuanto empieza a salir el vapor, extiendo el trapo por encima de la cabeza de Nisai para que lo inhale. Repito el mismo procedimiento con los otros cuatro viales.

Una vez que he terminado, Ash recuesta el cuerpo del príncipe sobre la plataforma.

No me atrevo a mirar a Iddo ni a los guardias que nos tienen rodeados y que nos apuntan con las lanzas. Y esperamos.

Y esperamos.

No ocurre nada. Nada en absoluto.

Se me revuelven las tripas. ¿Por qué no está funcionando? Quizás al príncipe ya no le quede ni una gota de energía. Ha pasado tanto tiempo al borde de la muerte que a lo mejor su alma prefiere seguir hundiéndose que encontrar el camino de vuelta a la superficie.

¿O es que estamos demasiado cerca de la Coronación de Tozran?

¿Hemos llegado demasiado tarde?

Ash y yo intercambiamos una mirada. Tantas prisas, tantos peligros a los que nos hemos enfrentado para llegar hasta aquí…, y todo para nada. Trago saliva, pero tengo la garganta cerrada. No sé qué decir ni qué hacer.

Y, de repente, el príncipe echa la cabeza hacia atrás, los músculos de su rostro se retuercen en una mueca rígida y sus piernas se tensan.

—¡Está asfixiándose! —digo, y desenvaino el puñal.

—¡Ni te muevas! —grita Iddo.

Nisai empieza a sacudir los pies sobre la cama, como si estuviese convulsionando.

Me vuelvo hacia Ash.

—Si no hacemos algo, podría morir ahogado.

—Confío en ti —susurra, y asiente con la cabeza.

Después, se gira, dispuesto a enfrentarse a la comando que le ha usurpado el puesto. A sus antiguos compañeros que sirvieron al imperio a su lado. A los soldados que él mismo entrenó y formó. A todos a los que ahora amenazan con separarle del príncipe.

Introduzco la empuñadura de mi cuchillo en la boca de Nisai para que no se muerda la lengua.

—Sigue luchando. Encuentra tu camino. Por favor —suplico. Y entonces murmuro algo que jamás pensé que algún día le diría al futuro gobernante de Aramtesh—. El imperio te necesita.

—¿Ha funcionado? —oigo que pregunta uno de los guardias.

—Brujería —sisea uno de los médicos de túnica negra.

—Quedaos donde estáis —gruñe Ash, que en lugar de adoptar una postura de ataque, parece relajado. Cualquiera diría que está en mitad de un descanso del entrenamiento.

Debo reconocer que lo admiro. Ahora mismo necesitamos eso: calma y serenidad. Por el bien del príncipe.

Iddo se levanta de la silla.

—Baja de ahí, mascota domesticada.

38

Ash

—No puedo hacer eso, capitán —replico con tono formal y serio. Son las palabras de un soldado.

—No empeores las cosas. Apártate del príncipe.

Estoy desesperado. Echo un vistazo a mi alrededor en busca de una cara amiga, de una voz razonable y con sentido común. Mis ojos encuentran a Esarik y le ruegan que hable, que diga algo. Uno de los médicos de túnica negra le susurra algo al oído. El erudito parece afectado, pero no dice nada.

—Funcionó bien una vez —digo—. Lo probamos. Volverá a funcionar. Dale un poco más de tiempo, por favor.

—El tiempo no está de nuestro lado, y menos del vuestro. Y ahora, baja de ahí —insiste.

El capitán está tranquilo, quizá demasiado tranquilo dadas las circunstancias. Su aura de autoridad se ha desdibujado un poco. ¿Por qué no se muestra consternado o desconsolado? ¿O decepcionado, como mínimo? ¿Es que había perdido toda esperanza y ya se había despedido de su hermano pequeño? ¿O es que nunca confió en que la cura iba a funcionar?

—Iddo —le imploro—. Te entiendo, créeme. Eres un hombre pragmático. Igual que yo. Pero las cosas que he visto con mis propios ojos durante las últimas lunas, las cosas que Rakel ha conseguido… No podemos rendirnos justo ahora. Sé que ella es la única esperanza de Nisai. Por favor. Le quiero tanto como tú, jamás pondría su vida en riesgo.

Ese porte de calma y serenidad se rompe en mil pedazos.

—¿Cómo te «atreves» a hablar de amor? El amor de un traidor no es amor —dice, y se levanta de la silla. La altura de Iddo nunca dejará de sorprenderme, me saca un par de cabezas, por lo menos. A mí, y a cualquier otro guardia y soldado que hay en el vestíbulo—. Es mi última advertencia.

—No —contesto.

Desde que me trasladé a la capital imperial y me mudé a palacio, es la segunda vez que desobedezco una orden directa de un miembro de la familia imperial. Siempre pensé que el día que me sublevara o quebrantara la ley o tuviera un comportamiento indisciplinado me sentiría confundido y desconcertado, pero esta vez siento que estoy haciendo lo correcto.

El capitán no parece creer lo que oye.

—¿No?

No pienso dar mi brazo a torcer y me mantengo en mis trece.

—Ya me has oído.

Iddo hace señas a uno de los guardias y, a mis espaldas, se arma un escándalo.

—¿Ash? —dice Rakel con voz temblorosa.

Me arriesgo y echo un vistazo por encima del hombro. La han acorralado. Uno de los guardias sostiene el filo de la espada a la altura de su garganta para amedrentarla y obligarla a alejarse del cuerpo de Nisai; sigue en estado comatoso, pero su cuerpo no ha dejado de temblequear.

Esa escena me enfurece. Los guardias están amenazando las vidas de las dos personas que más quiero en este mundo. Y, de repente, siento que algo empieza a revolverse en mi interior. Es algo que he mantenido guardado bajo llave, enterrado en lo más profundo de mi ser, algo que he tratado de olvidar, algo que me acecha y que siempre habitará en mí. Porque forma parte de mí.

Los ángulos de mi visión empiezan a oscurecerse.

Al momento, el sol del mediodía arroja unas sombras extrañas en ese vestíbulo tan abarrotado y la luz que se cuela por los balcones y que ilumina los mosaicos de oro que decoran las paredes parece apagarse.

Noto que algo se remueve en mis entrañas, se despereza porque está despertando. Tras cada latido de mi corazón, se vuelve más grande, más fuerte, más invencible. Y se alimenta de mi rabia y de mi dolor.

No. Mantén el control.

«Eres un niño, no una bestia.»

Vuelvo a tener diez vueltas de edad. Estoy en un callejón

oscuro, con la espalda apoyada en la pared y el hombro pegado al de un joven príncipe.

Es un niño, igual que yo. Un niño curioso que se ha perdido y ha acabado metiéndose en el suburbio equivocado en el momento equivocado. Los dos ardientes que nos persiguen nos encuentran, no tendrá más remedio que agachar la cabeza y pagar.

«Un niño, no una bestia.»

Me doy la vuelta y veo a Rakel. Me está mirando con espanto en los ojos. Se revuelve y forcejea con el guardia que la está sujetando y que sigue empuñando su espada a apenas unos milímetros de su garganta. Rakel se sacude y el filo le roza el cuello. Un hilo de sangre se desliza por su piel hasta mancharle la túnica.

«Un niño.»

La bestia también ve el borrón rojo. Es de un carmesí oscuro, mortal. Lucho contra la bestia, trato de contenerla, de apaciguarla, de amansarla.

Pero hoy la bestia es más fuerte que yo.

39

Rakel

Mi captor apesta a sudor. Deben de haber pasado varios días desde la última vez que visitó los baños públicos de la capital porque el hedor es salado y agrio al mismo tiempo. Una parte de mí se pregunta qué pasaría si le diera un pisotón con mi bota en el pie.

Pero otra parte de mí no puede evitar imaginarse lo que pasaría si esa espada me rajara la garganta y me degollara.

Noto un escozor en el cuello, justo donde me ha rozado el filo de la espada. Una gota húmeda se arrastra por mi piel, pero no es sudor, sino sangre, porque mi nariz enseguida distingue ese olor a cobre tan característico. Ash también ha debido de ver la sangre porque algo en él está cambiando.

Me resulta muy difícil identificar qué es lo que ha cambiado en él. Quizá sea su ademán, el modo en que se tiene en pie. Me da la impresión de que está rígido, casi agarrotado. O puede que sea su expresión, que desprende dolor e ira al mismo tiempo, como si estuviera librando una batalla interna.

Sea lo que sea, lo que es evidente es que ha habido un cambio. También advierto algo distinto en el resplandor que ilumina el vestíbulo, en las luces y sombras que bailan sobre ese suelo de basalto pulido.

Y entonces lo oigo. Un sonido tan gutural y tan salvaje que bien podría haber salido del mismísimo sexto infierno.

Hace un momento estaba asustada. Me daba miedo que me rebanaran el cuello.

Ahora, sin embargo, ese miedo se ha vuelto insignificante.

El terror que siento al ver lo que ocurre delante de mis ojos es indescriptible.

40

Ash

Ha pasado muchísimo tiempo, pero jamás olvidaré la sensación de la sombra desplegándose y extendiéndose por mi interior. La primera vez fue como si estuviera frente a un doble de mí; yo estaba en ese callejón, mientras otra versión de mí, distinta, furiosa y oscura, iba a la caza de los ardientes.

Esto es totalmente diferente.

Cuando empieza, noto un ardor en todo el cuerpo, pero es

bastante soportable. Me recuerda la quemazón que uno siente en la piel cuando, en un exceso de confianza, pasa demasiadas horas bajo el sol el primer día de primavera. Es un picor molesto, pero tolerable. Poco a poco, se va intensificando hasta escaldarme la piel y, por último, me da la impresión de que me están marcando con un hierro abrasador, como si fuese un animal. Supongo que eso es lo que deben de sentir los sin-nariz cuando les sellan la herida con una barra metálica recién sacada de las brasas de una hoguera.

El fuego se extiende por todo mi cuerpo, se arrastra por las líneas de tinta que recorren mi torso, mis brazos, la parte trasera de mis piernas, mi cabeza. Pero lo peor, oh, madre Esiku, lo peor viene cuando alcanza las alas que llevo en la espalda. Siento que me están haciendo pedazos, que me están desgarrando la piel por varios lugares al mismo tiempo. Cada centímetro de mi piel tatuada estalla como una granada madura.

Y en mitad de esa tortura tan salvaje, soy testigo del momento de la inminente separación. Aunque quisiera, no podría pararlo. Y ahora que la rabia se ha desatado y que fluye por mis venas junto al oxígeno y la sangre, deseo liberarla.

La bestia da un brinco desde mis hombros y me araña la piel con esas garras afiladas.

Me desplomo sobre el suelo. Estoy sangrando y no puedo hacer otra cosa que observar, con cierto desinterés y desapego, el león alado que ha emergido de mi propia piel, una bestia hecha de sombras. Arremete contra los guardias y se abalanza sobre ellos con las garras extendidas. Su armadura de cuero parece haberse convertido en una túnica de seda, pues el león la atraviesa como si nada y les rasga la piel.

Algunos guardias se quedan inmóviles, como si fuesen estatuas con los pies clavados en el suelo de mármol. Otros se acobardan y empiezan a recular. Los más valientes se preparan para la batalla. Pero sus lanzas y espadas no sirven para nada, pues, aunque algunos logran alcanzar el animal, lo atraviesan como si fuese una nube de humo.

Lo único que consiguen con cada golpe y con cada ataque es un aullido de furia de esa bestia, parte león, parte águila, parte de mí…

41

Rakel

El guardia que había desenfundado su espada para intimidarme y que me había hecho ese pequeño rasguño con el filo da un paso atrás.

De repente, suelta la espada.

Y se echa a correr. Corre como si su vida dependiera de ello.

El salón del trono estalla en caos y frenesí.

Un león alado de dimensiones extraordinarias sobrevuela el vestíbulo. Presto atención a esa bestia mítica, pero me desconcierta. Parece negro como el carbón, pero un segundo después parece translúcido como el humo. Baja en picado para atacar a los guardias que todavía corretean por allí. Los acomete con esas zarpas inmensas y hace jirones todo lo que encuentra a su paso. Se oyen desgarros y alaridos de dolor. Y, a su paso, va dejando una estela carmesí.

Me abruma ese olor a matanza, a carnicería. Me veo envuelta en una nube que apesta a sangre, orines ácidos y letrinas sucias. Me tambaleo, apoyo las manos en las rodillas e intento controlar las arcadas. No quiero vomitar, no ahora.

Echo un fugaz vistazo al príncipe, que sigue postrado en la plataforma, delante de mí. Continúa inconsciente. Su tez sigue igual de pálida y cenicienta, pero su pecho ha empezado a dibujar el vaivén de una respiración regular. Y, de pronto, recobro la ilusión. Albergo la esperanza de que haya emprendido el camino de vuelta al mundo de los mortales.

Miro a mi alrededor y, de repente, esa luz de esperanza se apaga de nuevo.

Más allá de la plataforma, en el centro del vestíbulo, yace el cuerpo de Ash. Está boca abajo y tiene el cuerpo lleno de arañazos, cortes y heridas, desde la cabeza hasta los tobillos. A su alrededor se ha formado un charco de sangre que no deja de crecer. Me quedo paralizada ante esa imagen tan macabra y, un instante después, todos mis instintos se activan. Tengo que encontrar un modo de detener la hemorragia.

Me arrastro hacia él, agachada y con mucha cautela, para que la sombra que planea sobre mi cabeza no se fije en mí y me convierta en su próxima víctima.

Oigo que bate sus alas muy cerca, pero después da media vuelta y desciende sobre dos guardias que estaban espalda contra espalda. Gritan maldiciones y palabras groseras y, un instante después, los chillidos de dos hombres moribundos resuenan en las paredes, hasta que el rugido de la bestia les arranca la voz.

—Rakel.

La voz me resulta familiar. Proviene de un cuerpo tirado en el suelo, un cuerpo que había confundido con un cadáver al pasar. Y entonces me fijo en un detalle, en un mechón dorado, y lo reconozco de inmediato.

—¿Esarik?

Tiene varias heridas profundas en el abdomen y, aunque ha intentado taponarlas, no para de brotar sangre y más sangre. El hedor de esos terribles arañazos auguran una realidad innegable. No hay nada que pueda hacer para salvarlo.

—Tranquila, estoy bien —balbucea mientras tose—. Sé que me estoy muriendo. Pero necesito un favor. ¿Harías algo por mí?

Me agacho a su lado.

—Por supuesto.

—Dile a Nisai…, dile que lo siento.

—¿De qué estás hablando?

Los ojos se le llenan de lágrimas de dolor.

—Al principio, me negué y rechacé la propuesta. Pero después tomaron a Ami como rehén. El fuego… Creí que la inhalación de humo sería el peor…

—¿Quién, Esarik? No te entiendo.

—Por favor. Si se despierta, corre un grave peligro. ¿El libro? ¿Dónde está el libro?

—¿Peligro? ¿De quién?

Esarik inspira hondo e intenta girar el torso, destrozado. Se le escapa un aullido de dolor.

—No sé qué le van a hacer a Ami.

—¿Todavía la tienen?

La bestia de sombras dibuja círculos sobre nosotros y, de repente, se lanza hacia otro grupo de soldados. Se oye un crujido estremecedor.

—No hay tiempo que perder. Hay una carta. En mi bolsillo. Cógela...

Y así, sin previo aviso, se sacude y se queda inmóvil, con la mirada perdida en el infinito, sin vida.

Como él mismo ha dicho, no hay tiempo que perder, así que rebusco entre sus ropajes hasta que mis dedos tocan lo que parece ser un pergamino.

De repente, alguien me agarra del brazo. Me sobresalto y, sin querer, me pongo a gritar. Estoy nerviosa y muerta de miedo. Levanto la cabeza e intento enfocar la mirada en el rostro que tengo delante de mí.

Barden.

—Hay una escalera de servicio en la sala contigua —dice—, justo detrás de la cortina. Baja la escalera y que tu magnífico olfato te guíe hasta las cocinas. Toma el pasillo hacia la puerta de atrás, por donde entran todos los suministros y las provisiones, y después sigue la muralla hasta encontrar el barrio residencial. Vete. Date prisa.

—Pero Ash..., él me necesita.

Se oyen unas pisadas sobre el suelo de mármol. Un escuadrón de guardias imperiales entra en el vestíbulo, armado hasta los dientes para tratar de derribar a la criatura.

El charco de sangre que rodea el cuerpo de Ash sigue extendiéndose por el suelo.

—¡Míralo! Ya es demasiado tarde. No vas a tener otra oportunidad como esta. Si los guardias recuperan el control, tal vez vivas para ver el amanecer, pero, créeme, no dejarán que veas muchos más. El juicio no será más que una mera formalidad.

—Pero Barden, yo...

—Por lo que más quieras, Rakel, vete. Por favor.

Aunque en ese momento lo único que quiero y anhelo es estar al lado de Ash, sé que él preferiría que continuara con la misión, que siguiera luchando para salvar la vida de Nisai. Y eso es lo que debo hacer, no solo por el príncipe, o por Ash, o por padre, o incluso por mí. Sino por algo mucho más grande. Mucho más importante.

Siendo optimistas, las probabilidades de que salgamos de este caos vivitos y coleando son escasas. Y las probabilidades de que pueda hacer algo para ayudarlos son todavía menos. Pero si me matan o me arrestan o me encierran en una celda de por vida, ya no habrá esperanzas y todo estará perdido.

Miro por última vez a Nisai y a Ash, y tomo una decisión. Algo en mi interior se rompe, y ese repentino agujero se llena de culpa y rencor. Pero sé que es la única opción.

Intento recuperar la compostura y, mirando a Barden, asiento con la cabeza.

Y entonces salgo disparada hacia la sala contigua al inmenso tapiz que cuelga de la pared. Es una lástima que no pueda detenerme para admirar el paisaje que muestra. Tal y como Barden había indicado, detrás se esconde una escalerilla muy estrecha, abierta en la propia piedra de la muralla y en forma de caracol. Está iluminada por una serie de espejos que reflejan la luz que se cuela por una diminuta ventana. Esos peldaños desprenden un olor que me transporta a cuando me lavaron y me frotaron el cuerpo con vinagre y limón. Bajo los escalones de dos en dos e incluso de tres en tres, con las manos apoyadas en esas paredes curvadas para no perder el equilibrio y romperme la crisma.

La escalera es más larga de lo que imaginaba. Sigo brincando de peldaño en peldaño y, a medida que voy bajando, las puertas que van apareciendo se van volviendo más pequeñas, más sencillas, más austeras.

En un momento dado, reconozco el inconfundible calor que sale de las cocinas. Me recibe con los brazos abiertos, y con el aroma del pan de Ekasya recién horneado. La esencia favorita de Ash. La esencia que, según sus propias palabras, le hacía sentir a salvo, protegido, amado. En esas cocinas sentía que lo aceptaban tal y como era.

Y ese aroma me rompe el corazón.

No sé si hay un momento perfecto para echarse a llorar, pero sin duda no es este.

Me seco las lágrimas de las mejillas y sigo corriendo.

42

Ash

No estoy seguro de en qué momento he perdido el conocimiento, pero, cuando me despierto, lo único que huelo es muerte.

Y me da lo mismo.

Porque solo siento dolor, un dolor desgarrador y atroz.

Tengo la piel destrozada y rasgada por tantos sitios que incluso me duele respirar. Pero también noto una sensación más agradable; por un instante, me imagino en las termas públicas, disfrutando de un baño al que le han echado unas gotas de un bálsamo agradable y reparador.

Pero no estoy en las termas. Ni tampoco se trata de un aceite aromático. Es sangre.

Los pocos guardias que siguen en pie no dejan de chillarse unos a otros. Entre ese griterío, de repente, se oye un gruñido seguido del ensordecedor rugido de un león. Un instante después, el terrible crujido de varios huesos partiéndose en mil pedazos.

En el salón, se ha hecho el silencio. No se oye ni una mosca, tan solo el batir de unas alas de sombra enormes. El latido de mi corazón me golpetea los tímpanos, pero sé que lo poco que me queda de vida se me está escapando por todas las heridas. Mi bestia sobrevuela la sala y dibuja círculos por el aire en busca de otra presa a la que atacar.

Advierto otra sombra sobre mí; está mucho más cerca y, por suerte, es humana. Es la sombra del guardia del palacio de Aphorai. ¿Cómo se llamaba? No lo recuerdo. ¿Acaso Rakel me lo dijo?

—Rakel —musito con voz ronca, aunque no reconozco mi propia voz—. ¿Dónde está?

El guardia palidece al verme.

—Se ha marchado. Ha conseguido escapar en mitad del caos.

Me invade una sensación de alivio y, por un segundo, el dolor se atenúa.

—Por favor —ruego—. Por favor, acaba con este sufrimiento.

Él alza la cabeza y observa a la criatura que sigue sobrevolando el salón. Sigo su mirada, convencido de que esa va a ser la última imagen que mis ojos vean. Y entonces desenvaina su espada.

El dolor es tan intenso que incluso me impide pensar con claridad.

Y entonces pasan varias imágenes por mi memoria…

Su fortaleza cuando tuvo que enfrentarse a la tormenta de arena. Su sonrisa al otro lado de la hoguera. Su voz guiándome por el laberinto de cuevas, y despejando mi oscuridad. Nuestro abrazo en el campamento de Edurshai. Su mano buscando la mía cuando estábamos sentados en la calzada de Lautus, con los pies colgando sobre el agua. El calor de su cuerpo cuando se acurrucó a mi lado la noche en que sufrí temblores y sudores después de probar la cura.

—Sobrevive —susurro.

Estoy cansado.

Y, por fin, cierro los ojos.

43

Rakel

Las calles principales del distrito imperial de Ekasya se extienden hacia las faldas de la montaña. Desde la cima parecen los radios de la rueda de las estrellas y crees estar en el centro.

Sin embargo, cuando no estás en la cumbre de la montaña, desde donde se ven esas vistas tan maravillosas y privilegiadas, el paisaje se vuelve mucho más confuso y complicado.

Intento escabullirme por callejuelas menos transitadas, y evito, en la medida de lo posible, las grandes avenidas. Serpenteo por esa inmensa ciudad mientras bajo por la ladera de la montaña, o eso creo. En un momento dado, me doy cuenta de que me he perdido. Echo un vistazo a mi alrededor. Las casas están apiñadas las unas sobre las otras y los balcones están a rebosar de flores y plantas, de manera que es imposible ver el cielo. El jazmín endulza el aire y cubre los desagradables olores de la ciudad.

Pero ni siquiera el jazmín puede enmascarar el hedor metálico de la sangre.

Me topo con un muro infranqueable. Otro callejón que no lleva a ninguna parte. ¿Cuántas calles sin salida tiene esta maldita ciudad?

Estoy perdiendo la paciencia. En mitad de esa callejuela, hay una pila de trozos de arcilla y cerámica. Es más alta que yo. Supongo que en una de esas casas debe de vivir un alfarero. No se me ocurre un lugar mejor para hacer una pausa y recuperar el aliento.

Me resguardo detrás de esa montaña de desechos y aprovecho ese momento de intimidad para quitarme la ropa y vestirme con la túnica de lino que tomé prestada a alguna cronista de la Biblioteca Perdida. Es curioso, pero han ocurrido tantas cosas en las últimas lunas que tengo la impresión de que eso pasó hace varias vueltas. Al menos, el cambio de vestimenta diluye el hedor a sangre.

En esta ciudad hasta los callejones están adoquinados. Me siento en el suelo y enseguida noto el calor de la piedra; los pocos rayos de sol que consiguen atravesar el follaje de los balcones calientan esas losas negras.

Debe de ser un vecindario muy tranquilo porque aquí reina el silencio. Tan solo oigo el latido de mi corazón, que empieza a tranquilizarse, y los jadeos de mi propia respiración. Los ruidos típicos de la ciudad siguen ahí, pero parecen venir de muy lejos, pues la vegetación es tan frondosa que los amortigua. En Aphorai, uno solo puede disfrutar de ese silencio tan completo en los jardines más apartados de la ciudad.

Hurgo en mi bolsillo hasta encontrar el pergamino de Esarik. El sello me hace titubear, pero todas las sutilezas y exquisiteces se esfumaron en el momento en que Ash...

No quiero ni recordar lo que Ash ha hecho en el vestíbulo imperial. No quiero pensar qué es Ash en realidad.

Una mitad de la carta está escrita en lo que, a primera vista, parece imperial antiguo. La caligrafía es muy similar, si no idéntica, a la que utilizaron para la fórmula del antídoto. La otra mitad está redactada en una lengua que jamás he visto. Golpeo los adoquines con la palma de la mano, enfadada y exasperada. Tras ese arrebato de frustración, algo cae del paquete. Rebota en el suelo y se oye un tintineo.

Es una piedra de color dorado.

Ámbar de Los.

Esarik había intentado expiar sus pecados hasta el final.

¿Qué más había dicho? Algo sobre un libro. ¿Se refería al diario personal de Nisai?

Rebusco en la bolsa de cuero. No he vuelto a abrirla desde la noche que probamos el veneno, y Ash nunca volvió a mencionarlo. Quizá no se percató de que había desaparecido misteriosamente. O tal vez sí se dio cuenta, pero decidió no hacer ninguna pregunta al respecto.

Ahora, hojeando las páginas, no entiendo nada de lo que está garabateado. Distingo al menos tres caligrafías distintas, puede que cuatro. Y solo puedo leer y comprender los textos imperiales.

Es la primera vez que me siento como una provinciana analfabeta.

Contengo un grito de impotencia y frustración. Han pasado cuatro largas lunas desde que partí de mi aldea. Tres de ellas las he pasado viajando por rutas aisladas y peligrosas. A lo largo de todo el camino, nos han ido llegando noticias y rumores sobre el estado de Nisai porque, para qué engañarnos, es un príncipe. No sé nada de mi padre. Y cuando me despedí de él, la podredumbre parecía estar venciendo la batalla, ganando terreno y comiéndose su piel…

Se me humedecen los ojos, pero no voy a derramar ni una sola lágrima más. La idea de que todo esto no haya servido para nada me entristece.

Sacudo la cabeza. Si mi padre ha fallecido vencido por la podredumbre, creo que desapareceré y me esconderé en algún rincón del imperio donde nadie pueda encontrarme. Quizá regrese a Lapis Lautus. Reconozco que podría buscarme la vida y ganarme las habichuelas en una ciudad cerca del mar. Abriría mi propia botica. Estaría entretenida día y noche. Encontraría consuelo en las pequeñas cosas. Echaría el cierre al atardecer y bajaría hasta el puerto para contemplar a los delfines mientras juegan y brincan y dan piruetas en el aire. Compraría unos bollos rellenos de queso para cenar y los bañaría con esa salsa picante, tal y como Ash me enseñó.

En Lautus podría olvidar en lo que sea que Ash y yo nos hemos convertido. No tendría que lidiar con templos y palacios. Ni con sacerdotisas y príncipes. Ni con envenenamientos y política.

Ni con diarios escritos en varias lenguas distintas.

Ni con letras codificadas.

Ni con bestias de sombra…

De repente, se me enciende una bombilla en la cabeza, como ocurre cuando por fin he adivinado la nota más sutil de un perfume después de haber estado oliéndolo y analizándolo durante varios días.

Abro esa libreta y paso las páginas a toda prisa. Ahí.

Símbolos. Idénticos a los del pergamino que contenía la fórmula. Y, por suerte, Nisai se dedicó a traducir algunos de ellos al imperial estándar.

Despliego el manuscrito para compararlo con la libreta. Solo coinciden dos símbolos, pero con eso basta.

Sombra.

Bestia.

Me levanto y empiezo a andar de un lado al otro del callejón. «Piensa, piensa, piensa.» Hay algo que no cuadra, algo que se me escapa. La respuesta debe de estar delante de mis narices, pero no consigo verla. Es como tratar de mirarte la oreja; por mucho que te gires, nunca la podrás ver con tus propios ojos.

Y, de repente, todas las piezas del rompecabezas encajan. Esos ardientes no perseguían a Nisai, ni tampoco codiciaban el rescate que les habrían pagado por devolver a un príncipe a sus padres.

Su objetivo era otro, era «Ash».

La Hermandad del Sol Ardiente quería un guerrero de sombra.

Las pistas estaban ahí. La rápida y sorprendente recuperación de Ash de cualquier dolencia o enfermedad. El viejo peregrino que le habló de sombras. Las ilustraciones del diario personal de Nisai... Por qué Nisai quería reunirse a solas con Sephine en cuanto llegara al templo. Por eso Ash se puso tan nervioso cuando se dio cuenta de que apenas le quedaban dosis de elixir de Linod; en ese momento, asumí que tomaba el bálsamo para tranquilizarse y, cuando trató de explicarme la verdad, en lugar de prestarle atención, saqué mis propias conclusiones. Descarté cualquier posibilidad que no hubiera visto con mis propios ojos.

Ojalá no me hubiera precipitado. Ojalá le hubiera «escuchado».

Cierro la libreta de golpe.

De pronto, noto un cosquilleo en las aletas de la nariz. Un aroma familiar. Debo de estar soñando porque es imposible. Habría jurado que era un callejón sin salida.

Ámbar. Naranja dulce. Y un suave toque del tomillo que utilizan los curtidores.

Alguien apoya la mano sobre mi hombro.

Me doy la vuelta.

—*Shhh,* tranquila. Soy yo. He venido solo.

Pisoteo el suelo. Con fuerza. Y acabo aplastando los dedos del pie de Barden.

Se muerde el labio inferior y me lanza una mirada amenazadora.

Doy un paso atrás, pero es lo único que puedo hacer porque la pared toca mi espalda.

—Por el sexto infierno, ¿qué crees que estás…?

Alza las dos manos en señal de paz.

—No soportaba vivir en Aphorai sin ti. Desapareciste de la noche a la mañana y no me veía capaz de sobrellevar tu ausencia, así que, cuando el capitán Iddo reclutó a más guardias para trasladar al príncipe a la capital, aproveché la oportunidad y me presenté. Supongo que no se me da mal porque, desde entonces, no me he movido de aquí. Y hoy, cuando han llegado refuerzos para sacar al príncipe del salón del trono antes de que esa bestia lo devorara, me he escapado.

—Pero ¿cómo has sabido el camino que había tomado?

—Eres más predecible de lo que crees. El modo en que te mueves por las calles de una ciudad, los lugares que prefieres evitar. Siempre he sabido seguirte el rastro —explica. Intenta sonreír, pero su expresión es de profunda tristeza y preocupación, la misma que tenía la noche en que Nisai fue envenenado—. Si lo hubiera hecho antes, quizá no estaríamos metidos en este tremendo lío.

—¿De qué estás hablando?

—¿Y si hubiera aparecido antes esa noche?

Me cruzo de brazos.

—¿Qué noche?

—La noche en que arriesgaste mucho más de lo que imaginabas. Cuando te empeñaste en ir a ver a Zakkurus en persona. Me arrepiento de no habértelo impedido. Quizá si hubiese hecho algo, no habrías cometido…

—¿Es que no has aprendido «nada»? —pregunto, aunque lo cierto es que no espero ninguna respuesta. Acaba de colmar mi paciencia—. Te has pasado la vida tratando de «salvarme», como si fuese un ramo de flores que quieres cortar, secar y meter en un jarrón para siempre jamás. Hiciste lo que creías que era mejor para mí. Pero ¿qué hay de lo que «yo» quería?

—Ahora lo sé. De verdad. Pero…

—Pero ¿qué?

—Que no pueda retroceder en el tiempo y cambiar errores del pasado no significa que no pueda ayudarte ahora.

Le miro con escepticismo.

—Si dejo que me ayudes, vas a tener que seguir mis normas. ¿Crees que podrás hacerlo?

Y por fin dibuja su auténtica sonrisa, esa sonrisa amplia y pícara que deslumbra bajo la sombra del jazmín de los balcones.

—¿Qué necesitas?

—Volver a palacio.

Barden resopla.

—¿Las estrellas te han nublado el buen juicio? ¿O es que perdiste un tornillo durante el viaje?

Me echo la bolsa al hombro y, tras darle un empujón, me pongo a caminar.

—Rakel, espera. Lo siento. Voy a tardar un poco en acostumbrarme, ten paciencia, por favor. ¿Qué necesitas del palacio?

—Tengo que encontrar a Ash.

—Tu cómplice selló su destino en el salón del trono. ¿Sabías lo que iba a hacer? ¿Sabías lo que «era»? —pregunta, y escupe la última palabra con una mezcla de horror y desprecio.

Pero lo que me conmueve no es el tono que utiliza, sino la palabra «era».

—¿Está…? —empiezo, pero se me quiebra la voz. Vuelvo a probarlo—. Ash… ¿está muerto?

—Si no ha muerto todavía, no tardará mucho. Aunque no le ejecuten, perdió muchísima sangre.

—Pero no le has «visto» morir.

—Rakel…, su estado de salud era pésimo. No va a sobrevivir. Esa criatura que brotó de su piel… —dice, y se aclara la garganta. Salta a la vista que la conversación lo está incomodando—. Perdió muchísima sangre —repite.

—Entonces es una suposición. No lo «sabes».

Barden recula y arruga la frente.

—¿Por qué te pones tan…? ¿Acaso sientes…?

—Me acabas de decir que quieres ayudarme. Pues bien, necesito a Ash. Él tiene la llave de este entuerto. No me había dado cuenta hasta ahora.

—No lo entiendo.

—Bar, funcionó. La cura. Funcionó. La probamos. Te lo prometo. Pero ¿por qué no ha funcionado con Nisai?

Camino de un lado a otro del callejón.

—No se trataba de encontrar un ingrediente que contrarrestara el veneno de cada provincia, porque, ahora que lo pienso, las provincias ni siquiera existían antes de que se firmara el Tratado. Se trataba de encontrar un ingrediente de cada «dios». Y la cura no contenía el sexto ingrediente cuando se la administré al príncipe.

—¿Seis dioses? Pero los Gemelos cuentan como uno.

—En la era imperial, sí. Pero si nos remontamos a tiempos anteriores, no podemos olvidar al Dios Perdido. Doskai.

—¿Estás insinuando que un «dios» envenenó al príncipe?

Niego con la cabeza.

—No. Lo que estoy diciendo es que utilizaron un veneno de la «época» de los dioses. Hasta el momento, ningún médico de palacio ha conseguido averiguar qué dolencia padece Nisai, ¿me equivoco? Me temo que nunca darán con la cura correcta. No están preparados para ello. Estoy segura de que es la primera vez que se encuentran con algo así. Hace siglos que no se registra un caso como este en el imperio, quizás el último del que se tiene constancia fue anterior a la creación del imperio. Sephine era la guardiana de las esencias con más años de experiencia a sus espaldas en todo Aramtesh y, a pesar de su vasto conocimiento del mundo de las esencias, «murió» tratando de salvarlo. El emperador Kaddash desterró a todas las guardianas de las esencias de Ekasya, las únicas personas que a lo mejor podrían haber podido ayudar a su hijo… Las únicas personas que saben de… magia.

Barden deja escapar un silbido.

—Pero eso no importa ahora. Nada de eso importa. Lo que importa es que he descubierto por qué la cura no funcionó con Nisai. Y por qué sí funcionó con Ash. Nos falta un ingrediente. Y Ash es la pieza clave. No es solo un escudo, es un guerrero de sombra. Un hijo de Doskai.

Barden hace una mueca y mira de reojo la boca del callejón.

—Si lo que dices es cierto, ¿cómo piensas llegar hasta Ash? Imagino que lo deben haber encerrado en un calabozo, eso si no ha muerto ya. Jamás lo encontrarás en esas mazmorras. Y, aunque así fuese, no te permitirían acercarte a él, créeme.

Me cruzo de brazos otra vez.

—El trato era que, si me ayudabas, tendrías que acatar mis normas. ¿O es que tus palabras son humo en lugar de esencia?

—Lo siento, pero no voy a formar parte de esta locura. ¿En

serio me estás pidiendo que te ayude a volver a ese nido de víboras?

—En estos momentos, el «mundo» es un nido de víboras para mí. Si consigo escapar de la ciudad, lo cual es muy poco probable, porque la recompensa que habrán ofrecido por mi cabeza debe de ser muy suculenta, Ash muere. El príncipe muere. Y si la podredumbre no lo ha devorado ya, mi padre no tardará en morir. El caos y la confusión que provocarán tantas muertes será imparable. No puedo irme de aquí a sabiendas de que quizá podría hacer algo para detenerlo. No me lo perdonaría nunca.

—La última carta que recibí de nuestra aldea decía que tu padre seguía vivo. Mi hermana me contó que cada semana lo visitaba un mercante que viajaba en caravana y le traía todo tipo de provisiones.

Luz. Todavía no sé quién es la muchacha que me sacó del calabozo de Aphorai, pero parece ser que cumple sus promesas. Me embarga una sensación de alivio. Llevaba tres lunas preocupada por el estado de salud de mi padre.

—¿Cuándo escribió la carta?

Barden cuenta los días con los dedos.

—Ahora mismo, Mirtan está demasiado ocupada atendiendo al recién nacido, por lo que supongo que fue en Borenai.

Hace una luna. Se me acelera el corazón. Si hay algo que he aprendido durante las últimas vueltas, es que todo puede cambiar cuando uno menos lo espera. Ese arduo y peligroso viaje por el imperio me ha enseñado que no debo confiarme y que, incluso cuando las cosas se ponen feas, siempre pueden empeorar.

Inspiro hondo y cuadro los hombros.

—Es un asunto crucial, Bar, más importante que tú y que yo. Tenemos que encontrar el modo de llegar a Ash. Es nuestra única esperanza.

Horas más tarde, dedico unos segundos a admirar la luna de Shokan, la más grande. A simple vista, parece que ya haya alcanzado la fase de plenitud, pero si uno se fija un poquito más, enseguida se da cuenta de esa minúscula muesca en la parte inferior. Estoy a punto de introducirme en una de mis peores pesadillas. La última vez que deambulé por las cloacas fue para fugarme de la ciudad.

Esta vez, sin embargo, lo hago para entrar.

No quiero analizar las esencias que se mezclan ahí debajo; no quiero enterarme del experimento que probaron en las cocinas con carne curada y que salió mal; y tampoco me apetece saber que la mitad de los criados cenaron pescado de río podrido ayer y que han pasado toda la noche sentados en las letrinas.

Incluso Barden se lleva un brazo a la cara para cubrirse la nariz y la boca con la manga de su túnica. Conoce esas cloacas como la palma de la mano y no titubea en ningún momento.

No nos hemos atrevido a encender una antorcha porque temíamos que quizás el resplandor se colara por alguna junta o grieta en el suelo de algún sótano o bodega y desvelara nuestra presencia en las cloacas. Intento bloquear mi sentido del olfato y centro toda mi atención en los sonidos cambiantes de las aguas residuales y vertidos que fluyen por todas partes, en la suave brisa que sopla de vez en cuando y que me avisa de que hay una hendidura o una abertura en algún lugar y en el tacto de la pared de piedra de ese túnel oscuro y angosto.

Si no tuviera nariz, podría admirar la genialidad de ese sistema de gestión de desechos; no tengo ni idea de quién lo ideó, pero es más que evidente que debió de ser alguien con una mente prodigiosa. Esas cloacas llevan toda la basura que genera el palacio, como si fuese un vertedero subterráneo, la alejan de los edificios y las calles de la ciudad, y la arrastran hasta un lugar lo suficiente apartado para que nadie con un mínimo de olfato pueda reconocer el hedor.

Supongo que esa maraña de pasadizos deben desembocar en algún lugar. Intuyo que en las aguas de la parte baja del río. Oh. La última noche que Ash y yo acampamos antes de llegar a la ciudad, me «bañé» en esas aguas.

Aparto ese recuerdo de mi cabeza.

No puedo divagar rememorando tiempos mejores. Ahora debo concentrarme en seguir avanzando por esas piedras mojadas y resbaladizas que, con suerte, me llevarán hasta Ash. Según Barden, si todavía sigue vivo, lo cual sería todo un milagro, estará en una de las celdas más profundas de las mazmorras, en las entrañas de palacio, como la que me encerraron a mí antes de que huyera de Aphorai.

El túnel dibuja una curva y, de repente, el pie me patina. Una sección del pasadizo se desmorona y se derrumba sobre el lodo. Contengo la respiración, pero ya es demasiado tarde. Noto el «sabor» de la cloaca en la garganta. Es nauseabundo. Se me revuelven las tripas y tengo que hacer un tremendo esfuerzo para no echar la bilis ahí mismo.

—Mantente pegada a tu izquierda —susurra Barden, pero en ese silencio tan sepulcral su voz ronca resuena en todas partes—. El borde está a punto de venirse abajo.

—No me digas —replico.

Ya he perdido la cuenta de todas las curvas que hemos doblado, de todas las intersecciones que hemos cruzado, de todos los agujeros tapados por una rejilla endeble por los que nos hemos metido cuando, de repente, Barden para en seco.

—Si no está criando malvas, lo habrán confinado en la planta más baja. Ahí es donde tienen recluidos a los prisioneros más peligrosos. Hay un conducto de ventilación en el siguiente pasillo.

—¿Y cómo lo sabes?

La cloaca está a oscuras, pero lo conozco demasiado bien y sé que estará encogiéndose de hombros.

—La gente de palacio mira por encima del hombro a la servidumbre; como los consideran seres inferiores, no creen que supongan una amenaza para su bienestar, por lo que comentan todo tipo de cosas delante de ellos. Y, además, soy muy rápido haciendo, ejem, amigos.

Pongo los ojos en blanco.

—¿Cómo olvidar tu carisma y tu talante?

Si alguna vez Barden llegara a formar parte de la aristocracia imperial, estoy convencida de que lo bautizarían como *lord* Cortejo.

Él ignora mi comentario.

—En cuanto crucemos esa puerta, nuestros caminos se separarán. Tú encárgate de encontrar a Ash. Yo me quedaré rondando por aquí, vigilando. ¿Te acuerdas de cuando éramos dos mocosos y le birlábamos naranjas al viejo de Kelruk?

—Sí —respondo. Nunca olvidaré la explosión de dulzor cítrico que olía cada vez que clavaba el pulgar en la piel de esas naranjas.

—¿Recuerdas el plan que habíamos elaborado por si alguna vez nos pillaba?

—Si no me falla la memoria, acordamos que hincharías el pecho como un pavo real, te harías pasar por el nuevo chico que cuidaba de ese vergel y que acababa de pillarme robando naranjas.

—Exacto. Haremos el mismo teatrillo. Si alguien aparece de repente y nos vemos entre la espada y la pared, haré ver que estaba rondando por aquí y que te he arrestado.

—¿En serio crees que colará?

—Puedo ser bastante convincente cuando me lo propongo —contesta con voz traviesa.

—¿Y si averiguan que me has ayudado a llegar hasta aquí? ¿Y si descubren que te escabulliste del salón del trono?

—No lo harán.

—¿Cómo estás tan seguro?

—Ninguno de los testigos que te vio salir del salón del trono está vivo para contarlo.

—Oh —suspiro, y hago una mueca. «Salvo tú.»

—Y..., ¿Rakel?

—¿Qué?

—Ten cuidado. Por favor.

Después del tiempo que pasé encarcelada en las mazmorras de Aphorai, habría preferido no volver a pisar una cárcel en lo que me queda de vida.

La versión de Ekasya es, si cabe, más deprimente. Las antorchas de sebo burdo que iluminan los pasadizos desprenden un hedor a grasa de animal muerto que resulta insoportable. El aire es demasiado caliente, además de fétido. Supongo que la piedra negra retiene el calor del sol. Me da la impresión de que estoy a punto de descender a las tripas de una bestia inmunda.

Avanzo por ese pasillo en cuclillas y, de repente, alguien gime de dolor. Una pestilencia demasiado conocida y familiar me abruma. No puedo evitar pensar en las úlceras de padre y en los vendajes que las cubren. No he visto ni a un solo mendigo infectado en las calles de la capital. Hasta ahora no había caído en la cuenta, porque no he tenido tiempo para ello. Ahora, siento un escalofrío por la espalda que me eriza el bello de la nuca. Las palabras de Barden, «los prisioneros más peligrosos», cobran un nuevo significado.

Hiervo de rabia. Me cuesta creer que la capital arroje a todos los pacientes que sufren podredumbre ahí abajo.

Estoy indignada. Me encuentro tan sumida en mi propia rabia que por poco paso de largo de la celda de Ash.

A diferencia de los prisioneros que he visto hasta ahora, no solo lo han encerrado tras unos barrotes. Lo han encadenado a la pared, con los brazos extendidos. Los grilletes que le sujetan las muñecas están clavados en la piedra de la pared.

Su rostro está cubierto de sangre seca. Tiene un ojo tan hinchado que ni siquiera puede abrirlo. De no ser por los tatuajes, creo que no lo habría reconocido. La luz tenue de las antorchas arroja unas sombras parpadeantes sobre su pecho. Ahogo un grito. Todas las heridas han cicatrizado, salvo los arañazos que le hizo el león de Aphorai durante la caza, que se han reabierto.

Y justo cuando me dispongo a susurrar su nombre entre los barrotes, oigo un tremendo portazo. Los pasos de unas botas resuenan en el pasillo. Vienen directos a mí.

Me escabullo de nuevo hacia las sombras.

44

Ash

Por la celda corretean toda clase de roedores.

Un goteo constante salpica la piedra, aunque ya no sé si es en mi celda, o en la de al lado, o en la de enfrente. Me han atado las muñecas con unas esposas metálicas clavadas en la pared porque me negaba a rendirme, a someterme. He perdido toda sensibilidad en los brazos, pero el dolor que siento en los hombros es agónico.

Si al menos pudiera mantenerme en pie, el sufrimiento sería más tolerable.

Pero estoy demasiado cansado.

Estoy agotado.

Las heridas de mi transformación ya se han curado. ¿Cuánto tiempo llevo ahí encerrado? Me muerdo el labio inferior para comprobar que me ha crecido la barba. He perdido la noción del tiempo, desde luego, porque tengo la misma barba que cuando llegamos a Ekasya.

Desde que era un niño, no había enfermedad que me tuviera en cama más de un día. Siempre me he recuperado rápido de cualquier dolencia, pero lo que me ha ocurrido hoy va más allá de todo eso. Mi piel vuelve a ser tersa y lisa, salvo por los arañazos del león que marcan mi torso, un recordatorio de aquella caza absurda y disparatada en la que nos vimos envueltos en el desierto de Aphorai. Esas heridas se han abierto y, a juzgar por el ardor que noto en esa zona, deben de estar infectadas, como mínimo.

El resto de las lesiones, heridas y contusiones son gentileza de los guardias que me han arrastrado hasta aquí abajo. Cortes y moretones, un tajo en la ceja, un puñetazo en un ojo.

Ojalá me hubieran dado una paliza de muerte. Ese guardia de Aphorai tuvo la oportunidad de acabar conmigo. Que Azered se compadezca de él por haber parado a tiempo.

De pronto, advierto un ligero cambio en la luz. Parece la sombra de un fantasma, pero enseguida me doy cuenta de que es real; hay una persona de carne y hueso detrás de los barrotes de mi celda. ¿Ya han puesto fecha y hora para mi juicio? ¿Van a entregarme al verdugo tan pronto?

Levanto la barbilla y, de inmediato, noto una punzada de dolor en el cuello. Entorno el único ojo que puedo abrir, pero tardo unos instantes en acostumbrarme a ese resplandor. No recuerdo la última vez que abrí los ojos.

Y un segundo después oigo unos pasos sobre la piedra. El intruso lleva botas y camina arrastrando los pies. Son las botas de un comando.

La puerta de mi celda se abre y el chirrido de las bisagras retumba en ese pasillo eternamente a oscuras.

La silueta que asoma es más alta e imponente que la de los carceleros que suelen pasearse por ahí.

—Esos arañazos tienen muy mala pinta, mascota domesticada. ¿Qué ha pasado? ¿Te has cortado con tus propias garras?

—Iddo —murmuro, aunque apenas consigo articular el nombre. Tengo el labio partido y las comisuras resecas por la deshidratación—. ¿Te has tomado la molestia de bajar hasta aquí solo para burlarte de mí?

—Nadie en su sano juicio vendría a los calabozos para pasar un rato agradable.

—No te andes por las ramas y ve al grano.

—Me temo que no estás en posición de dar órdenes.

—Tú, en cambio, sí estás en posición de dar órdenes a diestro y siniestro. Qué curioso. ¿Regente? Qué bien te ha venido el fatídico destino de tu hermano. Es incluso sospechoso.

—Estabas fuera de control. Te volviste loco, mascota domesticada —contesta—. Necesitábamos información. ¿Y quién crees que podía facilitarnos esa información? El perpetrador del crimen. Nos la arrebataste de las manos y, por tu culpa, no se ha hecho justicia con mi hermano.

—Llevas varias lunas tratando de hallar un culpable para impartir justicia. «Tu» justicia. Yo, en cambio, estaba tratando de «salvarlo».

—¿Salvarlo? ¿Te refieres a la matanza que has provocado en el salón del trono? De no ser tan estúpido e inepto, te tomaría por un traidor. El bienestar y la salud de mi hermano ya no son de tu incumbencia. No hay nada que puedas hacer, excepto avergonzarle todavía más —dice, y acerca la antorcha a mi cara. La luz de la llama es demasiado reluciente, demasiado cegadora—. Estoy hablando muy en serio.

¿Avergonzar a Nisai? Sí. Con una ejecución pública y desagradable durante la que, con toda probabilidad, perderé los estribos. Así es como terminaría cualquier juicio en el que me condenaran a muerte. Sé que no puedo librarme de la guadaña de la muerte porque no existe perdón para mí, un soldado que lleva media vida al servicio de la familia imperial y que, de repente, decide ponerles en un grave peligro.

Iddo sabe que no estoy de acuerdo con él, pero también sabe que no tengo más remedio que aceptar y acatar su decisión.

—Te voy a hacer una promesa. Puedes subir al cielo con la conciencia tranquila. Vengaré la muerte de mi hermano. Me aseguraré de que el culpable pague por lo que ha hecho.

En ese momento caigo en la cuenta de que está sujetando algo con la otra mano. Es una espada. Y es mía. Da un paso al frente y la deja apoyada sobre la pared, a mi lado.

—Nisai habría querido que te concediera un mínimo de dignidad. Mi único deseo es ahorraros, a los dos, la deshonra y la vergüenza de un juicio público. Sospecho que mi hermano lo «sabía», que conocía tu verdad. ¿Me equivoco? Nunca mencionó el tema a sus más allegados. Ni siquiera lo comentó conmigo, la única persona que debe estar al corriente de todo. Pero lo sabía.

De repente, rememoro el horror y el pánico que se han vivido en el salón del trono esta mañana. Iddo tiene razón. Sea cual sea su futuro, o su legado, Nisai estará mucho mejor sin mí. Todos estarán mucho mejor sin mí. Debo morir, si no a manos de los guardias, por voluntad propia. Es lo más sensato. Para todos.

He perdido toda esperanza. Miro a Iddo y después dejo caer de nuevo la cabeza. No hay nada más que decir.

Se acerca a mí y palpa los grilletes que tengo en las muñecas. Oigo el tintineo de unas llaves y, un segundo después, esas enormes esposas se abren. Me desplomo sobre ese suelo húmedo, junto con un montón de cadenas de hierro macizo. El dolor es insoportable.

Cuando recobro el aliento, le pregunto:

—¿Tendré la oportunidad de despedirme, al menos?

—¿Despedirte?

—Sé que no puedo verle en persona. ¿Una carta tal vez? ¿Por si algún día se despierta? Al menos podré... explicarme.

—¿Una carta? No, Ashradinoran. Te despediste de él cuando aprovechaste la oscuridad de la noche para huir del palacio de Aphorai. Y después de lo que hizo esa rata del desierto a la que consideras tan amiga tuya, dudo que mi hermano pueda volver a leer en lo que le queda de vida. Le han trasladado al templo.

Doy un respingo. ¿Al templo? No puedo evitar imaginarme el cuerpo de Nisai tendido sobre una pira en la cumbre de esa majestuosa pirámide.

Iddo me observa en silencio durante un buen rato. Después señala la espada con la barbilla.

—He tenido la cortesía de entregarte tu espada. Ahora sé que podré dormir tranquilo, sin remordimientos. Ha llegado el momento de que cumplas con tu último cometido como escudo —murmura.

Suelta un suspiro, se da media vuelta y se marcha del calabozo, tras dar un portazo que retumba en mis oídos.

Sus pasos se alejan por el pasillo, pero todavía oigo que refunfuña entre dientes. No entiendo todas las palabras, pero hay una frase que oigo con perfecta claridad.

—No tenía que haber sido así, mascota domesticada.

Contemplo la espada que ha dejado en la esquina de la mazmorra.

Si no la desenvaino y la utilizo, no podré evitar el juicio. ¿Y si ocurriese un milagro y Nisai se despertara de ese coma profundo? ¿Me defendería delante de toda la corte, de su propio hermano? No hace falta ser adivino para saber que sería una catástrofe, un acto de imprudencia e irresponsabilidad que le acarrearía muchas consecuencias. Y eso que su reinado todavía no habría empezado. Descubrirían que el príncipe sabía quién era en realidad su escudo. Averiguarían que lo sabía desde el momento en que me conoció y que no me denunció, ni tampoco me dejó tirado en la calle ese fatídico día. Se condenaría a sí mismo.

Después de esto, es indiscutible. Soy una reminiscencia de las guerras de sombra. Hijos de Doskai, así me contó Nisai que solían denominar a los de mi especie en aquella época, cuando los fieles todavía veneraban al Dios Perdido, cuando el Dios Perdido todavía no se había perdido, cuando las vanguardias de los ejércitos estaban formadas por los espectros de los soldados, que combatían en el frente y libraban una batalla tras otra hasta que el cielo se teñía de negro y los ríos sangraban de rabia.

Igual que el salón del trono ha sangrado esta mañana.

Y todo por mi culpa. Porque anhelaba escapar del suburbio en el que había nacido. Porque aspiraba a tener una vida mejor, una vida que significase algo. Porque jamás había tenido un amigo, hasta que conocí a Nisai. Y solo hay que ver cómo le he devuelto el favor.

Iddo tiene razón. Solo hay una cosa que puedo hacer para honrar mi deber. Proteger al príncipe. Aunque sea de sí mismo.

Desenvaino la espalda y cojo la empuñadura con las dos manos.

45

Rakel

—Ash —murmuro.

No responde; está ensimismado mirando la espada que el capitán ha dejado en su celda. No he conseguido oír toda la conversación desde el recoveco en el que me he escondido, pero hasta un necio sabría por qué ha dejado ahí el arma.

Y no pienso dejar que eso ocurra.

Me acerco a los barrotes para que me reconozca.

—¡Ash!

No se levanta del suelo, pero al menos esta vez sí me ha oído, porque veo que ladea la cabeza.

—¿Rakel?

Señalo la espada con un dedo acusador.

—Por favor, dime que no vas a usar esa espada.

Él aparta la mirada.

—Es la única forma de honrar…

—¿Honrar? Pero ¿qué tonterías estás diciendo? Visto lo visto, el honor puede pudrirse en una montaña de estiércol y azufre. No puedo creer que haya conseguido convencerte. Es lo último que querría Nisai.

—Igual que supongo que tu padre tampoco querría que su hija se convirtiese en una fugitiva —replica. En su voz advierto un tono de desprecio y odio por sí mismo.

—Lo que acabas de decir no es justo, bien lo sabes.

Suelta un suspiro y, acto seguido, se encoge de dolor y se lleva una mano al costado.

—Tienes razón. Y yo también. Tu padre no habría querido que terminaras así, acusada de asesinato y en búsqueda y captura, pero te preocupas tanto por su salud y por su bienestar que te ha dado lo mismo. Y aquí estás. Lo mismo ocurre con Nisai. Debo hacer lo que es mejor para él, aunque no sea lo que él querría. Tú también estabas en el salón del trono. Viste con tus propios ojos lo que esa cosa hizo, lo que «yo» hice.

—Ese no eras tú —contesto con voz firme y clara, aunque el corazón me late tan rápido que temo que vaya a explotarme en el pecho. ¿Ash era consciente de lo que estaba haciendo? ¿Tenía algún control sobre esa criatura? ¿Podría haber hecho algo para detener a la bestia y evitar que el vestíbulo se llenara de gritos y alaridos y del inconfundible hedor a muerte? Rememoro esa escena y lo veo, lo veo tendido en el suelo de mármol del salón del trono, con un charco de sangre a su alrededor—. Ese no eras «tú».

—¿Y entonces quién era, Rakel? Todo el mundo estará mejor sin mí. Al menos estarán a salvo. Tú incluida.

Prefiero hacer caso omiso a ese arrebato de culpabilidad.

—Nisai inició una investigación para tratar de ayudarte, ¿verdad?

Ash deja caer la cabeza hacia atrás.

—Nisai ha dedicado la mitad de su vida a rastrear, leer y analizar todos los pergaminos que pudieran contener alguna pista que explicara quién soy para así poder hallar una solución. A estas alturas, si realmente hubiera una respuesta, ya la habría encontrado. Aunque hubiese dado con un indicio de algo, todas sus pesquisas y anotaciones se han ido al traste. Y, una vez más, gracias a mí.

Doy unas palmaditas a mi bolsa.

—Los milagros existen.

—¿Lo tienes? —pregunta, y enseguida se pone en pie. Da un paso al frente y, aunque se tambalea, no cae al suelo.

Saco el diario personal del príncipe con ademán orgulloso.

Se acerca un poco más y mira la libreta con los ojos entrecerrados. Se agarra a los barrotes y, por fin, el resplandor de la antorcha le ilumina el rostro.

Bien. Todavía le queda una chispa de esperanza. Justo lo que necesitaba.

—Tú mismo lo dijiste. Nuestros futuros son inseparables. El capitán no va a dejar que me vaya de rositas, aunque pueda ayudar a Nisai. Te necesito vivo porque eres el único testigo que puede corroborar mi versión de los hechos. Y por otra cosa.

—¿Qué?

—Tu sangre.

—¿Mi qué?

Hago aspavientos con las manos y sacudo el libro por el entusiasmo, pero, al hablar, mantengo el mismo tono de voz.

—¿La cura? No se basaba en el veneno tradicional y propio de cada provincia. La fórmula está inspirada en la época de los dioses, en las guerras de sombra. Funcionó en ti porque tú tienes la parte de Doskai en el veneno «y» en la cura.

Sostengo el cuaderno y lo hojeo hasta encontrar una página en concreto.

—¿Ves? Echa un vistazo a la traducción de Nisai. Ese símbolo significa «sombra». Y ese otro «bestia», y me apostaría el olfato a que ese tercero es el Dios Perdido. Estos mismos símbolos aparecían en aquella nota manchada del pergamino. Eres tú, Ash. El último ingrediente eres tú.

La revelación le ha conmocionado. Da un paso atrás y tropieza con la espada, que cae al suelo, produciendo un estruendo metálico que retumba en la inmensa red de calabozos. Ambos contenemos la respiración y afinamos el oído por si algún guardia decide acercarse para averiguar de dónde proviene tal escándalo.

Tras comprobar que no viene nadie, señalo la espada con la barbilla.

—Al final va a servir para algo —digo. Saco un vial vacío de mi bolsa y lo sujeto entre los barrotes de la puerta—. El pulgar. Un corte pequeño bastará.

Ash se agacha para recoger la espada y veo que su rostro se deforma en una mueca de dolor. La sostiene entre las manos y contempla el brillo apagado del filo.

—¿Estás segura?

—Estoy convencida, Ash —insisto. Y no miento. Estoy hablando con el corazón en la mano—. Estoy convencida de que tú eres la clave.

Aprieta la mandíbula y acaricia el filo con el pulgar. El vial se llena con varias gotas de sangre. Me aseguro de cerrarlo bien antes de guardarlo en mi bolsa. Vuelvo a meter el brazo entre los barrotes y extiendo la mano.

—¿Ya está?

—Una cosa más —contesto, y le miro fijamente a los ojos—. Voy a quedarme con esa espada.

—¿Para qué?

¿Para qué? «Para que no tengas tentaciones de quitarte la vida si te vuelve a dar un ataque de desprecio y culpabilidad.» Eso es lo que le habría replicado. Pero sé que un comentario como ese no va a ayudarnos a ninguno de los dos.

—Para que cuando Nisai se despierte, no dude de mi historia —respondo.

Se toma unos instantes para cavilar y sopesar mis palabras. Después enfunda la espada y me la pasa a través de las barras metálicas.

—Ten cuidado. Depende de quién la vea, puede ser peligrosa.

Me echo la correa de la vaina sobre el hombro y deslizo la espada hacia atrás, tal y como Ash suele hacer. Después envuelvo sus manos, que siguen agarradas a los barrotes, con las mías, y le acaricio el interior de las muñecas con el pulgar. Le tomo el pulso; el corazón le late con normalidad. Es fuerte como un roble, sin duda. Tal y como debería ser. Tal y como quiero que sea.

Se me hace un nudo en la garganta cuando me mira a los ojos. En su mirada siempre han bailado las sombras, pero ahora advierto algo distinto, algo que le perturba y le inquieta.

Paso una mano por su mejilla, magullada e hinchada.

—Ash, yo…

—Ven aquí —suplica con voz ronca—. Por favor.

Me acerco a los barrotes.

Me rodea la cintura con un brazo y tira de mí, de forma que todo mi cuerpo queda pegado a los barrotes. Repasa cada centímetro de mi rostro con el ojo que no está amoratado, como si estuviese tratando de registrar cada detalle para después poder recordarlo. Con la otra mano, dibuja una línea a lo largo de mi espalda. Me hace cosquillas. Va subiendo poco a poco por mi columna vertebral, hasta alcanzar el cuello. Noto la palma de su mano áspera y callosa sobre mi piel.

Reconozco que, a lo largo de nuestro periplo por el imperio, había soñado con este momento en más de una ocasión. Y en más de dos. Siempre había imaginado que sería un momento presidido por la pasión y por el deseo. Pero ahora, cuando los labios de Ash rozan los míos, lo hacen con una ternura y una suavidad que me parten el alma.

Mis entrañas se llenan de nostalgia. Por lo que fue. Por lo

que podría haber sido si hubiésemos tenido tiempo, si se nos hubiese concedido una oportunidad.

El aire que respiramos está manchado de la brutalidad y el horror que hemos vivido esta mañana en el salón del trono y apesta a sangre, a muerte y a la bilis de las cloacas. Pero no me rindo, sigo buscando. Y, al fin, encuentro esa esencia que tanto anhelaba oler. Sándalo, acogedor y familiar. Cedro, verde y terrenal. Y una nota de algo parecido al gálbano dulce que sin darme cuenta ya identifico con Ash.

Inspiro hondo para que esas tres valiosas y preciadas esencias inunden mi pecho, donde mi memoria las mantendrá a salvo hasta mi último aliento.

Estoy a punto de romper a llorar, pero consigo contener las lágrimas. Después me aparto de los barrotes y, un tanto mareada y aturdida, me marcho por el mismo camino por el que he venido.

Intuyo que el sol está a punto de asomar por el horizonte porque el cielo ha empezado a clarear y, poco a poco, las estrellas van apagándose. Después de recorrer el laberinto de cloacas por segunda vez, Barden y yo nos perdemos por las calles de la ciudad, todavía desiertas y tranquilas, y nos refugiamos en la que sin lugar a dudas debe de ser la posada más sórdida de la zona amurallada. Aunque se advierte un resplandor anaranjado a lo lejos, la luna todavía brilla con toda su fuerza. Su resplandor plateado baña el paisaje y se cuela por la ventana de nuestra habitación, que, por cierto, no tiene cristal ni postigos.

Cuando Barden cierra la puerta, le explico todo lo que ha pasado en el calabozo. Está bien, casi todo.

—Han trasladado al príncipe al templo —resumo, sin apartar los ojos de la esfera plateada que se desliza hacia las estrellas que dibujan la silueta del león alado.

—No me sorprende. El Consejo debe de estar ansioso y hará lo que esté en su mano para que la transición sea inmediata. No moverán un dedo por alargar el tiempo que le queda de vida, sino todo lo contrario. Cuanto antes muera, antes podrán anunciar a su sucesor. No querrán que su muerte provoque inestabilidad política en el imperio y no permitirán que nadie cuestione su elección. Se convocará un cónclave y...

—No —digo.

—¿Perdón? ¿Qué significa ese «no» tan rotundo?

—Significa que no vamos a dejar que eso ocurra. Que no voy a dejar que eso ocurra. No he capeado las tormentas de las últimas cuatro lunas para, cuando llega el momento decisivo, darme la vuelta y huir. Aunque lograra escapar de Ekasya, me pasaría el resto de mi vida durmiendo con un ojo abierto, mirando por encima del hombro cada dos por tres, esperando a que el capitán de los comandos apareciese en cualquier momento.

—Así pues, ¿tienes un plan?

Le dedico la más dulce y engatusadora de mis sonrisas.

—Anda, ve a ver si la posadera sigue despierta.

Con ademán presuntuoso y satisfecho, Barden me muestra la cuchilla de afeitar que ha conseguido de la posadera gracias a su encanto y a su labia.

Enseguida se pone manos a la obra, pues los dos sabemos que no hay tiempo que perder.

Los mechones de pelo caen al suelo con la liviandad y elegancia de una pluma. Tarda más de lo esperado y, cuando sin querer me hace un pequeño corte detrás de la oreja, doy un respingo de dolor.

Una vez terminado ese trabajo de peluquería, me masajea la cabeza con aceite de romero. La esencia me sacude y, de inmediato, desentierra recuerdos de mi padre de mi memoria. Unos segundos después noto un picor insoportable en el cráneo, como si tuviera la cabeza en llamas.

Cojo aire y trato de no perder los estribos.

—Shhh, se pasará dentro de un minuto. Ten paciencia.

Tiene razón.

Me paso la mano por mi cabeza desnuda, afeitada. Me asombra que la piel de una zona tan dura pueda ser tan suave como el terciopelo.

—Una parte de mí deseaba hacerlo hace varias vueltas.

—Estás… —empieza, y se aclara la garganta—. Te resalta la mirada.

Habría puesto los ojos en blanco, pero me contengo.

—De acuerdo. ¿Estás segura…?

Asiento.

—Tengo que hacerlo sola. Tu compañía solo servirá para levantar todo tipo de sospechas —respondo—. Muchas gracias, Bar. De corazón.

Nos fundimos en un fugaz pero fuerte abrazo.

—Que las estrellas velen por ti —susurra.

—Y por ti.

Después me da una palmada en la espalda, justo entre los hombros.

—Y mantén la espalda bien recta. Las sacerdotisas no caminan encorvadas ni arrastrando los pies.

—Lo último que pretendo hacer es caminar encorvada.

—¿Oh?

Señalo el rincón donde he dejado la espada de Ash.

—¿Te importaría echarme una mano con esto?

La pirámide del templo de Ekasya es sin duda mucho más alta y empinada que su homóloga en Aphorai. En la capital del imperio, todo es más majestuoso o más lujoso o más impactante o más elegante o más ornamentado.

El templo de Aphorai no esconde ni pretende disimular las cicatrices de varios siglos de temblores y terremotos, sino que las muestra con orgullo. El suelo está hecho de arenisca, una piedra áspera y rugosa. Sin embargo, por esas salas han pasado tantísimas personas que las baldosas ahora son tan lisas y suaves como el mármol. Este lugar es totalmente distinto. Hay ángulos y rincones por todas partes y las superficies están tan pulidas que parecen espejos. Por un momento, tengo la sensación de que el propio edificio está observándome. Lo contemplo y me estremezco. Ahora, el templo de Aphorai me parece mucho más amable y acogedor.

Ha llegado el momento.

Subo los peldaños de esa escalera interminable y dejo la ciudad a mis espaldas. Mantengo la barbilla bien alta y me esfuerzo para no caer en la tentación de mirar los peldaños, o mis pies. La mera idea de que la espada que Barden me ha ayudado a atarme a la espalda y que oculto bajo la túnica de cronista pueda desencajarse y delatarme es suficiente para seguir andando con la espalda bien erguida.

Al llegar a la primera plataforma, me quito las sandalias y

atravieso los arriates de tomillo sagrado. Al pisar las hojas del tomillo, su esencia llena mis pulmones. Al menos en eso sí coincide con el templo de Aphorai. Cruzo los dedos y rezo porque la disposición interior también sea parecida.

Me adentro en un pasadizo apenas iluminado y atravieso un pórtico flanqueado por estatuas talladas que representan pájaros de fuego míticos, mujeres con alas y garras. La primera puerta a mano derecha debería ser la oficina de administración. Y no me equivocaba. Estoy un paso más cerca de la victoria.

Me detengo en el umbral y espero unos segundos, porque no quiero ser grosera. Sin embargo, la mujer que está sentada frente al escritorio, a rebosar de montañas y montañas de pergaminos y cartas y un par de básculas, no parece percatarse de mi presencia. Así que al final decido aclararme la garganta.

—¿Sí?

—Vengo de Lostras —digo, tratando de imitar el acento de Los, que se caracteriza porque parecen pronunciar las vocales con la nariz tapada—. Y querría presentarme voluntaria para la formación de segundo nivel.

Arquea las cejas y un segundo después las arrugas de su frente se vuelven más marcadas y profundas.

—No esperábamos a nadie esta mañana.

Doblo los dedos de las manos y los enlazo, para intentar parecer una joven devota y piadosa.

—Tiene toda la razón, he llegado antes de lo previsto. Pero verá, llevo soñando con este momento toda mi vida. Cuando me enteré de que había aprobado los exámenes de iniciada, enseguida hice las maletas para emprender este maravilloso viaje. Estaba muy emocionada y no pensé que adelantarme a la fecha establecida supusiese ningún problema.

La sacerdotisa me observa con los ojos entornados.

«Humildad. Compórtate con humildad.»

—Por favor, no les ocasionaré ninguna molestia. Barreré celdas, fregaré platos, sacudiré alfombras. Haré todo lo que me pidan. Y las ayudaré en cualquier cosa que necesiten.

Su expresión parece suavizarse.

—No nos queda ni una sola cama libre en los cuartos de iniciadas. La mayoría no se mudará hasta las ordenaciones de la próxima luna. De ahí que no la esperáramos. Pero si está dispuesta a instalarse en una celda en…

—Mi único deseo es servir —digo, quizá con demasiado entusiasmo—. ¿Y poder hacerlo en este templo sagrado? Siento que mis plegarias han sido escuchadas.

Tengo la duda de si estoy exagerando un poco, como quien añade unas gotitas aromáticas de más a un perfume, pero la sacerdotisa asiente y me hace señas para que la siga por el vestíbulo. Trato de imitar sus andares, tan silenciosos que solo se oye el bajo de la túnica rozando el suelo de piedra. Memorizo la ruta; hemos girado dos veces a la izquierda, después a la derecha y de nuevo a la izquierda. Y entonces llegamos a una puerta de madera que parece estar hecha para un niño.

Se revuelve las faldas de la túnica y saca un manojo de llaves.

—Hay una fuente justo ahí, por si quieres asearte. El agua está caliente porque proviene del interior de la montaña. El desayuno se sirve una hora antes del amanecer, en el sector cinco. Sigue tu oído y llegarás sin problema. Por las mañanas hablamos como cotorras.

Reprimo una mueca. ¿Charlar? ¿Antes del desayuno? Eso sí es una penitencia.

—Por favor, ¿qué debería hacer hasta entonces?

La sacerdotisa me mira de reojo y con cierto recelo.

—Prepárate. Una no entra a formar parte del servicio así como así, a la ligera.

Le doy las gracias con esa vocecita de niña tímida e ingenua que he fingido desde que entré en el templo y cierro la puerta. La celda es minúscula. Suspiro y desanudo las correas que mantenían la espada de Ash sujeta a mi espalda. Después, me dejo caer sobre el camastro.

Si me dejase llevar por mis instintos, saldría ahora mismo por esa puerta e intentaría encontrar al príncipe antes de que la luna salga de su madriguera. Pero el sentido común me aconseja que aguarde, que tenga paciencia y espere a que la mayoría del templo se haya retirado a sus aposentos.

La habitación no tiene una ventana propiamente dicha pero las grietas y ranuras de la piedra dejan pasar unos hilos de luz. A medida que va pasando el día, la habitación va quedando sumida en una penumbra cada vez mayor. Me levanto y compruebo los viales que llevo atados a una pierna. Me siento desnuda sin mi bolsa, pero sabía que los guardias del templo jamás dejarían pasar a una iniciada devota con una bolsa al hombro.

Abro la puerta y las bisagras chirrían como un potro salvaje. Decido no abrirla ni un centímetro más y, con sumo cuidado, me escurro por el resquicio y salgo al pasadizo.

Lo único que hay entre la cúspide del templo y las estrellas es humo de oración. El incienso es el aroma que predomina, pero no es el único, pues advierto unas notas de mirra. Es evidente que quienes mandan allí están convencidos de que el príncipe ya ha emprendido su viaje a los cielos.

Al ver su cuerpo tendido e inmóvil, no puedo evitar pensar que, en parte, es cierto. Lo han dispuesto sobre unas andas, mirando el cielo, y lo han tapado hasta la barbilla con varias sábanas de seda. Incluso bajo esa luz tenue y anaranjada de los braseros del templo, veo que ha empeorado desde ayer. La telaraña de venas negras se ha vuelto más gruesa y, en algunos puntos, parecen haberse formado nudos.

Se me hace un nudo en la garganta. Me siento responsable, culpable.

Su estado de salud es mucho más delicado que hace unas horas porque cometí un error y le administré la cura equivocada. Porque Ash trató de contarme la verdad y no lo escuché. Porque me comporté como una escéptica convencida. Como una arrogante.

Echo un vistazo al cielo. La luna ya ha empezado a adentrarse en la constelación del león alado. No puedo entretenerme, tengo que actuar rápido.

Pego la espalda a la pared. Las mujeres que custodian al príncipe hablan en murmullos.

—Debes honrar la vigilia —dice una, aunque, a juzgar por el tono que utiliza, es más bien una orden—. Si dejamos escapar el momento, estaremos condenadas a vagar por los cinco infiernos para siempre.

Su compañera, una sacerdotisa más joven, se inclina en una reverencia. Sin más palabras, la otra da media vuelta y se marcha. ¿Cómo tienen el coraje de dejar al príncipe tan desatendido? Incluso las sacerdotisas más devotas parecen haber perdido toda esperanza.

Espero a que los pasos de la sacerdotisa desaparezcan por la escalera, cuento hasta diez y después salgo de entre las sombras.

—No deberías estar aquí arriba, iniciada.

—Lo siento. Soy una recién llegada al templo y me temo que ando un poco perdida. Debo acudir a las abluciones de la abadesa.

Entrecierra los ojos, una señal inequívoca de desconfianza.

—Es un poco tarde para eso.

Me retuerzo el cerebro en busca de una explicación.

—Estaba en una reunión. Con un miembro del Consejo de las Cinco.

—Oh, ahora lo entiendo. Debes deshacer el camino andado y volver…

Y en cuanto se gira hacia la escalera, aprovecho ese instante de distracción para acercarme por detrás y cubrirle la nariz y la boca con un paño empapado de torpi. Se revuelve y forcejea y, por un momento, me invade el pánico. ¿Y si no consigo retenerla? Pero en cuanto ha inhalado una buena bocanada de ese sedante, el efecto es inmediato. Se desploma como un saco de cebada. «Lamento el dolor de cabeza que vas a tener cuando te despiertes.»

Me las apaño para tumbarla en el suelo con mucho cuidado. El esfuerzo es tremendo y se me escapa algún que otro *uf.*

De repente, oigo el silbido de una espada desenvainándose a mis espaldas.

—Date la vuelta. Y hazlo despacio.

Obedezco la orden. La silueta que se cierne en la penumbra me aterroriza. Es de la misma estatura que Ash, pero luce unos galones en la armadura y sus hombros son fuertes y musculosos.

Kip. A pesar de que todos parecen haber claudicado y se han dado por vencidos, el escudo provisional de Nisai sigue ahí, en pie de guerra.

Me lanza una mirada asesina para dejar claro que yo soy la presa, y ella, el depredador.

—Tú —dice. Es una acusación en toda regla, pero advierto una nota de incredulidad en su voz.

—Por favor, no tenemos mucho tiempo —ruego, y alzo las manos.

—No… te… muevas.

Lo más sensato es acatar la orden, y eso es lo que hago.

Un segundo después aparece otra mujer de entre las sombras. Es igual de alta que yo, pero sus andares son tan refinados y elegantes que hacen que parezca que mida un par de centímetros más. Enseguida distingo su perfume, tan intrincado y complejo que, durante ese breve instante, no puedo pensar en nada más.

Kip se interpone entre la misteriosa desconocida y yo.

—Habla.

La mujer lleva una especie de corona que consiste en un cordel lleno de amatistas y rubíes, y la túnica que viste, de color púrpura imperial, por supuesto, tiene leones alados bordados. Debe de ser la representante de Aphorai en el Consejo de las Cinco.

La madre de Nisai.

Shari.

Decido responder mirándola a ella.

—No envenené a tu hijo. Admito que cometí un grave error en el salón del trono, y no te imaginas cuánto lo lamento. Pero ahora sé cómo puedo remediarlo.

Kip gruñe.

—Quizá pudiste engañar a mi predecesor, pero no pienso dejar que me tomes el pelo.

—¿Ash? No le engañé. En estos momentos, sabe que estoy aquí. De hecho, insistió en que viniera porque, incluso encerrado en un calabozo y con una condena a muerte casi segura, está desesperado por salvar al príncipe.

Sigue fulminándome con esa mirada de indiferencia.

—Yo también estaba en el salón del trono. Presencié la masacre. Y vi la sangre. El escudo está muerto, igual que un par de escuadrones de la guardia de palacio.

—No, no está muerto —le digo, y señalo mi espalda—. Déjame que te lo demuestre.

Aunque a regañadientes, asiente con la cabeza. No quiero que un movimiento repentino la asuste, así que desato las correas de la espada con mucho cuidado, la saco por la falda de la túnica y la deslizo por el suelo de piedra.

Kip reconoce el arma de inmediato.

—¿Me permites? —pregunto; busco la carta de Esarik y se la ofrezco.

La comando la coge, la despliega, la sacude, pasa un dedo alrededor del sello y, por último, la olisquea. Y después de ese análisis pormenorizado, se la entrega a Shari.

Contengo la respiración mientras lee la carta en silencio; espero no haber vuelto a meter la pata. La confesión de Esarik es la única prueba que tengo en mi poder que me exculpa de toda responsabilidad. Es la única manera de limpiar mi nombre. Cuando termina de leerla, levanta la vista del papel y me mira a los ojos. Tengo la sensación de que se ha metido en mi cerebro y está leyéndome la mente.

Señalo las andas con la barbilla.

—Se está muriendo. Los médicos han utilizado todos los recursos, pero su búsqueda ha sido en vano y me temo que se han dado por vencidos. De lo contrario, se habrían opuesto a que lo trasladaran aquí, una decisión que, ah, el regente tomó de forma unilateral, sin tan siquiera consultarlo con los expertos. No hay nadie que pueda ayudarle. Te prometo que no quiero hacerle ningún daño. Te lo demostraré —digo, y le enseño los distintos viales del antídoto. Retiro la tapa del primero y vierto una gota en mi lengua—. ¿Ves? No es veneno. Por favor. Déjame que lo intente.

—Déjala pasar.

Kip se pone derecha, pero no me quita el ojo de encima.

—¿Perdón, consejera?

—Déjala pasar para que pueda ver a mi hijo.

Muevo un pie hacia las andas, con cautela.

Kip no se mueve.

Doy un paso más, esta vez con las manos extendidas.

La comando mueve la espada, para indicarme que continúe.

Y eso hago.

El cuerpo de Nisai es el de un cadáver: está consumido, demacrado. A pesar de las sábanas de seda, advierto la silueta de todos y cada uno de sus huesos. Me parece estar frente a un esqueleto. ¿Cómo ha podido consumirse tanto en tan poco tiempo?

Me arrodillo sobre la plataforma acolchada que han dispuesto alrededor de las andas y señalo el quemador de aceite que está al lado del hombro de Nisai, y que asumo que pertenece al tesoro personal de Shari. La consejera asiente y me da permiso para utilizarlo. Y, sin más dilación, empiezo a calentar las esencias, una después de otra.

El vapor envuelve el rostro del príncipe.

No reacciona a la fórmula, lo cual interpreto como una buena señal, teniendo en cuenta lo que sucedió la última vez. Pero reconozco que estoy preocupada. Kip me observa desde la pared con esa mirada afilada y amenazante.

Pero ahora no puedo distraerme con tonterías. Miro a Nisai y analizo cada centímetro de su rostro. ¿Acaba de parpadear?

Le cojo de la muñeca para tomarle el pulso. El corazón le late con un poquito más de fuerza.

—Creo que está funcionando —susurro, tratando de controlar la emoción.

Kip resopla y, de mala gana, se acerca al príncipe.

—Su corazón. Compruébalo tú misma. Los latidos ya no son tan débiles —le digo—. Y mira, está recuperando el color en la piel.

Abre los ojos sorprendida.

—Por el apestoso aliento de Azered, jamás creí...

Y, de repente, la llama de la vela más cercana parpadea. Y varias se apagan.

Las venas negras que se extienden por el cuerpo de Nisai empiezan a moverse, a contonearse. Al principio, lo hacen de forma lenta y pausada, pero después parecen cobrar vida propia y se retuercen como si estuviesen buscando una salida. Retrocedo varios pasos, asustada. Ojalá tuviera el don de la invisibilidad, porque eso es lo único que deseo en estos momentos: desaparecer. No puedo creer que haya vuelto a fracasar.

Un vapor negro empieza a brotar de la piel del príncipe, como si estuviera escapándose por cada uno de sus poros. Olisqueo el aire. No es humo. La sombra, que cada vez es más oscura y más espesa, huele a cadáveres que se pudren bajo el sol abrasador del mediodía. Y, de repente, ese nubarrón nauseabundo empieza a retorcerse y a cobrar forma. Primero dibuja la silueta de una vid recubierta de flores, pero, en un abrir y cerrar de ojos, la imagen se desdibuja y se transforma en una bestia salvaje de colmillos afilados.

—¿Qué es eso? —pregunta Kip, que ya ha adoptado la posición de ataque—. ¿Qué has hecho?

Trago saliva.

—No lo sé.

Las últimas palabras de Sephine resuenan en mi cabeza.

«La oscuridad florecerá de nuevo.»

Y es en ese preciso instante cuando caigo en la cuenta de que no se refería a la plantación de dahkai que estaba quemándose en el incendio, sino a esto. Estaba advirtiéndome.

Doskai.

El Dios Perdido.

Su esencia todavía está «aquí».

Y a diferencia de Ash, Nisai no es un guerrero de sombra. El veneno no forma parte de él. Todavía corre un grave peligro.

La sombra se agita y se enturbia, como si estuviese haciéndose más fuerte, más poderosa. Cuando termine de crecer, ¿atacará al príncipe? ¿Terminará el trabajo que empezó? ¿O se abalanzará sobre mí?

Miro a Shari por el rabillo del ojo. Está nerviosa y desesperada. No me sorprendería que corriese al lado de su hijo para protegerlo de esa criatura. Al otro lado de la sala, la joven sacerdotisa gruñe. Está recobrando el conocimiento.

—No dejes que se acerquen —le digo a Kip.

Me sorprende la autoridad con la que le he hablado.

Los viales no están del todo vacíos. Todavía quedan un puñado de gotas de cada ingrediente. Tal vez el contacto directo con la cura tenga un efecto más inmediato. Me humedezco la yema de los dedos y salpico a la sombra con esas gotas tan preciadas.

La mancha negra sisea y chisporrotea, como cuando caen unas gotas de agua en una sartén caliente. Después se contrae y adopta un aspecto más sólido, más peligroso.

La escena me deja horrorizada: el nubarrón se enrosca y se convierte en un nido de culebras. Una de ellas, la más grande e imponente, se desliza hasta la boca de Nisai y se escurre entre sus labios. El cuerpo del príncipe se sacude y unos dedos de oscuridad le rodean la garganta y empiezan a asfixiarlo.

—Por los bigotes de Esiku… —farfulla Kip, que sigue detrás de mí.

—¡Quizá podamos decapitar a esa serpiente! ¡Inténtalo!

Kip corta el aire y el filo de su espada pasa a escasos milímetros de la nariz de Nisai, pero atraviesa la masa oscura que se cierne sobre él. Ese gesto solo ha servido para enfurecer más a esa especie de monstruo. El cuerpo de Nisai vuelve a estremecerse, pero esta vez se golpea el torso con la piedra de las andas. Se oye un ruido seco, y las cuatro ahogamos un grito. ¿Se habrá abierto la cabeza?

«No, no, no.» No pienso mancharme las manos de sangre otra vez.

—¡Haz algo! —ordena Kip.

«No he podido absorberlo por completo», había dicho Sephine, tendida en el suelo y al borde de la muerte.

«Es la llave a su habilidad de canalizar la voluntad de Asmudtag», nos había explicado la cronista.

Es mi última oportunidad.

Busco a tientas el frasquito que contiene el elixir de la guardiana de las esencias y, cuando lo encuentro, lo destapo, me lo acerco a las aletas de la nariz e inhalo.

El aroma es tan dulce que resulta empalagoso. Me atrevería a decir que es un dulzor repulsivo, que se arrastra por mis cavidades nasales como si fuese una masa densa y viscosa. La esencia me recuerda a frutas marchitándose al sol, o al néctar que la planta de siblesh utiliza para atraer insectos al interior de su flor. El elixir no produce ningún picor o quemazón. Aunque sí noto un suave cosquilleo en la nariz.

Inhalo de nuevo. Pero esta segunda vez con más intensidad.

El efecto es totalmente distinto. El ardor es tan fuerte que, por un momento, creo haber esnifado sales concentradas. Noto un escozor húmedo en los ojos. Pestañeo varias veces y las lágrimas brotan de mis ojos y ruedan por mis mejillas.

Pero todo sigue igual.

O eso «parece».

Porque hay algo que «sí» ha cambiado: la oscuridad que se cierne delante de mí. Ahora percibo su presencia, su peso, su... rabia.

Y parece ser que esa masa de oscuridad también ha notado el cambio. No parece dispuesta a soltar a Nisai, pero se arrastra hacia el otro lado de las andas.

Quizá sean imaginaciones mías, pero parece que desconfía de mí.

Me armo de valor y lanzo un puñetazo al aire. La nube esquiva el golpe.

Arremeto contra la criatura y hundo las manos en ese monstruo tenebroso. Mis uñas se clavan en algo sólido y consistente, algo a lo que agarrarme. Y entonces empiezo a tirar con todas mis fuerzas.

Pero esa criatura oscura y tenebrosa no se mueve ni un ápice.

Mi afilada intuición, o tal vez sean los efectos del elixir, me dice que se avecina una batalla encarnizada. Los dos tenemos mucho que perder… o que ganar. No sé si la legendaria Asmudtag se dignará aparecer, pero hay una cosa que tengo muy clara: no voy a morir sin luchar hasta mi último aliento.

«No vas a llevártelo.»

La masa se retuerce bajo la palma de mis manos y unos filamentos negros se enroscan alrededor de mis muñecas, abrasándome la piel como si fuesen hierros de marcar el ganado.

Aprieto los dientes y trato de soportar esa agonía.

De una forma u otra, si esa criatura de humo negro consigue llevarse a Nisai, también se llevará todo lo que quiero en este mundo.

Ash.

Mi padre.

Mi aldea.

La paz.

Preferiría que me llevase a mí.

El sudor me empapa la frente y siento que los tendones de mis brazos van a desgarrarse en cualquier momento. Apoyo los pies en la piedra de las andas para no perder el equilibrio. La oscuridad sigue reptando por mis brazos. De repente, se transforma en las ramas de un arbusto y decenas de espinas me atraviesan la piel. Un segundo después adopta la forma de una víbora y me muerde con sus colmillos puntiagudos y afilados. Me rodea y me envuelve para que así no pueda ver nada, solo oscuridad. Me aísla de cualquier fuente de luz y en cuestión de instantes me siento atrapada en una cueva oscura, húmeda y tenebrosa. No advierto ningún resplandor, ni de las velas, ni de la luna, ni de las estrellas.

—¡No vas a llevártelo! —grito con voz ronca.

Pero es inútil. La oscuridad sigue extendiéndose y siento que va a engullirnos, a Nisai y a mí. Oigo mi propio llanto. Lloro de impotencia, de abatimiento. Los sollozos hacen que me tiemble todo el cuerpo. Cada vez que trato de coger aire, siento que me hundo todavía más en ese océano negro que amenaza con ahogarme.

Me arrodillo.

No soy lo bastante fuerte.

—¡Kip! ¡Ayúdame! —suplico, pero no me atrevo a girarme. No quiero soltar esa maldita criatura—. No puedo hacerlo sola —añado, aunque ese último ruego suena como el lloriqueo de un niño.

—¡Muévete, soldado!

Es la voz de Shari. Ha soltado la orden como si fuese un oficial del ejército.

Kip obedece de inmediato: me rodea la cintura con esos brazos musculosos y me aparta de las andas.

Siento que me están partiendo por la mitad.

Todos mis instintos me gritan que suelte a este monstruo, que huya de este templo, que ponga punto final a este calvario tan doloroso. Pero no puedo rendirme, no ahora. Clavo las uñas con más fuerza y las hundo un poco más en esa nube oscura.

Gracias a la fuerza y la corpulencia de Kip, consigo arrastrar una rodilla hacia atrás. Y después la otra.

La negrura que teñía la tez de Nisai empieza a esfumarse, a borrarse. Las uñas de las manos, que hasta ahora eran azabache, se van destiñendo hasta recuperar ese tono ámbar pálido. Las telarañas oscuras que se extendían por sus manos se desdibujan

hasta desaparecer. Aprieto los dientes. No voy a desistir. A medida que esa oscuridad sólida y palpable se desprende de su cuerpo, empieza a parpadear, a disiparse, como si estuviera volviendo a su forma original, el humo negro.

Cuando la última gota de oscuridad abandona su piel, me veo sepultada en una nube que apesta a osario. El humo es cálido y rancio, y escuece como un chorro de vinagre en una herida abierta. Me envuelve de pies a cabeza y se mete por cada poro de mi piel.

Y, de repente, se evapora.

Se absorbe.

«Yo» lo absorbo.

Me desplomo sobre el suelo y suelto un alarido de dolor. Me pesan tanto los músculos que creo que, al golpearme contra el suelo, he hecho añicos varias baldosas. Siento calambres en todas las articulaciones, como si estuviera sufriendo los agónicos síntomas de la fiebre del aguijón de arena. Con un tremendo esfuerzo, trato de girar la cabeza, pero las velas repartidas por la sala brillan con tanta fuerza que me ciegan. El resplandor es tan intenso que siento que me quema los ojos. Ahogo un grito y los cierro de inmediato.

—Tranquila —dice alguien, que me ayuda a incorporarme. Kip.

Estoy al borde del colapso, pero consigo alzar un brazo y, con la mano todavía temblorosa, me protejo de la luz. Contemplo el cielo. La luna ya ha pasado por delante de la constelación del león alado.

—El príncipe. ¿Está…?

—No lo sé —responde—. ¿Crees que puedes ponerte en pie?

Asiento con la cabeza, pero enseguida me arrepiento de ese acto de valentía… y de insensatez. Otra vez esa punzada detrás de los ojos.

Kip me sujeta por la cintura y me lleva en volandas. No puedo creer que esa mujer pueda cargar conmigo con tal facilidad, como si estuviera sosteniendo a un niño. La habitación se tambalea y las sombras de los rincones forman unas ondas mareantes. Entorno los ojos para tratar de enfocar la vista. ¿Qué me está pasando? Quizá sea por los efectos del elixir de la guardiana de las esencias, o por el episodio traumático que acabo de vivir en mis propias carnes. La bestia que atacó a Nisai se ha desvanecido. Inspiro hondo y, al fin, empiezo a tranquilizarme. El hedor a animales muertos y podridos bajo el sol se ha disipado por completo. Aunque no alcanzo a ver las estrellas, sé que es por el humo del incienso y no por esa nube oscura.

Apoyo las dos manos sobre la piedra de las andas para no volver a perder el equilibrio.

Nisai sigue muy pálido y la piel que bordea sus ojos se ha teñido de color púrpura. Alguien ajeno a lo ocurrido pensaría que son moratones de un par de puñetazos. Se revuelve, como si estuviese teniendo una pesadilla, suelta un gruñido y después se queda otra vez quieto como una estatua. Coloco la palma de mi mano sobre su frente. No está frío como un cadáver, pero el frescor que desprende su cuerpo solo puede provenir de un sueño muy profundo.

—¿Príncipe Nisai?

Parpadea varias veces y, al fin, abre los ojos. Está desorientado y confuso, lo cual es más que comprensible. Sin embargo, el blanco de sus ojos vuelve a ser blanco y los iris han recuperado ese color avellana oscuro tan bonito. Intenta hablar, pero debe de tener la garganta seca porque solo puede toser.

Echo un vistazo a la pila tallada en el mármol de la pared.

El agua brota del grifo sin parar, por lo que intuyo que sale de un manantial natural. Se suele utilizar para asear y limpiar los cuerpos de los fallecidos para el funeral.

—Tráele algo de beber, por favor —le pido a Kip.

La comando asiente, se dirige a la fuente y vuelve con un vaso lleno de agua.

Ayuda al príncipe a incorporarse y le acerca el vaso a los labios para que pueda tomar un sorbo.

—¿Qué..., qué ha pasado? —pregunta con voz ronca.

Kip se golpea el pecho con el puño cerrado, el saludo típico de un soldado.

—Lleva mucho tiempo inconsciente, mi príncipe. Le envenenaron.

Se frota los ojos y, al fin, empieza a enfocar.

—¿Madre? ¿Eres tú?

Shari acaricia la mano de su hijo. Su expresión es de alivio.

—Estoy aquí.

—Humo. Recuerdo ver humo. La plantación de dahkai. Y después... —Me mira—. Yo a ti te conozco, ¿verdad? ¿Eres la aprendiz de Sephine?

«Aprendiz.» No es la primera vez que me confunden con una de sus discípulas.

Quizá no vaya tan desencaminado.

—Sephine murió.

Sacude la cabeza, incrédulo. Y, cuando asimila la verdad, hace una mueca de dolor y tristeza.

—¿Murió? ¿Cómo? Era...

—¿Una guardiana de las esencias? Sí. Murió tratando de salvarte la vida. Eso fue lo último que hizo: salvarte.

Intenta deslizar las piernas hacia el borde de la plataforma, pero lleva tantos días sin moverlas que, bajo esas sábanas de seda, parecen dos alambres endebles. El príncipe es como un saco de huesos y está muy débil, pero se recuperará.

—¿Dónde está mi tío? Quiero verle, es urgente.

Tuerzo el gesto. Cree que sigue en Aphorai, que el tiempo se ha detenido y que todavía estamos en la víspera de la luna de las flores.

—Tranquilo, Nisai. Estás en casa, en la capital. Ármate de paciencia, porque vas a tardar en poder volver a caminar por tu propio pie.

«Si es que algún día puedes volver a andar», pienso para mis adentros, pero no quiero preocuparle más con noticias que todavía no puedo confirmar.

—¿Dónde está Ash? ¿Se ha recuperado de sus heridas?

La pregunta me deja de piedra. ¿Cómo puede haberse enterado? ¿Acaso recobró la consciencia en el salón del trono y fue testigo de la terrible masacre? Y entonces lo entiendo. Se refiere a los arañazos que sufrió durante la caza del león.

—De esas, sí. Pero siento comunicarte que el estado de salud de Ash es muy delicado. Su vida pende de un hilo muy fino.

—¿Dónde está?

Se me humedecen los ojos. Son lágrimas de angustia y de rabia. Pestañeo para evitar que broten y rueden por mi mejilla.

—En las mazmorras. Tuvo… un episodio. Él…

Nisai baja el tono de voz para que solo yo pueda oírle.

—¿La viste? ¿La sombra?

Trago saliva, nerviosa. No sé si voy a poder contener el llanto mucho más.

Casualidad o no, advierto un movimiento en el umbral de la puerta.

El capitán Iddo tiene que agacharse para no darse un coscorrón con el dintel. Viene directo a nosotros.

Guiada por mi instinto, y tal vez por el miedo, echo un vistazo a mi alrededor en busca de un lugar donde esconderme. Kip lo recibe con un saludo militar, y entonces caigo en la cuenta de que jamás he visto al capitán sin al menos un par de comandos pisándole los talones. Pero ahí está, y ha venido solo. En ese instante, se despierta un recuerdo que había olvidado: después de las pruebas de perfumista, cuando Sephine me llevó al templo de Aphorai, las sacerdotisas le dieron la espalda a la vieja camarada de padre, Lozanak, y le prohibieron la entrada. Los soldados no pueden pisar suelo sagrado.

Pero, como ahora ocupa el puesto de escudo suplente, Kip es una excepción.

E imagino que Iddo, como hermano del príncipe, disfruta de libre acceso.

El capitán se acerca a las andas.

—Suerte que estoy viéndolo con mis propios ojos. Si me lo hubieran contado, jamás lo hubiera creído. ¿Cómo estás, hermanito?

—Iddo —suspira Nisai—. Me alegro de verte.

El capitán le da una suave palmadita en el hombro. Ese gesto tan íntimo y tan cariñoso me pilla por sorpresa. Su expresión se ha suavizado y lo mira con una ternura infinita.

—Iddo, quiero ver a Ash.

La vieja máscara de halcón de Kaidon reaparece.

—Me temo que no va a ser posible.

—Estoy al tanto, Iddo. Sé que lo han encarcelado. Pero quiero que lo liberen y lo traigan aquí. Es una orden.

—No lo entiendes, hermanito. Ashradinoran ha muerto.

«No.» Me cubro la boca con la mano.

—Las heridas que… —empieza, y se aclara la garganta antes de continuar—. Las heridas que sufrió durante el incidente se infectaron. Y envenenaron su sangre.

No le creo. ¿Tendrá la desfachatez de mentir sobre la muerte de Ash?

La última vez que lo vi estaba en esa celda inmunda. Las heridas de la bestia de sombra ya habían cicatrizado. Los arañazos de la garra del león se habían reabierto, pero, según mis cálculos,

a estas horas ya deben haberse curado. Al fin y al cabo, Ash se recupera de cualquier mal de la noche a la mañana, por así decirlo.

Miro a Nisai. La noticia le ha destrozado. Levanta una mano temblorosa y se frota las sienes.

—Quiero que traigan su cuerpo aquí. Falleció de servicio e irá al cielo.

—¿De servicio? Hermano, siento decirte…

Nisai cierra los ojos, y su expresión, hasta el momento de profundo dolor y pena, se torna impasible e indescifrable.

—Quiero que traigan su cuerpo aquí —repite.

—No puedo hacer eso.

Kip está muy atenta a la tensa conversación de los dos hermanos. Es evidente que tiene sentimientos encontrados y que, dado el caso, no podría decidir a quién obedecer.

—No es que no «quiera» —continúa Iddo—, pero es que ya se han desecho del cadáver. El médico Alak se encargó de todo.

Nisai pestañea.

—¿Quién?

—Zostar Alak. Consideró que lo más sensato, lógico y seguro era incinerar los restos del escudo de inmediato, para evitar que el contagio…

—¿Contagio? Hablas de Ash como si padeciese la aflicción.

—Estarás de acuerdo conmigo en que padecía «algo». Y después de todo lo que he visto, empiezo a creer que tuvo algo que ver con tu… enfermedad.

—¿Has permitido que el médico de nuestro padre sea quien decida el destino de mi mejor amigo? ¿Y qué hay de padre? ¿Qué opina él de todo esto?

—Nada. Desde que estampó su firma en la cesión de poderes y me nombró regente, ha ignorado todas mis instrucciones y ha desatendido sus deberes y obligaciones oficiales —explica Iddo, y se pellizca el puente de la nariz—. Ash era un escudo. Un «criado». No lo olvides, hermanito.

—Déjanos a solas —ordena Nisai con una expresión fría y distante.

Iddo se pone rígido.

—Estás seguro de que no…

Shari interviene. Se pone de pie, y esa voz afable y calmada se transforma en un látigo.

—El príncipe primero ha sido claro y contundente, «capitán» —dice, y pronuncia el título con desprecio. Acaba de disipar cualquier duda sobre lo que piensa de la regencia de Iddo.

—¿Hermanito?

—Retírate.

Kip, que ya estaba nerviosa durante la discusión, está en una encrucijada. Debe decidir de qué bando está, y tiene que hacerlo ya. Vacila durante unos instantes, pero después se coloca entre las andas y su antiguo capitán.

Ha elegido.

Y la elección de Kip ofende, disgusta y enfurece a Iddo, que le responde con la mirada más letal y fulminante que jamás he visto. Después se despide del príncipe y de su madre con una reverencia, se da media vuelta y se va.

Me dejo caer al suelo, junto a la plataforma. El miedo instalado en mi estómago desaparece y deja tras de sí un vacío inmenso.

Ash ha muerto.

46

Ash

Después de que Rakel se marchara, las heridas del torso empezaron a palpitar. En más de una ocasión me ha asaltado la duda de si ese calor que noto en el costado proviene del esfuerzo de mi cuerpo por cicatrizar los arañazos de la garra del león o de la infección.

Espero y deseo que sea la segunda opción.

Y espero y deseo que se extienda tan rápido como la pólvora.

Le prometí a Rakel que no precipitaría mi muerte, que lucharía contra viento y marea por mantenerme con vida. Sin embargo, si los dioses han sido benévolos y compasivos y han velado por la seguridad y bienestar de Nisai y de Rakel, pueden llevarme donde les plazca. Teniendo en cuenta el daño que he hecho, una fiebre alta me parece un castigo demasiado piadoso.

Poco a poco, agazapado en ese calabozo tan oscuro en el que el tiempo parece haberse detenido, las heridas empiezan a cicatrizar. Siempre he agradecido tener ese don, el de recuperarme tan rápido de las dolencias. Ahora, en cambio, me parece una traición, pues solo está sirviendo para prolongar la agonía de saber que jamás volveré a ver al amigo al que he protegido durante toda mi vida. Y tampoco volveré a ver a la muchacha que me devolvió la esperanza, y a quién habría seguido hasta el fin del mundo.

Noto la mejoría en todo el cuerpo. La hinchazón de mi cara ya ha bajado y por fin empiezo a poder abrir el ojo derecho. Tengo la mente más despejada, lo cual me permite pensar con más claridad. De repente, aparece una figura detrás de los barrotes de mi celda. Ni el cerebro más privilegiado del imperio podría entender por qué viene a visitarme un miembro del gremio de médicos.

Y no es un médico cualquiera, o elegido al azar.

El rostro que se asoma por la rejilla de hierro forjado me traslada al pasado, a los aposentos privados del padre de Nisai, antes de que partiéramos en la expedición a Aphorai, antes de que conociera a Rakel. Me da la sensación de que han pasado varias vueltas, pero las palabras que anunció aquel joven paje todavía resuenan en mi cabeza: «¡Zostar Alak, nombrado personalmente por el emperador Kaddash el cuarto!».

Es el mismísimo Toga Negra, en persona. Ese hombre descarado y arrogante que fingía preocuparse por el estado de salud del emperador, que le concedía todos los caprichos, a pesar de que pudieran serle perjudiciales, y que alimentaba sus adicciones.

Por la omnisciencia de Kaismap, ¿qué quiere ese miserable de mí?

Me quedo donde estoy, sentado y con la espalda apoyada en la pared de piedra. No pienso mostrar ni una pizca de respeto, así que ni me molesto en levantarme para recibirlo.

Él se limita a mirarme, a observarme de pies a cabeza, como si fuese una aberración de la naturaleza. Sus ojos se detienen en el zarpazo del león, justo sobre mis costillas.

—Interesante. Pensaba que, a estas alturas, ya te habrías recuperado por completo.

Le miro sin pestañear. No quiero mostrar ninguna reacción.

—Si lo que quieres es regodearte, te sugiero que asistas a mi juicio.

El médico deja escapar un suspiro melodramático.

—Oh, no se celebrará ningún juicio. Nuestro querido regente tiene una fijación especial con el honor, casi una obsesión, me atrevería a decir. Yo, en cambio, tengo una filosofía mucho más holística. Nunca me dejo llevar por la emoción, sino por la razón y la lógica y la ciencia. Cuando las élites más poderosas se ponen sensibleras…, en fin, se abren toda clase de debates morales y la justicia se pervierte, lo cual sería una verdadera lástima. Mientras esté en mi mano, mi maravilloso ser de sombra, eso no va a ocurrir. Para todos los que viven ahí arriba… —dice, y levanta la cabeza, como si pudiese ver a través del techo de piedra de las catacumbas—. Hay un buen trecho hasta allí, ¿no te parece?

Ni me molesto en contestar.

—¿Por dónde iba? Ah, sí. Para todos los que viven ahí arriba, tú ya estás muerto.

—Nadie va a creer esa patraña. Necesitas un cadáver —digo, en tono de burla—. El capitán…

—Me asombra tu ingenuidad, muchacho. ¿En serio me creías tan necio como para dejar cabos sueltos? Faltaste a tu palabra y no cumpliste con tu último cometido con la dinastía de los Kaidon, así que al «regente» le pareció una idea brillante entregarme tu guarda y custodia. ¿Un cadáver? Fue bastante fácil desdibujar, por no decir destrozar, los rasgos de Ebos antes de incinerarlo. Estaba irreconocible. Un artista callejero con un poco de tinta de pergamino se encargó de los tatuajes. Admito que el trabajo fue impecable. En fin, ¿qué puedo decir? No me costó mucho hacerte pasar por muerto.

¿Ebos? Era uno de los mejores guardias personales de la familia. Serio. Disciplinado. Leal a Nisai.

Quizás ese fuese el motivo de su desafortunado destino.

Eso me enciende una chispa de rabia e ira, y me pongo de pie.

—¿Por qué Ebos?

—¿Y por qué no?

—¿Por qué lo elegiste a él, y no a mí? —exijo saber.

—Porque tú eres más importante para la causa.

—¿La causa?

—Hay misterios que todavía no hemos logrado desentrañar. Y hay cosas que seguimos sin comprender sobre ti y sobre los de tu especie. Cosas que podrían ser decisivas y determinantes para salvar el imperio.

—¿Salvarlo de qué?

Tira con fuerza de los pelos que le nacen en la verruga que tiene en la sien.

—De tu príncipe.

¿Es otro de sus trucos? ¿Por qué quiere martirizarme? ¿Es que la culpa y el dolor no han sido suficientes?

—El Consejo ha mandado bloquear todas las entradas al templo, así que todavía no lo he podido ver con mis propios ojos. Pero el humo que brota de la cúspide de la pirámide no deja lugar a dudas. Todo apunta a que el príncipe se ha curado.

Nisai está vivo. Y está despierto.

Se me acelera el corazón. Rakel. Lo ha conseguido. A pesar de mí, a pesar de todo, lo ha conseguido.

Toga Negra suelta un bufido cargado de desprecio.

—Tu joven compañera es una caja llena de sorpresas. Uno debe aprender a valorar y respetar el talento, aunque a veces pueda dolerle en el orgullo. Yo también fui un muchacho perspicaz e inteligente. Y admiro a quienes poseen un don como el de tu amiga. Estoy seguro de que entrará en razón y se unirá a mis filas. Con un poco de persuasión, todo es posible.

Arremeto contra él y, aunque los dos sabemos que nos separan unos barrotes de hierro, Toga Negra recula.

—No te atrevas a tocarla.

—Te aconsejo que no te alteres. No va a servirte de nada, créeme. Me he tomado la libertad de añadir unas gotitas de elixir de Linod al balde de agua que te traen cada mañana.

Al oír eso me quedo petrificado. Hace tiempo que no noto retortijones en las tripas. Ni ese cosquilleo en la piel. Toga Negra dice la verdad. Saber que estoy manteniendo el control me tranquiliza y me molesta a partes iguales.

—La repentina recuperación del príncipe primero es una mala noticia para todos. Jamás deberían haberlo nombrado heredero. Fue una metedura de pata. Primero, porque fue una decisión prematura; el Consejo no supo meditar las opciones, pero ¿qué se puede esperar de un grupo de mujeres? Segundo, porque es el candidato menos carismático y menos competente que conozco. No tiene talante para gobernar. Indeciso. Cándido. Débil. Y, lo peor de todo, tolera los caprichos y antojos de las provincias.

—¿Cómo no va a estar débil? ¡Lo envenenaron!

—Oh, no, su falta de mano dura y autoridad se remonta a mucho antes que eso —prosigue Zostar—. Esto —dice, y mueve los brazos, refiriéndose a todo lo que nos rodea—, esto se está pudriendo. Es como si el imperio hubiera sucumbido a la aflicción. Yo lo sé. Tú lo sabes. Y los enemigos del imperio lo saben. Hay lobos acechando nuestras puertas; si no estamos preparados, si no tomamos medidas, si no tenemos un gobernante con mano de hierro, nos atacarán y nos devorarán. Y siento decirte que tu amiguito el príncipe no tiene, ¿cómo decirlo?, el carácter para hacer lo que se espera de él. Alguien tenía que tomar cartas en el asunto, y eso hicimos.

—¿«Tú» envenenaste a Nisai?

—Nunca me mancharía las manos de sangre. No fui «yo» quien perpetró el crimen. Pero no voy a engañarte, la idea fue mía, y reconocerás que fue una idea brillante. También me encargué de recopilar todos los ingredientes. Y precisamente por eso empecé a sospechar de ti, de quién eras; mi incienso no parecía afectarte y, si bien sí debilitaba al príncipe y al pusilánime de su padre, enseguida me di cuenta de que contigo no iba a funcionar.

Me han despojado de todas mis armas y espadas, así que hago lo único que puedo hacer: escupirle un montón de saliva que aterriza en su mejilla.

Saca un pañuelo de seda blanca de un bolsillo de su túnica negra y se seca la cara.

—Te estoy perdonando la vida. Lo mínimo que espero por tu parte es un poco de gratitud. Y buenos modales.

—¿Gratitud? Si pudiese te agarraría por el pescuezo y te arrastraría por los cinco infiernos. ¿Qué te parece?

—Temía que adoptaras esa actitud tan poco colaborativa —dice, y suelta el pañuelo, que flota por el aire hasta caer sobre el fango—. Una lástima. Podría haber sido mucho menos doloroso y desagradable. Pero ¿qué le vamos a hacer? Tú lo has querido.

—¿De qué hablas?

—Vamos a tener que llevar a cabo algunos experimentos —dice, y arruga la nariz, como si fuese un ratón—. No eres, ni de lejos, el espécimen ideal, pero sois tan difíciles de rastrear y encontrar que no tenemos más remedio que conformarnos. Tenemos que aprovechar la oportunidad, pues no sabemos cuándo volveremos a dar con un ejemplar. El último murió demasiado pronto. No pudimos averiguar nada nuevo.

¿El último ejemplar? ¿Ha visto a otros como yo?

—Mi gente vendrá a hacerte una visita. Oh, y cuando llegue el momento, no te hagas el valiente. Puedes gritar tanto como quieras. No vas a molestar a los vecinos, puedes estar tranquilo.

Y tras esa última advertencia, desaparece de nuevo entre las sombras.

En la soledad de ese calabozo oscuro, mi mente empieza a dar vueltas. Nisai está vivo. Rakel está con él. Y ninguno de los dos conoce el rostro de su enemigo.

Pero yo sí.

No tengo elección. Debo encontrar la manera de salir de aquí. Debo sobrevivir.

47

Rakel

La brisa del crepúsculo arrastra unas notas de jazmín e incienso picante hasta la cúspide del templo de Ekasya. También percibo el delicioso aroma de la cebada tostada de las cervecerías, tal y como Ash la describió la noche en la que probamos la fórmula de la cura.

Más abajo, en las faldas de las montañas que desde ahí arriba apenas son discernibles, el hedor putrefacto de la basura y los desechos y del fango del río impregnan los barrios más pobres de la ciudad. Ahí fue donde Ash nació y vivió parte de su infancia.

El balcón del templo rodea la pirámide de cinco caras, así que, desde allí arriba se puede admirar el alba y el ocaso. Me acerco al borde de Azered y me inclino sobre una balaustrada decorada con guirnaldas de ciprés, el árbol del duelo. Rompo una ramita y me la acerco a la nariz para saborear el aroma de su savia resinosa. Ya no me molesto en contener las lágrimas, que no dejan de brotar de mis ojos.

En algún lugar más allá del horizonte, a una luna de viaje desde Ekasya, está la aldea que solía considerar mi hogar.

Me pregunto si podré rehacer mi vida allí.

Me pregunto si podré rehacer mi vida en algún lugar.

El capitán comentó que, por miedo a que Ash pudiese contagiar a alguien, lo habían incinerado.

¿Y yo? ¿Me considerarán un peligro para el resto de la sociedad? ¿Y Nisai? ¿La oscuridad todavía lo acecha? ¿Y si sigue merodeando bajo su piel? ¿Y en qué me he convertido? Sephine falleció porque ingirió más veneno del que fue capaz de soportar. ¿Qué me pasará a mí?

Un chasquido interrumpe ese torbellino de pensamientos.

Es Nisai. Se acerca con paso lento e inseguro, pero admiro que, después de tantos días sin moverse, pueda andar con la ayuda de dos muletas. Es imposible saber el tiempo que tardará en recuperar la fuerza y los músculos de las piernas. Al fin y al cabo, todo su cuerpo ha quedado atrofiado. No sé si algún día volverá a caminar por su propio pie.

Kip se queda en la puerta, con los brazos cruzados. Enseguida percibo la esencia de la armadura de cuero y el aroma del aceite capilar de coco. Nada más. Es como si se hubiera lavado con jabón de arenilla. No quiero imaginarme cómo debió de ser su infancia y adolescencia, rodeada de gente que cuchicheaba a sus espaldas sobre el apestoso hedor a azufre que se respira en los páramos de Los. Es más fácil olvidar un olor desagradable que un comentario cruel.

El príncipe asiente a modo de saludo.

—Esperaba encontrarte aquí.

—¿Dónde iba a estar?

—Mi perdón sigue siendo válido fuera de palacio. Eres libre para ir donde te plazca.

—Igual que tú, en teoría —respondo.

Si bien ya ha recuperado el color en la piel, parece haber envejecido. Es como si la rueda de las estrellas hubiera dado diez vueltas desde que entró en el vestíbulo del palacio de Aphorai.

A decir verdad, tampoco me sorprende. Debe de haber sido un golpe muy duro para el príncipe descubrir que un traidor le quería muerto y que para asesinarlo encontró un veneno supuestamente letal y desenterró una magia que se había prohibido hace siglos, en tiempos inmemoriales. Y no solo eso, además tuvo las agallas de extorsionar a uno de sus mejores amigos para que le facilitara ese veneno.

Shari entregó la carta de Esarik a su hijo poco después de recobrar la consciencia. Ya sé por qué no fui capaz de comprender nada de lo que decía; el primer párrafo estaba escrito en imperial antiguo; el segundo, en una lengua que ellos se inventaron cuando eran niños para intercambiarse notitas durante las horas de clase. Así, aunque el profesor interceptara la nota, el contenido jamás saldría a la luz.

En la carta, Esarik admitía que había cometido un grave y

terrible error. Según su versión, los chantajistas le ordenaron que prendiera fuego a la plantación de dahkai para desacreditar a la guardiana de las esencias. Cuando nos abrió las puertas de su casa, a Ash y a mí, y le expusimos nuestros hallazgos, dedujo que el humo que había liberado tenía que ser el último ingrediente, el detonante, de una serie de sustancias venenosas a las que el príncipe ya había sido expuesto.

No fue un asunto político.

Fue un asesinato.

Le suplicaba a Nisai que le perdonara. Por lo visto, se había casado con Ami, la conservadora de la biblioteca; lo había hecho en secreto porque su padre jamás iba a permitir que rehuyera su deber familiar y ya había concertado su matrimonio con una joven aristócrata. Cuando tomaron a su esposa como rehén, no supo a quién recurrir para pedir ayuda.

«Me tenía a mí.» La voz de Nisai estaba a punto de quebrarse. Dobló la carta con una expresión de profunda pena. «Podría haberle ayudado. Podríamos haber solucionado el problema.»

Sin embargo, la carta no revelaba ningún detalle que pudiera delatar a quién había secuestrado a Ami, a quién había involucrado a Esarik en el crimen, a quién todavía desea la muerte del príncipe.

Y eso me hace pensar en mi padre, que vive con la certeza de que la enfermedad intenta arrebatarle la vida día tras día.

—Tengo que salir de la capital —le digo a Nisai—. Pronto.

El príncipe agacha la cabeza.

Y yo hago lo mismo, como si fuese una especie de reverencia o saludo no oficial. ¿A él? ¿A una misión cumplida? ¿O al recuerdo de su compañero más leal, que pasó el último día de su vida en el corazón de esta montaña? La pena se desvanece al imaginarme el cuerpo sin vida de Ash, arrastrado por esas mazmorras nauseabundas y oscuras para ser arrojado a un incinerador, que carbonizará sus restos y los convertirá en un montón de ceniza, despojado del honor de una pira de madera aromática o del incienso funerario.

Nisai suspira y se pellizca el puente de la nariz.

El príncipe está tan abatido y destrozado como yo. Al menos en esto no estoy sola.

La imagen se disipa.

—¿Te encuentras mal?

—Es solo que estoy confundido. Ya no sé en quién puedo confiar. Sin contar a mi madre. A Kip. Y a ti.

Enarco una ceja.

—¿Y qué te hace pensar que puedes confiar en mí?

—Lo arriesgaste todo para salvarme.

—No tenía elección.

—Y Ash confiaba en ti.

Eso no puedo rebatírselo.

Nisai se entrelaza las manos e intenta recuperar la compostura y mostrarse amable y cortés. Ese hombre llegará muy lejos y será un representante de Estado formidable. Un «emperador», me corrijo.

—Siempre tenemos elección. Incluso cuando las opciones parecen imposibles, tenemos elección —murmura. El sol del ocaso es muy brillante y, teniendo en cuenta que no ha visto la luz en varias semanas, se cubre los ojos y contempla el oeste, donde se extiende un paisaje verde bañado por el río—. He estado charlando con mi madre. Según ella, lo más sensato, y menos arriesgado, es que desaparezca de la capital, al menos hasta que descubramos al artífice del intento de asesinato. Partiré contigo.

—¿Qué? ¿A Aph...?

—Baja la voz.

—Oh. Perdón. Pero ¿crees que es buena idea? Después del último viaje...

—Si hay algo que caracteriza a mi madre, Shari, es su astucia, su ingenio, su intelecto. Uno no se gana una silla en el Consejo si no posee una mente prodigiosa. Sabe que a mi tío abuelo, el eraz de Aphorai, le conviene, y mucho, que mantenga la cabeza sobre los hombros y esté vivito y coleando. Además, es el último lugar en el que esperarían encontrarme. Sobre todo después del último viaje, como tú bien has dicho.

Entorna los ojos y prosigue con su discurso.

—Voy a necesitar rodearme de gente de confianza, expertos en distintas áreas. La tradición y la cultura de las esencias va a ser una de ellas. ¿Por casualidad no podrías recomendarme a algún candidato?

—Quizá conozca a alguien. Pero todo depende.

—¿Depende de qué?

—De cuánto estés dispuesto a pagar. Al parecer, todo aquel que trabaja para ti corre un grave peligro.

Él me dedica una sonrisa burlona.

—Creo que podremos llegar a un acuerdo. Recibirás una jugosa compensación a cambio de tus servicios. Empezando por esto. Al principio, la administradora del templo parecía reacia a desprenderse de él, pero nunca le diría que no al príncipe primero. Es uno de mis pocos privilegios —explica.

Mete la mano en la manga de la túnica de seda y bordados y me entrega una diminuta botella de cristal de cuarzo puro. El dibujo tallado en la superficie me resulta familiar, pero en ese instante no logro recordar dónde lo he visto antes. Es el objeto más hermoso que jamás he visto.

Nisai asiente.

—Es para ti. Ábrelo.

Retiro la tapa.

Dahkai.

—Me atrevería a decir que las existencias se han agotado en todos los mercados de Aramtesh, así que lo que tienes en las manos es un verdadero tesoro. No puedo devolverte lo que tu padre o tú habéis perdido durante las últimas lunas, y lo siento. Pero unas gotas de esa esencia deberían bastar para adquirir el mejor tratamiento posible.

Después me ofrece un pequeño pergamino sellado con la cera púrpura imperial y con el león alado grabado. Es una nota oficial que asegura que soy propietaria legal de la sustancia, por si los reguladores quieren buscarme las cosquillas.

—Muchas gracias —murmuro, pero esas palabras no reflejan lo que siento.

Sé que desempeñé un papel fundamental en la misión de salvarle la vida, pero no tenía ninguna obligación de concederme su perdón, ni de entregarme su confianza ciega. Y mucho menos de regalarme algo tan valioso.

Por desgracia, no sé cómo expresar mi inmensa gratitud con palabras. Vuelvo a tapar el frasquito y me inclino en una torpe reverencia.

—Muchas gracias, mi príncipe.

Partimos esa misma noche.

En cuanto las sacerdotisas del templo vieron al príncipe sano y salvo y en plenas facultades físicas y mentales, se tranquilizaron; armaron un escándalo en cuanto se enteraron de que me había hecho pasar por una iniciada de Los y pretendían castigarme por haber drogado a una de sus compañeras. La administradora a quien había engañado vilmente, según ella, estaba indignada y ofendida, pero el enfado le duró un santiamén. Fue a ella, de hecho, a quien se le ocurrió la brillante idea de que Nisai y yo abandonáramos el complejo imperial y la capital disfrazados de peregrinos.

Kip insiste en acompañarnos y en seguir prestando sus servicios al príncipe; en un momento dado, murmura algo sobre que los comandos no fueron capaces de encontrar un par de zurullos en una tormenta de mierda, o algo así. Ojalá Ash pudiera estar aquí para oírlo. Nos habríamos desternillado de risa, pues los zurullos de los que habla eran, en realidad, un par de fugitivos, es decir, nosotros.

Se supone que debemos subir a bordo de una flotilla de barcazas que zarpará río abajo e irán cargadas de devotos cuyo mayor anhelo en esta vida es rezar en los cinco grandes templos de las provincias del imperio. Soy la más escéptica de todos, pues dudo que podamos pasar desapercibidos entre la muchedumbre.

Un heredero imperial que se recupera de un intento de asesinato.

Una comando de Los convertida en guardaespaldas.

Una campesina de Aphorai que ha salvado la vida del príncipe.

Sin embargo, cuando llegamos a los muelles, me doy cuenta de que la fe y la devoción no entienden de edad, ni de clase social, ni de lugar de procedencia. Algunos de los pasajeros llevan varias semanas sin asearse y apestan como mendigos. Otros deben de frotarse la piel con piedra pómez, porque no desprenden ninguna fragancia distinguible. También destaca un puñado de perfumes aristocráticos que ni siquiera esas túnicas austeras y sencillas pueden disimular.

Subimos a bordo y miro atrás por última vez. Contemplo el palacio y la cúspide del templo, que se alza majestuoso en la cima de la montaña de Ekasya. Los braseros están encendidos e iluminan la ciudad con un resplandor tan brillante que no puedo ver las estrellas. La mezcla de humo, incienso, grasa y cera de abeja se pierde entre esa miríada de esencias. La constelación del león alado titila en la bóveda celeste y se desplaza hacia el desierto, hasta mi hogar. La contemplo en silencio y, por primera vez en mi vida, musito una oración:

«Asmudtag, si estás ahí arriba, si es cierto que existe algo después de la vida, por favor, ayuda a Ash y guíale hasta casa.»

El viaje resulta eterno y monótono.

Al principio disfrutaba navegando por el río, pero, pasados unos días se convierte en algo repetitivo y aburrido.

Llegar a tierra firme, a Aphorai, está empezando a ser una penitencia.

Nisai y Kip me cuentan que la última vez que pasaron por esta ruta un grupo de bandoleros atacó la delegación. Supongo que una congregación de peregrinos con túnicas grises no merece el esfuerzo, porque no nos cruzamos con nadie, salvo con la vieja caravana de mercaderes.

A veces navegamos en silencio y a veces los peregrinos cantan. Odio que lo hagan. Sus cánticos me entristecen y siento que me ahogo en mi propia pena. Perder a Ash me ha partido el alma y, cada vez que le recuerdo, se me nubla la visión; el paisaje se desdibuja y el contorno de los objetos se vuelve borroso.

Sacudo la cabeza. O el sol me ha chamuscado el cerebro, o estoy sufriendo una insolación al bajar de la barcaza.

Y seguramente por culpa de ese golpe de calor no reconozco al jinete solitario hasta que lo tengo casi delante de mis narices.

—¡Rakel! —grita, y se desliza por el lomo del caballo.

Hay algo en la imagen que no encaja, pues está sujetando las riendas de un caballo. Es una yegua de color azabache, como el cielo a medianoche; tiene las orejas echadas atrás y enseña los dientes mientras prueba, una vez tras otra, morder la mano que sostiene su brida.

No puedo contener la emoción. Mi corazón se llena de gratitud, de alivio y de asombro.

—¿Cómo nos has encontrado?

Barden se da unos golpecitos en la nariz y esboza una sonrisa astuta.

—Sabía que habías salvado al príncipe, por el humo que salía del templo. Y también sabía que, si lo conseguías, enseguida harías las maletas para regresar a casa. Así que me acerqué a los muelles y tanteé a los pescadores para saber qué barcazas habían zarpado en los últimos días. Imaginé que viajarías de polizón y, en fin, qué mejor que intentar camuflaros entre un grupo de peregrinos. Después soborné a los guardias que esa noche vigilaban los establos de palacio e invertí el resto de mis ahorros en un camello y en un pasaje en una barcaza de mercaderes. Y, a partir de ahí, me dediqué a buscarte. Siempre he sabido seguirte el rastro.

Salgo disparada. Me muero de ganas de abrazar a Barden, y también a Lil, así que un brazo termina alrededor de la crin de mi yegua, y el otro, alrededor del cuello de ese hombre.

¿Hombre? ¿Ya se ha hecho un hombre?

Doy un paso hacia atrás y miro de los pies a la cabeza a mi viejo amigo. ¿Qué aventuras y desdichas habrá vivido durante estas últimas lunas? Estoy segura de que alucinará cuando le cuente mis últimas andanzas. Ni se imagina que he viajado a lo largo y ancho del imperio, incluso más allá. Pero sé que hay algo que hemos perdido. No sé si algún día seré capaz de perdonar al Barden que me traicionó, fuesen cuales fuesen sus

razones. No le reconozco en el Barden que tengo frente a mí. Imagino que su travesía también le habrá impuesto exigencias y amenazas.

Qué suerte que el camino que queda hasta nuestra aldea sea tan largo.

Reconozco el aroma de la aldea incluso antes de verla.

Fogones.

Rosas del desierto, cuyo perfume se disipará en cuanto salga el sol.

Y agua fresca.

Nos encaramamos hasta la cresta de la última duna y contemplamos el oasis que había empezado a creer que jamás volvería a ver. La aldea empieza a despertarse bajo el tenue resplandor del alba.

Padre, como siempre, ha madrugado. Está en el porche de casa, apoyado sobre el bastón para mantener el equilibrio mientras contempla el horizonte por el que dentro de muy poco se asomará el sol. Parece inquieto e impaciente. Quizás está esperando que amanezca, o nuestra llegada. No lo sé.

Y, en estos momentos, me da lo mismo.

Me bajo de la silla de montar de Lil y echo a correr como si me acechase una manada de lobos.

Todas las preguntas, todos los reproches y todas las acusaciones se desvanecen en el momento en que me envuelve entre sus brazos: jabón de menta, armadura de cuero vieja, aceite de afeitar de romero.

Pero falta algo. No huelo la bergamota que utilizaba para cubrir el hedor de la gangrena.

De hecho, tengo que tomar una buena bocanada de aire para apreciar un ligero tufillo a carne podrida.

Me vuelvo hacia el resto del grupo. Ahí vienen, Kip, Nisai y Barden, que lleva una de las muletas del príncipe y lo sostiene por la cintura mientras descienden por la duna.

Nisai. Príncipe primero de Aramtesh. Aquí, en mi aldea.

—Padre, no hagas esfuerzos. Anda, siéntate.

Sé que le debo una explicación. Se merece saber por qué he traído al heredero del imperio a casa. Pero ¿por dónde empiezo?

—Estoy bien, de verdad —dice. Sigue abrazándome y no parece dispuesto a soltarme—. Sobre todo ahora que has vuelto a casa.

—No te lo vas a creer —empiezo, y trago saliva. No me muevo muy bien en el terreno diplomático, salta a la vista—. Te presento al príncipe primero Nisai.

Padre no parece en absoluto sorprendido y se inclina en una solemne y elegante reverencia. Me quedo boquiabierta. ¿Cómo ha podido hacerlo con solo una pierna y encima recubierta de vendajes?

Arrugo el ceño.

—Padre, no estoy tomándote el pelo. Hablo en serio.

—Lo sé. Un pajarito ya me lo había contado.

—¿Un pajarito?

Y, de repente, emerge una figura de la puerta de casa. La túnica holgada y las mangas largas señalan que es un nómada. Sin embargo, el chaleco y la falda de cuero que lleva encima, recubiertos de discos de bronce, dicen que es algo más que un alma viajera. ¿Es el guardia de los establos que Barden había mencionado?

Me fijo un poco más y distingo otros rasgos. Una melena

oscura que le llega a la mandíbula. Una tez más pálida que cualquier soldado o guardia que vigila unos establos. Y una mirada azul zafiro.

La misteriosa desconocida me observa con una sonrisita pícara y después se dirige a Nisai.

—Mi príncipe. Debo decir que es un verdadero placer conocerte en persona, por fin. Luz Zakkurus, a su servicio.

Luz Zakkurus.

Luz. La hermosa criada que me sacó de las mazmorras de Aphorai.

Zakkurus. El jefe perfumista más joven de la historia, el mismo que amañó las pruebas para sabotearme y que vendió mi contrato a Sephine. En cierta manera, es la persona que empezó todo esto.

Aspiro el aire con fuerza.

Violetas.

Tanto Zakkurus como Luz dejaban una estela de ese perfume embriagador a su paso. Olían al agua de violetas más delicada y exquisita que jamás se ha elaborado. Tal vez consiguiera

engañar a mi vista, pero no a mi olfato, que enseguida ató cabos y descubrió que, en realidad, eran la misma persona. Una lástima que no quisiera creerlo.

Apoyo las manos sobre las caderas.

—Por el sexto infierno, ¿qué está pasando aquí?

Pero no obtengo respuesta. Luz, o Zakkurus, o los «dos», se acerca a mí, me pellizca la barbilla y me observa desde todos los ángulos, prestando especial atención a los ojos.

—Por lo que veo, has sobrevivido a la primera absorción.

—¿De qué estás hablando?

Su aliento huele a clavo dulce. Echo un vistazo a sus dedos, largos y elegantes, como los de un pianista.

—Tomaste el elixir de Sephine. ¿No has notado nada? ¿No tienes la visión un poco más borrosa?

Me quedo de piedra. No he comentado con nadie los dolores de cabeza que me han hostigado durante todo el viaje, ni tampoco he querido darle más importancia al hecho de que mi percepción parece haberse alterado, ya que veía el perfil de los objetos lejanos un tanto desdibujado.

—¿Cómo lo has sabido?

—Asmudtag lo es todo. Es luz y es oscuridad. Cálmate, pétalo. Y acompáñame adentro. Tú también, mi príncipe. No queremos despertar sospechas entre los vecinos y que empiece a correrse la voz. Tenemos mucho de que hablar. Y, como siempre, el tiempo es oro.

Baja el tono de voz y añade:

—Oh, tu madre me ha pedido que te entregue un mensaje.

¿Mi «madre»?

—Bienvenida a la Orden de Asmudtag.

Agradecimientos

Vaya, vaya…, ¿soy yo o aquí huele a final de suspense?

Si no te parece el aroma más agradable del mundo, no te cortes. Tienes todo el derecho a enfadarte y a despotricar de todos los malos olores que corren por debajo de la rueda de las estrellas. Esperaré. Pero, cuando termines, ten por seguro que Rakel, Ash y muchos de sus amigos (y *amienemigos* y enemigos) regresarán. Y espero que tú también.

Hasta que llegue ese momento, querido lector, quiero que sepas que te estoy tremendamente agradecida. Sin ti y sin esos maravillosos libreros, bibliotecarios y críticos que quizá te han recomendado este libro, jamás habría tenido la oportunidad de pasar tanto tiempo en Aramtesh. Para mí, tu apoyo es mucho más valioso que la flor de dahkai.

Un libro es como un perfume: contiene muchísimos ingredientes y todos ellos contribuyen, en mayor o menor medida, al resultado final. Y esta novela no es una excepción. Y por eso, quiero dar las gracias a:

Mi agente, Josh Adams, el aliado más estupendo y mi defensor más apasionado. No podría haber soñado con un campeón mejor para mí, y para mis libros. ¡Gracias por creer en mí! Jamás olvidaré el apoyo y los consejos de Caroline Walsh en el Reino Unido. Josh, Tracey, Cathy, Caroline y Christabel, ¡muchas gracias por haber estado siempre a mi lado!

Linas Alsenas y Mallory Kass, unas extraordinarias editoras, ¿qué puedo decir? Desde nuestra primera conversación, supe que Rakel y Ash estaban en buenas manos. Gracias por recibir el manuscrito con los brazos abiertos, por vuestro compromiso y por la paciencia que habéis tenido durante lo que ha sido un proceso editorial realmente gratificante y colaborativo, y por invitarme y desafiarme a escarbar hasta el fondo para llegar a la mejor versión de *El perfume de las sombras*.

Mi más sincero agradecimiento al gran equipo de Scholastic UK, en especial a: Lauren Fortune, Pete Matthews, Lorraine Keating, Emma Jobling, Antonia Pelari y Tina Miller. Liam Drane, gracias por diseñar una cubierta brillante y por haber incorporado tantos detalles de la historia y del mundo. Y a Chie Nakano y a Tanya Harris-Brown, ¡gracias por vuestro incansable trabajo y por haber lanzado a Ash y a Rakel a otras culturas y lenguas!

El perfume de las sombras tiene lugar en un mundo de fantasía. Aunque es prácticamente imposible escapar de todas las influencias de nuestro propio mundo, Aramtesh no está inspirado en un lugar en concreto, ni en una cultura específica, ni en una época de la historia en particular. Se ha construido desde cero y se rige por su propia lógica interna. Para conseguir todo esto, confié en personas muy listas y generosas. La doctora en lingüística Lauren Gawn ideó el idioma de Aramtesh, una lengua creada para una sociedad en la que la vida diaria está rodeada de esencias. Consulté con expertos en química, en cálculos de órbitas lunares, en leones y toda clase de felinos y en neurotoxinas. Los lectores beta dedicaron todo su tiempo y energía en examinar y analizar las intersecciones de representación en Aramtesh. Dicho esto, si hay algún defecto, es culpa mía y solo mía.

Mis mentores, mis amigos más críticos, mis primeros lectores y mis guías: Amie Kaufman (¡nunca perdiste la fe en Baltimore Keith!), Laura Lam, Pam Macintyre, Kat Kennedy, Sophie Meeks, Serena Lawless, Katherine Firth, Mark Philps, Chris Stabback, Jasmine Stairs, Liz Barr, Kirsty Williams, Nicole y Shane Rosenberg, Claire Gawne, Amber Lough, Eliza Tiernan y Mel Valente. Sois de lo que no hay. No podría haber hecho esto sin vosotros.

SCBWI British Isles (un saludo especial a The Saras y al equipo de Undiscovered Voices, y a los organizadores de Southeast Scotland, tanto actuales como pasados), Book Bound UK (en concreto a Karen Ball, que me animó a seguir escribiendo después de leer el, ejem, primer capítulo), y al Scottish Book Trust por darme el premio a la mejor escritora novel y por toda las oportunidades que me han surgido desde entonces.

Mis redes de apoyo: House of Progress y la pandilla de Aus retreat, el clan #becpub, Ladies of Literary License, Clarion Narwolves, Plot Bunnies y We've Got This Crew.

Amigos: además de los que ya he mencionado antes, mil gracias a Brendan, Jack, Andrew, Martyn y Andreas por haberme abierto las puertas de vuestra casa en los momentos más críticos e importantes. Os estaré agradecida siempre. Alison, ahora ya hay una tesis y un libro inspirados en Mavis.

Familia: supongo que todos esos malditos quemadores de aceite han merecido la pena, mamá. Gracias a mi madrina, Alexandra, cuyos viajes por todo el mundo han alimentado todavía más su imaginación. Phil y David: uno no puede elegir a la familia política, pero, si pudiera, os elegiría sin pensármelo dos veces. Dida y Manu: nuestro hogar huele a eucalipto y a neblina de montaña, a semillas de girasol y a cloro de piscina.

¿Y Roscoe? Un simple «gracias» no es suficiente. Te quiero.

Este libro utiliza el tipo Aldus, que toma su nombre del vanguardista impresor del Renacimiento italiano, Aldus Manutius. Hermann Zapf diseñó el tipo Aldus para la imprenta Stempel en 1954, como una réplica más ligera y elegante del popular tipo Palatino

La flor más oscura se acabó de imprimir un día de invierno de 2020, en los talleres gráficos de Liberdúplex, s. l. u.
Crta. BV-2249, km 7,4. Pol. Ind. Torrentfondo
Sant Llorenç d'Hortons (Barcelona)